Die Jahre meiner Kindheit • Rückblicke 1939–1955

Die Jahre meiner Kindheit

Rückblicke 1939 – 1955

Linus Kuik

Bibliografische Information der Deutschen Nationalbibliothek: Die Deutsche Nationalbibliothek verzeichnet diese Publikation in der Deutschen Nationalbibliografie; detaillierte bibliografische Daten sind im Internet über *dnb.dnb.de* abrufbar.

© 2019 Linus Kuik
Gestaltung und Satz: Linus Kuick
Schriften CormorantGaramont, Gothic Initials, Sütterlin etc. mit pdfLaTeX gesetzt
Cover Design mit Inkscape
Herstellung: BoD – Books on Demand, Norderstedt

ISBN 978-3-00-064164-0

Und wenn Sie selbst in einem Gefängnis wären, dessen Wände keines von den Geräuschen der Welt zu Ihren Sinnen kommen ließen — hätten Sie dann nicht immer noch Ihre Kindheit, diesen köstlichen, königlichen Reichtum, dieses Schatzhaus der Erinnerungen?

Rainer Maria Rilke
Briefe an einen
jungen Dichter

Für Cai und Sophie

Denke ich zurück an die Kindheit, habe ich häufig ein Bild vor Augen, das die Erinnerung an den Umzug meiner Mutter mit mir nach Kleinenberg[1] wachruft, der wohl in der zweiten Augusthälfte des vorletzten Kriegsjahres 1944 stattfand. Das Bild steht aber nicht allein für den Vollzug eines Ortswechsels, es markiert vielmehr den Beginn einer neuen, prägenden Phase meines Lebens.

Es war ein diesiger Morgen, als ich, ein Junge von fast fünfeinhalb Jahren, auf der Spitze eines ockergelben Sandhaufens stand und eine Beziehung zu der unbekannten, auch etwas unheimlichen Welt zu finden versuchte, in die es mich verschlagen hatte. Kein Mensch war zu sehen, kein Tier, Leblosigkeit und stumpfe Stille um mich herum. Der Konturen verwischende Weichzeichnereffekt des Morgennebels erzeugte zudem ein Gefühl von Unwirklichkeit, machte mich beklommen. Zaghaft wandte ich meinen Kopf in Richtung des wenige Meter vom Sandhaufen entfernten Hauses, in dem meine Mutter etwas mit Verwandten beredete, die ich am Vorabend zum ersten Mal gesehen hatte. Das unangenehme Gefühl verflüchtigte sich, ich war ja nicht allein.

Ein unvermittelt einsetzendes, stampfendes Geräusch, mit dem ein starkes Zittern des Erdbodens einherging, schreckte mich auf, ließ mich unsicher in die Richtung schauen, aus der das gleichförmiger werdende Stampfen herüber dröhnte. Der Lärm kam aus dem großen Gebäude, auf das mein Blick gleich beim Verlassen des Hauses gefallen war, seine Ausmaße hatten mir gehörigen Respekt abgenötigt.

In dieser Umgebung würde ich nun leben, hier würde ich spielen, essen, schlafen. Die Vorstellung bereitete mir keine Freude, was ich auch um mich herum registrierte, alles war mir fremd, nicht das Geringste erinnerte an meine bisherige Welt. Mit innerer Ablehnung blickte ich in den neblig–grauen Morgen, wollte nicht sehen, was ich sah. Mir war kalt.

Vor knapp vier Monaten hatten wir meinen fünften Geburtstag

---

[1] heute Teil des westfälischen Ortes Lichtenau

gefeiert. Zwei Jahre vorher musste ich mich zum ersten Mal in eine veränderte Lebensumgebung eingewöhnen. Die damalige Veränderung war mir noch nicht als Zäsur in meinem kleinen Leben erschienen, in dem fast gedächtnislosen Köpfchen des Dreijährigen hatte es zu dem Zeitpunkt keine zusammenhängende Welt gegeben, die, wie jetzt, plötzlich nicht mehr existierte.

Der Anlass für den ersten größeren Einschnitt in mein gerade erst beginnendes bewusstes Erdendasein war eng mit dem sich abzeichnenden *Krieg an der Heimatfront* verbunden gewesen. Während der ersten Kriegsjahre hatte ich zusammen mit meiner Mutter in Bochum gelebt, die großen Leute sprachen vom *Kohlenpott*, wenn es um diese Stadt ging, worunter ich mir aber nichts vorstellen konnte. Mein Vater war kurz nach Kriegsbeginn als Soldat eingezogen worden, wenige Tage nach meinem ersten Geburtstag.

Ähnlich wie bei anderen Menschen ist mein Bild der sehr frühen Kindheitsjahre eine Mischung aus wenig selbst Erinnertem mit Eingeflochtenem aus Erzählungen von Menschen, die bereits erwachsen waren, als ich meine ersten Gehversuche unternehmen konnte. »Es ist ganz wahr, was die Philosophie sagt, dass das Leben rückwärts verstanden werden muss. Aber darüber vergisst man den andern Satz, dass vorwärts gelebt werden muss.« So lautet eine wichtige Feststellung des dänischen Philosophen Søren Kierkegaard. Das ohnehin nicht ganz einfache Verstehen aus der Rückschau wird noch erschwert, falls der Versuch des zurückblickenden Begreifens auf subjektiven und zudem bruchstückhaften Wahrnehmungen anderer beruht. Wenige Erinnerungsschnipsel haben sich in den allerersten Lebensjahren in mein Gedächtnis eingegraben, bei denen ich sicher bin, dass sie nicht nur vermeintliche eigene Reminiszenzen sind, in Wirklichkeit jedoch auf Erzählungen beruhen.

Das erste Erinnerungsstück, das in direktem Zusammenhang mit der hier erzählten Geschichte steht, ist dies. Jemand trägt mich in einem schmalen, gewölbten Gang eine steil abfallende Treppe hinunter. Es geht mühsam abwärts, der Gang ist mit Menschen vollgestopft. Auf dem Handlauf an einer Seite des Ganges liegt ein dicker Schlauch. Und schon lässt mich mein Gedächtnis im Stich, war ich eingeschlafen? Meine Erinnerung setzt an der Stelle wieder ein, wo ich, noch immer auf dem Arm eines Erwachsenen, lichterloh brennende Häuser sehe und grell leuchtende Feuer, die vom Himmel fallen. Die großen Leute reden von Christbäumen, ich verstehe das nicht, es ist doch keine Weihnachtszeit.

Am nächsten oder übernächsten Tag hatte meine Mutter gesagt, mein kleiner Freund aus der Nachbarschaft, mit dem ich bisher gespielt habe, werde nie mehr zum gemeinsamen Spiel kommen, er sei tot.

Nach diesem Luftangriff, von dem mir die wenigen Bruchstücke in Erinnerung geblieben sind, hatte mein Vater aus der Ferne gedrängt, wir sollten die Stadt verlassen, um in einer sicheren Umgebung das Ende des Krieges abzuwarten, das in seiner Vorstellung nicht weit sein konnte — wie ich Jahrzehnte später seinen Feldpostbriefen entnahm. Mein Vater hatte den Berichten der nationalsozialistischen Propaganda Glauben geschenkt, die Schlacht um England stehe kurz bevor, werde — aus deutscher Sicht — siegreich beendet und danach sei der Weg für einen von Deutschland diktierten Friedensvertrag frei. Er war mit zwanzig Jahren in die Partei eingetreten und vertraute wohl den Verlautbarungen der NSDAP, allerdings ist das nur eine Vermutung, denn seine Briefe enthielten nichts, was mit der Partei oder ihren Repräsentanten zusammenhing. Nur ein einziges Mal erwähnte er »den Führer«, nachdem er im Radio eine ihn offenbar besonders hoffnungsvoll stimmende Rede Hitlers zum baldigen Sieg über England gehört hatte. Dagegen klang in jedem Brief durch, dass er schnell zurück nach Hause wollte zu Frau und Kind, endlich heraus aus dem unwirtlichen Norwegen, das er nach eigenem Bekunden hasste.

Meinem Vater war schnell klar gewesen, wo wir für den Rest des Krieges Schutz suchen sollten: In dem alten Bauernhaus, das sein Vater kurz nach Kriegsbeginn in dem winzigen Dorf Hardenberg[2] bei Meinerzhagen gekauft hatte. Der Großvater war im Ersten Weltkrieg als Soldat in der Nähe von Verdun verschüttet worden und hatte nach längerem Lazarettaufenthalt mühsam erneut laufen lernen müssen. Später erzählte mir meine Großmutter, der Großvater habe anfangs für eine Strecke von hundert Metern mehr als eine halbe Stunde gebraucht, durch zähes tägliches Training habe er die alten Fähigkeiten zurückgewonnen, als Krönung seiner Willensleistung und als Dokumentation seiner körperlichen Wiederherstellung habe er am Ende alle Übungen für den Erwerb des Reichssportabzeichens geschafft.

Vermutlich war mein Großvater derjenige in der Familie gewesen, der aufgrund eigener schlimmer Erfahrung gleich zu Anfang des Krieges eine Vorstellung von den Schrecken eines modernen Bombenkrieges gehabt hatte, die der späteren Realität nahekam. So hatte er umgehend nach einem Platz gesucht, den die Familie eventuell als Refugium nutzen konnte.

Aus dieser Zeit kann ich noch die Erinnerung an ein Vorkommnis beisteuern, das mich fast mein Leben gekostet hätte.

Nach ihrer Heirat hatten meine Eltern eine Wohnung in einer wenige Jahre zuvor gebauten Häuserzeile bezogen, eine Erdgeschosswohnung, zu der ein kleiner rückwärtig gelegener Garten gehörte. Mein Vater hatte »das grüne Plätzchen inmitten der rußigen Großstadt«, wie er das Gärtchen in einem Feldpostbrief bezeichnete, mit Beerensträuchern bepflanzt, er hatte einen Rosenbogen errichtet und auch ein winziges Stückchen Rasen als Spielwiese für den kleinen Sohn vorgesehen. Anstelle üblicher Randsteine hatte er schräg in die Erde gesetzte Ziegelsteine verwendet, so dass die Beete und das Rasenstückchen durch gezackte Einfassungen begrenzt wurden.

Im Erdgeschoss des Nachbarhauses wohnte Roswitha, ein rothaariges Mädchen, ähnlich alt wie ich. Mit ihr spielte ich häufig im Garten, einen störenden Zaun, der unsere Bewegungsfreiheit eingeengt hätte, gab es zwischen den Häusern nicht. Besonders

---
[2] heute ein Ortsteil Meinerzhagens

gern ging ich mit Roswitha in die Küche ihrer Mutter, dort gab es rot gefärbten Zucker zum Naschen, meine Mutter weigerte sich, solchen Zucker zu kaufen.

An einem sonnigen Vormittag saßen Roswitha und ich auf unserem Raseneckchen in einem länglichen Pappkarton, Erwachsene bezeichneten solche Pappbehälter, unabhängig von ihrer ursprünglichen Verwendung, als Persilkartons. Wir spielten »Autofahren«, ich saß vorn hinter dem Lenkrad, Roswitha hinter mir. Als ich aufstand und mich nach Roswitha umsah, schubste mich meine Spielgefährtin, ich fiel rückwärts über den Rand des Kartons.

Was dann geschah, weiß ich aus Schilderungen anderer. Auf Roswithas Schreien hin war meine Mutter aus der Küche gekommen und hatte gesehen, dass ich mit dem Hinterkopf auf eine Spitze der Ziegelsteinumrandung gefallen war und regungslos am Boden lag. Sie hielt mich für tot, schrie laut auf und wurde ohnmächtig. Durch ihr Schreien war eine Nachbarin aufmerksam geworden, rannte herbei und erfasste wohl augenblicklich die Bedrohlichkeit der Situation, nahm mich auf ihre Arme, um mich eilends zum nicht weit entfernten Bergmannsheil, dem Unfallkrankenhaus für Bergleute, zu tragen. Das Loch im Kopf wurde nach den Regeln der ärztlichen Kunst behandelt, der Arzt hatte gemeint, wäre es zwei Millimeter tiefer gewesen, hätte er nichts mehr für mich tun können.

Woran ich mich wieder selbst erinnere: Mein Großvater mütterlicherseits hatte nach dem dramatischen Ereignis einen Maschendrahtzaun zwischen den beiden Grundstücken gezogen, um Roswitha auszusperren, was mir natürlich überhaupt nicht gefallen hatte. Viele Jahre später kam mir der Gedanke, mein Großvater habe damals den Zaun zumindest nicht ausschließlich als Maßnahme gegen weitere Unfälle betrachtet. Er selbst hatte unter Inkaufnahme persönlicher Nachteile kein Hehl aus seiner Einstellung gegenüber der NSDAP und den mit ihr verbundenen Organisationen gemacht, Roswithas Vater aber war ein »Hohes Tier«

in der SS gewesen, der auch nach Kriegsende noch häufig in seiner schwarzen Uniform in unserer Straße auftauchte, obwohl er dort nicht mehr wohnte.

Bald darauf verließen wir die Großstadt, um in dem kleinen sauerländischen Dorf den Gefahren durch Luftangriffe zu entgehen. Das von meinen Großeltern erworbene Haus, in dem wir Unterschlupf finden sollten, war uralt, es hieß, ein wesentlicher Teil habe noch aus der Zeit kurz nach dem Dreißigjährigen Krieg gestammt. Von außen sah es nicht klein aus, für das Zusammenleben einer größeren Anzahl Menschen über mehrere Jahre war es gleichwohl wenig geeignet.

Alleinige Bewohnerin war bis dahin Tante Helene gewesen, die Schwägerin meines Großvaters, der sich nach dem Tode seines Bruders für dessen Witwe verantwortlich gefühlt und ihr ein lebenslanges Wohnrecht für die finanzielle Beteiligung von dreitausend Reichsmark zugesichert hatte. Tante Helene — so hieß sie auch bei den Bauern des Dorfs — bewohnte drei winzige Räume zu ebener Erde: Küche, Wohnzimmer, Schlafzimmer. Die Deckenhöhe betrug nicht einmal zwei Meter. Weiteren Wohnraum gab es auf dieser Ebene nicht, einen Großteil der restlichen Fläche nahm die in den Augen eines kleinen Jungen riesige Deele ein, das war die westfälische Bezeichnung für eine in diesem Fall rund fünf Meter hohe »Halle«, in die einstmals, als das Bauernhaus noch seiner ursprünglichen Bestimmung gemäß genutzt wurde, die hoch mit Heu beladenen Leiterwagen am Ende des Sommers einfuhren. Nach dem Losbinden des Heubalkens, der das getrocknete Gras auf dem Leiterwagen festhielt, war in jenen Tagen das Viehfutter für den Winter durch eine immer noch vorhandene Öffnung auf den Dachboden befördert worden. Uns Kindern hatte man strengstens verboten, den Dachboden oberhalb der Deele zu betreten, nicht allein wegen der nur notdürftig mit losen Brettern abgedeckten Öffnung, auch die aus gestampftem Lehm bestehende Decke wurde von den Erwachsenen als nicht hinreichend tragfähig angesehen. Der Fußboden der Deele war mit kleinen Basaltquadern gepflastert, mit der langen, schmalen Seitenfläche nach oben, und zwar in einem Fischgrätenmuster, dessen geometrische Regelmäßigkeit ich mir immer wieder gern ansah.

Rechts und links der Deele gab es zwei durch rohes Mauerwerk abgetrennte Räume, einstmals als Ställe genutzt dienten sie jetzt der Lagerung von Vorräten und Brennholz.

Und dann war da noch der kleine Raum, vor dem ich mich ekelte, das Klo. Es hatte keine fest schließende Tür, ein paar kunstlos zusammengefügte Bretter, denen ein aus drei Latten aufgenageltes »Z« die notwendige Verwindungssteifigkeit verlieh, dienten ausreichend als Sichtschutz, eine Geruchsbarriere vermochten sie nicht zu bilden. Mit einem primitiven Häkchen, das in eine in der Wand befestigte Öse gesteckt wurde, verschloss man die Tür, wenn man das »stille Örtchen« aufsuchte, einen ebensolchen einfachen Verschlussmechanismus gab es auf der Deelenseite. Betrat man das Klo zum ersten Mal, konnte man der Illusion erliegen, es handele sich um ein »WC«, denn es gab — ungewöhnlich für ein derart altes Haus — eine aus weißem Porzellan bestehende Toilette mit einer hölzernen »Brille« drauf. Bei näherem Hinsehen war man schnell desillusioniert: Durch die Trichteröffnung fiel der Blick ungehindert auf die Oberfläche des Inhalts der Jauchegrube. Einen Klodeckel gab es nicht, mit entsprechenden Konsequenzen für empfindliche Nasen.

Tante Helene erkannte schnell meinen Ekel und setzte den stinkenden Raum bei angeblichen Verfehlungen meinerseits als pädagogische Waffe gegen mich ein. »Man muss den Willen des Kindes brechen«, hieß es in solchen Fällen und ich wurde für eine Stunde ins Klo gesperrt.

Von der Deele führte eine steile Holztreppe zu einem Treppenabsatz, von dem aus die oberen Räume zugänglich waren. Ursprünglich hatte es oben drei kleine Kammern gegeben, zwei davon waren unverändert geblieben, eine hatte mein Großvater nach dem Kauf des Hauses vergrößern lassen. Die beiden im alten Zustand verbliebenen Räume beanspruchte Tante Helene zusätzlich, für meine Großeltern war ein einziger Raum verfügbar gewesen, den sie bis dahin bei gelegentlichen Besuchen als Schlafraum genutzt hatten.

Der größte Raum des Hauses, die Deele, konnte nicht für Wohnzwecke genutzt werden, ebenso wenig der Dachboden. Zwei Wasserhähne gab es im Haus, einen in der Küche und einen in der Deele, nur in der Küche gab es unter dem Wasserhahn ein Becken mit einem Abflussrohr nach draußen, wo es zehn Zentimeter aus der Außenwand ragte, von da aus verteilte sich das Abwasser nach eigenem Gutdünken.

Ein moderner Mensch könnte die Frage stellen, warum man Dachboden und Deele nicht für Wohnzwecke umgebaut hatte. Die simple Antwort lautet, dass es dafür weder Arbeitskräfte noch Material gab. Männer im wehrfähigen Alter kämpften oder starben an der Front, Frauen ohne Kinder arbeiteten in der Kriegsindustrie. Material konnte man nicht frei kaufen. Die Prioritäten bei Produktion und Verteilung von Gütern wurden durch ihre Bedeutung für den Krieg bestimmt. Die Versorgung der Zivilbevölkerung erfolgte nach den Regeln der (national)sozialistischen Planwirtschaft. Grundsätzlich war (nahezu) alles rationiert, Nahrungsmittel wurden unter Verwendung von Lebensmittelkarten — davon später — monatlich zugeteilt, für den Kauf längerlebiger Gebrauchsgüter, beispielsweise Bekleidung, benötigten die Menschen sogenannte Bezugsscheine. Als Dreijähriger kam ich natürlich mit solchen Problemen noch nicht in Berührung, doch wenige Jahre später verstand ich durchaus, wie das System der Mangelverwaltung funktionierte.

Das war die Ausgangslage bezüglich der Räume des Hauses, als der Beschluss gefasst wurde, meine Mutter und ich sollten hier bis zum Ende des Krieges in Sicherheit leben.

Meine Großeltern väterlicherseits hatten es aus eigener Kraft zu bescheidenem Wohlstand gebracht. Der Großvater, aus einem westfälischen Dorf stammend, war bereits mit fünf Jahren Vollwaise gewesen, Verwandte kümmerten sich in seiner Kindheit um ihn. Die Eltern meiner Großmutter waren unter dem Zwang, Arbeit zu finden, in der zweiten Hälfte des 19. Jahrhunderts ins Ruhrgebiet eingewandert, sie stammten wohl aus Rossitten, einem Ort in der Nähe des ostpreußischen Städtchens Preußisch Eylau. Der Geburtsname Kohn meiner Urgroßmutter hatte im »Dritten Reich« bei der Heirat der jüngeren Schwester meines Vaters für Irritationen gesorgt. Der Verlobte meiner Tante war Offizier und seine zukünftige Frau musste für die Erlaubnis zur Heirat zwei »arische Großmütter« nachweisen, was bei Großmutter Wilhelmine Hellmig, geborene Kohn, ein amtliches Verfahren erforderlich gemacht hatte. Meine Großmutter soll deswegen nervös gewesen sein, zumal der »kleine Kohn« um die Jahrhundertwende eine bekannte antisemitische Spottfigur gewesen war. Die Sache ging aber glimpflich aus: Der Nachname Kohn sei in der Gegend, aus der meine Urgroßeltern kamen, auch bei mehreren alteingesessenen Bauern üblich, fand man heraus, möglicherweise hatte aber in Analogie zum Spruch Hermann Görings »Wer Jude ist, bestimme ich« ein höherer Beamter am Ende einfach verfügt, meine Urgroßmutter habe als Arierin zu gelten.

Neben den drei Kindern, zwei Kinder waren früh gestorben, lebte noch Tante Ilse im Haushalt meiner Großeltern, eine kränkliche, unverheiratete Schwester meines Großvaters. Zwei unverheiratete Geschwister meiner Großmutter, zwar nicht in gleicher Weise von meinen Großeltern abhängig wie Tante Ilse, gehörten ebenfalls zum engeren Familienkreis. Onkel Gottfried und Tante Bertha waren nicht mehr berufstätig, Tante Bertha hatte zusammen mit einer anderen Schwester einen kleinen Kolonialwarenladen betrieben, mit geringem Erfolg, Onkel Gottfried war Bergmann gewesen und nach einem frühen Schlaganfall invalide geworden, wie man es damals nannte.

Onkel Gottfried und Tante Bertha sollten gleichfalls in dem Häuschen im Sauerland »überwintern«, für sie war der Raum vorgesehen, über den meine Großeltern verfügten und somit war für meine Mutter und mich zunächst kein Platz vorhanden gewesen.

Mein Großvater hatte deshalb für uns nachträglich einen zusätzlichen Raum herrichten lassen, zu dem man gleichfalls über den Treppenabsatz gelangte: Ein nicht sehr langer, schmaler Raum mit zwei winzigen Fenstern in dem fast meterdicken Mauerwerk, der uns als Wohn- und Schlafzimmer dienen sollte.

Wir waren allesamt nicht willkommen, wurden von Tante Helene als Eindringlinge betrachtet. Bis auf den erwähnten schmalen Betrag hatten meine Großeltern das Haus bezahlt, vom Vorbesitzer war ihnen unter mehr als fünfzig Bewerbern der Zuschlag gegeben worden, weil sie ihm zusätzlich zum Bargeld noch Herde und Öfen — vielleicht sogar ohne Bezugsscheine — für die Ausstattung seines neuen Hauses liefern konnten. Alle laufenden Ausgaben für das Haus wurden ebenfalls von meinen Großeltern getragen, trotzdem spielte sich Tante Helene als Hausherrin auf.

In ihr Reich drangen jetzt Fremdlinge ein, was von Anfang an eine gespannte Atmosphäre zur Folge hatte, für ihre feindselige Haltung gab es allerdings noch weitere Gründe.

Doch zunächst: Tante Helene war eine bemerkenswerte Frau, was man ihr auf den ersten Blick keineswegs ansah. Sie war klein, ihre Figur ließ sich am besten mit dem Wort »Tönnchen« beschreiben. Kleine, wässrig-blaue, harte Augen und ein schmallippiger Mund bewirkten, dass sie nicht durch besondere Maßnahmen für Distanz sorgen musste. Bevor sie den Bruder meines Großvaters geheiratet hatte, war sie Erzieherin gewesen, hatte eine Ausbildung genossen, die wohl im Zeichen der Pädagogik von Daniel Gottlob Moritz Schreber gestanden hatte, mit dem wir heute in der Regel nur noch die Kleingartenidee verbinden. Ihre Erziehungsmaxime bestand in dem Satz »Man muss den Trotz der Kinder brechen«, auf gut' Deutsch: Die Kinder dürfen erst gar keinen eigenen Willen entwickeln, oder, wie es ein halbes Jahrhundert vor Schreber formuliert wurde, »Kann man den Kindern in ihren ersten Lebensjahren den Willen nehmen, so erinnern sie sich hiernach niemals mehr, dass sie einen Willen gehabt haben«. Diese pädagogischen Leitgedanken sollte ich ausgiebig zu spüren bekommen.

Tante Helenes Mann Wilhelm, älterer Bruder meines Großvaters, war Prediger in einer christlichen Gemeinde pietistischer Ausprägung gewesen, ihr fundamentalistisches Glaubensverständnis hatte die beiden zusammengebracht. Die Ehe war kinderlos geblieben, Wilhelm starb kurz nach Erreichen des sechzigsten Lebensjahrs.

Tante Helene war ihrer Zeit in Vielem weit voraus, ein zentrales Moment in ihrem Leben war gesunde Ernährung. Teilweise versorgte sie sich aus dem eigenen Garten, der ausschließlich mit Kompost gedüngt wurde. Im Sommer wurden Waldbeeren, Himbeeren, Preiselbeeren und Brombeeren im Wald gepflückt und in guten Jahren eimerweise nach Hause getragen. Was nicht sofort verzehrt werden konnte, wurde für den Winter »eingeweckt«. Der Schwabe Johannes Weck hatte in Deutschland die Einmachgläser zum Haltbarmachen von Obst, Gemüse, Fleisch eingeführt und aus seinem Nachnamen war das Verb »einwecken« entstanden zur Kennzeichnung des häuslichen Konservierens von Lebensmitteln durch ein relatives Vakuum. Ein nicht unwesentlicher Teil des Obstes wurde zu Saft verarbeitet.

Das ungewöhnlichste Produkt der Natur, das in Tante Helenes Kochtopf wanderte, waren Pilze, niemand im Dorf hatte vor ihr welche gesammelt. Die Saison begann mit Wiesenchampignons, es folgten Birkenpilze, Butterpilze, Pfifferlinge, Steinpilze, Hallimasch und so weiter. Sie wusste nicht nur, welche Pilze essbar waren, an welchen Standplätzen bestimmte Pilzsorten gern wuchsen, sie konnte Pilze auch wunderbar zubereiten.

Gekocht wurde nicht anspruchslos nach Rezepten aus dem Gedächtnis, sondern streng nach dem Kochbuch von Henriette Davidis, die eigentlich Helena Clemen geheißen hatte und die in der zweiten Hälfte des neunzehnten Jahrhunderts mit ihren an die Belange der rasch wachsenden Industriegesellschaft angepassten Kochbüchern die Ernährung fortschrittlicher Kreise beeinflusste. Davidis' Ermahnungen und Empfehlungen zur Resteverwertung wurden von Tante Helene in besonderer Weise ernst genommen. Ein Beispiel. Himbeeren wurden direkt nach dem Transport aus dem Wald gründlich in Augenschein genommen und nach dem Entfernen aller Würmer auf dem mit Holz befeuerten Küchenherd kurz gekocht, der Saft wurde anschließend mit Hilfe eines selbst genähten Leinensäckchens ausgepresst. Der Himbeerbrei war nach der »ersten Pressung« noch nicht restlos ausgequetscht, wurde erneut mit wenig Wasser aufgekocht, über Nacht in dem Leinensäckchen an die vernickelte Herdstange gehängt und die sich von Zeit zu Zeit an der Unterseite des Säckchens ablösenden Safttropfen wurden in einer Schüssel aufgefangen. Damit nicht genug. Am nächsten Tag kochte Tante Helene den Inhalt des Säckchens ein drittes Mal auf und unterzog ihn einer letzten Entsaftungsprozedur. Die dritte Pressung lieferte freilich nur noch einen dünnen Saft, der nicht für den Winter in Flaschen abgefüllt wurde. Vielmehr entstand aus ihm unter Zusatz von Zucker und Sago die bei uns Kindern überaus beliebte Rote Grütze. Bleibt noch zu erwähnen, dass die rappeltrockenen Himbeerkerne am Ende auf dem (nicht gut riechenden) Komposthaufen landeten.

Wenn es das Wetter eben zuließ, wurde draußen gegessen, wegen der Enge innerhalb des Hauses eine praktische Lösung, darüber hinaus enthielt die Einnahme der Mahlzeiten unter freiem Himmel eine religiöse Komponente: Hier waren wir Gott (Tante Helene sprach vom »Herrn« oder von »Ihm«) und seiner Schöpfung näher. Vor jeder Mahlzeit mussten alle am Tisch Sitzenden die Augen schließen, während Tante Helene — ebenfalls mit geschlossenen Augen — das stets gleiche Tischgebet sprach:

> *Alle guten Gaben,*
> *was wir sind und haben*
> *kommt, o Gott, von Dir,*
> *Dank sei Dir dafür.*
> *Amen.*

Zwei, drei Sekunden mussten wir noch regungslos mit geschlossenen Augen verharren, bevor wir uns anfassen, »Gesegnete Mahlzeit« sagen und dann endlich zu essen beginnen durften. Tante Helene kochte hervorragend, nur zum Sattwerden reichte es nicht, was sie mit dem Spruch »vom Guten braucht man nur wenig« rechtfertigte, der von der Theorie her zwar gut klingt, der aber einen hungrigen Kindermagen nicht voller macht.

So wichtig ihr der Garten als Grundlage für eine gesunde Ernährung war, ein nicht unbeträchtlicher Teil davon war als Blumengarten angelegt. Hier zeigte sich, dass diese Frau, die in meiner Erinnerung außer Zorn selten andere Gefühlsregungen zeigte, vielleicht weniger gefühlskalt war, als es den Anschein hatte.

Abends las Tante Helene, nicht ausschließlich in der Bibel oder anderen Büchern mit religiösem Inhalt. Obwohl sie vermutlich eine bescheidene Schulbildung genossen hatte, war sie durch ihre Belesenheit in vielen Bereichen erstaunlich gebildet. War jemand im Dorf krank, kam man zu ihr, sofern es sich nicht um eine erkennbar schwere Erkrankung handelte. Sie versuchte mit Naturheilmitteln und -verfahren zu helfen, mit erstaunlichem Erfolg. Besonderes Interesse brachte sie daneben den Sternen entgegen, unter astronomischen Aspekten, und kannte sich demzufolge am Nachthimmel verblüffend gut aus. Kleine Dörfer, wie das unsere, waren wegen der auf dem Lande schwach entwickelten Infrastruktur weitgehend vom Tagesgeschehen in der Welt abgeschnitten. Dessen ungeachtet gehörte Tante Helene zu den gut Informierten. Sie besaß ein kleines Radio, dessen offizielle Typenbezeichnung »Deutscher Kleinempfänger (DKE)« lautete, im Volksmund hieß es »Goebbels-Schnauze«, was man aber auf keinen Fall laut sagen durfte. Dieses Radio kam fünf Jahre nach dem bekannten Volksempfänger VE 301 auf den Markt, Tante Helene schaltete es nur gezielt ein — andernfalls würden die Röhren zu schnell taub —, um als wichtig angesehene Sendungen zu empfangen.

Kinder konnten von Tante Helene viel lernen, ob zu Hause oder auf Waldspaziergängen, sie beschäftigte sich wohl auch gern mit uns, gab ihr Wissen und Können mit angemessener Berücksichtigung unseres Alters weiter. Mit vier Jahren konnte ich alle Strophen von Heinrich Heines »Loreley« singen, von den Gedichten, die sie uns vortrug, gefiel mir namentlich »Das Riesenspielzeug« von Adelbert von Chamisso. Wenn sie gegen Ende mit schneidender und pathetisch erhobener Stimme »der Bauer ist kein Spielzeug« und »denn wäre nicht der Bauer, dann hätten wir kein Brot« deklamierte, überkam mich stets ein inneres Erschauern, das ich gleichwohl liebte.

Tante Helenes Feindseligkeit meiner Mutter gegenüber, für die ich oft genug den »Blitzableiter« abgeben musste, hatte lange vor unserem Eindringen bestanden, religiöse Zugehörigkeiten hatten dabei auch eine Rolle gespielt, vielleicht sogar eine wichtige.

In der Familie meines Vaters gab es keine religiösen Bindungen, mein Vater und seine beiden Schwestern waren nicht einmal getauft. Meine Großmutter und mein Großvater entstammten Baptisten-Familien, sie hatten sich — ähnlich wie Tante Helene und ihr Mann Wilhelm — in der »Gemeinde« kennengelernt, wo meine Großmutter »mit schöner Stimme im Chor gesungen hatte«. Ihre Kinder hatten die Großeltern noch brav in die Sonntagsschule geschickt, für deren religiöse Entwicklung war das möglicherweise aber eher kontraproduktiv gewesen, wie ich aus Erzählungen der jüngeren Schwester meines Vaters wusste, die sich oft und gern über selbstgerechte Prediger lustig gemacht hatte und deren ungelenke Versuche, die Kinder so hinzubiegen, wie sie es aufgrund ihres religiösen Verständnisses für richtig hielten. »Bruder Fleischer« hatte beispielsweise eine außerordentlich einprägsame Formel parat gehabt, um den Weg junger Menschen auf die »schiefe Bahn« zu kennzeichnen: Ungehorsam gegen die Eltern – Sontagsentheiligung – Schafott! Etwa um die Zeit, als meine Tante ihr Pflichtpensum in der Sonntagsschule absolvierte, im Jahr 1925, beschrieb der evangelische Missionar und Sinologe Richard Wilhelm seine Erfahrungen mit Missionaren und Missionarinnen christlicher Sondergemeinschaften in China, nachdem er zwanzig Jahre in Qingdao, der chinesischen Hafenstadt in der ehedem deutschen Kolonie Shandong, gelebt hatte. Als ich Wilhelms Bericht las, erstand meine längst im Grabe ruhende Tante vor mir, nein, sie hatte nicht übertrieben, fast schien es mir nun, sie habe von der Predigerelite erzählt.

Weil sich alle drei Kinder ihrer Taufe verweigert hatten, war vielleicht das Interesse meiner Großeltern an der Gemeinde erloschen, am Ende gab es in der gesamten Familie keine direkten Berührungen mehr mit ihrer früheren Religion.

Meine Mutter stammte aus einem katholischen Milieu einfacher Prägung. Man hielt religiöse Regeln ein, ging sonntags und an Feiertagen zur Messe, aß freitags kein Fleisch — wenn man sich denn überhaupt welches hätte leisten können. Eine tiefere Religiosität gab es nicht, man war katholisch und verhielt sich, wie sich Katholiken zu verhalten hatten. Der Vater meiner Mutter war über mehrere Jahre nicht in die Kirche gegangen, darüber war oft getuschelt worden, was meine kindliche Neugier natürlich angefacht hatte. Aus Bruchstücken reimte ich mir später eine Begründung für den Kirchenboykott des Großvaters zusammen: Als meine Großeltern sechs Kinder in die Welt gesetzt hatten, die sie mit einem dürftigen Beamtengehalt mühsam durchbringen konnten, hatte sich mein Großvater zur Vermeidung weiteren Kindersegens — wobei der zweite Teil des Wortes wohl nicht mehr als solcher empfunden wurde — offenbar irgendwelcher Methoden bedient, die von der Mutter Kirche nicht gutgeheißen wurden. Der Pfarrer hatte ihm nach der Beichte nicht die Absolution erteilt und mein Großvater war im Gegenzug nicht mehr zur Kirche gegangen.

Als meine Eltern heiraten wollten, musste eine mit Religion zusammenhängende Schwierigkeit ausgeräumt werden, der Vater meiner Mutter hatte auf einer katholischen Trauung bestanden. Die katholische Kirche war gegen sogenannte Mischehen, in diesem Fall wollte eine Tochter der *una sancta* gar einen Heiden ehelichen — oder waren Heiden weniger schlimm als Protestanten? Wie konnte das zusammengehen? Meine Mutter gehörte einer Kirchengemeinde an, deren Pfarrer nach Meinung vieler Zeitgenossen ein ausgesprochen volksnaher Typ war. Er kannte die Familie meiner Mutter und auch die Familie meines Vaters, obwohl deren Mitglieder nicht zu seinen Schäflein gehörten. Durch sein Geschick wurde ein erzbischöflicher Dispens aus Paderborn eingeholt und meine Eltern konnten richtig katholisch getraut werden. Mein Vater hatte unterschreiben müssen, dass die der Ehe entspringenden Kinder katholisch getauft und erzogen würden, was für ihn allenfalls ein nachrangiges Problem gewesen war.

Einen Schönheitsfehler hatte die Angelegenheit: Mein Vater hatte seinen Eltern erst am Abend vor der Hochzeit gebeichtet, dass es am nächsten Tag eine katholische Trauung geben werde. Obwohl sie sich religiös nicht mehr gebunden fühlten, sei die Nachricht für meine Großeltern ein ziemlicher Schock gewesen.

Die feindselige Haltung Tante Helenes gegenüber meiner Mutter hing zusammen mit den verschiedenen religiösen Ausrichtungen der beiden Familien, denen ich entstamme. Da war eine Gott wohlgefällige Baptistin auf der einen Seite und eine Papistin auf der anderen, eine Anhängerin der Hure Babylons, wie Luther die Katholische Kirche bezeichnet hatte. Die Abneigung hatte sich schon früher gezeigt.

Als etwa zweijähriges Kind erkrankte ich an einem gefährlichen Keuchhusten, der mit Medikamenten nicht in den Griff zu bekommen war, der Arzt empfahl dringend eine Luftveränderung für mich. Tante Helenes Ehemann Wilhelm, der zu diesem Zeitpunkt bereits tot war, hatte als Prediger in Nordhausen gewirkt, nach Meinung der Eltern meines Vaters würde ein Aufenthalt in der Harzregion für meine Gesundheit förderlich sein und meine Mutter sollte eine Zeitlang dort mit mir wohnen. Um das medizinische Ergebnis vorwegzunehmen: Die Luftveränderung zeitigte die erhoffte Wirkung.

Tante Helene war gegen unsere Einquartierung gewesen, damit ihr frommes Haus nicht durch die Anwesenheit einer Katholikin entweiht würde. Als Folge musste sich meine Mutter tägliche Demütigungen gefallen lassen, sie war in einer schwachen Position und einen Menschen, der ihr zur Seite gestanden hätte, gab es nicht. Die Sonntagnachmittage verliefen besonders erniedrigend, weil dann fromme Gemeindemitglieder zur Betstunde ins Haus des Predigers kamen, und meine Mutter mit mir in eine Kammer des Obergeschosses verbannt wurde, damit die Schwestern und Brüder i. H. (im Herrn) nicht das katholische Ungeheuer unter dem Dach der Witwe ihres Predigers bemerkten.

Meine Großmutter wurde von ihrer Schwägerin Helene als Feindin betrachtet, es ging das Gerücht, mein von allen als gutmütig und großzügig geschilderter Großvater habe der Witwe seines Bruders das Haus im Sauerland schenken wollen, was meine Großmutter vereitelt habe. Hinzu kam vielleicht auch noch Folgendes.

Ob es jemals offene Auseinandersetzungen zwischen meiner Oma und ihrer Schwägerin gab, weiß ich nicht, meine Oma war sehr verschlossen in Bezug auf ihr Verhältnis zu anderen Menschen. Es musste Tante Helene jedoch wurmen, in einem finanziellen Abhängigkeitsverhältnis zu meiner Oma zu stehen, denn meine Großeltern kamen für die laufenden Kosten des Hauses auf, in dem sie wohnte. Verschärfend könnte hinzugekommen sein, dass meine Großeltern inzwischen nicht mehr an den Gott glaubten, dem sie selbst ihre ganze menschliche Existenz geweiht hatte.

Der Einfachheit halber wurde die Schwiegertochter der verhassten Schwägerin gleichsam in Sippenhaftung genommen, was meiner Mutter weitere Minuspunkte in Tante Helenes Gunst eintrug. Dass meine Mutter strenggenommen nicht zur Sippe meiner Großmutter gehörte, mag noch als erbsenzählerisch vom Tisch gewischt werden, nicht jedoch der pikante Umstand, dass meiner Großmutter die katholische Schwiegertochter höchst unwillkommen gewesen war.

Ich nehme an, dass sich meine Oma nichts aus der Abneigung ihrer Schwägerin machte, sie lebte in Bochum und konnte »was kümmert es den Mond, wenn ihn die Hunde anbellen?« denken. Meine Mutter musste unter einem Dach mit Tante Helene leben, hatte keinen eigenen Haushalt, konnte nicht die Tür hinter sich schließen und »rutsch mir den Buckel 'runter« sagen.

Nein, meine Mutter unter der Fuchtel von Tante Helene, das konnte nicht gut gehen.

An den Umzug in das kleine Dorf, das uns während des Kriegs als Refugium zugedacht war, habe ich keine Erinnerung. Mein Vater war zu dieser Zeit bei uns, entweder war es ein regulärer Heimaturlaub oder er hatte Sonderurlaub bekommen. Seinen ersten Einsatz als Soldat hatte er in Polen erlebt, zum Zeitpunkt unseres Umzugs war er in Norwegen stationiert, »er lag in Norwegen«, wie die Erwachsenen sagten.

Es kann sein, dass eins der wenigen Erinnerungsbilder an meinen Vater aus jenen Tagen stammt. Wir liegen beide in der Mitte eines fast leeren Zimmers auf dem Bauch und sehen zu, wie meine Aufzieh-Eisenbahn wenige Runden auf dem kleinen Schienenkreis fährt, bis das Uhrwerk der schwarzroten Lokomotive erneut mit einem Schlüssel aufgezogen werden muss. Das könnte im Wohnzimmer unserer ausgeräumten Wohnung gewesen sein, in einer Ecke des Zimmers standen zwei »Luftschutzbetten«, ein kunstlos aus Fichtenbrettern zusammen genageltes Etagenbett.

Das zweite Bild, das sich mir von meinem Vater eingeprägt hat, könnte wenige Tage später entstanden sein, nach dem Umzug. Zu dem Haus, das mein Großvater erworben hatte, gehörte eine Wiese, die zum Teil mit kleinen Fichten bepflanzt war. Durch diese Fichten lief ich — möglicherweise nicht freiwillig, die Nadeln der eng stehenden Bäumchen kratzten unangenehm —, während mein Vater mich durch einen kleinen schwarzen Kasten ansah (eine Schmalfilmkamera, aber für mich war es nur ein schwarzes Ding gewesen).

Das sind zwei Drittel der eigenen Erinnerungen an meinen Vater, niedergeschrieben in ein paar dürren Zeilen. Verdammt wenig. Scheiß Hitler!

Der Umzug hatte kurz nach Pfingsten stattgefunden, der beginnende Sommer ließ die Enge des Hauses nicht gleich in vollem Ausmaß spürbar werden, da sich ein großer Teil des täglichen Lebens draußen abspielte.

In dem Zimmer, das mein Großvater gezielt für uns hatte herrichten lassen, konnte lediglich ein Teil unserer Möbel aufgestellt werden, die Betten, in denen meine Mutter und ich schliefen, gehörten dazu. Eine Möglichkeit zum Kochen gab es nicht.

An dieser Stelle sei eine kleine Episode nachgetragen. Onkel Gottfried und Tante Bertha — genau genommen waren sie Onkel beziehungsweise Tante meines Vaters — zogen zusammen mit uns um. Als Vergnügen wird auch heute kein Umzug empfunden, fünfmal (oder ähnlich) umgezogen ist wie einmal abgebrannt. In jenen Jahren war Umziehen weitaus schwieriger, beispielsweise konnte man nicht schnell in die »Gelben Seiten« gucken und Angebote von verschiedenen Unternehmen einholen, alles ging seinen nationalsozialistischen Gang. Private Kraftfahrzeuge waren gleich zu Beginn des Krieges beschlagnahmt worden, auch der Lieferwagen des Geschäfts meiner Großeltern und der »Opel Olympia« meiner Eltern. Wenn man ein Transportmittel brauchte, musste man sich an »die NSKK« wenden.

Die Abkürzung wurde vielfach in Gesprächen der Erwachsenen benutzt und ich ärgerte mich, dass ich nicht wusste, was sie damit meinten. Es mag aufgesetzt klingen: Dass ich die Bedeutung der vier Buchstaben »NSKK« nicht verstand, hat eine bis heute währende Abneigung gegen unnötige Abkürzungen hinterlassen. Eine Nennung der Parteiunterorganisation »**N**ational**s**ozialistisches **K**raftfahrer**k**orps« in Langform hätte allerdings auch kaum zu meinem Verständnis beigetragen. Später wunderte ich mich, dass in meiner Umgebung alle von *der* NSKK sprachen. Weil es *die* NSDAP, *die* HJ, *die* NS-Frauenschaft usw. hieß? Es gab doch *den* BDM (**B**und **D**eutscher **M**ädel).

Ohne Zweifel wird mein Vater Schwierigkeiten gehabt haben, überhaupt einen Lastwagen zu »organisieren« und zu klein wird er auf alle Fälle gewesen sein. Als Onkel Gottfried und Tante Bertha auf den hoch bepackten Lastwagen noch Mobiliar laden wollten, an dem ihnen besonders gelegen war, hatte mein Vater

»Nein!« gesagt. »Dann werden wir dich enterben«, war die an Klarheit nicht zu überbietende Antwort gewesen. »Steckt euch euer Geld in den Hintern«, hatte mein Vater ebenso deutlich gekontert, seine Empfehlung wurde nicht vergessen.

Da es den eigenen Herd, der nach dem Sprichwort Goldes wert ist, für uns nicht gab, waren meine Mutter und ich also künftighin Teil von Tante Helenes Haushalt. Sie bestimmte alles, zum Beispiel, dass ich abends Buttermilchsuppe — mit Zimt und Zucker eingerührt — essen musste. Mir war der Buttermilchgeschmack widerwärtig, jeden Abend wehrte ich mich gegen das zwangsweise Füttern mit der sauren Suppe: Meine Mutter musste mich festhalten, Tante Helene steckte mir den Löffel in den Mund. Es wäre ein Leichtes gewesen, mir eine Milchsuppe aus »normaler« Milch zu kochen, für mich als Kleinkind gab es ein erhöhtes Vollmilchkontingent auf der Lebensmittelkarte, doch meine Vollmilch bekam die vergötterte Pusekatze — weil sie keine Buttermilch mochte.

Eine ähnliche Aversion hatte ich gegen »Himmel und Erde«, einen aus Kartoffeln und Äpfeln zusammen gekochten Pamp, den alle anderen offenbar gern aßen. Hier bestand die Erziehungsmaßnahme darin, mich zu meiner Einreihung in den Mainstream zu zwingen. Die Methode war simpel: Ich musste — meistens allein — am Tisch sitzen bleiben, bis der Teller leer war, das Erziehungsziel konnte allerdings nicht erreicht werden.

An Spielgefährten mangelte es mir nicht, ständig waren Kinder im Haus, das gefiel mir. Tante Helene hielt engen Kontakt zu den Abkömmlingen der verheirateten Schwester ihres verstorbenen Mannes, die ihrerseits eine zahlreiche Nachkommenschaft besaßen. Beide Räume im Obergeschoss, die Tante Helene für sich beanspruchte, waren häufig mit längerfristigem Besuch belegt, die Arbeit, die der Besuch verursachte, wurde größtenteils auf meine Mutter abgewälzt. Das war angenehm für Tante Helene, für meine Mutter aber auf Dauer nicht auszuhalten.

Zur hohen Arbeitsbelastung hätte eine entsprechende Ernährung gehört, doch da man »vom Guten nur wenig« brauchte, stand meine Mutter, ähnlich wie ich, nach dem Essen hungrig auf mit Folgen, die schnell sichtbar wurden, auch für Außenstehende.

Onkel Gottfried und Tante Bertha eröffneten meiner Mutter eines Tages, sie würden nicht länger zusehen, wie sie sich für andere Leute abrackern müsse. Sie seien zu dem Schluss gekommen, wir sollten in Zukunft zusammen mit ihnen in einem gemeinsamen Haushalt leben. Für meine Mutter muss die Änderung wie der Auszug der Kinder Israels aus Ägypten gewesen sein, nach Jahrzehnten beteuerte sie noch ihre Dankbarkeit gegenüber Onkel Gottfried und Tante Bertha, da waren die beiden längst tot. Der Pharao Helene hatte natürlich gezetert.

Keine Rose ohne Dornen. Tante Helene und meine Mutter hatten eins gemeinsam, beide waren sehr sauber und ordentlich, Onkel Gottfried und Tante Bertha hingegen nahmen unter diesem Aspekt Plätze am anderen Ende der Skala ein, die Unsauberkeit der beiden störte meine Mutter am meisten.

Seit geraumer Zeit musste ich abends nach dem Zubettgehen beten. Das gefiel mir wenig, betete ich doch vor jedem Mittag- und jedem Abendessen, vor dem Frühstück brauchte ich aus einem mir unbekannten Grunde meine Hände Gott sei Dank nicht zu falten. Bezüglich des Abendgebets ließ meine Mutter nicht locker, es musste sein, jedes Mal gehörte ein Satz dazu, mit dem der »liebe Gott« gebeten wurde, Sorge zu tragen, dass mein Vater heil aus dem Krieg zurückkäme. Um mich — vielleicht auch sich selbst? — zu trösten, fügte sie manchmal hinzu: »Bald ist der Krieg aus, dann kommt dein Papa nach Hause und alles wird gut.«

Gelegentlich besuchte uns mein Großvater für ein paar Tage, meine Großmutter kam seltener mit, sie konnte sich nicht vom Geschäft lösen, das war ihr eigentliches Leben. Bei diesen Gelegenheiten saßen wir dann auch wieder an Tante Helenes Mittagstisch, alles war eitel Harmonie. Während der Mahlzeiten umsäuselte sie ihren Schwager süßlich: »Fritz, möchtest du nicht noch von diesem Gericht nehmen, Fritz, möchtest du noch etwas von jenem kosten?« Und Fritz mochte und nahm, die Kochkunst seiner Schwägerin war bemerkenswert — meine Großmutter brachte außer Bratkartoffeln mit Spiegeleiern kein warmes Gericht zustande. Er ahnte nicht einmal, dass mit jeder geleerten Schüssel die großen hungrigen Kinderaugen seines kleinen Enkels glanzloser wurden.

Ich hatte die von Erwachsenen wenig geschätzte Angewohnheit, beim Essen den linken Ellenbogen aufzustützen und meinen Kopf in die Handfläche zu legen. Als ich bei einem seiner Besuche im Sommer während des Mittagessens neben meinem Großvater sitzen durfte, sah er mich freundlich an und fragte mit bekümmertem Gesicht: »Ist das Köpfchen immer noch so schwer?« »Morgen werde ich zum Schreiner gehen«, fuhr er mit ernster Miene fort »und ein Holzgestell anfertigen lassen, dann brauchst du den Arm nicht mehr als Stütze für deinen Kopf.«

Das war der letzte Satz meines Großvaters, an den ich mich erinnern kann, ein halbes Jahr später starb er. Zur Beerdigung fuhren wir alle in unsere Heimatstadt, der Winter war vorbei, es war Mitte April. Nach dem Begräbnis, an dem ich wahrscheinlich nicht teilgenommen habe, blieben wir noch ein paar Tage.

In der Wohnung meiner Eltern lebten nun meine Großeltern mütterlicherseits, die seit kurzem »ausgebombt« waren, Brandbomben hatten bei einem Luftangriff eine ganze Straßenzeile, in der ihr Wohnhaus gestanden hatte, zerstört. Sie waren froh gewesen, in unserer Wohnung Zuflucht zu finden, auch für meine Eltern hatte die »Einquartierung« Vorteile. Durch die nächtlichen Bombenangriffe waren tausende Häuser in Schutt und Asche gelegt, Wohnraum war ein knappes Gut, trotz der »Evakuierten«, die aus der Stadt aufs Land geflüchtet waren. Eine lange leerstehende Wohnung wäre beschlagnahmt und Ausgebombten zugewiesen worden, unsere Wohnung zumal, denn im Erdgeschoss des Nachbarhauses befand sich das Büro der Ortsgruppenleitung der Nationalsozialistischen Deutschen Arbeiterpartei.

Auch in unserer Straße und in angrenzenden Straßen waren

Wohnhäuser durch Bomben der Alliierten zerstört worden. Von Kindern, mit denen ich mich während unseres Kurzbesuchs angefreundet hatte, lernte ich ein neues, aufregendes Spiel: Bombensplitter sammeln. Als ich die erste Sammlertrophäe stolz meiner Mutter präsentierte, gab es statt der erwarteten Begeisterung eine gesalzene Philippika und zusätzlich das strikte Verbot, dieses gefährliche Zeug anzufassen.

Die Kinder auf der Straße sagten, die Splitter seien nicht gefährlich, weil sie keinen Sprengstoff enthielten und da die Kinder über das solidere Fachwissen zu verfügen schienen, sammelte ich heimlich weiter. Ihr hohes Gewicht machte die kleinen Bombenstücke attraktiv, sie waren doppelt so schwer wie gleichgroße Steine und außerdem hatten sie bizarr gezackte Formen. Ich bewahrte meine Beute in einer kleinen Kiste im Garten auf. Einmal gelang es mir nicht, meine Fundstücke unbemerkt durch die Küche zu schmuggeln, in meiner Not versteckte ich sie kurzerhand unter dem Federbett meines Großvaters, vergaß aber dummerweise die Geschichte. Abends musste ich ein gewaltiges Donnerwetter über mich ergehen lassen.

An einem Vormittag ging jemand mit mir — ich erinnere mich nicht, wer, meine Mutter war es jedenfalls nicht — zu einer Versammlung in eine Villa in der Nähe des Stadtparks. Ich nehme an, es war der Vormittag des 20. April, Hitler wurde an diesem Tag fünfundfünfzig Jahre alt. Wir mussten weit laufen. Ein Mann in hellbrauner Kleidung mit einem Lederriemen quer über seinem Hemd und mit einer breiten Armbinde wies uns an, in einen großen Raum zu gehen. Ich wunderte mich über die verdunkelten Fenster, es war doch früher Morgen. Platz war reichlich vorhanden, wir setzten uns in eine der vorderen Stuhlreihen. Überall hingen Hakenkreuzfahnen und vorn in der Mitte, vor einem hölzernen Pult, stand ein großes Bild des »Führers«. Als fast Fünfjähriger kannte ich das Gesicht, auch wenn ich auf dem Dorf lebte.

Mehrere Männer, alle wie der Mann an der Tür gekleidet, liefen geschäftig herum, der Raum füllte sich, ich war gespannt, was passieren würde. Plötzlich verstummte das Gemurmel, ein dicklicher Mann mit fettglänzendem Gesicht betrat den Raum, schritt zum Pult, nahm seine Mütze vom Kopf und begann zu sprechen, laut, seine Worte klangen drohend. Ich langweilte mich, weil ich nicht verstand, was der Mann sagte, ich ahnte nicht mal, worüber er sprach. Endlich hörte der Schwadroneur auf, die Zuhörer klatschten anhaltenden Beifall, ich klatschte mit, um nicht aufzufallen. Danach standen wir alle auf und sangen das »Horst-Wessel-Lied«. Ich kannte es aus dem Radio, die Melodie mochte ich. Vor allem bei den Takten, die zu »Kameraden, die Rotfront und Reaktion erschossen, …« gehörten, lief mir ein wohliger Schauer über den Rücken, weil an dieser Stelle einige in der normalen Stimmlage weitersangen, während ein Teil in die nächsthöhere Oktave umschaltete. Über die Textzeile machte ich mir zudem immer wieder Gedanken, weil sie merkwürdig unlogisch klang. Erst viele Jahre später, als ich im Gymnasium lernte, was Grammatik ist, wurde mir die Doppeldeutigkeit des Satzes klar.

Wir verließen den Saal, entgegen meiner Erwartung gingen wir nicht nach Hause, stellten uns vielmehr zu den bereits erwartungsvoll vor dem Haus Stehenden. Männer mit braunen Hemden und roten Armbinden pflanzten sich vor uns in Reih' und Glied auf. An der Spitze standen zwei, die lange Holzstangen senkrecht hielten, zwischen denen eine große Strohpuppe baumelte. Der Zug setzte sich in Bewegung, er ging durch Straßen mit Hakenkreuzfähnchen schwenkenden Menschen, alle Häuser waren schwarz-weiß-rot beflaggt, jede Wohnung musste am Fenster einen Fahnenhalter haben, an unserem Wohnzimmerfenster war auch einer angebracht.

Auf einem Platz im Stadtzentrum machten wir Halt. Ein uniformierter Mann, nicht der Redner aus dem Saal, trat an ein Pult und schrie Sätze in die Menge, die ich nicht mitkriegte, aber das »Heil«, das die Zuhörer brüllten, verstand ich. Die beiden Männer mit der Strohpuppe machten zwei Schritte nach vorn und dann geschah Ungeheuerliches vor meinen Augen. Zwei weitere

Männer traten hinzu und zündeten die Strohpuppe an, die sofort lichterloh zu brennen anfing. Ich brach in lautes Weinen aus, weil aus der schönen goldgelben Puppe rote Flammen loderten, die schwarze Aschenreste hinterließen. Die Leute lachten über mich.

Von einem großen Mädchen mit blauem Halstuch über der weißen Bluse bekam ich ein außen grünliches, seltsam geformtes Metallgefäß mit Erbsensuppe in die Hand gedrückt, es war ein »Feldgeschirr«, damals kannte ich die Bezeichnung noch nicht. Nachdem ich meine Suppe gelöffelt hatte, gingen wir zur Hauptattraktion des Platzes, zu einer Flak, das Akronym war aus **Fl**ieger**a**b**w**ehr**k**anone gebildet. Ich kannte das Wort und dass es mit Schießen zu tun hatte, wusste ich auch, wir Kinder rezitierten nämlich heimlich den Vers

Chamberlain, das alte Schwein,
fährt mit 'nem Pisspott über'n Rhein.
Kommt er an das »Deutsche Eck«,
schießt die Flak den Pisspott weg.

Heimlich mussten wir es tun, weil »Pisspott« zu den bösen Wörtern gehörte, die wir nicht sagen durften. Jetzt sah ich zum ersten (und einzigen) Mal, was für ein Riesending eine Flak war.

Um mir vermutlich eine besondere Freude zu bereiten, wurde ich von einem Mann in grauer Uniform auf einen metallenen Sitz gehoben, der den Sitzen auf Mähmaschinen oder Heuwendern ähnlich war, mit denen ich als Dorfkind bestens vertraut war. Dieser Sitz war in schwindelerregender Höhe angebracht, die umherstehenden Leute sahen unnatürlich klein aus, zumindest erzeugte meine Angst diese Vorstellung. Der Mann, der mich hochgehoben hatte, zeigte mir, an welchem der Räder ich drehen sollte, damit sich mein Sitz auf einer Kreisbahn bewegte, was mich trotz meiner Angst unglaublich faszinierte. Zu meiner Erleichterung wurde ich nach einer Runde vom Sitz gehoben, andere Jungen brannten darauf, auch endlich hinter der Kanone sitzen zu dürfen.

Kurz nach der Beerdigung meines Großvaters — wir waren wieder zurück in unserem Dorf — erzählte mir meine Mutter eines

Abends nach dem Abendgebet, in ein paar Monaten würden wir in einen anderen Ort umziehen. Mit der Ankündigung jagte sie mir einen riesigen Schrecken ein, einen richtigen Grund nannte sie nicht auf meine Frage, antwortete stattdessen ausweichend, es werde dort, wohin wir ziehen würden, sehr schön sein und ich könne am neuen Wohnort bestimmt schnell Freunde finden. Vor Aufregung hatte ich nachher lange nicht einschlafen können.

Am Morgen danach sägte ich mit Onkel Gottfried Brennholz. Er hatte mir beigebracht, wie man Balken oder trockene Baumstämme auf den Sägebock legt, um vom überstehenden Teil ein Stück absägen zu können. Versuche man, einen Balken auf dem Sägebock in der Mitte durchzusägen, würde das Sägeblatt eingeklemmt, so dass man nicht weiter sägen könne, hatte Onkel Gottfried gesagt und, um das Klemmen des Sägeblatts zu verhindern, müssten zusätzlich die Zähne geschränkt werden: Der erste Sägezahn würde etwas nach rechts gebogen, der nächste nach links und so weiter, bis alle Zähne durch wären. Das handwerkliche Vorgehen verstand ich ja ganz gut, aber was hatte das Ganze mit einem Schrank zu tun?

Onkel Gottfried liebte mich und ich liebte ihn. Nie hätte ich ihn »Kohlenklau« genannt, wie es die anderen Kinder taten, wenn kein Erwachsener in der Nähe war. »Kohlenklau« war die Bezeichnung für eine Figur, die ich hauptsächlich von Streichholzschachteln kannte. Einmal hatte ich sie auf einer Hauswand abgebildet gesehen, als ich mit meiner Mutter zu Besuch bei Bekannten in einer Stadt gewesen war. In unserem Dorf gab es solche Bilder auf Häuserwänden nicht, auch nicht den schwarzen Mann mit Hut, neben dem »Pssst! Feind hört mit!« stand.

Der auf den Streichholzschachteln abgebildete Kohlenklau war ein kleiner buckliger Mann mit einem übergroßen Sack auf dem Rücken. Vor langer Zeit hatte ich Tante Helene gefragt, warum der böse aussehende Mann auf den Streichholzschachteln abgebildet sei. Sie hatte mir erklärt, es sei jetzt Krieg und *wir* müssten siegen. Für den Sieg sei notwendig, Brennholz und Kohlen zu sparen, damit unsere Panzer fahren könnten. Wenn man zum Beispiel Kohlen verschwende, sei es, als trüge jemand — nämlich der Kohlenklau — die Kohlen in einem großen Sack zum Feind. Auf meine Frage, wer der Feind sei, hatte sie kurz geantwortet: »Die Tommies und die Russen.« Von den Tommies hatte ich gehört, in einem Liedchen, das ich von älteren Kindern gelernt hatte. Der Text ging so:

> *Lieber Tommy, fliege weiter,*
> *hier wohnen nur arme Bergarbeiter.*
> *Lieber Tommy, fliege nach Berli - i- n,*
> *da - a haben sie am lautesten »ja« geschrien.*

Die Melodie war ähnlich wie die von »Heimat, deine Sterne«, einem damals populären Schlager, den meine Mutter häufig vor sich hin trällerte. Tante Helene war schrecklich wütend gewesen, als ich das Lied gedankenlos in ihrem Beisein gesungen hatte. Unter fürchterlichem Schimpfen verbot sie mir strengstens, das Lied zu singen, auch nicht ein einziges Mal.

Später wurde mir klar, wie sehr Tante Helene mit dem absoluten Verbot recht gehabt hatte. Das Singen dieses boshaften Liedes, das jemand aus dem Kohlenpott in unsere dörfliche Beschaulichkeit eingeschleppt haben musste, hätte vermutlich den Tatbestand der »Wehrkraftzersetzung« erfüllt, was schlimme Konsequenzen nach sich ziehen konnte, mit der Todesstrafe war die Partei schnell bei der Hand. Noch viel später verstand ich erst die Brisanz des Textes, als ich in einer Fernsehdokumentation erstmalig den Reichspropagandaminister Dr. Joseph Goebbels sah, wie er im Berliner Sportpalast die Frage »Wollt ihr den totalen Krieg?« stellte und daraufhin ein tausendstimmiges, frenetisches »Ja« als Antwort erschallte.

Kohlenklau war also ein böser Mann, der unsere Kohlen stahl und sie den Tommies gab, damit *wir* nicht siegen konnten. Obwohl Onkel Gottfried tatsächlich wie der Kohlenklau aussah, hatte ich ihn kein einziges Mal so genannt, nicht mal heimlich. Vermutlich war Onkel Gottfried mit dem hässlichen, verwachsenen Körper auf die Welt gekommen, durch einen Schlaganfall war sein Mund lang und schief geworden, sein kahler Schädel verstärkte noch das unangenehme Aussehen des armen, gutmütigen Mannes.

Während ich mit Onkel Gottfried sägte — immer die Säge ziehen, nie drücken, hatte ich auch von ihm gelernt — fragte ich ihn, ob er von unserem Umzug wisse. Eine Weile sagte er nichts, so dass ich annahm, er habe meine Frage nicht gehört, zu seinen sonstigen körperlichen Gebrechen kam nämlich noch starke Schwerhörigkeit. Die habe er von der Arbeit auf der Zeche bekommen, hatte mir Tante Bertha zu erklären versucht, allerdings konnte ich mir unter einer Zeche nichts vorstellen. Dieses Mal war es jedoch nicht sein vermindertes Hörvermögen gewesen, das Onkel Gottfried nicht antworten ließ, seine innere Bewegtheit hatte ihn gehindert. »Ja«, sagte er nach einer Weile gedehnt, »deine Mutter hat mit mir darüber gesprochen.« Mehr nicht. Der Gedanke, in Zukunft nicht mit ihm zusammen sein zu können, schnürte mir die Kehle zu.

Onkel Gottfried versuchte unsere gedrückte Stimmung mit einer seiner kalauernden Scherzfragen aufzuhellen: »Wie hieß der erste Dichter?« Woher sollte ich die Antwort wissen, was bedeutete »Dichter«? Ein Weilchen ließ er mich zappeln, ehe er die Lösung preisgab: »Der erste Dichter hieß Nebel, denn ›Ein dichter Nebel lag über der Erde‹ steht schon am Anfang der Bibel«. Nahm er an, ein Fünfjähriger könne das platte Wortspiel verstehen? Tante Bertha schimpfte mit ihm wegen der dummen Sprüche, die er mir beibrachte, ein anderer lautete: »Du kannst schon lesen, denn du kannst Äpfel und Birnen unterm Baum auflesen, hahaha.« Ein weiterer: »Ein Brotfresser ist besser als ein Professor.« Was meinte er mit »Professor«?

Ein kleines Gedicht, bei dem man erraten musste, was mit dem

Text gemeint war, lautete

> *Zweibein saß auf Dreibein.*
> *Da kam Vierbein und nahm Einbein.*
> *Darauf nahm Zweibein den Dreibein*
> *und schlug damit den Vierbein.*

Natürlich hatte ich die Lösung nicht selbst finden können, aber ich hatte sie verstanden und sie hatte mir auch Spaß gemacht: Ein Mensch saß auf einem dreibeinigen Hocker, als ein Hund kam und den Knochen nahm, den der Mensch wohl selbst haben wollte. »In der größten Kriegsnot schmeckt die Wurst auch ohne Brot«, ich erinnere mich nur an ein einziges Mal, dass ich diesen Spruch Onkel Gottfrieds auf seinen Wahrheitsgehalt überprüfen konnte.

Es war ein heißer Sommer. Für uns Kinder bestand keine Möglichkeit zum Schwimmen, außer dem kleinen mit Kresse bedeckten Löschteich inmitten des Dorfs gab es keinen anderen Teich in unmittelbarer Nähe, geschweige denn einen See. Ich hätte im Übrigen erst schwimmen lernen müssen. Unten im Tal floss ein kleiner Bach, den wir unter Verwendung von Grassoden aufstauten. Unsere harmlosen Vergnügungen im selbstgebauten Planschbecken fanden leider ein schnelles Ende: Der Bauer verjagte uns, weil wir angeblich seine Wiese zertrampelten.

Der Krieg, von dem die Erwachsenen ständig redeten, betraf uns nicht unmittelbar. Nicht einmal Flugzeuge flogen über unser kleines Dorf hinweg. An manchen Tagen sahen wir in der Ferne über dem Horizont dunkle Punkte, als ob kleine Bälle in der Luft schwebten. Die älteren Kinder erklärten, wenn die Kölner einen Luftangriff der Tommies erwarteten, ließen sie Fesselballons aufsteigen, gasgefüllte Ballons an langen Ketten. Sie sollten es den Flugzeugen der Feinde erschweren, ihre Ziele anzufliegen und Bomben abzuwerfen.

An einem Nachmittag kletterte ich auf einen niedrigen Eichbaum, wenige Meter von unserem Haus entfernt. Oben kam ich mir großartig vor und genoss ein angenehmes Gefühl der Erhabenheit. Solche Empfindungen sind meist nicht von langer Dauer, als meine abklangen, machte ich mich ans Herunterklettern, was mir stets schwerer fiel als das Hinaufsteigen. Auch dieses Mal hatte ich Schwierigkeiten, mich am Stamm festzuklammern, kam ins Rutschen und fühlte im nächsten Augenblick einen stechenden Schmerz im rechten Oberschenkel. Ich fasste an die schmerzende Stelle — in mein eigenes warmes Blut. Panik ergriff mich, ich schrie, nein, brüllte aus Leibeskräften. Jemand kam, zog den Erbsenreisig, der sich mit der angespitzten Seite in mein Bein gebohrt hatte, heraus und trug mich nach Hause. Da kein Arzt zu Rate gezogen wurde, schwärte die Wunde nahezu den ganzen Sommer hindurch bis sie sich endlich schloss. Zurück blieb eine zwei Zentimeter lange Narbe als Erinnerung an frühes hoch hinaus wollen.

Der verhängnisvolle Baum stand innerhalb der Hecke, die den Garten von Ernst-Leopolds Eltern umrandete. Die Rickerts bewohnten ein kleines Haus, das vor Zeiten als Schulhaus gedient hatte. Sie stammten nicht aus dem Dorf, Tante Helene sprach nicht mit ihnen, vielleicht weil sie im Gegensatz zur alteingesessenen Dorfbevölkerung katholisch waren. Ernst-Leopold und ich waren fast gleichaltrig und spielten gern miteinander. Als er einmal während eines Spiels in der Rickertschen Küche »musste«, zog er den Kohlenwagen unter dem weißen Küchenherd hervor, kramte sein Zipfelchen aus der Hose und pinkelte in hohem Bogen in die Kohlen — ich erstarrte vor Schreck. Kurz darauf kam seine Mutter, entrüstet berichtete ich ihr von Ernst-Leopolds Untat, was sie mit der Bemerkung »das macht er immer so« abtat. Hatte mich Ernst-Leopolds frevelhaftes Verhalten empört, brachte mich die Antwort der Mutter vollends aus der Fassung, mein Moralempfinden war zutiefst verletzt.

In diese Zeit, in der ich jeden Tag mit einem Verband um den Oberschenkel herumlief, fiel der Brand eines der beiden Bauernhäuser, zwischen denen unser Haus lag. Zum ersten Mal sah ich ein Haus bis auf die Grundmauern abbrennen. Mit mir schauten eilends herbei geströmte Dorfbewohner gebannt auf die Flammen und die aufstiebenden Funken, wenn ein brennender Balken krachend herunterstürzte. Die Erwachsenen tuschelten, der Ausdruck ihrer Gesichter deutete auf Schwerwiegendes hin. Ich hatte Angst, die Flammen könnten auf unser Haus übergreifen, trotzdem war der Brand ein grandioses Schauspiel, namentlich der zur Hälfte gefüllte Heuboden erzeugte hoch lodernde Flammen. Die Männer des Dorfs versuchten den Brand zu löschen, eine organisierte Feuerwehr gab es nicht. Aber die Eimer und die dünnen Schläuche, die üblicherweise bei der Bewässerung der kleinen Gemüsegärten Verwendung fanden, vermochten nichts gegen die Glut und die Flammen. Bis in die Nacht hinein brannte das Haus, das Feuer erlosch erst, als nichts Brennbares mehr vorhanden war. Verkohlte, neben dem Haus aufgestapelte Balkenreste und vom Feuer geschwärzte Mauerstücke, die den Brand überstanden hatten, sorgten noch wochenlang für Brandgeruch.

Der Bauer brauchte zwei Wochen für Aufräumungsarbeiten, ehe er mit dem Wiederaufbau beginnen konnte, unterstützt von Jean und einem Knecht. Jean, dessen Namen wir nicht richtig aussprechen konnten, war Franzose, ein »Fremdarbeiter« hatte meine Mutter auf meine Frage geantwortet, was mich aber nicht viel klüger gemacht hatte. Er sprach wenig deutsch, versuchte mir manchmal kurze Sätze in seiner Muttersprache beizubringen und freute sich, wenn ich sie radebrechend wiederholte. Meistens war er gutgelaunt, hin und wieder fluchte er kräftig auf Französisch. Dass er fluchte, konnte ich seiner Stimme anmerken.

Jean war nicht der einzige Fremdarbeiter in dem kleinen Dorf. Auf dem Hof des Bauern auf der anderen Seite gab es eine Polin. Sie hieß Anna, im Gegensatz zu Jean sprach sie gut deutsch und wurde von dem Bauern und seiner Frau wie eine Tochter behandelt. Anna und der Bauernsohn hatten nach Kriegsende heiraten wollen, aber dazu kam es nicht. Eines Tages hörten wir die Bäuerin schrecklich schreien, sie schrie den ganzen Tag und noch bis tief in die Nacht hinein. Ihr Sohn sei an der Ostfront gefallen, sagten die Erwachsenen. Ich konnte mir unter der Redewendung

»an der Ostfront gefallen« nichts Genaues vorstellen, vermutete aber, der Sohn sei tot.

Meine Mutter, die einen Hang zum Geheimnisvollen und zum Aberglauben hatte, sagte, ein Käuzchen habe in den vorangegangen Nächten geschrien und dadurch angekündigt, dass jemand aus dem Dorf sterben werde. Das ließ mich schaudern und ich hoffte, nie ein Käuzchen in der Nacht schreien zu hören. Ohnehin hatte ich häufig Angst, wenn ich abends allein im dunklen Schlafzimmer lag und nicht sofort einschlafen konnte. Ganz besonders fürchtete ich mich, wenn es draußen donnerte und blitzte. dann wartete ich verängstigt unter meiner Bettdecke, dass das Donnern endlich leiser wurde.

Möglicherweise lief ich noch mit dem Oberschenkelverband herum, als ich erneut einen Verband brauchte. Besonders an warmen Sommertagen wurden Hummeln von Tante Helenes blühenden Blumen angezogen. Ich sah ihnen beim Saugen des Nektars gern zu, meine Gegenwart schienen sie gar nicht zur Kenntnis zu nehmen. Es machte mir auch Spaß, ihren flauschigen Körper mit den Fingerspitzen zu berühren und da Hummeln nicht gerade zu den Schnellstartern unter den Insekten gehören, gelang es mir leicht, eine Hummel in dem durch meine beiden Hände geformten Hohlraum einzuschließen, was das Hummelvergnügen für mich noch vergrößerte. Natürlich ließ ich die Hummeln nach kurzer Zeit wieder fliegen und damit hatte das kleine Spiel auch lange Zeit sein Bewenden. Doch einmal wehrte sich ein pelziges Insekt und stach mir schmerzhaft in die Hand. Tante Helene wusste auch in diesem Fall Rat, tauchte ein Taschentuch in essigsaure Tonerde, umwickelte damit die kräftig angeschwollene Hand und wiederholte diese Prozedur, bis die Schwellung nicht mehr sichtbar war.

An unserem Haus führte ein unbefestigter Weg vorbei, der bei trockenem Wetter nur holprig, bei Regenwetter zusätzlich matschig war. Morgens wurden Kühe auf diesem Weg zur Weide getrieben, abends zum Melken — von Hand — zurück in die Ställe. Ochsen zogen Leiterwagen oder einfache Landmaschinen von den angrenzenden Bauernhöfen auf dem Fahrweg zu den Feldern, Wiesen und Wäldern. Möglicherweise wurden manchmal auch Pferde als Zugtiere eingesetzt, ich erinnere mich aber nur an Ochsen, deren Augen immer traurig aussahen, ich nahm an, weil sie so schwer arbeiten mussten. Ich hatte großes Mitleid mit ihnen.

Der Sommer neigte sich dem Ende zu und damit rückte unser Umzug näher. Meine Mutter sagte, sie müsse zur NSKK (wieder *die* NSKK) gehen, um einen Lastwagen zu bekommen, der unsere Möbel nach Valbert Bahnhof fahren sollte, von wo aus sie in einem Eisenbahnwaggon zu unserem neuen Wohnort transportiert würden. Der Umzug entwickelte sich zu einem noch schwierigeren Unterfangen als derjenige vor zwei Jahren, man sagte meiner Mutter, es gebe nur wenige Lastwagen und Eisenbahnwaggons und diese Wenigen würden ausschließlich für kriegswichtige Zwecke eingesetzt.

Wenn sie dort keinen Besuch einquartierte, benutzte Tante Helene ihre beiden oberen Räume zum Aufbewahren von Gegenständen, für die es im Erdgeschoss keinen Platz gab. Morgens ging sie regelmäßig zum Lüften hinauf, häufig begleitete ich sie, schaute aus den geöffneten Fenstern auf die Umgebung, die ich sonst nur aus der Froschperspektive betrachten konnte. Zwei weiße Porzellantöpfchen auf gebogenen Eisenstangen hatte ich neben einem der Fenster an der Hauswand entdeckt. Von ihnen gingen Drähte ab zu zwei genauso aussehenden Porzellantöpfen am oberen Ende eines Holzmasts neben der Straße. Die Drähte dürfe ich unter keinen Umständen anfassen, hatte mir Tante Helene eingeschärft, sie seien elektrische Leitungen und man sei auf der Stelle tot, wenn man sie berühre. Gehorsam wahrte ich respektvollen Abstand zu den todbringenden Kupferdrähten. Eines Morgens sah ich zehn, fünfzehn Spatzen nebeneinander auf einem der lebensgefährlichen Drähte sitzen, putzmunter und quicklebendig. Dieses Wunder musste ich unbedingt Tante Helene zeigen und rief sie aufgeregt herbei. Ja, ja, bemerkte sie trocken, Vögel hätten dicke Hornhaut unter ihren Füßen, deshalb könne ihnen die Elektrizität nichts anhaben. Die Antwort befriedigte mich zwar nicht, eine bessere war zu diesem Zeitpunkt aber nicht zu bekommen.

Es war Ende Juli 1944. Wir Kinder plapperten weiterhin den Spruch »Heil und Sieg, nie wieder Krieg, am Ende steht der deutsche Sieg«. Abends wurde das Radio für die neuesten »Meldungen« eingeschaltet. Aus dem viereckigen braunen Bakelitekasten mit dem stoffbespannten runden Loch kam zuerst die immer gleiche, kurze Melodie, von Trompeten oder ähnlichen Instrumenten gespielt. Die anschließenden Nachrichten begannen stets mit dem Satz »Das Oberkommando der Wehrmacht gibt bekannt«, weshalb die Erwachsenen abkürzend vom »Wehrmachtsbericht« sprachen. Es war dieser Wehrmachtsbericht, dem sie mit Aufmerksamkeit lauschten, Kinder durften währenddessen kein Wort sprechen. Nach dem Bericht redeten die Erwachsenen mit gedämpften Stimmen, damit ich nichts verstehen konnte: Ich dürfe nicht wissen, was sie besprächen, es sei für alle gefährlich, wenn ein Fremder erführe, worüber sie geredet hätten.

Irgendwie hatte es meine Mutter dann doch geschafft, den Umzug in Gang zu setzen. Unsere Habe wurde eines Morgens auf Leiterwagen, die natürlich von Ochsen gezogen wurden, zum Bahnhof geschafft und dort in einem Güterwaggon gestapelt. Ein paar Tage später fuhren wir in einem Abteil dritter Klasse in Richtung unserer neuen Heimat. Ich hatte Angst. Die Erwachsenen hatten in den zurückliegenden Wochen ständig davon geredet, Eisenbahnzüge würden immer häufiger von feindlichen Tieffliegern beschossen. Einige wussten zu berichten, dass man Eisenbahnwaggons mit Maschinengewehren auf den Dächern anhängte, um die Züge zu schützen. Ich ließ meine Augen über die Wagendächer wandern in der Hoffnung, ein Geschütz zu entdecken, ähnlich wie eine Flak stellte ich es mir vor, konnte aber nichts dergleichen sehen und fürchtete mich, weil wir feindlichen Tieffliegern schutzlos ausgeliefert sein würden.

Mehrmals mussten wir während der langen Fahrt umsteigen.

Als der Zug in Soest hielt, gab es Fliegeralarm. Alle verließen in Windeseile den Zug, rannten zu einem Luftschutzbunker, wir gehörten zu den Letzten, die den überfüllten Schutzraum erreichten, quetschten uns tief in einen schmalen Gang hinein. Meiner Mutter fiel dies alles schwer, im November sollte ich ein Geschwisterchen bekommen. Viele lachten über den dicken Bauch, andere entrüsteten sich, wie man in diesen Zeiten schwanger sein könne. Im Bunker standen wir eingezwängt zwischen den Menschen, die Schutz für ihr Leben suchten, und warteten. Nichts passierte, was natürlich schön war, doch das durch keinerlei Ablenkung unterbrochene angsterfüllte Warten machte die Situation noch unheimlicher. Zudem war ich in Sorge, meine Mutter in dem Gedränge zu verlieren und klammerte mich mit beiden Händen an ihren Mantel. Endlich erlöste uns das Heulen der Sirene — die Erwachsenen sagten, es sei das Signal für »Entwarnung« — von der Furcht vor Bomben und von dem unerträglichen Schweißgeruch, wir verließen den Bunker, kehrten zu unserem Zug zurück und setzten die Reise fort.

Mit großer Verspätung erreichten wir abends unseren Zielbahnhof Willebadessen, ein Bauer hatte lange gewartet, um uns mit einem Leiterwagen abzuholen. Bis zum Dorf Kleinenberg, in dem wir in Zukunft wohnen würden, seien es zehn Kilometer, entgegnete er mürrisch auf die Frage meiner Mutter. Ich empfand es als etwas Besonderes, dass vor den Wagen ein Pferd gespannt war. Unsere in zwei Koffern verstauten Habseligkeiten hatte der Bauer auf den Leiterwagen gewuchtet, einen der Koffer benutzten wir als Sitzbank. Die Fahrt ging durch einen nicht enden wollenden Wald, auf einer holprigen Straße ohne Teerdecke. Der Bauer saß vorn auf der Ladefläche des Leiterwagens mit den Zügeln in der Hand, wortkarg, auf eine schüchterne Frage meiner Mutter war von ihm nur ein barsches »Dummes Zeug« als Antwort gekommen. Ab und zu hatte der Mann mit seiner Peitsche geknallt, ohne bei dem gemächlich trottenden Pferd großen Eindruck zu hinterlassen, da ihm das Peitschenknallen als unbedeutendes Ritual vertraut war.

Trotz meiner Müdigkeit hatte ich während der Fahrt nicht schlafen können. Das Rumpeln des unbequemen Gefährts, die schmerzhaften Stöße, wenn eins der vier eisenberingten Holzspeichenräder durch ein tiefes Schlagloch fuhr, waren nicht die alleinigen Gründe gewesen: Die lange Fahrt mit dem unheimlichen Mann durch den finsteren Wald hatte mir Angst gemacht.

Unversehens lichtete sich der Wald, Wiesen wurden sichtbar und bald darauf forderte der Bauer das Pferd durch vernehmliches »Brrrrrr!« zum Stehenbleiben vor einem kleinen Backsteinhaus auf. Unsere Ankunft wurde sogleich im Hause bemerkt, hinter mehreren Fenstern gingen Lampen an, ein Mann und eine Frau traten vor die Haustür. Wir waren zwischenzeitlich vom Leiterwagen geklettert, meine Mutter ging auf die beiden zu und zog mich hinter sich her. Das seien Tante Hilde und Onkel Karl, erklärte sie, ich solle die beiden begrüßen und nicht vergessen, »einen Diener zu machen«. Also gab ich beiden artig die Hand und verbeugte mich.

Wir gingen in ein kleines, wunderbar warmes Wohnzimmer. Während sich Onkel Karl und meine Mutter unterhielten, betätigte sich Tante Hilde in der Küche und bald stand ein verlockend duftendes Abendessen auf dem Tisch. Vor dem Essen musste ein Tischgebet gesprochen werden, daran war ich gewöhnt, doch hier beteten sie anders, als es meiner Gewohnheit entsprach, erst musste man ein Kreuzzeichen machen, wie ich es vom Abendgebet her kannte. Verstohlen sah ich zu Onkel Karl hinüber, sein Kreuzzeichen war eher ein Gefummel an der grünen Krawatte. Ich aß mit gesundem Appetit, an weitere Einzelheiten konnte ich mich später nicht erinnern, während des Essens musste ich von meiner Müdigkeit übermannt worden sein.

Die Nacht hatten wir bei unseren Verwandten zugebracht, nach dem Frühstück begleiteten sie uns zur neuen Wohnung. Unsere Möbel waren zwei Tage vor uns angekommen, standen herum und warteten darauf, ordentlich aufgestellt zu werden. Tante Hilde und Onkel Karl gaben meiner Mutter erste Erklärungen und Ratschläge. Derweilen war ich nach draußen gegangen, um meine neue Umgebung in Augenschein zu nehmen.

Nun stand ich also auf dem Berg aus ockergelbem Bausand. Zu den stampfenden Geräuschen waren neue, schrillere, hinzugekommen, mit der anfänglichen Stille war es vorbei, gleichzeitig schwanden meine ängstlichen Gedanken vollends.

Das Haus, in dem wir wohnen würden, war neu gebaut, teilweise fehlten noch die Fenster, verputzt war es auch noch nicht. Klein war es, viel kleiner als das alte Bauernhaus im Sauerland, die drei Räume, die uns Onkel Karl gezeigt hatte, boten trotzdem mehr Platz, als wir bisher zur Verfügung gehabt hatten. Wir würden einen Wohnraum haben mit einem Herd, ein Schlafzimmer sowie ein weiteres Zimmerchen, für das meine Mutter noch keine Zweckbestimmung genannt hatte.

Vom Haus unserer Verwandten, das isoliert am Dorfrand lag, waren wir ein Stück über eine holprige Straße gegangen bis wir die mit Blaubasalt gepflasterte Hauptstraße des Dorfs erreichten, auf der sich der Handwagen mit unseren beiden Koffern wesentlich leichter ziehen ließ. Nach wenigen Minuten waren wir erneut auf eine holprige Straße abgebogen, die zu unserem neuen Zuhause führte. Es lag auf einer »Insel« außerhalb des Dorfs, zusammen mit drei weiteren Gebäuden, zwei davon waren große Bauernhäuser. Und eben das angrenzende Sägewerk, das Wort kannte ich zu diesem Zeitpunkt noch nicht, neben dem unser Haus wie eine Zwergenhütte wirkte.

Die breite Vorderfront des Sägewerks, aus dem das stampfende Geräusch kam, zog meine besondere Aufmerksamkeit auf sich. Vom Aussehen her konnte ich zwei unterschiedliche Gebäudeteile ausmachen, links ein kleineres Gebäude aus roten Backsteinen, dessen hellrotes Ziegeldach einen großen silbrig glänzenden Behälter trug, von dem mehrere Rohre — ebenfalls silbrig schimmernd — in das Backsteingebäude führten. Dies war das Kesselhaus, wie ich später lernte, in dem die riesige Dampfmaschine stand, die alle Sägen und insbesondere das Gatter antrieb.

An das rote Backsteingebäude schloss sich rechts der aus Holz gebaute größere Gebäudeteil an, im Wesentlichen eine riesige Halle, die zu meiner Seite hin ein großes Schiebetor aus Holz besaß.

Schienen führten aus diesem Tor zu einem nach zwei Seiten offenen Schuppen und auf den Schienen stand ein kleiner Wagen mit Eisenrädern. Ein solches Schienenwägelchen hatte es auch in Hardenberg gegeben, wir Kinder hatten es Teckel genannt, das verbotene Teckelfahren hatte zu unseren Lieblingsspielen gehört. Ich schätzte schnell ab, dass die Schienen hier mehr als doppelt so lang waren, in Zukunft würde das Teckelfahren noch mehr Spaß machen.

Links neben dem Kesselhaus streckte sich ein alles an Höhe überragender runder Schornstein, aus roten Backsteinen gemauert, in den Himmel, etwas derart Gigantisches war mir bislang nicht unter die Augen gekommen. Ich ging auf den Schornstein zu, blickte zur Spitze hoch gegen die sich langsam bewegenden Wolken, hielt das aber nicht lange durch, da mir schwindelig wurde und ich den Eindruck bekam, der Schornstein würde umfallen.

Dem Sägewerk verdankten wir unsere neue Bleibe. Aus Gesprächen der Erwachsenen hatte ich mitbekommen, der Sägewerksbesitzer habe das Haus ursprünglich für Arbeiter seines Werks bauen lassen, doch der NSDAP–Ortsgruppenleiter hatte kurz vor der Fertigstellung bestimmt, Evakuierte aus dem Ruhrgebiet sollten in das Haus einziehen. Evakuierte, das waren Leute wie wir, die wegen der Bombardierungen der Städte aufs Land geflüchtet waren, um hier bessere Überlebenschancen zu haben. Meistens Mütter mit kleinen Kindern, deren Väter noch »an der Front für den Endsieg kämpften« oder bereits »als Helden gefallen« waren.

Alte Leute durften gleichfalls aufs Land, die anderen mussten weiter in den Großstädten bleiben, um dort arbeitend am Endsieg mitzuwirken, zum Beispiel kinderlose Frauen, die an Werkbänken oder Maschinen von Munitionsfabriken standen.

Die Evakuierten waren bei den Bauern nicht beliebt, das hatte

ich schon im Sauerland gemerkt, sie gehörten nicht zur Dorfgemeinschaft. Das Wort »Evakuierte« empfand ich als Makel.
Auf Weisung seiner höheren Parteibonzen hatte der Ortsgruppenleiter also dem Sägewerksbesitzer vier Familien in sein neu erbautes Haus gesetzt, wir waren die ersten, die im Begriff standen, einzuziehen. Kein Wunder, dass es an diesem Morgen noch keine Kinder gab, mit denen ich mich hätte anfreunden können. Wir hatten eine Wohnung in dem Haus bekommen, weil Onkel Karl als einer der wichtigsten PGs (Partei–Genossen) im Dorf den Ortsgruppenleiter gut kannte.
Das Haus, wir nannten es später »Behelfsheim«, war ein Fachwerkhaus. Sein »Skelett« bestand aus regelmäßig zusammengefügten waagerechten, senkrechten, teilweise auch schrägen Fichtenholzbalken, die durch die Balken gebildeten Fächer waren mit grobkörnigen grauen Steinen ausgemauert. An allen Stellen, an denen Balken miteinander verbunden waren, ragten zwei Zentimeter lange Holznägel heraus, in entsprechende Bohrungen geschlagene daumendicke Holzpflöcke, die beim Aufbau des Balkengerüsts ein Auseinanderfallen verhindert hatten.
Es war ein schmuckloses Haus, aber das empfand ich nicht so, kostengünstig gebaut, aus zwei spiegelbildlichen Hälften bestehend. Die wenigen Fenster waren klein, beide Haustüren — einfache Türen, aus senkrechten Brettern zusammengefügt, jeweils mit einem winzigen Fensterchen versehen, — schlossen platt mit der Außenwand ab. Eine vierstufige Holztreppe führte auf jeder Seite zu einem Hauseingang.
Ich stieg vom Sandhaufen herunter und begann erste Erkundungen in der näheren Umgebung aufzunehmen. Vom Behelfsheim führte ein aufgeweichter Weg zur Straße, links wurde er von dem großen, zum Sägewerk gehörenden Holzschuppen begrenzt, auf der rechten Seite ging er ohne Begrenzung in einen ausgedehnten Platz über. An dessen Rändern waren Holzbalken gestapelt, der größte Teil des Platzes wurde von zusammengesteckten Balken eingenommen, die erhöht auf Holzböcken lagen. Auf der ge-

genüberliegenden Seite der Straße, in die der Weg vom Behelfsheim einmündete, erstreckte sich rechts ein ansehnliches Bauernhaus mit Stall und Scheune.

Mutig geworden bog ich an der Einmündung links in die Straße ein, die hier leicht anzusteigen begann. Das nächste Haus sah nicht wie ein Bauernhaus aus, nur eine große angebaute Scheune deutete an, dass die Besitzer auch Landwirtschaft betrieben. Der vorgebaute Teil des Hauses machte auf mich einen vornehmen Eindruck, der hauptsächlich durch ein Säulenportal und eine Freitreppe hervorgerufen wurde. Dies war das Wohnhaus des Sägewerksbesitzers und seiner Familie, vom Eingang des Hauses sah man auf eine der Längsseiten der langgestreckten Werkshalle.

Und schließlich, in einigem Abstand zum Haus der Sägewerksbesitzers, gewahrte ich unter einem Kastanienbaum mit weit ausladender Krone noch ein weiteres, wegen des tief heruntergezogenen Dachs geduckt wirkendes, kleines Haus.

Inmitten von Wiesen bildeten die vier unterschiedlichen Häuser zusammen mit dem Sägewerk eine Insel, die mit dem Dorf durch die holprige Straße verbunden war.

»Auf der Bicke« nannten die Leute im Dorf unsere kleine Ansammlung von Häusern mitsamt dem Sägewerk, wie ich später erfuhr. Die Bicke, das war der Bach, der am Löschteich vorbei durch eine Wiese bis zum Sägewerk floss, wo er in ein großes Betonrohr einmündete, um dann bis zur Straße unterirdisch weiterzufließen. Dort, wo die Bicke unter der Erde verschwand, wurde das Brauchwasser für das Sägewerk abgezweigt, in erster Linie wurde es für den Betrieb der Dampfmaschine benötigt. Neben der Straße, die zum Dorf führte, war eine durch ein Eisengeländer gesicherte, quadratische Öffnung, die den Blick auf den hier kanalisierten Bach freigab. An dieser Stelle wurde zusätzlich Wasser eingeleitet, nämlich das leicht ölhaltige Abwasser des Sägewerks, durch das ein farbig schimmernder Film an der Wasseroberfläche erzeugt wurde. Auf der anderen Straßenseite floss die Bicke aus dem Rohr heraus und war wieder ein normaler Bach, der durch

Wiesen irgendwohin floss, heraus aus der mir bis zu diesem Zeitpunkt bekannten neuen Welt.

Langsam ging ich zum Behelfsheim zurück, Tante Hilde und Onkel Karl waren im Begriff zu gehen, sie sagten gerade zu meiner Mutter, wir würden uns ja später beim Abendessen wiedersehen. Meine neue Tante fragte mich, ob ich mich ein büschen umgesehen habe und ich nickte artig, obwohl ich nicht wusste, was sie mit »büschen« meinte.

Wenig später kamen Herr Krüger und seine Frau, die Sägewerksbesitzer. Beide begrüßten uns ausgesprochen freundlich, sprachen auch sehr nett mit mir, so dass ich schnell meine anfängliche Scheu vor den beiden fremden Menschen verlor. Frau Krüger hatte uns etwas zum Essen mitgebracht, für den Anfang, wie sie sagte, bis meine Mutter Lebensmittelkarten bekommen habe. Herr Krüger besprach etwas mit meiner Mutter, was ich nicht verstand, dann unterschrieb sie ein Blatt Papier, das er mitgebracht hatte. Er werde gleich einen seiner Arbeiter schicken, der meiner Mutter beim Aufstellen der Möbel helfen solle, sagte er, während er sich vom Stuhl erhob. Und falls meine Mutter noch irgendwelche Hilfe benötige, solle sie sich an seine Frau wenden.

Der Arbeiter kam bald darauf und nach einigen Stunden sah die Wohnung aus, wie es den Vorstellungen meiner Mutter entsprach, der Küchenherd war an den Schornstein angeschlossen, was mühsam gewesen war, da das Ofenrohr durch unser Schlafzimmer geführt werden musste. Das sei vorteilhaft, hatte der Mann gemeint, dadurch bekäme das Schlafzimmer ein wenig Wärme ab, im Winter würden wir das zu schätzen wissen.

Nach meinem Mittagsschlaf machten wir uns auf den Weg zu unseren Verwandten, der Weg durchs Dorf kam mir kürzer vor als am Morgen. Fünf Kinder spielten vor Onkel Karls Haus, zwei Mädchen und drei Jungen, eine Frau trat aus der Haustür, umarmte meine Mutter. »Ist der Junge aber groß geworden!«, sagte sie und ich erfuhr, die fremde Frau sei meine Tante Lisbeth, die älteste Schwester meiner Mutter.

Die Kinder waren näher gekommen, standen um uns herum und musterten mich mit neugierigen Blicken. Tante Lisbeth nannte ihre Namen, meine Vettern Winfried und Dieter waren größer als ich, die beiden Cousinen Karin und Monika etwas kleiner. Der dritte Junge hieß Wolfgang, er war Tante Hildes und Onkel Karls Sohn.

Seit einem Jahr wohnte die Schwester meiner Mutter hier mit ihren Kindern, sie waren auch Evakuierte und kamen ebenfalls aus Bochum. »Spiel mit den Kindern!«, rief mir meine Mutter zu, während sie mit ihrer Schwester ins Haus ging.

Winfried, mein ältester Vetter, zeigte mir stolz seinen Roller, ein derartiges Prachtstück hatte ich bisher nicht gesehen. Meiner war aus Holz mit primitiven Blechrädern, die ständig an den Seiten scheuerten, so dass ich kaum ordentlich fahren konnte. Dieser Roller war aus Metall, hatte große Räder mit Speichen und Gummibereifung, ähnlich wie bei einem Fahrrad. Er war blau lackiert, über dem Vorderrad war der Kopf eines Teddybären auf den Rahmen gemalt. Das Tollste war die Art der Fortbewegung: Der Roller hatte über dem normalen Trittbrett ein zweites, bewegliches, auf dem Winfried mit beiden Füßen stand und das er auf und ab bewegte, wodurch der Roller ständig fuhr, ohne dass mein Vetter einen Fuß zum Abstoßen auf die Erde setzen musste.

Als Onkel Karl vor der Haustür sichtbar wurde, trat augenblicklich Stille ein. Er trug eine grüne Uniform mit blitzenden Knöpfen und geflochtenen Achselklappen, dazu seltsame Stiefel, jeder bestand aus einem derben Schuh mit einem zusätzlichen Schaft, der den Unterschenkel umschloss. Bisher hatte ich ihn »normal« gekleidet gesehen, in seiner Uniform wirkte er unangenehm respekteinflößend, weshalb alle Kinder auf der Stelle verstummt waren. Er fragte mich mit befehlsgewohnter Stimme, wo sich meine Mutter befinde und als er hörte, dass sie mit ihrer Schwester nach oben gegangen war, schickte er Wolfgang, um sie zu holen.

Meine Mutter kam umgehend und nahm mich mit ins Haus.

Inzwischen hatte Onkel Karl Lebensmittelkarten für uns besorgt, die er meiner Mutter gab mit einem Hinweis, wo sie in Zukunft jeden Monat unsere Marken abholen könne. Da sie nicht rauche, fügte er hinzu, solle sie ihm ihre Rauchermarken geben.

Wir saßen wieder im Wohnzimmer, das ich am Abend vorher im Wesentlichen als einen warmen Raum wahrgenommen hatte, in dem es etwas zu essen gab. Jetzt ließ ich meine Augen neugierig herumwandern. An den Wänden hingen auf kleinen braunen Holzplatten befestigte Hörner, wie ich sie ein paarmal im Sauerland bei Rehböcken gesehen hatte, wenn sie im Wald vor uns weggelaufen waren. Onkel Karl sagte auf meine Frage, von welchen Tieren die Hörner stammten, es seien Geweihe von Hirschen und Hauer von Keilern, Stoßzähne männlicher Wildschweine.

Zu meiner Überraschung redete ihn meine Mutter wie ich mit »Onkel Karl« an, ich hörte es zum ersten Mal, es schien ihm nicht zu gefallen. Er sei doch nur zwölf Jahre älter als sie, wenn sie ihn »Onkel« nenne, käme er sich alt vor, im Übrigen rede ihn auch Lisbeth mit seinem Vornamen an. Bei dieser Gelegenheit erfuhr ich, dass er ein Halbbruder meiner Großmutter war, fast zwanzig Jahre jünger als sie. Wie sein Vater, mein Urgroßvater, war er Förster geworden.

Tante Hilde brachte das Abendessen, Bohneneintopf mit etwas Fleisch, das sie vorher klein geschnitten und jedem die ihm zugedachte Portion auf den Teller gegeben hatte, Onkel Karl bekam eine doppelte Portion. Beim Essen wurde noch darüber geredet, ob ich in den Kindergarten gehen solle, dann würde man mit Tante Ela, der Kindergärtnerin, sprechen. Bei der Erwähnung des Namens Ela senkte Tante Hilde ihren Blick. Meine Mutter wollte sich wegen des Kindergartens noch nicht festlegen.

Während der beiden folgenden Wochen wohnten wir weiterhin als Einzige im Behelfsheim. Dass unsere Wohnung klein war, nahm ich nicht wahr, ich fühlte mich nicht eingeengt. Betrat man das Haus, stand man in einem schmalen Gang, auf den die Bezeichnung »Hausflur« nur bei großzügiger Auslegung zutraf. Nach zwei Schritten ging rechts die Tür zu unserem Wohnraum ab, der zwei Außenwände mit jeweils einem Fenster hatte. Den Platz vor dem Fenster gegenüber der Tür nahm das Sofa ein, davor standen ein Tisch und zwei Stühle. In die Ecke rechts neben der Tür hatte meine Mutter ein Radiotischchen gestellt, das oben Platz für unser Radio bot, keine »Goebbels–Schnauze« wie bei Tante Helene, wir hatten ein großes mit glänzendem braunen Holzgehäuse. Später, als ich in die Schule ging, las ich die Bezeichnung »Staßfurt Imperial« auf der Vorderseite des Geräts. Unter dem Radio hatte der ausklappbare, rot und schwarz lackierte Nähkasten seinen Platz. Blickte man aus dem Fenster neben der Radioecke, sah man das Kesselhaus und den hohen Schornstein, daneben Wiesen, Felder und die Landstraße, die in dem großen Wald verschwand. Den Rest der Wand neben dem Fenster füllte der Wohnzimmerschrank aus. Ihm gegenüber stand der weiß emaillierte Küchenherd, den meine Mutter zum Kochen benutzte, dass er gleichzeitig den Wohnraum heizte, schätzten wir im Winter verständlicherweise mehr als im Sommer.

Durch die Tür rechts neben dem Herd ging man ins Schlafzimmer, das von einem Doppelbett und einem Kleiderschrank nahezu ausgefüllt wurde, es blieb gerade ausreichend Platz zum Öffnen der Schranktüren. In der Ecke zwischen Schlafzimmerfenster und Tür reichte der Platz soeben für mein Kinderbett.

Beide Räume maßen zusammen etwa fünfundzwanzig Quadratmeter. Die rohen Balken der Holzbalkendecke waren sichtbar, in die dazwischen liegenden Fächer hatte man mit großköpfigen verzinkten Nägeln Heraklithplatten genagelt und sie anschließend weiß getüncht. Alle Zimmerwände waren »gerollt«. Mit einer aus Schwammgummi bestehenden Walze, deren Oberfläche ein erhabenes Muster aus Gummistreifen aufwies, das der Maler in kurzen Abständen mit Farbe benetzt und anschließend durch ständiges Rollen auf die weiß gestrichenen Wände übertragen hatte.

Im schmalen Flur, links neben der Haustür, befand sich das für unsere Haushälfte gemeinsame Klo, dessen Tür sich wegen der Enge nur bei geschlossener Haustür öffnen ließ. Es hatte eine Wasserspülung, ein weiß lackierter gusseiserner Kasten war an der Wand hinter dem Porzellanklosett dicht unter der Decke befestigt, ein Hebel ragte über die rechte Oberkante hinaus. An einer daran befestigten Metallkette musste man ziehen, um die Spülung rauschen zu lassen. Den allgegenwärtigen Gestank, den ich im Sauerland gehasst hatte, gab es hier nicht und meine Gewohnheit, erst zur Toilette zu rennen, wenn es nicht mehr anders ging, legte ich bald ab.

Direkt neben dem Klo war der Aufgang zum Obergeschoss, die erste Stufe lag parallel zur Längsseite des Hausflurs, dann machte die Treppe einen scharfen rechtwinkligen Knick.

Am Ende des Flurs stieß man geradewegs auf die Tür zu unserem dritten Zimmerchen, in dem ein gusseiserner, majolika braun emaillierter Kohleofen stand, den meine Mutter bis auf ein einziges Mal — davon wird noch berichtet — nicht benutzte. Dieser Raum diente hauptsächlich als Abstellkammer.

An der Wand links neben der Tür zum »Kämmerchen« war der einzige Wasserhahn unserer Haushälfte angebracht mit einem rechteckigen Spülbecken aus dickem Porzellan darunter. Beim Gedanken an das Spülbecken fällt mir auch wieder die Seife ein, die es damals gab. Wir nannten sie Schwimmseife, weil sie auf der Wasseroberfläche schwamm. Sie schäumte nicht und trug beim Händewaschen auch nicht zur Säuberung bei: Ich weiß nicht, weshalb sie überhaupt benutzt wurde.

Von der Spülbeckenecke aus gelangte man über eine steile Holztreppe in den Keller.

Zwei Tage nach unserem Einzug besuchte uns Frau Wölcken, ihrer Familie gehörte das große Bauernhaus an der Straße gegenüber der Einmündung unseres Zugangswegs. Zuerst plauderte sie eine Zeitlang mit meiner Mutter, wollte erfahren, wer wir waren, woher wir kamen, im Gegenzug erhielt meine Mutter nützliche Hinweise. Das wichtigste Ergebnis des Gesprächs war, dass wir jeden Abend zwei Liter Milch bei Frau Wölcken holen könnten.

Ich als Kleinkind bekam Lebensmittelmarken für Vollmilch, meine Mutter hatte Anspruch auf »entrahmte Frischmilch«, die allgemein »Magermilch« genannt wurde. Frau Wölcken sagte, sie würde uns für die Marken meiner Mutter ebenfalls Vollmilch geben, obgleich es verboten sei, wir dürften allerdings mit niemand über diese Regelung sprechen. Jeden Abend nach sieben Uhr — dann seien die Kühe gemolken — solle ich mit unserer Milchkanne kommen.

Frau Wölcken erklärte meiner Mutter auch, wo sie einkaufen könne. Lebensmittel gab es bei Doms in einem kleinen Laden in der Mitte des Dorfs, Brot kaufte man beim Bäcker Grautstück, dessen Backstube am Anfang der Straße lag, die zum Forsthaus meines Onkels führte. In den Metzgerladen Temme, fast am anderen Ende des Dorfs, gingen wir später selten. An Fleisch und Fett herrschte nämlich besonderer Mangel, zwar gab es dafür auch Lebensmittelmarken, doch zusätzlich musste man auf die »Zuteilung« der eigenen Lebensmittelkarten–Abschnitte warten. Oft musste meine Mutter die Fleischmarken verfallen lassen, weil es mangels Ware keine Zuteilung gegeben hatte.

In Hardenberg hatte ich jedes Haus gekannt, insgesamt waren es neunzehn Häuser gewesen. Mein neues Dorf Kleinenberg war beträchtlich größer, neben der Landwirtschaft gab es hier ein paar Geschäfte und Gewerbebetriebe. Zwei Sägewerke, eine Ziegelei, eine Mühle, ein Steinbruchunternehmen und, nicht zu vergessen, den Zimmermann Wölcken nebenan. Dazu kamen noch weitere handwerklich orientierte Kleinbetriebe: zwei Schreiner, ein Schmied, ein Sattler, eine Schneiderin, ein Friseur. Und selbstverständlich, wie hätte es anders sein können, gab es Wirtshäuser, drei an der Zahl.

Einen weiteren Unterschied zu meiner bisherigen Umgebung lernte ich durch Tante Hilde kennen. Sie kam aus einer streng katholischen Familie, die einige Priester als Mitglieder vorweisen konnte. Jeden Morgen ging sie zur Messe, sonntags besuchte sie zusätzlich die Nachmittagsandacht. Bis auf die Familie des Ziegeleibesitzers Möller waren in diesem Dorf alle katholisch, während die Bewohner des sauerländischen Dorfs bis auf die Rickerts evangelisch gewesen waren, eine Kirche hatte das winzige Dorf nicht gehabt.

Tante Hilde führte uns zur mehrere Jahrhunderte alten Kirche inmitten des Dorfs, errichtet auf einem großen Kirchplatz mit hohen Bäumen, die man wohl auch vor mehr als einem Jahrhundert gepflanzt hatte. Für mich war es die allererste Kirche, die ich bewusst wahrnahm. Die meterdicken Außenwände bestanden aus grob behauenem Sandstein, wir betraten das Gotteshaus durch einen seitlichen Nebeneingang, mein Versuch, die Tür zu öffnen, scheiterte an ihrem enormen Gewicht.

Innen war es kühl und dämmrig, meine Augen brauchten eine Weile, bis sie sich auf das Halbdunkel eingestellt hatten. Ich lernte mein rechtes Händchen in das neben dem Eingang angebrachte steinerne Weihwasserbecken zu tauchen und dann ein Kreuzzeichen zu machen. Als ich meine Mutter fragen wollte, warum ich das gemacht hatte, geboten mir beide Frauen mit ernsten Mienen, nicht in der Kirche zu sprechen. Die Fenster waren keine einfachen Öffnungen, um Licht in die Kirche fallen zu lassen, sie waren Bilder aus farbigem Glas, die durch das einfallende Licht wunderbar zum Leuchten gebracht wurden. Alle Wände waren bunt bemalt, viele Figuren wiesen einen merkwürdigen gelben Kreisring um ihren Kopf auf.

Das Aufregendste innerhalb des Kirchenraums war ein abgeteilter Bereich mit gewölbter Hinterwand. Auf einem an drei Seiten mit Stufen versehenen Podest stand ein großer Tisch mit einem rückwärtigen Aufbau von gewaltigen Ausmaßen, der dicht unter der Decke mit mehreren Türmchen verziert war. Der Aufbau bestand aus zahlreichen goldenen Säulen mit flachen, stumpfwinkligen Dächern. Dazwischen befanden sich bunte Bilder verschiedener Größe. Mein Gesamteindruck war »Gold«, hoch oben prangte ein goldener Schriftzug, später, nach wenigen Wochen Schulbesuch, las ich *Omnia ad maiorem Dei gloriam* und noch viel später, nach ein paar Jahren Lateinunterricht, wusste ich, dass die Übersetzung »Alles zur höheren Ehre Gottes« lautete. Dies sei der Altar, gab mir Tante Hilde auf meine Frage zur Antwort — das Unbekannte wurde durch ein neues Wort nicht verständlicher.

Ich hatte angenommen, nach dem Besuch der Kirche würden wir nach Hause gehen, weit gefehlt. Vom Kirchplatz aus begaben wir uns zuerst in das tiefer gelegene »Unterdorf«, das vom breiten Mühlbach durchflossen wurde, um danach wieder eine Weile bergauf zu gehen. Durch eine von stattlichen Bäumen gesäumte Allee gelangten wir zum Eingangsportal einer zweiten Kirche. Das sei die Wallfahrtskapelle, erklärte uns Tante Hilde, hier würde nur hin und wieder eine Messe stattfinden, im Sommer aber, an einem bestimmten Festtag, dessen Namen ich nicht kannte, würden viele hundert Menschen von weit und breit hierherkommen, um unter dem Gnadenbild der »Auxiliatrix« zu beten. Die Wallfahrtskapelle war schmaler und höher als die Pfarrkirche, sie wirkte weniger schwerfällig, in ihrem Innern war sie zudem prächtiger ausgestaltet.

Eigentlich hatte ich genug von frommen Dingen, doch wir gingen noch zum »Brünnchen«, wo die gewölbte Wand einer Grotte mit einem Bild bemalt war, in der Art, wie ich sie in den beiden Kirchen gesehen hatte. Nicht das fromme Bild fesselte meine Aufmerksamkeit, sondern der kleine Teich vor der Grotte, der aus einem in einen Stein eingelassenen Wasserrohr gespeist wurde. Im Teich schwammen Goldfische, ein neues Erlebnis für mich, hatte ich bisher doch nur winzige Stichlinge in den sauerländischen Bächen gesehen.

Nach den anstrengenden religiösen Unterweisungen machten wir uns auf den Nachhauseweg, verabschiedeten uns von Tante Hilde an der Einmündung der Straße, die zum Forsthaus führte. Onkel Karl sah ich später ein einziges Mal in der Kirche.

Das Sägewerk blieb vorerst ein großes Geheimnis für mich. Morgens begann die Erde zu zittern, gleichzeitig setzte rhythmisches Stampfen ein, während des Tages kamen singende oder kreischen-

de Geräusche hinzu. Beim ersten Mal bekam ich einen gewaltigen Schrecken, als ich von dem Lärm geweckt wurde, im Laufe der Zeit gewöhnte ich mich an die Geräusche, nahm sie tagsüber kaum noch wahr und erst am Spätnachmittag, wenn alle Maschinen abrupt zum Stillstand kamen, machte mir die plötzliche Lautheit der Stille deutlich, was für ein Lärm während des Tages geherrscht hatte.
Natürlich hätte ich zu gern herausgefunden, was in dem Sägewerk vor sich ging, woher all die weithin hörbaren Geräusche kamen, doch traute ich mich nicht, in die große Halle zu gehen. Weniger wegen des Verbots meiner Mutter, als aus respektvoller Furcht vor der Gewaltigkeit der Holzfabrik.
Auf dem Holzplatz vor dem Sägewerk hatte ich mir abends, wenn die Maschinen verstummt und die Arbeiter nach Hause gegangen waren, die ordentlich aufgeschichteten Holzstapel eingehend angesehen und mich gefragt, wieso nach jeder Lage von Brettern oder Balken immer drei quer gelegte Latten für Abstand zur nächsten Lage sorgten. Mehr Interessantes hatte der Holzplatz zunächst nicht geboten. Liebend gern wäre ich auf einen der hohen Stapel geklettert, doch die große Narbe in meinem Oberschenkel hatte sich erst vor Kurzem geschlossen.
Den Zimmerleuten auf dem Platz neben dem Haus hatte ich mehrmals aus der Nähe zugeschaut. Mit Ausnahme einer großen elektrischen Bohrmaschine arbeiteten sie mit wenigen, einfachen Werkzeugen und was sie damit machten, konnte ich schon ganz gut verstehen.
Zwei Arten von Sägen verwendeten sie. Eine war vom selben Typ, den die Waldarbeiter benutzten, er bestand aus einem Sägeblatt mit einfachen, runden Holzgriffen an beiden Enden. Die Oberseite des Sägeblatts war gerade, die Seite mit den Zähnen war kreisbogenförmig. Dies war die Säge »fürs Grobe«, mit ihr wurden die Balken auf die richtige Länge gesägt, bevor sie weiter bearbeitet wurden. Das wabbelige Sägeblatt konnte nur gezogen werden, deshalb wurden immer zwei Leute für die Arbeit mit die-

ser Säge gebraucht, ein Einzelner konnte mit ihr nichts ausrichten. Wenn es um Feinheiten ging, arbeiteten die Zimmerleute mit einer Spannsäge, ähnlich der, die Onkel Gottfried und ich zum Sägen von Brennholz verwendet hatten. Zum Werkzeug eines jeden Zimmermanns gehörten noch ein großer Holzhammer und drei, vier Stechbeitel verschiedener Breite.

Eine Balkenkonstruktion, die vielleicht als Basis für eine Haus- oder Schuppenwand vorgesehen war, entstand hier auf dem Zimmermannsplatz Stück für Stück, am Ende lag das gesamte Balkengerüst aus rechtwinklig und schräg miteinander verbundenen Balken fertig da, auf einer Vielzahl von Holzböcken. Alle Balken wurden dann mit einem dunkelblauen Wachsfarbstift beschriftet, damit man nach dem Abbau wusste, welcher Balken beim endgültigen Zusammensetzen wohin gehörte.

Wenn zwei Balken miteinander verbunden werden sollten, ging das in den meisten Fällen so vor sich. Onkel Wölcken, der Meister, kam mit einer großen Zeichnung auf bläulich–violett schimmerndem Papier, nahm seinen Zollstock, begann zu messen und machte mit einem dicken, roten Zimmermannsbleistift Striche auf einen der beiden Balken. Mit einem Anschlagwinkel verband er anschließend die Striche zu einem schmalen Rechteck.

Als Nächstes wurden innerhalb des aufgezeichneten Rechtecks mehrere Bohrlöcher nebeneinander gesetzt. Das geschah mit der großen elektrischen Bohrmaschine, für mich war sie ein Wunderwerk, etwas Ähnliches hatte ich vorher nie zu Gesicht bekommen. Damit der lange Bohrer immer senkrecht zu einem Balken stand war die eigentliche Bohrmaschine in ein Gerüst eingebaut, das aus einer Eisenplatte mit einer großen Öffnung bestand, aus der heraus zwei runde Eisenstangen senkrecht nach oben gingen, die die Führungsschienen für den von oben nach unten verschiebbaren elektrischen Bohrmaschinenmotor bildeten. Auf einer der Führungsschienen gab es noch einen verstellbaren Mechanismus, mit dessen Hilfe die Tiefe eines Bohrloches voreingestellt wurde.

War das Rechteck so tief wie nötig ausgebohrt, wurde mit Holzhammer und Stechbeitel nachgearbeitet, bis das gewünschte rechteckige Loch fertig war.

Der zweite Balken, der mit dem ersten verbunden werden sollte, musste an einem Ende so bearbeitet werden, dass ein Zapfen entstand, der in das rechteckige Loch passte. Mit Säge, Holzhammer und Stechbeitel bewerkstelligten die Zimmerleute das in wenigen Minuten. Die beiden Balken wurden zusammengesteckt, ein Loch wurde durch die Seitenwände der rechteckigen Aushöhlung und gleichzeitig quer durch den Zapfen gebohrt, ein Holznagel wurde noch zur Fixierung eingetrieben. Fertig!

Anfangs hatte ich befürchtet, die Zimmerleute würden mich wegjagen, wenn ich ihnen stundenlang bei der Arbeit zusah, doch sie ließen mich freundlich gewähren, hatten mir lediglich eingeschärft, immer gebührenden Abstand zu wahren und auf keinen Fall irgendwelche Werkzeuge anzufassen. Verwundert waren sie schon gewesen, dass so ein kleiner Junge ihre Arbeit andächtig beobachtete, das hatte ich aus verschiedentlichen Bemerkungen heraushören können.

Als ich eines Morgens vor die Haustür trat, stand ein Lastwagen vor dem Behelfsheim, zwei Männer luden gerade Möbel und Hausrat ab. Ich rannte aufgeregt zu meiner Mutter ins Haus zurück, um ihr von dem unerhörten Ereignis zu berichten. Zu meiner Enttäuschung nahm sie meinen hastig vorgetragenen Bericht gelassen auf, ja, sie wisse, dass heute eine Frau mit zwei Kindern einziehe, sie würden in Zukunft in unserer Haushälfte im Obergeschoss wohnen.

Die beiden Männer waren schnell mit dem Abladen der wenigen Habseligkeiten fertig, schwieriger gestaltete sich der Transport der Möbel in die Wohnung unserer neuen Nachbarin, wegen der schmalen Treppe und des scharfen Knicks.

Während die Männer mit dem Hinaufschaffen der Möbel und des Hausrats beschäftigt waren, kam die zukünftige Mitbewohnerin auf einen kurzen Sprung zu meiner Mutter, um sich vorzustellen. Sie heiße Frau Vesper, hörte ich sie sagen, eigentlich wohne sie in Düsseldorf, doch wegen der ständigen Bombenangriffe habe sie die Stadt verlassen. Ihr Mann sei »seit Stalingrad« vermisst. Auf den ersten Blick mochte ich die Frau nicht leiden, während des kurzen Gesprächs war sie zwar nicht unfreundlich, machte aber keinen Versuch, zumindest einen Hauch von Freundlichkeit auszustrahlen. Frau Vesper erwähnte noch, sie sei in diesem Dorf geboren und aufgewachsen, erst nach ihrer Heirat sei sie weggezogen. Ihre beiden Kinder befänden sich augenblicklich bei den Großeltern im Unterdorf, sie würden am Nachmittag kommen.

Bei der letzten Bemerkung war ich hellhörig geworden, endlich würde ich Spielgefährten bekommen und die Tage würden von nun an weniger langweilig verlaufen. In den zurückliegenden Tagen hatte ich zwei Mädchen in der Nachbarschaft gesehen, eins mit hellblonden Haaren, das größer war als ich und ein dunkelhaariges, etwa in meinem Alter, doch keins der Mädchen war zu mir gekommen und ich hatte nicht gewagt, auf sie zuzugehen und sie anzusprechen. Das blonde Mädchen wohnte in dem Bauernhaus, in das ich abends ging, um unsere Milch zu holen, dort war ich ihr bislang allerdings nicht begegnet. Das andere Mädchen, so vermutete ich, wohnte in dem Haus unter der großen Kastanie, denn ich hatte sie stets in der Nähe dieses Hauses gesehen.

Am Nachmittag kamen Frau Vespers Kinder endlich zum Behelfsheim, ein Junge von sieben und ein Mädchen von neun Jahren. Frau Vesper, die sich seit dem Vormittag in ihrer Wohnung aufhielt, öffnete ein Fenster und schimpfte, weil die Kinder ihrer Meinung nach zu spät kamen. Ihren Sohn nannte sie Bübchen, der Name kam mir furchtbar komisch vor, wie sich schnell herausstellte, hieß er gar nicht so, sondern Karlheinz. Seine Schwester Annemarie schob alle Schuld für die Verspätung auf ihre Oma, sie habe die beiden Kinder noch spät zum Bäcker geschickt, um Brot zu kaufen.

Beide machten verlegene Gesichter, als sie mich sahen, wussten nicht recht, was sie mit mir anfangen sollten, daher ergriff ich die Initiative und schlug vor, auf den Zimmermannsplatz zu gehen.

Die Zimmerleute waren fort, wir konnten uns frei bewegen, kletterten auf ein in Arbeit befindliches Balkengerüst und übten uns im Balancieren. Ein paarmal fielen wir herunter, was aber nicht weh tat, denn die Böcke unter den Balken waren nicht hoch und der Erdboden war dicht mit Holzspänen bedeckt. Der größte Teil von ihnen war verwittert, hatte eine graue Farbe, von der das helle Gelb der frischen Späne abstach.

Nach einiger Zeit wurden wir dieses Spiels überdrüssig und beratschlagten, was wir als Nächstes tun könnten. Die beiden meinten, wir sollten über die große Kuhweide neben unserem Haus zur Landstraße gehen. Trotz der geringen Entfernung hatte ich es bisher nicht gewagt, allein dorthin zu laufen und war gleich Feuer und Flamme für den Vorschlag. Ich hoffte, meine Mutter würde nicht just in diesem Augenblick aus dem Fenster sehen und mir eventuell einen Strich durch die Rechnung machen.

Wir rannten unbehelligt über die Weide, waren schnell am Ziel und erklommen die Böschung zur Landstraße. Die Straße war wenig befahren, Bauern benutzten sie mit ihren Leiterwagen, Lastwagen oder Personenautos hatte ich kaum gesehen.

Die Böschungen waren auf beiden Seiten mit Apfelbäumen bepflanzt, alle Bäume sahen alt und knorrig aus, hatten jahreszeitbedingt schon viele Blätter verloren. Vereinzelt hingen noch Äpfel an den Zweigen, die uns sogleich gewaltig in die Augen stachen. Nach kurzem Überlegen sahen wir ein, dass es keinen Sinn machte, auf die Bäume zu klettern, da die wenigen Äpfel an unzugänglichen Zweigen hingen. Also suchten wir abgefallene Äste, brachen von ihnen handliche Stücke ab und verwendeten sie als Wurfgeschosse. Meine Gefährten waren schnell erfolgreich, ich brauchte eine ganze Weile, bis ich mit meinem Knüppel endlich einen der begehrten Äpfel vom Baum holen konnte.

Nach der erfolgreich verlaufenen Unternehmung kehrten wir zufrieden zum Behelfsheim zurück, verabredeten noch, uns am nächsten Morgen wieder zum gemeinsamen Spiel vor dem Haus einzufinden.

Wenige Tage später war auch die andere Haushälfte bezugsfertig, die Bewohner der oberen Etage zogen als Erste ein. Karlheinz, Annemarie und ich saßen auf der Mauer, die den Weg zu unserem Haus vom Sägewerksgelände abgrenzte, und sahen zu, wie die Sachen der »Neuen« von einem Lastwagen abgeladen wurden. Meine Mutter hatte gesagt, eine Frau und ihr Sohn würden in Zukunft im Obergeschoss wohnen, es würde also ein weiteres Kind dazu kommen, das gefiel mir.

Die Mutter sah ich, wie sie kleinere Gegenstände vom Lastwagen ins Haus trug, ihren Sohn, dem mein eigentliches Interesse galt, bekam ich nicht zu Gesicht. Er kam erst am Nachmittag zusammen mit seinen Großeltern, die in Zukunft mit ihrer Tochter und dem Enkel in der Dachgeschosswohnung leben würden. Vier Menschen aus drei Generationen mussten mit zwei kleinen Räumen auskommen, deren nutzbare Fläche durch Dachschrägen noch verkleinert wurde, doch darüber machte sich der Fünfjährige keine Gedanken.

Das Erdgeschoss blieb weiterhin unbewohnt, die Leute, für die diese Wohnung ursprünglich vorgesehen war, wollten am Ende doch nicht hier wohnen. Es hieß, ein Regierungsbaurat würde stattdessen zusammen mit seiner Frau und der wenige Monate alten Tochter einziehen. Ich konnte mir unter »Regierungsbaurat« nichts vorstellen und ein Mädchen im Babyalter interessierte mich nicht, also war es mir gleichgültig, was für Leute unten wohnen würden.

Mittlerweile war es November geworden, das Schwesterchen — meine Mutter war fest davon überzeugt, das Baby werde ein Mädchen sein — sollte bald kommen. Ich war gespannt, wie das vor sich gehen würde. Auf Fragen hatte ich von meiner Mutter zur Antwort bekommen, der Klapperstorch habe ihr ins Bein gebissen und bald würde er ein Baby aus einem großen Teich, in dem viele Babys schwämmen, holen und es in einer Nacht zu uns bringen. Bisher kannte ich nur zwei Teiche, den mit Kresse bedeckten Löschteich in Hardenberg und den zum Sägewerk gehörenden

Löschteich. Einen Klapperstorch hatte ich noch nie gesehen, weder einen lebenden noch einen auf einem Bild, daher konnte ich mir nicht einmal in meiner Fantasie ausmalen, wie ich zu einem Schwesterchen kommen sollte. Außerdem, warum waren meine Mutter und ich jetzt wieder im Haus von Onkel Karl, woher sollte dieser unbekannte Klapperstorch wissen, dass wir nicht mehr im Behelfsheim waren? Es gelang mir nicht, die Dinge zu einem für mich verstehbaren Ganzen zusammenzufügen.

Noch stärker als das ungeborene Geschwisterchen beschäftigte mein kindliches Hirn die Ankündigung, in Kürze werde mein Vater für ein paar Tage »aus dem Felde« zu uns kommen. Ich war aufgeregt. Endlich würde ich den Mann, der in meinen Gedanken einen zentralen Platz einnahm, zu Gesicht bekommen. Dass mein Vater, der Papa, eigentlich eine Kunstfigur für mich war, konnte ich als Fünfjähriger noch nicht begreifen. Nach seiner Einberufung im Mai 1940 war er mehrere Male auf Heimaturlaub gewesen, zweimal hatte er Sonderurlaub bekommen, das erste Mal, als das Wohn– und Geschäftshaus seiner Eltern durch Bomben zerstört worden war. Da hatte man ihn großzügig für ein paar Tage von seiner direkten Mitwirkung am Endsieg entbunden.

Zu den zwei erwähnten Erinnerungsbröckchen an meinen Vater war während seines Heimaturlaubs im letzten Winter ein drittes hinzugekommen: Im Sauerland sausten wir auf dem Schlitten einen Hang hinunter, unten tauchte unvermutet ein Bach auf und mein Vater kippte den Schlitten in letzter Sekunde um, damit wir dem Bad im eiskalten Bach entgingen. Wir klopften beide den Schnee von unseren Jacken, lachten und gingen vergnügt zum Haus zurück.

Mein Vaterbild entwickelte sich ohne sein Zutun, ohne seine Anwesenheit, nicht einmal sein äußeres Erscheinungsbild wurde durch ihn selbst, sondern durch das gerahmte Foto auf dem Radioapparat geprägt. Zu diesem Vater hatte ich zwar keine gefühlsmäßige Beziehung, er erschien mir gleichwohl als ein großartiger Mann, denn seine bloße Anwesenheit würde alles, was jetzt nicht war, wie es meine Mutter gern gehabt hätte, besser werden. Jeden Abend vor dem Einschlafen musste ich — auch nach unserem Umzug — dieselben Sätze als Abendgebet laut sagen und jedes Mal den Standardsatz »Lieber Gott, mach, dass der Papa bald wiederkommt« hinzufügen. Genau genommen war meine Vorstellung von diesem Papa ähnlich verschwommen wie die vom lieben Gott, der offenbar über meinen Vater bestimmte.

Immerhin existierten mittelbare Kontakte zu meinem Vater, die es zum lieben Gott nicht gab. Wenn ich Halsschmerzen hatte, wurde mir ein Schal meines Vaters um den Hals gewickelt. Nach dem Baden trug ich eine seiner Netzmützen, damit sich meine Haare schön glatt an den Kopf legten. Im Bett spielte ich morgens mit dem Orden, den mein Vater für irgendwas Tapferes bekommen hatte. Infolge solch mittelbarer »Kontakte« war für mich eine virtuelle Präsenz meines Vaters entstanden. Nun würde dieser Vater in wenigen Tagen wirklich und leibhaftig vor mir stehen.

Und tatsächlich, eines Morgens hieß es, er sei in der letzten Nacht angekommen, habe das Behelfsheim gefunden, die Haustür sei ihm von Frau Vesper geöffnet worden. Die Wohnungstür hatte er in Ermangelung eines Schlüssels mit einem Dietrich geöffnet. Ich hatte keine Ahnung, wie ein Dietrich aussah, war aber mächtig stolz, einen Vater zu haben, der in der Lage war, Türen ohne Schlüssel aufzuschließen.

Meine Mutter ging an diesem Morgen zum Behelfsheim zurück, ich musste bei Onkel Karl und Tante Hilde bleiben. Am nächsten Tag, so hieß es, würden auch meine Oma und eine Tante zu Besuch kommen, um meinen Vater zu sehen. Kurz darauf wurde mein Bruder — anstelle der erwarteten Schwester — geboren und wiederum wenig später war mein Vater zurück »an der Front«. Während seines Aufenthaltes hatte ich ihn zwei- oder dreimal kurz gesehen, hatte eines Abends durch einen Türschlitz gelauscht, wie mein Vater den Erwachsenen in Onkel Karls Wohnzimmer von gefährlichen Begebenheiten berichtete, die er in Russland erlebt hatte. Ein Bild, an dem sich meine Fantasie und Vorstellung später hätten festmachen können, war bei diesem Besuch nicht entstanden.

Wir erlebten den ersten Winter im Behelfsheim, es war entsetzlich kalt. Zwar sollten noch härtere Winter folgen — mein Großvater nannte die Gegend »Klein-Sibirien« —, doch für meine Mutter galt es erst einmal, mit dem Jetzt fertig zu werden. Das Haus hatte dünne Außenwände, verschärfend kam hinzu, dass das aus porösen Steinen bestehende Mauerwerk außen noch nicht verputzt war. Türen und Fenster waren zudem undicht, deshalb lagen vor der Haus- und auch vor der Wohnungstür zu Würsten gerollte alte Decken gegen das Eindringen von Kaltluft, Doppelfenster waren in dieser Gegend nicht gebräuchlich. Also musste kräftig geheizt werden, damit wenigstens in dem einen Raum, der uns als Küche und Wohnzimmer diente, eine erträgliche Temperatur herrschte.

An Brennmaterial mangelte es nicht, im Sägewerk fiel Abfallholz, das wir holen durften, in großen Mengen an. Aber das Holz musste zerkleinert werden, und da es schnell verbrennendes Fichtenholz war, das keine langanhaltende Glut hinterließ, mussten gewaltige Holzmengen herangeschafft und in kleine Stücke gehackt werden.

In diesem Winter hackte Iwan abends Brennholz für uns. Er war einer von sechs russischen Zwangsarbeitern, »Fremdarbeiter« wurden sie auch hier genannt, die im Sägewerk gegen ihren Willen halfen, Baumstämme in Balken und Bretter zu verwandeln. Iwan war ein netter Mann, die Aufgabe, Holz für uns zu zerkleinern, hatte ihm Herr Krüger zugewiesen. In Russland war Iwan Lehrer gewesen, wegen seiner deutschen Sprachkenntnisse oblag ihm die Funktion des »Sprechers« der russischen Arbeiter.

Wenn Iwan abends nach dem Holzhacken wegging, war es ringsum finster und meine Mutter wagte es hin und wieder, ihm ein halbes Brot zuzustecken. Sie ermahnte mich, niemand etwas davon zu sagen, es sei bei Strafe verboten, Fremdarbeitern Lebensmittel zu schenken.

Die russischen Fremdarbeiter wohnten, genauer: hausten, in zwei kleinen Räumen an der linken hinteren Ecke des Sägewerks. Einmal hatte ich mich trotz des Verbots meiner Mutter aus Neugier bis an den Eingang der Russenbude, wie wir Kinder die Behausung der Fremdarbeiter nannten, gewagt, war aber wegen des unsäglichen Gestanks gleich wieder weggerannt.

Kochen und Heizen waren ohne den Küchenherd nicht denkbar, in diesem ersten Winter konnte eine weitere Aufgabe nur mit seiner Hilfe bewältigt werden. Jeden Tag stand auf dem Herd ein großer Topf, außen schwarz und innen graublau emailliert, in dem meine Mutter Babywäsche und Stoffwindeln meines Bruders kochte. Zum Spülen der Wäsche ging sie an den nahegelegenen Bach und hackte ein großes Loch in die Eisschicht, bevor sie anfing, die Wäschestücke im eisigen Wasser hin und her zu bewegen, um sie anschließend mit den Händen auszuwringen. Für dieses wenig angenehme Ausspülen der Wäsche hatte sich meine Mutter nicht freiwillig entschieden, vielmehr kam in diesem Winter höchst selten Wasser aus dem Wasserhahn, da der langanhaltende, strenge Frost das Wasser in der Zuleitung in Eis umgewandelt hatte. Wenn die Wäsche sauber gespült war, wurde sie zum Trocknen über den Herd gehängt. Dazu gab es eine hölzerne Vorrichtung mit fünf Stäben, die fächerartig ausgeklappt wurden. Sowohl das Kochen der Wäsche als auch das anschließende Trocknen verursachten hohe Luftfeuchtigkeit im Raum, die sich an den kalten Fensterscheiben niederschlug und dort schnell dicke Eisschichten bildete.

Schließlich wurde samstags auf dem Herd auch das heiße Wasser bereitet, das für das allwöchentliche Baden benötigt wurde. Nicht nur in dem ständig auf der Herdplatte stehenden Wasserkessel wurde für diesen Zweck Wasser erhitzt, auch die größeren Kochtöpfe standen dann auf dem Herd.

Unser Schlafzimmer hatte zwei Außenwände, eine Wand nach Norden, die andere nach Osten gerichtet, die dritte Wand trennte das Schlafzimmer von zwei ungeheizten Räumen ab, nur die

Trennwand zur Küche war kein »Kältestrahler«. Das Schlafzimmer hätte als Eiskeller genutzt werden können. Lediglich das lange Ofenrohr, durch das der Rauch des Küchenherds zum Schornstein geleitet wurde und das teilweise durchs Schlafzimmer verlief, trug geringfügig zur Milderung der Kälte bei, mehr aber auch nicht.

Das Baby schlief tagsüber auf dem Sofa, gegen Abend öffnete meine Mutter die Tür zum Schlafzimmer, damit die Luft etwas erwärmt wurde und uns nachts wenigstens nicht der Atem gefror. Meinen kleinen Bruder nahm sie während des ganzen Winters mit in ihr Bett, um ihn zu wärmen. Im Backofen des Küchenherdes wurden außerdem Ziegelsteine erhitzt, die sie abends, in Stoffstücke gewickelt, in unsere Betten legte.

Am Heiligen Abend machten wir uns trotz der klirrenden Kälte zu unseren Verwandten auf. Ich hatte keinerlei Erinnerung, ob wir in Hardenberg Weihnachten gefeiert hatten und wenn ja, wusste ich jedenfalls nicht mehr, wie das Fest begangen worden war. Dies war das erste Weihnachtsfest, das ich bewusst erlebte.

Nachmittags waren wir Kinder in Tante Lisbeths Küche in der ersten Etage verbannt worden mit der strengen Auflage, auf keinen Fall nach unten zu gehen, dahin, wo Onkel Karls Familie wohnte. Mir kam alles furchtbar geheimnisvoll vor, meine Mutter hatte mir von einem Christkind erzählt, das jetzt offensichtlich mit schweren Säcken draußen in der Luft herumflog und irgendwann auch bei uns durchs geschlossene Fenster kommen würde, um Geschenke abzuladen. Merkwürdig nur, dass dieses Kind, das fliegen konnte, sogar durch Fensterscheiben, das in der Lage war, schwere Säcke zu tragen, Angst vor uns haben sollte und sofort Reißaus nehmen würde, falls es uns im Weihnachtszimmer sähe.

Meine älteren Vettern stellten die Angelegenheit weitaus prosaischer dar: Die Erwachsenen schmückten jetzt den Weihnachtsbaum, verteilten die Plätzchen, die sie abends in den zurückliegenden Wochen heimlich gebacken hätten, auf bunte Teller. Ein Christkind wurde in ihren Beschreibungen der geheimnisvollen

Vorgänge nicht bemüht.

Dann war es so weit, wir Kinder durften endlich nach unten gehen, im Wohnzimmer hatte Tante Hilde den Tisch festlich gedeckt, dampfende Schüsseln mit Fleisch, Rotkohl und Kartoffeln waren bereits aufgetragen. Ich machte große Augen, so viel Fleisch hatte ich noch nie auf einem Tisch gesehen. Fleisch gab es bei uns ganz selten zu essen, hier stand es nun im Überfluss.

Wie das geschehen konnte, erfuhr ich erst viel später, als ich kein Kind mehr war. Wegen der Planwirtschaft während des Krieges, später wegen der Mangelwirtschaft in den ersten Nachkriegsjahren, wurden Nahrungsmittelproduktion und –verteilung von behördlicher Seite streng überwacht, die Fleischerzeugung unterlag besonders genauer Kontrolle. Kein Schwein, kein Rind durfte ohne Genehmigung der Obrigkeit geschlachtet werden, die über den Bestand an Schlachtvieh genau unterrichtet war. So die offizielle Lesart, die Wirklichkeit sah anders aus. Findigen Bauern gelang es immer wieder, ein zusätzliches Schwein zu mästen, das den Wächtern verborgen blieb. Sogar wir Kinder bekamen manchmal mit, wenn ein Bauer »schwarz« geschlachtet hatte.

Was für Schweine und Rinder galt, hatte entsprechend auch für Hirsche und Wildschweine Gültigkeit. Doch wer außer meinem Onkel wusste schon genau, wie viele Wildschweine es in seinem Revier gab. Und wenn es nachts einmal laut im Wald knallte, wer wusste, wo genau und warum? Fehlte nur noch ein Verfahren, das erlegte Wildschwein unbemerkt aus dem Wald ins Haus zu schaffen. Manchmal fuhr deshalb ein mit Mist beladener Pferdewagen in den Wald und verließ ihn irgendwann, nach wie vor mit Mist — aber nicht nur — auf der Ladefläche.

An diesem Heiligen Abend hatten wir also einen üppigen Wildschweinbraten auf dem Tisch.

Nachdem wir mit dem Essen fertig waren, zum Nachtisch hatte es noch eingemachte Birnen mit Vanillesoße gegeben, gingen wir vom Wohnzimmer in Onkel Karls Herrenzimmer, das ich vorher noch nie betreten durfte. Ein großer mit Lametta sowie spiegelnden Kugeln geschmückter Weihnachtsbaum stand in einer Ecke, nur die angezündeten Kerzen erleuchteten den Raum mit ihrem milden Licht. Tante Hilde fing an zu singen, die anderen stimmten ein, ich stand stumm dabei, weil ich das Lied nicht kannte. So war es auch bei den folgenden Liedern, ich fühlte mich ausgestoßen, warum kannte allein ich die Lieder nicht?

Kaum war das Singen beendet, da stürzten sich meine Vettern auch schon auf die Geschenke, sie wussten sofort, wem was gehörte, ich brauchte den Hinweis meiner Mutter, ich solle doch mal zu dem Schlitten gehen. Glücklich über das wunderbare Geschenk fühlte mich nicht mehr ausgestoßen.

Nach Weihnachten bekamen wir Besuch, eine Schwester meines Patenonkels — Tante Hildes Mann — blieb zwei Wochen bei uns, ich nannte sie Tante Maria. Sie war die Erste in einer Reihe von Verwandten und guten Bekannten, die in der Folgezeit kamen und eine Weile bei uns wohnten. Während der letzten Kriegsmonate waren es Menschen aus dem Ruhrgebiet, die einige Nächte ohne Sirenengeheul und ohne Angst vor einschlagenden Bomben von abends bis morgens durchschlafen wollten, damit sie körperlich und psychisch wieder zu Kräften kamen. Danach, in den ersten Nachkriegsjahren, war die bessere Lebensmittelversorgung auf dem Land Hauptgrund für die Besuche.

Die Tanten und Onkel spielten meistens »Mensch ärgere dich nicht« mit mir, bevor ich abends schlafen gehen musste, tagsüber nahm ich sie kaum wahr, da war ich gewöhnlich mit den anderen Kindern zusammen. Für meine Mutter hatten die Besuche zwei Seiten. Zusätzliche Arbeit, Unbequemlichkeiten, erhöhter Bedarf an Nahrungsmitteln waren die weniger erfreulichen Begleiterscheinungen. Andererseits brachten »die Menschen aus der Stadt« Abwechslung in das Leben meiner Mutter, besonders an den Abenden. Sie war eine junge Frau, wenig mehr als dreißig Jahre alt. Wenn die Tagesarbeit erledigt war, verbrachte sie ihre eintönigen Abende mit Lesen, Strümpfe stopfen, Radio hören. Nur selten kamen Nachbarinnen zu einem abendlichen Schwätzchen.

Anders als meine Mutter war Tante Maria eine resolute Frau. Sie kam aus einer Familie mit zwölf Kindern — meine Mutter hatte fünf Geschwister —, war noch nicht verheiratet. Eine große Belastung war sie nicht, half sie doch meiner Mutter tatkräftig und verbrachte außerdem viel Zeit bei Tante Hilde, ihrer Schwägerin. Morgens, vor dem Aufstehen, bekam sie die aktuellen Wehrmachtsberichte von mir zu hören. Daran erinnerte sie mich noch nach Jahrzehnten, wenn wir uns an Allerheiligen auf dem Friedhof begegneten, die Gräber ihrer Eltern und die meiner Großeltern lagen dicht beieinander.

In diesem Winter gingen wir Kinder kaum nach draußen, den größten Teil der Tage verbrachten wir im Haus. Meistens kamen Karlheinz und seine Schwester Annemarie zu mir, seltener spielte ich mit ihnen in ihrer Wohnung. Das lag nur zum geringeren Teil an der noch kleineren Wohnung, vielmehr sah meine Mutter es nicht gern, wenn ich »nach oben« ging, das Verhältnis zwischen ihr und Frau Vesper war nach wie vor kühl. Frau Vesper konnte es nicht verwinden, dass man uns die größere und bequemere Wohnung im Erdgeschoss zugesprochen hatte, obwohl sie aus dem Dorf stammte und ihr Vater nicht nur ortsansässiger Bauer war, sondern zusätzlich das Amt des Küsters an der Dorfkirche versah. Darüber hinaus fühlte sie sich wohl vom Schicksal ungerecht behandelt, weil ihr Sohn Karlheinz stotterte und ihre Tochter Annemarie einen starken Augenfehler hatte.

An sich waren uns Kindern Schnee und Eis willkommen, wir verkrochen uns keineswegs dauernd hinter dem warmen Ofen. Zu dritt hatten wir vom Behelfsheim einen schmalen Weg zur Straße frei geschaufelt, was wegen des mehr als meterhohen Schnees viel Zeit gekostet hatte. Einen Schneemann hatten wir selbstverständlich auch vor das Haus gesetzt. Dass wir die Winterfreuden nicht unbeschwert genießen konnten, lag großenteils an fehlender Winterkleidung. Keiner von uns besaß lange Hosen, wir trugen selbst gestrickte lange Strümpfe, die von Gummibändern, an einem sogenannten Leibchen befestigt, stramm nach oben gezogen wurden, dazu kurze Hosen. Besonders die nicht von den Strümpfen bedeckten Teile der Oberschenkel litten empfindlich unter der klirrenden Kälte. Ein weiterer wunder Punkt war das Schuhwerk. Hohe Lederschuhe gab es, wenn überhaupt, nur »auf Bezugsschein« und wenn man zusätzlich noch Beziehungen hatte. Wertvolle Lederschuhe dem zerfressenden Einfluss von Schneewasser aussetzen? Wir trugen Holzschuhe, nicht solche, wie man sie von Plakaten der holländischen Touristikindustrie kennt, sondern primitive aus rohem Holz ohne Lederbesatz an der Oberkante der Öffnung. Mit ihnen durch den Schnee zu laufen bereitete mir manche Qual. Häufig waren die Kinderbeinchen schneller als die träge Masse der Holzschuhe, dann stand ich unversehens mit den Strümpfen im tiefen Schnee, hatte nasse Füße und musste zurück ins Haus. Eine andere Unart der Holzschuhe bestand darin, dass Schnee, besonders gern feuchter, unter den »Holschen« kleben blieb und zu beachtlichen Stelzen anwachsen konnte, wodurch ich dauernd mit meinen Füßen umknickte. Ich hasste Holzschuhe im Winter.

Annemarie hatte in der Schule schon lesen gelernt. Seit einem Jahr gab es zwar keinen Unterricht mehr, wegen der ständigen Bombenangriffe auf die Städte blieben alle Schulen »bis auf Weiteres« geschlossen, aber sie war bis zur Schließung bereits eine Weile zur Schule gegangen.

Aus dieser Zeit stammte ihre schöne, bunt bebilderte Fibel, mit deren Hilfe sie mir in diesem Winter das Lesen beibrachte, und zwar auf folgende Weise. In der Fibel war das nebenstehende Kindergedicht abgedruckt, mit einem bunten Bild dazu.

*Auf dem Berge Sinai
wohnt der Schneider Kikeriki.
Seine Frau, die Margarethe,
saß auf dem Balkon und nähte.
Fiel herab, fiel herab
und das linke Bein brach ab.
Kam der Schuster angerannt
mit der Nadel in der Hand.
Näht es an, näht es an,
dass sie wieder laufen kann.*

Die wenigen Verse hatte ich schnell auswendig gelernt, Annemarie zeigte mir die Zuordnung von Buchstaben und gesprochenen Lauten. Das Gedicht enthielt zwar nicht alle Buchstaben in Groß- und Kleinschreibung, aber der Buchstabenvorrat reichte mir, um durch Vergleich der Buchstaben unbekannter Lesestücke in der Fibel mit denen des Gedichts eine Entzifferung vornehmen zu können. Nach und nach prägten sich mir dabei die zu den Lauten gehörenden Buchstaben ein, so dass das Lesen immer weniger zäh vonstattenging. In der Schule musste ich später trotzdem von vorn mit dem Lesenlernen beginnen, die Lesestücke in der Fibel waren allesamt in deutscher Schreibschrift, der sogenannten Sütterlinschrift, geschrieben. Die Sütterlinversion des Schneider-Kikeriki-Gedichts sah so aus:

>   Auf dem Berge Sinai
>   wohnt der Schneider Kikeriki.
>   Seine Frau, die Margarethe,
>   saß auf dem Balkon und nähte.
>   Fiel herab, fiel herab
>   und das linke Bein brach ab.
>   Kam der Schuster angerannt
>   mit der Nadel in der Hand.
>   Nüht es an, nüht es an,
>   dass sie wieder laufen kann.

Im Erwachsenenalter kam mir der Gedanke, das eher dümmliche Gedicht könnte mit der Absicht in die Fibel gekommen sein, den für Juden wichtigen Berg, auf dem Moses nach der Überlieferung die Zehn Gebote von Jahwe entgegengenommen hatte, ins Lächerliche zu ziehen.

Es wurde Frühling. Der Schnee war geschmolzen, die Wiesen um unser Haus herum noch sumpfig, Karlheinz und ich begannen mit kleinen Streifzügen in die nähere Umgebung. Unsere Mütter sahen das nicht gern. Sie hatten gehört, englische Tiefflieger flögen jetzt häufiger auch über weniger dicht besiedelte Gebiete und schössen mit ihren Maschinengewehren wahllos auf alles, was sich bewege. Andererseits konnten sie uns Kinder natürlich nicht dauernd im Haus festhalten und so waren wir ernsthaft ermahnt worden, uns sofort auf den Boden zu werfen, möglichst unter einen Baum oder, besser noch, einen Strauch, sobald wir ein Flugzeug nur sähen oder hörten, ganz gleich, ob schwarzweiße Kreuze oder blauweißrote Kreise unter den Tragflächen oder auf den Seiten der Flugzeuge zu sehen seien. Ganz besonders war uns verboten worden, Füllfederhalter aufzuheben, sie würden nämlich vom Feind abgeworfen, seien in Wirklichkeit kleine Bomben und explodierten, sobald man sie aufschraube. Natürlich hatten wir hoch und heilig versprochen, alle Ermahnungen zu beherzigen.

Wir Jungen redeten oft über Krieg und Kriegsgerät, das war für uns so normal wie Fachsimpeleien über Fußballspieler der Bundesligavereine heute. Die größeren Jungen wussten schon viel mehr als ich und sie wussten sich auch mit ihrem Wissen wichtig zu machen. Besonders von meinem vier Jahre älteren Vetter Winfried bezog ich »einschlägiges Fachwissen«.

An einem trüben Nachmittag des Frühjahrs 1945 bekamen wir sogar Anschauungsunterricht aus erster Hand. Zu dritt standen wir im Forsthaus am Fenster und beobachteten gespannt, wie mehreren alten Männern aus unserem Dorf von einem Soldaten die Handhabung einer Panzerfaust gezeigt wurde.

Das lange Rohr, an dessen Vorderende ein dicker Kopf angebracht war, der ähnlich aussah, wie zwei mit den großen Öffnungen aneinander gesetzte Trichter, wurde einem Mann auf die rechte Schulter gelegt. Winfried erklärte uns, an dem Rohr sei ein Hebel, den man nach hinten ziehen müsse, um den mit Sprengstoff gefüllten Kopf abzufeuern, dabei würde hinten aus dem Rohr ein langer Feuerstrahl kommen. Deshalb dürfe man nie hinter jemand stehen, der eine Panzerfaust abfeuere. Im Übrigen sei der Kopf ohne das Rohr völlig ungefährlich, was natürlich nicht stimmte, aber ich hatte keine Möglichkeit die waffentechnischen Instruktionen, die ich als Fünfjähriger von einem Neunjährigen erhielt, auf ihre Korrektheit zu überprüfen. An jenem Nachmittag hätten wir drei nur allzu gern gesehen, wie eine Panzerfaust wirklich abgefeuert wurde, doch die Volkssturm-Männer beließen es bei »Trockenübungen«, vermutlich wurde die panzerbrechende Waffe für den »Endkampf« aufgespart.

Mit meinem gefährlichen Halbwissen konnte ich mich auf einem meiner Streifzüge mit Karlheinz dicketun. Am Bach hinter unserem Haus fanden wir eine Handgranate, keine Eierhandgranate, sondern eine mit hölzernem Stiel. Zuerst hielten wir respektvollen Abstand und wollten eigentlich schnell weglaufen. Doch ich gab prahlerisch vor, zu wissen, wie man die Handgranate entschärfen könne. Karlheinz machte ein ungläubiges Gesicht. Ich zog ihn näher zu mir heran und zeigte auf den sichtbaren Teil des Zünders, der aus zwei Flügeln mit einem blauen, etwa haselnussgroßen Köpfchen in der Mitte bestand. Man dürfe das blaue Köpfchen auf keinen Fall herausziehen, hatte mein Vetter gesagt, da die Handgranate dann explodiere und einen zerfetze. Zum Entschärfen der Handgranate müsse man den Zünder herausdrehen. Karlheinz meinte, wir sollten das doch einfach mal versuchen. Also nahm ich den hell beigen Handgranatenkopf in die linke Hand, fasste mit den Fingern der rechten die zwei Flügel, drehte den Zünder wie eine Schraube aus der Handgranate und warf ihn weg. Mein Spielkamerad führte einen Freudentanz ob dieser gelungenen Heldentat auf, schrie dabei fortwährend »er hat sie entschärft, er hat sie entschärft«. Ich dagegen fühlte mich plötzlich hundeelend, schwante mir doch, dass ich soeben etwas getan hatte, was ich nie wieder tun dürfe.

Anders als Kinder in zerbombten Großstädten erlebten wir den für die deutsche Zivilbevölkerung täglich bedrohlicher werdenden Krieg nicht hautnah, bis auf die erwähnten feindlichen Tiefflieger, mehrheitlich englische. Sie tauchten nun immer häufiger auf, eine nennenswerte deutsche Luftabwehr gab es nicht mehr. Drei Begebenheiten sind mir in Erinnerung. Eines Nachmittags kam Frau Kalldewei zu meiner Mutter gelaufen und berichtete aufgeregt, ein Omnibus sei mitten im Dorf von einem Tiefflieger beschossen worden, die Menschen hätten rechtzeitig aussteigen und sich in Sicherheit bringen können, zwei Frauen seien leicht verletzt.

Aufgrund der wachsenden Gefährdung ließen die Mütter uns nun noch widerstrebender nach draußen. Tiefflieger bemerkte man wegen ihrer geringen Flughöhe vielfach erst, wenn es zu spät war, um Deckung zu suchen, darin bestand die besondere Gefahr für uns, und infolge der kurzen Entfernung zum Erdboden konnten Flugzeugbesatzungen zudem die Menschen gut erkennen, es war ein Leichtes für sie, auch rennende kleine Kinder mit ihren Maschinengewehren abzuknallen. Große, dicht belaubte Bäume boten einen gewissen Schutz, wenn sie in unmittelbarer Nähe standen. Sollten wir auf offener Straße von einem Tiefflieger überrascht werden, müssten wir uns blitzschnell platt in den Straßengraben legen, auch in einen mit Wasser gefüllten, und zwar immer auf der Seite, die von einem herannahenden Flugzeug schlechter eingesehen werden könnte. Würden wir das Glück haben, nicht getroffen zu werden, müssten wir weiterhin achtgeben, die Tiefflieger kämen in der Regel zurück, dann müssten wir uns in den gegenüberliegenden Graben werfen. Die in diesen Verhaltensmaßregeln enthaltene Logik verstanden wir Kinder. Ob der den nahezu sicheren Tod bedeutende Fall eines parallel zur Straße fliegenden Flugzeugs angesprochen wurde, weiß ich nicht mehr.

Ich hatte große Angst, wurde aber nie von einem Tiefflieger angegriffen. Einmal, als ich mit Karlheinz und Annemarie auf der Wiese nebenan Gänseblümchen pflückte — wir flochten meist Kränze aus ihnen — , hörte ich das leise Brummen eines Flugzeugs über uns und warf mich auf den Erdboden. Karlheinz blieb stehen und sagte, es sei ein »Fieseler Storch«, ein kleines deutsches Flugzeug mit nur einem Propeller, leicht an dem nicht einfahrbaren Fahrwerk mit den staksigen Beinen erkennbar.

Mein Vetter Dieter überstand einen Tieffliegerbeschuss nah am Haus unbeschadet. Er hatte gesehen, wie ein Bauer, der das Flugzeug frühzeitig bemerkt hatte, von seinem Leiterwagen in den Straßengraben gesprungen war und hatte es ihm gleichgetan.

Der Tod einiger polnischer oder russischer Fremdarbeiter war lange Gesprächsthema im Dorf. Sie hatten vor einem herannahenden Tiefflieger in einer aus Backsteinen gemauerten Feldscheune Zuflucht gesucht, was die Flugzeugbesatzung gesehen hatte. Sie schoss daraufhin mit ihren Bordwaffen die mit Stroh gefüllte Scheune in Brand, keiner der Zwangsarbeiter überlebte.

Anfang April starb unerwartet der Sägewerksbesitzer. Er war eine der geachtetsten Persönlichkeiten des Dorfs gewesen und entsprechend prachtvoll war die Beerdigung. Drei Tage lag er aufgebahrt in seinem Haus, die Beerdigung ging auch von hier aus. Eine große Menschenmenge hatte sich versammelt, die später dem schwarzen, in der Sonne glänzenden Leichenwagen folgte, der von vier geschmückten Pferden gezogen wurde. Meine Mutter hatte niemand finden können, um auf meinen vier Monate alten Bruder aufzupassen, deshalb waren wir zu meinem Leidwesen nicht in dem langen Trauerzug mitgegangen.

Während der Wintermonate hatte ich fast täglich mit Karlheinz gespielt, manchmal war seine Schwester Annemarie mit ihm zu uns gekommen. Zu Robert Kalldewei hatte ich inzwischen auch Kontakt bekommen, seine Mutter hatte mich zwei- oder dreimal in ihre Wohnung geholt. Er war ähnlich alt wie ich, hatte semmelblonde Haare, die offenbar schwer zu bändigen waren. Seine Stimme klang kehlig und außerdem nuschelte er stark. Meine Einstellung ihm gegenüber war nicht ablehnend, aber Karlheinz war mir als Spielkamerad lieber.

Mit Beginn des Frühlings beteiligten sich auch das blonde und das dunkelhaarige Mädchen an unseren Spielen und bald fühlten wir fünf Kinder uns als eine Gruppe, Robert spielte zwar auch hin und wieder mit, gehörte aber merkwürdigerweise nie richtig zu uns.

Das weißblonde Mädchen hieß Franziska, wurde aber fast nur Zissi genannt, mit zehn Jahren war sie die Älteste von uns. In ihrer Familie war sie dagegen eher ein Nachkömmling, zwei ältere Brüder arbeiteten im väterlichen Zimmermannsbetrieb, ihre beiden Schwestern waren schon über zwanzig Jahre alt. Wegen ihrer Haarfarbe benutzten wir in unserer Clique gern ihren Spitznamen Schimmel, abgeleitet von dem weißen Pferdetyp. Schimmel war ein hübsches Mädchen.

Wie ich vermutet hatte, wohnte das dunkelhaarige Mädchen Leni mit ihren Eltern in dem geduckten Haus an der Kastanie. Sie war so alt wie ich, hatte kein hübsches Gesicht, sah ungepflegt aus und lief ständig mit einer Rotznase herum. Schimmel hatte mir verraten, Leni habe eine Stiefmutter. Trotz ihres wenig anziehenden Äußeren gehörte sie zu uns, nahm allerdings eine überwiegend passive Rolle ein.

Alle Schulkinder hatten nach wie vor Zwangsferien, der Krieg dauerte ja an, Zeit zum Spielen war in Hülle und Fülle vorhanden. Hingegen hatten wir kaum Spielgeräte für Spiele im Freien, Karlheinz besaß einen ordentlichen Roller, den er mir hin und wieder überließ.

Hinter vorgehaltener Hand sprachen unsere Mütter seit längerem davon, die Amerikaner seien nicht mehr weit entfernt und würden bald unser Dorf einnehmen. Sie hatten geglaubt, diese Gespräche vor uns Kindern geheim gehalten zu haben, denn »defätistische« Äußerungen wurden mit dem Tode bestraft. Aber Erwachsene ahnen ja oft nicht einmal, was die gespitzten Ohren kleiner Kinder alles mitbekommen — und wie gut sie das Erlauschte verstehen.

Jetzt durfte auf einmal offen über den Einmarsch der Amerikaner geredet werden. Der Ortsgruppenleiter hatte nämlich auf »Befehl von oben« angeordnet, Panzersperren gegen die anrollenden amerikanischen Truppen zu errichten. Die durch unser Dorf führende Landstraße war innerhalb des Orts mit Basaltsteinen gepflastert, außerhalb hatte sie eine Asphaltdecke. An beiden Ortseingängen wurde der Asphalt quer zur Fahrtrichtung aufgebrochen und anschließend wurden tiefe Gräben ausgehoben. Bauern brachten auf Langholzwagen frisch gefällte Buchenstämme mit gewaltigen Durchmessern. Sie wurden in die Gräben gesetzt, die

Leerräume mit Steinen und Sand verfüllt. In der Mitte der Palisaden hatte man Lücken gelassen, so breit, dass Pferdefuhrwerke über dicke Bohlen hindurch fahren konnten. Die Öffnungen sollten erst kurz vor dem Anrücken der Panzer geschlossen werden.

Ein paar Buchenstämme und die alten Männer, denen wir bei ihren Trockenübungen mit den Panzerfäusten zugesehen hatten, würden also nach dem Willen der Parteileitung den feindlichen Vormarsch aufhalten!

Wenige Tage nach Fertigstellung der lächerlichen Bollwerke klopfte Iwan spät abends an unser Wohnküchenfenster und vertraute meiner Mutter an, die Amerikaner würden vielleicht schon am übernächsten Tag einrücken. Fremdarbeiter aus weiter östlich liegenden Orten, die bereits eingenommen seien, hätten ihnen das berichtet. Er gab auch den Rat, Frauen und Kinder der »Insel« sollten die kommenden Nächte gemeinsam verbringen. »Nicht wegen der Amerikaner«, hatte er hinzugefügt. Umgehend informierte meine Mutter die Nachbarschaft.

Gleich am nächsten Morgen startete meine Mutter eine Verbrennungsaktion. Das Hitlerbild vom Kleiderschrank und einige Bücher aus dem Wohnzimmerschrank wurden dem kleinen braunen Ofen überantwortet, der bisher ohne Funktion in der Abstellkammer gestanden hatte. So erhielt ich im frühen Kindesalter eine praxisnahe Lektion über die Schwierigkeit, ein Buch als Ganzes zu verbrennen.

Schmuck, wenig genug, wurde unter den Kleiderschrank geschoben, ein wahrlich ungeheuer originelles Versteck. Dann waren da noch zwei Pistolen meines Vaters, eine schwarze und eine kleinere braune, die ich gern morgens aus der Schublade des Nachttischs genommen hatte, um mit ihnen zu spielen, ungeladen natürlich. Eine wurde auf dem Dachboden zwischen einen Sparren und die Dachpfannen gelegt, die andere in gelbbraunes Ölpapier gewickelt und im Garten verbuddelt.

Unsere Mütter beschlossen, die beiden kommenden Nächte gemeinsam bei Wölckens auf dem Dachboden zu verbringen. Am

Nachmittag trugen wir die für das ungewöhnliche Nachtlager erforderlichen Utensilien zusammen, für meinen erst fünf Monate alten Bruder musste besonders viel mitgenommen werden. Mit Ungeduld erwartete ich den Abend, die Aussicht auf eine Nacht im Stroh, einfach in der normalen Kleidung zu schlafen, ohne mich vorher ausziehen und waschen zu müssen, verhieß ein Abenteuer. Und vielleicht würden ja sogar die Amerikaner in dieser Nacht einmarschieren.

Dann war es so weit, wir kletterten auf den Dachboden und trafen letzte Vorkehrungen für die Nacht, breiteten Decken über locker verteiltem Stroh aus. Die älteren Jungen und Mädchen hatten sich etwas erhöht eine Ecke eingerichtet, zu der man über eine kleine Leiter gelangte. Das Licht wurde gelöscht, doch an Schlaf war so schnell nicht zu denken. Während unsere Mütter wegen der Ungewissheit, was in der Nacht passieren würde, viel zu angespannt waren, um sofort einschlafen zu können, hatte meine eigene Einschlafverzögerung einen praktischen Hintergrund: Die Strohhalme piecksten durch die Decke und das anfänglich romantische Gefühl wich banalem Verdruss über die Unbequemlichkeit. Nach und nach wurde es ruhiger, lediglich aus der Ecke der Halbwüchsigen drangen noch Geräusche und Gekicher herüber. Als ich Jahre später in den *Carmina Burana* die Verse *Si puer cum puellula moraretur in cellula …* las, wurde ich augenblicklich an diesen Abend erinnert.

Die mit Spannung erwartete Nacht verging ohne Störungen, am nächsten Morgen gingen wir zum Behelfsheim zurück, ich war tief enttäuscht. Etwas hatte sich in der Nacht aber doch ereignet, die Fremdarbeiter waren weg, die Tür der leeren Russenbude stand offen.

Gegen Mittag sahen wir, wie Bauern die Panzersperre an unserem Dorfeingang entfernten. Der Ortsgruppenleiter sei in der Nacht getürmt, hieß es, und da die Dorfbewohner von der Unüberwindbarkeit der Sperre wenig überzeugt waren, vielmehr befürchteten, beim Beschuss der Baumstämme durch amerikanische

Panzer könnten Häuser und Ställe Schaden nehmen, wurde das militärisch ungemein bedeutsame Hindernis kurzerhand wieder beseitigt. Zurück blieb ein Streifen ungeteerter Straßendecke.

Die nächste Nacht verbrachten wir im Keller des Krügerschen Wohnhauses. Einigen war der Gedanke gekommen, falls Granaten durch die Luft schwirrten, seien wir in einem Keller wohl sicherer aufgehoben als auf einem Dachboden. Für das erhöhte Sicherheitsgefühl mussten wir größere Unbequemlichkeit in Kauf nehmen, an die Kellerwände gelehnt saßen wir auf eilig gezimmerten Holzbänken. Zudem war mir nachts kalt, die umgehängte Decke rutschte während des Schlafs ständig herunter. Auch in dieser Nacht passierte nichts, einige Erwachsene mutmaßten, die Mitteilung über den bevorstehenden Einmarsch der Amerikaner sei lediglich ein Trick der Russen gewesen, um unbehelligt verschwinden zu können.

Während ich am nächsten Vormittag draußen spielte, sah ich drei Soldaten zusammen mit Lenis Vater die Straße herunterkommen. Die Uniformen der Soldaten waren gelblichbraun, ihre Stahlhelme hatten eine andere Form als diejenigen, die ich kannte. Das mussten die Amerikaner sein! Ich rannte Hals über Kopf nach Hause und berichtete atemlos meiner Mutter, was ich gesehen hatte.

Die Amerikaner kamen nicht, wie erwartet, über die Landstraße, sondern direkt aus dem Wald auf unserer alten Bauernwagenstraße. Das Haus, in dem Leni mit ihren Eltern wohnte, lag dem Wald am nächsten, mit dem Vater in ihrer Mitte näherten sich nun fremde Soldaten. Es dauerte nicht lange, bis jemand mit einem harten Gegenstand, wahrscheinlich einem Gewehrkolben, gegen unsere Haustür pochte. Meine Mutter öffnete, ich blieb ängstlich hinter ihr, ein Soldat stand vor der Tür mit seinem Gewehr in der Hand. Er kam wortlos herein, schob meine Mutter mit dem Gewehrlauf beiseite und ging in unsere Wohnküche. Hier stand der Peddigrohrkinderwagen, in dem mein Bruder lag. Der Soldat stieß mit seinem Gewehrlauf in den Kinderwagen und warf das Kissen heraus, mit dem das Baby zugedeckt war. Meine Mutter schrie auf und mein Bruder stimmte ein. Obwohl der Soldat auf Anhieb sehen konnte, dass der fünf Monate alte Volkssturmmann völlig unbewaffnet war, gab er sich noch nicht zufrieden. Meine Mutter musste den Kleinen herausnehmen, damit der Amerikaner die dünne Matratze im Kinderwagen mit seinem Gewehr anheben konnte. Dann ging der Soldat in den Keller, kam aber ziemlich schnell wieder nach oben, um die restlichen Räume zu durchsuchen. Danach beehrte er Frau Vesper mit seinem Besuch und verschwand anschließend genauso wortlos, wie er gekommen war.

Am Nachmittag kam ein Offizier mit einem Dolmetscher und eröffnete meiner Mutter, wir müssten für mehrere Tage das Haus verlassen, da er und einige Soldaten darin Quartier nehmen würden. Außer ein paar Dingen für den persönlichen Bedarf dürften wir nichts mitnehmen. Und damit meine Mutter in dieser Hinsicht nicht mogelte, stellte er zu ihrer Überwachung einen Soldaten ab. Hastig packte meine Mutter das für notwendig Erachtete zusammen, dann verließen wir das Behelfsheim, um bei Onkel Karl Unterschlupf zu suchen.

Die Tage in Onkel Karls Haus waren gar nicht lustig. Ich musste zusammen mit meinem Vetter Dieter auf einem Sofa schlafen, das eigentlich für einen allein schon zu schmal war. Das war aber noch das kleinere Übel.

Meine Vettern hänselten mich ständig. Fadenscheinige Gründe für ihre Sticheleien fanden sie leicht, denn für sie war ich »anders«. Ich trug andere Jacken und Hosen, gebrauchte Wörter, die im Sauerland üblich gewesen waren, hier aber nicht zum täglichen Sprachschatz gehörten. Wenn ich von Blaubeeren oder Preiselbeeren sprach, schüttelten sie sich vor Lachen aus, sie sagten »Heidelbeeren« und das Wort »Preiselbeere« war ihnen gänzlich ungeläufig, da es solche Beeren in dieser Gegend nicht gab. Wenn ich am Ende fertiggemacht und mit verlegenem Gesicht da stand, dabei linkische Bewegungen mit meinen Armen machte, die meine Unterlegenheit noch unterstrichen, dann kosteten sie ihren Triumph weidlich aus.

In solchen Situationen wünschte ich mir inständig einen Menschen, der meine Partei ergriff, der mich verteidigte, der mir ein Gefühl der Sicherheit gab. Es war nicht böser Wille, dass mich meine Mutter nicht schützte, sie konnte es nicht, Auseinandersetzungen war sie nicht gewachsen.

Das Schlimmste war eine neue Art von Angst, die sich in jenen Tagen bei mir einnistete. Unser Zufluchtsort, das Forsthaus, lag etwas abseits vom Dorf an der Straße zum Nachbarort Willebadessen. Auf der gegenüberliegenden Seite der Straße erstreckten sich Wiesen in steiler Hanglage. Hier hatten vor kurzem noch die Volkssturm-Männer ihre Panzerfaustübungen gemacht, nun hatten die Amerikaner den Hang vor Onkel Karls Haus für ihr Schießtraining auserkoren. Das obere Ende der Wiese, etwa zwanzig Meter über dem Niveau der Straße, wurde durch eine Hecke aus Mehldorn- und Schlehdornbüschen begrenzt, vor denen US-Soldaten eine riesige Zielscheibe aufgebaut hatten.

Am nördlichen Rand des Dorfs gab es eine Anhöhe, den Semberg, hier betrieb der Unternehmer Eickhoff seinen Steinbruch. Auf dem Semberg nun, direkt am Rand des Steinbruchs, hatten die Sieger einen Panzer postiert und mit dem Panzer veranstalteten sie Schießübungen. Die Entfernung zwischen Panzer und Zielscheibe betrug etwa sechshundert Meter. Ob das Übungsschießen ein waffentechnisch-praktisches Erfordernis war oder ob damit nur die Macht über die Besiegten allfällig demonstriert werden sollte, blieb wahrscheinlich auch den Erwachsenen verborgen.

Mich plagten nicht derartige Gedanken, für mich war das strenge Verbot meiner Mutter von Bedeutung, auch nur einen Fuß auf den Rand der Wiese zu setzen. Sie hatte mir in den grausigsten Bildern ausgemalt, was passieren würde, wenn mich ein Geschoss träfe und diese Schreckensvision hatte sich mir tief eingebrannt. Zwar war während der Zeit unserer Ausquartierung nur wenige Male auf die Zielscheibe geschossen worden, doch das Brett mit den konzentrischen Kreisen und dem großen schwarzen Punkt in der Mitte verfolgte mich noch jahrelang in meinen Träumen, erst nach meinem fünfzehnten oder sechzehnten Geburtstag hörten die Albträume langsam auf.

Ab und zu saßen wir Kinder in sicherer Entfernung von der Flugbahn, die ein Geschoss vom Semberg zur Zielscheibe nehmen würde und beobachteten, wie das »Tigerrohr« des Panzers ausgerichtet wurde, warteten auf Schüsse, meistens vergeblich. Selbstverständlich hatte der Panzer auf dem Semberg kein »Tigerrohr« — es war ja ein amerikanischer Panzer, vielleicht einer vom Typ Sherman —, die volkstümliche Bezeichnung, die wir Kinder aufgeschnappt hatten, bezog sich auf die Kanone des Wehrmachtspanzers »Tiger«, aber für uns Kinder waren alle Panzerkanonen »Tigerrohre«.

Als wir nach Tagen in unsere Wohnung zurückkehren durften, ging meine Mutter geradewegs ins Schlafzimmer und suchte unter dem Kleiderschrank nach dem Schmuck. Er war natürlich weg. Dann öffnete sie die unteren Türen des Wohnzimmerschranks. Die gesamte Foto– und Schmalfilmausrüstung meines Vaters war nicht mehr da. Nicht nur Kameras und Projektoren waren gestohlen, auch die Filme, die mein Vater in meinen ersten Lebensjahren gedreht hatte, wenn er auf Heimaturlaub gewesen war. Ebenso die beiden Pistolen. So ist das nun mal im Krieg: Ein dicker Reichsmarschall klaut sich ein riesiges Kunstmuseum zusammen, einfachere Dienstgrade beklauen die kleinen Leute. Die Beute des Reichsmarschalls wird den Eigentümern nach dem Krieg größtenteils zurückgegeben, das einfache Volk geht leer aus, aber dafür hat es ja die Freude, noch jahrzehntelang die Folgen des Kriegs tragen zu dürfen.

Mit dem Einzug der Amerikaner, einige Erwachsene meinten, es seien Kanadier, kam ungewohntes Leben in meine leicht überschaubare Welt, Besatzungssoldaten bestimmten von nun an für geraume Zeit das Tagesgeschehen des Dorfs, ganz besonders aber dasjenige »auf der Bicke«, wo es tagsüber plötzlich von Soldaten und Militärfahrzeugen wimmelte.

Das Sägewerk und der nahe Wald waren die Gründe für die vielen Soldaten und ihre Fahrzeuge, denn die Besatzungsmacht hatte einen riesigen Bedarf an Brettern, Bohlen und Balken.

In wenigen Wochen wurde ein ansehnliches Stück des Waldes systematisch abgeholzt. Das machten die Soldaten aber ganz anders als Onkel Karls Waldarbeiter, alles ging viel, viel schneller. Die gefällten und ihrer Äste entkleideten Baumstämme wurden nicht gemächlich von Pferden aus dem Wald gezogen, große, offene Kettenfahrzeuge zerrten die Stämme hastig mit gewaltigem Getöse durch die immer breiter und länger werdende Schneise zur Straße. Die Rodung des Waldes ging rascher vor sich als der Abtransport der Baumstämme, mächtige Berge von geschlagenem Holz türmten sich alsbald an den Rändern der Straße auf.

Neben dem Lagerplatz für das im Werk zersägte Holz, wir nannten ihn einfach Holzplatz, standen in jenen Tagen ständig große Militärlastwagen, die darauf warteten, beladen zu werden. In der Sägewerkshalle wurde dementsprechend auf Hochtouren gearbeitet, um den Hunger der Besatzer nach Holz stillen zu können.

Das Sägewerk lag parallel zu der leicht abschüssigen Straße und hatte — auf seine Funktion bezogen — gewissermaßen einen Eingang und einen Ausgang, der Eingang befand sich auf der höher gelegenen Seite. Er bestand aus einer breiten Öffnung in der Hallenwand, die abends sowie an Sonn- und Feiertagen durch ein hölzernes Schiebetor verschlossen wurde. Durch diese Öffnung wurde jeder Baumstamm, nachdem er auf zwei kleinen eisernen Wägelchen befestigt worden war, auf Schienen in die Halle gefahren, das dicke Ende kam in diesem Fall zuerst.

Die erste Bearbeitungsstation für einen Baumstamm war das »Gatter«, die bei weitem gewaltigste Holzbearbeitungsmaschine in der Halle. Mit dem Gatter wurde ein Baumstamm — je nach Einstellung der Maschine — erst einmal in lange Scheiben gesägt. Sollten daraus anschließend Balken entstehen, waren die Scheiben sehr dick, für das Endprodukt Bretter fielen sie entsprechend dünner aus.

Der sozusagen aktive Teil des Gatters bestand aus mehreren parallel angeordneten geraden Sägeblättern, die im Vergleich mit denen einer Laubsäge gigantische Maße hatten. Die Sägeblattbatterie war in einen stählernen Rahmen von beeindruckender Dimension eingebaut, während des Betriebs bewegten sich die Sägeblätter in schnellem Rhythmus auf und ab. Bevor aber das Gatter in Bewegung gesetzt wurde, fuhr ein Arbeiter den auf den beiden Schienenwagen befestigten Baumstamm nah an die Maschine heran und justierte zwei kräftige in Längsrichtung geriffelte Walzen derart, dass vom Anfang des Baumstamms ein paar Zentimeter zwischen ihnen eingeklemmt wurde. Dann schaltete er das Gatter ein und mit stampfenden Bewegungen kamen die Sägeblätter ihrer Bestimmung nach, während die beiden Walzen den Baumstamm Zentimeter um Zentimeter vorwärts bewegten, bis das Ende erreicht war.

Je nachdem, ob Balken, Bohlen oder Bretter als Endprodukte gewünscht waren, wurde das Gatter noch einmal bemüht oder der letzte Bearbeitungsgang wurde auf einer der Kreissägen ausgeführt.

Ähnlich wie das Holz als Baumstamm durch den Eingang in die Halle gekommen war, verließ es in zersägter Form auf einem Eisenwägelchen die dem Eingang gegenüber liegende Ausgangsöffnung und wurde dann auf dem davor liegenden Holzplatz gestapelt.

Beim Aufschichten der aus meiner Kindsperspektive riesigen Holzstapel hatte ich häufig interessiert zugesehen und wenig später auch schon mitarbeiten dürfen. Denn neben der körperlichen Arbeit des Aufschichtens gehörte zu jedem Bretterstapel auch noch eine Buchführung. Vor dem Aufstapeln wurde ein Zollstock an jedes Brett gelegt, um seine Breite zu messen. Die abgelesene Zentimeterzahl wurde mit einem dicken blauen oder roten Wachsstift auf das Brett geschrieben und gleichzeitig laut ausgerufen. Auf einem Blatt Papier mit Spalten für alle vorkommenden Breiten wurde für jedes aufgerufene Brett unter der jeweiligen Breitenangabe ein Strich gemacht. Hedwig hatte mir beigebracht, diese Striche hübsch nebeneinander an die richtigen Stellen zu setzen und in Fünferblöcken in der Form von Lattenzauntörchen zu gruppieren. Sie war die älteste Tochter des vor kurzem verstorbenen Sägewerksbesitzers, jetzt war sie die Chefin. Auch bei Wind und Wetter war sie auf dem Holzplatz anzutreffen, meistens in ihrem braunen Ledermantel. Natürlich war ich mächtig stolz, dass mich Hedwig einer derart verantwortungsvollen Tätigkeit für würdig erachtete, war ich doch gerade mal sechs Jahre alt, aber Zahlen konnte ich — auch ohne Schule — schon lesen.

Jetzt holten also die Amis Tag für Tag Holz. Mit riesigen Lastwagen, wie ich sie vorher noch nie gesehen hatte. Hedwig nannte sie Sattelschlepper. Mit diesem Wort hatte ich meine Schwierigkeiten. Da ich den längsten Teil meines kleinen Lebens auf dem Lande zugebracht hatte, wusste ich selbstverständlich, was ein Sattel war. Ich sah aber keine Sättel, die von diesen Lastwagen geschleppt wurden. Meine Mutter hatte mir auf meine Frage leider auch keine Antwort gegeben, die mich hätte klüger machen können.

Die meisten Soldaten, die sich auf dem Holzplatz herum lümmelten, während sie auf die Beladung ihrer Sattelschlepper warteten, waren schwarz. Damals nannten wir die schwarzen Soldaten Neger, ohne Böses dabei zu denken. Sie liebten mich, vielleicht weil ich das jüngste Kind war, vielleicht, weil ich keine Scheu vor ihnen hatte. Das erste Stück Schokolade, an das ich mich erinnern kann, bekam ich von ihnen, dass sie mir auch hin und wieder eine Zigarette zwischen die Lippen steckten und in breites Lachen ausbrachen, wenn ich zu husten begann, war sicherlich kein so guter Scherz.

Wir Kinder hatten uns schnell an die Soldaten gewöhnt, zwischen den Erwachsenen und ihnen gab es keine Kontakte. Die Besatzer führten, soweit wir es mitbekamen, ein fröhliches, ja teilweise sogar ausgelassenes Leben. Der Krieg war vorbei, sie hatten gesiegt, die Einnahme unseres Ortes war ein Kinderspiel gewesen, sie hatten keinen einzigen Schuss abgeben müssen. Und natürlich hatte es auch keine Werwölfe oder sonstige Banden gegeben, die ihnen nach dem 8. Mai an den Kragen gewollt hätten. Marodierende Gruppen ehemaliger russischer und polnischer Fremdarbeiter, über die Gerüchte herumschwirrten, dass sie aus Rache für die erfahrene eigene Behandlung nun ihrerseits Gräueltaten verübten, gab es in unserer Gegend nicht, die Besatzungssoldaten stellten in dieser Beziehung wohl einen Schutz für uns dar.

Wahrscheinlich weil sie nichts Rechtes zu tun hatten, fuhren jeden Tag Soldaten auf unserer holprigen Straße mit Jeeps oder kleinen gepanzerten Kettenfahrzeugen herum. Die Raupenschlepper, wie wir sie nannten, konnten für meine Begriffe unglaublich schnell fahren, ganz abrupt zum Stehen gebracht werden und auf der Stelle wenden, indem der Fahrer eine der beiden Ketten durch eine Hebelbewegung still legte. So etwas hatte ich vorher noch nie gesehen, ich fand das toll.

Manchmal lieferten sich die Soldaten Wettrennen mit ihren Kettenfahrzeugen, fuhren dabei — wenn nötig — durch den Straßengraben, legten auch schon mal Zaunpfähle um, es waren ja nicht ihre. Um ihren Gegnern die Sicht zu nehmen warfen sie öfters Dosen aus ihren Fahrzeugen, aus denen oranger Rauch quoll. Wenn die Soldaten weg waren, untersuchten wir Kinder eilig die auf der Straße herum liegenden orangefarbenen Büchsen, denn manchmal war eine Dose nicht »losgegangen«. Dann konnten wir versuchen, sie zum Qualmen zu bringen, was ganz einfach war. Nahm man die Verschlusskappe der Dose ab, sah man einen Bindfaden, der aus einer Öffnung im Deckel kam und an dessen Ende ein Ring befestigt war. An diesem Ring musste man ziehen und nach kurzer Zeit kam dann der Rauch aus den Löchern des Deckels, weshalb man die Dose nach dem Ziehen des Ringes schnell wegwerfen musste, zumal sie sehr heiß wurde. Natürlich war uns das aufregende Spiel mit den »Stinkbomben« von unseren Müttern verboten worden.

Sonntags gingen wir jetzt häufig zur Schwester meiner Mutter, wegen der ständigen Hänseleien meiner größeren Vettern war das für mich kein reines Vergnügen. Andererseits konnte ich dann mit ihrer »Pfänderbahn« spielen. Meine Tante hatte im ersten Kriegsjahr mit ihren beiden Söhnen — meine Cousinen Karin und Monika waren noch nicht geboren — eine KdF-Reise (Kraft durch Freude) zum Bodensee machen können. Von dort hatten meine Vettern eine Nachbildung der Seilbahn, die zwischen Bregenz und dem Aussichtsberg Pfänder verkehrt, mitgebracht. Man befestigte eine kleine Seilscheibe an einem Haken in der Wand, legte über sie sowie über eine zweite Scheibe einen zu einem Ring verknoteten Bindfaden und befestigte an dem Knoten die blecherne, rot angemalte Gondel. Das Gestell mit der zweiten Seilscheibe nahm man in die Hand, straffte den Bindfaden und drehte die Seilscheibe mittels einer kleinen Kurbel, worauf dann — je nach Drehrichtung — die Spielzeug-Pfänderbahn aufwärts oder abwärts fuhr. So etwas Schönes hatte ich nicht und deshalb waren mir die Sonntagsbesuche trotz der Hänseleien ganz lieb.

Eins wunderte mich bei diesen Besuchen: Ich sah natürlich auch Tante Hilde und Wolfgang, aber Onkel Karl war wie vom Erdboden verschluckt. Als ich meine Mutter fragte, gab sie mir eine nichts sagende Antwort und tat sehr uninteressiert, wodurch ich aber nur besonders hellhörig wurde. Irgendwann wurde sein Name zusammen mit dem Wort »Lager« genannt, woraus ich allerdings erst sehr viel später meine Schlüsse ziehen konnte.

Das abendliche Milchholen bei Frau Wölcken war für mich jetzt manchmal mit Angst verbunden. Ab sechs oder sieben Uhr abends bestand nämlich ein von den Besatzern verhängtes Ausgehverbot bis in die frühen Morgenstunden. Wie es hieß, würde jeder erschossen, der sich nach der Sperrstunde draußen aufhielt. Das Ausgehverbot schuf eine gespenstische Atmosphäre, man sah keine Menschen, die sich im Freien aufhielten, obwohl nicht einmal die Dämmerung eingesetzt hatte. Zwar drückte mir meine Mutter die Milchkanne immer rechtzeitig in die Hand, doch des Öfteren waren die Kühe aus irgendwelchen Gründen noch nicht gemolken und ich musste unverrichteter Dinge zurückgehen, um später — nach Beginn der Ausgangssperre — noch einmal in gebückter Haltung zum Bauernhaus auf der anderen Straßenseite zu rennen. Meine Mutter versicherte mir jedes Mal, die Amerikaner würden ganz gewiss nicht auf ein kleines Kind schießen, aber meine Angst konnte sie damit nicht verscheuchen.

Die vier Familien, die der Zufall zusammen gebracht hatte und die das Behelfsheim nun seit wenig mehr als einem halben Jahr bewohnten, hielten gegenseitig Abstand. Eigentlich gab es nur eine vollständige Familie, die Ehemänner und Väter der drei anderen waren irgendwo in Russland, ob noch lebend oder bereits unter der Erde, das wusste niemand.

Unsere Nachbarn im Erdgeschoss — eigentlich eine nicht ganz korrekte Bezeichnung, denn wegen möglicher Überschwemmungen nach der Schneeschmelze lag die unterste Wohnebene knapp einen Meter über dem Erdboden — waren nicht unfreundlich, doch ich spürte, dass ihre Welt anders aussah als unsere. Der Regierungsbaurat Klotz kam mir ziemlich alt vor, jedenfalls sah er viel älter aus als seine Frau, das war mir gleich am ersten Tag aufgefallen. Sein höheres Alter war wohl nicht der einzige Grund dafür gewesen, dass er nicht »in den Krieg« gemusst hatte, wegen eines Klumpfußes war er stark gehbehindert, ich sah ihn nie ohne schwarzen Stock. Seine Frau war Lehrerin von Beruf, Studienrätin, mir fiel besonders ihre Sprache auf, die anders klang als unsere Alltagssprache, sie verwendete Wörter und Redewendungen, die nicht zu meinem Wortschatz gehörten. Einmal erklärte sie mir, der Nachname »Vesper« unserer Mitbewohnerin sei ein lateinisches Wort und bedeute »Abend«. Natürlich wusste ich mit dem Begriff »lateinisch« nichts anzufangen, aber mit ihrer Erklärung flößte mir Frau Klotz gewaltigen Respekt ein.

Frau Kalldeweis Eltern, die mit ihrer Tochter und dem Enkel Robert über der Familie Klotz wohnten, hießen mit Nachnamen Linneweber. Alle stammten aus Dortmund und beendeten ihre

Sätze immer gern mit »woll«, was ich sehr komisch fand. Frau Kalldeweis Vater war handwerklich ungemein geschickt, wie ich später immer wieder feststellen konnte, doch abgesehen von seinem Enkel Robert mochten wir Kinder ihn nicht, uns gegenüber verhielt er sich stets abweisend und unfreundlich, wir gingen dem »ollen Linneweber« am liebsten aus dem Weg.

Das Verhältnis zwischen meiner Mutter und Frau Vesper hatte sich während der Monate des Zusammenwohnens kaum verändert, tagtäglich wurde unsere direkte Nachbarin mit der Nase darauf gestoßen, dass sie das schlechtere Los gezogen hatte, etwa wenn sie zum Wasserholen oder zum Benutzen der Toilette die steile, verwinkelte Holztreppe hinabsteigen musste. Sie neidete meiner Mutter auch ihr gutes Verhältnis zu Frau Wölcken und zu Frau Krüger, die meiner Mutter in mancher Notsituation halfen.

Eines Morgens brachte der Briefträger eine Postkarte, keine der üblichen Art, es war ein einfaches Stück stärkeren, bräunlichen Papiers im Postkartenformat, links oben auf der Vorderseite ein rotes Kreuz, rechts oben ein roter (zunehmender) Halbmond. Die Vorderseite enthielt ferner eine Reihe aufgedruckter Textzeilen in kyrillischer Schrift, jeweils mit französischen Übersetzungen.

Unter »Carte postale du prisonnier de guerre« waren Linien für die Adresse aufgedruckt, darunter — durch einen Doppelstrich getrennt — das Absenderfeld. Hier stand der Name meines Vaters, als Adresse war »U.d.S.S.R Moskau, Rotes Kreuz, Postfach 245« angegeben, eine Datumsangabe enthielt die Karte nicht.

Das Textfeld auf der Rückseite war mit siebzehn punktierten Linien bedruckt, dazwischen stand die Nachricht meines Vaters:

Meine liebe Mia!
Dir, den Kindern und allen Angehörigen meinen
Gruß. Ich bin gesund und es geht mir gut. Ver-
pflegung und Unterkunft ist gut, Bekleidung warm.
Du kannst Dir denken, daß ich ständig daran denke,
wie es Euch ergeht. Du kannst mir nun regelmäßig

und ausführlich schreiben. Was mich interessiert, weißt Du ja. Wie Ihr den Krieg, der ja auch wohl bei Euch getobt hat, überstanden habt. Ich habe die Hoffnung, daß wir uns bald gesund wiedersehen und wir im neuen demokratischen Deutschland ein neues Leben aufbauen. So werden wir die Folgen des Hitlerschen Raubkrieges am besten beseitigen. Es ist vorerst Deine Aufgabe, unseren ältesten Jungen schon in diesem Sinne zu erziehen. So grüße ich Dich nochmals und küsse Dich in Gedanken herzlich.

Dein Herbert

Meine Mutter begriff erst nach und nach, dass sie ein Lebenszeichen ihres Ehemanns, meines Vaters, in Händen hielt. Dann zog sie mir hastig eine Jacke an, packte meinen Bruder in den Kinderwagen und machte sich mit uns zu ihrer Schwester auf.

Als ich Jahrzehnte später die Feldpostbriefe meines Vaters abschrieb und in einer Datei zusammenfasste, fiel mir beim anschließenden Lesen dieser Postkarte auf, dass der Schreibstil nicht zu meinem Vater passte, der steife, unpersönliche Text klang nun so, als sei er meinem Vater diktiert worden.

Der Sommer des Jahres 1945 war in unserer Gegend ungewöhnlich heiß, auch schon der Frühsommer. Ende Mai leiteten Schimmels Brüder den Wasserzufluss zum Sägewerkslöschteich vorübergehend um und ließen das Wasser des Teichs ab, um dann mehrere Tage lang den modrigen Schlamm herauszuschaufeln und dem Teich dabei gleichzeitig eine rechteckige Form zu geben. An den Rändern trieben sie angespitzte Kanthölzer mit gewaltigen Vorschlaghämmern in den Grund und nagelten anschließend Bretter auf ihnen fest, bis der ganze Teichrand ausgekleidet war. Am Ufer befestigten sie noch eine breite Bohle, die mehr als einen Meter weit in den Löschteich ragte: Das sei ein Sprungbrett, später sah ich, wozu es gut war. Dann ließen sie wieder Wasser in den Teich laufen und fortan besaßen wir ein wunderbares Schwimmbecken.

Kein Kind konnte schwimmen, wo hätten wir es lernen sollen? So begnügten wir uns mit »Hundepaddeln«, immerhin blieben die Köpfe über Wasser.

Als Schimmels Brüder die Balken mit Vorschlaghämmern in den Boden trieben, kam mir etwas Merkwürdiges in Erinnerung, das mein kleines Köpfchen im März beschäftigt hatte. Es war ein diesiger Vormittag gewesen, ich hatte auf dem Sofa gekniet und in Richtung Scherfeder Straße geschaut. Ein Bauer besserte an diesem Morgen einen Zaun neben der Straße aus, den das Hochwasser nach der Schneeschmelze arg mitgenommen hatte, einige Zaunpfähle musste er neu setzen. Er schlug sie mit einem Vorschlaghammer in die Erde und dabei machte ich eine für mich unerklärliche Beobachtung. Jedes Mal, wenn der etwa zweihundert Meter von unserem Haus entfernt arbeitende Bauer den Hammer mit weit ausholenden Schlägen auf den Zaunpfahl sausen ließ, hörte ich das Aufschlaggeräusch erst mit deutlicher Verzögerung gegenüber dem Moment, wo der Hammer den Pfahl berührte. Zuerst dachte ich, es läge am geschlossenen Fenster und öffnete es. Danach hörte ich die Aufschläge zwar lauter, doch die Verzögerung des Geräusches blieb die gleiche. Einen Vorschlaghammer sah ich an jenem Morgen zum ersten Mal und vermutete in Ermangelung einer besseren Erklärung, es müsse wohl an diesem besonderen Werkzeug liegen.

Bei den Arbeiten am Löschteich nahm mein Ohr den Aufschlag zum selben Zeitpunkt wahr wie mein Auge, obwohl die Vorschlaghämmer von Schimmels Brüdern genauso aussahen wie der des Bauern im Frühjahr. Es sollte viele Jahre dauern, bis sich das wundersame Phänomen für mich aufklärte.

Mitten in unsere sommerlichen Kinderspiele platzte die Neuigkeit, im August werde der Schulbetrieb wieder aufgenommen, für mich würde damit ein neuer Lebensrhythmus beginnen. Ich war gespannt. Ein paar Tage später bekam meine Mutter eine schriftliche Mitteilung, aus der hervorging, dass ich vor meiner Einschulung — dieses komische Wort hörte ich zum ersten Mal — gegen

Typhus geimpft werden müsse, die Besatzungsmacht habe das angeordnet.

Karlheinz und Annemarie mussten sich auch impfen lassen, sie wussten sogar schon, wie das ging. Mit einem kleinen, sehr scharfen Messer würde man unsere Oberarme ritzen. Die Information jagte mir einen gehörigen Schrecken ein, ich hatte Angst vor dem Schnitt, doch es kam noch schlimmer: Meine beiden größeren Spielgefährten klärten mich auf, wir würden dreimal geschnitten, immer mit einer Woche Abstand dazwischen. Später stellte sich allerdings heraus, dass ich mich umsonst gefürchtet hatte, die blitzschnell ausgeführten Einschnitte spürte ich kaum.

Die wenigen Utensilien, die ich für das erste Schuljahr benötigte, waren trotz der schlechten Versorgungslage schnell beschafft, nämlich eine Schiefertafel, zwei lange, dünne Schiefergriffel sowie eine hölzerne Griffeldose mit einem Schiebedeckel. Die Tafel bestand aus einer beidseitig glatt geschliffenen, dünnen, schwarzen Schieferplatte, die mit einem schmalen Rahmen aus unbehandeltem Fichtenholz eingefasst war. In die Schieferplatte waren auf einer Seite feine Linien geritzt, die andere war mit Karos für Rechenaufgaben versehen. Meine Mutter häkelte ein Tafelläppchen zum Auswischen der Tafel, wenn sie neu beschrieben werden sollte, versah es noch mit einem Bändchen, das durch ein dafür vorgesehenes Loch im Tafelrahmen gezogen und verknotet wurde.

Einen normalen Schulranzen, damals waren sie aus Leder hergestellt, konnte meine Mutter nicht kaufen, es gab keinen. Das Herumhorchen bei Bekannten, ob sie vielleicht noch einen alten Ranzen besäßen, den sie entbehren könnten, blieb auch ergebnislos. Frau Wölcken riet, beim Sattler des Dorfs einen anfertigen zu lassen, also statteten wir ihm einen Besuch ab. Leider habe er kein Leder und könne auch keins kaufen, ließ er uns mit betrübtem Gesicht wissen, aber er könne mir einen Schulranzen aus einem wasserdichten Ersatzstoff — das Wort »Kunststoff« kam erst Jahre später auf — anfertigen. Als wir die Sonderanfertigung eine Woche später abholten, war ich dem Weinen nahe. Der Sattler hatte einen unförmigen grauen Kasten aus einem dünnen, wabbeligen Material genäht und innen zur Versteifung Holzleisten eingenietet.

Dann kam der große Tag, für Robert, Leni und mich — wir waren im gleichen Jahr geboren — begann das erste Schuljahr. Die Dorfschule bestand aus zwei Gebäuden, einem alten, langgestreckten, ebenerdigen und aus einem neueren Haus mit mehreren Etagen. Beide Schulgebäude standen am Rande des Kirchplatzes, der gleichzeitig als Schulhof diente.

Wie ich später mitbekam, gab es drei Lehrpersonen, den Hauptlehrer Faber, einen Oberlehrer, den wir »Hornochse« nannten, und eine Lehrerin, Fräulein Feldmann. An diesem Tag war nur sie anwesend, um uns mit strenger Miene zu verkünden, sie werde uns im ersten Schuljahr unterrichten. Wir mussten uns in einer Doppelreihe aufstellen — Jungen vorn, Mädchen hinten — und wurden von Fräulein Feldmann in das kleine, alte Schulhaus geführt, während sich unsere Mütter auf den Nachhauseweg machten. Ich sah es mit Entsetzen, niemand hatte mich darauf vorbereitet, wie sollte ich ohne meine Mutter den Heimweg finden?

Das alte Schulhaus bestand aus einem einzigen Klassenraum, ursprünglich war es das Küsterhaus gewesen, lange her. Als die Schule darin untergebracht wurde, war das Dorf viel kleiner gewesen und ein großer Raum hatte gereicht, um alle Schulkinder des Dorfs aufzunehmen. Jetzt fasste man jeweils zwei Jahrgänge zu einer Klasse zusammen, wir, das erste Schuljahr, würden also gemeinsam mit dem zweiten Schuljahr unterrichtet.

Jede Schulbank bot Platz für vier Kinder, jeweils zwei Bankreihen, durch einen schmalen Gang getrennt, passten nebeneinander in den Raum. Links saßen die Mädchen, rechts die Jungen — wie in der Kirche. Das erste Schuljahr saß vor dem Lehrerpult, das zweite Schuljahr auf den hinteren Bänken, die beiden Jahrgänge waren durch einen Gang getrennt.

Die Feldmaus, ich habe nie ein Kind den Namen »Feldmann« aussprechen hören, gefiel mir nicht. Sie war eine unauffällige ältliche Person mit grau meliertem Haar, in der Mitte wie mit dem Beil gescheitelt, hinten zu einem kleinen, unordentlichen Knötchen zusammengefasst. Jeden Tag trug sie eine dunkelgraue Kittelschürze mit kleinen, hellgrauen Punkten drauf. Vermutlich hatte niemand sie jemals lächeln sehen.

An diesem ersten Morgen war der Unterricht dem Erlernen des Buchstabens »i« gewidmet. Ich glaubte den Buchstaben bereits zu können, Erwachsene hatten mir den Spruch »rauf, runter, rauf, i-Pünktchen obendrauf« beigebracht. Zu meinem Erstaunen lernte ich jetzt ein »i« mit »rauf, runter, Kreisbogen unten, i-Pünktchen obendrauf«, wie konnte ich wissen, dass die Merkregel der Erwachsenen für die Sütterlinschrift gegolten hatte?

Der Nachhauseweg stellte sich als problemlos heraus und am nächsten Tag machte es mir sogar Spaß, ohne Mutti mit den anderen Kindern in die Schule zu gehen.

Auch wenn ich die Feldmaus nicht mochte, auf den Schulunterricht freute ich mich jeden Tag. Meine Fortschritte beim Lernen des Alphabets konnte ich selbst abschätzen, seit meinem vierten Lebensjahr kannte ich von älteren Kindern den »Reim«

  a be ce de e ef ge
  ha i jot ka el–em–en–o–pe
  ku er es te u vau we
  ix ypsilon zet — juchhe!

Damit konnte ich leicht feststellen, wie viele Buchstaben noch fehlten und am Ende merkte ich auch, dass die Feldmaus zwei Buchstaben ausließ, das x und das y. Da sie wohl dachte, die Unterschlagung fiele niemand auf, machte sie keine Bemerkung dazu, andererseits traute ich mich nicht, sie nach dem Grund für die Schlamperei zu fragen.

Die Zeit für das Lernen der Großbuchstaben verging mir erheblich zu langsam, ich brannte darauf, schnell mit der Druckschrift anzufangen. Dafür hatte ich einen konkreten Grund.

In dem schmalen Büchervorrat, den meine Mutter in die Evakuierung mitgenommen hatte, gab es nur drei Bücher, die mich interessierten, weil sie Bilder enthielten: »Das große Wilhelm Busch Album«, »Das Land der Mitternachtssonne« und »Ich kann alles«.

Neben Fritz Reuter war Wilhelm Busch der Lieblingsautor meines Großvaters väterlicherseits gewesen, von ihm hatte ich das großformatige, in Leinen gebundene Buch bekommen. Bereits mit fünf Jahren beeindruckte ich meine Verwandten damit, dass ich ihnen die Geschichten von Max und Moritz vorlas, immer mit dem Zeigefinger unter den Zeilen. Natürlich war das geschummelt, die Texte hatte ich auswendig gelernt.

»Das Land der Mitternachtssonne« hatte mein Vater aus Norwegen mitgebracht. Hätte meine Mutter dieses Buch bei ihrer Verbrennungsaktion vor dem Einmarsch der Amerikaner genauer unter die Lupe genommen, wäre es wohl auch in den Ofen gewandert. Die als Einleitung abgedruckte Rede des »Führers« vom 19. Juli 1940 vor dem Großdeutschen Reichstag und die an einem Haus in der Osloer Karl Johans Gate wehende Hakenkreuzfahne hätten dies geraten sein lassen. Doch die ideologisch belasteten Seiten waren — aus meiner Sicht glücklicherweise — weder meiner Mutter noch den mit dem Beiseiteschaffen unseres Eigentums beschäftigten Soldaten aufgefallen und so konnte ich mir stundenlang die romantischen Bilder ansehen, der mehrere hundert Meter über dem Geirangerfjord auf einer weit auskragenden Felsnase stehende Mann in Knickerbockers hatte es mir besonders angetan. Tief unter ihm drehte ein großer Dampfer bei, vermutlich mit KdF-Touristen beladen.

Außer den herrlichen Bildern interessierte mich in den Kindertagen nichts in dem Norwegenbuch. Von dem Schlag, der als »das kühnste Unternehmen der deutschen Kriegsgeschichte« bezeichnet wurde, las ich erst Jahrzehnte später, als ich bereits die Wirklichkeit der »Helden von Narvik« kannte, wie sie auf allen Vieren die Berge in Richtung der schwedischen Grenze hochkriechen mussten, um nach dem Versenken der eigenen Schiffe wenigstens ihre nackte Haut zu retten. Eins der versenkten Kriegsschiffe sah ich anfangs der 1960er Jahre noch mit eigenen Augen im Rombaksbotn auf der Seite liegen, wie ein verrostetes Mahnmal. Verständlich auch, dass der vom OKW[3] in Auftrag gegebene Film über den Norwegenfeldzug in Deutschland nie öffentlich gezeigt worden war. Ein norwegischer Studienfreund hatte mir eine von Norsk Filminstitutt in den 1990er Jahren herausgegebene DVD geschickt.

»Ich kann alles« war ein Buch für Hausfrauen, in dem sie Anleitungen zur Herstellung von Quark aus sauer gewordener Milch oder zum Nähen von Kinderpantoffeln aus noch brauchbaren Resten zerschlissener Wolldecken fanden. Ähnlich wie bei den real existierenden Sozialisten hatte die Planwirtschaft der Nationalen Sozialisten mit ihren Material- und Rohstoffzuteilungen, Bezugsscheinen, Lebensmittelrationierungen eine schlecht organisierte Verteilung des Mangels zur Folge gehabt, was durch Kreativität und Geschicklichkeit der Hausfrauen eine Abmilderung erfahren musste, das Buch sollte ihnen dabei helfen.

Während es mir bei dem Norwegenbuch und der Hausfrauenpostille reichte, die Bilder anzusehen, brannte ich darauf, alle Texte zu den Bildergeschichten des großen Wilhelm Busch Albums endlich selbst lesen zu können.

Meine Erwartung, nach dem Lernen des letzten Großbuchstabens in Schreibschrift würden wir uns gleich auf die Druckbuchstaben stürzen, erfüllte sich nicht. Deshalb fing ich an, Gedrucktes auf eigene Faust lesen zu lernen und fand schnell heraus, dass es ganz einfach war. Bei den meisten kleinen Buchstaben hatte ich wegen ihrer Ähnlichkeit zur geschriebenen Schrift überhaupt keine Schwierigkeiten, dort, wo geschriebene und gedruckte Buchstaben einander nicht sehr ähnlich waren, halfen die zugehörigen Bilder und geschicktes Probieren. Außerdem kannte ich ja die Texte zu Max-und-Moritz auswendig und konnte ähnlich vorgehen wie beim Lernen der Sütterlinschrift mit Unterstützung des Schneiders Kikeriki. Nur bei der Geschichte »Meyer und Isolde,

---
[3] Oberkommando der Wehrmacht

oder die dreifache giftgrüne Moritat zu Leipzig« geriet ich in die Irre: Es war die Schuld der Feldmaus, weil sie uns die beiden vorletzten Buchstaben des Alphabets verschwiegen hatte, so dass ich raten musste und lange Zeit »Mexer und Isolde« las. Als mir im zweiten Schuljahr die Druckschrift »offiziell« beigebracht wurde, musste ich sie fast neu lernen: In meinem Wilhelm Busch Album standen die Geschichten in Frakturschrift, in der Schule lernten wir Antiqua–Buchstaben.

Gleich in der zweiten Woche wurden wir zu einer Gemeinschaftsaufgabe herangezogen, was später noch häufiger geschehen sollte. Wir erhielten von unserer Lehrerin den Auftrag, Heilkräuter zu sammeln und sie zur Schule mitzubringen, dazu nannte sie die Namen einiger Pflanzen, die infrage kämen. Ich entschied mich für Schafgarbe und Gänsefingerkraut, diese Pflanzennamen kannte ich von Spaziergängen mit Tante Helene. Die Kräuter wurden in der Schule auf großen Tischen getrocknet, um danach in Säcken einer Heilkräutersammelstelle zugeführt zu werden.

In dieser Zeit kam das Spielen mit Karlheinz zu kurz, nach den Hausaufgaben musste er jeden Tag einige Stunden lang Holz hacken, für den Winter. Das war eine große Aufgabe, denn es musste ein gewaltiger Brennholzvorrat angelegt werden, die Winter in unserer Gegend waren lang. Ich bewunderte Karlheinz, wie er mit dem Beil umging und drängte meine Mutter, auch mich Holz für den Winter hacken zu lassen, aber sie erlaubte es nicht, mit meinen sechs Jahren sei ich noch zu jung für diese Arbeit, Karlheinz sei immerhin zwei Jahre älter als ich.

Aber ohne Aufgabe war ich nicht. Wir Kinder brauchten neue lange Strümpfe, aus denen des letzten Winters waren wir herausgewachsen. Lange Hosen gab es nach wie vor nicht zu kaufen, also mussten Strümpfe von den Müttern gestrickt werden, doch Wolle zum Stricken war gleichfalls schwer erhältlich. Bei der Suche nach Ersatz waren findige Frauen auf eine ungewöhnliche Lösung gestoßen.

Dem Gebiet, in dem sich unser Dorf befand, war in den letzten

Kriegstagen wohl noch eine wichtige strategische Aufgabe zugedacht gewesen: Hier sollte der anrückende Feind in letzter Minute aufgehalten werden. Dazu waren riesige Mengen an Kriegsmaterial in die Umgebung geschafft worden. Einer meiner Kleinenberger Klassenkameraden, der nach der Schulzeit Jahrzehnte im Kampfmittelräumdienst gearbeitet hatte, erzählte mir später, kurz vor dem Zusammenbruch wären noch 130 mit Munition beladene Güterwaggons ausgeladen worden, die Fracht sei im Schutz der Dunkelheit von Bauern mit Pferdewagen in die umliegenden Wälder transportiert und dort zu unzähligen Munitionshaufen aufgeschichtet worden. Davon wird noch die Rede sein.

Für unsere langen Winterstrümpfe ließ sich eine bestimmte Zündschnursorte gut verwenden. Zündschnurrollen gab es in nahezu jedem Munitionshaufen, eine Zündschnur sah äußerlich etwa so aus wie ein Koaxialkabel zwischen Fernseher und Antennenanschlussdose. Der innere Kern einer Zündschnur, die »Seele«, bestand aus einer »Pulverschnur«, die mit Fäden umwickelt war, so dass gewissermaßen ein Seil entstand, das der Pulver-Seele die notwendige Festigkeit verlieh und gleichzeitig flexibel war. Eine wasserundurchlässige Hülle hielt alles zusammen und sorgte für Schutz gegen Feuchtigkeit.

Ich kannte zwei Zündschnurtypen, der eine war von hellgrüner Farbe, der andere sah dunkelbraun aus.

Die grüne Zündschnur lieferte uns Jungen Bindfäden, die wir ständig für irgendwas brauchten, die es aber nirgends zu kaufen gab. Im grünen Zündschnurtyp war das Pulver hellrosa und hatte eine Konsistenz wie feines Speisesalz, das Pulver war mit dünnen, kräftigen Bindfäden umwickelt. Nach dem Entfernen der grünen Außenhülle — das war eine mühselige Arbeit — konnten die Bindfäden abgewickelt werden. Das Pulver fingen wir gewöhnlich in einer Blechdose auf, weil es sich natürlich auch verwenden ließ. Wir konnten es beispielsweise in einer langen, gewundenen Spur auf den Weg streuen, ein Ende mit einem Brennglas entzünden und dann zusehen, wie eine kleine Flamme entlang der Pulverspur vorankroch. Manchmal streuten wir auch ein winziges Pulverhäufchen auf den Amboss neben dem unteren Sägewerksschuppen und schlugen mit einem Hammer drauf, was einen ohrenbetäubenden Knall zur Folge hatte.

Zum Stricken der Winterstrümpfe taugte der bei uns Jungen so begehrte Bindfaden freilich nicht, deshalb hatten unsere Mütter kein Interesse an der grünen Zündschnur. Für sie mussten wir die äußere Ummantelung der braunen entfernen, wodurch weiche, weiße Baumwollfäden zugänglich wurden, die zum Stricken bestens geeignet waren. Das Pulver, für das die Mütter keinerlei Interesse zeigten, war schwarz und verhältnismäßig grob. Waren die Strümpfe fertig gestrickt, wurden sie anschließend dunkelbraun gefärbt.

Am nächsten Sonntag müssten wir Tante Lisbeth besuchen, sagte meine Mutter, sie habe sich schon beschwert, dass wir uns lange nicht hätten sehen lassen. Zu meiner Überraschung war Onkel Karl wieder da, meine Mutter tat, als sei nichts geschehen. Er sah verändert aus, trug nicht seine Försteruniform, war dünner geworden, seine Stimme flößte mir weniger Angst ein. Später wandte er sich mit der Bitte an meine Mutter, »Kippen« für ihn zu sammeln. Seine Frau, Tante Lisbeth und meine Mutter überließen ihm zwar ihre Rauchermarken, trotzdem reiche ihm seine Zigarettenzuteilung nicht. Was Zigarettenkippen waren, wusste ich, allerdings konnte ich mir nicht vorstellen, was Onkel Karl damit machen würde, auf dem Nachhauseweg klärte mich meine Mutter auf. Onkel Karl werde die Papierumhüllung (Filterzigaretten kamen Jahre später auf den Markt) von den Kippen entfernen, die Tabakreste sammeln und daraus neue Zigaretten machen. Auf meine Frage, woher mein Onkel Zigarettenpapier bekäme, wusste sie auch keine Antwort. Ich fand es eklig, Zigaretten zwischen die Lippen zu stecken, die aus Tabakresten bestanden, an die Spucke fremder Menschen gekommen war.

Als sich die amerikanischen Besatzungssoldaten auf der Bicke tummelten, hätte ich ihm Kippen in großen Mengen sammeln können, doch die Zeit war vorbei. Allerdings fuhren immer noch mit Soldaten beladene Lastwagenkolonnen über die Landstraße, ab und zu legten Soldaten in der Nähe des Behelfsheims eine Rast ein, ließen sich zum Essen und Trinken im Gras der Straßenböschung nieder. Zu unserem Leidwesen hatten uns die Mütter verboten, Soldaten bei solchen Gelegenheiten aufzusuchen und mit ihnen zu sprechen, wodurch uns manches Geschenk entging. Sobald die Soldaten abzogen, rannten wir aber los, um zu sehen, ob im Gras etwas für uns liegengeblieben war. Die Besatzungssoldaten aßen nur, was ihnen die Armee zur Verfügung stellte, alles war luftdicht verpackt. Konservendosen kannte ich natürlich, wenngleich die amerikanischen anders aussahen als die bei uns üblichen. Neu waren für mich kleine kissenförmige, silbrig glänzende und rundum fest verschlossene Päckchen mit Brausepulver oder Pulverkaffee. Wir Kinder waren vor allem auf nicht völlig entleerte Tütchen mit dem Pulver zur Herstellung von Orangenlimonade aus, manchmal fanden wir sogar ungeöffnete. Unseren Müttern brachten wir Kaffeereste mit.

Onkel Karls Nikotinsucht konnte ich nicht vergessen. Rauchermarken von vier Erwachsenen standen ihm zur Verfügung, trotzdem musste er zusätzlich noch aus weggeworfenen Kippen Zigaretten machen. Das fand ich nicht nur eklig, sondern zudem erniedrigend. Leider war ich so dumm, später auch mit dem Rauchen anzufangen und, wie üblich, hatte ich Schwierigkeiten, von meiner Sucht wieder loszukommen. Mit fünfundzwanzig Jahren schaffte ich schließlich »den Absprung«. Eine wichtige Hilfe war mir dabei der Gedanke an Onkel Karls unwürdiges Kippensammeln, vielleicht kämen ja mal wieder ähnliche Zeiten. So tief wie er wollte ich dann auf keinen Fall sinken.

Mein Schulunterricht fand selbstverständlich nur an Werktagen statt, vormittags, von Montag bis Samstag. Doch der lange Schulweg blieb mir auch sonntags nicht erspart, denn mit meiner Einschulung hatte für mich die neue Pflicht begonnen, an allen Sonn- und Feiertagen in die Kirche zu gehen, morgens in die

Messe, nachmittags in die Andacht. Warum ich so oft in die Kirche gehen musste, darüber hatte niemand ein Wort verloren, alle taten das.

Während ich zum ersten Mal an einem Sonntagmorgen mit den anderen Kindern zur Kirche ging — meine Mutter kam nie mit, sie musste meinen Bruder beaufsichtigen —, fielen mir längliche, gepolsterte und mit Halteschlaufen versehene Gebilde auf, die meine Spielgefährten hatten. Wozu brauchte man die und wieso hatte ich so ein Ding nicht? Mit meinem unförmigen, selbst gebastelt aussehenden Schulranzen kam ich mir auf dem Weg zur Schule stets unangenehm auffällig vor, jetzt spürte ich ein weiteres, demütigendes Alleinstellungsmerkmal. Kniebretter seien das, man brauche sie in der Kirche, erhielt ich als Antwort auf meine Frage.

Die wenigen Bankreihen in der kleinen Kirche waren während der Messen gut besetzt, auf der rechten Seite saßen Männer, auf der linken Frauen. Wir Kinder hatten kein Anrecht auf Sitzplätze, für uns war der nackte Steinboden vor den beiden Bankreihen gut genug, Mädchen gingen auf die Frauenseite, Jungen auf die Männerseite. Karlheinz und Robert setzten sich auf ihre weich gepolsterten Kniebretter, mein Hintern musste mit den harten und kalten Steinen des Fußbodens Vorlieb nehmen.

Vor uns Kindern lag der hinten gewölbte Altarraum mit dem prächtigen Hochaltar, abgegrenzt durch eine niedrige, mit kunstvollen Schnitzereien versehene Holzwand mit einem zweiflügeligen Törchen in der Mitte. Oben war die Holzwand mit einem waagerechten Brett versehen, auf dem eine — im Vergleich zu ihrer Länge — schmale weiße Tischdecke lag. Das sei die Kommunionbank, raunte mir Karlheinz leise zu.

Die Tür in der Wand links vom Altar wurde geöffnet, ein Mann in einem langen, schwarzen Gewand mit weißem Rochette darüber betrat den Altarraum. Karlheinz flüsterte, das sei sein Opa. Den hatte ich zwar schon zweimal in seiner groben Bauernkleidung mit einer abgewetzten Schirmmütze auf dem Kopf gesehen, in der neuen Verkleidung hatte ich ihn nicht wiedererkannt. Ich wusste, dass der Opa nebenbei das Amt des Küsters versah und in dieser Eigenschaft machte er sich im Altarraum zu schaffen. Mit einer langen, runden Holzstange, an der oben etwas aufgewickelt war, was wie eine weiße Zündschnur aussah: Eine spulenförmig gewickelte sehr dünne Kerze, von der das obere Ende gerade herausstand und brannte. Damit zündete er die vier dicken Altarkerzen an, zwei auf jeder Seite, schloss danach das Kommunionbanktörchen und verschwand wieder durch die Seitentür.

Ein paar Minuten später wurde die Tür erneut geöffnet, zwei größere Jungen mit langen, roten Gewändern und weißen Rochettes traten heraus, der rechte zog an einem Seil und brachte damit die kleine Glocke neben der Tür zum Bimmeln, worauf sich alle, die bisher sitzend gewartet hatten, erhoben.

In diesem Moment erschreckte mich ein unvermittelt einsetzendes, brausendes Getöse, das von hinten kam und in eine, zwar immer noch laute, gleichwohl schön klingende Melodie überging — zum ersten Mal in meinem Leben hörte ich eine Orgel.

Die beiden Jungen, Messdiener, gingen zur Mitte der Altartreppen, ein älterer, merkwürdig gekleideter Mann folgte ihnen. Seinen Kopf bedeckte eine seltsame schwarze Mütze mit vier steif nach oben gerichteten Falten und einem dicken Bommel in der Mitte. In seiner rechten Hand trug er etwas, das ich nicht erkennen konnte. Der Mann sei der Pastor, wurde ich von Karlheinz mit leiser Stimme aufgeklärt. Die drei blieben vor der untersten Treppenstufe stehen, der Pastor — in der Mitte — nahm seine Mütze vom Kopf und drückte sie dem rechten Messdiener in die Hand, nach einer Kniebeuge ging er die Treppenstufen hinauf und stellte das, was er in der Hand hielt, auf den Altartisch. Die beiden Messdiener schritten derweilen langsam zu den Ecken des Altaraufgangs, der rechte Messdiener legte die schwarze Mütze auf eine der oberen Treppenstufen.

Am Altar begann der Pastor mit allerlei Verrichtungen, deren Bedeutung ich nicht durchschaute. Mal las er laut in singendem

Ton und mit nach oben ausgebreiteten Armen aus einem dicken Buch vor, hin und wieder drehte er sich zu uns um und sang »dominus wo bist du«, ebenfalls mit ausgebreiteten Armen. Wir antworteten ihm, gleichfalls singend, mit »etkumspiritutu« (später lernte ich, dass es richtig »dominus vobiscum – der Herr sei mit euch« und »et cum spiritu tuo – und mit deinem Geist« hieß). Meistens standen wir, manchmal mussten wir knien, ich wusste nicht, warum, tat einfach das, was alle taten. Beim Knien wurde mir schmerzhaft klar, warum die anderen Jungen und Mädchen Kniebretter mitgebracht hatten: Die Unebenheiten des Fußbodens und die vielen Steinchen, die wir von draußen unter unseren Schuhen hereingetragen hatten, drückten sich unangenehm in meine Knie, je länger, desto unangenehmer. Bisweilen schaute der Pastor während seines singenden Vorlesens für einen Moment nach oben, ich nahm an, er sprach in solchen Augenblicken mit dem lieben Gott im Himmel, denn der Himmel war ja oben.

Irgendwann entledigte sich der Pastor seines Prachtgewands, legte es gefaltet auf den Altartisch und verließ den Altarraum durch das Törchen in der Mitte der Kommunionbank. Er trug jetzt ein langes weißes Kleid, das durch einen geknoteten Stoffgürtel gehalten wurde, darin sah er ähnlich aus wie einer der Männer auf den vielen Wandbildern. Der Pastor stieg auf die Kanzel, die mich an Onkel Karls Hochsitze im Wald erinnerte, natürlich war die Kanzel viel prunkvoller gebaut und anstelle einer Leiter führte eine Treppe nach oben, deren eine Seite ein Geländer mit schönen Schnitzereien zierte. Über der aus Holz bestehenden Kanzel war ein rundes hölzernes Dach angebracht, dessen Notwendigkeit für mich nicht erkennbar war, in der Kirche konnte es doch nicht regnen. Aber die in das Dach eingelassene Beleuchtung, die der Pastor am Treppenaufgang einschaltete, beeindruckte mich.

Wir durften uns alle setzen. Zuerst las der Pastor aus einem dünnen Buch mit rotem Einband eine Geschichte auf Deutsch vor, die ich ganz gut verstand. Dann legte er das Buch beiseite und sprach von da an auswendig. Mit merkwürdig unnatürlicher

Stimme. Außerdem verstand ich den Sinn dessen, was er sagte, nicht. Dauernd redete er davon, dass Gott etwas geoffenbart habe. Was meinte er bloß damit, hatte Gott etwas auf'm Bart, das gab doch keinen Sinn?

Nachdem er mit seinem Reden auf der Kanzel fertig war, ging der Pastor wieder zum Altar, warf sich sein prächtiges Gewand über und machte da weiter, wo er vor dem Gang zur Kanzel aufgehört hatte. Der zweite Teil der Messe stellte sich als noch länger heraus, aber auch der ging zu Ende, der Pastor klappte das dicke Buch zu und traf sich mit den Messdienern vor den Altarstufen, bekam seine Mütze gereicht und verließ mit beiden Gehilfen den Altarraum durch die kleine Seitentür. Auf diesen Augenblick hatten wohl alle gewartet, sie drängten sofort zu den beiden Kirchentüren und kurz darauf stand auch ich draußen.

Der Winter kündigte sich an, an manchen Tagen war es morgens empfindlich kühl in der Schule. Eine Zeitlang konnten wir der Kälte mit Pullovern und Jacken begegnen, als es noch kälter wurde, sagte die Feldmaus, sie wolle morgens den Ofen im Klassenzimmer anzünden und wir müssten zu diesem Zweck Holz von daheim mitbringen. Sie fügte noch hinzu, wenn es eben ginge, sollten uns die Eltern große Buchen- oder Eichenholzscheite mitgeben, weil sie eine länger anhaltende Glut als Fichtenholz erzeugten. Für die Bauernkinder war das kein Problem, ihre Eltern besaßen neben Feldern und Wiesen alle ein Stück Wald. Leni, Robert und ich konnten nur auf die Fichtenholzabfälle des Sägewerks zurückgreifen und befürchteten Schelte, doch die Feldmaus bemerkte lediglich, sie würde unser Holz zum Anzünden verwenden — Papier war Mangelware.

Der Ofen stand an der langen Wand gegenüber den Fenstern, wegen seiner runden Bauart hieß dieser Typ im Volksmund »Kanonenofen«. Er schaffte es, das ganze Klassenzimmer mit Wärme zu versorgen, die Wärmeregulierung war bei diesem einfachen Ofentyp allerdings heikel: Häufig wurden Teile des Ofens oder des Ofenrohrs rot glühend, was nicht ungefährlich war, dann rannte die Feldmaus aufgeregt hin und schloss ein in Bodennähe angebrachtes Türchen.

Die Getreidefelder waren längst abgemäht, auch die Kartoffelernte war eingebracht, die Äcker umgepflügt. Jetzt, als die Tage schon merklich kürzer geworden waren, kamen noch die Runkelrüben — bei uns hießen sie einfach Runkeln — dran, sie wurden im Winter als Viehfutter verwendet. Vielfach wurden die Runkeln an Ort und Stelle am Feldrand in Form von spitzgiebligen Hausdächern aufgeschichtet, danach mit Erde und Kuhmist gegen Erfrieren im Winter abgedeckt. Aus diesen sogenannten Runkelmieten holten die Bauern während der kalten Jahreszeit nach Bedarf mit Pferdewagen die benötigten Mengen an Winterfutter, das allerdings vor der Verfütterung noch in großen Viehtrögen gekocht wurde.

Wir Kinder hatten für Runkeln eine andere Verwendung. Aus besonders großen, sowie schön geformten, fertigten wir »Totenköpfe« an, indem wir Rüben aushöhlten, danach Öffnungen in Form von Augen und Mund ausschnitten. Runkeln gab es in Hülle und Fülle, den Engpass bildeten die für die Innenbeleuchtung erforderlichen Kerzen. Erstens waren sie wie fast alles andere schwer zu bekommen und wenn unsere Mütter welche ergattert hatten, wurden sie dringend für die Zeiten gebraucht, in denen der elektrische Strom ausfiel, was abends sehr häufig passierte. Meistens mussten wir uns mit »Hindenburglichtern« behelfen, die klobig waren und sich schlecht anzünden ließen, was vor allem deshalb störte, weil Streichhölzer auch knapp waren. Warum der Name des Helden von Tannenberg und späteren Reichspräsidenten, der Hitler zum Reichskanzler ernannte, für die mit Wachs gefüllten runden Schälchen aus imprägnierter Pappe hatte herhalten müssen, weiß ich nicht. Der breite Docht in der Mitte steckte in einer Halterung, möglicherweise aus Speckstein. Sicherlich waren Hindenburglichter in Massen für die Wehrmacht hergestellt worden und hatten den Soldaten als Lichtquelle in ihren Erdlöchern gedient, jetzt waren sie uns als Kerzenersatz hochwillkommen. Sechzehn Jahre nach Kriegsende fand ich ein Hindenburglicht in einer *hytta* am schwedischen Ufer des Sitasjaure, nicht weit von Sørskjomen entfernt, einem Flecken am Ende des Skjomenfjords, der aus dem Ofotfjord in der Nähe von Narvik nach Süden abzweigt. Sørskjomen war während des Zweiten Weltkriegs ein U-Boot-Liegeplatz der Kriegsmarine gewesen.

Ende November fiel der erste Schnee und gleich in beachtlicher Höhe, das machte unseren Schulweg ungemütlicher, besonders am ersten Tag, weil niemand mit dem Schnee gerechnet und somit auch keine Vorkehrungen zu seiner Räumung getroffen hatte. Wir kleinen Sechsjährigen versanken bis zu den Schulranzen und konnten uns nur mühsam in Richtung Schule vorarbeiten. Das Stück Straße zwischen unserer »Insel« und der Scheune am Eingang des Dorfs lag ungeschützt zwischen flachen Wiesen, der scharfe Ostwind hatte leichtes Spiel gehabt, hohe Schneeverwehungen aufzubauen und die Straßengräben völlig zuzuwehen. Weil wir die Straßenränder nicht mehr erkennen konnten, mussten wir sorgfältig darauf achten, nicht in den Bach durchzusacken, der rechts von der Straße verlief. Glücklicherweise waren wir zu dritt, für einen allein hätte der Schulweg an diesem Morgen böse enden können. Mit klatschnassen langen Strümpfen kamen wir in der Schule an.

Unser Rückweg am Mittag war weniger beschwerlich, auf dem letzten Stück, ab der Scheune, gingen wir hinter dem Schneepflug her und hatten nun eine feste, dünne Schneedecke unter den Füßen, in die wir nicht mehr einsanken. Der Schneepflug bestand im Wesentlichen aus Eichenholz, dicke Bohlen hatte man unter Verwendung kräftiger Eisenbänder zu zwei »Wänden« verbunden, jeweils rund sechs Meter lang und einen Meter hoch. Die beiden senkrecht stehenden Holzwände waren, gleichfalls mit Hilfe schwerer Eisenbeschläge, zu einem an einer Seite offenen spitzwinkligen Dreieck miteinander verbunden. Anstelle der dritten Seite sorgte eine Verstrebung in Form eines kräftigen Querbalkens aus Eichenholz dafür, dass die Wände nicht zusammenklappten. Vier Pferde zogen das Dreieck, mit der Spitze nach vorn, wodurch sich der an die Straßenränder geschobene Schnee dort zu »Bergketten« auftürmte.

Am Nachmittag sägten Karlheinz und ich Bretter zurecht, nagelten sie zu einem kleinen Schneepflug zusammen, für die Querversteifung sorgte ein auf das Dreieck genageltes Brett, das einem von uns als Sitzbank diente, während der andere den Schneeräumer zog.

Das Sägewerk arbeitete wie gewöhnlich, aber alle Geräusche waren erheblich leiser, ich verstand das nicht: Wieso verringerte der Schnee den Krach?

In den ersten Tagen, als der hohe Schnee noch Neuigkeitswert für uns hatte, verbrachten wir die Nachmittage draußen, fuhren Schlitten, setzten einen riesigen Schneemann vor das Haus. Karlheinz hatte die Idee, wir könnten uns eine Hütte aus Schnee bauen, ein wunderbarer Vorschlag. Wir rollten große Schneezylinder, wie beim Bau des Schneemanns, schichteten sie zu Mauern für unser Häuschen auf, sparten eine Öffnung als Eingang aus. Mit den Schmalseiten von Brettern rieben wir die Wände glatt, wie wir es den Maurern beim Verputzen von Wänden abgeschaut hatten, vom Abfallhaufen des Sägewerks holten wir kräftige Holzlatten, aus denen wir die Unterkonstruktion des Schneedachs herstellten. Am Ende »sägten« wir noch eine Fensteröffnung heraus, fertig. Karlheinz und ich sahen uns an, wussten nicht, was wir mit der fertigen Hütte machen sollten. Der Weg war das Ziel gewesen, aber solche abstrakten Formulierungen kannten wir noch nicht, hätten sie auch kaum verstanden.

Mehr und mehr erlahmte unsere Begeisterung für den Winter, Kälte und Nässe, die wir anfangs nicht richtig wahrgenommen hatten, ließen Faszination und Enthusiasmus rasch dahinschmelzen. Unsere Lieblingsbeschäftigung in diesem Winter wurde das Malen in der warmen Stube.

Besonderes Talent zum Malen besaßen wir drei nicht, Annemarie und Karlheinz konnten besser als ich mit dem Bleistift umgehen, weil sie älter waren, sie wurden meine Lehrmeister. Wir mussten sorgfältig überlegen, was und wie wir malen wollten: Papier war knapp, ohne Vorüberlegungen beginnen, das Bild im Falle des Nichtgelingens wegwerfen und neu anfangen, das ging nicht.

Die beiden schlugen vor, den Nikolaus zu malen, er passte gut zur Jahreszeit. Natürlich nicht die Figur, die man heute gern mit dem Namen belegt, also einen Weihnachtsmann, dessen Aussehen durch die Coca-Cola-Reklamefigur aus den 1930er Jahren geprägt wurde. Diesen Zipfelmützen-Opa kannten wir nicht, es gab ja kein Coca-Cola — Negerpisse hatten die Nationalsozialisten die braune Flüssigkeit abschätzig genannt.

Nein, wir malten den echten Nikolaus, der Bischof von Myra gewesen war, kleideten ihn mit einem ähnlichen Gewand, wie es der Pastor während der Messe trug, setzten ihm einen hohen, spitzen Bischofshut auf den Kopf und ließen seine rechte Hand einen Bischofsstab umklammern, der oben in eine goldene Schnecke überging. Beim Ausmalen der mit Bleistift gezeichneten Umrandungen hätten wir teilweise »Goldstifte« gebraucht, die es nicht gab, als Ersatz nahmen wir »Gelb«. Mit dieser Farbe mussten wir sparsam umgehen, uns stand ein einziger gelber Farbstift zur Verfügung. Rote, blaue, grüne, braune Buntstifte hatten wir in größerer Anzahl, an gelben Stiften herrschte merkwürdigerweise Mangel.

Nach den Nikolausfiguren kamen Weihnachtsbäume dran, hunderte von Tannennadeln mussten mit spitzem Grünstift gemalt werden, das dauerte. Abschließend wurden die Bäume mit roten Kerzen geschmückt, die mit gelben Flammen brannten.

An einem der früh dunklen Nachmittage lernte ich etwas Neues von den beiden Spielkameraden. In einem Buch suchten sie ein Bild, das ihnen gefiel, legten hinter die gewählte Buchseite ein leeres Blatt Papier und anschließend zwischen Buchseite und Papier ein Blatt »Pauspapier«. Das war kein richtiges Papier, sondern eine violette Folie, glänzend auf der einen, matt auf der anderen Seite, die auf das weiße Papier gelegt wurde. Mit einem Bleistift fuhren sie den Konturen des Bildes nach und als sie am Ende das ursprünglich weiße Blatt aus dem Buch nahmen, waren darauf haargenau die Umrisse des ausgesuchten Bildes. Das grenzte an Hexerei!

Am Heiligen Abend blieben wir in diesem Jahr im Behelfsheim, die jüngste Schwester meiner Mutter war mit ihrem Verlobten zu Besuch. Unter »Verlobter« konnte ich mir nichts vorstellen, ich nannte ihn einfach Onkel Werner. Im letzten Jahr, bei Onkel Karl, hatte der Weihnachtsbaum vom Fußboden bis zur Decke gereicht, unser diesjähriges Bäumchen sah dagegen ausgesprochen mickrig aus. Das kleine, unförmige Gebilde stand auf dem Tischchen in der Ecke, das Radio hatte seinen Stammplatz zur Verfügung stellen müssen. Ein paar weiße Kerzen und Lametta bildeten den Baumschmuck.

Nach dem Abendessen zündete Onkel Werner die Christbaumkerzen an, meine Mutter und ihre Schwester sangen Weihnachtslieder. Ich hörte meine Mutter nicht gern singen, ihre »Kopfstimme«, wie sie es nannte, klang für mich unnatürlich, außerdem ließ sie ihre Stimme bei den hohen Tönen merkwürdig zittern.

Mein Bruder schlief seit dem Frühjahr im Kinderbett, mein Platz war seitdem in dem anderen »großen Bett«, der zweiten Hälfte des Doppelbetts, den Wechsel empfand ich als hierarchischen Aufstieg. Mit meiner Tante und Onkel Werner hatten wir zum ersten Mal zwei Personen gleichzeitig zu Besuch, das damit zusammenhängende Schlafproblem hatten die Erwachsenen für meine Begriffe kompliziert gelöst: Meine Mutter teilte sich das linke Bett mit ihrer Schwester, ich schlief zusammen mit Onkel Werner in dem anderen. Die Liegeordnung war so, dass ich zwischen meiner Tante und ihrem Verlobten lag. Mein Vorschlag, ich könne doch im Bett meiner Mutter schlafen und die beiden Verlobten in dem anderen, löste zuerst betretenes Schweigen aus, anschließend ein hektisches Hervorbringen immer neuer Argumente, warum es unbedingt bei der einmal getroffenen Regelung bleiben müsse. Also gab ich klein bei. Den wahren Grund für meine Änderungsinitiative behielt ich diskret für mich: Onkel Werner roch unangenehm aus dem Mund.

Seit einiger Zeit sammelte ich Briefmarken — weil es die anderen Kinder taten. Eine große Leidenschaft entfachte das Sammeln nicht gerade in mir, doch das Ablösen der gezackten kleinen Bildchen von alten Briefumschlägen und das anschließende Ordnen der Briefmarken machten mir durchaus Spaß. Unsere »Briefmarkenalben« bastelten wir selbst: In alte Bücher klebten wir reihenweise schmale Papierstreifen derart, dass die obere Hälfte jedes Streifens nicht festklebte, damit wir unsere Briefmarken zwischen Papierstreifen und Buchseite schieben konnten. Sogenannten Klebstoff gab es nicht zu kaufen, wir mussten zu Ersatzlösungen greifen. Entweder rührten wir Mehl mit wenig Wasser zu Mehlkleister an oder wir verwendeten eine erkaltete, gekochte Kartoffel. Mit keiner der beiden Methoden erreichte ich je ein zufriedenstellendes Ergebnis, aber ein besseres Verfahren stand mir nicht zur Verfügung.

In der ersten Woche des neuen Jahres 1946 wollte meine Tante nach Warburg fahren, um im dortigen Krankenhaus etwas wegen einer anstehenden Operation ihrer Mutter, meiner Großmutter, zu klären. Nach der Operation sollte meine Oma längere Zeit bei uns bleiben. Die Ernährungslage auf dem Land war erheblich besser als im Ruhrgebiet, was sich nach Meinung meiner Mutter und ihrer Schwester günstig auf die Erholung meiner Oma auswirken würde.

Das Postauto war in jener Zeit das einzige öffentliche Verkehrsmittel, mit dem man von unserem Dorf aus ein weiter entferntes Ziel erreichen konnte. Es verkehrte zweimal am Tag, morgens gegen zehn Uhr fuhr es auf der Landstraße in die eine Richtung, am Spätnachmittag in die Gegenrichtung. Häufig fiel es wegen eines Defekts, mangels Treibstoffs oder aus einem anderen Grund aus. Dann musste man am nächsten Tag erneut an der Haltestelle stehen. Vielleicht war das Postauto beim zweiten Versuch wegen des Ausfalls am Vortage überfüllt und fuhr einfach durch, dann war eben ein dritter Anlauf erforderlich. Omnibusse sahen ähnlich aus wie heute, natürlich war die Technik weit weniger entwickelt und Komfort im heutigen Sinn kannte man nicht. Das Postauto war aber kein Omnibus, sondern ein größerer grauer Lieferwagen mit drei kleinen Fenstern und einer hinteren Einstiegstür, drinnen saß man auf Holzbänken.

Meine Tante und ich fuhren an einem nasskalten Morgen vor dem Haus von Post-Krügers ab. Das Haus gehörte Verwandten der Sägewerkseigentümer, wie diese hießen sie Krüger. Nebenbei versahen sie Posthalteraufgaben, hatten einen kleinen Raum ihres Hauses als »Büro« eingerichtet, alle im Ort nannten sie Post-Krüger. Nach einer guten Stunde erreichten wir unseren Bestimmungsort, brauchten bis zum Krankenhaus nicht weit zu laufen, und die Angelegenheit, deretwegen wir gekommen waren, ließ sich zu meiner Freude schnell regeln.

Bis zur Rückfahrt blieb uns viel Zeit. Meine Tante hatte mir versprochen, wir würden in ein Briefmarkengeschäft gehen und besondere Marken für mich von dem Geld kaufen, das sie mir — sie war meine Patentante — zu Weihnachten geschenkt hatte. Das war eine große Sache für mich, die ich mit Spannung erwartete. Bisher besaß ich ausschließlich gewöhnliche Briefmarken, alle hatten dieselbe Größe, wie sie heute noch bei Standardbriefmarken üblich ist. Einige Kinder konnten mit viel schöneren Marken in ihren Alben prahlen. Großformatige Briefmarken mit Aufdrucken »Polska« oder »Leipziger Messe« standen bei uns Kindern besonders hoch im Kurs. Endlich wollte auch ich Marken in meinem Album vorzeigen können, die die anderen nicht besaßen.

Nach einigem Herumfragen fanden wir einen Briefmarkenladen, zum Eingang musste man drei Stufen hochgehen. Warum ich keine meiner Favoriten, wie Polska oder Leipziger Messe, kaufen konnte, weiß ich nicht mehr, vielleicht waren sie für mich zu teuer oder der Händler hatte keine. Er pries mir einen Satz teilweise französisch beschrifteter Briefmarken (Zone Française, Briefpost) an, vier Stück, mit unterschiedlichen Bildmotiven. Ich kaufte die Marken, die im Saarland verwendet wurden, das nach dem

Zweiten Weltkrieg französisches Protektorat war und erst 1957 als Folge einer Volksabstimmung in die Bundesrepublik Deutschland eingegliedert wurde.

Die Weihnachtsferien gingen zu Ende, wir mussten wieder in die Schule. Auch wenn wir selten miteinander spielten, morgens holte ich Robert regelmäßig zum gemeinsamen Schulweg ab. Gewöhnlich musste ich in die kleine Wohnung hinaufsteigen, aus mir nicht ersichtlichen Gründen war er nie rechtzeitig fertig. An der Einmündung unseres Zugangswegs in die Straße wartete Leni auf uns, von da ab gingen wir den halbstündigen Schulweg zu dritt. An einem Morgen wurde das Abholen für mich zu einem unangenehmen Erlebnis.

Hardenberg spielte in meinen Gedanken seit langem kaum noch eine Rolle, ab und an kamen mir Onkel Gottfrieds blöde Sprüche wieder in den Sinn, besonders der mit dem Brotfresser, der angeblich besser als ein Professor sein sollte. Was war ein »Professor«, das Wort hatte ich nur von ihm gehört? Auch falls er Professor gesagt hätte, wäre ich nicht klüger gewesen. An besagtem Morgen stand ich in Frau Kalldeweis Wohnküche und sah Robert zu, wie er umständlich seine Schuhe anzog und wollte mich mit einem von Onkel Gottfrieds Sprüchen interessant machen. Zu Robert gewandt sagte ich: »Du kannst schon lesen, nämlich Äpfel und Birnen auflesen.« Statt des erwarteten Gelächters erfolgte ein wütendes Schimpfen, ich bekam richtig Angst vor Frau Kalldewei, was hatte ich Schlimmes verbrochen? Onkel Gottfried hatte bei diesem Spruch immer gelacht. Hätte ich gewusst, dass Robert nachmittags selten zum Spielen nach draußen kam, weil seine Mutter und sein Opa verzweifelt versuchten, ihm Lesen, Schreiben und die anderen durch die Schule vermittelten Kulturtechniken beizubringen, wäre mir Frau Kalldeweis Reaktion verständlicher gewesen.

Ende Januar setzte ungewöhnlich starker Frost ein, der Küchenherd schaffte es nicht, die beiden Fenster tagsüber eisfrei zu machen, von innen, wohlgemerkt. Abends kostete es mich gewaltige

Überwindung, ins Bett zu steigen, trotz des in Tücher gewickelten heißen Backsteins und der geöffneten Küchentür. Für uns Kinder hatte der Dauerfrost aber auch eine positive Seite: Die vielen schmalen und breiteren Bäche ringsum waren zugefroren, den Löschteich bedeckte ebenfalls eine fast zehn Zentimeter dicke Eisschicht. Alle Ermahnungen unserer Mütter perlten an uns ab wie der Morgentau an einem Frauenmantelblatt. Das Gedicht »Gefroren hat es heuer, noch gar kein festes Eis ...«, das Tante Helene uns beigebracht hatte, kannte ich zwar noch auswendig, doch seine pädagogische Botschaft entfaltete sich mir in jenen Tagen nicht. Nachmittags, nach den Hausaufgaben, machten wir ausgedehnte rutschige Wanderungen über die vereisten Bäche in den hoch verschneiten Wiesen, erkundeten unsere Umgebung aus einer ungewohnten Perspektive. Die Konsequenz »Das Büblein hat getropfet, der Vater hat's geklopfet, zu Haus.« aus der Nichtbefolgung mütterlicher Ermahnungen blieb uns erspart: Das Eis dieses Winters war dick genug. Im Übrigen, welche Väter hätten uns »klopfen« sollen?

Von der Schneiderin des Orts hatte meine Mutter eine gesteppte Jacke meines Vaters aus seiner Zeit in Norwegen »umarbeiten« lassen, am Oberkörper musste ich nicht frieren. Zwei Paar lange Strümpfe, übereinander angezogen, schützten die Beine einigermaßen gegen Kälte. Meine Ohren hingegen waren dem Frost schutzlos preisgegeben. Andere Kinder trugen Schirmmützen, deren Ränder sie über die Ohren ziehen konnten oder sie hatten an einem federnden Haltebügel befestigte gepolsterte schwarze Ohrenschützer. Meine selbstgestrickte Bommelmütze ließ sich nicht über die Ohren ziehen. Auf mein Drängen hin häkelte mir meine Mutter Ohrenwärmer: Zwei runde, durch eine dünne Schnur aus Luftmaschen verbundene Läppchen, die natürlich nicht fest auf den Ohren saßen, vielmehr vom eisigen Wind hin und her geweht wurden. Auf dem Schulweg blieb mir weiterhin nichts anderes übrig, als mir meine Hände, die in gestrickten Fausthandschuhen steckten, über die Ohren zu halten. Die Arme erlahmten schnell, meine Hände wurden kalt, oft war ich dem Weinen nahe.

Endlich stiegen die Temperaturen, Schnee und Eis begannen zu schmelzen, wodurch es für uns Kinder gefährlich wurde. Die kleinen, nach wie vor zugefrorenen Bäche vermochten die entstehenden Wassermassen nicht abzuleiten, die Verbindungsstraße zum Dorf, unser Schulweg, glich jetzt einer schmalen Landzunge in einem großen See.

Kaum war diese Phase vorüber — wir dachten, es sei noch Winter —, da wurden, unerwartet, wie in jedem Jahr, Sumpfdotterblumen, Wiesenschaumkraut, Schlüsselblumen, Vergissmeinnicht sichtbar, Gänseblümchen bereiteten zielstrebig ihre Sommerinvasion vor. Der Winter hatte sich davongemacht.

Wenige Wochen vor Ostern verbreitete sich wie ein Lauffeuer die Nachricht, Hänschen Krüger, Sohn des verstorbenen Sägewerksbesitzers, sei aus der Kriegsgefangenschaft entlassen worden und werde am nächsten Tag erwartet. Weil alle die Nachricht ungemein wichtig nahmen, war ich mächtig auf ihn gespannt. Anderntags kam er in Begleitung einiger Dorfbewohner in seine normale Lebensumgebung zurück, bekleidet mit einer feldgrauen Uniformjacke, ohne Achselklappen, ohne militärische Rangabzeichen, ich war enttäuscht: Er sah wie ein gewöhnlicher großer Junge aus.

Wir müssten Palmstöcker binden — die merkwürdige Pluralbildung war in unserer Gegend üblich —, sagten Annemarie und Karlheinz, in ein paar Tagen sei Palmsonntag. Ich wusste nicht, was das bedeutete, vertraute einfach dem Wissen der beiden, wie bei vielen anderen Gelegenheiten. Lange, dünne Zweige mit Weidenkätzchen brauchten wir für unser Vorhaben, sie wussten auch, wohin wir zu diesem Zweck am besten gehen sollten. Schräg gegenüber der Einmündung des Wegs zum Behelfsheim zweigte ein unbefestigter Fahrweg von der Straße ab. Die eisenberingten Räder von Pferdefuhrwerken hatten im Laufe der Zeit tiefe Längsrillen in den weichen Untergrund gepresst, solchen Rillen waren vielleicht die Straßenbahnschienen nachgebildet worden. Links neben dem Weg floss träge ein beidseitig von Weidenbüschen gesäumter schmaler Bach. Karlheinz holte sein Taschenmesser hervor, um das ich ihn im Stillen beneidete, schnitt Zweige ab, die Annemarie und ich aussuchten. Zu Hause teilten wir die Zweige in drei gleichgroße Bündel auf und umwickelten deren untere Enden mit Zündschnur-Bindfaden. Mehrere weiße Baumwollfäden — aus der braun ummantelten Zündschnur — verdrillten wir zu Kordeln, mit denen wir die Zweige im oberen Drittel zusammenhielten und die wir zwecks schöneren Aussehens noch zu Schleifen banden. Die Palmstöcker hatten Ähnlichkeit mit Reisigbesen. Später, nach mehreren Jahren Lateinunterricht, fiel mir eine weniger prosaische Ähnlichkeit auf, nun glichen sie eher *fasces*, den von römischen Liktoren als Machtinsignien mitgeführten Rutenbündeln. Aus dem Singular *fascis* war auch die Bezeichnung für Mussolinis Faschisten abgeleitet. An den unteren Enden bogen wir die Zweige auseinander und steckten ein verschrumpeltes, rotwangiges Äpfelchen vom letzten Herbst in jedes Bündel.

Am Palmsonntag war ich glücklich, zu den Kindern mit Palmstöckern zu gehören, diesmal war ich nicht ausgegrenzt. Die Hoffnung, jemals ein Kniebrett mein Eigen nennen zu können, hatte ich fahren lassen.

Karlheinz ging seit längerem eine halbe Stunde früher als die anderen Kinder von der Bicke zur Kirche, sein Opa, der Küster, hatte ihn für fähig und würdig befunden, an Sonn- und Feiertagen die große Kirchenglocke zu läuten, um die Gläubigen zur Messe zu rufen. Mein Spielkamerad hatte versprochen, mich gelegentlich mitzunehmen, um mir die verantwortungsvolle Tätigkeit des Glockenläutens zu demonstrieren, ich dürfe dann auch mal am Glockenseil ziehen. Als Herrscher über das Glockengeläut wusste er zu berichten, ab Karfreitag würden die Glocken bis zum Ostersonntag schweigen.

Die Messe am Ostersonntag war ein Hochamt, der Altarraum sah noch prachtvoller aus als sonst, auf dem Altar hatte der Küster die doppelte Anzahl Kerzen aufgestellt, zusätzlich gab es eine besonders große auf einem schmiedeeisernen Ständer neben dem

Kommunionbanktörchen, eine derart riesige Kerze hatte ich noch nie gesehen.

Sechs Messdiener begleiteten den Pastor, drei auf jeder Seite. Sein Messgewand erschien mir noch goldener, seine Gesänge klangen noch feierlicher als in einer normalen Messe. Auf der Orgelbühne standen Frauen und Männer, die uns großenteils das Singen abnahmen, eine von Schimmels Schwestern war unter den Sängerinnen.

Nur die Predigt, so nannten es die Erwachsenen, wenn der Pastor von der Kanzel herab auswendig sprach, empfand ich genauso langweilig wie immer. Eine Weile betrachtete ich zum wiederholten Male das große Bild an der Wand neben der Kanzel, unter dem »Wer von Euch ohne Sünde ist, der werfe den ersten Stein auf sie« geschrieben stand. Ich grübelte erneut über die Bedeutung des Satzes nach: Sollte jemand einen Stein werfen oder war gemeint, es solle kein Stein geworfen werden?

Ich wandte mich einem Versuch zu, den ich in der Vergangenheit schon des Öfteren durchgeführt hatte, ohne zu einem eindeutigen Ergebnis zu gelangen. Der Versuch hatte mit dem Auspusten einer Kerze zu tun. Stand eine Kerze auf dem Küchentisch, konnte ich sie mit Leichtigkeit durch einen einzigen kräftigen Luftstoß zum Erlöschen bringen, Weihnachten hatte ich beim Ausblasen der Christbaumkerzen festgestellt, dass es auch aus größerer Entfernung möglich war, eine Kerze durch Pusten auszulöschen. In der nächsten Sonntagsmesse hatte ich während der langweiligen Predigt den Versuch unternommen, eine der Altarkerzen auszublasen, ohne Erfolg. Allerdings kam es mir vor, als habe die Kerze etwas geflackert, während ich mit gespitzten Lippen einen kräftigen Luftstrom in ihre Richtung blies. Um ein eindeutiges Versuchsergebnis zu erhalten, hatte ich das Experiment mehrmals wiederholt, mit dem unbefriedigenden Resultat, dass die Kerze manchmal flackerte, in den übrigen Fällen einfach ungerührt weiterbrannte. Den Versuch hatte ich auch in modifizierter Form durchgeführt, indem ich nicht kontinuierlich blies, sondern eine

Folge von mehreren kurzen, dafür umso kräftigeren Luftstößen in Richtung Kerze auf die Reise geschickt hatte. Auch diese Variante hatte kein eindeutiges Resultat gezeitigt. Jetzt, während der ermüdenden Ostersonntagshochamtspredigt, konnte ich mein Experiment an der dicken Osterkerze durchführen, die nur halb so weit von mir entfernt stand wie die Altarkerzen. Die Kerzenflamme flackerte jedes Mal, wenn auch nur schwach. Je weiter also eine Kerze von mir entfernt war, desto weniger konnte ich ihre Flamme durch mein Pusten beeinflussen. Warum war das so?

Seit einiger Zeit sprachen die Erwachsenen über Flüchtlinge, die in unserem Dorf wohnten. Onkel Karl hatte gegen seinen Willen zwei Zimmer zur Verfügung stellen müssen, unter anderem das Herrenzimmer. Zwei alte Leute wohnten jetzt zusätzlich bei ihm, das Ehepaar Babender. Gegen die Einquartierung hatte er nichts ausrichten können, weil das Forsthaus der Gemeinde gehörte, so die offizielle Begründung. Mein Vetter Winfried vertraute mir allerdings die Bemerkung seiner Mutter an, die Beschlagnahme der zwei Zimmer durch die Gemeinde sei eine Strafe dafür, dass Onkel Karl einer der tonangebenden Nationalsozialisten im Dorf gewesen war. Nun wohnten drei Familien mit insgesamt elf Personen in dem kleinen Haus.

Woher die Flüchtlinge kamen und wovor sie geflüchtet waren, wusste ich nicht, aber eine Gemeinsamkeit mit uns Evakuierten war mir aufgefallen.

Hin und wieder holte die Lehrerin zu Beginn des Unterrichts eine Liste aus ihrer Tasche und las unsere Namen in alphabetischer Reihenfolge vor. Nacheinander mussten wir aufstehen — wir durften ausschließlich im Stehen sprechen — und entweder »Selbstversorger« oder »Normalverbraucher« sagen. Danach durften wir uns wieder setzen.

Beim ersten Mal hatten wir uns unter »Selbstversorger« und »Normalverbraucher« nichts vorzustellen vermocht und natürlich nicht gewusst, wer in welche Kategorie gehörte. Die Feldmaus klärte uns auf, Normalverbraucher sei, wer alles, was man zum Essen und Trinken benötige, im Kolonialwarenladen, beim Bäcker oder beim Metzger kaufen müsse — Lebensmittelgeschäfte wurden damals meistens Kolonialwarenläden genannt. Selbstversorger hingegen seien diejenigen, die keine Lebensmittel im Laden kaufen müssten, weil sie alles oder zumindest nahezu alles selbst produzierten. Alle Bauern gehörten zu dieser Gruppe.

Wenn uns die Feldmaus aufrief, um ihre Kreuzchen in die Liste einzutragen, sagten die Bauernkinder »Selbstversorger«, die Kinder von Evakuierten oder Flüchtlingen antworteten mit »Normalverbraucher«. Der wesentliche Unterschied bestand aber nicht in dem Umstand als solchem, dass die einen das zum Leben Notwendige kaufen mussten, die anderen jedoch nicht, vielmehr konnten Normalverbraucher die benötigten Lebensmittel nur in beschränkten Mengen in Geschäften kaufen, jede ordnungsgemäß gemeldete Person bekam zu Anfang eines Monats eine Lebensmittelkarte, auf der die ihr zustehenden Rationen für Brot, Zucker, Milch, Eier, Fleisch, Butter, … vermerkt waren. Und wenn die Geschäfte nicht im erforderlichen Umfang mit Waren beliefert wurden, dann bekam man nicht einmal die karg bemessenen Rationen. Pech gehabt!

Kein Wunder, dass Normalverbraucher mager aussahen, Selbstversorger dagegen wohlgenährt. Deutschland bekanntester Normalverbraucher wurde wenig später der zu jener Zeit geradezu spindeldürre Schauspieler Gert Fröbe, als er in dem Film »Berliner Ballade« den Kriegsheimkehrer »Otto Normalverbraucher« spielte, eine Figur, deren Name sprichwörtlich wurde.

Mit den meisten Rationen kamen wir einigermaßen über die Runden, in unserer Familie musste niemand schwere körperliche Arbeit verrichten, doch bei Fleisch und Eiern, die für uns Kinder im Hinblick auf gesundes Wachstum förderlich gewesen wären, herrschte ständiger Mangel.

Über längere Zeit mussten wir mit einem halben Pfund Butter in der Woche auskommen. Bevor ein in Fettpapier eingewickeltes Paket »Deutsche Markenbutter« angebrochen wurde, kratzte meine Mutter mit einem Messerrücken Striche derart auf die Oberseite des Butterquaders, dass acht gleichgroße Rechtecke entstanden. Dadurch waren 31,25–Gramm–Blöcke festgelegt, die für uns drei Menschen täglich als Fettration zur Verfügung standen, sonntags gab's die doppelte Portion.

Das Butterbeispiel ist sehr anschaulich und wegen der Anschaulichkeit ist es mir wahrscheinlich gut in Erinnerung geblieben, aber unter sachlichen Aspekten taugt es vielleicht gar nicht mal besonders. Denn was Butter anbetraf, waren wir keine reinen Normalverbraucher.

Jeden Abend holte ich zwei Liter Milch bei Frau Wölcken, wie seinerzeit abgesprochen. Mit unserer zerbeulten Milchkanne aus Aluminium — jede Familie verfügte über ein solches oder ähnliches Utensil — ging ich in einen besonderen Raum, in dem die gerade erst gemolkene Milch in großen Kannen stand, jede Kuh wurde mit der Hand gemolken. Den Geruch dieses Raums mochte ich nicht. Frau Wölcken oder eine ihrer beiden älteren Töchter füllten meine Milchkanne mit der noch warmen, unbehandelten Milch und ich brachte sie pflichtgemäß nach Hause. Meine Mutter stellte die Milchkanne dann erst einmal in unser »Kämmerchen«, wo es wegen der Ausrichtung des Zimmers nach Norden kühl war.

Am nächsten Morgen hatte sich oben auf der Milch immer eine dicke, gelbliche Fettschicht abgesetzt: Sahne mit sehr hohem Fettgehalt. Mit einem Löffel wurde die Sahne abgeschöpft und in einer Schüssel aufbewahrt. Nach drei, vier Tagen hatte meine Mutter so viel Sahne beisammen, dass sich das Buttern lohnte. Dazu füllte sie die Sahne in ein Metallgefäß von der Größe einer kleinen Konservendose und verschloss es mit einem etwas nach außen gewölbten Deckel, der in der Mitte ein kleines Loch aufwies. In dem Loch steckte eine runde Metallstange, die oben zu einem Ring gebogen war, auf dem Teil der Stange innerhalb der Dose waren am Ende zwei runde Scheiben im Abstand von etwa einem Zentimeter angebracht, beide Scheiben waren durchlöchert und passten genau in die Dose.

Nach dem Verschließen begann meine Mutter die Metallstange auf und ab zu bewegen, wodurch der abgeschöpfte Rahm ständig durch die kleinen Löcher der beiden runden Scheiben gepresst wurde, was ihn dazu brachte, sich zuerst in Schlagsahne zu verwandeln und später, falls die Metallstange in gleicher Weise weiter bewegt wurde, in Butter. Von dieser eigenen Buttererzeugung durfte ich nichts erzählen, sonst wäre aufgeflogen, dass uns Frau Wölcken verbotenerweise Milch mit einem zu hohen Fettgehalt gab.

Mit Gemüse und Beerenobst versorgten wir uns ebenfalls teilweise selbst, so dass es uns in Bezug auf die Ernährung erheblich besser ging als städtischen Normalverbrauchern. Allen Familien des Behelfsheims hatte der Sägewerksbesitzer großzügig Gartenland neben dem Sägewerk zur Verfügung gestellt. Im Sommer konnte der tägliche Bedarf vollständig aus dem eigenen Garten gedeckt werden, was wir darüber hinaus produzierten, wurde für den Winter eingeweckt: Erbsen, Möhren, Buschbohnen, Dicke Bohnen, Stachelbeeren, Johannisbeeren. Spät blühende Tomaten wurden grün geerntet, zum Nachreifen auf den Kleiderschrank gelegt und konnten so zu einer Zeit gegessen werden, wo es eigentlich keine Tomaten mehr gab.

Rotkohl, Wirsing, Weißkohl hatte meine Mutter ein einziges Mal für den Winter einzulagern versucht, erfolglos, der Keller erwies sich als ungeeignet, alle Kohlköpfe waren schon nach kurzer Zeit ungenießbar gewesen.

Im Sägewerk arbeitete seit einiger Zeit ein Flüchtling, ein gelernter Maschinenschlosser, Hansjürgen Schiffner hieß er. Sein Herrschaftsbereich waren der Maschinenraum mit der Dampfmaschine und die angrenzende Werkstatt. Hansjürgen war noch recht jung, freundlich uns Kindern gegenüber, er hatte auch nichts dagegen, dass ich kleiner Knirps ihn mit seinem Vornamen anredete. Durch Hansjürgen bekam ich endlich einen Einblick in die technischen Einrichtungen des Sägewerks.

Frühmorgens, lange bevor die ersten Arbeiter mit dem Zersägen von Baumstämmen begannen, machte er ein gewaltiges Feuer unter dem Dampfkessel. Dazu öffnete er eine große eiserne Luke und warf enorme Mengen an Abfallholz in den Höllenschlund, so nannte ich die tief unterhalb des Fußbodens liegende Feuerungsanlage. Nach dem Anzünden des Holzes dauerte es geraume Zeit bis die Gluthitze genügend Dampf im Kessel erzeugt hatte, um die Dampfmaschine in Bewegung zu setzen. Oft musste Hansjürgen beim Ingangsetzen nachhelfen, stieg dazu auf die eiserne Bühne, die den schwarzen Koloss umgab, verwendete ein kräftiges Rundholz als Hebel und drückte mit ihm gegen eine der dicken Speichen des mehr als mannshohen Schwungrads — Hansjürgen nannte das »den toten Punkt überwinden« — , worauf sich das große, schwere Rad langsam in Bewegung setzte, so dass genug Zeit blieb, das Rundholz aus dem Bereich des Schwungrads zu entfernen und in eine Ecke auf der Bühne zurückzustellen. Hansjürgen drehte danach an verschiedenen Handrädern, schaute dabei ständig auf eine Art Uhr mit einem zitternden Zeiger, bis die Maschine nach seinem Wunsch lief.

Wie eine Dampfmaschine funktionierte, wusste ich natürlich noch nicht, aber dass Wasserdampf etwas bewegen konnte, hatte ich mehrmals bei unserem Flötenkessel beobachtet. Das war ein Wasserkessel, der ständig gefüllt auf der heißen Küchenherdplatte stand, um bei Bedarf warmes Wasser zur Verfügung zu haben. Seine Ausgussöffnung wurde mit einer Flöte verschlossen, durch die der Dampf des heißen Wassers strömte, was dann zu einem nervenden Pfeifen führte und das Sieden des Wassers signalisierte. Nahm man den Verschluss nicht ab, erhöhte sich der Dampfdruck im Wasserkessel weiter bis er die Kraft hatte, die Flöte abzuwerfen. So hatte ich zumindest eine kleine Vorstellung von der Kraft des Wasserdampfs.

Das Schwungrad drehte sich schnell, über einen Treibriemen hätte man leicht eine Kreissäge mit ihm verbinden können, diese Art des Antriebs kannte ich bereits von landwirtschaftlichen

Maschinen, die Dreschmaschine des Dorfs wurde zum Beispiel so angetrieben. Nur, hier stand die Antriebsmaschine im Kesselhaus, die Kreissägen aber waren ziemlich weit entfernt davon in der Halle verteilt aufgestellt. Ich fragte Hansjürgen, wie denn die Sägen mit der Dampfmaschine verbunden seien. Er sah mich eine Weile mit großen Augen an, bevor er sagte, mit Worten sei das nicht gut zu beschreiben, er würde es mir bei nächster Gelegenheit zeigen.

Eines Abends — die Dampfmaschine stand still, alle Arbeiter hatten das Werk verlassen — ging er mit mir zu einer Treppe, die in den Keller unterhalb der Halle führte. Bis dahin hatte ich nicht gewusst, dass die Werkshalle teilweise unterkellert war, Hansjürgen musste wegen der geringen Deckenhöhe gebückt gehen. Ich fand es da unten ein bisschen gruselig. Der Boden war überall hoch mit Sägemehl bedeckt, das hier seinen Namen wirklich zu Recht trug, es war fein wie Weizenmehl. In dem »Kriechkeller« roch es nach einer Mischung aus gesägtem Holz und altem Maschinenöl.

Hansjürgen zeigte auf mehrere Räder, die fest auf einer langen Eisenwelle saßen. Er nannte auch den Namen dieser Vorrichtung, den ich aber nicht verstand, erst Jahre später, als ich meinen ersten Metallbaukasten zu Weihnachten bekam und im Anleitungsheft unter einem Bauvorschlag »Transmission« las, fiel mir wieder die Welle mit den vielen Rädern unter dem Sägewerk ein. Hansjürgen ging mit mir zu der Stelle, an der ein Rad auf der Welle über einen Treibriemen mit der Dampfmaschine verbunden war, die auf diese Weise alle anderen Räder in Drehbewegungen versetzte. Über Treibriemen setzten diese Räder mehrere kleine Transmissionen in Gang und von ihnen aus wurden das Gatter und die Kreissägen angetrieben, natürlich auch wieder über Treibriemen.

In Hansjürgens Schlosserwerkstatt, einem nicht sehr großen Raum zwischen Kesselhaus und Sägewerkshalle, hatte es mir besonders die automatisch arbeitende Schleifmaschine angetan, mit deren Hilfe stumpf gewordene Sägeblätter wieder geschärft wurden. Die Maschine konnte für die langen Sägeblätter des Gatters, aber auch für die runden der Kreissägen verwendet werden, Hansjürgen musste sie vorher entsprechend einrichten. Nach dem Einspannen eines Sägeblatts drückte er auf einen Knopf, danach fuhr eine dünne Schleifscheibe schnell auf einen Sägezahn zu, schliff ihn kurz, wobei ein hellroter Funkenstrahl entstand, anschließend entfernte sie sich von dem soeben geschärften Zahn. Das Sägeblatt bewegte sich danach etwas vorwärts, bis der nächste Zahn den Platz seines Vorgängers einnahm und seine Schärfung erfolgen konnte. Abwechselndes Vorrücken und Schärfen wiederholten sich so lange, bis das eingespannte Sägeblatt keinen stumpfen Zahn mehr aufwies. Woher wusste die Schleifscheibe, wann und wo sie schleifen musste?

Während ich meine ersten Unterweisungen in Schönschreiben und Kopfrechnen erhielt, wurde der Beginn eines Schuljahrs vom Herbst auf Ostern verlegt, mein erstes Schuljahr war ein »Kurzschuljahr«, wie man es später nannte, als der Wechsel wieder rückgängig gemacht wurde.

Mein zweites Schuljahr begann mit vielen Veränderungen. Ich bekam eine neue, ganz junge Lehrerin, in die ich mich sofort verliebte. Die Schule stellte uns zwei Bücher zur Verfügung: Ein Lesebuch und eine sogenannte biblische Geschichte. Zusätzlich zur Schiefertafel verwendeten wir von nun an Hefte. Die konnten wir im Kolonialwarenladen kaufen, mussten aber zusätzlich zum Geld eine große Menge Altpapier für jedes Schulheft abliefern.

Nach wenigen Tagen hatte ich das Lesebuch durchgelesen. An Theodor Storms Geschichte vom kleinen Häwelmann kann ich mich erinnern, an Goethes Gedicht von den Fröschen im zugefrorenen Teich und an Bruchstücke einer Erzählung, die mich damals tief berührte. Es ging um eine arme Familie mit vielen Kindern, die Mutter wusste nie, woher sie genügend Geld für das tägliche Essen nehmen sollte. Einmal, als es besonders schlimm ums Geld bestellt war, kam das Pfeiferauchen des Vaters ins Gespräch, der dann sagte: »Kathrinsophie, du hast recht. Und du sollst mich von heute an nicht mehr rauchen sehen.« Weiter hieß es im Lesebuch: »Und seine Stimme klang so heiter, als ob er Wunder was für 'ne Freude hätte.«

Eines Tages fielen mir Geschichten von »Klein–Erna« in die Hände, kurze, humoristische Episoden aus dem Hamburger Kleine–Leute–Milieu mit karikaturartigen Zeichnungen dazu. Zwei schmale Oktavbändchen gab es, die sich bei den Soldaten an der Front, den Landsern, wohl recht breiter Beliebtheit erfreut hatten, die Hamburgerin Vera Möller hatte die Histörchen aufgeschrieben und illustriert.

Einige der »ganz dummen Hamburger Geschichten« verstand ich auf Anhieb, etwa die folgende. Klein–Erna ging in einen Laden, in dem billige Schokoladenfiguren verkauft wurden, Mädchen oder Jungen. Als Klein–Erna von der Verkäuferin erfuhr, beide Arten seien gleich teuer, wählte sie den Jungen mit der Begründung: »Da ist mehr dran.« Auch ohne die zugehörige Zeichnung verstand ich Klein–Ernas Auswahlkriterium sofort.

Andere Episoden hingegen las ich immer wieder mit dem Ziel, endlich die Pointe zu verstehen, wie zum Beispiel die Angelegenheit mit Heini und dem Fahrrad.

Heini kommt mal die Hamburger Straße runtergeradelt, da trifft er Fietje, und der sagt: »Mensch, Heini, wo hast du denn das nagelneue Damenrad her?« »Och«, sagt Heini, »ich war eben mit meine Freundin Erna 'n büschen in Grünen, und wie wir so in Gras rumliegen, da sagt sie mit'n mal: ›Heini, nun kannst du alles von mir haben, was du willst!‹ Na, und da hab ich das Rad genommen!«

Irgendwo war der Witz versteckt, das wusste ich, aber an welcher Stelle? Ich an Heinis Stelle hätte doch auch das Fahrrad genommen.

In der Schule waren wir jetzt nicht mehr die ganz Kleinen, um unserer neuen Rolle gerecht zu werden, orientierten wir uns bei den Schulhofspielen zunehmend an den noch Größeren. Besonderer Beliebtheit erfreute sich das Köpfen, das »Köppen«, wie wir es nannten. Zwei einander im Abstand von drei Metern gegenüberliegende »Tore« wurden mit Strichen auf dem Schulhof markiert und zwei Jungen versuchten, abwechselnd einen Ball ins gegnerische Tor zu köpfen, ein Kopfballspiel zwischen zwei Torhütern. Richtige Bälle hatten wir nicht, die kannten wir nur vom Hörensagen, sie waren noch rarer als gelbe Buntstifte. Getreu dem Spruch des Ravensburger Otto-Maier-Verlags aus den 1930er Jahren »Wackere Knaben basteln sich ihr Spielzeug selbst« fertigten wir einen Ballersatz in Eigenproduktion.

Am Fuße des Sembergs lag die Schützenhalle des Dorfs, sie befand sich in einem verwüsteten Zustand, Besatzungssoldaten hatten das Gebäude demoliert. Fenster und Türen waren herausgerissen, jeder hatte freien Zugang. Die Schützenhalle war mit allerhand militärischem Zeug vollgestopft, allerdings nicht mit Waffen oder Munition. Im Innern schlug einem unangenehmer Geruch entgegen, die größeren Jungen behaupteten, es rieche nach Paraformsoda, was mir natürlich nichts sagte, jedenfalls sorgte der penetrante Geruch dafür, dass wir uns nie lange in der Halle aufhielten. Neben anderen Dingen, die Jungen unseres Alters gut gebrauchen konnten, besorgten wir uns hier das Ausgangsmaterial für die Herstellung unserer Bälle: Gasmaskenschläuche.

Gasmasken waren zum Schutz der Atmungsorgane und der Augen gegen Giftgas entwickelt worden. Anders als im Ersten Weltkrieg kam meines Wissens Giftgas im Zweiten Weltkrieg aber nie als Kampfmittel zum Einsatz. In eine Gummimaske mit zwei kreisrunden »Fenstern«, die man dicht abschließend vor sein Gesicht band, musste eine Filterpatrone zur Reinigung der Atemluft eingeschraubt werden. Dazu gab es am unteren Ende der Maske eine metallene Vorrichtung mit Innengewinde. Die Filterpatrone ließ sich entweder direkt einschrauben oder über einen flexiblen Schlauch von knapp einem Meter Länge. Es waren diese Schläuche, die wir zur Anfertigung des Ballersatzes brauchten.

Ein Gasmaskenschlauch hatte Ähnlichkeit mit dem Balg einer Ziehharmonika, jedoch rund und mit sehr viel geringerem Querschnitt, er bestand aus Gummi, außen war er mit einer dünnen Textilschicht versehen. Einen derartigen Schlauch zerschnitten wir an seinen Einbuchtungen und erhielten dadurch eine große Anzahl von Ringen, die wir umstülpten, so dass das Innere nach außen gekehrt wurde. Dann zerknüllten wir Papier zu einer kleinen, einigermaßen festen Kugel und zogen den ersten Gummiring darüber, entsprechend verfuhren wir mit weiteren Ringen, die wir möglichst unregelmäßig um die sich langsam vergrößernde Kugel legten bis unser »Vollgummiball« fertig war.

Das Köppen mit den harten Bällen mochte ich nicht, aber beim Schlagballspiel waren mir die selbst gebastelten Gummikugeln sehr lieb, sie ließen sich herrlich weit schlagen.

»Pinnchen kloppen« war für uns Jungen ein anderes beliebtes Spiel auf dem Schulhof, ein nicht ungefährliches, die erforderlichen Requisiten stellten wir selbst her. Das »Pinnchen« war ein rund zehn Zentimeter langes Stückchen Holz mit quadratischem Querschnitt, Abfallholz des Sägewerks war dafür bestens geeignet. Das Holzstück wurde an beiden Enden angespitzt, als sei es ein dicker Bleistift. Zusätzlich wurde ein etwa sechzig Zentimeter langer Schlagstock benötigt. In die Erde kratzten wir eine kurze Rinne von vielleicht drei, vier Zentimetern Tiefe, legten das Pinnchen quer darüber und schleuderten es anschließend mit dem Schlagstock in die Luft. Dort, wo das Pinnchen auf dem Erdboden landete, schlug man mit dem Schlagstock auf eins der angespitzten Enden, wodurch das Pinnchen erneut hochgeschleudert wurde. Bevor es den Boden berührte, musste man es möglichst weit wegschlagen. Das wurde so lange wiederholt, bis man das Pinnchen nach dem Hochschleudern nicht mehr traf. Der Abstand von der Rinne bis zum letzten Auftreffpunkt wurde in Fußlängen gemessen und nach mehreren Durchgängen wurde durch Addition der Sieger ermittelt.

Dann war da noch das Spiel »Der Kaiser schickt seinen Soldaten aus«. Zwei Kaiser wählten sich ihre Mannschaften, die in zwanzig Metern Abstand voneinander Aufstellung nahmen und durch Festhalten an den Händen zwei Ketten formierten. Nachdem beide Heere in Schlachtordnung standen, rief der erste Oberbefehlshaber »Der Kaiser schickt seinen Soldaten aus, er schickt den...« kurzes Nachdenken »...Alfred«. Daraufhin rannte Alfred mit aller Kraft auf die gegenüberstehende Phalanx zu, warf sich mit seinem Körper gegen das für am schwächsten gehaltene Kettenglied und falls er die Kette durchbrach, mussten die beiden betreffenden Jungen ausscheiden. Dann sagte der andere Kaiser sein Sprüchlein auf. Bei diesem Spiel hatte ich als schmächtiger Normalverbraucher selten eine Chance.

Die Mädchen pflegten zartere Spiele, bildeten meistens einen Kreis und begannen zu singen. Zum Beispiel ging ein Mädchen außen um den Kreis herum, währenddessen die anderen sangen

> *Machet auf das Tor, machet auf das Tor,*
> *es kommt ein gold'ner Wagen.*
> *Was will er, will er denn? Was will er, will er denn?*
> *Er will Charlottchen holen.*
> *Was hat Charlott', was hat Charlott'?*
> *Charlottchen hat gestohlen, in Po - o - len.*

Das Mädchen, bei dem die umherwandernde Mitspielerin auskam, musste sich anschließen, dann wurde das Lied erneut angestimmt. Anstelle der kleptomanischen Charlotte in Polen besangen die Mädchen auch heimisches Obst:

> *Rote Kirschen ess' ich gern, schwarze noch viel lieber.*
> *In die Schule geh' ich gern, alle Tage wieder.*
> *Hier wird Platz gemacht für die jungen Damen.*
> *Saß ein Kuckuck auf dem Dach,*
> *kam der Regen, macht' ihn nass,*
> *kam der liebe Sonnenschein:*
> *diese, diese soll es sein.*

Die — auch in unterschiedlichen Spielen zum Ausdruck kommende — Trennung zwischen Jungen und Mädchen, die wir auf dem Schulhof peinlich beachteten, war weggeblasen, wenn wir »auf der Bicke« miteinander spielten.

Morgens war die Zeit für unseren Schulweg knapp bemessen, so dass wir uns immer beeilen mussten. Mittags gab es diesen Druck nicht in gleicher Weise. Zwar schimpfte meine Mutter mit mir, wenn ich verspätet zum Mittagessen kam, doch das war erträglich. Und so ließ ich mir manchmal Zeit, wenn ich allein nach Hause ging, was meine Mutter als Trödeln bezeichnete, etwas in ihren Augen Nutzloses, das man besser unterließ. Mein Opa nannte mich später häufig wegen meiner Gedanken oder Beschäftigungen, die nicht auf Nützliches gerichtet waren, einen Träumer, was keineswegs positiv gemeint war. *Otio frui*, der Muße frönen, erfuhr ich zu meiner Erleichterung später, sei bei denjenigen Römern, die es sich leisten konnten, ein beliebter Zeitvertreib gewesen. Sie hätten wohl kaum den — nicht nur für Calvinisten — ehernen Satz, dass Müßiggang aller Laster Anfang sei, verstanden.

Ich hatte einfach Spaß am Trödeln. Überdies hätte mein Schulweg bei nüchterner Betrachtung nicht viel geboten, was das Trödeln objektiv gelohnt hätte. Es war ja jeden Tag der gleiche Schulweg, allerdings mit wechselndem Erscheinungsbild, etwa wegen des Wetters, auch meine Stimmung war nicht jeden Tag die gleiche. Bei Regenwetter, das versteht sich von selbst, stand mir nicht der Sinn nach Trödeln. Ob ich überhaupt irgendeinen Schutz gegen Regen hatte, weiß ich nicht mehr, einen Schirm jedenfalls nicht. Das Wort Regencape ist mir in Erinnerung geblieben, daraus folgt aber nicht, dass ich eins hatte.

Eine unangenehme Nebenwirkung hatte das Bummeln allerdings: Der Nachhauseweg wurde scheinbar noch länger. Etwa die Hälfte des Wegs ging über die mit Blaubasalt gepflasterte Dorfstraße, die nach rund zweihundert Metern in eine relativ scharfe Rechtskurve überging, um dann bis zum Abzweig der Alten Straße wieder geradlinig zu verlaufen. Ursprünglich war die Alte

Straße sicherlich die Weiterführung der Dorfstraße gewesen.

Aus der Rechtskurve zweigten drei Straßen ab, an der mittleren lag wenige Schritte von der Kurve entfernt die Dorfschmiede. Hier blieb ich besonders gern stehen, wenn ein Pferd vor der Schmiede frisch beschlagen wurde, ein Vorgang, den ich als aufregend empfand. Nach dem Entfernen des alten Hufeisens wurde der Huf eines Pferdes zunächst mit Schneid– und Raspelwerkzeugen für die Aufnahme eines neuen Eisens vorbereitet, was dem Pferd nicht weh zu tun schien, denn es hielt immer geduldig still. Der Schmied legte dann mit seiner Schmiedezange ein neues Hufeisen ins Schmiedefeuer, setzte den elektrisch betriebenen Blasebalg in Gang, wodurch das schwach rötlich glimmende Feuer in Weißglut überging, die das Hufeisen rot glühend werden ließ. Dann nahm er das Eisen aus der Glut, hielt es unter den Huf, um zu sehen, an welchen Stellen das Standardhufeisen bearbeitet werden musste, damit es gut an den Huf angepasst war. Die Bearbeitung geschah auf einem Amboss, der Schmied hämmerte so lange, bis das Hufeisen die von ihm gewünschte Form hatte, meistens musste er das Eisen zwischendurch mehrmals wieder ins Feuer werfen. Dann kam der aufregendste Moment: Das hellrot glühende Hufeisen wurde in den Huf gepresst, wodurch ein bestialischer Gestank erzeugt wurde, was die Pferde aber ungerührt hinnahmen. Zuletzt wurden dann noch spezielle Hufnägel zur Befestigung mit dem Hammer eingeschlagen.

In diesem Sommer wurden wir Kinder zu einer neuen Gemeinschaftsaufgabe herangezogen. Die Kartoffelernte war bedroht, es würde zu einer Hungersnot kommen, wenn im Herbst nicht ausreichende Mengen an Kartoffeln für den Winter eingelagert würden, was sonst konnten die Menschen während der kalten Monate essen? Die Bedrohung der Ernährungsgrundlage wurde durch eine Kartoffelkäferplage hervorgerufen, im Dorf hielt sich hartnäckig das Gerücht, die Amerikaner seien schuld, im letzten Kriegsjahr hätten sie Kartoffelkäfer aus Flugzeugen über Deutschland abgeworfen, um die Ernte zu vernichten und nun zeige sich die Wirkung. Chemische Mittel gegen die lebensbedrohende Plage gab es wohl nicht oder nicht in ausreichender Menge, weshalb wir Kinder eingesetzt wurden, um die Kartoffelfelder rund um das Dorf schädlingsfrei zu machen.

Die erste Aktion sollte auf einem an den Friedhof grenzenden Kartoffelacker an der Landstraße nach Lichtenau stattfinden, er galt als besonders stark von den räuberischen Insekten heimgesucht. Natürlich fand die Anti–Käfer–Kampagne am Nachmittag statt, nach dem Schulunterricht. Viele der Bauernkinder wussten bereits, wonach wir suchen sollten, uns übrigen gab die Lehrerin Anschauungsunterricht, an geeigneten Objekten mangelte es ja nicht. Mit ihren ovalen, gelben Flügeldecken, die durch schwarze Längsstreifen ihre charakteristische Musterung erhielten, sahen die Nahrung vernichtenden Übeltäter eigentlich ganz sympathisch für mich aus. Sie seien auch nicht unmittelbar die verabscheuungswürdigen Schurken, klärte uns die Lehrerin auf, vielmehr sollten wir möglichst alle Larven einsammeln, die aus den Eiern entstanden, welche von Kartoffelkäfern auf den Unterseiten der Blätter abgelegt worden waren. Sie sahen widerlich aus, dunkelrosa bis rötlich gefärbt, mit schwarzen Warzenreihen auf jeder Seite. Zudem sonderten sie einen unangenehmen Geruch ab, wenn man sie zerquetschte, konnte einem davon schlecht werden. Diese Larven waren ungeheuer gefräßig, es hieß, sie könnten die Blätter von Kartoffelpflanzen eines ganzen Ackers in kürzester Zeit ratzekahl abfressen.

Auf Geheiß der Lehrerin hatten wir verschließbare Behälter mitgebracht, leere Marmeladengläser zumeist, wir schickten uns also an, sie zu füllen. Jede Kartoffelpflanze musste sorgfältig abgesucht werden, denn die Bösewichter versteckten sich unter den Blättern oder an anderen nicht leicht einsehbaren Stellen. Unser riesiger Anfangseifer zeitigte schnell Erfolge, bald schrie der erste triumphierend, der Boden seines Glases sei bereits bedeckt.

Meine erste Begeisterung für das Aufspüren rötlicher und gelb–schwarzer Schädlinge wich rasch zunehmender Lustlosigkeit. Die

Sonne brannte höllisch vom wolkenlosen Himmel, mein Mund fühlte sich ausgedörrt an, was hätte ich für einen Schluck Wasser gegeben! Noch schlimmer waren meine Füße dran.

Sie steckten in »Kläpperchen«, so nannten wir den Sandalenersatz aus Holz, der beim Laufen Klappergeräusche von sich gab. Die ein Jahrzehnt später populär werdenden hölzernen Gesundheitslatschen stellten gewissermaßen die technische Perfektionierung unseres sommerlichen Primitivschuhwerks dar. Grobe Ausführung und ungeeignetes Material wären hinnehmbar gewesen, ich hasste Kläpperchen wegen eines Konstruktionsfehlers. Leder- oder Gummisohlen echter Sandalen waren biegsam, dieses Merkmal meinte man bei den hölzernen Nachbildungen beibehalten zu müssen. Zu dem Zweck wurde die starre Holzsohle im vorderen Drittel durchgesägt, in beide Schnittflächen wurden tiefe Nuten gefräst, in die man einen biegsamen Werkstoff klebte, der Vorder- und Hinterstück der Sohle flexibel verband. So weit, so gut. Beide Sohlenteile durften natürlich nicht bündig aneinander anschließen, auf der Ober- sowie der Unterseite blieb jeweils ein schmaler Spalt. In den Spalt der Oberseite wurde beim Gehen leicht die Haut der Fußsohle eingeklemmt, was schmerzhaft war, manchmal sogar Blutblasen zur Folge hatte.

An diesem Nachmittag kam erschwerend hinzu, dass ständig Sand in die Kläpperchen gelangte, nach kurzer Zeit fingen die Füße an, sich wund zu scheuern. Den Versuch, barfuß zu laufen, brach ich schnell ab — der sandige Boden war glühend heiß.

Dank wirksamer Bekämpfungsmethoden kennt man Kartoffelkäfer heute kaum noch. Manchmal, wenn ich sommertags an einem Kartoffelacker vorbeigehe, glaube ich, den typischen Geruch der rötlichen Larven wahrzunehmen, möglicherweise ist das aber ein ähnliches Phänomen wie beim Phantomschmerz.

Im Sauerland hatte ich mich noch nicht ernsthaft am Beerenpflücken im Wald beteiligen müssen, nun war ich alt genug, in ein Pflückerkollektiv eingebunden zu werden. Himbeeren waren als erste dran. Unsere Verwandten kannten in einem Wald, der zu Onkel Karls Revier gehörte, eine Lichtung von beträchtlichen Ausmaßen, die dicht mit Himbeersträuchern bewachsen war. Ich bekam unsere Zweilitermilchkanne in die Hand gedrückt, dazu einen kleinen emaillierten Becher mit Henkel. Das kleine Gefäß solle ich beim Pflücken der Beeren verwenden, wies mich meine Mutter ein, wenn es voll sei, solle ich es in die Milchkanne entleeren — bis nichts mehr hineinpasse.

Die Sträucher trugen in diesem Jahr zwar gut, doch die Beeren waren klein, ich brauchte lange, bis das Töpfchen voll war. Nach dem Umfüllen der Himbeeren in die Milchkanne erschrak ich: Der Boden war nicht einmal vollständig bedeckt. Meine Vettern stellten sich beim Pflücken deutlich geschickter an, zudem waren sie psychologisch in einer vorteilhafteren Position, da sie ihre Pflückgefäße gemeinsam in einen Zehnlitereimer entleerten, was ihnen schneller zu einem Erfolgserlebnis verhalf. Bald ereilte mich weiteres Ungemach. Am Rande des Himbeerfeldes hatte mir das Pflücken keine Schwierigkeiten bereitet, nachdem dieser Teil abgeerntet war, musste ich notgedrungen ins Innere des Feldes vordringen. Durch Heruntertreten von Sträuchern schuf ich mir einen Weg, was nicht ohne Blessuren abging. Die stacheligen Zweige zerkratzten Arme und Beine, bisweilen schnellte ein heruntergetretener Zweig wieder nach oben und traf mein Gesicht. Die Sträucher waren hier höher als ich, die Beeren waren teilweise nur schwer erreichbar. Wäre wenigstens Karlheinz neben mir gewesen, dann hätte ich das mühselige Bahnen eines Weges durch den Urwald als Abenteuerspiel ansehen können, allein machte es keinen Spaß.

Auf dem Rückweg machte Tante Lisbeth meine Mutter darauf aufmerksam, sie müsse mich daheim umgehend auf Holzböcke untersuchen, diese Zeckenart sei in den Himbeersträuchern massenweise vorhanden und hätte dort leichtes Spiel, sich auf Menschen fallenzulassen. Wie sich kurz darauf herausstellte, hatten sich mehrere der harthäutigen schwarzen Milben bei mir in die Haut eingewühlt, besonders an Stellen mit weicher, empfindlicher Haut. Glücklicherweise waren sie noch nicht tief eingedrungen, so dass meine Mutter sie leicht und vollständig entfernen konnte.

An einem diesigen Sonntagnachmittag stand ich am Fenster unseres Kämmerchens und betrachtete gelangweilt die zwischen dem Dorf und unserem Haus liegenden Wiesen. Vier größere Jungen sah ich über die unbefestigte Straße in Richtung des Waldes gehen, einer von ihnen war der ältere Bruder eines Klassenkameraden, sein Vater betrieb die Dorfschmiede. Die Püfferchen seien fertig, rief meine Mutter nach einer Weile, ich solle zu ihr kommen, sie musste nicht zweimal rufen. Als Püfferchen bezeichneten wir wie Frikadellen geformte Hefeteigstücke, die meine Mutter in der Pfanne beidseitig buk und anschließend mit braunem Zucker bestreute.

Während ich das erste Püfferchen aß und begehrlich auf das zweite schielte, hörten wir eine gewaltige Detonation und spürten gleichzeitig das Haus erzittern. Erschrocken nahm meine Mutter meinen kleinen Bruder und mich mit nach draußen, wo sich im Nu auch die anderen Hausbewohner einfanden und gespannt zum Wald blickten, über dem eine riesige Qualmwolke aufstieg.

Noch am selben Nachmittag verbreitete sich die Nachricht, drei der Jungen, die ich kurz zuvor zum Wald hatte gehen sehen, seien tot, lediglich Kleidungsfetzen habe man an Ästen hängend gefunden. Der Sohn des Schmieds sei am Leben geblieben, durch einen Granatensplitter habe er sein linkes Auge verloren. Von ihm erfuhr das Dorf später, was sich zugetragen hatte.

Die vier Jungen hatten heimlich beschlossen, im Wald einen der zahlreichen Munitionshaufen, zu denen jeder Zugang hatte, in die Luft zu jagen. Ihre Vorgehensweise war denkbar einfach gewesen. Aus einer Stielhandgranate hatten sie den Zünder herausgedreht — mir wurde siedend heiß — und anstelle des Zünders ein Zündschnurende in die Gewindebohrung gesteckt, hatten das andere Ende angezündet und sich vom Munitionshaufen entfernt. Zwei Jungen waren in geringer Entfernung stehengeblieben, dem dritten waren hundert Meter Abstand ausreichend erschienen, der Sohn des Schmieds war so schnell weggerannt, wie er konnte und hatte im Augenblick der Explosion den Rand des Waldes erreicht.

Der Munitionshaufen hatte sich versteckt im Wald befunden, von der Straße aus nicht sichtbar. Nun war dort ein großes, trichterförmiges Loch, in weitem Umkreis standen keine Bäume mehr, abgesplitterte Baumstümpfe ragten ringsum aus der Erde. Überreste der drei durch die explodierte Munition zerfetzten Jungen wurden nicht gefunden.

In den Sommerferien wohnte mein Vetter Peter bei uns, Sohn der zweitältesten Schwester meiner Mutter, ein Prahlhans und Aufschneider aus der Großstadt. Er brachte eine andere Welt mit, wie ein arabischer Märchenonkel zog er uns durch wahre oder erfundene Geschichten in seinen Bann.

Als Lieblingsort für die Abhaltung von Peters Märchenstunden hatten wir einen Schützenpanzer der Wehrmacht erkoren — wir Kinder nannten ihn fälschlicherweise Panzerspähwagen —, in dem die Zuhörer auf den Mannschaftssitzen Platz nahmen, während Peter seinen erhöhten Sitzplatz an der Stelle hatte, von wo aus vor nicht allzu langer Zeit mit einem Maschinengewehr geschossen wurde. Das Kettenfahrzeug mit zwei lenkbaren Vorderrädern stand im Holzschuppen vor dem Sägewerk, Hans Krüger hatte es »an Land gezogen«, er liebte Autos und Motorräder. Im selben Schuppen, allerdings in einem abgetrennten Teil, der wegen eines verschlossenen Holztors für uns nicht frei zugänglich war, stand ein von deutschen Soldaten in Frankreich erbeuteter Renault-Lastwagen. Einmal nahm Hans mich mit ins Dorf und zeigte mir in einer Garage sein Borgward-Hansa-Cabriolet mit dunkelroten Ledersitzen und einem in meinen Augen besonders langen, gekröpften Gangschaltungshebel. Zurück fuhren wir mit seinem DKW-Motorrad.

Mein Bruder war noch zu klein für die direkte Teilnahme an Peters Veranstaltungen zur Selbstdarstellung, er bekam die Geschichten »aus zweiter Hand« zu hören. Mit der Entwicklung seiner Fähigkeit, einfache Sätze zu sprechen und zu verstehen, was andere sagten, begann eine neue Phase geschwisterlicher Beziehungen. Wenn ich nicht zur Schule gehen musste, blieben wir morgens lange im Bett, bauten aus Matratzen und Kissen ein Zelt, in dem ich Geschichten erzählen musste. »Sing nochmal«, lautete seine Aufforderung an mich, wenn ihm etwas gut gefallen hatte. Durch Peter kam frischer Wind in unsere morgendlichen »Singstunden«. Eine reichlich dümmliche Geschichte musste ich ihm wieder und wieder vorsingen, sie begann mit »Fünf Minuten vor Anfang der Welt stand ich auf einem Kartoffelfeld …«.

Eines Morgens überredete mich Peter, durch die Wiesen hinter Krügers Haus bis zum Wald zu laufen, meine Mutter, die solche Unternehmungen verboten hatte, würde uns nicht sehen können. Am Rande der letzten Wiese vor dem Wald bemerkten wir einen schweren eisernen Verschlussdeckel, der einige Zentimeter aus der Kuhweide ragte. Mein Vetter wollte unbedingt wissen, was sich darunter verbarg, gemeinsam hoben wir also den runden Eisendeckel an. In dem Moment, als er Peter zu schwer wurde, ließ er ihn ohne Vorwarnung los, allein konnte ich den schweren Deckel erst recht nicht halten, mein rechter Zeigefinger wurde eingeklemmt, Peter musste den Deckel noch einmal kurz anheben.

Ich fühlte einen stechenden Schmerz, rannte schreiend nach Hause, hielt dabei meine rechte Hand hoch und beobachtete meinen abgequetschten Finger, dessen vorderstes Glied herumbaumelte, dazu tropfte andauernd Blut aus der Wunde. Einen Arzt gab es nicht im Dorf, Verbandmull musste reichen. Nach einiger Zeit wurde der Fingernagel schwarz, löste sich ab und wieder nach einiger Zeit wuchs ein neuer. Die schön geformten Fingernägel meiner Mutter, die sie zeitlebens sorgfältig pflegte, habe ich ohnehin nicht geerbt, der Ersatznagel auf dem rechten Zeigefinger ist besonders hässlich geraten.

Die ersten Apfelsorten wurden reif, Anlass für uns Kinder, jeden Tag mindestens einmal zur Scherfeder Straße zu rennen, um uns mit Obst zu versorgen. Das war nicht erlaubt, wir durften uns deshalb nicht vom Straßenmeister erwischen lassen. Sicherlich wären wir nicht in der Weise bestraft worden, die in dem ersten Bericht über den Verzehr eines unerlaubt gepflückten Apfels beschrieben ist, aber eine Tracht Prügel hätte es wohl gesetzt. Erst im Herbst durften die Äpfel geerntet werden, jeder Familie des Dorfs wurde dann ein Apfelbaum an der Chaussee zum Abernten zugeteilt, doch so lange wollte auch meine Mutter nicht warten. Bei Spaziergängen entlang der Landstraße musste ich mit Knüppeln für Fallobst sorgen, das meine Mutter unter der Kinderwagenmatratze versteckte, mein Brüderchen lag dann eben etwas höher.

Morgens, wenn meine Mutter in der Küche beschäftigt war, schaltete sie das Radio ein, um Musik zu hören, nichts von Bedeutung, heute würde man großzügig von »Liedern« sprechen. Manche Melodien, teilweise auch zugehörige Texte, sind mir noch in Erinnerung. »Heimat, deine Sterne ...« gefiel mir, weil es so herrlich sentimental war, »Mamatschi, schenk mir ein Pferdchen ...« sang ich mit, weil mein Vater es nach Aussage meiner Mutter gern gesungen hatte, obwohl Singen nicht zu seinen Stärken gehörte. Von der roten Sonne, die täglich bei Capri im Meer versinkt, sang ein schmalziger Tenor namens Rudi Schuricke. Auch wenn ich mit den Wörtern Capri und Bella Marie nichts anfangen konnte, mochte ich das Lied. Ob meine Mutter den Hintersinn des beim Herrn Reichspropagandaminister höchst unbeliebten »Es geht alles vorüber, es geht alles vorbei, ...« verstand, wenn sie den Schlager sang?

Manchmal kam ein störendes Pfeifen und Zirpen aus dem Lautsprecher, meine Mutter drehte dann an den Knöpfen, ohne damit die Störungen beseitigen zu können. Es läge an der Rückkopplung von Frau Kalldeweis Volksempfänger, behauptete Frau Vesper einmal, was sie damit gemeint hatte, wurde mir erst Jahre später klar.

Die Führung der Nationalsozialistischen Deutschen Arbeiterpartei hatte frühzeitig den Nutzen des neuen Mediums »Radio«

für ihre Zwecke entdeckt und damit in allen Familien den Worten des Reichs(medien)kanzlers Adolf Hitler und anderer Parteigrößen gelauscht werden konnte, musste in jeder noch so kleinen Hütte ein Radioapparat stehen. Ein ganz einfacher sollte es sein, damit er für Geringverdiener erschwinglich war, mit dem für die Partei angenehmen Nebeneffekt, dass die »Lügenpropaganda« des Auslands — *fake news* würde man heute sagen — die arische Volksseele nicht vergiften würde, weil man fremde Sender wegen der geringen Leistungsfähigkeit des Billigradios nicht leicht empfangen konnte. In der Typenbezeichnung VE 301, VE stand für Volksempfänger, des von nahezu allen Radiofirmen gebauten Standardempfängers steckte »verschlüsselt« 30.1.(1933), das Datum des Tags der »Machtübernahme« durch Adolf Hitler. Der Volksempfänger war ein sogenannter Einkreiser mit einer außen einstellbaren Rückkopplung zur Erhöhung von Lautstärke und Trennschärfe. Drehte man den Rückkopplungsknopf aber zu weit nach rechts, wurde aus dem Empfänger ein Sender, der andere Radios störte. Das hatte Frau Vesper gemeint.

Eines Tages kam kein Ton mehr aus unserem Radio. Meine Mutter erkundigte sich, ob es jemand im Dorf gab, der helfen könnte. Am nächsten Sonntag, nach dem Mittagessen, kam der Friseur, ich fragte mich, was Haarschneiden und Radio Reparieren miteinander zu tun haben könnten. Der Friseur legte das Radio auf den Rücken und schraubte auf der Unterseite eine von vielen Löchern durchbrochene Platte ab, sie schien aus dicker, fester Pappe zu sein. Nachdem er sie beiseite gelegt hatte, konnten er und ich durch eine rechteckige Öffnung in das Radio sehen. Für mich sah es wie »Kraut und Rüben« aus, ein Gewirr aus Drähten und kleinen, runden Dingern, die Ähnlichkeit mit den Aromafläschchen hatten, die meine Mutter manchmal beim Backen verwendete. Für den Friseur schien das, was er sah, kein ungeordnetes Durcheinander zu sein, er holte etwas aus seiner Werkzeugtasche, das wie eine Uhr aussah, aus der zwei Schnüre mit silbrig glänzenden Spitzen an den Enden kamen. Mit den Spitzen stocherte er in dem Drahtverhau herum, sagte dann, er müsse etwas einlöten, nannte dabei ein Wort, das ich nie gehört hatte. Nachdem er seine Absicht in die Tat umgesetzt hatte, schaltete er das Radio ein und nach zwei, drei Minuten kam Musik aus dem Kasten. Mein Respekt gegenüber dem Friseur war grenzenlos.

Auf unser Radio war ich mächtig stolz, nirgendwo hatte ich bisher ein schöneres gesehen. Allerdings durfte ich es nicht selbst einschalten, obwohl das ganz einfach war: Man musste nur den linken der drei in einer Reihe angebrachten Drehknöpfe ein bisschen nach vorn ziehen und etwa eine Minute warten. Bis die Kathoden der Radioröhren aufgeheizt waren, diese Begründung lernte ich allerdings erst viele Jahre später. Aber die Stationsskala, den Begriff kannte ich damals auch noch nicht, durfte ich studieren. In vier senkrechten Reihen standen Städtenamen, von denen ich aber nur Berlin und Köln kannte. Über den beiden ersten Reihen stand ein M (Mittelwelle), die erste Reihe begann mit Rennes, Preßburg, Bordeaux, Wilna, Klaipeda, die mit K (Kurzwelle) überschriebene Reihe fing mit Rabat, Huizen an. Viele Namen kamen mir komisch vor, ich sprach sie natürlich, ohne mit der Wimper zu zucken, wie deutsche aus. Kopfzerbrechen bereitete mir aber nicht die richtige Aussprache, sondern ein anderer mit einem Namen zusammen hängender Umstand. Quer zu den vier Reihen gab es einen geraden roten Draht, den man durch Drehen des mittleren Drehknopfs nach oben oder unten bewegen konnte. Meine Mutter hatte mir auf meine Frage hin erklärt, wenn dieser Drahtzeiger zum Beispiel über Bordeaux läge, dann hörten wir Musik oder gesprochene Worte, die aus Bordeauks kämen. Wie machte der Radioapparat das? Der Gedanke, meine Mutter danach zu fragen, kam mir erst gar nicht, denn inzwischen hatte ich aufgehört, sie nach komplizierten Begriffen oder Zusammenhängen zu fragen. Die Radioskala muss ich damals wohl auch mangels interessanteren Lesestoffs intensiv studiert haben, Namen von Sendestationen wie Droitwich, Kalundborg, Beromünster, Falun, Mähr. (Mährisch) Ostrau sind mir bis heute in Erinnerung.

In dem Jahr halfen wir Krügers wieder bei der Heuernte, Wiesen und Felder der Bauern lagen damals verstreut um das Dorf, »Flurbereinigungen« erfolgten erst Jahre später. An einem Nachmittag fuhren wir kurz nach Beendigung der Schule zu einer weit entfernten Wiese, die lange Fahrt auf dem Leiterwagen gefiel mir, für uns Kinder, die alle Wege zu Fuß machen mussten, war Fahren etwas Besonderes, selbst auf einem rumpelnden Leiterwagen.

Die Arbeitsgänge zur Umwandlung von Gras in trockenes Heu kannte ich bestens, am Anfang stand das Mähen. Nicht wenige Bauern mähten das Gras noch mit der Sense, eine kräftezehrende Arbeit bei niedrigen Werkzeugkosten. Mit weit ausholenden Schwüngen schnitt der Bauer Grashalme dicht über dem Boden mit dem Sensenblatt ab, machte einen Schritt vorwärts, um das nächste mondsichelförmige Flächensegment in Angriff zu nehmen. In Abständen unterbrach er seine Arbeit, stellte das Werkzeug hochkant auf die Erde und strich mit einem Wetzstein zum Schärfen der Sense abwechselnd auf beiden Seiten entlang der Sensenschneide, was ausgesprochen elegant aussah. Den Wetzstein steckte er anschließend wieder in ein abgeschnittenes und mit Wasser gefülltes Kuhhorn, das hinten an seinem Gürtel befestigt war.

Nach dem Mähen einer Wiese erfolgte gewöhnlich eine »Generalschärfung« der Sense, zuerst wurde sie gedengelt: In den Hauklotz, der sonst als Unterlage beim Holzhacken diente, schlug der Bauer einen Eisenkeil, auf dessen glatter Oberseite die Sense mit dem Hammer bearbeitet wurde, das Kaltschmieden machte das Material dünner und härter. Danach ging der Bauer mit dem Sensenblatt zu einem mächtigen Schleifstein, der auf keinem Hof fehlte, um der Schneide den letzten Schliff zu geben. Der Schleifstein bestand aus weichem, hellen Material, mit Holzkeilen hatte man ihn auf einer Welle befestigt, die an einer Seite als Handkurbel ausgebildet war. Gelagert die Welle in zwei gegenüberliegenden Löchern eines schmalen wassergefüllten Holzkastens, dessen Höhe auf den Radius des Schleifsteins abgestimmt war. Beim

Schleifen ihrer Sensen gingen die Bauern vorsichtig zu Werke, um nicht unnötig viel Material wegzuschleifen, neue Sensenblätter waren schwer zu beschaffen.

Bauern, die es sich leisten konnten, besaßen eine Mähmaschine, ein einfaches zweirädriges Fahrzeug aus Eisen, das von einem Pferd gezogen wurde. An wenig federnden, am Chassis befestigten Stützen waren zwei eiserne Sitzschalen mit vielen Löchern festgeschraubt, auf denen der »Fahrer« und — sofern nötig — eine Hilfsperson saßen. Vor dem rechten Hinterrad war am Fahrgestell das Kernstück der Maschine anmontiert, der Mähbalken. In Ruhestellung, etwa auf der Fahrt vom Hof zur Wiese, stand er senkrecht, erst kurz vor dem Mähen wurde er heruntergeklappt und sein Mechanismus mittels eines Hebels mit den Rädern verbunden. Sobald das Pferd die Mähmaschine in Bewegung setzte, begannen die silbrig blinkenden Messer im Mähbalken flink hin und her zu flitzen, um die Grashalme dicht über dem Boden abzuschneiden. Des Öfteren hatte ich auf einer Mähmaschine mitfahren dürfen und von dem zweiten Sitz aus die Bewegungen der nebeneinander angeordneten dreieckigen Messer beobachtet. Sie funktionierten ähnlich wie die von Hand betätigte Haarschneidemaschine, mit der mir meine Mutter manchmal die Haare schnitt, um »den Friseur zu sparen«.

Nach ein paar Tagen war die Oberseite der gemähten Grasschicht trocken, das Gras musste gewendet werden. Die ohne Maschinen arbeitenden Bauern nahmen dazu vom Schreiner hergestellte hölzerne Heugabeln einfacher Bauart: Von einer am unteren Ende mit zwei langen Einschnitten versehenen Holzstange spreizte der Schreiner die äußeren Leisten ab und fixierte sie durch eine hölzerne Querspange, fertig war eine Heugabel mit drei Zinken. Bauern, die über eine Heuwendemaschine verfügten, konnten bei der Arbeit sitzen, mussten nur das Pferd mit den Zügeln dirigieren.

Beim Zusammenharken des Heus saßen die privilegierten Bauern wieder auf einem zweirädrigen Fahrzeug mit einem hinten angebauten »Kamm«, der aus einer großen Anzahl halbkreisförmig gebogener eiserner Zinken bestand, die über die Erde gezogen wurden und dabei das Heu zusammenrafften. War die vom Kamm aufnehmbare Menge erreicht, wurde durch Betätigung eines Hebels der Kamm hochgeklappt, das Heu blieb als länglicher Haufen liegen. Diejenigen Bauern, die mangels entsprechender Gerätschaften auf ihre eigene Muskelkraft angewiesen waren, verwendeten vom Schreiner hergestellte hölzerne Harken zum Zusammenrechen des getrockneten Grases. Manche benutzten breite, sogenannte Schmachtharken, Schmacht war das bei uns gebräuchliche Wort für großen Hunger.

Darüber, dass es gewissermaßen zwei Klassen von Bauern gab, machte ich mir keine Gedanken, für mich war entscheidendes Merkmal aller Bauern, dass sie immer Leberwurst, Blutwurst und geräucherte Mettwurst essen konnten, dass bei ihnen dicke Speckscheiben mit der von mir damals besonders geliebten Schwarte in der Erbsensuppe schwammen.

Wir hatten unser Ziel, die weit hinter der Kapelle liegende Wiese, erreicht. Ich wurde angewiesen, auf dem Leiterwagen zu bleiben und für eine gleichmäßige Verteilung des Heus zu sorgen, das die Großen mit Forken abluden. Der Aufgabe kam ich mit großem Ernst nach. Die »Leitern« des Wagens waren etwas über einen Meter hoch, standen schräg zur Ladefläche, waren vorn und hinten durch Querbalken verbunden und wurden durch vier Rungen auf den beiden Achsen abgestützt. Als der Wagen bis zur Oberkante der Leitern beladen war, wurde mir mulmig zumute, da ich keinen festen Stand auf der Ladung hatte, aber die Leute türmten munter weitere Heuschichten auf, die mehr und mehr über die Leitern hinausragten. Erst als niemand mehr mit seiner Forke die Oberkante der Ladung erreichte, ließ man es gut sein. Ein langes Rundholz, der Heubalken, wurde in Längsrichtung über die Ladung gelegt und an beiden Enden mit kräftigen Seilen festgezurrt. Ich solle während der Rückfahrt ruhig oben auf dem Heu liegenbleiben und mich am Balken festhalten, wurde mir in meine schwindelnde Höhe zugerufen.

Die beiden Pferde versuchten vergeblich den schwer beladenen Wagen in Bewegung zu setzen, erst als alle Männer durch Schieben nachhalfen, gelang es. In den ersten Minuten hielt ich mich krampfhaft am Heubalken fest, merkte alsbald, dass das Schwanken des Wagens gar nicht so schlimm war und wagte nach unten zu sehen, aus luftiger Höhe hatte ich eine gute Aussicht.

Hinter einem Heuhaufen gewahrte ich Hansjürgen Schiffner zusammen mit Maruschka, die ihren grauen Arbeitskittel ausgezogen hatte und im rosa Unterrock neben Hansjürgen lag. Maruschka war eine junge Flüchtlingsfrau, die bei Krügers als Haushaltshilfe arbeitete, eine wenig ansehnliche Person, klein und dick. Als beide merkten, dass sie von mir beobachtet wurden, herrschten sie mich an, auf der Stelle wegzugucken. Obschon ich mir keiner Schuld bewusst war, kroch ich schnell zurück und hielt mich wieder am Heubalken fest.

Kurz nach unserem Einzug ins Behelfsheim hatte meine Mutter eine ehemalige Klassenkameradin getroffen, die es als Evakuierte auch in das entlegene Dorf verschlagen hatte, sie hieß Resi Klein. Ihre Tochter Cordula war so alt wie ich, wir gingen in dieselbe Klasse. Ich mochte Cordula, sie sah hübsch aus, war die Beste unter den Mädchen unseres Jahrgangs. Dass mich ihre Mutter bei jeder Gelegenheit als künftigen Schwiegersohn vereinnahmte, brachte mich in Verlegenheit, deshalb hielt ich Abstand zu Cordula, um Frau Kleins Schwiegersohngefasel keinesfalls noch zusätzliche Nahrung zu geben.

Einmal kam Cordula zusammen mit ein paar Klassenkameradinnen in der Pause auf mich zu, alle taten furchtbar geheimnisvoll. Sie hätten beschlossen, ein Theaterstück einzuüben, an diesem Nachmittag solle die erste Probe stattfinden, wir könnten unseren Klassenraum benutzen. Ich dürfe als einziger Junge mitmachen. Die ehrenvolle Auszeichnung gefiel mir ganz und gar nicht, hoffentlich würde keiner meiner Klassenkameraden Wind von dem Vorhaben bekommen! Verabredungsgemäß trafen wir uns nachmittags, trotz meines Unbehagens war ich neugierig auf das, was sich die Mädchen ausgedacht hatten.

Damit niemand in den zu ebener Erde liegenden Klassenraum gucken konnte, wurden die Vorhänge zugezogen. Dann verkündete Cordula, das Stück handele von einer Prinzessin und einem Prinzen, sie spiele die weibliche Hauptrolle, ich sei der Prinz. Die Handlung stehe noch nicht fest, sie werde sich im Laufe der Proben entwickeln, festgelegt sei bisher nur, dass sich Prinzessin und Prinz küssen müssten. Das sollten wir nun als Erstes üben. Es gab kein Entrinnen, unter den Blicken der übrigen Mädchen musste ich Cordula mehrmals auf den Mund küssen. Das war's, nicht nur für diesen Nachmittag, sondern insgesamt, weitere Proben fanden nicht statt. Ich wurde den Verdacht nicht los, Cordula habe den gesamten Aufwand nur wegen der einen Szene getrieben.

Mehr als fünfzig Jahre danach erhärtete sich der Verdacht. Eine Handvoll Ehemaliger traf sich in »unserem« Dorf. Als ich eine der früheren Mitschülerinnen auf den Probennachmittag ansprach, erinnerte sie sich genau und fragte erstaunt: »Wusstest du nicht, dass alle Mädchen aus unserer Klasse in dich verliebt waren?« Das hätte mir jemand ruhig früher sagen können, aber immerhin wurde mir klar, dass Cordula damals wohl ihren Mitbewerberinnen in aller Deutlichkeit zeigen wollte, wer in der Rangfolge Platz eins belegte.

Sonntage machten mir in der Regel wenig Freude. Um halb neun musste ich mich auf den Weg zur Kirche machen, dort eine Dreiviertelstunde lang ausharren, häufig fand aus irgendeinem Grund ein Hochamt statt, das mindestens eine ganze Stunde dauerte. Bald nach dem Mittagessen wurde es Zeit für die Nachmittagsandacht, die mich auch nur langweilte. Meistens ging der Pastor mit hochgehobener Monstranz durch den Mittelgang der Kirche, sang »*Ecce panis angelorum, factus cibus viatorum…*« und ging auf dem gleichen Weg zum Altar zurück, wo er sich jedes Mal ziemlich lange mit der Monstranz zu schaffen machte, bevor er sie an ihren Platz zurückstellte. Es folgten abwechselndes Singen und Beten. Wenn ich Glück hatte, war ich um drei Uhr wieder zu Hause.

Nur in seltenen Fällen konnte ich dann mit Karlheinz spielen, da er die Sonntagnachmittage oft bei seinen Großeltern verbrachte. Oder ich war nicht da, weil meine Mutter zusammen mit meinem Bruder und mir ihre Schwester besuchte. Bei Onkel Karl versetzten mich neuerdings die Gänse in Angst und Schrecken. Als sie kleine gelbe Gösselchen — so nannten wir die Gänseküken — waren und in einem Maschendrahtkäfig hin und her liefen, fand ich sie süß und niedlich, jetzt hatten sie die abscheuliche Angewohnheit, böse zu fauchen, sobald sie meiner ansichtig wurden, und mit ihren harten Schnäbeln nach mir zu schnappen trachteten. Wegrennen nützte mir wenig, sie waren schneller als ich, bissen in den Po und in die Waden. Das mochte für Zuschauer lustig aussehen, für mich war es fürchterlich schmerzhaft.

An Sonn- oder Feiertagen konnten wir Kinder uns nicht in gewohnter Weise bewegen. Wie die Erwachsenen trugen wir Sonntagskleidung, die besonders geschont und sauber gehalten werden musste. Abgesehen von Ausnahmesituationen während der Erntezeit war der Sonntag arbeitsfrei, im engeren Sinn war das ohne Auswirkung auf uns, wir waren ja noch nicht in Erwerbsarbeitsprozesse eingebunden. Karlheinz sagte aber, dass jegliche Art »knechtlicher Arbeit« am Sonntag zu unterbleiben habe, das wisse er aus dem Kommunionsunterricht, den er zur Vorbereitung auf die Erstkommunion besucht hatte. Nach seiner strengen Auslegung des Begriffs Arbeit durfte ich sonntags nicht mal zwei Bretter zusammennageln, Karlheinz war unerbittlich, prophezeite mir die schlimmsten Höllenqualen, falls ich das Gebot — nach seiner Interpretation — missachte.

An einem Sonntagnachmittag lehnten Karlheinz, Annemarie und ich unschlüssig an der Stützmauer, die den Zugang zum Behelfsheim vom Sägewerksgelände abgrenzte, überlegten, womit wir uns die Zeit vertreiben könnten. Der ausgiebige Regen des Vormittags hatte aufgehört, dafür war es neblig geworden. Vom

Dorf sahen wir einen Mann in unsere Richtung kommen, einen Fremden. Er trug einen Hut, höchst ungewöhnlich, niemand im Dorf kleidete sich so, die Kopfbedeckung männlicher Dorfbewohner bestand durchweg aus Soldatenmützen, von feldgrau in marineblau umgefärbt.

Sein Dackel sei ihm weggelaufen, sprach uns der fremde Mann an, ob wir ihn vielleicht gesehen hätten. Als wir verneinten, fragte er, ob wir ihm helfen würden, seinen Hund zu suchen. Wir waren sofort Feuer und Flamme, brauchten nun keine Nachmittagsbeschäftigung mehr auszudenken. Der Hund sei wahrscheinlich in die ausgedehnten Wiesen jenseits der Straße gelaufen, wir sollten deshalb den schräg gegenüber abgehenden Fahrweg nehmen.

Als wir ungefähr an der Stelle angelangt waren, an der wir im Fühjahr Palmstöcker abgeschnitten hatten, sahen wir meine Mutter, Frau Vesper und Frau Kalldewei hinter uns herrennen, schnell hatten sie uns eingeholt. Unsere Mütter forderten uns erregt auf, sofort zu ihnen zu kommen, keinen Schritt weiter mit dem fremden Mann zu gehen. Das Verhalten meiner Mutter gegenüber dem Mann empfand ich als peinlich, wir sollten ihm doch nur bei der Suche nach seinem Hund helfen. Aber wir mussten uns der Autorität unserer Mütter unterordnen.

Auf dem Rückweg sprachen die Frauen über ein Gerücht: Verbrecher hätten die Hungersnot im Ruhrgebiet ausgenutzt und Menschenfleisch in Dosen verkauft, die Polizei habe einige von ihnen gefasst. Mich überkam ein Gefühl wie in dem Augenblick nach dem Entschärfen der Handgranate.

Wenig später passierte etwas, was als Tragödie hätte enden können. Mein kleiner Bruder war aus dem Haus gelaufen, ohne dass meine Mutter es merkte, durch das offene Tor hatte er sich auf die benachbarte Kuhweide begeben und war wohl sporstreichs zu der kleinen Holzbrücke über die Bicke gerannt. Von der geländerlosen Brücke war er in den nicht sehr tiefen Bach gefallen, der aber tief genug war, dass ein kleines Kind hätte ertrinken können. Frau Klotz war im Augenblick des Sturzes aus dem Haus gekommen, war zur Brücke geeilt und hatte den Ausreißer aus dem Bach gezogen.

In der Nähe des Bachs hielt ich mich im Sommer gern auf, weil es hier angenehm nach Pfefferminze roch. Bei sonnigem Wetter legte ich mich auf die Wiese und beobachtete, wie die Cumuluswolken ständig ihre Formen wechselten. Ganz selten flog auch mal ein Flugzeug in großer Höhe vorbei und zog einen weißen Streifen hinter sich her, den ich Kondensmilchstreifen nannte, unter einem Kondensstreifen hatte ich mir wohl nichts vorstellen können. Kondensmilch kannte ich zwar auch nicht, doch das Wort hatte ich schon gehört und da Milch weiß ist, hatte ich vermutlich die Verbindung zu dem vom Flugzeug erzeugten weißen Streifen hergestellt.

Der olle Linneweber hatte mit dem Bau eines Schuppens begonnen, Robert erzählte mir, sein Opa wolle Kaninchenställe hineinbauen und die Gartengeräte darin unterbringen. Nachmittags, wenn ich meine Hausaufgaben erledigt hatte, sah ich ihm bei der Arbeit zu, anfangs aus größerer Entfernung wegen meiner Angst vor dem brummigen Alten. Ähnlich wie die Zimmerleute fertigte er zuerst Rahmen aus Balken an, die er anschließend miteinander zum quaderförmigen Skelett des Schuppens verband, auf das er senkrechte Bretter zur Verkleidung der Seiten nagelte, für die Tür und ein kleines Fenster sah er Aussparungen vor. Die Ritzen zwischen zwei nebeneinanderliegenden Brettern schloss er durch Aufnageln schmaler Latten. Das flache, aus Brettern bestehende Dach wurde mit einer Lage Teerpappe versehen, um es regendicht zu machen.

Während das Holzhäuschen langsam Gestalt annahm, verlor ich meine Scheu gegenüber Roberts Opa und als er eines Tages anfing, mit mir zu sprechen, war das Eis endgültig gebrochen. Bereitwillig beantwortete er meine Fragen, erklärte mir, warum er dies und jenes so machte, wie er es machte. Die Fantasie und die Geschicklichkeit des alten Mannes beeindruckten mich, aus zusammengesuchten Holzresten baute er einen ansehnlichen Schuppen, wobei er als Werkzeuge nur Hammer, Zange, Säge und Stechbeitel verwendete. Die Beschaffung von Nägeln war mühsam, im Dorf gab es keine Möglichkeit, welche zu kaufen, Opa Linnewebers vorhandene Bestände reichten nicht aus. Ich half ihm, auf dem Holzplatz alte, rostige, krumme Nägel zu sammeln, wenn wir Bretter oder Balken mit Nägeln fanden, zogen wir sie mit der Zange heraus. Bevor die alten Drahtstifte erneut verwendet werden konnten, mussten sie mit dem Hammer gerade geklopft werden, auf dem alten Amboss vor der Lagerhalle des Sägewerks.

Wenn man Nägel nahe den Enden in Bretter oder Latten einschlug, spaltete sich das Holz in den meisten Fällen, das wusste ich aus Erfahrung. Von meinem Meister lernte ich eine einfache Maßnahme zur Vermeidung des Spaltens: Man schlug mit dem Hammer auf die Nagelspitze, machte also die Spitze bewusst stumpf, das half fast immer. Erst später verstand ich, wie der simple Trick funktionierte.

Ich war gespannt, auf welche Weise Roberts Opa die Tür einbauen würde. Das Türblatt war schnell hergestellt, mehrere auf die richtige Länge gesägte Bretter wurden dicht nebeneinander gelegt und ein aus drei Brettern bestehendes »Z« wurde aufgenagelt. Die Tür sah ähnlich aus wie die Klotür in dem Hardenberger Haus. Für die Herstellung der Türscharniere durfte der alte Linneweber Hans Jürgen Schiffners Werkstatt benutzen, was er da machte, erfüllte mich mit ehrfürchtigem Staunen, zum ersten Mal in meinem Leben sah ich, dass man Eisen sägen konnte. Nach dem Einbau der Scharniere ließ sich die Schuppentür leicht nach außen öffnen und wieder schließen, ich war begeistert.

Ein einfaches Vorhängeschloss hielt Roberts Opa nicht für sicher genug (vielleicht besaß er auch keins), er hatte sich vielmehr eine raffinierte, aus einfachen Einzelteilen bestehende Vorrichtung ausgedacht, um möglichen Dieben das Handwerk zu erschweren.

Die zweite Latte rechts neben der Tür zum Abdecken der Ritze zwischen zwei Brettern bestand aus drei Teilen, der mittlere

Teil von einem halben Meter Länge war oben und unten mit einem Nagel befestigt, für Uneingeweihte sah es aus, als habe man sich wegen des Fehlens einer langen Latte mit dem Aufnageln von drei Stücken beholfen. Ich wusste es besser: Fasste man mit zwei Fingernägeln unter den oberen Nagelkopf, konnte man den ganzen Nagel herausziehen und danach das Lattenstück zur Seite drehen, wodurch ein weiterer Nagelkopf sichtbar wurde, den man ein Stück herausziehen musste. Drehte man diesen Nagel anschließend zwischen Daumen und Zeigefinger, setzte man einen Wickelmechanismus — Aufwickeln nach rechts, Abwickeln nach links — für einen Bindfaden in Gang, mit dem sich im Innern, hinter der Tür, ein Balken waagerecht oder senkrecht stellen ließ. In der waagerechten Position lag der auf beiden Seiten über die Türöffnung hinausgehende Balken in einer mit der Tür verbundenen eisernen Vorrichtung und verhinderte das Öffnen. Meine Bewunderung für den Erfinder war grenzenlos, ebenso mein Stolz, dass ich in die Geheimnisse des Öffnungsmechanismus eingeweiht war.

Auf der Landstraße, die unser Dorf durchzog, gab es kaum motorisierten Verkehr, manchmal fuhren ein paar Lastwagen durch, Personenwagen sah man noch seltener. Hin und wieder bog ein Lastwagen zum Sägewerk ab, um Holz aufzuladen. Mag sein, dass das schlecht entwickelte Transportwesen für einige im Dorf ein wichtiges Thema war, in meiner Umgebung spielte es keine Rolle, mir fielen die wenigen Autos nicht einmal als etwas Besonderes auf. Eine der Ursachen für die leere Landstraße bekam ich allerdings indirekt mit, den Mangel an Treibstoff.

Manche Besitzer alter Last- oder Personenwagen — neue sah man nicht — hatten ihre Fahrzeuge auf den Betrieb mit Holzgas umrüsten lassen. Was das technisch bedeutete, wusste ich nicht, aber das außen angebaute Aggregat hatte ich mir verschiedentlich angesehen und auch beobachtet, was man tun musste, um es in Betrieb zu setzen. Der Holzvergaser, so wurde das nachträglich angebaute Gerät genannt, sah äußerlich einfach aus: Ein rundes

Eisengefäß von vierzig, fünfzig Zentimetern Durchmesser und etwa einem Meter Höhe. Der Deckel des Gefäßes wurde durch einen Bügel oben fest auf die Öffnung gepresst, die Vorrichtung sah ähnlich aus wie die Bügel, die meine Mutter beim Einwecken für das Anpressen der Deckel auf die Einmachgläser verwendete, aber natürlich viel größer.

Das Eisengefäß war in zwei Kammern unterteilt, die obere wurde mit kleinen Holzklötzen gefüllt, aus ihrer Farbe schloss ich, dass es Buchenholz war. Vor dem Befüllen wurde eine große Mutter am oberen Rand des Gefäßes mit einem Schraubenschlüssel gelöst, danach der Haltebügel zur anderen Seite geklappt und der Deckel abgenommen, das Verschließen ging in der umgekehrten Reihenfolge vor sich. In die untere Kammer wurde durch eine »Ofentür« Holz eingefüllt und angezündet. Dann musste man ziemlich lange warten, bis Qualm aus der Deckeldichtung zu quellen begann als Zeichen dafür, dass die Erzeugung von Holzgas eingesetzt hatte. Durch ein Guckloch im unteren Bereich der Außenwand konnte man in die Brennkammer schauen, vorher musste man einen kleinen an einem Scharnier befestigten Deckel nach oben klappen. Der bewegliche Deckel machte während der Fahrt andauernd »klipp, klipp, klipp, ...«, wodurch wir eine Holzgaskiste, so die von uns Kindern benutzte Bezeichnung, bereits von Weitem erkannten.

Lastwagen und Personenautos mussten in der Regel von Hand angekurbelt werden, vermutlich waren die altersschwachen Vorkriegsakkus — falls überhaupt vorhanden — nicht mehr in der Lage, einen Anlasser in Bewegung zu setzen. Vor dem Start nahm ein Fahrer die Handkurbel aus dem Auto, steckte das lange Ende in eine von außen nicht sichtbare Vorrichtung unterhalb des Kühlers und versuchte durch Drehen den Motor in Gang zu setzen. Das schien eine schwere Arbeit zu sein, besonders dann, wenn der Motor nicht gleich anspringen wollte.

Ganz wenige Bauern im Dorf besaßen Bulldogs, die Bezeichnungen »Traktor« oder »Trecker« kannten wir nicht. Ich sah nie, dass ein Bauer seinen Bulldog bei landwirtschaftlichen Arbeiten einsetzte, wohl aber als Antriebsmaschine, etwa für eine Kreissäge zum Sägen von Buchenstämmen, wenn Brennholzvorräte für den Winter angelegt werden mussten. Bulldogs hatten auf der rechten Seite, direkt neben dem Motor, ein Antriebsrad, über das man einen Treibriemen legen konnte, mit dessen Hilfe am anderen Ende eine motorlose Maschine angetrieben wurde. Bevor ein Bulldog mittels Handkurbel angeworfen wurde, musste an der Vorderseite des Motors eine Eisenplatte durch eine Lötlampe erhitzt werden. Jahrzehnte später, als ich bei meinem ersten Auto mit Dieselmotor an einem Knopf zwecks »Vorglühens« des Motors ziehen musste, erinnerte ich mich wieder an die Lötlampe, deren Funktion ich als kleiner Junge nicht erkennen konnte.

Für ungeheuer schnelles Fahren verwendeten wir in Kindertagen den saloppen Ausdruck »mit achtzig Sachen«, was »mit achtzig Kilometern in der Stunde« bedeutete. Der geringe motorisierte Verkehr lief also bei beschaulichen Geschwindigkeiten ab, aus heutiger Sicht. Trotzdem kam ein Junge meines Alters bei einem Verkehrsunfall ums Leben.

Zwei an Werktagen verkehrende Transportfahrzeuge gab es, das Postauto und das »Dortmunder Milchauto«, das wie ein Tanklastwagen aussah, es transportierte Milch von den umliegenden Molkereien in die Ruhrgebietsstadt. Der Junge war dem Milchauto beim Rollerfahren zu nahe gekommen, das Fahrzeug hatte den Roller erfasst und ihn dem Jungen gegen den Kopf geschleudert.

Die Heidelbeeren waren reif, bei gutem Wetter mussten wir täglich in den Wald, Beeren für den Winter pflücken. Heidelbeersträucher abzuernten war mühsamer, als Himbeeren zu pflücken, die kleinen blauschwarzen Kugeln »räumten« zudem noch weniger.

Bremsen — blinde Fliegen nannten wir die Plagegeister — setzten sich oft heimtückisch auf Arme und Beine, wenn ich den Einstich der blutsaugenden Fliegenweibchen bemerkte, war es zu spät. Zum Glück musste ich häufig meinen quengelnden Bruder durch

Schaukelbewegungen des Kinderwagens beruhigen, das befreite mich wenigstens zeitweise von ungeliebter Pflückarbeit. Auf dem Heimweg schob ich in der Regel den Kinderwagen, auf den unebenen Waldwegen und der holprigen Straße war das anstrengend, die lange Steigung auf dem Rückweg von einem besonders ertragreichen Pflückrevier überforderte mich geradezu.

Manchmal gab mir die Sprache der Erwachsenen Rätsel auf, zum Beispiel, wenn sie »bergauf« oder »bergab« sagten. Waren wir im Wald und gingen bergauf, benutzten sie das Wort so, wie auch ich es verstand, wir mussten uns den Berg hochquälen, das war anstrengend und daher nichts Angenehmes. Bei anderer Gelegenheit sagten sie »es geht bergauf«, ohne dass wir überhaupt gingen und aus dem Zusammenhang folgerte ich, dass sie es als erfreulich ansahen. Die Widersprüchlichkeit verstand ich nicht. Auf meine Frage, wieso »bergauf« einmal als unangenehm, das andere Mal als schön empfunden werde, hatte mir keiner eine zufriedenstellende Antwort geben können.

In den ersten Monaten nach Kriegsende hatte Munition weiterhin in Munitionsdepots oder verstreut herumgelegen, frei zugänglich auch für Kinder. Einmal hatte ich sogar wenige Meter vor dem Behelfsheim ein merkwürdiges »Ding« gefunden, das nach dem Aufheben mit einem Knall in die Luft flog und an einem kleinen Fallschirm zurück zur Erde schwebte. Neben der Straße, auf dem Abschnitt zwischen Lenis Haus und dem Waldrand, lagen anfangs sogar massenweise Panzerfaustköpfe im Graben, mit denen wir in der irrigen Annahme spielten, ohne Abschussrohre seien sie ungefährlich. Auch wenn ich es heute selbst kaum glauben kann, es war so.

Irgendwann jedoch waren die meisten Panzerfaustköpfe und andere in unserer Nähe herumliegende »Muni« weg, wer sie eingesammelt hatte, wussten wir nicht. Auf das Spielen mit übriggebliebenem Kriegsmaterial mussten wir aber nicht verzichten. Am Waldrand beispielsweise, rechts neben der Straße, standen drei Kiefern dicht beieinander, die sich von den Fichten ringsum abhoben. Am Fuße der Kiefern gab es einen mit hohen Zweigen abgegrenzten Bereich, der auch nach dem Abrieseln der Nadeln wie ein Versteck aussah. Hier fanden wir große Mengen Gewehrmunition, teils in Form von Einzelpatronen, teils als Patronengurte.

Wir liebten es, Patronenhülsen und –spitzen voneinander zu trennen, indem wir eine Patrone quer über zwei Steine legten und mit einem weiteren Stein leicht auf die Hülse schlugen, um den Rand, der die Patronenspitze fest umschloss, etwas aufzuweiten. Die messing– oder kupferfarbenen Spitzen ließen sich dann leicht herausziehen, das schwarze Pulver schütteten wir aus den Hülsen, legten Spitzen und Hülsen getrennt fein säuberlich nebeneinander. Die Zündplättchen im Boden der leeren Hülsen waren zwar noch intakt, aber wir wussten, dass es nur einen Knall geben würde, wenn man etwa einen spitzen Nagel auf das Plättchen setzte und mit einem Hammer draufschlug. Hülsen und Spitzen ließen sich durch Reiben mit einem wollenen Lappen polieren und glänzten danach herrlich. Dass die schön geformten Spitzen mit dem Ziel hergestellt waren, Menschen zu töten, der Gedanke kam dem Siebenjährigen nicht.

Als ich meinen Vettern vom Zerlegen der Patronen erzählte, winkten sie müde ab, Kinderkram. Sie hatten ein aufregenderes Spiel entwickelt, schlugen ganze Patronen mit einem Hammer von oben in Zaunpfähle, anschließend entzündeten sie das Pulver in den Patronen durch gezielte Schläge auf die Zündplättchen.

Kriegsmaterial ließ sich auch für harmlose Zwecke verwenden. Rechteckige Blechdosen beispielsweise, in denen sich in Sägemehl gelagerte Zünder befunden hatten, konnten wir im Frühjahr gut für das Sammeln von Maikäfern brauchen. Die Deckel legten wir mit den Oberseiten auf ein Brett, schlugen mit Hammer und Nagel Luftlöcher hinein, anschließend ähnelten die Deckel einer Kartoffelreibe.

Nach den Sommerferien bekamen wir Fräulein König als Lehrerin, im ersten Halbjahr des neuen Schuljahrs hatten sich die Lehrerinnen fast im Monatstakt abgelöst, jetzt solle mit dem ständigen Wechseln Schluss sein, hieß es. Darüber war ich froh, Fräulein König gefiel mir.

Wegen der durchweg schlechten Ernährungslage in der Nachkriegszeit, und wegen der unterernährten Kinder im Besonderen, spendeten Wohltätigkeitsorganisationen anderer Länder Lebensmittel zur Linderung der Not in Deutschland. Populäre Begriffe wie CARE-Paket, Quäkerspeise und Schweizer Spende standen stellvertretend für nichtstaatliche Hilfslieferungen. Nun sollte auch unser Dorf Lebensmittel aus Spenden erhalten, damit bedürftige Kinder durch tägliche Mahlzeiten in der Schule gesunder ernährt würden. Man sah jedoch keine Möglichkeit, Essen in der Schule zu kochen, es mangelte an Räumen, Einrichtungen und Personen. Also wurde beschlossen, die Lebensmittel direkt den betreffenden Kindern zu geben, ihre Mütter würden sie schon in geeigneter Weise in die häusliche Ernährung einbringen.

Von nun an gab es bei uns einmal in der Woche Makkaroni mit Gulasch, das Fleisch stammte aus Konservendosen mit der Aufschrift »Horse Meat« auf grün-weiß gestreiften Banderolen. Für das Milchpulver aus den monatlichen Zuteilungen hatten wir keine rechte Verwendung, an Milch mangelte es uns nicht, ich durfte das süßlich schmeckende Pulver deswegen jeden Tag als Nascherei essen. Wir erhielten auch größere Mengen Maismehl, doch da sie bisher keins in der Küche verwendet hatten, waren die Mütter ratlos, was sie damit machen sollten, Brot und Kuchen wurden mit dem ungewohnten Mehl gebacken, nur wenige fanden daran Geschmack. So kursierte bald der nicht gerade dankbar klingende Spruch »Maismehl ist Scheißmehl«. Später hieß es, die Maismehllieferungen aus den USA hätten auf einem sprachlichen Missverständnis beruht, weil man auf deutscher Seite Corn für Korn gehalten habe.

Bei gutem Wetter saß Herr Klotz jetzt tagelang auf dem Holzplatz, malte das Sägewerk und sichtbare Teile des Krügerschen Wohnhauses. Mit Ölfarben auf Leinwand, hatte er mir freundlich erklärt, ich glaubte eine Wunderwelt zu sehen. Die fertigen Teile des Bildes zeigten das Kesselhaus mit dem Gelände davor genau so, wie ich es vor mir sah. Ich bewunderte den Mann, mit wenigen Bleistiftstrichen hatte er nur grob skizziert, was er darstellen wollte, das Bild entstand auf wundersame Weise durch ein Nebeneinander von Pinselstrichen. Bereitwillig erläuterte mir Herr Klotz, wie er aus verhältnismäßig wenigen Farben, die er aus kleinen Tuben auf ein ovales Brett drückte, alle Farben, die er brauchte, durch Mischen herstellte. Ich wünschte mir, auch so malen zu können, bezweifelte aber, es je zu solcher Meisterschaft zu bringen, womit ich recht behalten sollte. Das fertige Bild hängten Krügers in ihr Wohnzimmer.

Offensichtlich hatte meine mit Bewunderung gepaarte Neugier Herrn Klotz gefallen. Er wolle mir etwas zeigen, was ich auch selbst machen könne, dazu brauche er Lehm, ob ich wisse, wo man einen Klumpen ausgraben könne. Am gegenüberliegenden Ende des Zimmermannsplatzes wuchs Ackerschachtelhalm und hier hatten wir Kinder auch schon Lehm ausgebuddelt, um daraus kleine Kugeln zu formen, von dort holte ich also einen Klumpen. Herr Klotz fand, der Lehm sei für sein Vorhaben nicht feucht genug und knetete ihn deshalb mit nassen Händen so lange bis die Konsistenz des Materials seinen Vorstellungen entsprach. Dann brach er ein Stück von dem Klumpen ab und rollte es zwischen seinen Handflächen zu einer Wurst und begann mit der Formgebung des Rohlings. Schnell wurde erkennbar, dass er ein Pferd formen wollte und diesem Ziel kam er durch ständig feiner werdende Formänderungen immer näher. Für die Beine schnitzte er zunächst vier dünne Holzpinnchen zurecht, die er anschließend mit Lehm ummantelte, bevor er die nackten Enden der Hölzchen in den Pferdekörper steckte. Das Kunstwerk müsse nun mindestens zwei Wochen trocknen, bevor man es berühren dürfe, bemerkte er abschließend.

Natürlich zeigte ich den Spielgefährten umgehend, was ich von Herrn Klotz gelernt hatte und eine Weile waren wir vollauf mit dieser primitiven Vorstufe der Töpferei beschäftigt.

Der alte Linneweber hatte Stelzen für Robert angefertigt, sie sahen »wie gekauft« aus, wir beneideten unseren Spielkameraden um seinen handwerklich geschickten Opa. Natürlich mochten wir nicht nur da stehen und Robert bei seinen ungelenken Laufversuchen zusehen, wir wollten auch Stelzen haben. Sechs Stangen und sechs Holzklötze waren schnell beschafft, Nägel fanden wir auf dem Holzplatz, nach einer Stunde waren die kunstlos zusammengenagelten Spielgeräte fertig, wir konnten mit den zu Anfang gleichfalls kunstlosen Gehversuchen beginnen. Auf Stelzen zu laufen war einfacher, als wir gedacht hatten, schon nach einem Tag wurden wir mutiger, versetzten die Trittklötze auf einen Meter Höhe, dank der primitiven Bauart unserer Stelzen ging es ganz schnell. Das Laufen in luftiger Höhe klappte sofort, Schwierigkeiten stellten sich beim Absteigen ein.

Hin und wieder besuchte Tante Hilde meine Mutter, Treffen zweier Frauen, die mich kaum interessiert hätten, wäre meine Tante nicht mit dem Fahrrad gekommen. Rad fahren, selbst ein Fahrrad besitzen, das waren unerfüllbare Sehnsüchte, aber mit Tante Hildes Rad durfte ich wenigstens einen Blick ins Wunschparadies werfen. Jedes Mal musste ich lange um Erlaubnis betteln, Tante Hilde hatte Angst, ich könne ihr Rad beschädigen, wegen fehlender Ersatzteile würde eine Reparatur zum Problem werden. Richtig Rad fahren konnte ich nicht, stellte mich stattdessen mit dem rechten Fuß auf die linke Pedale und benutzte das Rad als Roller, aber es war eben ein Rad, mit dem ich fuhr.

Die Kunst, ein Fahrrad zweckgemäß zu benutzen, lernte ich ungeplant. Meine ein Jahr jüngere Cousine Karin und ich trafen Tante Hilde eines Nachmittags vor Grautstücks Bäckerladen, als sie gerade ein Brot auf dem Gepäckträger nach Hause transportieren wollte. Sie ließ sich erweichen, zu Fuß vorzugehen und uns mit dem Fahrrad nachkommen zu lassen. Abwechselnd fuhren wir auf einer Pedale zum nahen Forsthaus. Da Tante Hilde schon ins Haus gegangen war, machten wir heimlich kehrt, um wieder zum Bäcker zurückzufahren. Ich überredete Karin, das Fahrrad mit beiden Händen am Gepäckträger festzuhalten, damit ich versuchen könne, »richtig« zu fahren. Es ging wunderbar, meine Cousine lief hinter dem Rad her, eine Hand umklammerte das Gestänge des Gepäckträgers — bis es zu schnell wurde und Karin stehenblieb, während ich, ohne es zu merken, allein weiterfuhr. Ich konnte Rad fahren, wusste aber nicht, wie man bremste und abstieg, eine mit Gras bewachsene Böschung war meine Rettung.

Die Felder waren abgeerntet, bevor sie durch Pflügen für die Aussaat im nächsten Frühjahr vorbereitet wurden, sammelten wir liegengebliebene Ähren auf stoppeligen Roggenfeldern. Zuhause klopften wir die Körner aus den Ähren und breiteten sie auf dem Tisch im Kämmerchen zum Trocknen aus. Mit einer Kaffeemühle der Marke Zassenhaus — das sei die beste, behauptete meine Mutter, — mahlten wir später den größeren Teil der Körner zu dunklem, grobkörnigem Mehl. Ein langwieriger und anstrengender Vorgang, das Mahlwerk musste mühsam mit einer Handkurbel gedreht werden. Den verblieben Körnerrest schüttete meine Mutter in kleinen Portionen in die Bratpfanne, um die Körner auf dem Herd zu rösten. Danach wurden sie in der Kaffeemühle geschrotet, fertig war der Kaffeeersatz zum Aufbrühen von »Muckefuck«, angeblich eine Verballhornung von *mocca faut*.

Hiems erat gelida, alta nix erat in viis et campis[4], den Anfang von Aesops Fabel über die unterschiedlichen Lebenseinstellungen von Grille und Ameise musste ich wenige Jahre später ins Deutsche übersetzen. Da erstanden kalte Winter und meterhohe Schneeverwehungen wieder vor meinen Augen. Und die im Spätsommer einsetzenden Aktionen zur Vorsorge für den nächsten Winter, Obst und Gemüse einwecken, Brennholzvorräte anlegen.

Nicht immer war das Selbermachen von Erfolg gekrönt, ungeeignete Hilfsmittel, mangelnde Erfahrung ließen sich nur begrenzt durch Enthusiasmus und Improvisationsgabe ersetzen.

In diesem Herbst wollten unsere Mütter erstmalig getrocknete Pflaumen herstellen, Nudeln mit eingeweichten Dörrpflaumen

---
[4] Der Winter war kalt, hoher Schnee lag auf Wegen und Feldern

aßen wir gern. Holzrahmen wurden zusammengenagelt und mit Maschendraht bespannt, der Versuch, Pflaumen vor dem Haus in der Sonne zu trocknen, scheiterte, die Sonne schien nicht mehr kräftig genug. Also wurden die Rahmen samt Pflaumen in den Backofen des Küchenherds geschoben und um den Trocknungsvorgang abzukürzen, heizte meine Mutter kräftig ein, was dazu führte, dass alsbald blauer Rauch aus den Ritzen der Backofentür quoll. Die verkohlten Pflaumenreste taugten nur noch zum Heizen.

Rübenkraut, so nennt man Zuckerrübensirup in Westfalen, war als Brotaufstrich beliebt, aber im Kolonialwarenladen selten zu haben, also entschlossen sich die drei Mütter des Behelfsheims — Frau Klotz beteiligte sich nicht an derartigen Unternehmungen — zur Eigenherstellung. Große Rübenmengen wurden im eiskalten Wasser des Bachs gründlich gesäubert und anschließend in dem außen schwarz und innen graublau emaillierten Kessel weichgekocht. Nach dem Erkalten der gekochten Rüben wurden sie in einer einfachen Presse zerquetscht, der aufgefangene Saft kam wieder in den Einkochkessel und wurde in einem stundenlangen Prozess zu zähem, dunkelbraunem Sirup gekocht. Meiner Mutter war das ständige Rühren zu anstrengend gewesen, sie hatte den Rübensaft über längere Zeit auch mal allein kochen und anbrennen lassen. Süßes Rübenkraut hatte zwar immer einen herben Beigeschmack, bei dem Produkt meiner Mutter war er besonders kräftig.

Ein anderer bei uns Kindern beliebter Brotaufstrich war Kunsthonig, ein aus Zucker hergestellter Honigersatz von fester Konsistenz, der in kleinen Pappbechern verkauft wurde.

Wegen fehlender Kühlmöglichkeiten wurde Milch nicht selten sauer, aber niemand wäre auf die Idee gekommen, sie deshalb wegzuschütten. Meine Mutter goss sie in Glasschälchen, die sie auf die Fensterbank stellte, nach zwei Tagen war Dickmilch als Nachtisch fertig.

Manchmal kochte meine Mutter sauer gewordene Milch so lange, bis sie flockig wurde, füllte dann den Brei in ein engmaschiges Sieb, auf das sie vorher ein Tuch gelegt hatte. Nach dem Abtropfen des Wassers blieb Quark übrig.

Nicht allein die Beschaffung von Nahrungsmitteln, auch ihre Zubereitung auf dem Herd bereitete bisweilen Schwierigkeiten, weil Streichhölzer nicht immer zu bekommen waren. Die Erwachsenen verwendeten sie daher mit Bedacht. Wenn Feuer im Herd brannte, wurde für das Anzünden einer Kerze kein Streichholz verschwendet, man nahm stattdessen einen Fidibus, hielt ihn kurz über eine Flamme und transportierte mit seiner Hilfe das Feuer dahin, wo es benötigt wurde. Das komische Wort für ein dünnes, langes Holzstückchen hatte ich früh von Onkel Gottfried gelernt und es anfangs für eins der von ihm selbst erfundenen Wörter gehalten. Später tauchte das Wort jedoch auch bei Max und Moritz in der Episode mit dem Onkel und den Maikäfern auf, wo braven Knaben der Rat »…bringt ihm, was er haben muss: Tobak, Pfeife, Fidibus …« gegeben wurde, das Wort gab es also.

Im Sommer hatte Onkel Karl zwei Männer im Schuppen hinter seinem Haus übernachten lassen, zum Dank bekam er von ihnen einen selbst gebastelten elektrischen Feueranzünder. Die Funktion verstand ich später, als ich anfing, eigene Experimente mit elektrischem Strom durchzuführen, aber den — aus heutiger Sicht abenteuerlichen — Aufbau konnte ich damals schon durchschauen.

Die Männer hatten ein Stück Blumendraht um einen dünnen, runden Gegenstand gewickelt, die so entstandene Schraubenfeder etwas auseinandergezogen, damit sich die einzelnen Windungen nicht berührten und das Gebilde wie ein aufrechtes, schmales »U« auf ein Holzbrettchen genagelt. Ein Ende der Schraubenfeder war über eine isolierte Leitung direkt mit dem Stecker verbunden. Mit Nägeln und Draht war noch eine mit Salzwasser gefüllte Arzneiflasche auf dem Holzbrett befestigt, in deren Korken zwei nebeneinanderliegende Löcher gebohrt waren, in denen dicke Kupferdrähte steckten. Ihre unteren Enden befanden sich im Salzwasser, an den oberen waren das noch freie Ende der Schraubenfeder und der andere Pol des Steckers angeschlossen.

Stöpselte man den Stecker in eine Steckdose, wurde das gewendelte »U« sehr heiß und nach kurzer Zeit schwach glühend. Man müsse den Stecker spätestens dann aus der Steckdose ziehen, wenn das Salzwasser in dem Fläschchen zu brodeln anfinge, hatten die Männer vorsorglich gewarnt. Da die Temperatur der Drahtwendel nicht ausreichte, um etwa Papier zu entzünden, gab es noch ein Hilfsgerät, ebenfalls selbst gebastelt. In einem bleistiftdicken Röhrchen waren mehrere kurze Stücke baumwollener Gardinenkordel zu einem kräftigen Docht zusammengepresst, der in Benzin getaucht und anschließend an das heiße »Draht-U« gehalten werden musste, um ihn zu entzünden.

Die einfache Anordnung wurde mehrfach nachgebaut und bald besaßen alle Verwandten und Bekannten einen elektrischen Anzünder, der nicht nur als Streichholzersatz, sondern wegen seiner haarsträubenden Sicherheitsprobleme auch zum Abfackeln eines Hauses bestens geeignet war.

Endlich gab meine Mutter nach: Ich durfte Holz für den Winter hacken. Zwei Wochen zuvor hatte ein Bauer Buchenstämme neben dem Behelfsheim abgeladen, die Brennmaterialzuteilung für die kommende Kälteperiode. Auf einer fahrbaren Kreissäge, angetrieben durch einen Bulldog, waren die Stämme zersägt worden, anschließend zerhackten zwei starke Männer die Holzblöcke mit Äxten zu Splitten — so wurden Holzscheite bei uns genannt. Um die schweren Buchenholzsplitten zum Brennen zu bringen brauchte es leicht brennbares Anmachholz, Fichtenholz. Davon einen ausreichenden Vorrat bereitzustellen war von nun an meine Aufgabe.

Darüber, ob ich der Aufgabe gewachsen sein würde, hatte ich mir nicht den Kopf zerbrochen, Karlheinz durfte Holz hacken, also wollte ich es auch. Mein zwei Jahre älterer Spielkamerad überließ mir großzügig seinen alten Hauklotz, der zu meiner Körpergröße passte, zeigte mir, wie ich das Beil halten musste, die Hand des siebeneinhalbjährigen Holzhackerbuben konnte den Stiel des Beils kaum umspannen. Jetzt mussten wir nur noch Holz herbeischaffen, dann konnte ich meine sehnlich erwartete Tätigkeit aufnehmen.

Der Abfallholzhaufen befand sich an einer der Längsseiten des Sägewerks neben der Straße, unterhalb eines Fensters, in dessen Eisenrahmen eine Glasscheibe fehlte. Im Innern des Werks stand in der Nähe des Fensters die Kreissäge, mit der die Schmalseiten von Brettern und Bohlen nach dem Gatterdurchgang begradigt wurden, die abgesägten Seitenstreifen von ein bis zwei Zentimetern Breite warfen die Arbeiter durch das Loch im Fenster nach draußen.

Karlheinz und ich klemmten uns Bündel von Holzstangen unter die Arme und zogen sie hinter uns her zu unseren Arbeitsplätzen. Jetzt wurde es ernst. Ich nahm eine der langen Stangen in die linke Hand, legte die Mitte auf den ausgefransten Rand des Hauklotzes und ließ die Schneide des Beils auf die aufliegende Stelle der Holzlatte sausen. Der Erfolg war mäßig, einen zentimetertiefen Einschnitt hatte ich zuwege gebracht. Mein erfahrener Arbeitskollege belehrte mich, man müsse den Hieb mit dem Beil schräg ausführen, was tatsächlich bessere Ergebnisse zeitigte. Trotzdem musste ich mehrmals zuschlagen, bis die Latte in der Mitte durchtrennt war. Nun hatte ich zwei handlichere Stangen, die ich in kurze Splitten hacken konnte.

Die Arbeit war schwerer als gedacht, mein rechter Arm ermüdete nach wenigen Beilhieben, ausgedehnte Pausen waren notwendig. Schnell merkte ich auch, dass das Beil die Latte genau dort treffen musste, wo sie auflag. Verfehlte ich die Stelle, reagierte das Holz mit einem schmerzhaften Schlag gegen das Innere meiner linken Hand. Der Haufen aus abgehackten Holzstücken wuchs langsam, aber stetig, als er so hoch wie der Hauklotz war, begann ich mit dem ordentlichen Aufschichten einer Holzdimme neben dem Gartenzaun.

Tag um Tag stand ich nun nach der Schule am Hauklotz und

zum ersten Mal in meinem Leben dämmerte mir die Erkenntnis, dass die Erfüllung eines sehnlichen Wunsches auch eine Schattenseite haben kann, meiner Mutter sagte ich nichts von der neuen Erfahrung.

Das Weihnachtsfest verbrachten wir in diesem Jahr bei den Großeltern mütterlicherseits, meine andere Oma war inzwischen aus der Wohnung meiner Eltern ausgezogen, hatte ihr Schlafzimmer aber noch nicht geräumt. Wir konnten es während der Feiertage benutzen, was praktisch war, doch ich hatte eine Abneigung gegen das schmuddelige, schlecht riechende Bett, abends fiel es mir schwer, einzuschlafen. Ich war an Bettwäsche gewöhnt, die nach dem Waschen auf die »Bleiche« gelegt wurde: Betttücher, Bettbezüge und Kopfkissenhüllen breitete meine Mutter auf der Wiese neben dem Behelfsheim aus und sobald die Wäschestücke unter der Sonne zu trocknen begannen, nahm sie eine Gießkanne und befeuchtete sie wieder. Der Vorgang wurde mehrfach wiederholt, auf meine Frage nach dem Sinn des ständigen Befeuchtens trockener Wäsche hatte meine Mutter geantwortet, die Wäsche würde dadurch schön weiß und zusätzlich bekäme sie einen angenehmen Geruch.

Noch etwas hielt mich abends vom schnellen Einschlafen ab, es drangen nämlich ungewohnte Geräusche durch das geschlossene Fenster. Rund um das Behelfsheim herrschte nach Einbruch der Dunkelheit tiefe Stille, ein Hund bellte manchmal und im Sommer bölkte hin und wieder eine Kuh auf der Weide. Hier in der Großstadt wurde es nachts nie ganz still, ständig hing ein diffuses Gebrumm in der Luft, dazu kamen in Abständen besondere Geräusche von der vorbeifahrenden Straßenbahn sowie von lauten Maschinen in großer Entfernung, hin und wieder das Bumm-Bumm von hydraulischen Schmiedehämmern.

Der Heilige Abend verlief enttäuschend, ein schwindsüchtiges Tannenbäumchen stand auf einem niedrigen Hocker, mit wenigen Lamettafäden behängt, Kerzen waren nicht zu bekommen gewesen. Auf meinem Gabenteller lagen hauptsächlich fettarme, selbstgebackene Plätzchen neben wenigen Süßigkeiten. Von den Geschenken, falls es denn mehrere waren, ist mir ein Bilderbuch mit Versen im Gedächtnis geblieben. Auf einer Seite stand unter dem Bild

> *Fips und Pepi, die zwei Affen,*
> *machen sich hier was zu schaffen:*
> *Fips fährt Rad und Pepi hält,*
> *ihn am Schwanz,*
> *dass er nicht fällt.*

Ungeheuer geistreich!

Für unsere Rückfahrt hatte mein Großvater eine Mitfahrgelegenheit in der Fahrerkabine eines Lastwagens organisiert, auf ähnliche Weise waren wir auch zu meinen Großeltern »gereist«. Anders als die Hinfahrt, machte die Rückreise meinem Bruder und mir großen Spaß, wir durften in der Schlafkoje hinter den Sitzen liegen, Decken, unter denen sonst Fahrer und Beifahrer schliefen, schützten uns gegen die Kälte in dem unbeheizten Führerhaus. Am Tag nach unserer Rückkehr waren wir Kinder mit juckenden Pusteln übersät, wahrscheinlich hatten die Decken Flöhe beherbergt.

Am ersten Tag nach den Ferien brummte uns Fräulein König als Hausaufgabe den obligaten Erlebnisaufsatz auf. Missmutig saß ich nachmittags am Küchentisch, versuchte, meine Schiefertafel zu füllen. Was sollte ich schreiben, ich hatte doch kaum etwas erlebt, die Geschenke waren in meinen Augen nicht erwähnenswert. Meine Gedanken wanderten zu den Milchgriffeln, die einige Klassenkameraden zu Weihnachten bekommen hatten, mit denen man viel besser schreiben konnte als mit den strohhalmdicken Schieferstäbchen, die oftmals kratzten und die in viele Stücke zerbrachen, falls sie auf die Erde fielen. Milchgriffel bestanden wie Bleistifte aus einer hölzernen Ummantelung mit einer Mine aus gepresstem Schiefermehl, sie ritzten nicht die Tafeloberfläche wie Schieferstäbchen, ein angenehm weiches Schreibgefühl zeichnete sie aus. Warum besaß ich kein solches Schreibwerkzeug? Ich quälte mich weiter mit dem Aufsatz und war froh, als ich die Aufgabe mit dem letzten Satz »Am liebsten mochte ich den Dauerlutscher« hinter mich gebracht hatte. Anderntags las ich die Schlusszeile mit ungutem Gefühl vor, weil sie mir beim Schreiben als leicht erkennbarer Lückenfüller vorgekommen war, doch gerade der in meinen Augen peinliche Satz kam gut an und ich wurde mit neugierigen Fragen bestürmt. Keiner wusste, wie ein Dauerlutscher aussah, geschweige denn, wie er schmeckte.

Im März eröffnete uns Fräulein König, mit Beginn des dritten Schuljahrs, also nach den Osterferien, würden wir einen neuen Lehrer bekommen. Die Nachricht erschreckte mich, meine Lehrerin mochte ich nicht schon wieder verlieren.

Den Zimmerleuten sah ich nach wie vor gern bei der Arbeit zu. Im Sägewerk beeindruckten mich die Maschinen mehr als die Arbeit, die von ihnen oder mit ihrer Hilfe ausgeführt wurde, auf dem Zimmermannsplatz entstanden beachtliche Holzkonstruktionen ohne komplizierte Technik in langsamen Einzelschritten, diese Arbeit war interessanter. Die Männer auf dem Platz hatten sich an den kleinen Beobachter gewöhnt, sie kannten meinen Namen, ich redete sie mit ihren Vornamen an, der Meister war für mich Onkel Wölcken. Er arbeitete häufig zusammen mit seinen Leuten, ging zwischendurch in sein Büro, in dem die großen Pläne hingen, nach denen draußen gearbeitet wurde. Die Pläne hatte er selbst gezeichnet, ich hatte ihm ein paarmal zugesehen, wenn er vor dem großen Reißbrett in der Ecke seines Büros stand, mit spitzem Bleistift in der rechten und einem langen Lineal, das er Reißschiene nannte, in der linken Hand. Das Papier, auf dem er zeichnete, sah aus wie Butterbrotpapier, allerdings nahm er die Zeichnungen nie mit nach draußen, dort verwendete er bläuliche Lichtpausen. Wie die hergestellt wurden, wusste ich nicht, wohl aber, was eine Pause war, die Verwendung von Pauspapier hatte ich ja von Karlheinz und Annemarie gelernt.

War ich zur Essenszeit auf dem Platz, nahmen mich die Zimmerleute mit in Frau Wölckens große Küche, wo ich zwischen den

Männern auf der Eckbank sitzen durfte. Dreimal am Tag unterbrachen sie ihre Arbeit, zum zweiten Frühstück, zum Mittagessen und zum Kaffeetrinken am Nachmittag. Das Mittagessen schmeckte mir bei Frau Wölcken nicht gut, sie kochte anders als meine Mutter. Nachmittags jedoch gab es Brot, Butter und Wurst, da langte ich mit gesundem Appetit zu. Hin und wieder saß ich auch sonntags am Küchentisch, wenn es nachmittags große, und vor allem dicke Eiserkuchen gab, so nannte man Waffeln in unserem Dorf. Sie wurden in einem schweren gusseisernen Waffeleisen gebacken, das in die Öffnung der Herdplatte direkt über dem Feuer eingesetzt wurde.

Die verbotenerweise selbst gekirnte Butter schickte meine Mutter seit langem ihrem Bruder Franz. Er war kurz vor Kriegsende durch einen Lungensteckschuss verwundet worden, seine Erholung von der schweren Verwundung und der anschließenden Operation ging wegen der schlechten Ernährung im Ruhrgebiet nur langsam voran, die Butterlieferungen meiner Mutter sollten seine Genesung befördern. Aus diesem Grund war bei uns das Verstreichen der Butter eher ein Kratzen. Als ich nachmittags wieder mal mit den Zimmerleuten an Frau Wölckens Küchentisch saß und mir die Butter wie zu Hause aufs Brot strich, sagte Herr Wölcken zu seiner Frau: »Tu dem Jungen doch mal richtig Butter aufs Brot!« Nie vorher hatte ich eine Schnitte Brot mit einer so dicken Butterschicht gegessen, was für ein Gefühl beim Abbeißen!

Mit einigem Bangen hatte ich dem neuen Schuljahr entgegengesehen, wie würde der Lehrer sein, ich hatte bisher nur Lehrerinnen gehabt? Herr Danielmeyer, so hieß der Neue, war jung, sah ganz anders aus als Hauptlehrer Faber oder »der Hornochse«, viel freundlicher, meine Besorgnis begann zu schwinden. Er wolle uns erst einmal kennenlernen, sagte er, dazu sollten wir ihm unsere Namen nennen. Als ich an der Reihe war, stutzte er und nach weiteren Fragen stellte sich heraus, dass wir beide aus Bochum stammten, er kannte sogar meine Großmutter, bei ihr habe er als Schüler Nägel und Schrauben gekauft. Nun war ich vollends beruhigt.

Während der folgenden Tage verschaffte sich Herr Danielmeyer einen ersten Überblick über unsere Fähigkeiten im Schreiben, Lesen und Rechnen. Im Unterricht gab es daraufhin Neuerungen, eine betraf das Lesen. Schnell hatte er festgestellt, dass manche Kinder die als Hausaufgaben — wir sagten: Schularbeiten — ausgewählten Lesestücke auswendig lernten und am nächsten Morgen flüssiges, fehlerfreies Lesen vortäuschten. Fortan mussten wir die Geschichten wortweise rückwärts vorlesen.

Im Rechnen begann das dritte Schuljahr mit dem Erlernen des kleinen Einmaleins. Die während des Unterrichts für jede Zahl erarbeiteten Multiplikationstabellen übertrugen wir in unsere Hefte mit der Verpflichtung, sie zu Hause auswendig zu lernen. Jeden Tag wurde das bis dahin Gelernte abgefragt. Wir mussten dazu alle aufstehen, unser Lehrer sagte »sechs mal sieben« und wer als Erster mit »zweiundvierzig« antwortete, durfte sich setzen, dann wurde die nächste Multiplikationsaufgabe in die Klasse gerufen. Für die Letzten, die sich setzen durften, zu denen regelmäßig Robert und Leni gehörten, war das ein Spießrutenlaufen.

Abends im Bett rekapitulierte ich vor dem Einschlafen die Multiplikationstabellen, indem ich alle Mal-Aufgaben in Gedanken vor mich »hinsagte«, das hatte ich als ein für mich effizientes Verfahren erkannt. Dabei fielen mir in einigen Fällen auch Bildungsgesetze auf, die mein Gedächtnis unterstützten. Beispielsweise ließen sich die Resultate des »Einmaleins mit neun« in der Weise finden, dass man zunächst von oben nach unten die Ziffern 0,1,2,3,4,5,6,7,8,9 schrieb und rechts daneben in der zweiten Spalte 9,8,7,6,5,4,3,2,1,0.

Einige Jungen hatten befürchtet, der neue Lehrer könne Bestrafungsmethoden anwenden, wie sie bei der Feldmaus üblich gewesen waren. Wurde ein Missetäter bei — ihrer Meinung nach — kleineren Verfehlungen erwischt, musste er vortreten und beide Hände mit den Handflächen nach oben vor dem Körper ausstrecken. Sie ließ dann ihren »Rohrstock« auf die flachen Hände sausen, die Zahl der Schläge richtete sich nach der Schwere des Delikts. Vorzeitiges Zurückziehen der Hände zog die doppelte Anzahl von Schlägen nach sich. Die roten Striemen in den Handflächen waren in der Regel nach einem Tag wieder verschwunden. Für die Bestrafung schwererer Delikte musste sich der Delinquent quer über eine Schulbank legen, zwei kräftige Jungen wurden gezwungen, ihn festzuhalten, damit die Feldmaus ohne Behinderungen mit dem Stock auf sein Hinterteil einschlagen konnte. Unserem neuen Lehrer waren solche pädagogischen Untaten fremd.

Meine beiden Vettern Winfried und Dieter waren Messdiener, ich bewunderte sie, wenn sie an Sonntagen im roten oder grünen Messdienergewand mit weißem Rochette darüber an den Stufen zum Altar standen und kleine Tätigkeiten ausführen durften. Ich wünschte mir, auch mal da vorn stehen zu können, wenngleich mich der Gedanke, von allen Kirchgängern ständig beobachtet zu werden, gehörig einschüchterte. Zumal mir Dieter die korrekte Erfüllung aller Messdieneraufgaben als nicht einfach geschildert hatte, man dürfe »keinen Bock schießen«, schon der kleinste Fehler würde einen zum Gespött der unbarmherzig lauernden Mitschüler machen.

Eine besonders heikle Angelegenheit sei die Beförderung des großformatigen, dicken und schweren Messbuchs von einer Altarseite auf die andere, belehrte mich mein erfahrener Vetter. Der in meinen Augen unnötig umständliche Messbuchtransport war mir bereits bei meinem ersten Besuch einer Sonntagsmesse aufgefallen. Wenn der Pastor am Anfang einer Messe die Stufen zum Altar hochschritt, lag das goldverzierte Buch leicht schräg auf einem hölzernen Gestell rechts vom Tabernakel derart aufgeschlagen, dass er es gleich benutzen konnte. Der Seitenwechsel fand kurz nach der Predigt statt. Dazu ging der rechts stehende Messdiener — waren es zwei oder mehr auf jeder Seite, dann der rechts innen stehende — zur Mitte der untersten Stufe, beugte sein Knie und schritt gravitätisch zum Messbuch. Nach einer Verneigung in

Richtung des Tabernakels griff der Ministrant mit beiden Händen nach den Längsverstrebungen des Gestells und hob es samt Messbuch vom Altar. Für große Jungen war das kein Problem, den kleinen merkte man deutlich die Anstrengung an. Nun begann die kritische Phase, die schwere, unhandliche, sichtbehindernde Fracht vor dem Körper die Altarstufen hinunter zur Mitte zu tragen, das Knie zu beugen und hernach das Buch zur linken Altarseite zu befördern.

Um sein eigenes Ansehen zu steigern, wies mein Vetter auf die lateinischen Texte hin, die ein Messdiener auswendig lernen müsse, die dicksten Brocken seien das *Confiteor* und das *Suscipiat*. Damit konnte er mich allerdings nicht erschrecken, ich wartete ungeduldig auf meine Erstkommunion, denn sie war Vorbedingung für eine Aufnahme in die Messdienerriege.

Statt »*Chamberlain, das alte Schwein...*« sangen wir nun — in leicht abgewandelter Form — die erste Strophe des Deutschlandlieds:

> *Deutschland, Deutschland, ohne alles,*
> *ohne Eier, ohne Speck.*
> *Und das bisschen Marmelade*
> *frisst uns die Besatzung weg.*

An eine negative Einstellung der Erwachsenen gegenüber der Besatzungsmacht, wie sie in der letzten Zeile zum Ausdruck kommt, kann ich mich allerdings nicht erinnern. Vielleicht gab es sie nicht, vielleicht wurde im Beisein von Kindern nicht darüber geredet, in dieser Beziehung ließ man möglicherweise die alten Vorsichtsmaßregeln walten. Wenn meine Mutter manchmal das Wort »Konzertlager« benutzte, eine makabre Umschreibung der wahren Bezeichnung, die man in der Hitlerzeit — so wurden die Herrschaftsjahre der Nationalsozialisten allgemein genannt — wohl aus Angst vermieden hatte, senkte sie stets die Stimme. Zu meinem Bedauern durfte ich nicht »Nationalsozialist« sagen, dabei gefiel mir das Wort wegen des Silbenrhythmus doch so gut.

Als mir meine englische Brieffreundin Valerie 1954 schrieb, nun seien Lebensmittelmarken in England endgültig abgeschafft und man könne auch Fleisch wieder frei kaufen, war ich irritiert, weil die Rationierung in Deutschland schon Jahre vorher aufgehoben wurde. Erst viel später erfuhr ich, welchen Verzicht die Engländer nach dem Krieg geleistet hatten, damit wir nicht verhungerten, mit gemischten Gefühlen erinnerte ich mich des Spottverses, den wir unbekümmert gesungen hatten.

Schon vor Weihnachten war mir aufgefallen, dass kurz nach Einbruch der Dunkelheit bisweilen Besuch zu meiner Mutter kam, an solchen Abenden war ich besonders früh ins Bett geschickt worden. Einmal hatte ich mitbekommen, dass meine Mutter eine junge Frau an der Tür empfing, die einen Korb am Arm trug, zugedeckt mit einem Tuch, wie es meine Mutter zum Abtrocknen des Geschirrs verwendete. An den Tagen nach solchen Besuchen bekamen mein Bruder und ich häufiger mit Wurst belegte Brote als sonst, auch Eier gab es dann öfter.

Eines Sonntags hing ich wie üblich meinen Gedanken während der langweiligen Predigt nach, wurde aber hellhörig, als der Pastor von einer Frau im Dorf zu sprechen begann, die mit dem Teufel im Bunde stehe. Ich erschrak zutiefst, Hölle, Teufel und ewige Verdammnis waren mir aus dem Religionsunterricht als die abscheulichsten Schreckensvisionen geläufig, die überhaupt denkbar waren. Angst vor der Hölle und ihren Bewohnern hatte ich bislang nicht gehabt, die Hölle war irgendwo, aber ganz bestimmt nicht in der Nähe unseres Dorfs. Außerdem hatte mir Karlheinz verraten, wie man auf jeden Fall der ewigen Verdammnis entgehen könne. Sobald man seinen Tod nahen fühle, müsse man ganz schnell noch »Mein Jesus, Barmherzigkeit!« sagen, dann käme man allenfalls für ein paar Jahre ins Fegefeuer. Nun aber stand unser Dorf nach den Worten des Pastors durch das Wirken einer Frau in direkter Berührung mit dem Teufel.

Meine Mutter nahm den Bericht über das unglaubliche Vorkommnis gelassen auf, was mich natürlich enttäuschte. Wie entsetzt wäre ich erst gewesen, hätte ich gewusst, dass es meine Mutter war, die angeblich einen gottlosen Pakt mit dem Teufel geschlossen hatte.

Angefangen hatte alles mit Tante Stini. Sie gehörte zwar nicht zur Familie, ich musste sie aber Tante nennen, weil sie mit einer Schwester meiner Mutter befreundet war. Nach Möglichkeit ging ich ihr aus dem Weg, sie flößte mir Furcht ein, ich mochte sie nicht. Tante Stini war nicht größer als ein siebenjähriges Kind, beim Gehen musste sie wegen eines geburtsbedingten Hüftleidens unglaubliche Verrenkungen machen. Von Beruf war sie Putzmacherin, so bezeichnete man Frauen, die Hüte herstellten, wie wichtig Damenhüte damals genommen wurden, kann sich heute niemand vorstellen. Tante Stini war in meiner Umgebung die Einzige, die sich die Lippen grellrot anmalte, bei den anderen wirkte vermutlich noch die Devise »Die deutsche Frau schminkt sich nicht!« nach, die allerdings für Eva Braun und Frauen in ähnlicher Position nicht gegolten hatte. Zudem kleidete sich meine »Nenn-Tante« schrecklich auffällig, da sie mit einer Nähmaschine umgehen konnte, war sie in der Lage, Kleidung nach eigenem Geschmack herzustellen. Ich hatte Schuldgefühle wegen meiner Abneigung gegenüber Tante Stini, die Erwachsenen taten so, als sähe sie wie alle anderen aus.

Tante Stini konnte durch Kartenlegen die Zukunft vorhersagen, was mich trotz meiner Antipathie beeindruckte, meine Mutter hatte diese Form der Hellseherei von ihr gelernt.

Ihre magische Fähigkeit musste wohl auf der Bicke bekannt gewesen sein, im Spätherbst war Maruschka einmal zu meiner Mutter gekommen, um etwas über zukünftige Ereignisse in ihrem Leben zu erfahren. Die Karten, so meine Mutter später, hätten einen deutlichen Hinweis darauf gegeben, dass Maruschka schwanger war, was nach Weihnachten auch sichtbar wurde.

Die übernatürliche Fähigkeit meiner Mutter hatte sich daraufhin vermutlich im Dorf herumgesprochen, denn in der Folge schlichen Bauernmädchen im Schutze der Dunkelheit zum Behelfsheim, wenn sie »in Schwulitäten« waren.

Das spätabendliche Treiben an unserem Küchentisch war Frau Vesper nicht verborgen geblieben, sie hatte es ihrem Vater, dem Küster, gesteckt und von ihm hatte es der Pastor zu wissen gekriegt.

Als ich von den Hintergründen des Teufelspakts erfuhr, war ich alt genug, um mich sofort an die Szene mit Hansjürgen und Maruschka im rosa Unterrock hinter dem Heuhaufen zu erinnern, die ich vom Heuwagen herab beobachtet hatte. Nachträglich wurde mir auch klar, warum ich damals von den beiden angeschnauzt worden war.

Mein Vater hatte sich auch in die Kunst des Kartenlegens einweihen lassen, um damit seine Frontkameraden an langen Abenden zu unterhalten. Während einer Séance hätten die Karten einem Kameraden verraten, seine Frau gehe fremd, was dieser natürlich als Humbug abgetan hatte. Nach seinem nächsten Heimaturlaub war der Kamerad bei einem Frontangriff aus seinem Erdloch heraus ins feindliche Feuer gelaufen. Mein Vater soll die Karten nie wieder angefasst haben.

Abends, wenn ich bei Wölckens Milch holte, betrat ich das Haus nie durch die Haustür, keiner tat das, ich ging immer durch die Deele, von der links ein langer, schmaler, fensterloser Flur abzweigte, in dem es selbst um die Mittagszeit ziemlich dunkel war. Bisweilen kam mir Wölckens großer, schwarzer Hund entgegen und begleitete mich bis zum Eingang des Raums, in dem die Milchkannen standen, er kannte mich gut, da wir oft miteinander auf dem Hof spielten. An einem Abend sprang er jedoch ohne ersichtlichen Grund an mir hoch und biss tief und schmerzvoll in meinen linken Oberarm, erst als Frau Wölcken auf mein Schreien zur Hilfe kam, ließ er von mir ab. Seitdem begleitet mich Angst vor Hunden.

Die Frauen redeten seit Kurzem häufig von Ilse Koch, wechselten aber schnell das Thema, sobald ich in ihre Nähe kam, einmal konnte ich etwas länger zuzuhören. Ilse Koch schien eine böse

Frau zu sein, dass sie die Frau des Buchenwald-Kommandanten war, erfuhr ich erst später.

Stärker beschäftigte mich in dieser Zeit ein anderes Thema, das in Gesprächen der Frauen vorkam: In einem oder mehreren Konzentrationslagern habe man aus der Haut toter Menschen Lampenschirme hergestellt. Diese Ungeheuerlichkeit berührte mich wegen des Aussehens unserer Nachttischlampen. Ihre Schirme bestanden aus kugelförmigen Drahtskeletten, deren Zwischenräume mit gelblich durchscheinendem, bräunlich geädertem Material ausgefüllt waren. Hatten wir Lampenschirme aus Menschenhaut?

Karlheinz machte endlich sein Versprechen wahr, mich in den Glockenturm mitzunehmen. Von der Orgelbühne gelangten wir über eine Treppe in einen Raum, von dem eine Tür in den ab hier offenen Turm führte. Weiter ging es über drei lange Leitern, die zu hölzernen Podesten führten, das oberste füllte die ganze Turmgrundfläche aus, ein Durchstieg erlaubte den Zugang zur Glocke. So riesig hatte ich mir eine Kirchenglocke nicht vorgestellt, sie hing hoch über uns, war an einem drehbar gelagerten Balken befestigt, von dem ein dickes Tau abging, dessen Ende dicht über unseren Köpfen neben der Glocke baumelte. Ein dicker Knoten am Seilende sollte wahrscheinlich ein Ausfransen verhindern, er erfüllte aber noch einen weiteren Zweck, wie ich schnell merkte. Karlheinz sprang in die Höhe, erwischte das Tauende oberhalb des Knotens mit seinen Händen und zog das Tau durch sein Gewicht nach unten, die Glocke bewegte sich etwas, aber lautlos. Irgendwie schaffte es mein Spielkamerad, die Ausschläge der Glocke von Mal zu Mal zu vergrößern und endlich fing sie auch an, zaghaft zu läuten, die anfangs dünnen Töne schwollen rasch zu ohrenbetäubendem Lärm an. Inzwischen hatte sich Karlheinz am Seil hoch gehangelt, stand nun auf dem Knoten und sorgte gekonnt dafür, dass der Knoten bei jeder Abwärtsbewegung fast den Fußboden erreichte. Wie das Ingangsetzen einer Schaukel aus der Ruhelage, dachte ich.

Neben Rechnen, Schreiben, Lesen hatten wir hin und wieder auch eine Stunde »Singen«. Als wir das Lied »Auf einem Baum ein Kuckuck, simsaladimbambasaladusaladim ...« lernten, konnte ich glänzen: Den nicht ganz unkomplizierten Text und die Melodie hatte mir Onkel Werner beigebracht. In diesem Sommer führte uns Lehrer Danielmeyer in die Welt der Noten ein, auf anschauliche Art, wie ich fand. Er malte den Umriss einer Glocke auf die Tafel und ließ unten die dicke Kugel des Klöppels herausgucken. Diese Glocke erzeuge ein tiefes »bim–bam«, erklärte er uns, was damit gemeint war, demonstrierte er durch einen gesungenen Ton. Dann malte er drei weitere Glocken, jede gegenüber der vorhergehenden ein wenig seitlich nach oben versetzt, die natürlich höhere Töne hervorbringen würden. Zur Verdeutlichung der Abstände zog er fünf waagerechte Linien durch die Glocken, gab ein paar Erläuterungen dazu und wischte anschließend die Umrisse der Glocken weg, nur Klöppelkugeln und Linien blieben übrig. Das war meine Einführung in die Begriffswelt von Noten und Notenlinien. Damit das Ganze nicht nur Theorie blieb, lernten wir schnell ein kleines vierzeiliges Liedchen, bei dem die Zeilen auf der Abfolge von Tönen des C–Dur–Dreiklangs gesungen wurden:

Aller Anfang,
aller Anfang,
aller Anfang
ist schwer.

Eine besondere Form des Singens lernten wir bei dieser Gelegenheit auch noch kennen: Den Kanon. Der Text des ersten Kanons, den wir sangen, lautete

Große Uhren machen tik —— tak, tik —— tak,
kleine Uhren machen tikke — takke, tikke — takke,
und die kleinen Taschenuhren
tikke – takke, tikke – takke, tikke – takke – tik.

Dass mein Volksschullehrer der Musik einen hohen Stellenwert beimaß, kam nicht von ungefähr, was ich aber erst Jahrzehnte später erfuhr. Als der fünfzigste Jahrestag unserer Erstkommunion — von ihr wird ein paar Seiten weiter berichtet — nahte, startete eine meiner damaligen Klassenkameradinnen, die noch immer in Kleinenberg lebte, den Versuch, ein Treffen der Ehemaligen zu organisieren, was mit bescheidenem Erfolg gelang. Zu meiner großen Überraschung gesellte sich auch Lehrer Danielmeyer zu uns, er lebte also noch und war am Ort seiner früheren Wirkungsstätte geblieben. Ich erinnerte ihn daran, dass wir aus derselben Stadt stammten und wir stellten schnell fest, dass wir sogar das gleiche Gymnasium besucht hatten — mit einer Zeitverschiebung von etwa zwanzig Jahren. Vielleicht gab es ja sogar den einen oder anderen Lehrer, von dem wir beide unterrichtet worden waren. Ich versuchte es mit meinem ersten Französischlehrer, einem Choleriker, dem nach einem Kopfschuss im Ersten Weltkrieg eine Silberplatte zur Reparatur der Schädeldecke eingesetzt worden war. Seine kollektiven Beschimpfungen, vor denen wir uns fürchteten, führten wir auf die schlimme Verletzung zurück. Und tatsächlich, Danielmeyer hatte ihn auch in Französisch gehabt. Mehr noch, als er selbst im Zweiten Weltkrieg ebenfalls durch einen Kopfschuss verwundet wurde, hatte er sich gegen die Implantation einer Silberplatte gesperrt, um nicht zu einem Choleriker wie unser Französichlehrer zu werden. Hier täusche er sich aber gewaltig, flüsterte mir meine Klassenkameradin von damals zu, an manchen Tagen hätte die Klasse vor seinen Wutausbrüchen gezittert, einmal habe er sogar seinen Geigenbogen auf dem Rücken eines Schülers zertrümmert. Als ich meine Verwunderung äußerte, dass Danielmeyer Geige spielte, ergänzte sie, er sei auch ein passionierter Saxophonist gewesen.

Im Dorf gab es zwei Jungen, vor denen uns unsere Eltern gewarnt hatten, sie seien böse, schwänzten ständig die Schule und lebten in den umliegenden Wäldern. Einer wurde Mackel genannt, sein richtiger Name lautete anders, aber er war allgemein unter seinem Spitznamen bekannt. Ihn hatte ich ein einziges Mal in der Schule gesehen, er sah gar nicht so gefährlich und verwahrlost aus, wie ich nach der Schilderung meiner Mutter erwartet hatte.

Der andere war Lenis älterer Bruder Paul, von dem behauptet wurde, er lebe von Diebstählen. Eines Tages war Paul auf der Bicke aufgetaucht, gesellte sich zwanglos zu uns Kindern, auch er machte keinen furchterregenden Eindruck auf mich. Ich beneidete ihn um sein Fahrrad, gegen das er sich lässig lehnte. Als er mich fragte, ob ich Lust habe, mich auf den Gepäckträger zu setzen und ein Stückchen mit ihm zu fahren, willigte ich sofort ein. Die Fahrt sollte vom Sägewerk bis zur Scheune am Dorfeingang gehen und dann wieder zurück, doch bevor wir die Einmündung in die Landstraße erreichten, stürzten wir, ich trug Blessuren an Armen und Knien davon.

Humpelnd schleppte ich mich nach Hause, ließ das Donnerwetter meiner Mutter über mich ergehen und legte mich aufs Sofa. Die Schmerzen würden rasch abklingen, das wusste ich aus Erfahrung, doch an die Heilung der Wunde war nicht vor einem Monat zu denken. Es dauerte damals immer lange, bis sich eine Wunde schloss. Vorher bildeten sich eiternde Schwären, die unsere Mütter mit Zugsalbe behandelten, die wie Wagenschmiere aussah und die ich vermutlich an ihrem Geruch wiedererkennen würde. Solche eiternden Wunden waren nichts Besonderes, Kinder, namentlich Jungen, die draußen spielten, kamen ständig mit kaputten Knien nach Hause. Unangenehmer waren Furunkel, die uns nicht selten plagten, sie gingen tiefer als Schürfwunden, hinterließen auch deutlichere Spuren.

Eine Zeitlang hatten mein Bruder und ich Madenwürmer, die schrecklichen Juckreiz am Po verursachten. Täglich mussten wir geriebene Möhren essen, später versuchte es meine Mutter mit Karlsbader Salz, die letzte Maßnahme, die mir im Gedächtnis geblieben ist, bestand im mechanischen Entfernen der Würmer. Vor dem Schlafengehen musste ich mich bäuchlings auf den Küchentisch legen, damit die Hängelampe meinen Hinterausgang möglichst hell beleuchtete und meine Mutter die weißen Würmer mit einer Pinzette erfassen konnte, sobald sie ihre Köpfe herausstreckten.

Eine Krankheit, die mich als einen der wenigen in meiner Klasse nicht befiel, war die Krätze, eine stark juckende und nässende Hautkrankheit, die durch Kratzen schlimmer wurde. Die Haut zwischen den Fingern wurde besonders gern von der Plage befallen.

Unsere Mütter hatten sie verboten, der Lehrer hatte Herstellung und Benutzung strengstens untersagt, wir fertigten trotzdem Zwillen an. Ein hölzernes »Y« war schnell beschafft, Weidenbüsche wuchsen überall. Aus einem alten Autoschlauch — schlauchlose Reifen gab es noch nicht — wurden zwei schmale, gleich lange Gummistreifen zurechtgeschnitten, ein Stückchen weiches Leder ließ sich auch finden. Für das Zusammenfügen der Einzelteile unter Verwendung dünnen Bindedrahts brauchten wir nur Minuten, dann waren unsere einfachen, aber gefährlichen Flitschen — unsere Bezeichnung für Steinschleudern — fertig. Verletzt wurde niemand, aber die eine oder andere Fensterscheibe des Sägewerks ging zu Bruch.

Die Libori-Kirmes in Paderborn wurde jedes Jahr als großes Ereignis wahrgenommen, andere Kinder hatten begeistert von ihr berichtet, in diesem Jahr durfte auch ich endlich dorthin mitfahren. Obwohl die Kirmes mitten im Sommer stattfand, war es an dem Sonntagmorgen, an dem wir auf einen Lastwagen kletterten, empfindlich kalt. Unter der Plane standen Holzbänke an beiden Seiten der Ladefläche, auf denen neben ein paar Kindern hauptsächlich »Große« Platz nahmen. Während der Fahrt fror ich jämmerlich, glücklicherweise dauerte sie weniger als eine Stunde. Der Lastwagen hielt neben einer breiten Allee mit Kirmesbuden und Karussells zwischen den Bäumen, alle sprangen von der Ladefläche und ehe ich mich versah, stand ich allein in der fremden Umgebung.

Meine Mutter hatte mir ein Fünfzigpfennigstück mitgegeben, ich wusste nicht, ob das viel oder wenig war, schlenderte deshalb herum, um zu gucken, was ich für mein Geld bekommen könnte.

Das Ergebnis war niederschmetternd, die fünfzig Pfennige würden gerade mal für ein wertloses Teil reichen. An einem Stand entdeckte ich ein aus Sperrholz gesägtes, lackiertes Schwein mit der Aufschrift »Schwein muss man haben«, das mir gut gefiel, allerdings wusste ich nicht, was der Spruch bedeuten sollte. Unentschlossen ging ich weiter, kaufte am Ende einen von einem Drahtring umgebenen Propeller, den man mittels eines einfachen Mechanismus gen Himmel emporsteigen lassen konnte und der dann mit langsamen Drehbewegungen wieder zur Erde herunterschwebte. Erwartungsvoll versetzte ich den Propeller in schnelle Drehbewegung, freute mich über die beträchtliche Höhe, in die er sich hochschraubte, um dann mitansehen zu müssen, wie er in einem der Alleebäume hängen blieb.

Viel ist mir vom Kirmesbesuch nicht in Erinnerung geblieben, nur die Vorführung in einem Zelt hinterließ einen bleibenden Eindruck. Obwohl ich meine ganze Barschaft bereits ausgegeben hatte, war ich irgendwie, ohne zu bezahlen, in das Zelt gelangt. Die Vorführung bestand aus verschiedenen Kunststücken ganz kleiner Menschen, noch kleiner als ich, alle mit übergroßen Köpfen im Vergleich zu ihrer Körpergröße. Sie begannen ihre Darbietungen mit akrobatischen Nummern, später kam virtuoses Musizieren auf Xylophonen, die ich hier zum ersten Mal sah, hinzu. Die Vorführung war mir unheimlich, ich fragte mich, ob diese kleinen Menschen wirklich Menschen wie ich waren. Als ich später davon erzählte, fiel das Wort Liliputaner, was mich noch ratloser machte. In einem bebilderten Buch über Gullivers Reisen, das Wolfgang gehörte, gab es ein ganzseitiges Bild, auf dem Gulliver von den Bewohnern Liliputs mit unzähligen Fäden am Boden festgezurrt wurde. Hatte ich solche Menschen gesehen?

Mit der zweiten Hälfte des dritten Schuljahrs begann nach den Sommerferien — wegen des Kurzschuljahrs hatten wir erst zwei Jahre Unterricht hinter uns — eine neue Phase des Lernens, in der Sprache des Autofahrers: Es wurde in den nächsthöheren Gang geschaltet.

»Schriftliches Rechnen« stand auf dem Plan, anschließend wurden wir in die Bruchrechnung eingeführt. Mein Opa hatte mir bei seinem Besuch im Frühjahr schon die Umwandlung unechter Brüche in echte beigebracht, ich kannte die Bedeutung eines Hauptnenners, konnte ihn auch bilden. Warum er mich in die komplizierte Materie eingeweiht hatte, wusste ich nicht, auf jeden Fall erwiesen sich seine Vorarbeiten jetzt als nützlich. In späteren Jahren vermutete ich, dass er stolz auf seine Beherrschung der Bruchrechnung war und sich freute, in mir jemand gefunden zu haben, der seine Fähigkeit zu schätzen wusste.

Hauptwörter (Substantive), Tuwörter (Verben) und Wiewörter (Adjektive) hatten wir beim Einüben der Rechtschreibung unterscheiden gelernt. Jetzt bekam jedes Hauptwort ein Geschlecht zugewiesen, Einzahl und Mehrzahl kamen als wichtige Begriffe hinzu, ferner die Beugung in Werfall, Wesfall, Wemfall und Wenfall. Ähnlich die verschiedenen Formen von Tuwörtern, die unterschiedlichen Zeiten Gegenwart, Vergangenheit, Zukunft.

Wie andere Kinder versuchten, in ihrem Kopf Ordnung in den Wirrwarr zu bringen, weiß ich nicht, mir half das Schema, nach dem wir Rechenaufgaben auf die karierte Seite unserer Schiefertafel schrieben: Sie wurden in Blöcken — wir nannten sie Päckchen — angeordnet, durch leere Zeilen und Spalten getrennt, wobei die verschiedenen Aufgaben innerhalb eines Päckchens eine gemeinsame Eigenschaft aufwiesen. Diese Systematik übertrug ich auf die unterschiedlichen Wortformen und schaffte mir damit meine Ordnung.

Als neues Fach stand Heimatkunde auf dem Lehrplan, es hatte nichts mit Sentimentalität oder Folklore zu tun. Wir lernten vielmehr, wie die Welt hinter den Wiesen, Feldern und Wäldern, die unser Dorf umgaben, weiterging. Neue Ortsnamen lernten wir, ich erinnere mich an Atteln und Herbram, wir erfuhren, dass mehrere kleine Orte zu einem Amt gebündelt wurden, mehrere Ämter zu Kreisen und die wiederum zu Regierungsbezirken. Zum Beispiel Kleinenberg, Amt Lichtenau, Kreis Büren, Regierungsbezirk Minden. Wenig später verlor das Ländchen Lippe seine Selbständigkeit und wurde Teil des neu gegründeten Landes Nordrhein–Westfalen, dafür musste die Stadt Minden »bluten«, von da ab gehörten wir nämlich zum neu geschaffenen Regierungsbezirk Detmold.

Als wir das Sintfeld, eine nicht weit von uns gelegene Gegend, behandelten, lernte ich, dass die im Religionsunterricht besprochene Sündflut korrekt Sintflut hieß, was »große Flut« bedeute. Das Sintfeld war das große Feld, auf dem im Jahr 794 eine entscheidende Schlacht im Sachsenkrieg Karls des Großen stattgefunden hatte.

Lernen fiel mir leicht, meine Noten waren gut, was mich freute, die damit verbundene Aufmerksamkeit machte mir hingegen keinen Spaß. Einmal holte mich der Hornochse in den Unterricht des sechsten Schuljahres, stellte mir eine Frage, die ich leicht beantworten konnte. Zu den anderen Kindern gewandt fuhr er fort, sie sollten sich schämen, dass ein Junge aus dem dritten Schuljahr mehr wisse als sie. Von da an riefen mir die Kinder »kleiner Lehrer, kleiner Lehrer« nach, wenn ich durchs Dorf ging.

Am Weißen Sonntag des Jahres 1948 würden die katholischen Kinder unseres Jahrgangs gemeinsam zur Erstkommunion gehen, der Religionsunterricht war von nun an vollständig auf dieses Ereignis ausgerichtet. Manchmal fand zusätzlicher Unterricht in der Sakristei der Dorfkirche statt. Zunächst ging es nur um das Lesen und Besprechen von Texten, die »Choreographie« sollte erst kurz vor dem Ereignis eingeübt werden.

Während des Sommers hatten wir wieder fleißig Beeren im Wald gepflückt, im Spätherbst kam als neue Aktion das Aufsammeln von Bucheckern dazu. In geringem Umfang hatten unsere Mütter die ölhaltigen Samen bereits in der Vergangenheit für die Weihnachtsbäckerei verwendet, jetzt setzte Sammeln im großen Stil ein, zur Speiseölgewinnung. Hatte ich das Auflesen der kleinen dreikantigen Früchte schon als unendlich langweilig empfunden, so stellte sich ihre Weiterverarbeitung auf dem Küchentisch als ungleich schlimmer heraus. Die harten, scharfkantigen Schalen mussten mit den Fingernägeln aufgeknipst und anschließend entfernt werden, das war nicht nur eine mühsame, zeitraubende Angelegenheit, die Haut unter den Fingernägeln tat bald so weh, dass wir Kinder zu weinen anfingen. Tage vergingen, bis meine Mutter die leicht pelzigen Kerne im Kolonialwarenladen abliefern konnte und irgendwann konnte sie eine Flasche Öl abholen, das erste Speiseöl, das ich sah.

An einem Morgen im Oktober 1947 endete für meine Mutter die Vorstellung, ihr zukünftiges Leben würde ein gemeinsames Leben mit meinem Vater sein, wie es 1938 mit ihrer Heirat vielversprechend begonnen und zwei Jahre bis zur Einberufung meines Vaters angedauert hatte. Der Briefträger brachte ein amtliches Schreiben, in dem meiner Mutter mitgeteilt wurde, ein aus sowjetischer Kriegsgefangenschaft heimgekehrter ehemaliger deutscher Soldat habe den Tod meines Vaters gemeldet, er sei im Mai 1946 in einem Kriegsgefangenenlager an den Folgen einer Lungenentzündung gestorben. Name und Adresse des ehemaligen Kriegskameraden waren angegeben.

An das, was an diesem Tag und den darauffolgenden Tagen geschah, habe ich keinerlei Erinnerung.

Um weitere Einzelheiten von dem Heimkehrer zu erfahren, beschlossen meine Mutter und ihre Schwiegermutter, ihn an seinem Wohnort in der Nähe von Hardenberg, wo Tante Helene nach wie vor lebte, zu besuchen. Der ehemalige Kriegskamerad berichtete, mein Vater sei im April 1945 — also wenige Tage vor Kriegsende — in Königsberg in sowjetische Kriegsgefangenschaft geraten und er sei zunächst in ein Lager am Ural gekommen. Mit dem Ziel der Entlassung aus der Kriegsgefangenschaft war Anfang 1946 ein Gefangenentransport zusammengestellt worden, zu dem auch mein Vater gehörte. Auf dem Wege in Richtung Heimat war dieser Transport etwa vierhundert Kilometer südöstlich von Moskau angehalten worden, weil dort ein bereits teilweise geleertes Kriegsgefangenenlager wieder aufgefüllt werden sollte, um auf diese Weise den Mangel an Arbeitskräften zu beheben. Für die schwere Arbeit, die die Gefangenen dort verrichten mussten, sei das Essen weder qualitativ noch quantitativ ausreichend gewesen, was zu einem hohen Krankenstand geführt habe. Unzureichende medizinische Versorgung, fehlende Medikamente und katastrophale hygienische Verhältnisse hätten für viele der durch Krankheit geschwächten Gefangenen den Tod bedeutet. So auch für meinen Vater, der nach einer Lungenentzündung schon auf dem Wege der Besserung gewesen sei, dann aber einen Rückfall erlitten habe, der zu seinem Tod führte.

Nach der Rückkehr in unser Dorf begann meine Mutter, einige ihrer Kleidungsstücke schwarzzufärben, damit sie, wie damals üblich, ein Jahr lang Trauerkleidung tragen konnte.

Weihnachten rückte näher, wir würden wieder ins Ruhrgebiet fahren, neben dem Christfest stand die Feier eines weiteren Ereignisses an: Die Verlobung des jüngsten Bruders meiner Mutter. Ich kannte ihn noch nicht, war sehr gespannt, wie er aussehen würde, der Panzerfahrer, von dem die Erwachsenen häufig bewundernd erzählten, er gehöre zu der nicht sehr großen Gruppe von Panzerfahrern, die den Krieg überlebt hatten.

Am Tag vor Heiligabend kam er mit seiner zukünftigen Verlobten, um uns abzuholen. Mit einem Auto, das der Firma gehörte, in der er arbeitete. Mein Onkel beeindruckte mich durch sein selbstbewusstes Auftreten, seine kräftige Stimme und durch sein gutes Aussehen. Er hatte zwar Ähnlichkeit mit Onkel Karl, war aber nicht abweisend, wirkte auch nicht einschüchternd auf mich. Noch mehr war ich von der jungen Frau angetan, die mit ihm gekommen war und zu der ich nun Tante Vera sagte. Sie trug ein schwarzes Kleid mit einem großen weißen Spitzenkragen, in dem sie sehr vornehm aussah. Ihr Gesicht erschien mir anfangs nicht so schön, es sah für mich fremd aus, wofür ich in späteren Jahren auch eine mögliche Erklärung fand: Sie entstammte einer Hugenottenfamilie, mit Nachnamen hieß sie Leclair.

Wir hatten kaum den Nachmittagskaffee — natürlich hatte es

nur Muckefuck gegeben — beendet, da drängte mein Onkel auch schon zur Abfahrt, wegen der verschneiten Straßen wollte er noch möglichst weit bei Tageslicht fahren, auf jeden Fall beabsichtigte er, Paderborn vor Einbruch der Dunkelheit hinter sich zu lassen, von da ab würden die Straßenverhältnisse besser sein. Bei heftigem Schneetreiben fuhren wir los, es war meine erste Autofahrt im Winter, ich hatte Angst.

Wegen der Glätte und der schlechten Sichtverhältnisse konnte mein Onkel nur langsam fahren, zum Glück waren wir lange Zeit die Einzigen auf der Straße. Als dann doch die Scheinwerfer eines entgegenkommenden Autos das Schneetreiben durchdrangen, musste mein Onkel das Auto abrupt nach links steuern, um einen Zusammenstoß zu vermeiden — wer auf der falschen Spur gefahren war, ließ sich hinterher nicht mehr feststellen. Unser Auto prallte frontal gegen einen Chausseebaum, wir wurden alle nach vorn geschleudert, am schlimmsten traf es Tante Vera, die mit ihrem Kopf die Windschutzscheibe durchstieß, ihr Gesicht blutete aus vielen Wunden.

Der Unfall ereignete sich in der Nähe des kleinen Ortes Dörenhagen, in unmittelbarer Nähe eines einzelnen Wohnhauses, der Name Toelle stand auf dem Türschild. Hier wohnte ein Förster, der ein Telefon besaß, so dass umgehend ein Krankenwagen herbeigerufen werden konnte. Während wir im Wohnzimmer des Försters warteten, saß Tante Vera mit blutverschmiertem Gesicht da, ich hatte Angst, sie würde sterben. So schlimm war es am Ende doch nicht, ihre Verletzungen wurden im Krankenhaus behandelt, so dass wir nach mehreren Stunden weiterfahren konnten.

Am Morgen des ersten Weihnachtstages ging ich mit meinem Opa zur Meinolphuskirche, weit mussten wir nicht laufen. Das von Bomben zerstörte Gotteshaus war noch nicht wieder aufgebaut, der Kirchturm hatte jedoch die Luftangriffe im Wesentlichen unversehrt überstanden. Den ehemaligen Eingangsbereich am Fuße des Turms hatte man notdürftig für Gottesdienste hergerichtet, alle Öffnungen — bis auf eine Eingangstür und eine

Tür zur Sakristei — waren durch unverputzte Mauern aus schon einmal verbauten Ziegelsteinen verschlossen worden. Als Altar diente ein schmuckloser Quader, ebenfalls aus alten Backsteinen gemauert, anstelle echter Kerzen standen weiße Rohre mit oben befestigten Glühlampen drauf. Kirchenbänke gab es nicht, vermutlich waren auch sie Opfer der Bomben geworden, trotz fehlenden Kirchengestühls mussten die Kirchgänger dicht an dicht stehen. Knien war während der Messe nicht möglich. Als das erste Lied angestimmt wurde, erschallte kein Orgelbrausen, aus irgendeiner Ecke wehten leblose Tönchen herüber, auf meine Frage sagte mein Opa, sie kämen von einem Harmonium. Unter den Messdienern war auch ein Junge, den ich schon auf der Straße gesehen hatte, er musste wohl ganz in unserer Nähe wohnen.

Zur Verlobungsfeier fuhren wir anderntags mit der Straßenbahn nach Recklinghausen, wo Tante Vera bei ihrer Mutter wohnte, der Vater lebte nicht mehr. In einem schmalen Eisenbahner-Siedlungshäuschen — Tante Veras Vater hatte als Schreiner bei der Deutschen Reichsbahn gearbeitet — warteten die anderen Gäste bereits auf uns, man wollte endlich anfangen. Die fremden Menschen, Verwandte meiner neuen Tante, schüchterten mich anfangs ziemlich ein, zumal alle ungewohnt laut redeten.

Zwei Kinder kamen auf mich zu und zogen mich von meiner Mutter fort. Sigrid war die Tochter von Tante Veras Schwester, Max der Sohn ihres Bruders. Ich war froh, unter meinesgleichen zu sein, brauchte allerdings Zeit, um mit ihnen warmzuwerden. Die beiden verhielten sich weniger zurückhaltend, sie befanden sich auf gewohntem Terrain und traten zudem zu zweit auf. Sigrid war ein Jahr jünger als ich, wegen ihres kräftigen Körperbaus und ihrer tiefen, heiseren Stimme wirkte sie wie ein Junge. Max, ihr fünfjähriger Vetter sprach merkwürdig abgehackt, und weil er die Wörter zusätzlich vernuschelte, konnte ich ihn nur mit Mühe verstehen. Sein Kopf war im Vergleich mit seinem Körper viel zu groß, seine Augen steckten in tiefen, dunklen Höhlen, Max sah für mich etwas furchterregend aus.

Die beiden entführten mich in das kleine Wohnzimmer, wo sie einen Packen Vorder- und Rückseiten von Zigarettenschachteln[5] vor mir ausbreiteten, wunderten sich, dass ich mit Unverständnis reagierte. Alle Freunde und Mitschüler sammelten solche »Bildchen«, klärten sie mich auf, besonders beliebt seien Zigarettenschachteln englischer Besatzungssoldaten, sie zeigten mir »Senior Service« und »Player's Navy Cut« als besonders begehrte Sammlertrophäen, beim Tauschen seien sie sehr wertvoll. In mein Dorf war die Sammelleidenschaft noch nicht vorgedrungen. Max sagte, er wolle Erdnüsse für uns holen, das Wort hatte ich noch nie gehört. In dem Schüsselchen, das er aus der Küche mitbrachte, lagen gelbliche Hülsen mit zwei Verdickungen, sie sahen ähnlich wie die trockenen Schoten von Bohnen aus, enthielten auch bohnenähnliche Kerne. Meine Begeisterung für den neuen Nusstyp hielt sich in Grenzen.

Wir wurden aus dem Wohnzimmer verscheucht, die Erwachsenen wollten hier essen, für uns Kinder würde der Tisch in der Küche gedeckt. Sigrids Mutter setzte sich zu uns, sie war älter als Tante Vera, hatte nicht viel Ähnlichkeit mit ihr. Sie stellte mir Fragen, wie ich sie von Erwachsenen gewohnt war, ich ließ sie geduldig über mich ergehen. Nur am Ende erschreckte sie mich mit der Bemerkung, sie wolle mich später gern als Schwiegersohn haben. Glücklicherweise fand das leidige Thema ein rasches Ende, das Abendessen wurde aufgetragen.

Nach einer Suppe mit Eierstich und Markklößchen, die ich als Kind gern aß, aber selten bekam, gab es Kartoffelsalat mit Knackwurst — das Wort Bockwurst war bei uns nicht gebräuchlich — mit der Besonderheit, dass ich nicht nur eine bekam, sondern drei. Vom Pudding konnte ich zu meinem Bedauern nur eine Portion essen, eine zweite passte nicht mehr in den Magen.

In diesen Tagen schlug ich bei meinen Großeltern zum ersten Mal eine Tageszeitung auf, wahrscheinlich waren es die Ruhr-Nachrichten, Katholiken bevorzugten die Zeitung. Zwei Bilder

---

[5] fast alle Zigarettenmarken verwendeten Schachteln aus dünner Pappe

sind mir in Erinnerung geblieben: Eine Landkarte und eine Karikatur. Die Landkarte, weil sie von unten nach oben den Schriftzug »P A L Ä S T I N A« enthielt und ich das Wort Palästina aus meiner biblischen Geschichte kannte. Die Karikatur habe ich wohl deshalb im Gedächtnis behalten, weil ich sofort die Anspielung auf die Mangelwirtschaft verstand. Zwei Männer standen vor einem Schrank mit einer halb geöffneten Tür, im Schrank lag eine winzig kleine Wurst, die Schranktür hatte im oberen Drittel ein kreisförmiges Loch mit einer Lupe davor. Neben einem der Männer stand der Satz »Meine neueste Errungenschaft: Speiseschrank mit eingebautem Vergrößerungsglas«.

Während im Ruhrgebiet kein Schnee gelegen hatte, die vorherrschende Farbe war »grau« gewesen, lag das Behelfsheim bei unserer Rückkehr in einer tief verschneiten Landschaft. Ein paar Tage blieben noch bis zum Wiederbeginn des Schulunterrichts, die wir Kinder großenteils draußen verbrachten, nicht zuletzt wegen eines neuen Wintervergnügens. Schimmels Brüder hatten im Herbst Skier angefertigt, ich hatte ihnen dabei zusehen dürfen. Mit der Kreissäge zurechtgesägte Bretter aus Eschenholz wurden anschließend auf der Hobelmaschine geglättet. Unter der Bandsäge wurde jedem Brett an einem Ende die Form einer spitzen Schaufel gegeben, und zwar so, dass an der Spitze noch ein kurzes Holzstück stehenblieb. Daran befestigten sie einen kräftigen Draht und bogen die »Schaufel« unter Verwendung von Wasserdampf aus dem Kessel zum Kochen des Viehfutters langsam nach oben, indem sie den Draht immer fester spannten. Nach ein paar Tagen wurde der Draht entfernt — zu meiner Überraschung blieb die Biegung der Bretter erhalten — und die nun überflüssigen Zipfel an den Spitzen wurden abgesägt. Auf der Oberseite der vorn gebogenen Bretter wurden mittig kurze Brettchen befestigt und daran Lederriemen als Bindungen. Skistöcke lieferte die Natur: Gerade gewachsene Triebe geeigneter Stärke von Haselnuss-Sträuchern. An den unteren Enden hatten Schimmels Brüder Nägel eingeschlagen und ihre Köpfe anschließend mit einer Zange abgezwickt, fertig.

Mit diesen Basisversionen vormoderner Skier machten wir erste Langlaufversuche auf den umliegenden Wiesen. Mutig geworden suchten wir uns bald ein neues Übungsgebiet in der Nähe des Waldes mit einem nicht sonderlich steilen Abhang, wo wir wenigstens ein kleines Stück abfahren konnten, ohne dauernd mit den Stöcken nachhelfen zu müssen.

Dann waren die unbeschwerten Tage zu Ende, frühmorgens machten wir uns im Dunkeln — natürlich gab es in unserem Dorf keine Straßenbeleuchtung — auf den verschneiten Schulweg, meistens setzte uns auch noch eisiger Wind zu. Im Unterricht nahm die Vorbereitung auf die Erstkommunion einen noch größeren Raum ein als bisher, denn die Zeit drängte: Ostern würde in diesem Jahr am 28. März sein und eine Woche später der Weiße Sonntag. Wir bekamen jetzt als Ergänzung zur biblischen Geschichte den »kleinen katholischen Katechismus« und ein speziell auf die Erstkommunion zugeschnittenes Büchlein.

Aus der Arbeit mit dem Katechismus sind mir nur zwei Fragen und die zugehörigen Antworten in Erinnerung geblieben. Die Antwort auf die erste Frage »Wozu sind wir auf Erden« lautete »Wir sind dazu auf Erden, dass wir den Willen Gottes tun, um dadurch in den Himmel zu kommen«. Ich nehme an, wir haben das damals einfach so hingenommen und auswendig gelernt. Was hätte ich als knapp Neunjähriger zum Thema der menschlichen Existenz, dem Philosophen dicke Bücher gewidmet haben, schon sagen können? Mit dem Problem, woher wir den Willen Gottes überhaupt kennen sollten, werden wir uns kaum belastet haben, wozu gab es den Pastor? Frage Nummer zwei schloss sich ganz dicht an, das weiß ich noch genau: »Was müssen wir glauben«? Sie wurde mit »Wir müssen alles glauben, was Gott uns geoffenbart hat« beantwortet. Endlich ergab sich eine Gelegenheit, mich nach der Bedeutung des ominösen »geoffenbart« zu erkundigen.

In der Vorbereitung nahm natürlich die Beichte einen wichtigen Platz ein und dabei besonders die Auflistung dessen, was alles gebeichtet werden musste. Denn man durfte natürlich keine Sünde vergessen, weil sonst die ganze Beichte unter Umständen ungültig sein konnte. Damit dieses Malheur nicht passierte, bekamen wir einen langen, ausführlichen Katalog mit Fragen der Form »Habe ich … ?«. Den mussten wir sorgfältig durchgehen und die mit »ja« beantworteten Fragen auf einem Zettel notieren, der Vorgang wurde Gewissenserforschung genannt.

Vermutlich machte ich mir zu diesem Zeitpunkt noch keine Gedanken über die Frage, die für mich mit zunehmendem Alter aber immer bedeutsamer wurde: »Habe ich mich freiwillig in Glaubenszweifeln aufgehalten?« Das darin implizit enthaltene Denkverbot war ich irgendwann nicht mehr bereit zu akzeptieren.

Zum letzten Weihnachtsfest hatte ich von meiner Patentante ein dünnes Büchlein mit dem Titel »Lernt Englisch im Londoner Rundfunk« als Geschenk bekommen. Es war wahrscheinlich als Begleitlektüre zu einem Englischkurs gedacht, der von der BBC für Deutsche gesendet wurde, doch den Londoner Rundfunk konnten wir nicht empfangen. Auf mich allein gestellt begann ich englische Wörter zu lernen: Sunday, Monday, Tuesday, … January, February, March, … An weitere Wörter, die ich eventuell noch auswendig lernte, erinnere ich mich nicht mehr. Viele können es jedenfalls nicht gewesen sein, denn Frau Klotz bremste meinen Lerneifer. Da sie mir mit ihren Sprachkenntnissen imponiert hatte, berichtete ich ihr von meinen ersten Gehversuchen im Englischen. Ich hatte natürlich die geschriebenen Wörter so ausgesprochen, als seien sie deutsche und als ich die Wochentage aufzuzählen begann, klärte sie mich auf, dass die Wörter ganz anders ausgesprochen würden. Meine Mutter konnte kein Englisch, mit falscher Aussprache wollte ich die Wörter nicht lernen, damit war der autodidaktische Ausflug zu Ende. Nein, nicht ganz. Ein paar Monate später brachte Lehrer Danielmeyer einen Engländer in den Unterricht mit, der Deutsch mit uns sprach. Auf seine Frage, ob einer von uns englische Wörter kenne, meldete sich zunächst keiner, ich hob schließlich zaghaft meinen Finger. Der Engländer ermunterte mich, trotz der von mir vorgebrachten Bedenken die Wochentage aufzusagen, was ich auch tat. Mit ernstem Gesicht sagte er, das habe ich sehr schön gemacht und es sei auch alles richtig gewesen.

Für den Weißen Sonntag stand noch die Lösung eines Problems an: Ich brauchte einen dunklen Anzug, einen mit kurzer Hose. In mühsamer Kleinarbeit zerlegten meine Mutter und ich einen Anzug meines Vaters mittels Schere und Rasierklinge in seine Einzelteile, aus denen die Schneiderin des Dorfs einen für mich passenden Anzug herstellte. Ich war glücklich, dass ich am Weißen Sonntag wie die anderen Jungen gekleidet sein würde.

Etwa einen Monat vor dem Weißen Sonntag erlitt meine Mutter einen körperlichen und psychischen Zusammenbruch, der sie möglicherweise das Leben gekostet hätte, wenn nicht umgehend ärztliche Hilfe zur Stelle gewesen wäre. In unserem Dorf gab es keinen niedergelassenen Arzt, aber unter den Flüchtlingen, die hier Obdach gefunden hatten, war ein Arzt namens Hergesell, der zwar über keine ordentlich ausgestattete Praxis verfügte, doch er hatte einen Koffer mit Geräten für ambulante Behandlungen, ich kann mich an ein Stethoskop erinnern und an eine Spritze, die er aus einer Ampulle füllte. Es wurde von Strophanthin gesprochen, das Wort hörte ich zum ersten Mal.

Tante Lisbeth und Tante Hilde hatten sich kurz nach der Ankunft des Arztes eingefunden und mit ihm das weitere Vorgehen besprochen. Meine Mutter brauche aus ärztlicher Sicht für einige Zeit absolute Ruhe, sagte er, sie könne ihren Haushalt auf keinen Fall selbst führen. Man kam überein, mein Bruder solle von Tante Lisbeth mitversorgt werden, ich solle während der Zeit bei Tante Hilde und Onkel Karl bleiben.

An die neue Umgebung musste ich mich erst gewöhnen. Vor Onkel Karl hatte ich schon immer Angst gehabt, Tante Hilde hatte ich bisher als eine liebe Frau kennengelernt. Nun, da ich gewissermaßen zur Familie gehörte, empfand ich sie als sehr streng. Allerdings merkte ich auch schnell, dass nicht sie »das Sagen« hatte, sondern dass die Befehle von Onkel Karl ausgingen, denen auch sie sich fügen musste. Es schien mir, als behandele er sie ähnlich wie seinen Vorarbeiter Sprick, wenn er ihm morgens sagte, welche Arbeiten die Waldarbeiter an dem betreffenden Tag zu erledigen hätten. Dieser Vorarbeiter, von dessen Tochter Luzie die älteren Jungen im Dorf schwärmten, war mir auch nicht ganz geheuer, weil er seinen Kopf stets und ständig ohne Unterbrechung hin und her drehte. Das käme von einer Nervenkrankheit, hatte Tante Hilde auf meine Frage geantwortet.

Lehrer Danielmeyer bat mich eines Morgens, am Nachmittag noch einmal zur Schule zu kommen, einen Grund nannte er nicht. Also machte ich mich bald nach dem Mittagessen auf den Weg, bei meiner Ankunft stand er mit einem mir unbekannten Mann vor dem Schulgebäude. Gemeinsam gingen wir zur Kapelle und dort über eine schmale Treppe zur Orgel hinauf. Mein Lehrer erläuterte mir, der Mann, den er seit seiner Schulzeit kenne, sei ein guter Organist und wolle gern auf dieser Orgel spielen. Den Spieltisch einer Orgel sah ich zum ersten Mal, ich war beeindruckt, dass sich jemand in der verwirrenden Anordnung von Tasten und Knöpfen zurechtfinden konnte. Die Tastatur eines Klaviers hatte ich schon gesehen, hier waren sogar zwei Reihen von Tasten wie auf zwei Treppenstufen angeordnet. Darüber waren noch zwei Reihen von Holzknöpfen, die man nach vorn ziehen konnte, in die Vorderseiten der Knöpfe waren runde, weiße Emailschildchen mit schwarzen Beschriftungen eingelassen, auf einem Knopf stand »Flöte«, die anderen Knopfbezeichnungen konnte ich zwar lesen, aber die Wörter waren mir fremd.

Mein Lehrer gab mir eine kurze Einführung in die Tonerzeugung bei einer Orgel. Die teils riesigen, teils winzigen silbrigen Rohre, die über dem Spieltisch angeordnet waren, seien allesamt Flöten — jetzt verstand ich das Wort »Orgelpfeifen«, das ich schon einige Male gehört hatte — und meine Aufgabe werde es sein, die Luft für das Anblasen dieser Flöten bereitzustellen. Mit einem

Blasebalg. Wie dieser Blasebalg aussah, konnte ich nicht sehen, er befand sich hinter einer hölzernen Verkleidung, aus der ein ebenfalls hölzerner Stab herausguckte, der in einem senkrechten Schlitz auf und ab bewegt werden konnte. Meine verantwortungsvolle Tätigkeit würde darin bestehen, diesen Hebel ohne Unterbrechung im Wechsel nach unten zu drücken und anschließend nach oben zu ziehen, um dadurch den Blasebalg in Aktion zu halten, damit er die Orgelpfeifen mit Luft versorgen konnte.

Der Schulfreund meines Lehrers begann in die Tasten zu greifen und augenblicklich setzte brausender Orgelklang ein. Da ich in geringer Entfernung unter den Orgelpfeifen stand, war der akustische Eindruck natürlich noch gewaltiger als bei der sonntäglichen Orgelbegleitung. Ich staunte über die Fähigkeit des Orgelspielers, mit den vielen Tasten und Knöpfen bravourös umzugehen und als ich dann noch sah, dass er außerdem mit seinen Füßen auf einer dritten Klaviatur aus kräftigen Holzlatten spielte, wäre ich fast vor Ehrfurcht erstarrt, was aber durch mein pflichtgemäßes Heben und Senken des Hebels verhindert wurde.

Die Kraftanstrengung, die nötig war, den Blasebalg auf Trab zu halten, war für einen Jungen meines Alters nicht zu groß, doch das Orgelspiel zog sich für mein Gefühl gewaltig in die Länge. Anfangs ignorierte ich beginnende Ermüdungserscheinungen, später half mir die Angst vor einer Blamage beim Durchhalten.

Durch die Einquartierung der Babenders war es in dem kleinen Forsthaus ziemlich eng geworden: Drei Familien mit insgesamt elf Menschen mussten sich 70 oder 80 Quadratmeter auf zwei Stockwerken teilen. Durch meinen Bruder und mich war es in dem Haus noch enger geworden, wenn auch nur für begrenzte Zeit.

Zu Beginn der Osterferien waren zwei Enkel der Babenders aus einem anderen Ort zu Besuch gekommen, die bis zum Wiederbeginn der Schule bei den Großeltern bleiben und so lange eine noch größere Enge bescheren würden.

Wir hatten wenig Kontakt zu den beiden Jungen, das ergab sich schon aus dem Umstand, dass wir wegen des kalten und regnerischen Wetters kaum draußen spielen konnten. Zudem hatten sie komische Namen, der eine hieß Fritjof Werner Ingomar, der andere Jörn Uwe Karsten, solche Namen gab es in unserem Dorf nicht. Und dann waren die beiden auch noch evangelisch.

Die Vorbereitung auf die Erstkommunion war in ihre Endphase getreten, am Samstagmorgen vor dem Weißen Sonntag beichteten wir zum ersten Mal, der Pastor hatte uns eingeschärft, zwischen der Beichte und der Erstkommunion auf keinen Fall zu sündigen.

Dem nächsten Tag sah ich mit Spannung entgegen. Auch meine Mutter, die ich in den letzten Wochen nur ein paarmal gesehen hatte, würde für ein, zwei Stunden kommen. Tante Lisbeth und Tante Hilde waren in der Küche mit Kochen und Backen beschäftigt. Meine beiden Vettern und Wolfgang waren in der Kirche, sie würden am folgenden Tag zu dem großen Messdieneraufgebot gehören und mussten deshalb den besonderen Ablauf proben.

Um der mit Spannung aufgeladenen Langeweile zu entgehen, begab ich mich nach draußen in der Hoffnung, dort ein wenig Ablenkung zu finden. Außer Fritjof Werner Ingomar und Jörn Uwe Karsten sah ich niemand, also gesellte ich mich notgedrungen zu ihnen. Sie fingen sofort an zu prahlen, aus was für einer tollen Stadt in Pommern sie hätten flüchten müssen und welch erbärmliches Kaff unser Dorf dagegen sei. Außerdem hätten sie ein großes Haus gehabt und hier müssten sie zusammen mit ihren Großeltern in zwei winzigen Zimmern hausen. Wegen des bevorstehenden Weißen Sonntags wollten sie mich wohl ärgern, fingen an zu stänkern, evangelisch sei viel besser als katholisch und überhaupt sei der Papst in Rom ein ganz schlimmer Mensch. Ich wusste nicht, wie ich mich allein gegen die zwei wehren sollte und wollte weggehen. Da versperrten sie mir den Weg und begannen mich zu schubsen, mit Mühe gelang es mir, in den Schuppen zu flüchten, in dem das Brennholz für den Winter aufgestapelt war. Nun war ich ihr Gefangener, denn zu zweit konnten sie mühelos die Tür blockieren. Ich musste nach einer Lösung suchen, wie ich die beiden verjagen konnte.

Die Schuppenwände bestanden aus senkrechten Brettern, die so auf ein Balkengerüst genagelt waren, dass jeweils ein Spalt von etwa zwei Zentimetern Breite zwischen ihnen vorhanden war. Ich stieg auf den Holzhaufen, stellte mich hinter eine Ritze und fing an, die beiden zu beschimpfen. Wie erwartet, bezogen Fritjof Werner Ingomar und Jörn Uwe Karsten draußen umgehend unterhalb meines Standorts Stellung, um nun ihrerseits mit Beschimpfungen gegen mich loszulegen. Das gab mir die Gelegenheit, meinen Hosenladen zu öffnen und den beiden auf die Köpfe zu pinkeln.

Die Aktion war ein durchschlagender Erfolg, heulend rannten sie ins Haus und ich konnte den Schuppen verlassen. Das ursprüngliche Problem war gelöst, doch jetzt hatte ich ein neues, theologisches. Wenn die beiden durch die Ritze etwas gesehen hatten, was sie nicht sehen durften, hatte ich dann die Sünde der Unkeuschheit begangen? Zur nochmaligen Beichte gab es keine Gelegenheit und so entschied ich, es sei keine Sünde gewesen.

Gemessen an dem Aufwand, der in der Schule, in der Kirche und zu Hause im Vorfeld des Weißen Sonntags getrieben worden war, sind meine Erinnerungen an diesen Tag dürftig. Nach der Messe kamen mehrere Leute, die ich gar nicht näher kannte, auf mich zu und lobten mich dafür, dass ich die wochenlang geprobten Texte, die wir Kommunionkinder gemeinsam hatten sprechen müssen, mit fester und lauter Stimme vorgelesen hatte, die anderen Kinder seien kaum zu hören gewesen.

Beim Nachmittagskaffee durfte ich bei den Erwachsenen im Wohnzimmer von Onkel Karl und Tante Hilde am großen Tisch sitzen, die anderen Kinder saßen in der Küche. Von den wunderbaren Kuchen, die Tante Hilde und Tante Lisbeth gebacken hatten, schmeckte mir die Mokkatorte, die ich zum ersten Mal in meinem Leben aß, besonders gut. Die beiden Tanten erklärten mir, es sei eigentlich keine richtige Mokkatorte, dafür hätten sie Bohnenkaffee, den es ja nicht gab, haben müssen. Die passendere

Bezeichnung sei deshalb Muckefucktorte.

Anschließend ging es ans Sichten der Geschenke. Ein an der Wand zu befestigender Kerzenhalter in Form eines Kreuzes und ein dazu passendes kleines Weihwasserbecken — beide aus Aluminium — waren die einzigen »Sachgeschenke«, ansonsten waren es Umschläge mit Glückwunschschreiben, teilweise mit einem Geldschein dabei. Die Glückwunschkarten waren meistens in »Schönschrift« selbst hergestellt, auf Papier, gegenüber dem sich heutiges Recyclingpapier wie handgeschöpftes Bütten ausmachen würde.

Nach dem Weißen Sonntag begann das neue Schuljahr, das vierte. Ob damals schon feststand, dass ich es nur noch zur Hälfte in der Dorfschule zubringen würde, weiß ich nicht mehr. Auch an die neuen Bereiche, die im Fach »Rechnen« dazu kamen, habe ich keine Erinnerung. Dagegen sind mir die Fortschritte bei der Beschäftigung mit der deutschen Sprache recht gut im Gedächtnis geblieben.

Eine neue Wortklasse, die persönlichen Fürwörter, wurde eingeführt, wir brauchten sie zur Beugung der Tuwörter. Die Fürwörter ich, du, er, sie, es, ... selbst ließen sich auch beugen: Ich, meiner, mir, mich, du, deiner, dir, dich, ... Als Nächstes folgten die besitzanzeigenden Fürwörter mein, dein, sein, ihr, sein, unser, euer, ihr, die natürlich auch gebeugt werden konnten, mit der Tücke, dass die Genitive des Personalpronomens und des Possessivpronomens gleich lauteten.

Hinweisende Fürwörter, bezügliche Fürwörter (Relativpronomina), Fragewörter usw. waren weitere neue Elemente.

Wir lernten, was Selbstlaute und Mitlaute sind. Dabei konnte ich sogar punkten: Als Lehrer Danielmeyer fragte, ob einer von uns eine Idee habe, wieso man diese beiden Bezeichnungen gewählt habe, konnte ich ihm nach kurzem Nachdenken die Antwort geben.

Als neues Gebiet kam die Satzlehre hinzu, wir lernten, wie man Sätze in Satzgegenstand, Satzaussage und Satzergänzung aufgliedert.

Bei der für Anfänger schwierigen Entscheidung für »das« oder »daß« gab mir Tante Lisbeth einen hilfreichen Hinweis: Könne man in einem Satz das (gesprochene) Wort durch »dieses« oder »welches« ersetzen, schriebe man es mit einfachem s, sonst mit Eszett, Dreierles-S sagt man in Schwaben. Damit war dieses scheinbare Problem auch erledigt.

Mein viertes Schuljahr war etwas mehr als zwei Monate alt, als in den drei westlichen Besatzungszonen Deutschlands die erst 1924 eingeführte Deutsche Reichsmark schon wieder durch eine neue Währung ersetzt wurde, die Deutsche Mark. Am Freitag, dem 18. Juni 1948 verkündete das Radio, ab Montag, dem 21. Juni habe nur noch das neue Geld Gültigkeit. Die Umstellung auf dieses neue Geld, die Währungsreform, werde am Sonntag, dem 20. Juni stattfinden. An diesem Tag könne jeder Bewohner des Währungsgebiets vierzig Reichsmark in vierzig Deutsche Mark einwechseln, um ab Montag das Nötigste für das tägliche Leben kaufen zu können.

Dass meine Mutter ständig Geldsorgen hatte, bekam ich hauptsächlich dadurch mit, dass ich manchmal Teile von Gesprächen zwischen ihr und ihrer Schwester aufschnappte. Tante Lisbeth schien es in dieser Beziehung besser zu gehen, ihr Mann Albert — mein Patenonkel — war nach kurzer Kriegsgefangenschaft entlassen worden, arbeitete in unserer Heimatstadt im Rathaus und hatte dadurch regelmäßige monatliche Einkünfte. Woher meine Mutter in jenen Jahren überhaupt Geld bekam, wusste ich nicht und weiß es auch heute nur ungenau. Als einzige Unterlage habe ich ein Schreiben der zuständigen Fürsorgestelle vom 7. November 1947, in dem meiner Mutter eine monatliche Unterstützung von 88 Reichsmark inklusive einer Mietbeihilfe von 16 Reichsmark bewilligt wurde. Falls die monatliche Miete tatsächlich von der Mietbeihilfe abgedeckt wurde (was aber nicht sehr wahrscheinlich ist), dann blieben pro Monat für jeden von uns 24 Reichsmark verfügbar. Kein Wunder, dass sich meine Mutter bei der Währungsreform die 40 Reichsmark für jeden von uns zusammenbetteln musste, um an das Startgeld in der neuen Währung zu kommen.

Bekanntlich bestand die für die meisten Menschen augenfälligste Veränderung infolge der Währungsumstellung darin, dass von einem Tag auf den anderen die Schaufenster der Geschäfte mit Waren gefüllt waren, die die Inhaber vorher wegen der relativen Wertlosigkeit des Geldes in der Hoffnung auf bessere Zeiten gehortet hatten. In unserem Dorf gab es derartige Geschäfte nicht, ich kann mich auch an sonst nichts erinnern, was sich für unsere kleine Familie verändert hätte. Im Gedächtnis geblieben ist mir lediglich, dass Karlheinz nach ein paar Wochen freudestrahlend verkündete, es gebe nun wieder »Kakakola«, was mich aber nicht beeindruckte, weil ich nicht wusste, was sich hinter diesem Wort verbarg.

An einem Nachmittag — ich weiß nur noch, es war ein warmer Sommertag — fragte mich Hans Krüger, ob ich Lust habe, mit ihm auf seinem Motorrad zum Wald zu fahren. Die Frage kam für mich überraschend. Zwar sahen wir uns nahezu täglich, sprachen aber nur selten miteinander, Hans war immerhin mehr als zehn Jahre älter, seine Welt sah außerdem ganz anders aus als meine. Am Anfang des Waldes bogen wir links in einen Feldweg ein und kurz darauf erreichten wir eine Stelle, an der Balken und Bretter aufgestapelt lagen. Es war auch erkennbar, dass hier eine größere Holzhütte entstehen sollte, der aus Balken und Bohlen bestehende Fußboden schien schon fast fertig zu sein.

Ich war vorher noch nicht an diesem Ort gewesen, wusste aber sofort, dass hier am Bau der Hütte gearbeitet wurde, über die im Dorf getuschelt wurde. Von Hans Krügers »Geschichten mit Mädchen« hatten wir Kinder natürlich gehört und auch davon, dass er dabei war, am Wald eine Hütte für seine Abenteuer zu bauen. Worin diese Abenteuer genau bestanden, wussten wir Kinder nicht, ahnten aber manches.

Hans wollte sich offensichtlich nur ein Bild vom Fortschritt der Arbeiten machen, nach wenigen Minuten fuhren wir zurück. Als wir wieder die Straße erreichten, fragte mich Hans, ob ich das Motorrad fahren wolle. Ich glaubte, nicht richtig zu hören, ich kleiner Junge, der erst vor nicht allzu langer Zeit Radfahren gelernt hatte, sollte jetzt eine 500er BMW steuern? Aber wenn Hans mich fragte, würde er sich schon etwas dabei gedacht gaben, also stieg ich vom Soziussitz ab, damals gab es noch keine Sitzbänke für Motorräder. Hans rutschte auf seinem Sitz ein bisschen nach hinten, ließ mich vor ihm sitzen, mehr auf dem Tank als auf der Spitze seines Sitzes, zeigte mir, wie ich den Gasdrehgriff bedienen müsse und schon setzten wir uns in Bewegung. Nachdem das Motorrad etwas Fahrt aufgenommen hatte, ließ Hans zu meinem Entsetzen den Lenker los, es passierte dadurch aber überhaupt nichts Besonderes und ich steuerte die schwere Maschine bis zum Sägewerk.

In der Folgezeit durfte ich dann häufiger diese Form des Motorradfahrens wiederholen.

Wenig später hatte ich mein Messdienerdebüt bei der Prozession aus Anlass des Festes Mariä Heimsuchung, der jährlich stattfindenden regionalen Großveranstaltung in unserem Dorf. Alle Straßen waren mit (leeren) Leiterwagen zugeparkt, sogar die am Behelfsheim vorbeiführende Landstraße. An diesem Tag stand endlich auch mal die sonst kaum benutzte Kapelle im Zentrum der allgemeinen Aufmerksamkeit.

Die Prozession ging durch Felder rund um das Dorf, an speziell für diese Prozession aufgebauten Altären wurde Halt gemacht. Ich war als Kerzenträger ohne Kerze eingesetzt, meine Funktion beschränkte sich auf Stehen und Mitgehen, aber immerhin trug ich ein rotes Messdienergewand und ein frisch gestärktes Rochette. Warum ich als Kerzenträger keine Kerze in der Hand hatte, konnte ich zunächst nicht in Erfahrung bringen, später fand ich die banale Erklärung: Es gab keine Kerzen.

Die Prozession dauerte lange, die Entfernungen zwischen den vier oder fünf Altären waren groß. An jedem Altar wurde haltgemacht und es lief eine ähnliche Zeremonie wie bei den Sonntagsnachmittagsandachten ab. Während der Wanderungen zum jeweils nächsten Altar wurden fromme Marienlieder gesungen, die mir aber alle unbekannt waren, von einem ist mir ein Bruchstück in Erinnerung geblieben »Meerstern, ich dich grüße, o Maria hilf ...«. Vermutlich wegen des merkwürdigen Wortes »Meerstern«.

Wir hatten ja keine Bälle, also war Fußballspielen für mich etwas Fremdes, auch hatte ich nie von einem Fußballspiel in unserem Dorf gehört. Als Karlheinz eines Tages berichtete, am Wochenende werde ein Spiel stattfinden, sah ich dem Ereignis mit Spannung entgegen. Es wurde auf einer großen Wiese in der Nähe der Ziegelei ausgetragen, auf der man mit Stöcken und Bindfäden ein Spielfeld abgesteckt hatte. In meinen Augen ziemlich alte Männer rannten irgendwann in weißen Unterhemden und schwarzen Turnhosen auf den abgezäunten Teil der Wiese, stellten sich in zwei Mannschaften einander gegenüber auf und jede begann dann damit, hinter dem Ball herzurennen, um ihn am Ende in das Tor des Gegners zu schießen. Ich fand das langweilig, musste aber notgedrungen bleiben bis auch Karlheinz nach Hause gehen wollte.

Dies war die letzte Begebenheit in dem Dorf, das vier Jahre lang mein Dorf gewesen war, die mir in Erinnerung geblieben ist. Der Abschied von allem, was bis dahin meine Welt ausgemacht hatte, besonders auch die voraussichtlich mehrmonatige Trennung von meiner Mutter und meinem kleinen Bruder, die Abreise in eine neue, unbekannte Umgebung, das hätte eigentlich bleibende »Fußabdrücke« in meinem Gedächtnis hinterlassen sollen. Hat es aber nicht. Ich weiß nicht einmal, ob ich die große Reise allein machte oder ob mich jemand, vielleicht mein Großvater, abholte. Seltsam. Auch an meine Ankunft in meiner zukünftigen Lebensumgebung habe ich nicht die kleinste Erinnerung.

Selbstverständlich wüsste ich gern, wie ich damals den Übergang vom Dorf in die Großstadt emotional erlebt habe, von der Natur in ein steinernes Chaos, von einer heilen Welt in die totale

Zerstörung. Und natürlich habe ich oft und lange nachgedacht, ob ich nicht doch wenigstens den einen oder anderen Erinnerungsfetzen entdecken könnte, aus dem sich dann durch weiteres Nachdenken vielleicht noch etwas mehr ergeben hätte. Mit meinem Gedächtnis kann ich ja sonst ganz zufrieden sein, aber ausgerechnet aus dieser für mich wichtigen Übergangsphase sollte nichts gespeichert oder ereignisnah vollkommen gelöscht worden sein?

Heinrich von Kleists Aufsatz »Über die allmähliche Verfertigung der Gedanken beim Reden« hatten wir in der Oberstufe des Gymnasiums behandelt und seine Gedankenführung leuchtete mir damals spontan ein. Kleist riet, Probleme, denen durch Meditation nicht beizukommen ist, in der Weise einer Lösung näherzubringen, indem man mit jemand über sie spricht. Das Gegenüber muss gar nicht für das Gesprächsthema qualifiziert sein, ausschlaggebend ist das eigene Reden über den Sachverhalt. Die Funktion des Gegenübers besteht hauptsächlich darin, den Sprecher zu zwingen, sein diffuses Gedankengemenge zu strukturieren und dadurch ein geordnetes gedankliches Fortschreiten zu bewirken.

Kleists Ratschlag ist mir in zahlreichen Situationen hilfreich gewesen. Wie er mir vor vielen Jahren aus einer für mich recht unbequemen Klemme geholfen hat, will ich kurz schildern. Um das Jahr 1990 hielt ich in einer chinesischen Universität vor mehreren hundert Studentinnen und Studenten einen Vortrag, wahrscheinlich über ein spezielles Thema aus der digitalen Signalverarbeitung, auf Englisch, meine Chinesischkenntnisse sind zwar von null verschieden, aber nur ganz wenig. Als ich fertig war und auch alle Fragen zum Thema abgearbeitet waren, ermunterte mein chinesischer Kollege die Zuhörerschaft, allgemeinere Fragen zu stellen. Er hatte zuvor meinen Vortrag ins Chinesische übersetzt, da nicht alle Studenten über ausreichende Englischkenntnisse zu verfügen schienen.

Zuerst wurden Fragen zum deutschen Universitätsbetrieb gestellt, wie das tägliche Studentenleben aussähe. Dann geschah eine Ungeheuerlichkeit, jedenfalls im damaligen China: Wie es denn junge Deutsche mit der Sexualität hielten, wollte ein Student wissen. Auf diese Frage war ich natürlich nicht einmal ansatzweise vorbereitet gewesen, und jede andere Frage hätte ich lieber beantwortet. Mein Kollege wurde beängstigend nervös, doch bevor er die Frage abwürgen konnte, hatte ich mich gefangen, weil ich mich geistesgegenwärtig an Kleist erinnerte. Der Mechanismus zur allmählichen Verfertigung der Gedanken beim Reden kam auch schnell in Gang und nach vielleicht zehn Minuten bekam ich anhaltenden Beifall. Die chinesische Übersetzung meines Kollegen nahm weniger als eine Minute in Anspruch.

Ich schreibe gern, habe auch in der Vergangenheit viel geschrieben, schon als ich meine Gedanken noch nicht selbst in den Computer eintippte. Damals verwendete ich Schreibmaschinenpapier, benutzte einen HB-Bleistift mit zuvor sauber gewaschenen Händen. Als der Personal Computer zu Anfang der 1980er Jahre die Welt der Schreibtische zu erobern begann, dachte ich zunächst, er würde künftighin einfach nur die elektrische Schreibmaschine ersetzen, merkte aber bald zu meiner Überraschung, dass mir die Erzeugung eines der endgültigen Form nahe kommenden Schriftstücks half, meine Gedanken zu ordnen und in Geschriebenes zu transformieren. Das hatte für mich Ähnlichkeit mit der Empfehlung Kleists. Der Computerbildschirm fungierte gewissermaßen als fiktiver Gesprächspartner. Außerdem, am Morgen immer sofort das am Vortage Geschriebene — mit einer Nacht dazwischen — lesen, verändern und »weiterstricken« zu können, half zusätzlich. Denn Handgeschriebenes, also ein Manuskript in des Wortes ursprünglicher Bedeutung, mit vielen durchgestrichenen Wörtern oder ganzen Passagen, Randbemerkungen, teilweise schlecht lesbaren Einfügungen zwischen den Zeilen hilft mir bei »der allmählichen Verfertigung der Gedanken beim Schreiben« nicht in gleicher Weise, dem Konglomerat von Gedachtem Struktur zu verleihen. Den Verlust des alten Schreibgefühls mit weichem Bleistift auf leicht rauem Papier musste ich leider in Kauf nehmen.

Meine Freude am Schreiben wurde mir allerdings nicht in die Wiege gelegt. In der Oberstufe des Gymnasiums schrieben wir Klassenaufsätze — heute sagt man Klausuren — von sechs Schulstunden Dauer. Ein ungeschriebenes Gesetz verlangte ein mindestens sechs DIN–A4–Seiten langes Resultat. Sechs Seiten zu füllen bedeutete mir jedes Mal eine Quälerei, es wollte mir nie etwas zu den vorgegebenen Themen einfallen. Nach dem Abitur brauchte ich keine Klassenaufsätze mehr im Fach Deutsch zu schreiben, ansonsten änderte sich in Bezug auf das Schreiben so gut wie nichts.

Auf welche Weise sich meine »Schreibphobie« in ihr Gegenteil verwandelte, kann ich nicht mit Bestimmtheit sagen, aber es war ein langer, langsamer Prozess.

Bei den bisher geschriebenen Seiten habe ich einen weiteren Gewinn schätzen gelernt. Möglicherweise wegen der größeren Nähe des endgültigen Schriftbilds zu meinen virtuellen Gedankenkonstrukten konnte ich nicht selten Verschüttetes oder verschüttet Geglaubtes wieder frei legen. Denn nach teilweise mehr als siebzig Jahren brauchten viele Erinnerungen häufig einen Schubs, um aus der Versenkung wieder ans Licht zu kommen.

Das hat auch an dem Morgen, an dem ich die Zeilen über den Missmut wegen meines selektiven Erinnerungsverlusts durchsah, funktioniert. Um weiterzuschreiben, wollte ich auf etwas Bezug nehmen, was ich ein paar Seiten vorher geschrieben hatte, und las deshalb den entsprechenden Abschnitt noch einmal durch. Als ich an die Wörter »mein, dein, sein, ...« kam, dachte ich plötzlich an die Pappel, die rechts am Straßenrand auf dem Weg zu Onkel Karls Haus gestanden hatte. Es war nicht der schlank hochgewachsene Typ gewesen, sondern der mit dickem Stamm und grob gefurchter Borke. Zwei Eigenschaften hatten diese Pappel früher für mich interessant gemacht. Im Sommer lagen etwa zwei Wochen lang flauschige weiße Haare unter dem Baum, die Ähnlichkeit mit ungesponnener Schafwolle hatten. War das Baumwolle, hatte ich mich gefragt? Der andere Grund für meine besondere Beachtung der Pappel bestand darin, dass es in ihrer Umgebung stark nach Essig roch, ich nahm an, die unzähligen Ameisen, die ständig am Baumstamm herumkrabbelten, seien dafür verantwortlich.

Die Pappel erschien spontan vor meinem »geistigen Auge« als Teil einer Filmsequenz, in der ich an einem sehr heißen Sommernachmittag nach der Schule an diesem Baum vorbeiging und die Possessivpronomina mein, dein, sein, ihr, sein, unser, euer, ihr rekapitulierte, die wir am Vormittag in der Schule besprochen hatten. Dadurch wurde ich zu einer Schlussfolgerung angeregt. An diesem Hochsommertag ging ich also nach Schulschluss nicht zum Behelfsheim, sondern zu meiner Tante. Folglich lebte ich zu dieser Zeit bereits seit ihrem Zusammenbruch vor drei oder vier Monaten nicht mehr bei meiner Mutter. Höchstwahrscheinlich habe ich sogar bis zu meiner Abreise nach Bochum bei meiner Tante gewohnt. Das würde auch die Frage, warum ich nicht erst nach dem Ende der großen Ferien 1948 nach Bochum kam, beantworten: Meine lange Betreuung war natürlich eine nicht geringe zusätzliche Belastung für meine Tante, der sie sich gern entledigen wollte.

Die lange Trennung von meiner Mutter kann nicht spurlos an mir vorübergegangen sein. Angst vor dem Verlust meiner Mutter wird eine tiefgreifende Wirkung auf mich gehabt haben, sie hatte mich auch schon früher verfolgt. An dunklen Winterabenden, wenn ich nicht sofort einschlafen konnte und meine Mutter in der Küche mit einem Buch in der Hand saß oder strickte, lauschte ich häufig, ob ich durch die spaltbreit geöffnete Schlafzimmertür irgendeinen Laut vernahm, der anzeigte, dass meine Mutter noch lebte. War es mir zu lange ruhig, stellte ich irgendeine banale Frage. Durch den Zusammenbruch meiner Mutter vor Ostern bekam meine Angst eine reale Begründung. Hinzu kam, dass ich ja keinen Vater mehr hatte, wer würde für mich sorgen?

Mehr als diese Überlegungen zu möglichen Ursachen meines zeitlich begrenzten Erinnerungsausfalls kann ich aber nicht anbieten.

In der Rückschau beginnt die dritte Phase meiner Kindheit mit einer Szene, in der ich allein an einem alten Küchentisch sitze und mein Frühstücksbrot esse, besser: zu essen versuche. Die Brotscheiben sind klein mit scharfen Ecken, vielleicht halb so groß wie die gewohnten, die meine Mutter von der Hälfte eines Sechs-Pfund-Brotes abschnitt, die sie jede Woche bei Graustücks gekauft hatte. Das Schlimmste waren der abstoßende Geschmack des Brotes und seine »knatschige« Konsistenz, als ob der Teig beim Backen nicht richtig aufgegangen war, fast bleibt das zerkaute Brot am Gaumen kleben. Statt mit Butter ist die Brotscheibe mit Margarine bestrichen, die ich — dank meines bisherigen Lebens auf dem Dorf — zum ersten Mal in meinem Leben esse und die einen mir unbekannten, penetranten Eigengeschmack hat. Der Belag besteht aus einer dünnen Schicht Marmeladenersatz von blass-orangener Farbe. Es ist Apfelmus, zur Hälfte mit geriebenen Möhren gestreckt, wie ich später höre.

Meine Oma, die Mutter meiner Mutter, brachte mir dünnen Muckefuck und drängte mich, die beiden Brotscheiben aufzuessen. Danach durfte ich auf die Straße gehen, wurde vorher noch eindringlich ermahnt, mich nicht zu weit vom Haus zu entfernen.

An dieser Stelle möchte ich kurz die Kontinuität meiner Erzählung unterbrechen, ganz kurz. Beim Schreiben stört mich, dass ich mir immer wieder ausdenken muss, wie ich zwischen meinen Omas unterscheiden kann. Die Norweger, beispielsweise, haben die Wörter *bestemor* für die Oma im Allgemeinen, *mormor* für die Mutter der Mutter und *farmor* für die Mutter des Vaters. Ich kann nur zwischen Großmutter und Oma umschalten, um wenigstens sprachlich etwas für Abwechslung zu sorgen.

Bei dem Besuch im letzten Winter hatte ich die Umgebung kaum wahrgenommen, die Verlobungsfeier und die mit Weihnachten zusammenhängenden Aktivitäten hatten die wenigen Tage nahezu vollständig ausgefüllt. Hinzu kam, dass ich in der Vergangenheit keine emotionale Beziehung zu diesem Stadtviertel gehabt hatte und deshalb kaum an seinem Erscheinungsbild interessiert gewesen war. Schön, meine Eltern hatten in dieser Straße gewohnt, als ich zur Welt kam, aber mein Lebensmittelpunkt war hier nie gewesen, also hatte ich alles mit den Augen eines Außenstehenden wahrgenommen.

Als ich nun vor die Haustür trat, war ich Beteiligter, der auf seine zukünftige Lebensumgebung blickte, die sich auf den ersten Blick im Wesentlichen als ein »kaputtes Chaos« präsentierte. Lediglich das Haus, das ich soeben verließ, und drei angrenzende Häuser hatten den Krieg einigermaßen unbeschadet überstanden, sonst gab es fast nur Schuttberge, aus denen hin und wieder eine Ruine als Reminiszenz an bessere Zeiten herausragte.

Das Haus, in dem meine Eltern 1938 eine Erdgeschosswohnung bezogen hatten, war bei ihrem Einzug erst wenige Jahre alt gewesen, es lag in dem neu erschlossenen Wohnviertel »Ehrenfeld«, entsprechend modern war die Ausstattung. Vor ihnen hatten die Hauseigentümer die Wohnung selbst genutzt und deshalb beim Bau des Hauses eine Zentralheizung als über dem üblichen Standard liegende Ausstattung installieren lassen. Die durchgehende Häuserzeile, in die das Haus eingebettet war, bestand aus sieben Einheiten mit den Hausnummern zwei bis vierzehn. Das erste Haus in der Reihe war teilweise von einer Bombe zerstört worden, vermutlich einer Sprengbombe. Das Treppenhaus war stehen geblieben, allerdings ohne linke Begrenzungswand, so dass ich direkt auf die Treppenstufen und Treppenabsätze blickte. Ein notdürftig angebrachtes Geländer aus Dachlatten sollte die Bewohner der nicht zerstörten Haushälfte vor dem Hinunterfallen bewahren. Vom Haus Nummer vier war nur ein Schuttberg übrig geblieben, Nummer sechs existierte noch als linke Hälfte, sogar mit einem intakten Treppenhaus. Im Parterre dieser Haushälfte hatten sich die Räume der Ortsgruppenleitung der Nationalsozialistischen Deutschen Arbeiterpartei befunden, vielleicht hatte die vom GröFaZ (Größter Feldherr aller Zeiten, die Bezeichnung kam »nach Stalingrad« auf) gern beschworene Vorsehung, ihre schützende Hand auch hier ausgestreckt. Ab unserer Hausnummer acht waren alle Häuser bis zur nächsten Querstraße unzerstört geblieben.

Auf der den Hausnummern 8 bis14 gegenüber liegenden Straßenseite gab es vor dem Krieg keine Bebauung, eine weitläufige Rasenfläche hatte sich vom Gehweg bis zu dem langgestreckten mehrstöckigen Verwaltungsgebäude der Ruhrknappschaft erstreckt. Dieser Hauptteil des Knappschaftgebäudes[6] war vollständig Opfer der Bomben geworden, man hatte aber schon mit dem Wiederaufbau begonnen. Die ehedem sorgfältig gepflegte Wiese war nun ein gewaltiger Schuttabladeplatz. Der unserem Haus direkt gegenüber liegende Gehweg der einmündenden Straße war von hohen Platanen mit beachtlichen Stämmen gesäumt. Keins der Wohnhäuser gegenüber hatte den Bombenhagel überstanden, auch von dem Eckhaus und den angrenzenden Häusern in unserer Straße waren nur Schuttberge geblieben. Ein Umstand beeindruckte mich an diesem ersten Morgen sofort: Der gesamte den Platanen gegenüber liegende Wohnblock — das Karree hatte sicherlich aus über zwanzig mehrstöckigen Häusern mit Wohnungen und Geschäften bestanden — war in Schutt und Asche gelegt worden, alle Platanen aber hatten Sprengbomben, Brandbomben, vielleicht auch Luftminen, gesund überlebt.

In der Folgezeit weitete ich die Erkundung meiner neuen Umgebung Tag für Tag in kleinen Schritten aus. Ohne Stadtplan, so etwas besaßen wir nicht, aber selbst wenn wir einen gehabt hätten, wäre sein Nutzen für meine Orientierung gering gewesen. Die kartografisch erfassten Straßen waren in der Realität meistens kaum als solche erkennbar, doch auch an den geräumten Straßen gab es nur in seltenen Fällen noch Schilder mit Straßennamen, sie waren mit den Mauern, an denen sie seinerzeit befestigt worden waren, untergegangen. Der Turm unserer Pfarrkirche St. Meinolphus war mir die wichtigste Orientierungshilfe. Durch seine charakteristische Form und seine Höhe konnte ich ihn in der durch

---

[6]in der angrenzenden Straße wurde 1924 der später sehr bekannte Publizist Peter Scholl-Latour geboren

Bomben im wörtlichen Sinn platt gemachten Stadt — vom Stadtzentrum aus konnte man in viele Richtungen kilometerweit sehen ohne dafür einen erhöhten Standplatz einnehmen zu müssen — auch aus der Ferne eindeutig erkennen, vor dem Verlaufen musste ich mich nicht fürchten.

Der neunjährige Junge vom Dorf, wo alles überschaubar und größtenteils wohlgeordnet gewesen war, registrierte sehr genau, was er sah, überraschend viele Bilder sind immer noch abrufbar.

Wenn auch eine Vielzahl von Straßen in der zerstörten Stadt nicht unmittelbar sichtbar war, so gab es auf den Schuttbergen über ihnen doch häufig Hinweise zu ihrem Verlauf. Im einfachsten Fall waren es Trampelpfade, die die Menschen von ihren Wohnungen bis zu den nächsten regulär benutzbaren Straßen angelegt hatten. Interessanter war für mich aber das schmalspurige Schienennetz, das man über dem Straßennetz installiert hatte, natürlich nur über ausgesuchten Straßen. Es diente dem Abtransport der Trümmerberge mittels Kipploren. Wo es die Beschaffenheit des Geländes erlaubte, wurden sie von Baggern befüllt. Diese gewaltigen Baumaschinen hatte ich bis dahin nicht zu Gesicht bekommen, überwiegend wurden Seilbagger mit Baggerkörben in Form von Zweischalengreifern eingesetzt, hin und wieder sah ich auch Löffelbagger, deren Einsatzmöglichkeiten wegen des sehr viel geringeren Arbeitsradius aber eingeschränkter waren.

Bei lockerem Bauschutt ließ der Baggerführer den geöffneten Baggerkorb einfach aus großer Höhe in den Schutt hineinsausen, betätigte einen Hebel, wodurch sich die Greiferschalen zu einem Behälter schlossen, der samt Inhalt in die Höhe gezogen wurde. Durch Hantieren an weiteren Hebeln positionierte der Baggerführer den Korb über einer leeren Lore, zog an einem letzten Hebel, und der Schutt landete in einer eisernen Wanne mit dreieckigem Querschnitt. Waren Mauerreste für die direkte Beseitigung zu groß, wurde der Baggerkorb zuerst zum Zertrümmern der Mauerstücke eingesetzt. Auch stehen gebliebene Häuserwände konnten durch geschicktes Hin- und Herschwenken des Baggerkorbes zum Einsturz gebracht werden, in besonders hartnäckigen Fällen wurde der Baggerkorb gegen eine Abrissbirne ausgetauscht. Natürlich wurden neben Baggern auch Kreuzhacke, Schaufel und menschliche Muskelkraft eingesetzt, das war selbstverständlich Männerarbeit.

Als in späteren Jahren die Geschichte von den Trümmerfrauen verbreitet wurde, die nach dem Krieg die immensen Schuttberge beseitigt und damit den Wiederaufbau ermöglicht hätten, wunderte ich mich, weil ich solche Trümmerfrauen nie gesehen hatte, dachte, dass es sie in Berlin oder München möglicherweise gegeben habe.

Bevor schweres Räumgerät anrollte, waren vielerorts Gruppen von arbeitenden Menschen damit beschäftigt, noch brauchbare Ziegelsteine auszusortieren, Putzreste von ihnen abzuschlagen, um sie danach wohlgeordnet aufzuschichten. Diese Picktrupps verdienten damit natürlich Geld und in ihnen arbeiteten auch Frauen, oft bildeten sie sogar die Mehrheit.

Wegen der Ferienzeit sah ich nur wenige Kinder in meiner Umgebung, wagte aber nicht, sie anzusprechen, meine Erkundungsspaziergänge unternahm ich also notgedrungen allein. Da war ich froh, wenn mich mein jüngster Onkel, dessen Verlobung wir beim letzten Weihnachtsfest gefeiert hatten, hin und wieder bei beruflich bedingten Autofahrten in eine andere Stadt mitnahm. Im Auto mitfahren zu dürfen war für mich eine seltene und daher große Attraktion. Einmal, als wir mit einem Opel – Olympia aus der Vorkriegszeit auf dem Ruhrschnellweg in Richtung Essen fuhren, fragte ich meinen Onkel nach der Höchstgeschwindigkeit des Autos. Hundert, war die Antwort und auf meine Bitte hin fuhr er ein kleines Stück mit dieser für damalige Verhältnisse ungeheuren Geschwindigkeit, ich war aber froh, als es anschließend wieder gemächlicher weiterging.

An Sonntagen — samstags wurde wie an den anderen Werktagen gearbeitet — nahmen mich meine Patentante und ihr Verlobter, Onkel Werner, auf Spaziergängen mit. Einmal standen wir an einem Abhang, von dem aus wir einen schönen Ausblick auf das Ruhrtal hatten. Von hier aus könne man auch den Langenberger Sender sehen, sagte Onkel Werner und zeigte auf eine lange Stange, die am Horizont in den Himmel ragte. Auf meine Frage nach dem Zweck des Gebildes erhielt ich die Antwort, vom Langenberger Sender käme das, was wir mit unserem Radio hören könnten. Wie das denn wohl ginge, dass gesprochene Worte oder Musik vom Sender durch die Luft in unser Radio kämen, wollte ich gern wissen, die Erwiderung, dass es irgendetwas mit elektrischem Strom zu tun habe, war nicht sonderlich erhellend. Onkel Werner erzählte noch begeistert, wie er als Junge meines Alters mit Kopfhörern und einem selbst gebastelten Apparat — er nannte ihn Detektor — abends im Bett ohne Strom Radio gehört hatte. Das faszinierte mich, aber leider wusste Onkel Werner nicht mehr, wie ein Detektor gebaut wurde.

Das Ende der Sommerferien näherte sich, doch vor dem Schulbeginn gab es noch drei große Ereignisse, nämlich die Hochzeiten der beiden Brüder meiner Mutter und die meiner Patentante. Die Hochzeiten mussten nacheinander stattfinden, da es für die drei Bräute nur ein Brautkleid gab.

Der ältere Bruder und seine Verlobte waren zuerst dran, weil die beiden unter dem größten Druck standen. Nach der Trauung in einer Kirche gingen wir zum Elternhaus meiner neuen Tante, einem kleinen Siedlungshaus in einer stark zerbombten, staubigen Gegend. Es war ein sehr heißer Tag. Nach dem Mittagessen setzten wir uns in den kleinen Vorgarten, die etwa sechzehnjährige Nichte meiner neuen Tante sang für uns einige Lieder und spielte dazu auf ihrer Gitarre. Abgesehen vom kirchlichen Orgelspiel war es das erste Mal, dass ich einen Menschen ein Musikinstrument spielen sah und hörte, dazu noch ein Instrument, dessen Namen ich nicht einmal kannte. Das Mädchen hinterließ einen tiefen Eindruck bei mir, an das sentimentale Lied »*Eine Insel aus Träumen geboren ist Hawaii...*« kann ich mich noch erinnern, obgleich ich es vorher nie gehört hatte. Kurz darauf verabschiedete sich die Nichte, sie sei in Eile, da sie am folgenden Tag auf einem Schiff nach Australien auswandern werde.

Von den beiden anderen Hochzeiten sind mir nur Erinnerungsfetzen im Gedächtnis geblieben. Da die zukünftige Frau meines jüngsten Onkels einer Hugenottenfamilie entstammte, fand die kirchliche Trauung in einer evangelischen Kirche statt, einer innen sehr dunklen. Ich war es gewohnt, dass in jeder Messe kurz nach der Predigt Geld eingesammelt wurde. Dazu übergab der Küster den in den vordersten Reihen rechts und links vom Mittelgang sitzenden Personen jeweils ein Körbchen, in das sie ein Geldstück warfen, um danach den kleinen Korb an den Nachbarn oder die Nachbarin weiterzureichen. Hier ging ein mit einem dunkelroten Samtumhang und dazu passendem Barett bekleideter Mann durch den Mittelgang und hielt jedem ein an einer langen Stange befestigtes Säckchen so lange »vor die Nase«, bis es im Beutel »klingelte«.

Die Hochzeitsfeier meiner Patentante fand bei uns statt, genügend Platz gab es, doch es fehlte an Mobiliar, Geschirr und Essbestecken. Da man es in jenen Tagen gewohnt war, zu improvisieren, fand man auch hier eine Lösung. Abends stand Herr Gerhardt unerwartet mit seiner Geige im Türrahmen und bot an, die Gäste durch Musik eine Weile zu unterhalten. Er wohnte mit seiner Frau im zweiten Obergeschoss, war Mitglied des städtischen Orchesters und erzählte jedem gern, dass er Gold in den Fingern habe. Nicht zuletzt wegen seines wenig eindrucksvollen Aussehens nannten wir Kinder ihn despektierlich Fiedelmatz, ein Junge aus der Nachbarschaft, dem er Geigenunterricht erteilte, hieß bei uns Paganini. Es war klar, dass Fiedelmatz die Feier nicht aus reiner Freundlichkeit musikalisch bereichern wollte, aber eine Ablehnung seines Angebots wäre zu peinlich gewesen.

Irgendwann hatte auch diese Feier ein Ende und das Hochzeitspaar konnte sich zur gemeinsamen Wohnung begeben. Die Gründung eines eigenen Hausstandes — ich bitte um Nachsicht für die ziemlich verstaubt klingende Formulierung — erforderte in dieser

Zeit viel Kraft, Fantasie, Geduld, außerdem Geld, Glück und robuste Nerven. Obwohl ich noch ein Kind war, bekam ich mit, dass Wohnungen oftmals — vielleicht sogar in der Regel — lange vor ihrer Fertigstellung schon an Mieter vergeben waren, die den Bauherren einen Baukostenzuschuss gezahlt hatten. Diejenigen Wohnungssuchenden, deren Zuschuss später mit der Miete verrechnet wurde, hatten Glück, nicht wenige bekamen eine Wohnung nur gegen einen sogenannten verlorenen Baukostenzuschuss.

Nach und nach hatte ich mich Kindern ähnlichen Alters aus meiner Straße und der angrenzenden Umgebung angeschlossen, etwa ein Dutzend Jungen und zwei Mädchen waren es. Mit einem der Jungen — er hieß Hans Georg — war ich besonders häufig zusammen, er wohnte mit seinen Eltern und seinem jüngeren Bruder in der Wohnung, in der früher Roswitha gewohnt hatte. Während Roswithas Familie die aus drei Zimmern, Küche, Diele und Bad bestehende Wohnung für sich allein gehabt hatte, musste sich Hans Georgs Familie mit einem Zimmer weniger bescheiden, das von einer Frau und ihrem etwa zwanzigjährigen Sohn bewohnt wurde, mit ihnen musste sich die Familie auch Bad und Toilette teilen. Ähnlich ging es allen Bewohnern der Nachbarhäuser. Wo vor dem Krieg eine Familie verhältnismäßig großzügig wohnen konnte, mussten sich nun zwei Mietparteien nicht nur die Wohnfläche teilen, sondern auch Bad und Toilette, was für die meisten schlimmer war als der geringere Platz. Dazu trug der folgende Umstand nicht unwesentlich bei.

Vor dem Krieg war dies eine Wohngegend mit ziemlich homogener Bevölkerungsstruktur im Hinblick auf den Sozialstatus gewesen, Mittelschicht, eher mit einer Tendenz nach oben. Die Wohnungszwangswirtschaft der Nachkriegsjahre hatte die Homogenität gründlich durcheinandergebracht, manche mussten jetzt mit Leuten Tür an Tür leben, die sehr zwielichtigen Geschäften nachgingen.

Hans Georg war zwei Jahre älter als ich, war ungemein umtriebig, kannte sich auf vielen Ebenen bestens aus und durch ihn fand auch ich schnell Eingang in verschiedene Gemeinschaften. So schleppte er mich eines Sonntags kurzerhand in die Sakristei unserer Pfarrkirche, sagte dem Küster, ich sei woanders schon Messdiener gewesen und, schwupp, gehörte ich auch in der neuen Kirchengemeinde dazu.

Ein Teil der durch die Bombardierung der Kirche entstandenen Schäden war inzwischen so weit repariert worden, dass die Gottesdienste nicht mehr im provisorisch hergerichteten Erdgeschoss des Turms stattfinden mussten. Auch für uns Messdiener war das von Bedeutung, denn unsere Aktionen fanden nun wieder auf einer wesentlich größeren »Bühne« statt.

Am ersten Schultag nach den Sommerferien fühlte ich mich kaum noch fremd in meiner neuen Umgebung, konnte dadurch recht gelassen in die nächste »neue Welt« eintreten und fand mich in einer Klasse mit zweiundsiebzig Kindern wieder. Wir saßen in vier Reihen mit jeweils neun Zweier-Pulten, bei denen die Sitze von selbst hochklappten, sobald man aufstand. Das Jahrzehnte alte Mobiliar hatte die Bombardierungen irgendwie unbeschadet überstanden. Mädchen und Jungen saßen in zwei getrennten Blöcken, wie ich es von meiner Dorfschule kannte, es waren mehr Jungen als Mädchen. Der Lehrer war noch sehr jung und machte einen freundlichen Eindruck auf mich. Ich glaube, den ersten Schultag empfand ich nicht als bedrohlich.

In der Klasse waren zwei Jungen aus meiner Nachbarschaft, Harald und Albert, es verstand sich von selbst, dass wir gemeinsam zur Schule und nach Hause gingen, für einen Weg brauchten wir eine halbe Stunde.

Harald wohnte im gleichen Haus wie ich, seinen Eltern waren, nachdem sie ausgebombt waren, zwei Zimmer in der Wohnung der Werners zugewiesen worden, Frau Werner und ihr Mann hatten keine Kinder. Haralds Eltern betrieben ein gut gehendes Obst- und Gemüsegeschäft in dem Eckhaus, das teilweise stehen geblieben war, zusätzlich verkauften sie Fisch, wodurch es in ihrem Laden wenig angenehm roch.

Morgens fuhr Haralds Vater in aller Herrgottsfrühe mit seinem Rollfix zum Großmarkt, um Waren für den jeweiligen Tag einzukaufen. Rollfix war eigentlich der Firmenname der Rollfix–Eilwagen GmbH in Wandsbek gewesen, die bis etwa 1936 dreirädrige Personen– und Kleinlieferwagen gebaut hatte, die bei einem Hubraum unter zweihundert Kubikzentimetern steuer– und führerscheinfrei gewesen waren. So wie für uns jeder faltbare Taschenschirm ein »Knirps« war, so war »Rollfix« die allgemeine Bezeichnung für die dreirädrigen Lieferfahrzeuge, auch wenn die Herstellerfirmen Tempo oder Goliath hießen. Zuerst fuhr Haralds Vater einen Lieferwagen, der anstelle eines Lenkrads eine Art Motorradlenker hatte und mit einem stinkenden, knatternden Zweitaktmotor ausgerüstet war, später kaufte er einen »Tempo« mit Lenkrad. In der Generation unserer Eltern, die die Autoentwicklung fast von den Anfängen an miterlebt hatten, waren noch Spottverse über die teilweise ziemlich kuriosen Vehikel populär, ich erinnere mich an »DKW, das kleine Wunder, fährt bergauf wie andre 'runter«, »'n Stückchen Blech, 'n Pöttchen Lack: Fertig ist der Hanomag«, »NSU[7] fährt ab und zu hundert Meter und dann steht er«.

Mochte auch Haralds Vaters Lieferwagen noch so komisch aussehen, er machte den Vater zu einem Privilegierten, niemand sonst in unserer Nachbarschaft besaß überhaupt ein Auto. Meine Eltern hatten vor dem Krieg ein Opel Olympia Cabriolet gehabt, mein Vater war wohl schon in ganz jungen Jahren ein Autobastler gewesen. Gleich in den ersten Kriegstagen im September 1939, so erzählte mir meine Mutter später, seien die Räder abmontiert und von der Ortsgruppenleitung der NSDAP beschlagnahmt worden, das Auto habe danach ohne Räder aufgebockt in der Garage gestanden. Was später aus ihm wurde, wusste meine Mutter nicht, sie vermutete, es sei gestohlen worden.

In meinen Augen waren Haralds Eltern reiche Leute, Harald hatte immer Geld in der Tasche, ich so gut wie nie und wenn,

---
[7] aus dem Ortsnamen Neckarsulm abgeleiteter Markenname

dann waren es fünf oder zehn Pfennige. Auf unserem Schulweg kamen wir an einer zerstörten Bäckerei & Konditorei vorbei, der Rest eines Firmenschilds erinnerte noch an bessere Tage. Das Vorderhaus war völlig zerstört, vom Hinterhaus nur die der Straße zugewandte Außenwand. Hier verkaufte der Inhaber Eis. Dazu hatte er ein dickes Brett auf zwei Ziegelsteinstapel gelegt, das war seine Verkaufstheke, auf der ein mit zerkleinertem Stangeneis gekühlter Speiseeisbottich stand. Es gab eine rosa gefärbte Eissorte, nur wenig gesüßt, denn Zucker war immer noch rationiert. Auch wenn das Eis ziemlich geschmacksneutral war, es war jedenfalls Eis! Eine Halbkugel kostete fünf Pfennige, sie wurde auf ein Stück grauen Packpapiers geklatscht, für zehn Pfennige bekam man die doppelte Menge auf einer wannenförmigen Eiswaffel. Harald konnte sich immer die Luxusausführung leisten.

Albert, der dritte Junge unserer Schulwegsgruppe, wohnte in einem Haus an der Hauptstraße, von der unsere Nebenstraße abging. Zu Alberts Wohnung gelangte man nicht direkt von der Straße aus, durch einen Torbogen ging man zunächst auf einen Garagenhof, der seitlich von einem Hinterhausanbau begrenzt wurde und im Erdgeschoss dieses Anbaus wohnte Alberts Familie. Die Eingangstür führte direkt in die Küche, die auch tagsüber schrecklich dunkel war, da sie nur ein kleines Fenster zum Garagenhof besaß. Wenn es eben ging, vermied ich es, die Küche zu betreten — wegen des fürchterlichen Geruchs nach abgestandenem Essen und Unsauberkeit.

In den Garagen des Hofs standen keine Autos, sie erfüllten wichtigere Funktionen, in einer hatte Hans Georgs Vater eine Schuhreparaturwerkstatt eingerichtet. Er war stolz darauf, Schuhmachermeister zu sein und in seiner Gegenwart durfte man das Wort Schuster nicht benutzen.

Während Harald und ich außerhalb der Schulzeit häufig gemeinsam etwas unternahmen, gehörte Albert fast nur auf dem Schulweg zu uns, was mich an Robert Kalldewei erinnerte. Der Lehrer mochte ihn nicht, als meine Mutter später einmal mit ihm zusammentraf, beschwor er sie, Kontakte zwischen Albert und mir zu unterbinden, da er keinen guten Einfluss auf mich ausübe. Ich kümmerte mich nicht darum, konnte auch nichts Schlimmes erkennen. Möglicherweise lag es aber gar nicht an Albert selbst, dass unser Lehrer eine negative Einstellung ihm gegenüber hatte. Einmal mussten wir alle ein Formular von unseren Erziehungsberechtigten unterschreiben lassen und wieder in der Schule abgeben. Alberts Vater hatte die Unterschrift verweigert, weil auf dem Formular hinter Beruf des Vaters »Maurer« gestanden hatte, er sei »Maurer–Polier« war die Begründung des Vaters für seine Weigerung gewesen. Was bedeutete Maurer–Polier?

Die Lieblingsbeschäftigung der Jungen außerhalb der Schulzeit war Fußballspielen, Hans Georg und Harald gaben dabei den Ton an. Beide waren gute Spieler, bei Hans Georg kam noch hinzu, dass er allein einen Fußball besaß und dass sein Vater ihn reparieren konnte, was häufiger notwendig war. Fußbälle bestanden damals aus kunstvoll in Kugelform zusammengenähten breiten Lederstreifen, deren Schmalseiten gerundet waren. An einer Stelle waren zwei Lederstreifen auf etwa fünf Zentimetern Länge nicht vernäht, wodurch ein Schlitz blieb, durch den man eine Art Luftballon aus kräftigem Gummi ins Innere stopfen konnte, der nach dem Aufpumpen zugebunden wurde, um das Entweichen der Luft zu verhindern. Das zugebundene Stück Einfüllschlauch konnte anschließend ebenfalls durch den Schlitz in die Lederhülle gepresst werden, zum Schluss wurde der Schlitz durch die beidseitig ausgestanzten Löcher mit einem dünnen Lederriemen zugeschnürt.

Und noch etwas zeichnete Hans Georg in Sachen Fußball aus. Die Spieler des Fußballvereins unseres Stadtteils ließen ihre Fußballschuhe bei seinem Vater instand halten, regelmäßig mussten beispielsweise abgenutzte Stollen ersetzt werden. Dadurch stand auch Hans Georg in ständigem Kontakt mit den Spielern, redete sie mit Vornamen an, was natürlich seinem Ansehen guttat.

Mein Ansehen in Fußballangelegenheiten war gleich null, die

anderen bezeichneten mich als Nauke. Das Wort hatte ich vorher nie gehört, es bedeutete wohl, dass ich zu nichts Rechtem zu gebrauchen war. Wenn zwei Wortführer ihre Mannschaften wählten, blieb ich immer als Letzter übrig und wurde ohne Wahlmöglichkeit einer Mannschaft zugeteilt. Hans Georg schleifte mich auch einmal zu einem Spiel des SV Ehrenfeld mit, was aber mein Fußballdesinteresse nicht zu beeinflussen vermochte.

In der Schule merkte ich schnell, dass der Unterricht für mich kaum Neues bot, weil wir den Stoff schon in meiner Dorfschule behandelt hatten. Die Ursachen für dieses auf den ersten Blick vielleicht überraschende Faktum resultierten unter anderem aus den besseren Lebensbedingungen in den letzten Kriegs- und ersten Nachkriegsjahren auf dem Land und der deutlich geringeren Klassenstärke. Dass in meiner Dorfschule zwei Jahrgänge in einer Klasse zusammengefasst waren, hatte zumindest keine negativen Konsequenzen gehabt. So wurde die zweite Hälfte des vierten Schuljahrs für mich im Wesentlichen eine Wiederholung. Eine einzige Begebenheit, bei der ich nicht mithalten konnte, ist mir erinnerlich. In der ersten Musikstunde sangen alle aus voller Kehle »Auf du junger Wandersmann, jetzo kommt die Zeit heran…«, nur ich kannte weder Text noch Melodie.

Im Südwesten Bochums liegt ein größeres zusammenhängendes Waldgebiet — das Weitmarer Holz — mit sehr altem Buchenbestand. Teile dieses Waldes waren durch alliierte Bomber zerstört worden, zusätzlich waren viele der alten Buchen in den ersten Nachkriegsjahren wegen des Mangels an Brennmaterial verbotener Abholzung zum Opfer gefallen. An einem Nachmittag musste sich meine Klasse an einer Stelle des Waldes einfinden, um bei der Wiederaufforstung mitzuhelfen. Wie wir zu dem Treffpunkt kamen, war unsere Sache, was aber durchaus ein Problem war, da erst ganz wenige Straßenbahnlinien wieder in Betrieb waren, Busverbindungen gab es gar nicht.

Lehrer Ohligmüller ermahnte uns zunächst, großen Abstand zu den Bombentrichtern zu halten und keinesfalls in einen Trichter hinabzusteigen, da in ihnen noch Blindgänger liegen könnten. Dann erklärte er uns, was wir zu tun hätten. Ein Förster würde uns kleine Baumsetzlinge geben und uns die Stellen zeigen, wo wir Pflanzlöcher für die kleinen Bäumchen graben sollten, in die wir dann die Wurzeln einsetzen und anschließend mit Erde vorsichtig umhüllen müssten. Am Ende müssten wir die Setzlinge noch zum Schutz gegen Wildfraß mit einem Maschendrahtring umgeben.

Bald nachdem ich durch die täglichen Erkundungen einigermaßen mit meiner näheren Umgebung vertraut war, hatte ich begonnen, meine Oma väterlicherseits einmal in der Woche zu besuchen, ohne dass ich dazu gedrängt worden wäre. Ich ging einfach gern zu dieser Oma, bis heute weiß ich nicht genau, warum, wahrscheinlich spielten Ähnlichkeiten zwischen uns dabei eine wichtige Rolle, die ich aber in Kindertagen nicht einmal ahnte. Eigentlich kannte ich meine Oma zu diesem Zeitpunkt kaum, es mag sein, dass ich sie schon in Hardenberg gesehen hatte, eine Erinnerung hatte ich nicht daran. Die wenigen Male vor meiner »Übersiedlung« nach Bochum, bei denen wir uns begegnet waren, hatten auch keinen bleibenden Eindruck hinterlassen.

Meine Oma war 1882 in Hamme[8] geboren, ihre Eltern — mein Urgroßvater im Alter von etwa 35 Jahren, seine Frau war fünf Jahre jünger — waren um 1875 aus Ostpreußen eingewandert, um im Ruhrgebiet bessere Lebensbedingungen zu finden. Mein Urgroßvater arbeitete als Bergmann, seine Bildung war wohl sehr dürftig, eine Großtante erzählte mir, ihr Vater habe seinen Namen schreiben können.

Mit 24 Jahren heiratete meine Oma meinen Großvater, der aus dem kleinen westfälischen Ort Grundschöttel bei Hagen stammte, seine Eltern starben schon, als er noch ein kleiner Junge war. Meine Großeltern hatten sich in einer freikirchlichen Gemeinde kennengelernt, wo meine Oma »mit schöner Stimme im Kirchenchor gesungen hatte«, wie in der Familie genüsslich kolportiert

---
[8] seit 1904 ein Stadtteil Bochums

wurde. Mehrere Jahre arbeitete mein Großvater als Angestellter in einem Eisenwarengeschäft, doch meine Großmutter hatte andere Zukunftsvorstellungen. Die Option »nach oben heiraten« bestand nicht mehr, so blieb bei realistischer Betrachtung nur der Schritt in die berufliche Selbständigkeit.

Man fing sehr klein mit einem Eisenwarenladen an, vergrößerte sich mit der Zeit und vor Ausbruch des Zweiten Weltkriegs besaßen meine Großeltern zwei Geschäfte, das für Eisenwaren, Werkzeug und Haushaltswaren fiel in den Zuständigkeitsbereich meiner Großmutter, mein Großvater betrieb zusammen mit meinem Vater ein Geschäft für Herde, Öfen, Waschmaschinen. Das Ladenlokal meiner Großmutter befand sich im eigenen Haus meiner Großeltern, in dem sie auch wohnten. Zusätzlich hatten sie in der Nähe ein Wohnhaus gekauft, dessen Wohnungen sie vermieteten. Den Aufstieg — da bin ich mir sicher — hätten sie ohne den starken Willen und die Zähigkeit meiner Oma nicht geschafft.

Nach dem Krieg stand meine Großmutter vor einem Scherbenhaufen. Mein Großvater war Anfang 1944 gestorben, wahrscheinlich an Lungenkrebs, er war ein starker Raucher gewesen. Ihr einziger Sohn überlebte die sowjetische Kriegsgefangenschaft nicht, ihre jüngere Tochter war eine nicht einmal dreißig Jahre alte Witwe mit zwei kleinen Töchtern, Partisanen hatten ihren Mann und Vater zusammen mit seinem Fahrer in einem »Kübelwagen[9]« in die Luft gesprengt. Das Geschäftshaus war bis auf die Grundmauern weggebombt, nur von einem hinteren Anbau war ein nicht völlig zerstörter Rest stehen geblieben. Das Miethaus war als einziges nicht vollständig Opfer der Bomben geworden, es hatte als Haus ohne Fassade den Krieg überdauert.

Irgendwie hatte es meine Oma geschafft, die Fassade des Miethauses reparieren und mit Fenstern versehen zu lassen. Und in diesem Haus bewohnte sie nun mit ihrer Schwester Bertha — Onkel Gottfried war vor einem Jahr nach einem weiteren Schlaganfall gestorben — die Wohnung in der ersten Etage. Das war die Situa-

---

[9] umgangssprachliche Bezeichnung für einen geländetauglichen Pkw der Wehrmacht

tion der Mutter meines Vaters zu diesem Zeitpunkt.
Ich ging in eine katholische Volksschule, anders als in Kleinenberg, wo auch einige wenige evangelische Schüler in meiner Klasse gewesen waren, gab es in dieser Schule nur katholische Kinder. Da längst noch nicht alle zerbombten Schulen wieder aufgebaut waren, hatte die Schule ein großes Einzugsgebiet, die Kinder waren der Christ-Königs-Pfarrei und der Meinolphus-Pfarrei zugeordnet. Herr Ohligmüller hatte uns angehalten, sonntags in unseren jeweiligen Pfarrkirchen in die Kindermesse zu gehen, die in meiner Pfarrei um neun Uhr begann und eine Dreiviertelstunde dauerte. Die große Begeisterung, die man in der Kirche vielleicht besser Andacht nennen sollte, wollte sich bei mir auch hier nicht einstellen und zu meinem Missvergnügen gab es an den Wänden keine Malerei.
Jeden Monat bekamen wir im Religionsunterricht ein dünnes Heftchen mit dem Titel »Die Sternsinger«, für das wir zwanzig Pfennige bezahlen mussten. In dieser Monatszeitschrift für Kinder betrafen alle Artikel die Mission, meistens ging es um Afrika. Im ersten Heft, das ich bekam, war ein kurzes Gedicht abgedruckt, von dem mir die Verse

> *Aus Deutschland böse Kunde kam:*
> *das neue Geld den Anfang nahm.*
> *Die D-Mark wird es kurz genannt,*
> *doch selten hat man es zur Hand*

im Gedächtnis geblieben sind. Die in diesen Knüppelversen enthaltene Feststellung traf für meine Familie uneingeschränkt zu. Bei einem späteren Heft irritierte mich das Titelbild, es zeigte eine Afrikanerin mit nackten Brüsten. Im Kommunionsunterricht hatte ich gelernt, es verletze das Keuschheitsgebot, wenn man solche Bilder ansehe. Waren Afrikanerinnen vielleicht keine Menschen wie deutsche Frauen? Über dieses heikle Thema traute ich mich nicht mit jemand zu sprechen.
Eines Tages standen Zirkus-Wohnwagen und eine Zugmaschi-

ne mit langem Anhänger auf dem großen lehmigen Platz hinter unserer Kirche, den wir häufig zur Abkürzung unseres Schulwegs überquerten. Albert hatte gehört, die Camilla-Mayer-Truppe, damals sehr bekannte Hochseil-Artisten, werde in unserer Stadt auftreten. Wir vermuten richtig, dass die Veranstaltungen hier stattfinden würden.

Nach der Schule trafen wir uns am Nachmittag wieder auf dem Platz, neugierig auf das, was passieren würde. Mehrere Leute waren gerade dabei, zwei Gittermasten im Abstand von etwa zwanzig Metern aufzurichten, die zerlegt auf dem Anhänger gelegen hatten, ihre Höhe betrug wohl auch fast zwanzig Meter. An den Spitzen der Masten befestigten sie zwei mit Geländern versehene Plattformen, zuletzt wurde ein Stahlseil zwischen den beiden Plattformen gespannt. Die Dämmerung setzte schon ein, als unterhalb des Stahlseils noch ein Sicherheitsnetz an den Gittermasten befestigt wurde.

An den darauffolgenden Tagen gab es Darbietungen atemberaubender Hochseilartistik. Für mich grenzte es an ein Wunder, was die Artisten in schwindelnder Höhe auf einem dünnen Stahlseil vorführten. Bei einer Nummer gingen vier im Abstand von einem Meter hintereinander über das Seil, auf einer über ihre Schultern gelegten Stange standen zwei weitere, ebenfalls mit einer Stange auf den Schultern, die dem fünften Mitglied der Gruppe als schwankender Standort diente.

Lehrer Ohligmüller ließ uns das, was wir gesehen hatten, bildlich zu Papier bringen. Ich konnte nur Unansehnliches zusammenstümpern, aber mein Pultnachbar Achim brachte ein wahres Kunstwerk zustande. Als ich einige Jahre später hörte, er mache eine Lehre als Maler und Anstreicher, hielt ich das für eine bedauerliche Vergeudung von Talent.

Natürlich hatten wir Kinder Vermutungen angestellt, was es den Artisten ermöglichte, auf dem schwankenden Seil zu stehen oder zu gehen, es musste mit den Balancierstangen zu tun haben, die sie quer vor sich in Händen hielten. Damit wir nicht auf der

Theorieebene stehen blieben, suchten wir uns in den Trümmern Stücke von Wasserrohren. Als Ersatz für ein Hochseil dienten Eisenrohre, die zwanzig Zentimeter über den ungefähr achtzig Zentimeter hohen Begrenzungsmauern vor unseren Häusern angebracht waren. Unsere Versuche, Wasserrohre als Balancierstangen zu verwenden, waren vom ersten Augenblick an erfolgreich. Ohne Schwierigkeiten liefen wir über die Rohre auf den Mauern, blieben auf einem Bein stehen, gingen rückwärts. Nach zwei, drei Tagen erlahmte unsere Begeisterung, immerhin hatten wir aber unsere Vermutungen bestätigen können und sogar herausgefunden, dass mit zunehmender Länge der Wasserrohre das Balancieren einfacher wurde.

Beim nächsten Besuch erzählte ich meiner Oma von den Akrobatikvorführungen und auch von unseren eigenen Balancierversuchen. Wie immer war sie eine interessierte Zuhörerin, wenn ich ihr etwas berichtete, anders als die Großeltern, mit denen wir zusammenwohnten, sie zeigten wenig Anteilnahme für meine Welt.

Im Nachhinein steht für mich fest, dass ich immer eine größere Affinität zu Verwandten aus der Familie meines Vaters gehabt habe, namentlich zu seiner Mutter. Dafür wird es viele Gründe gegeben haben, über die ich Vermutungen anstellen könnte, bei einem Grund bin ich mir sicher. Die »Welt« der Eltern meines Vaters erschien mir farbiger. Für die Großeltern mütterlicherseits war die Welt wie ein Schachbrett, auf dem ihnen feste Plätze zugewiesen waren — wahrscheinlich fühlten sie sich als Bauern, denen der Urheber der Spielregeln wenig Raum für eigenes Agieren zugebilligt hatte. Meiner »anderen« Oma war passives Verhalten fremd, sie hatte stets ihren Lieblingsspruch »man muss es zwingen« für den Kampf gegen die Widrigkeiten im Leben parat, meine beiden Cousinen und ich haben uns als Kinder oftmals wegen des Spruchs über unsere Oma lustig gemacht — wir waren eben Kinder.

Um eine Taschenlampe zu holen, ging meine Oma mit mir in einen Raum im Erdgeschoss, den ich noch nicht gesehen hatte. Er war bis an die Decke mit Waren vollgestapelt, vor einem der Regale stand eine vielleicht zwei Meter lange Verkaufstheke. Bis an die Decke, das bedeutete in diesem um die Wende zum zwanzigsten Jahrhundert gebauten Haus rund vier Meter hoch.

Dies sei im Augenblick ihr Laden, klärte mich meine Oma auf, als sie mein erstauntes Gesicht sah, hier verkaufe sie hin und wieder etwas an Kunden, die schon früher in dem »richtigen« Geschäft bei ihr gekauft hatten. Der Laden sei nicht dauernd geöffnet, die Kunden würden an der Wohnungstür klingeln. Sie plane, in dem nicht vollständig zerstörten Anbau des ehemaligen Geschäftshauses möglichst bald, als Zwischenlösung, ein Geschäftslokal mit Schaufenster bis zum endgültigen Wiederaufbau einzurichten. Dann eröffnete sie mir, dass sie auch schon Pläne für mich habe. Ursprünglich habe mein Vater das elterliche Geschäft übernehmen und weiterführen sollen, doch durch seinen Tod in russischer Kriegsgefangenschaft sei das ja alles nicht mehr möglich. Deshalb solle ich das Geschäft übernehmen, sobald ich alt genug dafür sei. Dazu solle ich zunächst nach dem »Einjährigen«[10] eine Kaufmannslehre wie mein Vater in einem Geschäft mit gutem Ruf machen. Ich hielt das für eine großartige Sache und hatte keine Einwände gegen ihre Planung.

Meine Oma sprach nicht weiter, sie schien zu überlegen, weshalb wir in diesen Raum gekommen waren, und ich erinnerte sie an die Taschenlampe, die sie nach kurzem Suchen fand. Da die Lampe auch nach mehreren Einschaltversuchen nicht zum Leuchten zu bringen war, öffnete meine Oma den Gehäusedeckel und nahm einen viereckigen Block heraus, auf dem »Pertrix« stand. Das sei eine Batterie, ließ mich meine Oma wissen, sie liefere den Strom für das kleine Glühbirnchen hinter der runden Glasscheibe. Dann tat sie etwas höchst Merkwürdiges, sie hielt nämlich die Enden der beiden aus der Batterie herausragenden Blechstrei-

---

[10]Der damals übliche Ausdruck für die Mittlere Reife. Die unverständliche Bezeichnung war folgendermaßen entstanden. Wer in der Kaiserzeit ein Gymnasium nach der Untersekunda (10. Klasse) verließ, kam mit einem einjährigen Militärdienst davon

fen an ihre Zunge und sagte, die Batterie sei leer, sie müsse eine andere suchen. Die fand sie auch schnell, hielt die zwei Laschen an ihre Zunge und machte ein zufriedenes Gesicht: Die Batterie schien in Ordnung zu sein. Natürlich wollte ich wissen, wie sie festgestellt hatte, dass die erste Batterie nicht mehr funktionierte und sie erklärte mir, bei einer noch brauchbaren Batterie spüre man ein prickelndes Gefühl an der Zunge, bei einer leeren merke man nichts. Das musste ich selbstverständlich auch ausprobieren und fand die Erklärung meiner Oma bestätigt. Sie ermahnte mich noch, dass man diese Prüfung nur bei einer kleinen Batterie vornehmen dürfe.

Da wir so schön beim Experimentieren waren, zeigte sie mir noch eine andere Methode zum Prüfen einer Batterie. In einem Kasten unter dem Ladentisch fand sie ein Glühlämpchen wie das in der Taschenlampe. Sie nahm die neue Batterie, hielt das Ende einer der beiden Laschen an das Schraubgewinde des Lämpchens und berührte mit der anderen Lasche einen metallischen Knubbel unterhalb des Schraubgewindes, worauf das Lämpchen zu leuchten begann. Woher wusste meine Oma das?

Eine vermutlich alle drei westlichen Besatzungszonen betreffende Aktion war der »Kampf gegen Tuberkulose«, denn die Zahl der an dieser Krankheit leidenden Menschen war nach dem Zweiten Weltkrieg stark gegenüber der Vorkriegszeit angestiegen. Ausbrechen der Krankheit und Ansteckungsrisiken wurden durch die enormen Wanderungsbewegungen, Wohnen auf engstem Raum, Mangelernährung und viele weitere Kriegsfolgen begünstigt. TB — die damals übliche Abkürzung —, besonders in Form der »offenen TB«, war eine gefürchtete, sehr häufig zum Tod führende Krankheit, sie sollte unter anderem durch diese Aktion eingedämmt werden. Aus meiner heutigen Sicht wollte man die Ziele der Aktion über zwei Maßnahmen erreichen. Die erste bestand darin, die Krankheit stärker ins öffentliche Bewusstsein zu rücken, dazu mussten wir für fünfzig Pfennige ein Ansteckabzeichen kaufen, ein Kreuz mit drei Querbalken unterschiedlicher Breite, auf denen von oben nach unten »*Kampf / gegen / Tuberkulose*« stand. Jeder sollte das Abzeichen an seiner Jacke befestigen. Die zweite Maßnahme war eine Impfung, die aber nicht — wie seinerzeit bei der Typhus-Impfung — in einer leichten Ritzung der Haut bestand, uns wurde diesmal mit einer mächtigen Injektionsnadel der Impfstoff in den linken Oberschenkel gespritzt. Bei mir hinterließ das zunächst eine schwärende Wunde, die sich nach einem halben Jahr schloss und dauerhaft eine runde Narbe von der Größe eines Zwei-Cent-Stücks hinterließ.

Unsere Wohnstraße zweigte rechtwinklig von einer Hauptstraße ab, die sicherlich nach jedem Bombenangriff, der sie in Mitleidenschaft gezogen hatte, schnell geräumt und — falls nötig — repariert worden war, meistens wahrscheinlich eher schlecht als recht. Unebenheiten und nicht zu große Schlaglöcher ließen sich ertragen, doch die Straßenbahnschienen mussten schon aus Sicherheitsgründen in ordnungsgemäßem Zustand sein. Deshalb hatte man damit begonnen, stark beschädigte Streckenabschnitte zu erneuern. Das geschah auch im Bereich der Einmündung unserer Straße und weil mich die Vorgänge brennend interessierten, verbrachte ich viel Zeit mit der Beobachtung der Arbeiten.

Die Straßenbahnen fuhren auf dieser Straße natürlich zweigleisig, also wurden zuerst am Anfang und am Ende des beschädigten Abschnitts provisorische Weichen eingebaut, damit die Straßenbahnen während der Reparaturphase wenigstens eingleisig fahren konnten. Arbeiter entfernten danach die großen Steine des Schienenbetts, anschließend wurden die zu erneuernden Schienenstücke abgetrennt, mit Schneidbrennern in transportierbare Stücke zerlegt und weggeschafft. Mehrere Arbeiter trugen danach ein neues Schienenstück an seinen Platz und richteten es sorgfältig aus. Dann begann der aufregende Teil. Um die Nahtstelle zwischen altem und neuem Schienenstück wurde ein eiserner Kasten gelegt, den ein Arbeiter innen mit Sand und einem gelbbraunen Mörtel auskleidete, was genau geschah, konnte ich nicht sehen, dafür war mein Abstand zur Nahtstelle zu groß. Nach den

Vorbereitungen wurde ein nach unten trichterförmig zulaufender eiserner Topf auf einem dreibeinigen Gestell über der Nahtstelle positioniert, ein Arbeiter warf etwas wie eine große brennende Wunderkerze aussehendes in den Topf, aus dem augenblicklich ein gewaltiger Funkenregen nach oben schoss. Kurz darauf floss eine glühende Masse in die aus Sand und Mörtel bestehende Form. Nachdem der Funkenregen aufgehört hatte, wurde der eiserne Topf beiseite geschafft und die geschlossene, aber noch gelb glühende Nahtstelle wurde sichtbar. Zwei Arbeiter machten sich unverzüglich daran, überschüssiges Eisen unter Verwendung eines vorn keilförmig zulaufenden Hammers grob zu entfernen. Für die Feinarbeit wurde ein längliches Arbeitsgerät mit einem abgeknickten T–förmigen Stiel auf jeder Seite in die Schiene gestellt und zwei Arbeiter begannen das Gerät in Schienenrichtung hin- und herzuziehen. Das Werkzeug musste wohl so ähnlich funktionieren wie der Hobel, mit dem Meister Wölckens Leute manchmal gearbeitet hatten. Nach dem Erkalten der Nahtstelle wurde sie schließlich noch sorgfältig mit einer Schleifmaschine geglättet.

Der Wiederaufbau des Knappschaftsgebäudes machte durchaus Fortschritte, ein Ende der Bauarbeiten war aber noch nicht abzusehen. Die Zechen im Ruhrgebiet arbeiteten auf Hochtouren, nicht nur die deutsche Wirtschaft, aber sie ganz besonders, war auf gewaltige Mengen heimischer Kohle angewiesen, denn ohne Kohle lief kein Wiederaufbau des Wirtschaftslebens, Kohle war Energieträger, Kohle war Grundstoff für die Herstellung anderer Produkte, Kohle wurde für die Stahlerzeugung benötigt usw. Die Knappschaft als Versicherung der Bergleute, die diese Kohle »vor Ort[11]« aus den Flözen herausbrachen, konnte natürlich nicht bis zur Wiederherstellung des zerstörten Gebäudes untätig warten, sie musste sich vorerst mit einer Notunterkunft begnügen. Dazu hatte man schräg gegenüber unserer Wohnung eine lange, breite

---

[11]das ist in der Bergmannssprache die Stelle im Stollen, an der die Kohle gewonnen wird. Die allgemeine Verwendung von »vor Ort« als Synonym für »an Ort und Stelle« war in meiner Kindheit noch nicht üblich.

Baracke errichtet, mit Mauern aus Ziegelsteinen und einem mit gewelltem Eternit gedeckten Dach.

Das provisorische Knappschaftsgebäude bestand aus einem einzigen ebenerdigen Geschoss und besaß nur eine Tür für den Ein- bzw. Ausgang. Durch die Fenster konnte man ungehindert ins Innere sehen und dabei feststellen, dass es innen keine Zwischenwände gab, die Baracke war also eine große Halle. Frühmorgens strömten mehrheitlich junge, sorgfältig gekleidete Frauen dem Eingang zu, denen man nahezu ungehindert bei ihrer Tätigkeit zusehen konnte, jedenfalls denen, die ihre Arbeitsplätze in Fensternähe hatten. Die jungen Frauen saßen an ziemlich kleinen, in engen Reihen angeordneten, Arbeitstischen. Auf jedem Tisch stand als Arbeitsgerät eine Hollerith-Maschine, eine der Frauen hatte es sogenannt, als ich sie neugierig nach dem Namen des verhältnismäßig großen Geräts gefragt hatte, vor dem sie jeden Tag vom frühen Morgen bis zum späten Nachmittag saß und mit flinken Fingern eine Tastatur bediente, die wie die Tastatur einer Schreibmaschine aussah. Doch Papier wurde hier nicht beschrieben, wie ich leicht von außen sehen konnte, ein Mechanismus versorgte jede Maschine von links mit gelblichen Karten, etwas länger und schmaler als übliche Postkarten, eine Ecke war schräg abgeschnitten. Die Karten wurden dann irgendwie über die Tastatur bearbeitet, um anschließend rechts automatisch abgelegt zu werden.

Abends entleerte das Reinigungspersonal — das Wort »Datenschutz« hatte wohl noch keinen Eingang in die deutsche Sprache gefunden — die Papierkörbe draußen in einen unverschlossenen Behälter, aus dem wir uns manchmal unbeschriebenes Papier holten, auch die Karten aus den Hollerith-Maschinen ließen sich für Bastelarbeiten verwenden. Sie waren einseitig mit Kolonnen kleiner, eng nebeneinander stehender Zahlen bedruckt, einige Zahlen waren durch rechteckige Löcher ausgelöscht. Erst viele Jahre später wurde mir klar, dass die gelblichen Karten der Speicherung persönlicher Daten der Bergleute für die maschinelle Datenverarbeitung gedient hatten.

Kurz vor Weihnachten fand der Umzug meiner Mutter und meines kleinen Bruders statt, es war eine sehr unspektakuläre Angelegenheit. In der Wohnung waren in den Tagen davor zwei durch eine zweiflügelige Tür verbundene Zimmer ausgeräumt worden, vor dem Krieg hatten sie als Wohn– beziehungsweise Esszimmer gedient. An einem Abend hielt nach Einbruch der Dunkelheit ein kleiner Lastwagen vor dem Haus, meine Mutter und und mein Bruder stiegen aus, zwei Männer begannen sofort die Möbel abzuladen und in die Wohnung zu schaffen.

Ich werde ganz sicher froh gewesen sein, dass wir nun endlich wieder als Familie zusammen waren, aber Einzelheiten dieses Tages sind mir nicht in Erinnerung geblieben.

Von nun an lebten wir mit den Eltern meiner Mutter zusammen. Dieses Zusammenleben war jedoch mehr als das gemeinsame Bewohnen einer ursprünglich für eine aus Mutter, Vater und Kindern gebildeten Familie gedachten Wohnung, wie dies ja zwecks intensiverer Wohnraumnutzung ringsum gang und gäbe war. Die Küche mitsamt der Einrichtung, wozu der damals schwer zu beschaffende Kohleherd und der fast schon exotische Gasherd gehörten, wurde von meinen Großeltern als Wohnküche genutzt, seit ihre Wohnung durch Bomben zerstört worden war. Im früheren Schlafzimmer meiner Eltern schliefen sie jetzt, während unsere Schlafzimmermöbel im ehemaligen Esszimmer aufgebaut waren. Da meine Großmutter ohnehin jeden Tag kochte, war man überein gekommen, sie würde für uns mitkochen, jeden Abend rechnete meine Mutter die Kosten mit ihr ab. Unser Wohnzimmer wurde im Gegenzug bei allen möglichen Anlässen als Gemeinschaftsraum genutzt.

Einige Geschwister meiner Mutter drehten die ursprünglichen Eigentumsverhältnisse kurzerhand um, für sie wohnten wir ab jetzt in der Wohnung meiner Großeltern. Das allein wäre vielleicht gar nicht so schlimm gewesen, hätte es nicht zusätzlich viel missgünstiges Gerede gegeben, das meiner Mutter arg zusetzte. Den Vogel schoss mein älterer Onkel ab, wenn er immer wieder bei seiner Mutter gegen seine Schwester intrigierte »wie lange willst du noch Dienstmädchen für die spielen und auch noch jeden Tag das Essen bezahlen?« Von solchen unschönen Vorkommnissen erfuhr ich erst später, fühlte mich dadurch aber in der Einstellung bestärkt, diesen Onkel schon seit meiner frühen Kindheit als Ekel betrachtet zu haben.

Wenige Tage später war Heiligabend. In der Familie meiner Mutter war es üblich, dass man am Heiligen Abend in die Kirche ging und auf die Bescherung bis zum Morgen des ersten Weihnachtstages wartete — die Kinder hatten es sicherlich als »warten musste« empfunden. Also gingen wir am Heiligen Abend zur Bescherung zur Mutter meines Vaters. Bezüglich der Wohnverhältnisse gab es hier inzwischen eine Ähnlichkeit mit unseren eigenen. Meine Oma wohnte mit ihrer Schwester Bertha sowie ihrer jüngeren Tochter Ruth und deren beiden Töchtern zusammen. Meine Cousine Tina war zwei Jahre jünger als ich, ihre Schwester Beate drei Jahre. Allerdings wohnte meine Tante Ruth noch nicht lange bei ihrer Mutter, so dass ich sie und meine Cousinen erst seit Kurzem kannte.

Der Wechsel zur Höheren Schule — so wurden seinerzeit die neben den humanistischen Gymnasien zum Abitur führenden Schulen bezeichnet — rückte näher. Ich sollte in die Schule gehen, die schon mein Vater bis zum »Einjährigen« besucht hatte, darin waren sich meine Mutter und meine Oma, die selbst nur in die Volksschule gegangen waren, einig gewesen. In die gleiche Schule wie mein Vater, Mutter und Großmutter hatten das sicher naiv beschlossen, ohne darüber nachzudenken, was denn wohl von der »Schule meines Vaters« übrig geblieben war. Immerhin waren inzwischen mehr als zwanzig Jahre vergangen.

Ursprünglich hieß die Schule bürokratisch »Städtische Oberrealschule II«, was war das überhaupt für ein — mittlerweile unbekannter — Schultyp gewesen?

In der zweiten Hälfte des 19. Jahrhunderts brachte die rasch fortschreitende Industrialisierung gewaltige gesellschaftliche Veränderungen mit sich, auch an das Schulsystem wurden neue Anforderungen gestellt. Dass den naturwissenschaftlichen Fächern und der Mathematik mehr Gewicht zuerkannt werden musste, war eigentlich offensichtlich. Doch auch bei Fremdsprachen bestand Änderungsbedarf. Englisch als Sprache der führenden Industrienation hatte zunehmend praktische Bedeutung für Ingenieure und Kaufleute erlangt. Der Ruf nach stärkerer Berücksichtigung der neuen Erfordernisse im Schulsystem war eine unausbleibliche Folge gewesen. Wie immer, wenn es um die Änderung liebgewordener und mit Privilegien verbundener Gewohnheiten geht, erwuchs auch dem Ruf nach einer neuen, zusätzlichen Schulform schnell eine einflussreiche Gegnerschaft. Erst nach Jahren zähen Ringens konnte sich die Oberrealschule als Erfolgsmodell neben dem humanistischen Gymnasium etablieren. Auch ihre Lehrerschaft war am Ende nicht mehr schlechter gestellt. Das Verfahren, eine neue Schulform neben die bestehende zu setzen, hatte sich bestens bewährt.

1923 wurde aus der Oberrealschule ein Reformrealgymnasium, dessen Lehrplan nun auch das Fach Latein enthielt. Die Nationalen Sozialisten machten aus dem Reformrealgymnasium die Oberschule für Jungen und gaben ihr den Namen »Bismarckschule, städtische Oberschule für Jungen«. Nach dem Krieg verbannten Leute, die nun in unserer Stadt das Sagen hatten, Namen wie Bismarck, Bülow oder Moltke in die Gruppe der Unwörter, nur am Bismarckturm hielten sie fest. Als neuen Namensgeber für die Schule guckten sie einen Grafen aus dem 14. Jahrhundert aus, der beim damals üblichen Geschacher um Bischofswürden und bei der lukrativen Beteiligung an politischen Intrigen eine gewisse lokale Bedeutung gehabt hatte.

Der Name der Schule meines Vaters existierte nicht mehr, von dem Schulgebäude war nur noch ein großes Trümmerfeld übrig, aus dem Betonbrocken unordentlich herausragten. Zwei meiner späteren Lehrer erinnerten sich an meinen Vater, einer von ihnen war der Schulleiter geworden. Ob vom ursprünglichen »Geist der

Schule« etwas die Zeit überdauert hatte?

An eine besondere Vorbereitung in der Volksschule auf den Übergang zu einer weiterführenden Schule habe ich keine Erinnerung, vermutlich gab es keine. Wohl aber erinnere ich mich an einen Disput zwischen unserem Lehrer und einem Klassenkameraden, dessen Name mir sogar im Gedächtnis geblieben ist. Es ging um die Einschätzung des Lehrers, dass dieser Schüler nicht oder noch nicht für den Besuch eines Gymnasiums geeignet sei. Standardmäßig fand ein Übergang nach dem vierten Schuljahr statt, in Einzelfällen empfahlen Lehrerinnen oder Lehrer den Verbleib in der damals noch achtklassigen[12] Volksschule bis nach dem fünften Schuljahr. Der Vater meines Klassenkameraden war wohl mit der Einschätzung des Lehrers nicht zufrieden gewesen, er habe gemeint, so mein Klassenkamerad, »man könne es doch mal versuchen«, was unseren Lehrer reichlich wütend gemacht hatte. Damit man die damaligen Lehrerempfehlungen aus heutiger Sicht richtig einordnen kann, muss man wissen, dass sie keine direkte Auswirkung auf den Übergang eines Kindes in ein Gymnasium hatten, sondern lediglich auf die Zulassung zur dreitägigen Aufnahmeprüfung.

Die für mich ins Auge gefasste Schule besaß also kein eigenes Gebäude mehr — bis zur Einweihung eines Neubaus sollten noch rund zehn Jahre vergehen. Als Ausweichquartier fungierte ein ehemaliges Volksschulgebäude, das während des Ersten Weltkriegs errichtet worden war und wenige Jahre nach seiner Inbetriebnahme schon nicht mehr voll genutzt werden konnte, weil wegen des nicht hinreichend tragfähigen Untergrundes ernsthafte Bauschäden auftraten. Meine Mutter hatte aus diesem Grund die Schule wechseln müssen. Im Zweiten Weltkrieg durch Bomben verursachte Schäden konnten wohl rasch beseitigt werden und über die Bedenken in den 1920er Jahren hatte man sich offenbar großzügig hinweggesetzt. Ein Aspekt machte das Schulgebäude für mich besonders attraktiv: Wenn ich rannte, konnte ich es in fünf Minuten

---

[12]das neunte Volksschuljahr wurde erst später eingeführt

erreichen.

Irgendwann wurde es richtig ernst, ich musste meine besten Sachen anziehen, einen Tag zuvor war ich beim Friseur gewesen. Derart vorbereitet, machten meine Mutter und ich uns auf den Weg zur Schule, um mich dort anzumelden. Ich verspürte eine große Anspannung, war doch in den zurückliegenden Wochen das, was uns in der Höheren Schule erwarten würde, auf dem Schulhof das Thema Nummer eins gewesen. Meine Klassenkameraden hatten sich mit Beschreibungen von Horrorszenarien überboten. Nicht mehr Lehrer würden uns unterrichten, sondern Studienräte, deren Strenge in den düstersten Farben geschildert worden war.

Die Anmeldung der neuen Bewerber nahm der Schulleiter persönlich vor, auf dem Schild neben der Tür zu seinem Dienstzimmer stand Respekt einflößend Oberstudiendirektor Voß. Wir nahmen ihm gegenüber vor seinem Schreibtisch Platz. Als meine Mutter ihren Namen nannte, erinnerte er sich sofort an meinen Vater, was mich sehr stolz machte und gleichzeitig meine Angst vor dem Unbekannten um mich herum etwas verringerte. Meine persönlichen Daten trug er handschriftlich in ein großformatiges Buch ein, das Ähnlichkeit mit dem Kassenbuch meiner Oma hatte. Er nannte noch das Datum des Tages, an dem ich mich um acht Uhr morgens zur schriftlichen Aufnahmeprüfung einfinden müsse, danach konnten wir nach Hause gehen.

Am ersten Tag der dreitägigen Aufnahmeprüfung machte ich mich frühmorgens gemeinsam mit Harald auf den Weg, er war der Einzige aus meiner näheren Umgebung, der die gleiche Höhere Schule wie ich besuchen wollte. Ich erinnere mich gut, dass es ein sehr sonniger aber gleichzeitig kalter Morgen war, es könnte ein Tag in der zweiten Märzhälfte gewesen sein, Schuljahreswechsel war noch immer zu Ostern.

Auf dem Schulhof warteten bereits viele Jungen auf den Beginn des großen Ereignisses, auch mehrere Jungen aus unserer Volksschulklasse. Waren wir in der Volksschule getrennt nach Konfessionen unterrichtet worden, verlief die Trennungslinie in der Höheren Schule zwischen Mädchen und Jungen.

Als plötzlich mehrere Männer aus dem Schulgebäude kamen, wurde es mucksmäuschenstill: Das mussten die gefürchteten Studienräte sein. Jeder von ihnen hatte eine Liste in der Hand. Nacheinander lasen sie die Namen auf ihren Listen vor und begaben sich mit ihren Gruppen in verschiedene Klassenräume.

In meiner Gruppe war ich der einzige aus meiner bisherigen Schule und als wir in unserem Raum derart verteilt wurden, dass vor und hinter jedem eine Reihe, rechts und links jeweils ein Platz frei blieben, kam ich mir furchtbar verloren vor. Zum Glück blieb nicht viel Zeit für bange Gefühle, die Prüfung begann, an diesem Tag war ein langes Diktat an der Reihe, mit dem unsere Rechtschreibfähigkeiten geprüft wurden. Nach dem Einsammeln unserer Prüfungsarbeiten durften wir uns auf den Heimweg machen.

Die beiden folgenden Tage verliefen ähnlich, am zweiten Tag mussten wir einen Aufsatz schreiben und am dritten Rechenaufgaben lösen. In der Volksschule wurde das auf Kinder möglicherweise abschreckend wirkende Wort Mathematik nicht verwendet und in der Höheren Schule waren wir ja noch nicht. Am dritten Tag mussten wir am Spätnachmittag noch einmal auf dem Schulhof erscheinen. Zur festgesetzten Zeit erschien der Herr Oberstudiendirektor auf der obersten Stufe der Eingangstreppe und las die Namen derjenigen Schüler vor, die die Aufnahmeprüfung bestanden hatten. Ich gehörte zu ihnen und war glücklich.

In späteren Jahren, als ich eine gewisse Routine im Ablegen von Examina erlangt hatte, dachte ich mit gemischten Gefühlen an meine erste Prüfung zurück. Als Neunjähriger hatte ich in eiskaltes Wasser springen müssen, hatte keine Ahnung gehabt, was in der Prüfung von mir verlangt würde, musste zusätzlich dreimal beim ersten Schuss den kleinen schwarzen Kreis treffen, eine zweite Chance hätte es nicht gegeben. Und das Ganze in einem unbekannten, ungewohnten Umfeld. Ob man da nicht zu viel von einem Neunjährigen verlangt hatte? Und was hätte es für mich bedeutet, wenn ich die in mich gesetzten Erwartungen nicht hätte erfüllen können? Grrr!

Doch jetzt plagten mich solche Fragen noch nicht, jetzt war ich erst einmal froh und sorgenfrei, wurde von Verwandten und Bekannten beglückwünscht, konnte heiter den Osterferien entgegensehen.

In diese Zeit fiel wohl auch die Neueröffnung des Geschäfts meiner Oma auf dem Grundstück des früheren Geschäftshauses, dessen Trümmer inzwischen teilweise beseitigt worden waren, so dass zumindest ein Zugang von der Straße zum nicht vollständig zerstörten rückwärtigen Anbau vorhanden war, dessen Obergeschosse ausgebrannt und fensterlos waren, der auch kein Dach mehr besaß, in dem jedoch zwei unzerstörte Geschossdecken verhinderten, dass Regenwasser ins Erdgeschoss durchsickerte. Das hatte man provisorisch als Verkaufsraum hergerichtet, sogar ein Schaufenster war vorhanden, allerdings mit sehr bescheidenen Ausmaßen.

Was zu diesem Zeitpunkt wie ein wichtiger Schritt aussah, um an wohlgeordnetes Vorkriegsleben anknüpfen zu können und um durch einen Neustart den Weg in eine hoffentlich glückliche Zukunft zu ebnen, sollte sich sehr bald als Entscheidung für einen Irrweg herausstellen, der besonders für meine Mutter bittere Jahre zur Folge hatte, aber auch meine Entwicklung vom Kind zum jungen Erwachsenen tiefgreifend beeinflusste.

Rückblickend ist mir klar, dass meine Oma damals den Versuch unternommen hatte, ein totes Pferd zu reiten und dass dies die »Ursünde« war, die viel Ungemach nach sich ziehen sollte.

Mit siebenundsechzig Jahren schickte sich die Mutter meines Vaters also an, ein Geschäft zu eröffnen. Sie selbst hat diesen Vorgang möglicherweise als eine Wiedereröffnung gesehen, um die es sich aber nicht handelte, denn bis auf einige wenige »gute alte Kunden« und den wahrscheinlich guten Namen gab es keine Kontinuität.

Und selbst wenn es eine Kontinuität gegeben hätte, wie war

denn die Situation des Geschäfts meiner Großeltern vor Beginn des Zweiten Weltkriegs gewesen? Ähnlich wie den armen Kommissaren in vielen Fernsehkrimis stehen mir nur dürftige Indizien zur Verfügung, um mir davon eine Vorstellung zu machen. Alle schriftlichen Unterlagen, der Warenbestand, ja, selbst das Mobiliar waren durch die Bomben auf das Wohn- und Geschäftshaus vernichtet worden. Nur eine alte mechanische Schreibmaschine der Marke »Kappel« und eine kleine, ebenfalls mechanische, Rechenmaschine »Resulta BS« zum Addieren und Subtrahieren hatten überlebt.

In den Augen meiner Mutter war das von meiner Oma geführte Geschäft stets etwas Großartiges gewesen, doch es ist leicht möglich, dass meine Mutter aus ihrer Perspektive die Großartigkeit überschätzt hatte. Meine Großeltern väterlicherseits konnten sich nämlich einen gelasseneren Lebensstil leisten als die achtköpfige Familie meiner Mutter, die vom Gehalt eines Finanzamtssekretärs leben musste. Die Schwestern meines Vaters hatten, wie er, ein Gymnasium besucht, sie erzählten mir später von den jährlichen Sommerferien im Ostseebad Boltenhagen, den Haushalt hatte ein Dienstmädchen versorgt. Eine solche Welt war meiner Mutter vor ihrer Heirat fremd gewesen.

Es ist auch möglich, dass sich die über Jahre hinweg gute finanzielle Situation meiner Großeltern gegen Ende der 1930er Jahre schon eingetrübt hatte, ohne dass meine Mutter dies gemerkt hätte, da sie nicht in das Geschäftsleben eingebunden war. Einige Passagen aus Feldpostbriefen meines Vaters könnten darauf hindeuten.

»*Denn ob ich das Geschäft nach dem Kriege noch weiterführen soll, ist mir noch nicht klar. Wenn die Voraussetzungen gegeben sind, d. h. wenn der Kram groß genug aufgezogen werden kann, dann ja; sonst ist wohl ein anderer Beruf zu finden wo mindestens so viel Geld verdient werden kann ohne daß man sich Sorgen um Ladenlokal und …* «

»*Mutter (meine Großmutter) hat sich wohl sehr darüber geärgert, daß ich mich mal über einen evtl. Berufswechsel geäußert habe. Sie nimmt wohl alles zu tragisch, denn ich würde nur dann umsatteln, wenn ich mich wesentlich verbessern könnte. Aber das liegt ja noch alles in weiter Ferne. Zunächst muß erst mal der Krieg ein Ende haben.«*

»*Mir fällt gerade ein, daß Vater* (der Vater meines Vaters) *für mich eine Weihnachtsgratifikation eintragen kann, frag doch Papa* (den Vater meiner Mutter) *mal danach ob das Steuer–abzugsfähig ist. Denn im Monat Dezember können wir uns bis zu R.M.* (Reichsmark) *100,– schicken lassen. Wenn ich dann in Urlaub fahre kann ich allerhand Lebensmittel, z. B. bis zu 10 kg Fischkonserven u. s. w. mitnehmen. Schau einmal zu ob das Geschäft so viel abwirft, daß ich ohne zu unbescheiden zu sein noch etwas bekommen kann. Aber wie gesagt nur wenn es wirklich übrig ist, sonst bescheide ich mich natürlich mit meinem Wehrsold, denn die Zigaretten bekomme ich ja von Dir und den Angehörigen, und sonst stelle ich ja keine Ansprüche.*« Hundert Mark waren wohl damals nicht wenig, aber der Satz »Schau einmal zu ob das Geschäft so viel abwirft …« hatte mich beim ersten Lesen doch überrascht.

»*Dann habe ich heute noch einen Brief von Arens jun., dem Sohn unseres Kollegen Arens aus Linden, bekommen. Ich will ihm auch noch gleich schreiben. Unter Umständen können wir uns mal treffen. Wir haben dann mal Gelegenheit auch über Berufsfragen nach dem Kriege zu sprechen. Aber am Sonntag will ich erst mal wieder mit den Skiern auf Tour gehen.*«

Die Ideen meines Vaters bezüglich einer neuen Berufstätigkeit nach Kriegsende waren womöglich schon weiter entwickelt gewesen, als er in seinen Briefen einräumte. Meine Mutter sprach später des Öfteren davon, dass er eine Speditionsfirma habe gründen wollen. Das wäre nicht unlogisch gewesen, denn im Krieg hatte er als Lastwagenfahrer und auf der Schreibstube »Logistik gelernt«.

Ich kann mir gut vorstellen, dass es nach Kriegsbeginn dadurch zu finanziellen Einbußen im Geschäft meiner Großeltern kam, dass die Herstellung kriegswichtiger Produkte absoluten Vorrang hatte, was zu einer Verknappung von Waren führte, die nicht unmittelbar mit dem Kriegsgeschehen zu tun hatten. Und wo keine Waren sind, kann man auch keine verkaufen.

Aber das Problem mit dem höchsten Gewicht bei Wiederaufnahme der Geschäftstätigkeit meiner Oma war sicherlich die seit den 1920er Jahren stetig gewachsene Bedeutung der Warenhäuser und die damit einhergehende Veränderung des Kundenverhaltens, was kleinen Einzelhandelsgeschäften mehr und mehr die Existenzgrundgrundlagen entzogen hatte. Mit unterschiedlicher Geschwindigkeit für die einzelnen Branchen vollzog sich nach dem Zweiten Weltkrieg dann das endgültige Verschwinden der meisten Fachgeschäfte aus dem Markt. Doch ich glaube nicht, dass sich meine Oma dieses unaufhaltsamen Prozesses überhaupt bewusst war.

Was trieb sie eigentlich an, mit fast siebzig Jahren noch einmal ganz unten anzufangen?

Ein bisschen mehr Geld hätte sie wohl gebrauchen können, denn eine Rente bezog sie meines Wissens nicht. Ob sie in jungen Jahren irgendwann einmal abhängig beschäftigt gewesen war, weiß ich zwar nicht, doch ich kann mich an keinen Satz erinnern, der darauf hingedeutet hätte. Nach Gründung des Geschäfts und dem Kauf zweier Wohnhäuser hatten sich meine Großeltern vermutlich keine Gedanken über eine zusätzliche Alterssicherung machen müssen. Das zerstörte Wohn- und Geschäftshaus konnte jetzt natürlich den ursprünglich erwarteten Beitrag nicht liefern. Es blieb nur das Wohnhaus, das den Krieg einigermaßen glimpflich überstanden hatte. In diesem Haus wohnte meine Großmutter mietfrei mit ihrer Schwester Bertha, die eine kleine Rente hatte. Drei Wohnungen des Hauses waren vermietet und sorgten für ein monatliches Einkommen. Meine Oma und meine Großtante Bertha waren äußerst anspruchslose Menschen, deshalb nehme ich an, dass die gemeinsamen Einkünfte für ihren Lebensunterhalt reichten. Auch wenn ein zusätzliches Einkommen wohl nicht unwillkommen gewesen wäre, Gelderwerb als entscheidendes Motiv für den Wiedereinstieg in ein Vollzeitberufsleben erscheint mir wenig wahrscheinlich.

Ich glaube, der Triebfeder für die Nachkriegsaktivität meiner

Großmutter komme ich am ehesten näher, wenn ich ihre Herkunft und den Verlauf ihres Erwachsenenlebens ins Auge fasse, soweit mir das bei der dürftigen »Aktenlage« möglich ist. Ich weiß ja kaum etwas über meine aus Ostpreußen eingewanderten Urgroßeltern, nicht ein einziges Foto habe ich von ihnen gesehen. Dass meine Großmutter und ihre Schwester Bertha, mit denen ich als Kind unendlich viel mehr gesprochen habe als mit anderen Verwandten der gleichen Generationsebene, mir nie von ihren Eltern erzählt haben, kann ich heute kaum fassen. Über ihre Geschwister, besonders über die, die es »zu etwas gebracht hatten«, sprachen sie hin und wieder mit mir.

Auch meine Tanten, die Schwestern meines Vaters, mochten nicht über die Eltern ihrer Mutter reden, schon als Kind hatte ich sehr früh den Eindruck, sie schämten sich für diesen Zweig ihrer Herkunft. Der väterliche Zweig dagegen wurde oft in leuchtenden Farben dargestellt.

Dass meine Tanten nicht stolz auf ihre Vorfahren mütterlicherseits waren, empfand ich als normal. In der Umgebung, in der ich aufwuchs, wurden Bergleute als Männer gesehen, die nichts Besseres gelernt hatten, als tief unter der Erde in einer kohlenstaubgeschwängerten, spärlich beleuchteten Arbeitsumgebung halbnackt und dreckig unter Lebensgefahr Kohle aus dem Berg zu brechen. Ich erinnere mich gut daran, dass mir auch meine Oma dieses Schreckensszenario hin und wieder vor Augen gehalten hatte, das denen drohe, die in der Schule keine guten Leistungen erbrachten. Ich habe auch nicht die Szene vergessen, als mein Physiklehrer Kuhlmann in Obersekunda (Klasse 11) einem Klassenkameraden zynisch den Rat gab: »Mensch, Nelles, geh doch lieber in den Pütt, da suchen sie Leute mit deinen Oberarmen.« Ein hohes Sozialprestige hatte man als »Püttmann« nicht, wobei der unerhörte Ausfall meines Physiklehrers zu einer Zeit erfolgte, als Abbau und Förderung von Kohle schon weitgehend mechanisiert erfolgten. Mein Urgroßvater hatte Kohle wahrscheinlich noch mit Hammer und Meißel oder mit der Kreuzhacke aus dem Flöz gehauen, zumindest über lange Zeit.

Die Unterschicht, in die meine Großmutter hineingeboren war, wollte sie todsicher so schnell wie möglich verlassen, der Schritt in die berufliche Selbständigkeit war das Mittel dazu gewesen.

Die erfolgreiche Geschäftstätigkeit verhalf meiner Oma zu einem neuen Platz in einer höheren sozialen Schicht, gleichzeitig wuchs ihr persönliches Ansehen. Bei der Kundschaft, aber auch, und dies könnte zumindest in den Anfangsjahren fast noch wichtiger gewesen sein, innerhalb der am Ort ansässigen Verwandtschaft.

Diese Verwandtschaft war keine alteingesessene. Den Kern hatten Menschen gebildet, die primär als Folge der industriellen Entwicklung von irgendwoher ins Ruhrgebiet gekommen waren, um hier eine Existenzgrundlage zu finden oder aufzubauen. Wie Tausende anderer Menschen auch. Damit Verwandtschaft entstehen konnte, mussten Menschen aus dieser riesigen Menge — allgemein gesprochen — in eine engere Beziehung zueinander treten können. Der Ort, an dem sich die hier betrachteten Menschen begegneten, war eine Baptistengemeinde.

Meine Urgroßeltern werden auf der Suche nach Menschen, mit denen sie etwas verband, Anschluss in dieser Gemeinde gesucht und gefunden haben, meine Großmutter wird ganz natürlich in den Kreis hineingewachsen sein. Mein Großvater war anfangs in einem Eisenwarengeschäft tätig, das einem Gemeindemitglied gehörte. Er könnte durch Vermittlung seines älteren Bruders Wilhelm, der Baptistenprediger war, in die Gemeinde gekommen sein. Lena, eine Schwester der beiden, fand gleichfalls Zugang. Helene, die spätere Ehefrau Wilhelms, wurde schon genannt. Es gab noch das Gemeindemitglied Otto Brennicke, einen erfolgreichen Geschäftsmann, der später für die Geschäftstätigkeit meiner Großeltern eine Rolle spielte.

Lena und Otto heirateten, meine Großeltern taten es ihnen wenig später gleich. Lena und Otto waren wohlhabend, meine Großeltern Habenichtse. Das muss insbesondere meine Großmutter gewurmt haben. Nach meinem Verständnis stehen Baptisten dem Calvinismus näher als dem Luthertum. Vielleicht haben auch die von Max Weber in »Die protestantische Ethik und der Geist des Kapitalismus« beschriebenen Gedanken eine Rolle gespielt.

Nachdem meine Großeltern auch zu erfolgreichen Geschäftsleuten arriviert waren, hatte man wohl auf gleicher Augenhöhe mit Otto Brennicke sprechen können.

Das Ansehen, in dem sich meine Oma jahrelang hatte sonnen können, war nach dem Krieg dahin. Sie war ein Niemand geworden, möglicherweise kam sie sich sogar als nutzloser Niemand vor. Das zu ändern, könnte der maßgebliche Antrieb für ihre Aktivität gewesen sein.

Für mich begann nach den Osterferien eine neue Schulära, auch wenn ich damals natürlich nicht einmal ahnen konnte, welche Bedeutung die Weichenstellung in die neue Bildungswelt für mein Leben haben würde, wie hätte ich auch auf die Idee kommen sollen, dass man sich darüber Gedanken machen konnte, nein, musste. Das hatten glücklicherweise andere für mich getan, in erster Linie meine Mutter. Ich konnte zu diesem Zeitpunkt nur die Oberfläche der für mich fundamental bedeutsamen Ereignisse wahrnehmen. An diesem ersten Schultag bestand die mich mit unbeschreiblichem Stolz erfüllende Neuerung darin, dass ich meine Schreibutensilien in einer Aktentasche aus Leder trug, vergessen war der unsägliche, vom Dorfsattler kunstlos zusammengeschusterte Ranzen.

Harald und ich waren wie gewohnt gemeinsam zur Schule gegangen, suchten auf dem Schulhof nach bekannten Gesichtern und fanden auch schnell ehemalige Klassenkameraden. Es war das erste Mal, dass wir sahen, welche Jungen aus unserer alten Klasse den Sprung in diese Schule geschafft hatten, es waren vier oder fünf.

Als es klingelte, erschien ein Lehrer auf der Eingangstreppe und verkündete, die neuen Schüler sollten auf dem Schulhof bleiben, sie würden jetzt auf zwei Klassen verteilt. Harald und ich kamen zusammen mit den anderen ehemaligen Mitschülern in die Sexta b, jede der beiden Sexten hatte vierundfünfzig Schüler.

Wir wurden von einem Lehrer in ein Klassenzimmer geführt, in dem alles sehr alt aussah, aber sauber. Der Lehrer schrieb seinen Namen an die Tafel, sagte, er sei unser Klassenlehrer und würde uns in Mathematik unterrichten. Er sah schrecklich griesgrämig aus, ich bin sicher, ihn nie lachen gesehen zu haben. Von Anfang an nannten wir ihn Zitrone.

An diesem Morgen fand erwartungsgemäß noch kein Unterricht statt, unsere wesentliche Aufgabe bestand darin, den Stundenplan von der Tafel abzuschreiben, ich glaube, in der Volksschule hatten wir gar keinen festen Plan gehabt. Das Fächerspektrum hatte sich beträchtlich erweitert: Deutsch, Mathematik, Latein, Erdkunde, Biologie, Religion, Musik, Kunst und Sport waren für die Sexta vorgesehen. Unterricht fand an sechs Tagen in der Woche statt, damals eine Selbstverständlichkeit — aus heutiger Sicht wohl eine unglaubliche Zumutung, nicht nur für Schüler. Der Vorteil: Die Unterrichtsstunden — ab der Mittelstufe sechsunddreißig Stunden pro Woche — mussten nicht in fünf Tage gepresst werden.

Dann überraschte uns der Klassenlehrer mit den Unterrichtszeiten. Eine Woche lang würden wir von acht Uhr bis zehn vor eins Unterricht haben, in der jeweils folgenden Woche von viertel nach eins bis fünf Minuten nach sechs. Die Notwendigkeit für diesen »Schichtbetrieb« ergab sich daraus, dass wir nicht die einzigen Nutzer des Schulgebäudes waren, wir mussten es mit einem Mädchengymnasium teilen.

Wie bereits beschrieben, wurde meine Schule als Oberrealschule II gegründet, und zwar im Jahr 1910. Sie war von Anfang an eine Schule ausschließlich für Jungen, für Knaben, wie man damals sagte. Mitte der 1920er Jahre wurde etwa dreihundert Meter entfernt ein neues Schulgebäude für ein Mädchengymnasium — Lyceum war zu dieser Zeit die Bezeichnung — errichtet, in die neue Schule, die Schiller-Schule, waren auch die Schwestern meines

Vaters gegangen. Im Jahr 1942 wurden Schülerinnen und Lehrpersonal aus dem Schulgebäude vertrieben, da es von der Gauleitung der Nationalsozialistischen Deutschen Arbeiterpartei als Domizil requiriert wurde. Als Zentrale der Gauleitung überstand das Gebäude den Krieg relativ unbeschädigt, nach dem Krieg konnte es nicht sofort als Schulgebäude benutzt werden, da es einem Unternehmen, das wohl eine wichtige Funktion im Rahmen des Wiederaufbaus der Wirtschaft hatte, als Verwaltungsgebäude diente. Dieser Zustand herrschte nach wie vor und sollte auch noch weitere drei Jahre andauern. Und so gingen Mädchen und Jungen im Wechselschichtbetrieb in das ehemalige Volksschulgebäude.

Nach und nach lernten wir die Lehrer — an unserer Schule gab es eine Lehrerin — kennen, die uns in der kommenden Zeit unterrichten würden, bei einigen wenigen kann ich mich an diese Anfangsphase erinnern, einen besonders nachhaltigen Eindruck hat der Lateinlehrer hinterlassen, es war kein angenehmer Eindruck.

Für mich als gerade noch Neunjährigen waren alle Lehrer alt. Der Lateinlehrer Dr. Hugo Neuhaus sah nicht alt, sondern sehr alt aus, er war seit 1919 Lehrer an der Schule, also seit dreißig Jahren. Möglicherweise gehörte er zu den pensionierten Lehrern, die man wieder in die Schule zurückgeholt hatte, um den dramatischen Lehrermangel zumindest etwas abzumildern. Der Krieg hatte auf mannigfache Weise den Mangel an Lehrern verursacht. Viele hatten an der Front ihr Leben verloren, andere — wie mein Vater — in der Kriegsgefangenschaft, eine beträchtliche Zahl befand sich immer noch hinter Stacheldraht. Natürlich hatte der Krieg auch den Lehrernachwuchs nicht verschont. Studenten und Professoren waren zum Kriegsdienst eingezogen worden und hatten in großer Zahl den Tod gefunden. Je länger der Krieg dauerte, desto geringer wurde die Zahl der Studienanfänger. Schon bei Kriegsbeginn hatte man das »Notabitur« nach verkürzter Schulzeit eingeführt, um die Zahl der Einberufungen zu steigern, später wurden Sechzehnjährige mit einem »Reifevermerk« aus den Gymnasien entlassen und direkt in die Kriegsmaschinerie eingebaut. Wer von ihnen den Krieg überlebte, konnte häufig nur nach Überwindung zahlreicher Hürden studieren, viele von ihnen aus unterschiedlichen Gründen auch gar nicht. Dann waren da noch diejenigen, die wegen ihrer nationalsozialistischen Vergangenheit nicht mehr als Lehrer arbeiten durften.

Mein Lateinlehrer war ein dicker kleiner Mann mit versteinertem Gesichtsausdruck, an den Anflug eines Lächelns auf seinem Gesicht kann ich mich nicht erinnern. Meistens trug er eine Jacke und einen Mantel aus grünem Loden, dazu einen spitzen Filzhut mit einer Feder. Ich vermutete, er sei vielleicht Jäger, obwohl mir das für einen Mann in einer Großstadt nicht sehr passend erschien. Aber da war noch etwas, was mir damals darauf hinzudeuten schien, er könne etwas mit der Jagd zu tun haben.

Wie zu dieser Zeit üblich, redete er uns alle mit Nachnamen an. Nur ein Mitschüler bekam eine Sonderbehandlung, ihn nannte er immer »Matschke, mein Goldfasan«, was für mich nach Rebhuhnjagd klang. Erst viele Jahre später las ich, dass man während der Zeit des Nationalsozialismus im Volksmund ranghohe Parteifunktionäre wegen ihrer Uniformfarbe als »Goldfasane« bezeichnet hatte. Warum er aber meinen Mitschüler so titulierte, weiß ich bis heute nicht.

Nach ein paar Wochen Lateinunterricht übersetzten wir seinen Nachnamen Neuhaus in *casa nova* und damit hatte er seinen Spitznamen, abkürzend nannten wir ihn wenig später immer nur noch *Casa*.

Casa war auch unser Sportlehrer, diesen absurden Witz verdankten wir wohl dem Lehrermangel, was hätte sich der Schulleiter auch sonst einfallen lassen können? Übrigens fielen trotz des Lehrermangels keine Stunden aus, so sehr wir uns das auch gewünscht hätten. *Casa* drehte häufig den Spieß um und machte aus einer eher freudig erwarteten Sportstunde eine anstrengende Lateinstunde. An ihn als Sportlehrer habe ich nur zwei Erinnerungen. Die erste ist die »Backpfeife«, die ich von ihm bekam und die mich anschließend Blut spucken ließ, weil sich ein Zahn von innen in die Backe gebohrt hatte. Er hatte mich bei seinem Eintritt in die Turnhalle dabei erwischt, wie ich mir an einem Barren zu schaffen machte. Es war das einzige Mal, dass ich in meiner Schulzeit von einem Lehrer geschlagen wurde.

Die zweite Erinnerung stammt von einer »Sportstunde« auf einem zugefrorenen Weiher. An einem bitterkalten Wintertag waren wir zu dem kleinen Gewässer gegangen, der Sport bestand darin, dass wir auf der Eisfläche das tun konnten, was wir wollten.

Meine Aversion gegen *Casa* hatte nichts mit dem Fach zu tun, Latein war das einzige Hauptfach in meiner neunjährigen Gymnasialzeit, in dem ich kein »mangelhaft«[13] für eine Klassenarbeit bekommen habe. Ich mochte Latein von Anfang an und meine Zuneigung zu dieser Sprache wurde noch größer, als wir »nach drei Jahren *Casa*« als neuen Lateinlehrer einen wahren Meister seines Fachs bekamen.

Der jüngste Bruder meiner Mutter wohnte mit Tante Vera im Haus ihrer Mutter in Recklinghausen. Anfang Mai übernachtete ich an einem Wochenende bei ihnen, um ein großes Ereignis miterleben zu können, ein neugeborenes Baby hatte nämlich die Einwohnerzahl der Stadt auf hunderttausend steigen lassen, wodurch Recklinghausen zur Großstadt wurde. Am Samstagabend gab es auf der Trabrennbahn ein großes Feuerwerk, das erste, das ich nach dem Krieg sah, es war auch bunter als die von Flugzeugen abgeworfenen »Christbäume«. Auf seinem Leichtmotorrad der Marke *Miele*, der Motor hatte einen Hubraum von 98 ccm, fuhr mein Onkel am nächsten Morgen mit mir nach dem Frühstück wieder zur Trabrennbahn. Diese Spezies eines motorisierten Zweirads nannten wir Kinder »Trampelmotorrad«, weil es mittels einer Tretkurbel in Gang gesetzt wurde. Den für das Fahren erforderlichen Führerschein konnte man frühestens mit sech-

---

[13] anfangs gab es nur die Noten sehr gut, gut, genügend, mangelhaft, ungenügend. Wenig später wurde auf sehr gut, gut, befriedigend, ausreichend, mangelhaft, ungenügend umgeschaltet

zehn Jahren erwerben, mein Onkel war aber großzügig und ließ mich ohne die amtliche Fahrerlaubnis auf dem eingezäunten Gelände fahren. Am frühen Sonntagnachmittag gab es dann noch einen großen Umzug durch die Stadt und anschließend durften wir uns auf der Kirmes vergnügen.

Zu einem erstklassigen Ersatz der von *Casa* in Lateinunterricht umfunktionierten Sportstunden kam ich durch meinen sportbegeisterten Freund Hans Georg. Eines Abends schleppte er mich einfach in die Turnhalle meiner neuen Schule, die ich bisher einmal betreten hatte, den Spruch *Frisch Fromm Fröhlich Frei*, der — kreisförmig angeordnet — an einer der beiden Stirnwände der Turnhalle prangte, hatte ich auch noch nicht gelesen. An dem Abend fand die wöchentliche DJK-Trainingsstunde für Jungen unseres Alters statt. Die katholische Sportbewegung Deutsche Jugendkraft hatte nämlich auch in unserer Kirchengemeinde einen Verein, der zu meiner Überraschung vom Küster geleitet wurde, der zwar nicht wie ein Sportler aussah, aber ein hervorragender Turner war. Hier lernte ich Reck, Barren, Pferd, Kasten, Ringe kennen, bekam Spaß am Bodenturnen. Ich glaube, ich machte zwei Jahre lang mit, nahm auch an Wettkämpfen teil, doch eine nachhaltige Sportbegeisterung wollte sich bei mir nicht einstellen.

Seit der Geschäftseröffnung ging meine Mutter morgens aus dem Haus, um im Geschäft mitzuarbeiten, mittags kam sie wieder nach Hause zurück. Mein kleiner Bruder war während der Vormittagsstunden im Kindergarten.

Ursprünglich hatte meine Oma die Idee gehabt, morgens solle meine Mutter hinter dem Ladentisch stehen und nachmittags Tante Ruth. Meine Mutter kam brav dem Wunsch ihrer Schwiegermutter nach, Tante Ruth setzte nie einen Fuß in das Ladenlokal.

Außer meiner Mutter arbeitete nach kurzer Zeit noch ein Neffe meiner Oma im Geschäft mit. Ich nannte ihn Onkel Bernd. Er war Berufssoldat gewesen, Offizier bei der Marine. In jungen Jahren hatte er eine Lehre zum Einzelhandelskaufmann für Herde, Öfen und Eisenwaren gemacht, er brachte daher Kenntnisse und Fertigkeiten für einen Geschäftsbereich ein, von dem beide Frauen kaum Ahnung hatten.

Leider musste auch ich von Anfang an mitarbeiten, obwohl ich erst zehn Jahre alt war. Meine Aufgabe bestand darin, Kunden gekaufte Ware nach Hause zu bringen. Da ich kein Fahrrad besaß, war ich häufig mehrere Stunden zu Fuß unterwegs und die Sachen wurden von Kilometer zu Kilometer schwerer, meine Arme immer länger. Hin und wieder bekam ich von Kunden zehn oder zwanzig Pfennige für meine Dienste, aber in der Regel nichts. Mehrmals pro Woche musste ich für die Bequemlichkeit von Kunden bereitstehen. Die Wochen mit Nachmittagsunterricht waren natürlich problematisch, weil ich die Vormittage eigentlich für die Erledigung meiner Hausaufgaben gebraucht hätte, doch der Laden ging vor. Immer wieder bat ich meine Oma, den Kunden meine Dienstleistung wenigstens nicht aufzudrängen. Vergebens. Später wurde mir klar, dass diese Kunden ohne die kostenlose Zusatzleistung ihre Ware wohl woanders gekauft hätten, in einem Warenhaus beispielsweise.

Hans Georg hatte gehört, in unserer Pfarrgemeinde werde gerade eine Jungschargruppe gegründet, er meinte, wir sollten mitmachen. Obwohl ich keine Vorstellung hatte, was wohl in einer solchen Jugendgruppe gemacht würde, stimmte ich sofort zu: Man konnte ja mal gucken.

Nicht nur die Kirche war ein Opfer der Bomben geworden, auch mehrere Gebäude der Gemeinde, die für unterschiedliche Zwecke genutzt worden waren, gab es nur noch als Ruinen. Von einem der ehemaligen Häuser hatte das Kellermauerwerk in einem brauchbaren Zustand überlebt, darauf hatte man eine neue Betondecke gegossen und einer der Kellerräume sollte fortan verschiedenen Gruppen als Jugendheim zur Verfügung stehen. Der zweite Teil des Wortes »Jugendheim« war zwar ein unglaublicher Euphemismus, doch in diesen Tagen war man oft schon froh, wenn Treffen nicht unter freiem Himmel stattfinden mussten.

Erwartungsvoll gingen wir zur ersten Zusammenkunft der im Aufbau befindlichen Jugendgruppe, ein großer, blonder Junge, der sechs oder sieben Jahre älter als ich sein mochte, sagte, er heiße Rudi Pape und er werde Leiter der Jungschargruppe sein. Die anderen interessierten Jungen waren ähnlich alt wie wir, ich hatte das Gefühl, zu den Jüngsten zu gehören. Rudi erzählte uns, die Gruppe werde sich jede Woche zu Heimabenden zusammenfinden, viel singen, in der warmen Jahreszeit Geländespiele machen, ab und an würden wir gemeinsam »auf Fahrt gehen«. Wir sollten weitere Jungen zum Mitmachen ermuntern. Er nannte uns noch den Termin für den ersten Heimabend, dann zerstreuten wir uns wieder.

Die Heimabende begannen abends um sechs oder sieben Uhr und dauerten meist eine Stunde, Aufregendes passierte bei diesen Zusammentreffen nicht. Einfache Wettkämpfe wurden durchgeführt, Mutproben, kleine Übungen, die man unter der Überschrift *Messen körperlicher Kräfte* zusammenfassen könnte. Alles fand in einem nicht sonderlich großen Raum statt, in dem es anfangs außer ein paar hölzernen Schemeln nichts gab, später wurde das spärliche Mobiliar durch einen Tisch ergänzt. Meine Erinnerungen an die Heimabende sind im Laufe der Jahrzehnte natürlich verblasst, nicht zuletzt deshalb, weil sie unspektakulär verliefen. Ganz leer ist mein Gedächtnis aber nicht, insbesondere die Lieder, die wir damals sangen, sind noch sehr präsent.

Fast immer wurden »Hahnenkämpfe« durchgeführt: Zwei Jungen verschränkten ihre Arme vor der Brust und hüpften jeweils auf einem Fuß gegeneinander los, bis einer nach einem Aufprall sein Gleichgewicht verlor.

Eine der Mutproben ging folgendermaßen vor sich. Zwei Jungen setzten sich auf Schemeln einander gegenüber, die Hände wie auf dem Bild »Betende Hände« von Albrecht Dürer gefaltet. Nachdem durch Losentscheid festgestellt war, wer beginnen durfte, versuchte derjenige blitzschnell mit einer Hand möglichst schmerzhaft gegen die gefalteten Hände des anderen zu schlagen. Zog der seine Hände vor dem Schlag zurück, hatte er verloren, andernfalls ging die Mutprobe mit wechselnden Rollen weiter.

Für die Feststellung, wie lange wir eine körperliche Anstrengung durchhalten konnten, sind mir zwei Übungen in Erinnerung geblieben.

Ein Junge musste seinen Körper steif wie ein Brett machen, der dann von zwei Jungen derart zwischen zwei Schemeln abgelegt wurde, dass nur Kopf und Füße auflagen. In dieser Position musste er möglichst lange verharren und damit das Ganze nicht zu einfach war, musste er während der ganzen Zeit unter Zuhilfenahme seiner Hände eine Mütze oder einen zusammengerollten Schal um seinen Bauch herum kreisen lassen.

Der Ablauf der zweiten Übung war extrem einfach: Man musste sich mit ausgestreckten Armen hinstellen, bis man die Arme nicht mehr in der Waagerechten halten konnte.

Neben dem Wettkampfaspekt hatten die Spielchen einen praktischen Nutzen. Die Heimabende fanden in einem nicht beheizbaren Kellerraum mit feuchten Wänden und feuchter Decke statt, Sitzen ohne Bewegung hielt man nicht lange durch.

Selbstverständlich verlief nicht ein Heimabend wie der andere, wir lernten beispielsweise auch Morsezeichen und das Winkelalphabet. Und wir sangen viel, nahezu alle Lieder waren neu für mich, ich nehme an, es waren mehrheitlich Lieder aus der Jugendbewegung, die gegen Ende des 19. Jahrhunderts mit der Gründung des »Wandervogels« ihren Anfang nahm.

Ein Lied, das wohl an jedem Heimabend gesungen wurde, war »Blonde und braune Buben«. Hier der Liedtext, den wir seinerzeit sangen

Blonde und braune Buben
passen nicht in die Stuben.
Buben, die müssen sich schlagen,
müssen was Tollkühnes wagen,

*Buben gehören ins Leben hinein,
Buben sind stolz, ob sie groß oder klein,
ja, Buben sind stolz, ob sie groß oder klein.*

*Mädel, ob blond oder braune,
stecken voller List und voller Laune.
Mädel, die müssen sich ducken,
kratzen, beißen und spucken.
Mädel, die sind ja zum Warten bestimmt,
bis so ein Lausbub ein Madel sich nimmt,
ja, bis so ein Lausbub ein Madel sich nimmt.*

Schon mit der ersten Strophe konnte ich mich nicht so recht anfreunden: Wieso mussten sich Jungen schlagen? Die zweite Strophe war in meinen Augen völlig daneben, sie widersprach ganz und gar meiner bisherigen Erfahrung, hoffentlich hat sich niemand durch den Text ernsthaft beeinflussen lassen! Auch Texte manch' anderer Lieder sehe ich inzwischen kritisch, darauf werde ich später eingehen.

»Blonde und braune Buben« habe ich nur in der Jungschar in Rudis Gruppe gesungen, später hatte ich das Gefühl, dass Mädchen für Rudi »fremde Wesen« waren, vielleicht hatte er in seiner Kindheit nie mit Mädchen gespielt.

In dieser Zeit fanden bei meinen Besuchen häufig politische Streitgespräche zwischen meiner Oma und mir statt. Heute kann ich mir gar nicht vorstellen, dass ich schon als Zehnjähriger Interesse daran hatte.

Anders als mein Großvater und mein Vater war meine Oma nicht NSDAP–Mitglied gewesen, obwohl sie, vorsichtig formuliert, der Ideologie wohl nahe gestanden hatte. Durch Hitler hatte meine Oma ihren Sohn verloren, ihren Schwiegersohn, wesentliche Teile ihrer Existenzgrundlage. Trotzdem verteidigte sie den »Führer« weiterhin vehement: Er habe doch nur ein Bollwerk gegen den Bolschewismus errichten wollen, das waren original ihre Worte. Ich argumentierte, er habe auch die Verantwortung für die Ermordung von sechs Millionen Juden getragen, worauf sie antwortete, es seien »nur« fünf Millionen gewesen.

Allerdings waren solche Streitgespräche Ausnahmen, gewöhnlich redeten wir über Themen, die für einen Zehnjährigen angemessener waren. Zum Beispiel war meine Oma auch neugierig und wollte gern wissen, was wir in unseren Heimabenden machten. Als ich ihr die Übung mit den ausgestreckten Armen schilderte, war sie aber wieder ganz schnell beim »Führer« und lobte ihn für seine Fähigkeit, bei den häufigen Aufmärschen oft stundenlang mit ausgestrecktem rechten Arm dagestanden zu haben. Natürlich konnte ich das nicht ohne Widerrede hinnehmen und so behauptete ich, es habe sicherlich ein in seinen Ärmel eingebautes Holzgestell mit einem Scharnier gegeben, was wohl sogar der Realität entsprochen hatte, wie ich später erfuhr.

Die ersten Wochen hatte ich ohne Schwierigkeiten in der neuen Schule durchlebt. Ob mir allerdings der Unterricht während dieser Zeit Spaß gemacht hatte, was inzwischen das Wichtigste zu sein scheint, weiß ich nicht mehr, möglicherweise auch deshalb nicht, weil damals diese Frage zumindest für mich nicht im Vordergrund stand.

Ziemlich bald lautete für mich — wie wohl auch für die meisten Klassenkameraden — die zentrale Frage vielmehr: Werde ich es schaffen, den Anforderungen bis zum Ende der Schulzeit gewachsen zu sein? Natürlich nicht in dieser abstrakten Form. Dass diese Frage nicht unberechtigt war, ergibt sich augenfällig aus einer globalen Betrachtung. Zu Beginn waren wir 54 Schüler in meiner Klasse, die Abiturprüfung nach neun Schuljahren bestanden außer mir vierzehn Klassenkameraden, von denen acht zur gleichen Zeit wie ich in die Sexta gekommen waren. Natürlich hatte es während der neun Jahre viel Fluktuation gegeben, über die kaum Genaues bekannt war, weshalb die pauschale Darstellung *cum grano salis* zu werten ist, gleichwohl wird aus ihr deutlich, unter welchem Druck wir standen, auch wenn wir das »Ende« damals noch nicht kannten.

Bei nüchterner Betrachtungsweise, die mir aber als Kind noch nicht zur Verfügung stand, hätte mir gleich zu Anfang die relativ hohe Zahl von fünf »Sitzenbleibern« einen Fingerzeig geben können, dass hier »mit harten Bandagen gekämpft« wurde. Dass ein anderer Wind als in der Volksschule wehte, hatten mir bereits die Benotungen meiner ersten Klassenarbeiten gezeigt. Da zudem bei der Rückgabe der zensierten Arbeiten mit den Namen der Schüler gleichzeitig die Noten genannt wurden, konnte man auch schon nach kurzer Zeit erkennen, bei wem das Dach der Hütte bereits zu brennen begonnen hatte.

Prüfsteine waren die schriftlich geprüften Fächer Latein, Mathematik und Deutsch, wohl auch in dieser Reihenfolge.

Guestphalia est provincia – *Westfalen ist eine Provinz*, mit diesem Satz begann, glaube ich, der Einstieg in die neue Sprachenwelt in unserem Lehrbuch *Ars Latina Teil I*. Dann wurden alsbald die a–Deklination von Substantiven und die a–Konjugation von Verben — natürlich nur Präsens, Indikativ, Aktiv — behandelt, mir war das leicht erschienen. Nur dass beispielsweise *mensa* – *der Tisch* im Lateinischen ein anderes Geschlecht hat als im Deutschen und dass Substantive generell den bestimmten Artikel schon »eingebaut« haben, hatte bei mir für kurze Irritation gesorgt.

Warum die mir einfach erscheinenden Anfangsgründe des Lateinischen für zahlreiche Mitschüler offenbar schon beachtliche Stolpersteine waren, weiß ich natürlich auch heute nicht. Vielleicht war die formale Zergliederung von Sprache zu abstrakt für sie — wir waren ja noch Kinder. Sollte dies der Fall gewesen sein, dann ergab sich ein Folgeproblem. Obwohl ich als Schüler nur einen sehr bedingten Überblick darüber hatte, welchem sozialen Milieu meine Mitschüler entstammten, wusste ich doch nach einiger Zeit, dass ein großer Teil aus einfachen Verhältnissen kam. Maßgebend für den Sozialstatus war in jenen Tagen der Beruf des Vaters und diesbezüglich sah es folgendermaßen aus. Ein beträchtlicher Teil der Schüler hatte, wie ich, infolge des Kriegs keinen Vater mehr. Einige Väter waren Arbeiter, meistens Bergleute, als Angestellte oder Beamte der unteren Gehaltsstufen arbeitende Väter gab es, auch kleine Gewerbetreibende waren unter ihnen, wie etwa Haralds Vater. Diese Väter hatten in der Regel eine Volksschule besucht und für ihre Mütter galt das in gleicher Weise. Wenn Söhne aus solchen Familien den Schulstoff nicht verstanden hatten, gab es zu Hause kaum eine Chance zum Auswetzen der Scharte. Goethe schrieb »Wer das erste Knopfloch des Hemdes verfehlt, kommt mit dem Zuknöpfen nicht zu Rande«, auf die hier angesprochenen Schüler übertragen bedeutete das: Ohne äußere Hilfe war ihr Schicksal fast schon besiegelt. Und bei 54 Schülern war es auch im Falle eines guten Lehrers leicht möglich, dass unverdauter Schulstoff nach Hause getragen wurde.

Beim Mathematikunterricht, in dem auch vielen Mitschülern manches rätselhaft blieb, bin ich mir nicht so sicher, womit wir damals begonnen haben, vermutlich war es die Prozentrechnung. Ich erinnere mich, dass zum Beispiel Mischungsaufgaben für viele ein Buch mit sieben Siegeln waren. Etwa das Berechnen des Alkoholgehalts einer Mischung aus soundsoviel Teilen Alkohol mit einer bestimmten Wassermenge.

Im Deutschunterricht waren Diktate als Klassenarbeiten sehr unbeliebt. Eigentlich war ja schon in der Volksschule die Rechtschreibung bis zum Geht-nicht-mehr geübt worden, jetzt wurde es aber besonders haarig. Zwei meiner Meinung nach richtig gemeine Sätze, für die ich in Klassenarbeiten keine auch nur ansatzweise korrekte Orthographie anbieten konnte, sind mir in Erinnerung geblieben.

Im ersten Fall ging es um eine Geschichte im Hamburger Hafen, der erste Satz lautete:»Da lag die Yacht des amerikanischen Milliardärs«. Eine Yacht hatte ich nie gesehen — wo und wann auch? — das Wort hatte ich nicht einmal gehört oder gelesen. Weil wir den Buchstaben g in Tag oder König wie ein ch aussprachen, dachte ich, es könnte die Jagd gemeint sein, doch das ergab überhaupt keinen Sinn. Die als Orthografiereform[14] bzw. Ortho-

---

[14] Variante nach der Reform

graphiereform[15] bezeichnete Umgestaltung der Rechtschreibung an der Schwelle zu unserem Jahrhundert hätte meine Ratlosigkeit nicht verringern können. Mein Totalausfall in einer anderen Klassenarbeit wurde hervorgerufen durch »... seine Mutter lag auf den Tod krank ...«, eine Formulierung, bei der ich nicht einmal ahnte, was damit ausgedrückt werden sollte.

Schon vor den großen Ferien hatte meine Klasse zu schrumpfen begonnen, bei Wiederbeginn des Unterrichts waren in beiden Anfangsklassen insgesamt noch zwei Schüler meiner ehemaligen Volksschule verblieben, mich selbst eingerechnet.

Zu Beginn des Sommers war ein vom lokalen Schwimmverein Blau–Weiß gebautes Freibad eröffnet worden, das auch Nichtmitgliedern offen stand. Nichts Luxuriöses, Wände und Boden waren lediglich verputzt. Eine nicht sonderlich große Liegewiese gab es und ein paar hölzerne Pritschen. Doch für uns Kinder war es ein neues Paradies, eine Alternative zum Spielen auf dem Platz vor der Knappschaftsbaracke oder in den Trümmern. Leider gehörte ich zu denjenigen, die noch nicht schwimmen konnten. Einige meiner Kameraden gaben sich zwar redlich Mühe, mir das Schwimmen beizubringen, zeigten mir, was ich tun sollte, doch ein Erfolg wollte sich nicht einstellen.

In unserer Stadt war für die Zeit vom 1. bis zum 4. September der 73. Deutsche Katholikentag angekündigt, schon einmal hatte es ein solches Ereignis in Bochum gegeben, nämlich den 36. Katholikentag vom 25. bis zum 27. August 1889. Während der Ferientage im September sollte meine Mutter ganztägig im Geschäft mitarbeiten, weil unter den vielen Teilnehmern vielleicht auch zahlreiche Katholiken sein könnten, die zwischen religiösen Veranstaltungen als potentielle Kunden auftreten würden. Ich sollte die Sommerferien bei Onkel Karl und Tante Hilde in Kleinenberg verbringen.

Als es so weit war wurde ich für alt genug befunden, allein mit der Eisenbahn bis Paderborn zu fahren, Onkel Karl würde mich

---
[15]Variante nach der Reform

dort mit seinem Motorrad abholen. Es war ein heißer Hochsommertag, als mein Opa mich kurz nach dem Mittagessen zu einem Nebenbahnhof brachte, von wo aus aber eine direkte Zugverbindung nach Paderborn bestand, so dass ich unterwegs nicht umsteigen musste. Die Hitze machte uns beiden zu schaffen, der nahezu fünf Kilometer lange Fußweg zog sich schier endlos hin.
Auf dem Bahnsteig gab mir mein Opa letzte Ermahnungen mit auf den Weg, begleitete mich nach der Einfahrt des Zuges zur Abteiltür, von da ab war ich auf mich allein gestellt.
Ich das hatte das doppelte Glück, einen Sitzplatz zu finden, sogar einen am Fenster. Natürlich fuhr ich aus Kostengründen in der dritten Wagenklasse, deren sofort ins Auge fallendes Merkmal die Holzbänke waren. Dass langes Sitzen auf einer harten Bank alles andere als angenehm für den Allerwertesten ist, versteht sich von selbst, doch störte mich zudem eine Eigenschaft der Bänke, die aus der Art ihrer Konstruktion resultierte. Sie bestanden aus quer zur Fahrtrichtung dicht nebeneinander festgeschraubten Latten mit einem kreisbogenförmigen Übergang von der Sitzfläche zur Rückenlehne, beide Teilflächen wiesen leichte Wölbungen auf, um sie besser dem Körper anzupassen. Die Oberflächen der Latten waren durch den farblosen Lackanstrich sehr glatt, infolgedessen rutschte ich während der Fahrt ständig nach vorn, doch hartes und rutschiges Sitzen war immer noch besser als stundenlanges Stehen in einem überfüllten Abteil. Die dritte Klasse wurde sieben Jahre später abgeschafft, von da ab gab es nur noch gepolsterte Sitzgelegenheiten, weich und rutschfest.
Fahren mit der Eisenbahn war trotz aller Unbequemlichkeit noch immer etwas Besonderes für mich und dass ich jetzt sogar selbständig eine Reise machen durfte, steigerte zusätzlich mein Selbstwertgefühl. Anfangs ging die Fahrt durch eine Aneinanderreihung von Städten, die aus dem Zug heraus zwar keinen schönen Anblick boten, aber einen, der mich interessierte. Gewaltige Industrieanlagen säumten die Bahnlinie, wie ich sie sonst nicht aus so geringer Entfernung zu sehen bekam. Vorsignale, Haupt-

signale, Weichensignale, Bündel von Drähten zur Steuerung vom Stellwerk aus und eine Fülle weiterer geheimnisvoller technischer Objekte gab es zu bestaunen.

Nachdem wir Dortmund hinter uns gelassen hatten, nahm die dichte Bebauung immer mehr ab, größere Industriebetriebe waren kaum noch zu sehen und als wir die Soester Börde erreichten, fiel der Blick durchs Abteilfenster nur noch auf offene Landschaft, die aber weniger Abwechslung bot.

Dass mir das Umsteigen erspart blieb, hatte mich insofern beruhigt, als ich nicht befürchten musste, unterwegs eventuell in einen falschen Zug zu steigen. Angst bereitete mir allerdings der Gedanke an die Fahrt über den Altenbekener Viadukt. Die längste Kalksandsteinbrücke Europas war am 26. November 1944 durch alliierte Bomber zerstört worden, und zwar während der Zeit, in der mein Bruder im Krankenhaus in Lichtenau zur Welt kam. Meine Mutter hatte oft davon erzählt, dass während der Geburt die Detonationen der Bomben unüberhörbar gewesen seien, die Entfernung zum Viadukt betrug nämlich weniger als zwanzig Kilometer. In den zurückliegenden Jahren war ich zweimal über eine provisorisch errichtete Ersatzbrücke gefahren, nach meiner Erinnerung waren es Balkengerüste gewesen, an der höchsten Stelle wohl über dreißig Meter hoch, ich hatte damals schreckliche Angst ausgestanden und nicht gewagt, nach unten zu sehen. Als wir später über die neuerbaute Brücke fuhren, stellte sich meine Sorge als unbegründet heraus, das Bauwerk war zwar noch nicht vollständig fertig, machte aber einen Vertrauen erweckenden Eindruck.

Am späten Nachmittag erreichte ich mein Reiseziel Paderborn, fand schnell meinen Onkel neben seinem 125 ccm Motorrad der Marke DKW stehend, vor einem Jahr hatte Onkel Karl noch kein Motorrad besessen. Mein kleiner Koffer wurde auf dem Gepäckträger festgeschnallt, dann durfte ich auf dem Soziussitz Platz nehmen, wurde ermahnt, mich gut am Griff vor mir festzuhalten. Die Fahrt empfand ich nicht als Vergnügen, besonders während schneller Kurvenfahrten, bei denen sich das Motorrad zusammen mit uns in bedenkliche Schräglage neigte, hatte ich ein mulmiges Gefühl. Als wir nach einer halben Stunde Fahrt das Forsthaus unbeschadet erreichten, stieg ich erleichtert ab.

Die Ankunft in Kleinenberg nahm ich nicht als Rückkehr in den Ort wahr, in dem ich einen wesentlichen Teil meiner Kindheit verbracht hatte. Straßen, Wege, Gebäude, Kuhweiden, Felder, Hügel waren mir in dem zurückliegenden Jahr natürlich nicht fremd geworden, doch nichts davon hatte jetzt noch etwas mit mir zu tun.

Im Forsthaus lebten inzwischen sieben Menschen weniger: Tante Lisbeth war mit meinen Vettern und Cousinen wieder in ihre Bochumer Wohnung gezogen, die Babenders hatten woanders eine neue Bleibe gefunden. Vier Jahre nach Kriegsende waren für meine Verwandten die Wohnverhältnisse schon wieder die gleichen wie vor dem Krieg.

Ich glaube nicht, dass ich als Belastung empfunden wurde, möglicherweise waren meine Verwandten sogar froh über den Feriengast, so hatte Wolfgang während der Ferien Gesellschaft. Gewissermaßen war auch er Gast in seinem Elternhaus, vor ein paar Tagen erst war er mit Beginn der Sommerferien aus Ahlen gekommen, wo er während der Schulzeit in der Familie seines Onkels Heinrich lebte, damit er die Möglichkeit zum Besuch eines Gymnasiums hatte. Als Quintaner war Wolfgang schon ein Jahr weiter als ich. Wir schliefen in einem Zimmer mit Dachgaube, in dem außer einem Doppelbett noch ein Schrank aus verzinktem Eisenblech stand. Darin würden im Herbst nach dem Schlachten Würste und Schinken geräuchert, klärte mich Wolfgang auf, in die untere Schublade kämen dann Buchenholz-Sägemehl und glühende Holzkohle zur Erzeugung des erforderlichen Rauchs.

Nach wenigen Tagen waren Wolfgang und ich beste Freunde und dieses Verhältnis hielt während der ganzen Ferien an, ich kann mich an keinen Streit erinnern. Tante Hilde mochte mich sehr, sprach viel und gern mit mir, nannte mich ständig einen

Klugschiss. War sie mir in der Vergangenheit eher ernst und streng erschienen, was nicht zuletzt durch ihr in der Mitte schnurgerade gescheiteltes Haar unterstrichen wurde, erlebte ich sie jetzt fröhlich und stets gut gelaunt. Natürlich war Onkel Karl nach wie vor Respektsperson, aber ich glaube, Angst hatte ich nicht mehr vor ihm.

Fast jeden Abend gingen Onkel Karl, Wolfgang und ich kurz vor Anbruch der Dunkelheit in den Wald, kletterten auf einen Hochsitz, verhielten uns von da ab mucksmäuschenstill, während Onkel Karl seinen Karabiner schussfertig an die mit Reisig ausgekleidete Umrandung lehnte und mit großer Ausdauer die Umgebung beobachtete. Während der gesamten Ferien feuerte Onkel Karl aber nicht einen einzigen Schuss ab. Mir fiel es schwer, das Gebot des absoluten Stillseins einzuhalten, ein Husten quälte mich. Tagsüber, wenn es warm — manchmal sogar heiß — war, machte er sich kaum bemerkbar, aber nachts wurde es meistens bitterkalt und dann wollte der Husten heraus.

Mindestens einmal in der Woche mussten Wolfgang und ich im Wald die sogenannten Pirschwege, über die wir an den Abenden zu den Hochsitzen gingen, mit Reisigbesen fegen. Kein noch so dünner Zeig durfte liegen bleiben, damit wir abends keine Knackgeräusche erzeugten, durch die wir das Wild hätten verscheuchen können.

Bald nach meiner Ankunft hatte Wolfgang gedrängt, wir sollten schwimmen gehen, und zwar im Bülheimer Teich, etwa zwei Kilometer vom Forsthaus entfernt, mit dem Fahrrad brachten wir die Strecke in wenigen Minuten hinter uns. Und dann geschah etwas Unglaubliches, fast ein Wunder. Ich ging langsam vom Ufer in den Teich und begann, als das Wasser etwas tiefer wurde, mit den Schwimmbewegungen, die mir meine Freunde im Bochumer Schwimmbad beigebracht hatten — von diesem Augenblick an konnte ich schwimmen. Nun war ich es, der nach Möglichkeit jeden Tag schwimmen gehen wollte.

Für die Tagesabläufe gab es als Fixpunkte Aufstehen, Frühstück,

Mittagessen, Abendessen, Schlafengehen. Wenn keine speziellen Aufgaben anstanden, konnten wir dazwischen tun, was wir wollten. Die Fahrräder gaben uns dabei eine erhöhte Freiheit, wir waren durch sie nicht an die nähere Umgebung des Forsthauses gebunden, konnten auch Ziele, die für mich in der Vergangenheit weit entfernt gewesen waren, schnell und einigermaßen mühelos erreichen. Wir fuhren etwa über die Alte Straße am Sägewerk vorbei zu den Sieben Quellen, weiter nach Hardehausen, wählten für den Rückweg die Scherfeder Straße wegen der geringeren Steigung. Als wir aus dem Wald herausfuhren, lag links wie eh und je das abgebrannte Wirtshaus »Am Grunewald«, immer noch eine Ruine. Bei anderer Gelegenheit nahmen wir zunächst den gleichen Weg, bogen aber an der Stelle, an der sich vor Jahren die drei Jungen in die Luft gesprengt hatten, rechts ab zum Nadelturm und weiter nach Holtheim, wo ein Försterkollege Onkel Karls sein Revier hatte. Manche Erkundungen mussten wir allerdings zu Fuß durchführen, weil wir Waldwege benutzten oder teilweise einfach querfeldein gingen. Das galt beispielsweise für den Weg zu den »Klippen«, den ich früher gehasst hatte, weil die rund fünf Kilometer lange Strecke für meine kleinen Beinchen eine ziemliche Anstrengung bedeutet hatte, doch jetzt war ich zehn Jahre alt und die früheren Schwierigkeiten hatten ihre Schrecken verloren. Vom Forsthaus mussten wir nur wenige Meter über die Landstraße nach Willebadessen gehen und dann rechts in den »Zweiten Weg« abbiegen. Ich weiß nicht, ob dieser Feldweg offiziell so hieß, wir Kinder hatten ihn aber immer so genannt. Auf einer Wiese neben diesem Feldweg stand auch die Scheune, in der die schon erwähnten Polen in den letzten Kriegstagen vor den Maschinengewehren englischer Tiefflieger Schutz gesucht hatten, dann aber in dem in Brand geschossenen Stroh verbrannten. Der Zweite Weg führte in den Wald, vorher musste man aber ein Gatter in der Umzäunung öffnen, die dem Schutz vor Wildschweinen diente. Die »Klippen« waren ein abrupter Geländeabfall, übersät mit zahllosen riesigen Findlingen, von dem aus man einen herrlichen Ausblick weit ins Land hatte. Nach meinem Studium lebte ich ein paar Jahre in dem kleinen schwäbischen Ort Eningen unter Achalm. Ganz in der Nähe gab es als beliebtes Wanderziel den »Mädlesfels«, einen steilen Abfall der Schwäbischen Alb, der mich immer an die »Klippen« erinnerte, allerdings war der Albabfall gewaltiger.

Abends im Bett las ich mit heißer Stirn die Abenteuer der beiden isländischen Jungen Nonni und Manni, ich meine, es seien zwei Bände gewesen, an Einzelheiten erinnere ich mich aber nicht.

Vor Doms Kolonialwarenladen traf ich eines Morgens meinen alten Spielkameraden Karlheinz. Er hatte nicht viel Zeit und wir verabredeten uns für den Nachmittag, ich sollte zu ihm kommen. Das Zusammentreffen verlief auf der ganzen Linie enttäuschend, alle alten Spielgefährten, die er zusammengetrommelt hatte, verhielten sich linkisch und gehemmt, fanden keinen Weg aus ihrer Verlegenheit, Karlheinz kurvte andauernd auf seinem schönen, neuen Fahrrad herum. Das war's.

Die Ferien neigten sich dem Ende zu, die Felder waren größtenteils abgeerntet. In diesen Jahren wurde die Getreideernte noch auf traditionelle Art durchgeführt, viele Bauern setzten Mähbinder ein, bei denen Mähen sowie Bündeln und Binden der Getreidehalme zu Garben in einem Arbeitsgang erfolgte. Mehrere Garben, die der Mähbinder aufs gemähte Feld geworfen hatte, wurden danach zum Trocknen der Getreidekörner in der Regel von Frauen zu Diemen — ich glaube, das war der gebräuchliche Name — gegeneinander gelehnt und nach dem Trocknen von Hand auf Leiterwagen geladen. Manche Bauern verwendeten damals aber noch einfache Mähmaschinen, so dass alle nachfolgenden Arbeitsgänge von Hand erledigt werden mussten.

Onkel Karl war von der Gemeinde Ackerland für die eigene Bewirtschaftung zur Verfügung gestellt worden, die notwendigen Arbeiten hatte ein Bauer durchgeführt, jetzt sollte das Getreide gedroschen werden, Wolfgang und ich mussten dabei helfen. Die Dreschmaschine stand in der Scheune am Abzweig der Alten Straße von der Hauptstraße. Onkel Karl hatte einige seiner Waldarbeiter zur Mithilfe eingesetzt, sie warfen die Getreidegarben vom Leiterwagen in eine Öffnung der Dreschmaschine, die Körner wurden nach dem Dreschen direkt in Säcke abgefüllt. Die Maschine presste die gedroschenen Strohhalme zu Quadern zusammen, umwickelte sie mit Bindfäden und schob sie danach am hinteren Ende heraus. An dieser Stelle setzte unser Arbeitsgang ein, der darin bestand, die Strohquader zu zweit auf einen Leiterwagen zu wuchten und dort zu stapeln. Es war ein besonders heißer Tag, die Luft in der Scheune vom Staub gesättigt, der aus der Dreschmaschine heraus geblasenen wurde und die Quader waren sauschwer. Den Dreschnachmittag habe ich in übler Erinnerung.

Diese Erinnerung ist gleichzeitig die letzte an die Sommerferien 1949 in Kleinenberg, und für viele Jahre war dies auch mein letzter Besuch im Dorf meiner Kindheit, erst nach meiner Promotion im Jahre 1971 bin ich in unregelmäßigen, größeren Abständen immer wieder mal hingefahren. *There are places I remember all my life though some have changed ...* hatten die Beatles gesungen. Vielleicht ist Kleinenberg — nach Shanghai — der für meine Erinnerung zweitwichtigste Ort.

Nach meiner Rückkehr setzte ziemlich bald der Schulbetrieb wieder ein, wie bereits erwähnt, war unsere Klasse jetzt deutlich kleiner, auch Harald gehörte nicht mehr zu meinen Mitschülern. Ob die Eltern der »abgegangenen« Schüler einen entsprechenden Hinweis des Schulleiters bekommen hatten, wusste ich nicht, Harald und ich haben auch nie ein Wort über die für ihn peinliche und für seine Zukunft sicher nachteilige Angelegenheit verloren.

Unser Stundenplan blieb derselbe wie vor den Ferien, auch bei den Lehrern war keine Veränderung vorgenommen worden. Wenig später gab es dann eine die ganze Schule betreffende Zäsur, der Schulleiter starb unerwartet, als kommissarischer Leiter wurde der »altgediente« Oberstudienrat Rodde eingesetzt. Ich weiß es nicht genau, doch ich glaube, er war der einzige Oberstudienrat an unserer Schule. Auf meinen Schulalltag hatte die Personalie allerdings keinen für mich sichtbaren Einfluss.

Einen großen Teil ihrer Freizeit verbrachten Kinder in meiner Umgebung »auf der Straße«, womit nicht nur Verkehrswege im engeren Sinn gemeint sind, die Bezeichnung ist eher als Synonym für »außerhalb der Wohnung« aufzufassen. Nicht nur Spiele und viele andere Aktivitäten fanden auf der Straße statt, dies war auch der Raum, wo wir Kinder Informationen austauschten, wo ein Teil der Entwicklung unseres Lebensgefühls stattfand. Außerhalb der Wohnung bedeutete insbesondere auch, dass wir Kinder unter uns waren. Das, was wir an Wissen, Information, Verhaltensweisen aus unseren jeweiligen Elternhäusern mit- und einbrachten, war natürlich höchst unterschiedlich und ich halte es nicht für übertrieben zu sagen, dass ein Teil unserer Erziehung auf der Straße stattfand.

Seit ich im Gymnasium war, hörte ich verstärkt Radio, de facto bedeutete das aber anfangs eine Beschränkung auf das Programm des Nordwestdeutschen Rundfunks, andere deutschsprachige Programme konnte ich — wie die überwiegende Zahl der Rundfunkhörer in unserer Gegend — nicht empfangen. Ohne auf komplizierte technische Details einzugehen, will ich kurz erläutern, warum das so war.

Nach dem verlorenen Krieg hatten die Besatzungsmächte oder internationale Institutionen Unmengen an Beschränkungen verfügt. Das galt auch für die Deutschland zugewiesenen Mittel- und Langwellenfrequenzen. Im »Kopenhagener Wellenplan« von 1948, der ohne deutsche Beteiligung zustande kam, wurden Deutschland nur zwei Mittelwellenfrequenzen zugebilligt. Heute spielt die Mittelwelle kaum noch eine Rolle, damals war sie der für den allgemeinen Rundfunk wichtigste Wellenbereich. Eine kurze Bemerkung nebenbei. Da es für den damals vom Rundfunk noch nicht genutzten Ultrakurzwellenbereich (UKW) keine internationalen Festlegungen gab, wich man notgedrungen in diesen Bereich aus und dank der frühen Arbeiten von Professor Abraham Esau an der Universität Jena in der zweiten Hälfte der 1920er Jahre konnte man die UKW-Frequenzen sehr schnell praktisch nutzen.

Neben den täglichen Nachrichten gab es eine Reihe fester Sendetermine, die auch für mich interessant waren. Morgens um neun Uhr wurde der Schulfunk gesendet, als Erkennungsmelodie diente die Arie des Papageno aus Mozarts Zauberflöte. Den Schulfunk konnte ich natürlich nur in Wochen mit Nachmittagsunterricht hören. Manchmal hörte ich abends Musiksendungen, die absoluten Renner im Abendprogramm waren jedoch Krimihörspiele, ich erinnere mich an eine Serie, deren Folgen mit »Gestatten, mein Name ist Cox« begannen und an die Serie »Paul Temple und der Fall …«.

Die erfolgreichste Sendung an Samstagabenden war »Das ideale Brautpaar« mit dem Aachener Karnevalsprofi Jaques Königsstein als Moderator. Vier Brautpaare wurden kurz vor ihrer Hochzeit ins Rundfunkstudio eingeladen und nacheinander wurde jedem Paar ein Satz Fragen zu ihrem zukünftigen Zusammenleben gestellt, die von Braut und Bräutigam getrennt beantwortet werden mussten, bei übereinstimmenden Antworten bekam das Paar einen Punkt. Der Hauptgewinn bestand aus einer goldenen Armbanduhr und einem Päckchen Matetee, zusammen mit einem silbernen Röhrchen.

Es gab auch Informationen, die nur für einen begrenzten Hörerkreis wichtig waren, wie etwa den Landfunk, den Seewetterbericht oder die Meldung der Wasserstände von Rhein, Neckar, Main und Mosel für die Schifffahrt.

Sonntags um zwei Uhr begann der Kinderfunk, den ich aber, so meine Erinnerung, nie gehört habe. Mehrere Jahre nach dem Krieg nahmen Suchmeldungen immer noch einen nicht unbedeutenden Raum ein, besonders erinnere ich mich an die Suche von Kindern nach ihren Eltern, von denen sie bei der Vertreibung oder Flucht aus Ostpreußen, Pommern, Schlesien usw. getrennt worden waren. Am frühen Nachmittag hatte sonntags auch die Funklotterie einen festen Platz. Sie wurde von einem Mann namens Just Scheu moderiert, der sie immer mit dem Satz »Alles Liebe, alles Gute, alles Schöne für Sie, für Sie und ganz besonders für Sie« beendete. Schließlich ist mir von den Sonntagssendungen noch das Wunschkonzert in Erinnerung geblieben, wo Menschen aus dem Westen einen Musikwunsch für Verwandte oder Freunde in der Ostzone (später DDR) äußerten, aber ohne vollständige Namensnennung, um die Adressaten nicht in Bedrängnis zu bringen. Würde man mich nach damals besonders beliebten Musikwünschen fragen, wäre meine spontane Antwort »Heimat, deine Sterne« und »Ännchen von Tharau«.

Durch das Radio waren wir auch über die aktuellen Schlager im Bilde — das Radio war ja in jenen Jahren dasjenige Massenmedium, das die Beliebtheitshierarchie in der Schlagerwelt wesentlich beeinflusste, Schallplatten erreichten nicht annähernd ein zahlenmäßig vergleichbares Publikum.

In den ersten Jahren nach dem Zweiten Weltkrieg war die Schellackplatte mit achtundsiebzig Umdrehungen pro Minute nach wie vor das Speichermedium für Musikaufnahmen, 1949 erhielt der Tausendsassa Eduard Rhein ein Patent auf das von ihm erfundene Füllschriftverfahren, das eine der Grundlagen für die Entwicklung der Langspielplatte darstellte. Durch sie konnten bis zu fünfzig Minuten Musik auf den beiden Seiten einer Platte untergebracht werden, bei der Schellackplatte waren es demgegenüber magere sechs Minuten, weshalb die Schlager eine Länge von etwa drei Minuten hatten.

Auch die Verbreitung von Plattenspielern konnte sich nicht mit der von Radios messen, vielfach waren noch Vorkriegsgeräte mit Stahlnadeln in Gebrauch, manchmal sogar solche, die durch ein mechanisches Federwerk angetrieben wurden.

Mein Vetter Dieter, der sehr geschickt im »Organisieren« war, konnte eines Tages einen alten elektrisch angetriebenen Plattenspieler »an Land ziehen«. Da ihm kein Radio mit Plattenspieleranschluss (Tonabnehmeranschluss sagten die Fachleute) zur Verfügung stand, experimentierten wir in unserem Wohnzimmer. Er hatte eine einzige alte Schellackplatte mitgebracht, die wir immer und immer wieder abspielten, was natürlich langweilig war, aber dafür kenne ich bis heute den Schlagertext, jedenfalls den der ersten Strophe:

> *Am Golf von Biscaya ein Mägdelein stand,*
> *ein junger Matrose hielt sie bei der Hand.*
> *Sie klagt' ihm ihr Schicksal, ihr Herz war so schwer,*
> *sie hatt' keine Heimat, kein Mütterlein mehr.*
> Refrain
> *Fahr mich in die Ferne, mein blonder Matrose,*
> *bei dir möcht' ich sein auf dem Wellengetose.*
> *Wir gehören zusammen, wie der Wind und das Meer.*
> *Von dir mich zu trennen, ja, das fällt mir so schwer.*

Ich nehme an, nicht nur die technische Apparatur, sondern auch der Schlager war ein Vorkriegsprodukt. Allerdings, was die Texte der Schlager der ersten Nachkriegszeit betraf, waren sie durchweg der Vorkriegsware ebenbürtig. Einige Textanfänge, die mir ohne großes Nachdenken einfallen, will ich kurz auflisten, und zwar in der Form, wie sie mir im Gedächtnis geblieben sind.

Es war in einer Regennacht, Wind pfiff durch die Prärie. O Cowboy Jimmy. Es war einmal ein Cowboy, so arm wie eine Maus. Die Fischerin vom Bodensee ist eine schöne Maid, juchee. Ei, ei, ei Maria, Maria aus Bahia. Lasst uns träumen am Lago Maggiore. Es hängt ein Pferdehalfter an der Wand. Als ich mal *Das machen nur die Beine von Dolores, dass die Señores nicht schlafen geh'n…* vor mich hin trällerte, fauchte mich mein Opa an, ich solle sofort mit diesem sauigen Lied aufhören.

Ich will nicht verschweigen, dass ich einige Schlagertexte ganz witzig fand. In dem Karnevalsschlager »Wir sind die Eingeborenen von Trizonesien« wurde Bezug auf die Besatzungsmächte genommen. Sehr bald hatten Briten und Amerikaner ihre Besatzungszonen zur Bizone zusammengeschlossen. Wenig später wurde auch die französische Besatzungszone (ohne das Protektorat

Saarland) eingegliedert und es entstand die Trizone als Gegenpol zur sowjetischen Besatzungszone. Mit einem Augenzwinkern könnte man das Fantasiegebilde Trizonesien als Vorläufer der (alten) Bundesrepublik Deutschland bezeichnen.

Fußballfans und Skatspieler nahm man zum Beispiel aufs Korn. Schauspieler Theo Lingen sang *Der Theodor, der Theodor, der steht bei uns im Fußballtor. Wie der Ball auch kommt, der Schuss auch fällt: Der Theodor, der Held, der hält.* Der Skatschlager begann mit dem Vorspann *Achtzehn, zwanzig, zwo, null, vier, nicht die falsche Dame drücken* und ging dann über in *Aus dem Keller dröhnt es dumpf: Pik ist Trumpf, Pik ist Trumpf...*

Der Herbst kündigte sich an und als die Eicheln von den Bäumen fielen, setzte eine neue Freizeitbeschäftigung ein: Wir fertigten »Knallbüchsen« an und verwendeten sie anschließend intensiv. Eine Knallbüchse — ich nehme an, mit Büchse war Gewehr gemeint — bestand aus zwei Komponenten, das Material für das Basiselement lieferte ein Holunderbusch, der nicht schwer zu finden war. Auf den Flächen von Innenbereichen zerstörter Häuserblocks, die nicht vollständig von Trümmern überdeckt waren, hatte sich rasch »von selbst« eine Vegetation entwickelt. Weidenröschen und Königskerzen wuchsen hier besonders gern, so dass wir im Biologieunterricht leicht auf sie zugreifen konnten, um Anschauungsmaterial für die Erklärung von Kelchblättern, Staubgefäßen, Stempeln, Naben usw. zu haben. Japanischen Staudenknöterich, den wir — unwissend — Bambus nannten, sah ich hier zum ersten Mal, er schien alles überwuchern zu wollen. Weidenbüsche hatten sich ausgebreitet und eben auch Holunderbüsche.

Aus einem Holunderstamm schnitten wir ein etwa zwanzig Zentimeter langes, gerades Stück heraus und entfernten anschließend das innere Mark, so dass wir ein hölzernes Rohr mit kleinem Innendurchmesser, aber starker Wandung erhielten. Dann kam der arbeitsintensive Teil der Herstellung. Benötigt wurde eine runde Holzstange, die passgenau in das Holunderrohr geschoben werden konnte und die etwa zwei Zentimeter kürzer war als das Rohr.

Dieser »Ladestock« musste an einem Ende möglichst abrupt in einen handbreiten Griff übergehen. Eine Fichtenholzlatte als Ausgangsmaterial ließ sich leicht auftreiben, dann wurde zuerst mit dem Taschenmesser lange und vorsichtig geschnitzt, die Feinarbeit anschließend mit einer scharfkantigen Glasscherbe erledigt. Neben etwas handwerklichem Geschick brauchte man viel Geduld für die Anfertigung der Knallvorrichtung.

Als »Munition« eigneten sich am besten längliche grüne Eicheln, sie wurden quer durchgeschnitten und mit den zwei Hälften wurden beide Seiten des Rohrs verschlossen. Nun setzte man den Ladestock auf eine Schnittfläche, presste die Eichelhälfte in das Rohr, komprimierte so die darin enthaltene Luft, wodurch schließlich die andere Eichelhälfte mit lautem Knall aus dem Rohr flog.

Bei einem anderen Spielzeug wurde »Büchse« in der Bedeutung Dose verwendet, wir nannten es Schleuderbüchse. Hier war die Herstellung einfach und dauerte nur wenige Minuten. In den Boden einer leeren Konservendose wurden mit Hammer und Nagel viele Löcher geschlagen, außerdem zwei Löcher in den oberen Rand für die Befestigung einer langen Drahtschlaufe. Die Büchse füllten wir mit brennbarem Material und zündeten es an. Sobald das Feuer richtig brannte, nahmen wir die Drahtschlaufe in die Hand und ließen die Büchse auf einer Kreisbahn herumsausen, was das Holz in der Büchse zum Glühen brachte, so dass wir trockenes Laub nachfüllen konnte, damit es ordentlich qualmte. Abends machte es besonderen Spaß, die mit Glut gefüllte Konservendose kreisen zu sehen.

Etwa um diese Zeit begannen Hans Georg und ich Schrott zu sammeln, um ihn bei einem »Klüngelskerl«, dessen Schrottplatz ganz in der Nähe lag, zu verkaufen. Für Eisen oder Gusseisen bekamen wir anfangs drei, später sechs oder sieben Pfennige pro Kilo, vorwiegend Gas– und Wasserrohre sowie Abflussrohre hatten wir meistens auf unserem kleinen Handwagen. Für Kupfer oder Messing wurden erheblich höhere Beträge gezahlt, aber diese Metalle fanden wir kaum in nennenswerten Mengen. Kupfer in Form von durchgeglühten elektrischen Leitungen gab es durchaus, doch gewichtsmäßig kam nicht viel zusammen. Die einzigen Nichteisenmetalle, die wir hin und wieder mit höherem Gewinn verkaufen konnten, waren Blei, das in den Häusern für gebogene Trinkwasserrohre und Abflussrohre verwendet worden war, sowie Zinkblech in Form von Regenrinnen und –rohren.

Während der ersten Nachkriegsjahre waren massenweise Menschen aus den Städten aufs Land gefahren, um zu hamstern, zu betteln. Wie schnell sich die Zeiten geändert hatten: Jetzt fuhren Bauern mit klapprigen alten Lastwagen durch die Straßen und schrien: »Kartoffeln, goldgelbe Kartoffeln, Rheinische Mäuse, zehn Pfund für eine Mark.«

Mit den anderen Jungen unserer Jungschargruppe sollte ich zum ersten Mal »auf Fahrt« gehen. Hans Georg, der in vielen praktischen Dingen cleverer als ich war, sagte, ich brauche unbedingt einen Affen für diese Fahrt, er werde aber schon einen für mich auftreiben. Da ich nicht wusste, was er meinte, klärte er mich auf, Affe sei die umgangssprachliche Bezeichnung für einen Tornister der ehemaligen Wehrmacht. Ein paar Tage später besaß ich dieses unbedingt erforderliche Utensil. Anders als bei damals üblichen Rucksäcken, in die man alles von oben hineinstopfte, klappte man einen Affen auf und konnte dann seine Sachen in zwei verschließbaren Stofftaschen ordentlich unterbringen. Der Affe, den Hans Georg irgendwo für mich ergattert hatte, war außen mit Fell bezogen, was mir sehr gefiel.

Die Fahrt ging zur Jugendherberge an der Lembeck in Hattingen, die es schon wenige Jahre später nicht mehr gab. Lembeck war auch der Name der Straßenbahnendhaltestelle, von der aus wir nicht weit laufen mussten. Dies war die erste Jugendherberge, mit der ich Bekanntschaft machte, zum Glück lernte ich später bessere kennen. Wir brachten rasch unser Gepäck in den Schlafraum, der abscheulich roch, mindestens vier eiserne Doppelbetten gab es, deren Matratzen, möglicherweise waren es nur Strohsäcke, den abstoßenden Geruch absonderten. Als wir uns später schlafen legten, erschauderte ich zusätzlich vor den dunkelbraunen Wolldecken, mit denen wir uns zudecken sollten, bei Übernachtungen in Jugendherbergen in der Folgezeit mussten wir Leinenschlafsäcke mitbringen, in die wir die Decken einzogen. Trotz der wenig anheimelnden Umstände schlief ich irgendwann ein.

Am nächsten Morgen machten wir nach dem Frühstück eine Wanderung durch den an die Jugendherberge grenzenden Wald. Alle drängelten sich um unseren Jungscharführer Rudi, damit sie seine lederne Umhängetasche aus der Nähe bewundern konnten. Sie hatte mehrere aufgesetzte kleine Taschen und als Krönung eine aufgenähte Vorrichtung, in der mehrere Buntstifte dicht nebeneinander steckten. Das sei eine Meldertasche, sagte Rudi, wie sie von Kradmeldern — so hießen im Krieg Motorradfahrer, die schriftliche Informationen zwischen Truppenteilen beförderten — und Offizieren getragen worden war. Nicht ohne Stolz zeigte er uns auch einen Dolch mit Blutrinne. Meldertasche und Dolch stammten vermutlich aus Wehrmachtsbeständen, damals nichts Besonderes, bei Kriegsende war es ja in großem Ausmaß zu Plünderungen von nun nicht mehr benötigtem Kriegsmaterial gekommen.

Ich nehme — nachträglich — an, dass Rudi zu diesem Zeitpunkt weniger als achtzehn Jahre alt war. Dann hätte er 1945 noch nicht das Mindestalter für eine Aufnahme in die HJ (Hitlerjugend) gehabt, aber er war sicher Mitglied im Jungvolk gewesen, der nationalsozialistischen Organisation der Zehn– bis Vierzehnjährigen. Erstens waren fast alle Jungen dieser Altersgruppe bei den »Pimpfen« gewesen, so die umgangssprachliche Bezeichnung für Mitglieder des Deutschen Jungvolks.

Zweitens gab es dafür auch ein Indiz. Rudi hatte unsere Jungschargruppe in zwei Fähnlein aufgeteilt und für jedes einen Fähnleinführer bestimmt, zwei der etwas älteren Jungen. Ich hatte mich über die seltsame Bezeichnung Fähnlein für eine Gruppe gewundert[16], zu dem Zeitpunkt kannte ich die hierarchische Gliederung des Jungvolks nämlich nicht. Ein Fähnlein bestand aus drei Jungzügen, die sich aus drei Jungenschaften mit je fünfzehn Jungvolkjungen zusammensetzten. Ohne eine Mitgliedschaft im Jungvolk wäre Rudi kaum auf die Idee gekommen, eine Gruppe als Fähnlein zu bezeichnen.

Hier drängt sich wohl sofort die Frage auf, wie viel »Jungvolk« war möglicherweise inhaltlich in unsere »Jungschar« eingesickert? Etwas mehr als zehn Jahre später kaufte ich das zweibändige Werk »Aufstieg und Fall des Dritten Reiches« von William L. Shirer — und las es auch. Shirers Buch erschien 1960, fünfzehn Jahre nach Kriegsende konnte man sicherlich noch keine auch nur annähernd »abgeklärte« Behandlung des Themas erwarten, aber das war für mich als Nichthistoriker unbedeutend. Nach dem ebenfalls 1960 erschienenen dtv-Taschenbuch »Das Urteil von Nürnberg 1946« war Shirers Buch das zweite zum Thema Nationalsozialismus, das ich las. Schon zu dieser Zeit habe ich darüber nachgedacht, was ich aus eigenem Erleben zu der Frage sagen könnte, wie viel spezifisches Gedankengut des Dritten Reichs absichtlich oder auch unbeabsichtigt von Teilen der Jugendbewegung nach dem Krieg, bei mir waren es die katholische Jungschar meiner Kirchengemeinde und die Deutsche Pfadfinderschaft Sankt Georg, wohl übernommen wurde.

Damals wie heute ist mir nichts eingefallen, was von mir als Gutheißen oder gar Verherrlichung nationalsozialistischen Gedankenguts hätte gedeutet werden können. Das ist selbstverständlich meine subjektive Beurteilung.

Der Bereich, bei dem ich meine, »man« hätte zu »meiner Zeit« kritischer, teilweise viel kritischer sein müssen, sind Lieder, die wir gesungen haben. Natürlich sangen wir nicht etwa das Horst-Wessel-Lied oder ähnliche Lieder. Nachträglich bin ich das offizielle Liederbuch der Hitlerjugend durchgegangen, von den Lie-

---

[16] »Das Fähnlein der sieben Aufrechten« von Gottfried Keller hatten wir noch nicht im Deutschunterricht gelesen

dern kenne ich fünfunddreißig, zwei davon sind mir als problematisch aufgefallen, allerdings bezieht sich das auf die Inhalte von Liedtexten. Zum Beispiel habe ich das Lied »Und die Morgenfrühe, das ist unsere Zeit ...« nicht als belastet angesehen, nur weil der Text von Hans Baumann stammte, einem »ehemals gefeierten Mitglied der nationalsozialistischen Dichtergarde[17]«. Das ebenfalls von ihm stammende Lied »Es zittern die morschen Knochen ... denn heute gehört uns Deutschland und morgen die ganze Welt.« hätte ich anders bewertet. »Wildgänse rauschen durch die Nacht« habe ich ebenfalls nicht auf den Index gesetzt, auch wenn der 1917 gefallene Walter Flex von den Nationalsozialisten verehrt und für Propagandazwecke benutzt wurde.

Ohne direkten Bezug auf unsere Lieder möchte ich an dieser Stelle eine Ungeheuerlichkeit erwähnen. Bei der Behandlung des Nationalsozialismus kam mein Geschichtslehrer auch auf die Indoktrination der Jugend zu sprechen, wie er sie selbst in jugendlichem Alter erlebt hatte. Die unglaubliche Zeile eines »Gedichts« oder »Liedes«, die er als Beispiel zitierte, ist mir im Gedächtnis geblieben: *Brüder, wetzt die Messer an dem Leichenstein, dass sie besser dringen in die Judenbäuche ein.* Liedtexte, die mit derart unsäglichen Machwerken auch nur im entferntesten hätten in Verbindung gebracht werden können, sangen wir selbstverständlich auch nicht.

Dass ein Lied in der Hitlerjugend oder im Jungvolk gesungen wurde, besagt meiner Meinung nach allein noch nicht viel. Es wurden vielfach Lieder gesungen, die bereits zum Liedgut der Bündischen Jugend oder des Wandervogels gehört hatten, die man aber teilweise nach dem dreizehnjährigen Wüten nationalsozialistischer Herrschaft eigentlich nicht mehr unbefangen singen konnte. Aber wer hätte damals eine kritische Bewertung vornehmen sollen? Unsere Gruppenführer waren ja auch nur ein paar Jahre älter als wir und verfügten kaum über das notwendige Urteilsvermögen.

Nun zu den Liedern aus dem HJ-Liederbuch, die man schon

---
[17] Der Spiegel 1959

damals als nicht »singbar« hätte erkennen können. Das Lied *Wie oft sind wir geschritten auf schmalem Negerpfad* würde ich heute auch dann nicht mehr singen, wenn Negerpfad durch Trampelpfad ersetzt würde, weil das Unrecht des Kolonialismus an sich und die in den Kolonien begangenen Verbrechen oder Ungerechtigkeiten nicht einmal ansatzweise anklingen, es wird nur die Romantik besungen, die es sicherlich gegeben hat. Das bezieht sich im Übrigen nicht nur auf die wenigen deutschen Kolonien.

Der mächtigste König im Luftrevier ist der sturmesgewaltige Aar ist eine Verherrlichung von gesetzlosen Mördern, denn das waren Piraten trotz aller Romantisierung. Ein geeignetes Lied für Kinder und Jugendliche? Dass es von Besatzungen deutscher U-Boote gern gesungen wurde, bestimmt auch manchmal gegen die Angst, kann ich gut verstehen. Nach dem Krieg aber hätte einen das Lied der U-Boot-Fahrer nicht nur, aber auch ganz besonders wegen der Zeile *wir sind die Herren der Welt und die Könige auf dem Meer* nachdenklich stimmen sollen.

Das Lied *Heiß brennt die Äquatorsonne auf die öde Steppe nieder* enthielt bei uns die Strophe *Doch nun hat er ausgesungen, seine Haut zog ab sein Weib. Und sie fraß mit ihren Jungen seinen schwarzen Negerleib.* Es stand auch in der achten Auflage (1. Auflage 1934) des seinerzeit beliebten Liederbuches »Kilometerstein« von 1950, anstelle von »schwarzen« hieß es dort »fetten«. Dieses Lied hätten wir auf keinen Fall singen dürfen. Doch auch der etwas »geglättete« Text, den man auf zahlreichen Websites findet, bleibt in meinen Augen zumindest diskriminierend.

Zurück zu unserer kleinen Wanderung im Schulenberger Wald. Auf dem Rückweg zur Jugendherberge, gab mir Hans Georg zu verstehen, wir sollten etwas hinter den anderen zurückbleiben, dann erzählte er: »Du, heute Nacht hat mir Rudi am Sack 'rumgefummelt.« Arglos versuchte ich abzuwiegeln und sagte, Rudi habe sich vielleicht im Schlaf herumgewälzt und sei dabei möglicherweise mit der Hand an die peinliche Stelle gekommen. »Nee, nee,« entgegnete Hans Georg »das war Absicht, das habe ich gemerkt.« Ob mein Freund damals schon einen konkreteren Verdacht hatte, immerhin war er zwei Jahre älter als ich, weiß ich nicht, da wir das Gespräch nicht weiter fortführten und auch nie wieder über den Vorfall sprachen. Erst viel später, meine Jungscharzeit lag längst hinter mir, kamen mir Dinge zu Ohren, die mich spontan an diesen Vorfall erinnerten.

Ich möchte noch ein Lied aus der Zeit des Nationalsozialismus erwähnen, diesmal eins der Gegner, von dem ich aber nur noch die erste Strophe kenne, vielleicht, weil wir dieses Lied ausschließlich in der Zeit gesungen haben, als Rudi unser Gruppenführer war. Mit Fähnlein ist hier der Wimpel gemeint, den Jugendgruppen (nicht nur) bei Wanderungen mit sich herumschleppten.

> *Wir traben in die Weite,*
> *das Fähnlein steht im Spind.*
> *Vieltausend mir zur Seite,*
> *die auch verboten sind.*
> *Von Köln bis Stallopönen*
> *erschallt ein groß' Gebraus:*
> *Ihr tragt verbot'ne Rüstung,*
> *die ziehen wir euch aus.*

Ob außer mir einer wusste, was gemeint war? Ich kannte nämlich die Bedeutung von *Ihr tragt verbot'ne Rüstung, die ziehen wir euch aus*. Meine Oma betrachtete meine Jungscharaktivitäten mit Sympathie, sie erinnerten sie wohl an die Sturmscharzeit ihres Sohnes Franz. Mein Onkel hatte 1935 zusammen mit seiner Strumschargruppe eine Pilgerfahrt nach Rom gemacht. Auf der Rückfahrt wurden ihnen an der Grenze die Hemden ihrer »verbotenen« Sturmscharuniform von einer Hitlerjugendgruppe abgenommen.

Der Text des Liedes zur Verspottung der Hitlerjugend war die Umdichtung eines alten Landsknechtliedes, der möglicherweise in dieser oder ähnlicher Form auf die Kölner Edelweißpiraten zurückging. Während wir das Lied sangen, gab es Stallopönen, ganz im Osten von Ostpreußen, nicht mehr. Der GröFaZ Adolf Hitler hatte dafür gesorgt, dass die Stadt Kants und Herders den wunderschönen Namen Kaliningrad erhielt und Stallopönen in Nesterow umgetauft wurde. Als die Russen den von den Bolschewiki eingeführten Parteibonzennamen Leningrad in das historische Sankt Peterburg (in der deutschen Form des Namens gibt es ein Fugen-s) zurückverwandelten, hätten sie eigentlich in einem Aufwasch aus Kaliningrad auch wieder Königsberg machen können.

Ein Lied (Text: Eduard Mörike), das wir oft in Rudis Gruppe sangen, wird er wohl aus dem Jungvolk »mitgebracht« haben:

Jung Volker, das ist unser Räuberhauptmann,
mit Fiedel und mit Flinte.
Damit er geigen und schießen kann,
wie weh'n just Wetter und Winde.
Fiedel und die Flint',
Fiedel und die Flint',
Volker spielt auf.

Ich sah ihn hoch im Sonnenschein
auf einem Hügel sitzen,
da spielt' er die Geige und schluckt' roten Wein
und seine blauen Augen ihm blitzen.
Fiedel und die Flint',
Fiedel und die Flint',
Volker spielt auf.

Auf einmal, er schleudert die Geig' in die Luft,
Auf einmal, er wirft sich zu Pferde:
Der Feind kommt! Da stößt er ins Pfeifchen und ruft:
»Brecht ein, wie der Wolf in die Herde!«
Fiedel und die Flint',
Fiedel und die Flint',
Volker spielt auf.

Die beiden ersten Strophen habe ich auswendig aufgeschrieben, dazu ist vielleicht eine kurze Bemerkung angebracht. Wir benutzten beim Singen keine Liederbücher, weil wir keine hatten, jedenfalls war das in den ersten Jahren so. Wer neu in eine Gruppe kam, hörte anfangs einfach zu und spätestens nach dem dritten Heimabend konnte er mitsingen. Dies ist wohl auch ein Grund dafür, dass mir noch so viele Liedtexte geläufig sind.

Meine Oma hatte Rudi zwei-, dreimal gesehen und war von ihm begeistert, so ein anständig aussehender Junge, mit einem Gesicht »wie so'n heiligen Aloisius«.

Bis heute weiß ich nicht, woher die schreckliche Unterschichtssprache meiner Oma kam, mein Opa schimpfte jedes Mal mit mir, wenn ich seiner Meinung nach kein »ordentliches Deutsch« sprach. Mein Urgroßvater, der Vater meiner Oma, war Förster gewesen, ich nehme an, beim Freiherrn (oder Grafen?) von Haxthausen in der Nähe von Höxter. Schwer vorstellbar, dass in der Familie ein derart fehlerhaftes Deutsch üblich gewesen sein sollte, auch Onkel Karl hatte fehlerfrei gesprochen.

Dabei las meine Oma abends gern. Erinnern kann ich mich an *Rebecca* von Daphne du Maurier, an die Namen der Schriftstellerinnen Zenta Maurina und Felicitas Rose, Bücher von Marlitt oder Courths-Mahler gehörten nicht zu dem von ihr bevorzugten Genre. Ihr Lieblingsdichter war eindeutig Friedrich Wilhelm Weber, der sein Epos *Dreizehnlinden* über die Endphase des Sachsenkrieges auf Schloss Thienhausen, das den Haxthausens gehörte, verfasst hatte. Dieses Schloss war für meine Oma von besonderer Bedeutung.

Während ich über den soeben geschriebenen Absatz nachdenke, wird mir erst richtig klar, warum Schloss Thienhausen eine, oder besser, die besondere Bedeutung im Leben meiner Großmutter gehabt hatte.

Ihr Vater stammte mit hoher Wahrscheinlichkeit aus Brakel, wo auch sie geboren wurde, ihre Mutter kam aus Wachtendonk, einem niederrheinischen Ort nahe der holländischen Grenze. Sie starb kurz nach der Geburt eines Bruders meiner Oma. Mein Urgroßvater heiratete erneut und der Ehe entstammten mindestens — die genaue Zahl kannte ich nie — drei Kinder, ausnahmslos

Jungen. Meine Oma pflegte zu sagen, sie habe ihre Brüder großgezogen, außerdem musste sie wohl auch noch einen nicht geringen Teil der Hausarbeit erledigen.

Die Brüder hatten später angesehene Berufe wie Förster, Amtmann in der Stadtverwaltung von Ahlen, Bürgermeister in Haltern, Verwalter eines Gutes in der Nähe von Warendorf. Nur Onkel Karl habe ich gut gekannt, den ehemaligen Bürgermeister habe ich einmal kurz gesehen, als er seinen Bruder in Kleinenberg besuchte. Alle übrigen Brüder bekam ich nie zu Gesicht, was mich zwar als Kind gewundert hatte, aber wenn es so war, dann war es eben so.

Nach ihrer Heirat hatte meine Oma auch kein leichtes Leben gehabt. Mein Großvater stammte aus dem sehr kleinen Ort Wennigloh in der Nähe von Arnsberg. Mit fünf oder sechs Jahren war er bereits Vollwaise und wurde von seiner älteren Schwester erzogen, die offensichtlich auch auf gute Schulnoten geachtet hatte, jedenfalls deutet sein Entlassungszeugnis der Volksschule darauf hin. Mein Opa hatte sich dann in verschiedenen Berufen versucht, war Schneider gewesen, hatte — da war er schon mit meiner Oma verheiratet — in einem Nachbarort die Posthalterei betrieben, mit Postpferden im Stall und so weiter. Spätestens ab den 1920er Jahren war er schließlich als Finanzbeamter beim Finanzamt Bochum beschäftigt gewesen, hatte endlich einen soliden Beruf, doch sein Einkommen reichte nach wie vor nur für das Nötigste, insbesondere im Hinblick auf die sechs Kinder, die in nicht sehr großen Abständen zur Welt kamen. In den Kriegsjahren 1914–1918 musste meine Großmutter alles allein für die Familie, die während dieser Zeit weiter wuchs, erledigen. Das Ende des Krieges änderte daran zunächst nichts, mein Großvater blieb noch für längere Zeit in englischer Gefangenschaft. Ziemlich bald darauf folgten die schweren Jahre des Ruhrkampfes und der Inflation. Wie meine Mutter erzählte, ging ihre Mutter in dieser Zeit sofort mit einem Wäschekorb zum Finanzamt, sobald ihr Vater Geld bekommen hatte, um die Milliarden so schnell wie möglich in Brot umzusetzen, weil es am nächsten Tag für das gleiche Geld noch weniger zu kaufen gab. Als dann später die Kinder »aus dem Haus gingen«, begann bald der Zweite Weltkrieg und nach wenigen Jahren hatten Bomben das Wenige, was sich meine Großeltern hatten erarbeiten können, zerstört. Mein Großvater wäre nach 1933 befördert worden, wenn er der Aufforderung des Dienststellenleiters zum Eintritt in die Nationalsozialistische Deutsche Arbeiterpartei Folge geleistet hätte. Aufgrund seiner Weigerung musste er bis zum Sommer des Jahres 1945 auf die Beförderung warten.

Als ich im Sommer 1948 nach Bochum kam, war meine Oma eine abgearbeitete alte Frau.

Die kurze Zeit in ihrem Leben, an die sie sich später immer gern erinnerte, war ihre Zeit auf Schloss Thienhausen gewesen. Vermutlich durch Vermittlung meines Urgroßvaters hatte sie eine Anstellung beim Freiherrn von Haxthausen erhalten, um sich Kenntnisse in der Hauswirtschaft anzueignen, die sie nach einer Heirat gebrauchen konnte. Sicherlich wird die Arbeit auf Dienstbotenebene kein Zuckerschlecken gewesen sein, doch eine negative Bemerkung über die Arbeit oder die Behandlung durch »die Herrschaft« habe ich nie gehört. Eine Zeitlang in einem Schloss gelebt und gearbeitet zu haben, wenngleich in untergeordneter Position, das ließ beim Erzählen immer für einen kurzen Moment ein klein wenig Glanz auf ihr arbeits- und entbehrungsreiches Leben fallen.

Hinsichtlich der Sprache lagen die Verhältnisse bei der Mutter meines Vaters anders. Sie kam aus einer Unterschichtsfamilie, sprach aber fehlerfreies, »astreines« Hochdeutsch, auch keine Spur des herrlichen Ostpreußendialekts, den meine Urgroßeltern vermutlich gesprochen hatten, war zu hören. Westfälisches Platt schien meine Oma zu mögen, häufig begrüßte sie mich mit dem Satz »Set di 'n bitken dal«. Meine Großtante Bertha nannte mich hin und wieder einen Lorbass[18], möglich, dass meine Urgroßmut-

---
[18] »Lümmel«, ostpreußischer Dialekt

ter Wilhelmine ihre Söhne so genannt hatte.

Das Jahr 1949 neigte sich dem Ende zu, die Dunkelheit setzte von Tag zu Tag früher ein. Für mich und die meisten meiner Spielgefährten bedeutete das, zeitiger zu Hause sein zu müssen, spätestens wenn der »Gasmann« die Gaslaternen zur Straßenbeleuchtung einschaltete. Jede Laterne musste in den frühen Nachkriegsjahren immer noch umständlich einzeln zum Leuchten gebracht werden, was ein dafür angestellter Mann mittels einer langen Metallstange erledigte, die an ihrem oberen Ende hakenförmig gebogen war. Mit dem Haken zog er den Metallring etwas nach unten, der in etwa drei Metern Höhe an einem Draht unterhalb der eigentlichen Lampe baumelte. Wenn es am folgenden Morgen hell wurde, musste der Gasmann die gleiche Prozedur vornehmen, um die Gaslaterne wieder auszuschalten. Es ist sicher nicht verwunderlich, dass wir Kinder — verbotenerweise — gern an den Laternenpfählen hochkletterten und Gasmann spielten. Dass dann Erwachsene mit uns schimpften, nahmen wir gelassen hin, vor dem Streife gehenden Polizisten hatten wir allerdings gehörigen Respekt, »Tschako« nannten wir ihn wegen, seiner gleichnamigen Kopfbedeckung.

Der umtriebige Hans Georg wusste eines Abends zu berichten, dass jetzt im Rhythmus von zwei Wochen im Musiksaal der Drusenbergschule Filmvorführungen stattfänden, die wir uns nicht entgehen lassen sollten. Ich weiß nicht, von wem die »Kinoveranstaltungen« organisiert wurden, erinnere mich aber, dass der Eintrittspreis von zwanzig Pfennigen für mich erschwinglich war. Gezeigt wurden Schwarz–Weiß–Filme im Format 16 mm. Filmtitel sind mir nicht im Gedächtnis geblieben, wohl aber die Namen von zwei Schauspielerinnen. Die erste, die meine besondere Sympathie errang, hieß Angelika Hauff. Als ich meinen ersten Film mit Maureen O'Hara sah, war sie allerdings abgemeldet.

Kinobesuche kamen für uns zu dieser Zeit noch nicht infrage, der Eintrittspreis war sicher eine Hürde, aber auch die damals streng beachteten Altersbeschränkungen werden eine Rolle gespielt haben. Welche Filme in den Kinos aktuell liefen, zeigten uns die Plakate an der Litfaßsäule, die nur ein paar Meter von unserer Wohnung entfernt stand. Jede Woche hielt ein Motorradfahrer an der Säule, nahm aus dem Beiwagen die entsprechenden Filmplakate und »tapezierte« damit die Werbefläche. Im Sommer oder Herbst 1949 kündigte beispielsweise Silvana Mangano vollbusig »Bitterer Reis« an. Über den Kinoeingängen in der Innenstadt zeigten außerdem riesige handgemalte Plakate an, welcher Film gerade lief. Die Maler mussten am Abend vor einem Programmwechsel — ich meine, es sei immer der Mittwochabend gewesen — bis in die Nacht hinein die Kunstwerke anfertigen.

Als besonderen Film des Jahres 1949 möchte ich »Der dritte Mann« erwähnen, auch wenn ich ihn damals nicht gesehen habe. Das Harry-Lime-Thema aus der Filmmusik, der Zitherspieler Anton Karas wurde damit über Nacht berühmt, konnte man lange Zeit fast täglich im Radio hören. Ich war begeistert — wie viele andere auch. Einer meiner Klassenkameraden konnte gut Popmusik, das Wort wurde in Deutschland erst viele Jahre später gebräuchlich, auf dem Klavier spielen. Vor jeder Musikstunde drängten wir ihn in jenen Tagen, sich ans Klavier zu setzen und, solange der Musiklehrer noch nicht da war, das Harry-Lime-Thema zu spielen.

Schlimm war es nicht, dass ich den Film 1949 noch nicht sehen konnte, keinen Film habe ich in meinem Leben so oft gesehen wie diesen.

Litfaßsäulen spielten in jenen Tagen generell eine wichtige Rolle für die Informationsverbreitung. Zweimal im Jahr wurde so auf rotem Papier das neue Halbjahresprogramm der Volkshochschule bekanntgemacht. Theateraufführungen und Konzerte wurden angekündigt, vor Wahlen sagten einem die Parteien, wen man wählen sollte.

Bei Theaterstücken und Konzerten war die Information des Publikums wohl das am leichtesten zu lösende Problem gewesen. Das Kernproblem hatte darin bestanden, eine Spielstätte für Theaterensemble und Orchester zu finden, da das Stadttheater nur noch als großer Schutthaufen existierte. Über mehrere Jahre diente der Saal des Stadtparkrestaurants als notdürftiges Ausweichquartier, meine Patentante nahm mich dahin zu einigen Aufführungen mit. In der Weihnachtszeit sah ich einmal *Der gestiefelte Kater*, hautnah, ich hätte dem Kater die Hand geben können. Als erste Oper sah ich *Fidelio*, als zweite *Die verkaufte Braut*, außerdem erinnere ich mich an die Operette *Der Bettelstudent*. In einem Konzert, das Hermann Meißner dirigierte, saß ich dem Solocellisten Ludwig Hölscher im Abstand von etwa drei Metern gegenüber.

Weihnachten näherte sich wieder, was sollte, was konnte ich für meine Mutter kaufen? Meine Patentante schlug ein Paar Nylonstrümpfe oder ein Pfund Bohnenkaffee vor, der Preis war für beide Optionen gleich. Ich entschied mich für ein Paar Strümpfe, sechzehn Mark würden sie kosten. Ein kleines Vermögen, nicht nur für ein Kind, ich glaube, meine Mutter erhielt für mich als Waisenrente monatlich dreißig Mark. Meine Wahl war auf die Strümpfe gefallen, weil ein Pfund Kaffee schnell verbraucht sein würde, allerdings konnten Strümpfe auch schnell Laufmaschen bekommen. Anders als heute wurden sie damals nicht weggeworfen, sondern zu einem Laufmaschendienst gebracht, der die »Nylons« wieder einigermaßen in Ordnung brachte, so dass sie anschließend weiterhin getragen werden konnten. Erwähnenswert ist in diesem Zusammenhang, dass nahtlose Nylons zu dieser Zeit noch nicht populär, möglicherweise nicht einmal zu haben waren, so dass Frauen immer auf gerade Strumpfnähte achten mussten.

Obwohl ich mit dem durch Schrottsammeln eingenommenen Geld sparsam umgegangen war, fehlten mir noch ein paar Mark, Hans Georg war in einer ähnlichen Situation. Also machten wir uns wieder auf, um in der Umgebung die bereits von anderen Schrottsammlern mehrfach durchkämmten Trümmer einer nochmaligen Durchforstung zu unterziehen. Das war eine mühsame Aktion, die Dunkelheit setzte schon früh ein, es war kalt und vielfach mussten wir erst Schutt beiseite räumen, um gusseiserne Abflussrohre oder anderes Altmetall freizulegen. Aber wir blieben hart und hatten am Ende auch den gewünschten Erfolg.

In den ersten Jahren gab es dreimal im Jahr Zeugnisse, ob wir das zweite vor den Weihnachtsferien bekamen? Ganz sicher weiß ich aber, dass es in der Schule eine Weihnachtsfeier gab, für Schulchor, Schulorchester und für Musiklehrer Heinrich Schnitzler, der die Musik geplant und einstudiert hatte, war es der Auftritt des Jahres.

Ich sang im Chor, natürlich Sopranstimme. Schon lange vor Weihnachten waren die Chorproben auf das große Ereignis ausgerichtet gewesen, kurz vor der Feier gab es dann noch gemeinsame Proben mit dem Orchester. Wir kleinen Sextaner blickten ehrfurchtsvoll zu den Primanern auf, die aus unserer Perspektive schon wie richtige Männer aussahen. Einem Cellisten schenkten wir besondere Aufmerksamkeit, er hieß Otto Schily, denn aus seinem Nachnamen und seinem Cello formten wir einen uns immer wieder erheiternden Satz, den wir »Schily schpielt Schello« aussprachen und die ähnlich klingenden Substantive, zusammen mit der Alliteration, waren wohl die Auslöser für unser kindliches Amusement.

Niemand hätte sich vorstellen können — ich weiß, es ist ein unsinniger, fiktiver Gedanke — , den damals siebzehnjährigen Otto Schily 1998 als Minister im Kabinett Schröder wiederzusehen. Ebenso wenig ahnte jemand, dass im nächsten Schuljahr Wolfgang Clement als Sextaner in die Graf-Engelbert-Schule kommen würde und dass die beiden von 2002 bis 2005 Kabinettskollegen sein würden, Schily als Bundesinnenminister, Clement als »Superminister« für Wirtschaft und Arbeit.

Am Heiligen Abend machte sich meine Mutter mit meinem Bruder und mir auf den Weg zu ihrer Schwiegermutter. Nach dem Abendessen, es gab Kartoffelsalat und für jeden ein Knackwürstchen, mussten wir in der Küche warten, bis die vom Weihnachtsmann — bei meiner Oma oblagen ihm die Aufgaben, für die ich bisher die Zuständigkeit des Christkinds gesehen hatte —

gebrachten Geschenke unter dem Weihnachtsbaum ausgebreitet und die Kerzen angezündet waren. Dann durften wir endlich ins Wohnzimmer und unsere Geschenke auspacken.

Ich konnte mein Glück kaum fassen, als ich einen Metallbaukasten mit bunten Einzelteilen in Händen hielt. Solche Baukästen hatte ich schon bei Klassenkameraden gesehen, deren Eltern mehr Geld hatten als wir. Ich hätte nie gewagt, den Wunsch nach einem Metallbaukasten zu äußern, weil ich fürchten musste, ihn doch nicht zu bekommen. Und nun hatte ich einen, ohne ihn gewünscht zu haben, zwar keinen der teuren Marke Märklin, aber von vergleichbarer Aufmachung.

Meine Umgebung war ab sofort ausgeblendet und ich begann mit den ersten Konstrukten, fing, glaube ich, mit einem Kran an, der ähnlich aussah wie die Bagger, die ich beim Beobachten der Trümmerbeseitigung kennengelernt hatte. So ging es weiter, ich konstruierte und baute aus meiner Vorstellung heraus. Nach geraumer Zeit fragte mich Tante Ruth, die mich wohl beim Schrauben beobachtet hatte, warum ich denn nicht mal das Heft mit den Vorlagen nähme, um die darin enthaltenen Vorschläge nachzubauen. Verständnislos erklärte ich ihr, ich fände es überhaupt nicht interessant, Teile nach einer Anleitung zusammenzuschrauben, dass ich das könnte, wüsste ich schon vorher, worin also solle dann noch der Witz bestehen? Es ginge mir ja nicht darum, irgendetwas zu bauen, das anschließend Verwendung finden solle, vielmehr würde jedes Produkt nach seiner Fertigstellung umgehend wieder in seine Einzelteile zerlegt, der Reiz bestehe für mich darin, eine eigene Idee in etwas Greifbares umzusetzen. Weder an diesem Abend, noch in der Folgezeit schraubte ich etwas nach dem Vorlagenheft zusammen, ich war wohl eher Ingenieur als Monteur.

Am Sonntag, dem 1. Januar 1950 wird die Welt für mich nicht viel anders ausgesehen haben als am Samstag, dem 31. Dezember 1949. Blicke ich aber jetzt zurück, habe ich ein anderes Gefühl. Alle Jahreszahlen, die auf der Zahl 1940 aufbauen, rufen bei mir

automatisch die Assoziation »Krieg« hervor, bei 1950 entsteht ohne mein Zutun die Gedankenverbindung »Sonne«.
Der Metallbaukasten weckte mein Interesse an der Spielzeugabteilung des großen Kaufhauses im Stadtzentrum, die nun neue Bedeutung für mich bekam. Die Abteilung war in der obersten Etage untergebracht, in die man über mehrere Treppen oder, bequemer, in einem Aufzug gelangte. Es gab lediglich einen Aufzug für das ganze Kaufhaus, der nur wenige Personen fasste. Man konnte ihn weder selbst in Gang setzen, noch durch Knopfdruck selbst bestimmen, wo er halten sollte. Für die Bedienung des Lifts — damals wurde dieses Wort freilich eher selten verwendet — war eigens ein Mann eingestellt, dem man seinen Haltewunsch mitteilte und der dann alles Notwendige tat. Der Mann hatte einen künstlichen Arm, wir sagten Holzarm, die ebenfalls künstliche Hand steckte in einem Lederhandschuh. Männer, die im Krieg einen Arm oder ein Bein verloren hatten, gehörten viele Jahre nach Kriegsende noch immer zum gewohnten Straßenbild, Eisenbahnabteile enthielten in der Nähe der Türen Sitzplätze »vorzugsweise für Schwerbeschädigte mit amtlichem Ausweis.«
Das Kaufhaus hatte auf mich schon vor unserer Evakuierung eine große Anziehungskraft ausgeübt, das weiß ich sogar aus eigener Erinnerung, »bei Alsberg auf der Rolltreppe« hatte sich mir damals als Begriff eingeprägt — wegen der Rolltreppe. Vermutlich hatte meine Mutter (wer sonst?) »Alsberg« gesagt, obwohl das Kaufhaus diesen Namen schon lange nicht mehr trug, im Zuge der »Arisierung« im Jahre 1934 war es nämlich in »Kaufhaus Kortum« umbenannt worden, worden. In der Bevölkerung war aber wohl noch der ursprüngliche Name üblich gewesen.
Allgemeine Hauptattraktion der Spielwarenabteilung war eine in meinen Augen riesige Platte mit einer fest montierten elektrischen Eisenbahnanlage, die ich mir bei jedem Besuch ansah, den Wunsch nach einer eigenen elektrischen Eisenbahn hatte ich aber nicht. Meine Vettern Dieter und Winfried besaßen eine kleine »Basisversion«, bestehend aus einer Lokomotive, ein paar Wagen,

einem Schienenoval und einem Transformator mit Fahrtregler. Selbst für eine derartige Schlichtausstattung hätte meine Mutter kein Geld gehabt, doch was hätte ich auch damit tun sollen? Die Faszination der Möglichkeit, eine Spielzeuglokomotive ferngesteuert vorwärts und rückwärts fahren lassen zu können, hatte bei mir nur wenige Augenblicke angehalten.

Mein besonderes Interesse galt verschiedenen Systemen von Metallbaukästen, die in der Abteilung ausgestellt waren. Der ersten großen Begeisterung über das Weihnachtsgeschenk war nämlich die etwas ernüchternde Erkenntnis gefolgt, dass ich wegen des ziemlich beschränkten Vorrats an Einzelteilen meine Fantasie arg zügeln musste. Für die Objekte, die mir vorschwebten, brauchte ich mehr und auch andere Bauteile, den gleichen Baukasten noch einmal zu kaufen, wäre keine Lösung gewesen.

Die Firma Trix hatte ein System entwickelt, das mir »auf den Leib geschneidert« erschien, es bestand aus Grund- und Erweiterungskästen, alle zum Einheitspreis von zwei Mark. Es gab beispielsweise einen Kasten mit Zahnrädern, Ketten und Schnecken zum Bau von Getrieben. Ein anderer Erweiterungskasten enthielt einen Elektromagneten, Bauteile für elektrische Schalter usw. Für drei Mark konnte man einen kleinen batteriebetriebenen Elektromotor erstehen, der mit den anderen Bauteilen kompatibel war. Die Einzelteile waren nicht, wie bei den meisten anderen Herstellern, bunt angemalt, wodurch die fertigen Konstrukte technisch nüchtern aussahen, was mir aber gleichgültig war, sie wurden ja ohnehin umgehend wieder in Einzelteile zerlegt.

Als wenige Jahre später »Lego« auf den Markt kam, war ich aus dem Baukasten-Alter heraus, aber am Zusammenklicken von Plastikstückchen hätte ich keine Freude gehabt.

Gaudeamus igitur, iuvenes dum sumus ... Freuen wir uns, solange wir jung sind! Was mir in meiner Kindheit häufig die Freude vergällte, war meine Rechtlosigkeit im Alltag, die sich besonders im schamlosen Vordrängen von Erwachsenen manifestierte. Es gab ja keine Selbstbedienung beim Lebensmitteleinkauf, aber nicht nur Kundinnen schubsten mich nach hinten, die Verkäuferinnen wollten sich bei ihren Kundinnen einkötteln, wie wir es nannten, und taten deshalb so, als ob sie mich gar nicht sähen. Beim Friseur konnte sich die Wartezeit schier endlos ausdehnen, weil immer wieder ein Mann in den Laden kam, den der Friseur meinte vor mir bedienen zu müssen. Es ist gut, dass heute mehr Rücksicht auf Kinder genommen wird.

Wohl in dieser Zeit, also im Frühjahr 1950, muss es gewesen sein, dass mir irgendwer erklärte, wie man eine Deckenlampe an das Stromnetz anschließt. In immer neuen Anläufen habe ich über Jahrzehnte versucht, mich an die Person zu erinnern, der ich das Wissen verdanke, aber das wird wohl ein ungelöstes Rätsel bleiben. Wenn man weiß, wie eine Lampe angeschlossen wird, kann man auch eine Verlängerungsschnur reparieren und so weiter. Von meiner Oma hatte ich früh gelernt, wie man aus einem Schlüsselrohling einen passenden Zimmerschlüssel feilt. Bei anderer Gelegenheit hatte sie mir gezeigt, wie man ein Schließblech bearbeiten muss, wenn es Probleme mit dem Schließbolzen des Türschlosses gibt. Während ich in der Schule etwas über *ablativus absolutus* und *participium coniunctum* lernte, machte parallel dazu meine Hausmeisterausbildung Fortschritte. Und während sich für das Erstgenannte nur mein Lateinlehrer interessierte, sorgten die anderen Fähigkeiten dafür, dass ich gut beschäftigt war.

Die Gegenüberstellung lädt zu der Feststellung ein, dass es keinen rechten Sinn ergibt, sich mit lateinischen Satzkonstruktionen zu beschäftigen und vielleicht ist das, allgemein gesprochen, sogar so. In der Rückschau auf mein Leben kann ich mich jedoch mit Blick auf das, was ich in der Schule gelernt habe, ohne Einschränkung Edith Piafs Fazit »non, rien de rien, non, je ne regrette rien« anschließen. Aber, wohlgemerkt, das gilt für die Rückschau. In der Zeit, als die Schule aktuell und aktiv mein Leben beeinflusste, machten mir manche Fächer wenig bis keine Freude. Zu ihnen gehörte »Geschichte«. Als ich kurz nach dem Abitur das bereits erwähnte Buch »Aufstieg und Fall des Dritten Reiches«

las, muss es wohl »klick« gemacht haben. Danach war ich froh, im Geschichtsunterricht nicht weggehört zu haben.

Und dann war plötzlich die Sexta schon zu Ende, »versetzt nach Quinta« stand auf meinem Zeugnis.

An meinem elften Geburtstag bekam ich eine Armbanduhr geschenkt, wasserdicht, mit eingeschraubtem Edelstahlboden und großem Sekundenzeiger. Mein Patenonkel hatte sie bei einer Versteigerung von Pfandstücken günstig erwerben können. Wer diesen — damals modernsten — Typ Armbanduhr besaß, wurde von seinen Klassenkameraden bewundert.

Doch das wichtigste Geschenk an diesem Geburtstag war »Herders Volkslexikon, einbändig, Jubiläumsausgabe«. Fünf Mark kostete dieses mehr als zweitausend Seiten starke Nachschlagewerk. Im Laufe der Jahre hatte ich es als zwecklos aufgegeben, jemand zu fragen, wenn ich Gelesenes oder Gehörtes nicht verstanden hatte, jetzt konnte ich auf den größten Teil meiner Fragen Antworten finden. In der Regel waren es knapp gefasste Erklärungen, meistens reichten sie mir.

Kurt Tucholsky beschrieb einmal treffend den Lexikonbenutzer, der sich von Verweis zu Verweis immer tiefer in das Dickicht nicht gesuchter Wörter und Begriffe verirrt. Genauso ging es mir, aber auf die Dauer profitierte ich auch von dem, was ich fand, ohne es gesucht zu haben.

So stieß ich in einer frühen Phase des »Schmökerns« zufällig auf das Stichwort Katyn, ein mir gänzlich unbekanntes Wort. Die deutsche Wehrmacht habe 1940 in der Nähe des russischen Ortes Katyn ein Massengrab mit mehreren Tausend Leichen polnischer Soldaten und Offiziere entdeckt, las ich, die nach Meinung der Wehrmacht von sowjetischen Soldaten erschossen worden waren. Natürlich behauptete die Rote Armee, die Polen seien von Deutschen ermordet worden. Im Jahre 1980 nahm ich in Warschau an einer wissenschaftlichen Tagung über ein Thema aus dem Bereich Elektronik teil. Bei einem kleinen Rundgang durch die Innenstadt kam ich zufällig an eine Stelle, wo eine Gedenktafel an die grausame Ermordung polnischer Offiziere durch die deutsche Wehrmacht in der Nähe von Katyn erinnerte. Nach dem Zusammenbruch der Sowjetunion wurden die Massenmorde im Wald bei Katyn zum Symbol für alle Verbrechen der Sowjets in Polen während des Zweiten Weltkriegs.

Hätte ich damals *Der Ekel* von Jean Paul Sartre — das Buch lag lange Zeit bei Tante Ruth auf dem Tisch — gelesen, mindestens bis zu der Stelle, an der Roquentin ein Licht über die Vorgehensweise des Autodidakten aufgeht, dann wäre ich vielleicht sogar auf die Idee gekommen, mein in rotes Leinen gebundenes Lexikon bei *a, Abk. f. anno* beginnend zu lesen und es nach *Zyto…* wieder ins Regal zu stellen. Aber das ist natürlich eine verrückte *ex–post*–Spinnerei, denn mit elf Jahren wunderte ich mich nur, dass meine Tante ein Buch mit einem so unappetitlichen Titel las. Ich kann mir kaum vorstellen, dass ich das Wort Existentialismus überhaupt kannte, aber von Existentialisten hatte ich gehört oder gelesen: Das waren junge Leute, die schwarze Rollkragenpullover trugen, Pfeife rauchten und nachts in verräucherten Pariser Kneipen herumhingen, alles weitab von meiner Lebenswelt.

Meine Stimme fing an tiefer zu werden, was mir gefiel, denn auch ich hatte den dummen Wunsch, älter zu wirken. Dass sich die Form meiner Kinder–Stupsnase zu verändern begann, registrierte ich ebenfalls mit Genugtuung. Die eher konkave Form meiner kindlichen »Himmelfahrtsnase« wurde zunächst gerader, bekam dann einen Höcker in der Mitte. Während ich den Veränderungsprozess als positiv wahrnahm, schien er meiner Oma nicht zu gefallen. Sie ermahnte mich jetzt ständig, meinen Nasenrücken täglich zu massieren, damit er schön gerade würde. Ich sagte zu, es zu tun, um die Ratschläge möglichst rasch abzuwürgen, »vergaß« dann aber ganz schnell wieder, was ich versprochen hatte. Mir war das Aussehen meiner Nase nicht wichtig, nur das Kindernasenprofil sollte weg. Allerdings wunderte es mich, warum meiner Oma das in meinen Augen eher unbedeutende Detail so wichtig war. Wie ich es meistens machte, wenn ich etwas nicht richtig verstand, heftete ich auch diese Angelegenheit unter »Unerledigtes« ab.

Glenn Millers Musikstücke, wie *Moonlight Serenade, String of Pearls, Pennsylvania Six Five O O O* waren in der Nachkriegszeit unglaublich beliebt, an der Spitze der Popularitätsskala stand *In the Mood*. Zu der Melodie sangen wir manchmal als »Textnachdichtung« *Komm, wir gründen eine neue Nazi–Partei, alle alten Nazis sind schon wieder dabei…* (mit seiner »Nachdichtung« von *Chattenooga Choo Choo* war Udo Lindenberg Jahrzehnte später ungleich erfolgreicher).

Zu den alten Nationalsozialisten hatte auch ein Vetter meines Vaters gehört, der sich wegen seiner Mitgliedschaft in der SRP (Sozialistische Reichspartei) vor Gericht verantworten musste. Es war wohl um das Jahr 1980, als er in einem Gespräch beiläufig »und deine Intelligenz hast du von der kleinen Halbjüdin geerbt« zu mir sagte. Mit »der kleinen Halbjüdin« hatte er meine Urgroßmutter Wilhelmine Hellmig, geborene Kohn gemeint, die er sicherlich gekannt hatte. Eine seiner Schwestern sagte einmal zu mir: »Wenn ich deine Oma mit ihrer Schwester Bertha durch die Stadt gehen sah, dann glaubte ich, Sarah und Rebecca zu sehen.« Anders als sie hatte ich die Verwandtschaftsbeziehungen der Personen des Alten Testaments nicht auswendig lernen müssen, aber ich wusste, was sie meinte.

In der Hitler–Ära war der Geburtsname Kohn meiner Urgroßmutter wahrscheinlich ein »Thema« gewesen, zu dem es unterschiedliche Einstellungen im Familienumfeld gab. Als bei der Heirat meiner Tante amtlicherseits die Entscheidung getroffen wurde, ihre Großmutter habe als Arierin zu gelten, hatten Cousine und Vetter meiner Tante das vermutlich als Ernennung zur Arierin *honoris causa* interpretiert.

Warum hat meine Großmutter nie mit mir über Ihre Eltern gesprochen? Nicht ein einziges Mal hat sie ihre Mutter und ihren Vater auch nur erwähnt, nicht einmal die Vornamen meiner Urgroßeltern kenne ich durch sie. War ihr Leben so auf wirtschaftlichen und gesellschaftlichen Erfolg fokussiert gewesen, dass für nichts anderes Raum geblieben war? Oder könnte es sein, dass ihre Mutter nicht »nur« Halbjüdin gewesen war und sie das gewusst hatte? Dann wäre die Zeit zwischen 1933 und 1945 für sie von der ständigen Sorge überschattet gewesen, ihr unsauberer Familienhintergrund — die chinesische Bezeichnung nach 1949, wenn man »falsche« Vorfahren hatte — könne auffliegen. Dann wäre es möglich, dass sie Gedanken an ihre toten Eltern weggeschoben hatte, um nicht tagtäglich an die latente Gefahr erinnert zu werden und dass dieser Zustand auch nach '45 angehalten hatte. Ich hätte dann auch eine plausible Erklärung dafür, dass sie nicht PG (Parteigenossin) war. In späteren Jahren habe ich mich nämlich gefragt, warum sie als Anhängerin Hitlers nicht den Schritt in die NSDAP–Mitgliedschaft vollzogen hatte. Doch zusammen mit dem Aufnahmeantrag hätte sie wohl eine Urkunde zum Nachweis der »arischen Großmutter« vorlegen müssen.

War der Hintergrund für die Ermahnung meiner Oma, jeden Tag meinen Nasenrücken zu massieren, ihre Befürchtung, ich könne eine »jüdische« Nase bekommen?

Als die neue Freibadsaison eröffnet wurde, trat ich für zwanzig Pfennige Monatsbeitrag in den Schwimmverein Blau–Weiß ein und konnte dadurch für zwei Mark eine Jahreseintrittskarte kaufen und jede freie Minute im Freibad verbringen, die Witterung spielte für mich keine Rolle. Auf diese Weise holte ich schnell den Rückstand infolge meines späten Schwimmenlernens auf.

Zu dieser Zeit gab es noch, unweit unserer Wohnung, die Bochumer Radrennbahn als Austragungsort verschiedener Sportarten. Für den Kauf von Eintrittskarten fehlte uns Kindern das Geld, ein hoher Maschendrahtzaun verhinderte den kostenlosen Zutritt, bei Veranstaltungen lungerten wir in der Nähe des Eingangs herum, warteten, bis die Wachsamkeit der beiden Eingangskontrolleure nachließ, um uns dann unbemerkt einzuschleichen. Mein Interesse an Sportveranstaltungen war eigentlich gering, ich machte hauptsächlich mit, um mitzumachen. Boxkämpfe — Hein ten

Hoff war das Idol meiner Straßenkumpel — gefielen mir am wenigsten, für Turnwettkämpfe konnte ich mich schon eher erwärmen. An die Überschrift *Schwarzmann in Dickhuts Schatten* in der Zeitung kann ich mich erinnern, beide Turner hatte ich in dem Wettkampf gesehen.

Am besten gefielen mir Steherrennen, bei denen Teams aus jeweils einem Radrennfahrer und einem Motorradfahrer gegeneinander antraten. Der Fahrer des speziell für diese Art von Rennen gebauten Motorrads wurde Schrittmacher genannt, er sorgte für den Windschatten, in dem der Radfahrer, der Steher, hinter ihm bei verringertem Luftwiderstand sehr schnell fahren konnte. Ein hinten am Motorrad angebrachtes Gestell mit einer Rolle quer zur Fahrtrichtung sorgte dafür, dass der Steher möglichst nah hinter seinem Schrittmacher blieb, er musste dafür sorgen, dass er nicht »von der Rolle kam«. Der Bochumer Walter Lohmann, der zahlreiche Meistertitel bis hin zum Weltmeister errungen hatte, war natürlich der Lokalmatador, wenn er bei einem Rennen mitmachte, brüllten wir »zieh, Lohmann zieh,…«.

Im Juni gingen wir mit unserer Jungschargruppe an einem Wochenende wieder »auf Fahrt«, der kleine (damals wohl noch selbständige) Ort Bredenscheid, südlich von Hattingen, war unser Ziel. An einem Samstagnachmittag versammelten wir uns an der Meinolphuskirche zu einem rund fünfzehn Kilometer langen Fußmarsch. Mit einem »Affen« auf dem Rücken, der eine Wolldecke, Waschzeug und Proviant enthielt, außerdem einen Schlafsack, den mir meine Oma aus Nesseltuch genäht hatte.

Über die Königsallee ging es in südliche Richtung, der Anfang der Allee sah ähnlich aus wie heute, die Platanen sind seitdem allerdings beträchtlich gewachsen. Wie ich später erfuhr, hatte die NSDAP den Plan gehabt, die Prachtstraße Königsallee für Parteiaufmärsche zu erweitern, Bochum als Gauhauptstadt des Gaues Westfalen-Süd hätte das gut zu Gesicht gestanden. Den Sitz der Gauleitung hatte man ja bereits 1942 an der Königsallee angesiedelt, im Gebäude der Schiller-Schule. Nach dem Rausschmiss von Lehrpersonal und Schülerinnen wurden Eingangshalle und Treppen sowie die Räume der Parteibonzen für fünfhunderttausend Reichsmark (so mein auf mündlicher Information basierender Kenntnisstand) mit Marmor und Edelholz der neuen Aufgabe angepasst. Die Engländer waren so freundlich gewesen, das Gebäude der Gauleitung bei den nächtlichen Bombardierungen zu schonen und stattdessen die Bismarck-Schule, das Stadttheater, die Meinolphuskirche, … platt zu machen. Der Gauleiter konnte also in seinem durch eine gepolsterte Doppeltür schalldicht gemachten Büro ungestört sein Unwesen treiben, während Gottesdienstbesucher und Theaterfreunde für ihr frevelhaftes Tun bestraft worden waren.

Aber als unsere Jungschargruppe am Samstag, dem 24. Juni 1950, meine Mutter hatte an diesem Tag Geburtstag, am Ende der Ausbaustrecke ankam und ich wahrscheinlich mit Sorge an den langen noch vor uns liegenden Weg dachte, hatte ich von solchen Zusammenhängen nicht einmal ansatzweise etwas gehört. In welcher Form die Straße damals weiterging, weiß ich nicht mehr, ich erinnere mich nur noch, dass wir an eine größere Querstraße kamen und dass wir danach unsere Wanderung auf einem Feldweg fortsetzten.

An unsere Ankunft vor einem nicht sehr großen Haus habe ich eine schwache Erinnerung, auf dem Dachboden des Hauses richteten wir uns für die Nacht ein. Am nächsten Morgen gingen wir eine Weile bergab zu einem kleinen Bach, jemand sprach vom Wodantal, um uns zu waschen. Während wir breitbeinig über dem Bach standen, sagte Rudi, es sei ein Krieg ausgebrochen, in Korea.

Zu dieser Zeit hatte ich in unregelmäßigen Abständen immer noch mit dem Krieg zusammenhängende Albträume, die sich häufig auf dem Hang vor Onkel Karls Haus abspielten. In solchen Träumen ging ich den Hang zur großen Zielscheibe hinauf, während der Panzer auf dem Semberg seine Kanone in meine Richtung drehte. Rudis Mitteilung jagte mir einen riesigen Schrecken ein, wusste ich doch nicht, ob dieses Korea ein Land in unserer

Nähe war oder weit von uns entfernt.

Nur über etwas auf den ersten Blick Unbedeutendes kann ich noch berichten. Wieso, fragte ich mich, haben wir auf dem Dachboden des Hauses eines Zahnarztes in Bredenscheid übernachten dürfen, woher kannte Rudi diesen Mann? An etwas Böses dachte ich *damals* nicht, berufliche Kontakte konnten es aber nicht gewesen sein. Vor einiger Zeit war ich nämlich mit meiner Oma in einem Fahrradgeschäft gewesen, um in Erfahrung zu bringen, was wohl ein neues Rad kosten würde. Hier hatte ich Rudi unerwartet als einen der Verkäufer getroffen, mein Jungscharführer Rudi stand in einem grauen Kittel hinter einem Ladentisch und verkaufte Ventilgummis und Gummilösung zur Reparatur defekter Fahrradschläuche, eine herbe Enttäuschung. Doch warum hatte uns der Zahnarzt auf seinem Dachboden übernachten lassen? Weder ihn noch eventuelle Familienangehörige hatten wir zu Gesicht bekommen.

Heute kann ich fast nicht glauben, dass ich als Elfjähriger, die anderen Jungen waren ähnlich alt, an nur einem Wochenende einen Gepäckmarsch von ungefähr dreißig Kilometern offenbar ohne größere Schwierigkeiten überstehen konnte.

Vor mehr als zehn Jahren las ich auf der Website der Pfadfinder meiner früheren Kirchengemeinde von einem Treffen, zu dem auch Ehemalige eingeladen wurden, zu denen ich ja zweifellos gehörte. Zwar erinnere ich mich ganz gut und vielfach auch gern an Vergangenes, aber Ehemaligentreffen mag ich eigentlich nicht. Trotz meiner Vorbehalte ging ich zu dem Treffen, außer mir fand sich eine Handvoll Ehemaliger ein, die aber, als sie mich sahen, derart erschrocken waren, dass sie ihr Erschrecken nicht einmal verbergen konnten. Ich glaube, keiner von ihnen war über vierzig. Nachdem ich ihnen angeboten hatte, sie könnten mich ruhig duzen, gewöhnten sie sich langsam an meine Gegenwart. Der Abend wurde für mich auf unerwartete Weise interessant.

Nachdem die gegrillten Würstchen gegessen und mehrere Flaschen Bier geleert waren, wurde als Highlight des Abends ein

Super-Acht-Film über eine »Fahrt« der anderen Ehemaligen gezeigt, die sie als ungefähr Zehnjährige unternommen hatten. Es ging damit los, dass man sich an der Kirche versammelte, wo schon ein Reisebus mit geöffneten Türen wartete. Dann trudelten langsam die kleinen Pfadfinder ein, mit schicken Köfferchen, die in einigen Fällen von der Mama getragen wurden. Als die Reisegesellschaft vollständig war, kriegte jedes Pfadfinderchen ein letztes Küsschen von Mama auf die Backe, einsteigen, Türen schließen, winke-winke. Was für ein Unterschied zu unserer Bredenscheid-Wanderung!

Im Sommer des Jahres 1950 verbrachte ich jede freie Minute im Freibad des Schwimmvereins Blau-Weiß. Mit meiner Jahreskarte konnte ich zweimal am Tag ins Schwimmbad gehen, morgens gab es einen blauen Tagesstempel auf die Rückseite der Dauerkarte, nachmittags einen roten (oder umgekehrt). Meine Leidenschaft für das Schwimmen teilte in jenem Jahr Anton Kentenich mit mir. Anton war der Junge, der mir vor drei Jahren als Messdiener bei der Weihnachtsmesse aufgefallen war, in der Folgezeit hatten wir kaum Kontakt miteinander gehabt. Als ich im Sommer 1948 nach Bochum kam, erklärte er mir, er sei jetzt neuapostolisch, das sei besser als katholisch, was wohl ein Grund dafür gewesen war, dass er größeren Abstand zu mir gehalten hatte. Aber jetzt waren wir plötzlich wieder gute Freunde.

Anton besuchte eine Mittelschule, die damals übliche Bezeichnung für den Schultyp, der mit der heutigen Realschule vergleichbar ist. Er lernte Englisch als Fremdsprache. Wir konnten nur in den Wochen gemeinsam nachmittags schwimmen gehen, in denen ich vormittags Unterricht hatte, was natürlich nicht so angenehm war. Auch wenn wir keine Wettkämpfe machten, so spornten wir uns doch gegenseitig an, wodurch wir in Bezug auf Ausdauer und Schnelligkeit große Fortschritte machten. Unsere Bewunderung galt Elisabeth Rechlin, sie war auch Blau-Weiß-Mitglied, die bei Schwimm-Meisterschaften sehr erfolgreich war.

Irgendwann fühlten wir uns in der Lage, die Übungen für den

Erwerb eines Schwimmabzeichens erfolgreich zu absolvieren. Für den »Freischwimmer« fühlten wir uns schon zu fortgeschritten, eine Viertelstunde lang schwimmen, das war unter unserem Niveau. Also peilten wir den (damaligen) »Fahrtenschwimmer« an. Eine Dreiviertelstunde lang mussten wir schwimmen, davon fünf Minuten in Rückenlage, und die Prüfung mit einen Kopfsprung vom Dreimeterbrett abschließen. Wir meldeten uns bei dem Bademeister an, machten unsere Übungen, bekamen eine Urkunde und ein rundes Stoffabzeichen, das wir an unsere Badehosen nähen konnten. Apropos Badehose. Als Blau–Weiß–Mitglieder trugen wir blau–weiße Dreieckshosen, die bei uns Akb-Hosen (Arsch kaum bedeckt) hießen.

Zwar war der Sommer schon weit ins Land gegangen, trotzdem fassten wir den kühnen Entschluss, noch in dem Jahr den DLRG-Grundschein zu erwerben. Wir glaubten, mit etwas zusätzlichem Training — für das Tauchen würden wir uns allerdings besonders anstrengen müssen — alle vorgeschriebenen Übungen schaffen zu können. Schneller als gedacht konnten wir fünfzehn Meter unter Wasser schwimmen und meldeten uns für die Prüfung an. Als nur noch *Schwimmen in Kleidung* (Jacke und lange Hose aus dickem Baumwollstoff) und *Retten eines Ertrinkenden* zu absolvieren waren, war die Saison für das Blau–Weiß–Freibad zu Ende. Unser Prüfer hatte aber eine Idee, wie wir in dem Jahr doch noch das ersehnte DLRG-Abzeichen bekommen konnten. Er kannte jemand, der es uns ermöglichte, an einem Abend das Schwimmbecken einer nahe gelegenen Zeche zu benutzen. Ich erinnere mich an eine ziemlich schwarze Brühe, die aber schön warm war.

Kurze Zeit später fanden wir uns abends in einer Kneipe ein, um unsere Urkunden und Abzeichen entgegenzunehmen. Als ich an die Reihe kam, wollte man mir die Trophäen nicht aushändigen, weil ich noch zu jung war, bis zum Mindestalter von zwölf Jahren fehlten mir noch mehr als sechs Monate. Irgendwer muss dann an einem Schräubchen gedreht haben, meine Enttäuschung konnte jedenfalls abrupt großem Glücksgefühl weichen.

Ich bin in einer Umgebung ohne Bücherschränke aufgewachsen. Gelesen wurde durchaus, sonntags gingen wir nach der Messe in die Pfarrbücherei, um dort Lesestoff für die jeweils nächste Woche auszuleihen. Frauen aus der Pfarrei besorgten ehrenamtlich die Ausleihe, man nannte Titel und Verfasser eines Buchs oder ein Gebiet, aus dem man gern ein Buch haben wollte. Nur selten lief das auf Bücher hinaus, die man zur Literatur hätte rechnen können, vielmehr tendierte der ausgeliehene Lesestoff häufig in Richtung (Edel–)Trivialliteratur.

Die Titel der Bücher, die mir zu Hause beim Durchsuchen von Schränken in die Hände fielen, sind rasch aufgezählt. *Turfschwindel* von Edgar Wallace, *Man kann ruhig darüber sprechen* sowie *Der Gasmann* von Heinrich Spoerl, *Der Mann, der Sherlock Holmes war* von R. A. Stemmle waren Bücher, die ich gelesen und wieder vergessen habe.

Zwei Bücher verdienen eine eingehendere Erwähnung. Eins von ihnen hätte bei der Verbrennungsaktion meiner Mutter kurz vor Kriegsende wohl auch in den Ofen gehört. Es beschrieb die Person Albert Leo Schlageter und insbesondere seine militanten Aktionen während der französisch–belgischen Ruhrbesetzung, für die er durch ein französisches Militärgericht zum Tode durch Erschießen verurteilt wurde. Die Vollstreckung des Urteils fand auf der Golzheimer Heide in Düsseldorf statt, später machten die Nationalsozialisten Schlageter zur Kultfigur. Als diese Kultfigur wurde er in dem Buch dargestellt. Natürlich war das dünne Buch nicht für einen kleinen Jungen wie mich geschrieben worden, doch ich verstand den Inhalt schon gut. Nach der Lektüre empfand ich einen ungeheuren Hass auf die Franzosen, ich kann mich nicht erinnern, in meinem späteren Leben jemals wieder einen derartigen Hass verspürt zu haben. Meine Frankophobie währte zum Glück nur wenige Tage.

Das zweite Buch, das mir unerwartet in die Hände fiel, war ein Glücksfall: Mark Twains *Tom Sawyer und Huckleberry Finn*. Es war zweifellos eins der Jugendbücher meines Vaters, der äußere Zustand verriet, dass es in der Vergangenheit wohl unzählige Male gelesen worden war. Nicht nur ich verschlang es wieder und wieder, ich musste es auch etliche Male an Hans Georg ausleihen.

Mit Mark Twains Buch begann mein Eintritt in die Welt der zum Teil weltbekannten Jugendliteratur. Eine Tante schenkte mir *Lederstrumpf* von James Fenimore Cooper, zum ersten Mal las ich das Wort Indianer. *Der letzte Mohikaner*, vom selben Autor, bekam ich kurz darauf geschenkt, an den Inhalt erinnere ich mich ebenso wenig wie an Einzelheiten im *Lederstrumpf*, lediglich der Name der Hauptfigur, Uncas, ist mir im Gedächtnis geblieben. Seine unrühmliche Rolle bei der Ausrottung der indigenen Einwohner Neuenglands wurde wohl nicht thematisiert. *Onkel Toms Hütte*, der Roman von Harriet Beecher Stowe, ging mir sehr zu Herzen, keins der bis dahin gelesenen Bücher hatte mich derart aufwühlen können. Mein Held über lange Zeit war Daniel Defoes *Robinson Crusoe*. Natürlich bewegte mich Freitags Rettung, doch meine Bewunderung galt Robinsons Fähigkeit, nach dem Schiffbruch als Einzelner auf einer unbewohnten Insel eine dauerhafte Existenzgrundlage für sich zu schaffen. Das hätte ich auch gern gekonnt: Aus wenigen Überresten eines untergegangenen Schiffs eine Hütte als schützenden Ort bauen.

Zu dieser Zeit war es unvermeidlich, dass irgendwann der Name Karl May fiel. Meine erste Bekanntschaft mit dem schillernden Autor von Erzählungen und Abenteuerromanen machte ich, als mir ein Klassenkamerad *Das Vermächtnis des Inka* lieh. Ich erinnere mich nur, dass die Knotenschrift der Inka eine Rolle spielte, ich fand das Buch langweilig. Später erfasste mich ein regelrechtes Karl–May–Fieber, mindestens sechzig Bände habe ich gelesen, *Durch die Wüste*, *Durchs wilde Kurdistan*, *Von Bagdad nach Stambul*…Die Figur des Hadschi Halef Omar Ben Hadschi Abul Abbas Ibn Hadschi Dahwud Al Gossarah (hoffentlich habe ich mich richtig erinnert) gehörte zu meinen damaligen Lieblingsfiguren. Natürlich faszinierten mich in den Indianerromanen Winnetou, Old Shatterhand, Old Surehand und Old Firehand, aber auch die schrägen Typen Sam Hawkens (Sam Haffkens sagten wir), Dick Stone und Will Parker standen auf der Liste meiner Favoriten.

Obwohl wir mit den Eltern meiner Mutter in enger Hausgemeinschaft lebten, würde ich unser verwandtschaftliches Verhältnis als kühl bezeichnen. Als Kind habe ich das als gegeben und unbedeutend hingenommen, da ich mich ohnehin stärker zur Familie meines Vaters hingezogen fühlte, was ich ja schon betont habe. Es kann gut sein, dass sich meine Mutter durch ihre Heirat aus Sicht ihrer Familie in eine Außenseiterposition begeben hatte und dass dies ein wesentlicher Grund für das wenig herzliche Verhältnis war.

Beide Großelternpaare entstammten nicht sehr verschiedenen sozialen Schichten, mit »leichtem Vorteil« für den Zweig meiner Mutter, deren Großväter Förster bzw. Kleinbauer gewesen waren, auf der anderen Seite hatte es einen Bergmann (vermutlich Hauer) und einen Schuster gegeben. Keine der beiden Familien war seit mehreren Generationen im Ruhrgebiet ansässig gewesen, die Suche nach Existenzgrundlagen hatte sie an demselben Ort zusammengebracht, alle mussten »unten« anfangen.

Doch bereits in der Generation meines Vaters wurde eine deutliche Veränderung sichtbar. Er und seine Schwestern besuchten »schon« ein Gymnasium, zwar nur bis zum »Einjährigen«, aber eine Grundlage für weiteren sozialen Aufstieg war dadurch geschaffen. Meine Mutter und ihre Geschwister hatten lediglich Abgangszeugnisse der Volksschule, keine sonderlich gute Basis für eine Verbesserung der sozialen Position aus eigener Kraft.

Meine Mutter »heiratete nach oben«, ob das ein zielgerichtetes Vorgehen war oder ob es sich ergeben hatte, kann ich nicht entscheiden, es ist auch hier nicht so wichtig. Es spricht jedoch viel dafür, dass ihre Eltern und Geschwister meiner Mutter den Übergang in eine wohlhabendere Bevölkerungsschicht übelnahmen, eine Schicht, die auch weltoffener war.

Ich merkte früh, dass das Weltbild der Mutter meiner Mutter einfach, klar und fest umrissen war, in jeder Situation konnte sie auf einen »Spruch« aus einem großen Reservoir zugreifen. Die Begriffe Vitamine und Kalorien waren in ihren Augen Erfindungen Hitlers, der damit nur von seiner Unfähigkeit, die Bevölkerung ordentlich zu ernähren, ablenken wollte. Dazu wäre ihrer Ansicht nach in erster Linie viel Fett erforderlich gewesen. Die Züchtung der besonders ertragreichen Kartoffelsorte »Ackersegen« ging nach ihrer Meinung auch auf sein Konto: Mit dieser schlecht schmeckenden Sorte konnte er die Bevölkerung wenigstens einigermaßen satt machen.

»Da stehst du jetzt wie Butter in der Sonne«, pflegte sie zu mir zu sagen, wenn ich auf irgendeine Frage die Antwort schuldig blieb. »Wer kann für'n Hagel, wenn's Gewitter im Dorfe ist«, war ihr Standardspruch, wenn bei einer jungen Frau vor der Heirat eine Schwangerschaft sichtbar wurde. »Besser als dem Pastor die Hand gegeben« lautete ihr üblicher Kommentar, wenn es sich um kleine Erfolge, Gewinne oder ähnliches handelte, wo man eigentlich mehr erwartet hatte. »Wer weiß, wofür's gut ist«, mit dieser Allerweltsfloskel tröstete sie sich, wenn etwas nicht so gelaufen war, wie sie es gern gehabt hätte. Den Spruch habe ich in meinem Leben häufiger — stets mit einem Verweis auf meine Oma — nachempfunden und war hinterher überrascht, wie oft es ein Segen war, dass mein Wunsch keine Erfüllung gefunden hatte. »Denn«, wie meine Tante Ruth bisweilen sagte, »des Menschen Wille ist sein Himmelreich — doch manchmal seine Hölle«.

Mein Opa bezeichnete mich als einen Träumer und nannte meinen Bruder einen Trottel. Vermutlich war seine für mich gewählte Charakterisierung im Sinne von »realitätsferner Traumtänzer« gemeint, nicht gerade schmeichelhaft, vielleicht gepaart mit der besorgten Frage »was soll aus dem Jungen 'mal werden?«. Er konnte ja nicht ahnen, dass ich schon darauf achtete, nicht in die Richtung »kosmischer Versuche mit unzulänglichen Mitteln« — ein Lieblingsspruch meines Religionslehrers — abzugleiten.

Als ich wieder einmal meine andere Oma besuchte, saß eine junge Frau in ihrem Wohnzimmer vor der Schreibmaschine und bediente mit flinken Fingern die Tasten. Sie übte für die Stenotypistinnen-Prüfung, das Wort musste mir meine Oma allerdings erst erklären. Ich sah der angehenden Stenotypistin zu, merkte mir ihre Handgriffe. Nachdem sie gegangen war, nahm ich ihren Platz ein und lernte auf einer Schreibmaschine zu schreiben, natürlich nicht mit zehn Fingern.

Wenige Wochen vor Weihnachten zog mich Tante Ruth ins Vertrauen. Sie hatte eine Puppenstube als Weihnachtsgeschenk für meine beiden Cousinen gekauft, außerdem noch eine Mini-Stehlampe, dazu passend eine Steckdose und einen Lichtschalter. Sie bat mich, die »Elektroinstallation« so vorzunehmen, dass die Lampe durch den Schalter ein- und ausgeschaltet werden könne, den Strom solle eine 4,5-Volt-Taschenlampenbatterie liefern. Vermutlich nahm niemand an, als Elfjähriger würde ich noch an das Christkind oder, alternativ, an den Weihnachtsmann glauben, doch dies war das erste Mal, dass ich gewissermaßen zu den Erwachsenen gezählt wurde, was mir natürlich schmeichelte. Dass mir meine Tante die Erledigung der Aufgabe zutraute, empfand ich als nichts Besonderes, denn ich war ja in der Familie schon seit Längerem für das Aufhängen und Anschließen von Deckenlampen zuständig. Mit einfachen Hilfsmitteln, Blumendraht und Heftzwecken gehörten dazu, sorgte ich dafür, dass das Wohnzimmer der Puppenstube beleuchtet werden konnte. Am Heiligen Abend waren meine beiden Cousinen begeistert.

Vor dem Krieg hatte die Wohnung meiner Oma ein Badezimmer gehabt, einen länglichen, schmalen Raum mit einem Fenster zum Hof. Den Raum gab es weiterhin, mangels fehlender Ausstattung — sie war möglicherweise »im Schutze« eines Bombenangriffs geklaut worden — konnte er jedoch nicht seiner Bestimmung gemäß benutzt werden, diente jetzt als Abstellkammer mit Regalen an den Wänden, die bis an die Decke reichten. Meine Oma sah es nicht gern, wenn ich in diesen Regalen herumkramte, auf mich übten sie natürlich — nicht zuletzt wegen der Unübersichtlichkeit der unordentlich eingelagerten Sachen — eine enorme Anziehungskraft aus.

Einmal stieß ich beim Stöbern auf etwas, das Ähnlichkeit mit zwei durch einen federnden Haltebügel miteinander verbundenen Ohrenwärmern hatte. Anstelle der üblicherweise schwarzen Stoffpolster waren auf beiden Seiten des Bügels runde, geschlossene Gehäuse angebracht, etwa von der Größe einer Schuhcremedose. Aus jeder der beiden Dosen kam eine mit braunem Gewebe ummantelte Schnur, die wie das elektrische Kabel zwischen unserer Stehlampe und der Steckdose aussah. Beide Schnüre vereinigten sich nach rund fünfzig Zentimetern zu einer einzigen, an deren Ende ein flacher Stecker mit zwei Stiften angebracht war. »Das muss ein Kopfhörer sein«, schoss es mir durch den Kopf, »wie ihn Onkel Werner seinerzeit im Zusammenhang mit dem selbst gebastelten Detektor beschrieben hatte«.

Unter großen Mühen gelang es mir, meiner Großmutter den Kopfhörer abzuschwatzen. Warum meine Oma mir das für sie nutzlose Teil nicht schenken wollte, verstand ich anfangs nicht, sie wollte dafür auch keine Begründung nennen. Erst sehr viel später konnte ich mir eine Erklärung zusammenreimen. Zur Zeit der Kapitulation der deutschen Wehrmacht am 8. Mai 1945 hielt sich meine Oma in dem Haus in Hardenberg auf. Nicht weit entfernt war in den letzten Kriegstagen noch ein mit militärischem Gerät, Waffen und Munition vollgestopfter Güterzug abgestellt worden, der gleich nach Bekanntwerden des Kriegsendes von der Bevölkerung aus der Umgebung geplündert wurde. Meine Oma war wohl erst dazugestoßen, als die besten Sachen schon neue Besitzer gefunden hatten, deshalb musste sie sich mit kümmerlichen Resten begnügen, wozu auch der Kopfhörer gezählt hatte. Ihre Sorge, die Aufdeckung ihrer Teilnahme an der damaligen Plünderungsaktion könne womöglich immer noch unangenehme Spätfolgen für sie haben, war wohl der Grund für ihre anfängliche Weigerung gewesen, sich von einem Teil der Beute zu trennen.

Jetzt war ich also im Besitz eines Kopfhörers und brannte darauf, einen Detektor zu bauen, um, wie vor Jahrzehnten Onkel

Werner, mit einem selbst gebastelten Gerät Radio hören zu können. Eine nochmalige Frage an meinen Onkel brachte mich nicht weiter, allerdings erinnerte er sich, dass man eine Antenne gebraucht hatte, das sei ein langer im Freien ausgespannter Draht gewesen.

Eine weitere Person, die ich hätte um Rat fragen können, fiel mir nicht ein, deshalb begann ich alle zu Fuß erreichbaren Radiogeschäfte, die über eine Reparaturwerkstatt verfügten, abzuklappern. Es war ein mühseliges Unterfangen, zudem war es bitterkalt, zum Glück lag wenigstens kein Schnee. Zwei oder mehr Stunden war ich schon gelaufen, es begann dunkel zu werden, doch ich hatte niemand gefunden, der mir hätte weiterhelfen können, manche Radioverkäufer hatten nicht einmal verstanden, wonach ich suchte. Dann endlich ein Hoffnungsschimmer. In einem kleinen Laden im Stadtzentrum nannte man mir »Radio Küper« als neue Adresse, auch den Weg dahin konnte man mir beschreiben. Kurz vor Ladenschluss erreichte ich mein Ziel. Der Inhaber des unscheinbaren Ladens verkaufte mir für fünfzig Pfennige einen Plan, der mir helfen würde, einen Detektor zu basteln. Durchfroren, aber glücklich, machte ich mich auf den langen Heimweg.

Die Bauanleitung war überschrieben mit *Schaltplan eines einfachen Detektorempfängers* und enthielt wenige durch Striche verbundene Symbole, die mir sämtlich unbekannt waren, aber neben jedem Symbol stand ein Großbuchstabe, zu dem es unterhalb des Plans eine erläuternde Legende gab: *A = Antenne, E = Erde, L = Spule, C = Drehkondensator, D = Kristalldetektor, T = Kopfhörer*. Für die Herstellung der Spule gab es die Anleitung, man solle 0,3 mm starken Kupfer-Lack-Draht auf einen nichtmetallischen Körper (z. B. Pappe) von zwei Zentimetern Durchmesser wickeln, und zwar 70 Windungen. Von den beiden Enden der Spule müsse man die Lackschicht des Kupferdrahts entfernen, damit die Spule gemäß dem Plan leitend mit den übrigen Bauelementen verbunden werden könne.

Am nächsten Tag steckte ich nach der Schule den Plan in die

Tasche und machte mich erneut auf den Weg zu »Radio Küper«, um die benötigten Teile zu kaufen: Drehkondensator, Kristalldetektor, Kupfer-Lack-Draht. Von den beiden erstgenannten Bauteilen gab es verschiedene Ausführungen, ich nahm die jeweils billigste und kam auf diese Weise mit weniger als drei Mark davon.

Zu Hause nahm ich die beiden neuen Bauteile genauer in Augenschein, ohne dadurch ihrer Funktion auch nur ansatzweise auf die Spur zu kommen. Ich würde also einfach alles nach Plan zusammenbauen und hoffen, dass am Ende ein Radio entstünde. Auf meine Frage hin hatte mich der Radiohändler aufgeklärt, die Striche auf dem Plan symbolisierten Drahtverbindungen.

Natürlich platzte ich fast vor Ungeduld, verwarf jedoch meinen ersten Gedanken sofort wieder, das Ganze als »fliegenden Aufbau« so rasch wie möglich auf dem Tisch zusammenzuschustern. Stattdessen beschloss ich, alles in einer leeren Zigarrenkiste unterzubringen, die leicht zu beschaffen und wegen des weichen Zedernholzes auch einfach zu bearbeiten war. In der Stückliste des Schaltplans waren noch sechs sogenannte Telefonbuchsen aufgeführt, auf deren Kauf ich aus Kostengründen verzichtet hatte. Sie erfüllten eine ähnliche Aufgabe wie eine Steckdose, ich hatte mir schon eine Ersatzlösung ausgedacht, die ohne zusätzliche Kosten auskam. Den vom Ladenbesitzer für die Verbindungen empfohlenen Draht hatte ich auch nicht gekauft, stattdessen verwendete ich vorhandenen silbrig glänzenden Blumendraht. Unter hochfrequenztechnischen Aspekten war das eine schlechte Lösung, aber das wusste ich damals natürlich nicht. Nach wenigen Stunden war der Zusammenbau beendet, es fehlten nur noch »Antenne« und »Erde«. Für die Antenne nahm ich isolierten Kupferdraht, wie ihn Elektriker in Leerrohre (meine Oma benutzte die vor dem Krieg übliche Bezeichnung Culo-Rohre, Bergmannrohre hießen sie zu der Zeit bei Fachleuten) einzogen. Die Erdverbindung nahm ich über ein Heizungsrohr vor.

Alle Vorbereitungen waren erledigt, ich schloss Kopfhörer, Antennen– und Erdzuleitungen an, setzte den Kristalldetektor ein. Er hatte zwei Anschlüsse, wovon einer mit einem Bleiglanzkristall verbunden war, der andere mit einem federnden Draht, dessen Spitze man an einer »guten« Stelle des Kristalls aufsetzen musste, die es durch Probieren zu finden galt. Und tatsächlich, nach einigem Herumstochern hörte ich Musik im Kopfhörer — meine Begeisterung war unbeschreiblich. Dann drehte ich vorsichtig die Achse des Drehkondensators und hörte plötzlich einen anderen Sender, mehr als zwei Sender ließen sich aber nicht einstellen. Zu beiden Sendern gehörten Sendemasten in ungefähr zehn Kilometern Entfernung, welche die Mittelwellenprogramme des NWDR (Nordwestdeutscher Rundfunk, damaliger Zusammenschluss aus NDR und WDR) und des englischen Soldatensenders BFN (British Forces Network) ausstrahlten.

Was ich hier beschrieben habe, ist die Erinnerung an frühes zielstrebiges und selbständiges Verfolgen einer Idee. Gleichzeitig ist es eine Schilderung eines Ereignisses, das »nebenbei« die Weiche für meine berufliche Zukunft stellte, die nämlich ganz anders als die von meiner Oma geplante verlaufen sollte. Glücklicherweise.

Es erfüllte mich schon mit gewaltiger Genugtuung, dass es mir gelungen war, einen Apparat zu bauen, der mir abends im Bett das Radiohören erlaubte, ohne den kleinen Kasten an das Stromnetz anschließen zu müssen. Aber die Herstellung eines funktionierenden Geräts war nicht das Entscheidende, wie ich rasch merkte. Vielmehr stellte sich meine alte Frage jetzt in der spezielleren Form, wie denn wohl die Musik aus den Langenberger Sendemasten in meine Zigarrenkiste käme. Der Antwort darauf war ich ja kein bisschen näher gekommen, im Gegenteil, der einfache Aufbau meines Empfangsgeräts machte die Angelegenheit eher noch mysteriöser.

Seitdem sie halbtags im Geschäft arbeitete, versuchte meine Mutter ohne Erfolg, von ihrer Schwiegermutter ein angemessenes, kontinuierlich gezahltes Gehalt zu bekommen, um zusammen mit ihren beiden Kindern ein etwas weniger beengtes Leben führen zu können.

Da mein Vater in sowjetischer Kriegsgefangenschaft umgekommen war, erhielten meine Mutter, mein Bruder und ich zu dieser Zeit Hinterbliebenenrenten nach dem Bundesversorgungsgesetz, die sich aus Grundrenten und Ausgleichsrenten zusammensetzten. Für meine Mutter betrug die monatliche Grundrente vierzig Mark, wir Kinder erhielten jeweils zehn Mark. Die Zahlung einer Ausgleichsrente war an Bedingungen geknüpft, ob sie bei meiner Mutter vorlagen, weiß ich nicht, maximal fünfzig Mark monatlich hätte sie zusätzlich bekommen können. Mein Bruder und ich bekamen jeweils einunddreißig Mark. Davon musste alles für drei Personen bezahlt werden, nämlich Ernährung, Miete, Heizung, Kleidung, mein Schulgeld (zwanzig Mark monatlich), Strom. Wasser war nach meiner Erinnerung zu der Zeit noch kostenlos.

Mit dem Argument, das Geschäft werfe momentan noch nicht genügend ab, wurde meine Mutter vertröstet, bekam hier und da mal fünf Mark. Aus dieser Situation heraus entstanden wachsende Spannungen, die ich ungefiltert mitbekam, ohne natürlich Einfluss nehmen zu können. Umgekehrt hatten die häufigen Streitigkeiten Einfluss auf mein Leben, ich kam früh mit Existenzsorgen in Berührung, bekam dadurch selbst Existenzängste.

Meine Mutter war keine besonders lebenstüchtige Frau, die jedoch trotzdem Großes für ihre beiden Söhne geleistet hat. Ihr eigenes Leben verlief wenig glücklich. Zwei Jahre war sie alt, als der Erste Weltkrieg begann, die Hungersnot im Kriegswinter 1916 / 17, dem »Steckrübenwinter«, traf sie in einer frühen Entwicklungsphase, sie litt mehrere Jahre an Rachitis. Die Versorgung der Bevölkerung in der Nachkriegszeit war weitaus schlechter als nach dem Zweiten Weltkrieg, Unterernährung war die Folge. Dann kamen, wie schon an anderer Stelle erwähnt, Ruhrkampf und Inflation.

Mit ihrer Ausbildung im Modehaus Baltz, in dem sie anschließend bis zu ihrer Heirat im Jahr 1938 beschäftigt war, begann eine

Phase von etwa zehn Jahren, die aus meiner Sicht als ganz glücklich bezeichnet werden kann und die andauerte, bis mein Vater Soldat werden musste. Da setzte ein Leben für sie ein, auf das sie nicht vorbereitet war. Nach der Heirat hatte sie ihre Aufgabe darin gesehen, das Familienleben so zu organisieren und zu gestalten, dass sich alle wohlfühlen konnten, für die finanzielle Grundlage sorgte mein Vater, keine ungewöhnliche Aufgabenverteilung in dieser Zeit.

Durch einen Fehler des Arztes kam es nach meiner Geburt zu Problemen mit der Plazenta, meine Mutter geriet infolge einer Sepsis in eine lebensbedrohliche Situation, erst nach Monaten war sie wieder fähig, ihrer Hausarbeit nachzugehen. Später sah sie in meiner »verpfuschten Geburt« häufig den Grund für ihre labile Gesundheit. Vielleicht war das auch ein Grund dafür, dass ich nie Muttis Liebling war.

Nach der Einberufung meines Vaters im Mai 1940 kam meine Mutter anfangs auch ohne meinen Vater einigermaßen zurecht, das schließe ich aus den Feldpostbriefen meines Vaters. Hätte sie zu dieser Zeit auch nur andeutungsweise geahnt, wie sich ihr Leben entwickeln würde, sie wäre vermutlich körperlich und psychisch zusammengebrochen. Doch zu Beginn des Krieges war das Leben in Deutschland ganz erträglich — solange man nicht Jude oder Zigeuner war, zu den in die Kategorie »Lebensunwertes Leben« einsortierten Menschen gehörte oder zu sonst einer Gruppe von Menschen, die das Regime »ausmerzen« wollte. In seinen Briefen machte mein Vater seiner Frau mit seinem Optimismus, der Krieg werde bald zu Ende sein, zusätzlichen Mut, die Blitzkriegserfolge in Polen und Frankreich stützten ja auch seine Zuversicht.

Als die ersten Bomben auf Bochum fielen, änderten sich die Lebensumstände meiner Mutter, es begannen schwierigere Jahre. Wie es weiterging, habe ich bereits beschrieben.

Meine Mitarbeit im Geschäft hatte damit begonnen, dass ich Kunden die von ihnen gekaufte Ware nach Hause brachte, das blieb auch so. Aber mit zunehmendem Alter wuchsen meine Aufgaben. Wohnungen wurden in jenen Jahren noch überwiegend mit Kohle beheizt und obgleich ziemlich bald nach Kriegsende die Gasversorgung — mit Kokereigas, Erdgas löste diesen Gastyp erst sehr viel später ab — wieder intakt war, blieb das Kochen auf Kohleherden für große Teile der Bevölkerung weiterhin die Regel. Herde und Öfen wurden mit Blechrohren an Schornsteine angeschlossen. Falls keine vorhanden waren, mussten vorher sogenannte Rußabsperrer in die Kamine eingebaut werden. In regelmäßigen Abständen reinigte nämlich der Schornsteinfeger die Rauchabzüge, indem er auf die Dächer kletterte und einen mit einer Eisenkugel beschwerten stählernen Besen im Kamin nach unten sausen ließ, um Ruß zur Vermeidung von Kaminbränden von den Wänden zu kratzen. Während der Kaminkehrer seiner Tätigkeit nachging, verschloss man tunlichst die Anschlussöffnungen von Herden und Öfen mit Rußabsperrern. Vergaß man es, war anschließend mindestens eine Generalreinigung des betreffenden Raums fällig.

Ich lernte von Onkel Bernd, Ofenrohre mit der Eisensäge zu kürzen, Öffnungen mit Hammer und Meißel in den Kamin zu schlagen. Den Russabsperrer danach korrekt einzusetzen und am Ende die verbliebenen Spalte mit Mörtel zu verschließen. Anfangs fühlte ich mich dabei unwohl, da ich noch nicht vierzehn Jahre alt war, das war das Mindestalter von Lehrlingen. Aber mit der Zeit gewöhnte ich mich daran.

Wäschewaschen war Knochenarbeit und deshalb wie kaum eine andere Hausarbeit gefürchtet. Häuser hatten in der Regel eine sogenannte Waschküche im Keller, die einen gemauerten Ofen enthielt, in den eine Wanne aus Blech, der Waschkessel, eingelassen war, darin wurde das Waschwasser erhitzt, in dem die Wäsche gekocht wurde. Üblich waren auch ein oder zwei aus Beton gegossene Kaltwasserbecken zum Einweichen der Wäsche vor dem Kochvorgang und zum Spülen. Nach dem Kochen setzte die mechanische Behandlung der Wäsche ein. Im einfachsten Fall rückte man dem Schmutz durch Rauf- und Runterrubbeln der Wäsche auf einem Waschbrett zu Leibe. Etwas später wurden Waschbretter auch als Musikinstrumente in Skiffle Groups populär, hießen dann aber Washboards.

Leute, die es sich leisten konnten, besaßen eine Waschmaschine. Abgesehen von einigen wenigen Luxusausführungen, waren das Eichenholzbottiche von rund einem Meter Durchmesser, die auf drei verzinkten Eisenbeinen standen und die auf der Oberseite einen mit einem Scharnier befestigten Eichenholzdeckel besaßen. In der Mitte des Deckels war ein Wassermotor festgeschraubt, er hieß so, weil er ein durch Wasserkraft angetriebener Motor war. Da Trinkwasser im Allgemeinen mit genügendem Druck damals kostenlos (oder zum Pauschalpreis) aus dem Wasserhahn kam, fielen für den Wassermotor keine Betriebskosten an. Diese Eigenschaft und sein einfacher Aufbau waren die Gründe für seine Beliebtheit. Er war ein Zweizylinder-Boxermotor, die Zylinder bestanden aus Messingblech, bei den beiden Kolben sorgte jeweils eine Manschette aus derbem Leder für einen dichten Abschluss zwischen Kolben und Zylinder. Die Antriebswelle führte durch den Deckel in den Waschmaschinenbottich, an ihrem Ende war ein Waschkreuz befestigt, das die Wäsche hin und her bewegte. Das Hin und Her wurde mittels eines von der Antriebswelle gesteuerten Dreiwegeventils bewirkt, welches das Wasser mal in den einen, mal in den anderen Zylinder leitete. Die Ledermanschetten waren Verschleißteile, die in Abständen erneuert werden mussten. Auch Waschkreuze hielten nicht ewig, brauchten aber nicht so häufig ersetzt zu werden. Beide Reparaturen konnte ich ziemlich bald allein durchführen.

Während ich bei anderen Leuten kaputte Waschmaschinen gegen Bezahlung wieder in Ordnung brachte, bestand meine Aufgabe zu Hause darin, die Wäsche nach dem Waschen zum Trocknen auf den Dachboden im vierten Obergeschoss zu tragen. Der damals gängige Dachaufbau war einfach: Dachlatten wurden quer auf die Sparren genagelt und auf die Dachlatten wurden Dachpfannen gelegt. Wegen des Fehlens der heute üblichen Delta-Folie drang ungehindert Staub durch die Ritzen zwischen den Pfannen in den Dachboden ein, um sich dort gemütlich auf dem Zementfußboden niederzulassen. Im Kohlenpott gab es überreichlich Staub in der Luft, also durfte ich vor dem Aufhängen der Wäsche erst einmal den Fußboden gründlich säubern. Wir wohnten in einem Mehrfamilienhaus, jeder Mietpartei standen Waschküche und Trockenboden für begrenzte Zeit zur Verfügung, also fiel an jedem Waschtag eine beträchtliche Menge Wäsche an. Folglich musste ich mir jedes Mal überlegen, ob ich mit wenig gefülltem Wäschekorb häufiger die vielen Treppen hochsteigen sollte oder ob ich einen schweren Korb zwecks Minimierung des Treppensteigens bevorzugen sollte.

Unser Jugendheim war inzwischen vergrößert worden, auf die Kellerdecke hatte man ein zusätzliches Geschoss gesetzt, wodurch ein größerer und ein kleiner Raum verfügbar geworden waren. Im Kellerraum konnte man fortan Tischtennis spielen. Für mich war aber wichtiger, dass ohne Vorankündigung unsere Jungschargruppe aufgelöst wurde. Auf einmal war Rudi wie vom Erdboden verschluckt, warum, konnte oder wollte mir keiner sagen, erst Jahre später erfuhr ich indirekt den Grund. Da war er in eine ganz neu gegründete Pfadfinderorganisation eingetreten und hatte eine Gruppe aufgebaut, deren Leiter er anschließend wurde. Wegen verbotener sexueller Handlungen mit einigen Kindern in der Schrebergartenlaube seiner Mutter musste er sich vor Gericht verantworten.

Und dann war ich plötzlich in Quarta. Die Zahl der Sitzenbleiber war noch größer als bei der vorangegangenen Versetzung, die Zahl der alten Klassenkameraden war kräftig geschrumpft. In einigen Fächern bekamen wir andere Lehrer, doch die bedeutendste Veränderung bestand in der Einfügung von Englisch als zweiter Fremdsprache in den Stundenplan. Das hätte man allerdings auch weglassen können, weil unser Englischlehrer, er hieß bei den Schülern »der sanfte Willi«, in seinem Studium offensichtlich kaum mit dem Fach Englisch in Berührung gekommen war. Er war eine ähnliche Fehlbesetzung wie *Casa* als Sportlehrer, allerdings hatte das Fach Englisch einen anderen Stellenwert und für die Einführung in eine neue Fremdsprache wäre ein guter Fachlehrer ein »Muss« gewesen. *Casa* war jetzt nicht mehr unser Sportlehrer, ab diesem Schuljahr unterrichtete uns Elfried Leveringhaus in Sport und Erdkunde, er war ein angenehmer Lehrer.

Das Fach Erdkunde hat wenige Erinnerungen hinterlassen, immerhin habe ich eine ordentliche Weltkarte in meinem Kopf mit wichtigen Flüssen, Städten und Gebirgen. Ich habe nämlich schon einmal die ganze Erdoberfläche in Umrissen gezeichnet und die entstehenden Landkarten bunt ausgemalt. Bei Abessinien, Breslau, Burma, Cyrenaika musste ich umlernen, Bombay heißt jetzt Mumbai, aus Ceylon ist Sri Lanka geworden, Chennai steht für das ehemalige Madras, und, und, und. Das ist manchmal störend. Ich weiß auch, dass das Wasser der Nordsee erheblich salzhaltiger ist als das der Ostsee, aber nur ein Satz von Levi — das war unsere Kurzform für Leveringhaus — ist mir einigermaßen wörtlich im Gedächtnis geblieben: »Die Weltmeere sind derart gewaltig, dass sie nie von den Menschen verschmutzt werden können.« Bis auf wenige Spezialisten werden das damals wohl alle so gesehen haben. Die reale Entwicklung ist hinreichend bekannt.

Vielleicht verdanke ich es indirekt dem folgenden Umstand, dass Levis kernige Aussage gewissermaßen unauslöschlich bei mir gespeichert ist.

Die ältere Schwester meines Vaters, die keinen Beruf erlernt hatte, bekam nach dem Krieg eine Anstellung bei der britischen Besatzungsmacht in Lemgo, weil sie eine ordentliche Schulbildung mit Englisch als Fremdsprache vorweisen konnte und weil sie nicht in der Partei gewesen war. Auf etwas verschlungenen Wegen kam sie später ins Bundesministerium für Arbeit und Soziales und arbeitete dort bis zu ihrer Pensionierung als Oberamtsrätin. Womit sie sich beruflich genau beschäftigte, wusste ich nicht, es hatte etwas mit Bevölkerungsstatistiken zu tun.

Schon in den 1950er Jahren nervte mich meine Tante häufig mit der Feststellung, dass die Erde heillos überbevölkert sei. Damals gingen wir von zweieinhalb Milliarden Menschen aus, was auch aus heutiger Sicht ungefähr stimmte. Bekannt war auch, dass die erste Milliarde um 1800 erreicht worden war. In jüngster Zeit haben Archäologen Knochenfunde des *homo sapiens* gemacht, deren Alter auf dreihunderttausend Jahre datiert wird. Also kann man abschätzen, dass es mindestens dreihunderttausend Jahre dauerte, bis die Erdbevölkerung auf eine Milliarde angewachsen war.

Ich bin als Mensch Nummer 2 275 780 006 geboren[19], während ich diesen Absatz schreibe, leben 7 676 772 589 Menschen auf der Erde. In meiner Lebenszeit, die immer noch deutlich unter hundert Jahren liegt, kamen also fast fünfeinhalb Milliarden Menschen dazu. Noch etwas plakativer ausgedrückt: Für die erste Milliarde brauchte die Evolution mindestens dreihunderttausend Jahre, in den letzten hundert Jahren sind annähernd 5,75 Milliarden Menschen dazugekommen. Das kann nicht gut ausgehen. Der liebe Gott lässt die Bäume nicht in den Himmel wachsen, sagte man in meiner Kindheit. Möglicherweise bestimmen aber inzwischen schon die Menschen, wie hoch Bäume wachsen dürfen, und ob die klüger sind als der liebe Gott?

Ich bin nicht der Erste und schon gar nicht der Kompetenteste, der sich derartige Gedanken macht. Es gibt auch Menschen, weitaus fachkundigere, die die »Überbevölkerung« der Erde als »Mythos« bezeichnen, die zum Beweis angeführten Unterlagen sehen auch seriös und glaubwürdig aus. Was aber, wenn sich die Basis, auf der die Unterlagen beruhen, dramatisch verändert? Erdkundelehrer Levi hatte zu seiner Zeit auch Gründe für seine Aussage.

Schnell sprach sich herum, dass wir wieder einen hauptamtlichen Schulleiter hatten, Oberstudiendirektor Hugo Gamm. Von ihm wird später noch die Rede sein.

Unser neuer Mathematiklehrer wurde Oberstudienrat Rodde,

---
[19]Deutsche Stiftung für Weltbevölkerung https://www.dsw.org

der ein besserer Lehrer war als seine Vorgänger in Sexta und Quinta. Er führte uns in das bisher noch nicht behandelte Gebiet der Geometrie ein. Den Anfang bildeten Winkel an geschnittenen Parallelen, Stufenwinkel und Wechselwinkel. Rodde hatte die Angewohnheit, mit einem Lineal in der Hand durch die Bankreihen zu gehen, einem Schüler unvermittelt mit dem Lineal auf den Kopf zu klopfen, verbunden mit der Frage »und der Satz für Stufenwinkel heißt?«, worauf er als Antwort »Stufenwinkel sind einander gleich« erwartete. Neben den Stufenwinkeln gab es Wechselwinkel, für die wir einen entsprechenden Satz lernten.

Mathematik hat in meinem Berufsleben eine wichtige Rolle gespielt, gut wurden meine Leistungen in diesem Schulfach aber erst in der Oberstufe, also in den letzten drei Schuljahren vor dem Abitur. Natürlich habe ich mir Gedanken gemacht, warum das wohl so war. Aus der auf späteren Seiten folgenden Laudatio auf meinen Mathematiklehrer in der Oberstufe wird deutlich werden, dass ihm großes Verdienst an der Entwicklung meiner mathematischen Fähigkeiten zukam. Hier will ich auf ein »ungutes Gefühl« zu sprechen kommen, das mich oft bei der Unterstufenmathematik beschlich. Wie bei den Stufenwinkeln und Wechselwinkeln gab es zig Detailergebnisse, die wir auswendig lernen mussten. Wenn das jahrein, jahraus so weiter geht, dachte ich, dann musst du am Ende unzählige Ergebnisse in deinem Kopf gespeichert haben, die *allesamt* im »Ernstfall« abrufbar sein müssen. Das wirst du nie schaffen, sagte ich mir, und weiter: Lohnt es sich dann überhaupt, das alles zu lernen? Hinzu kam, dass die Mathematik in meinen Augen ein zusammenhangloses Nebeneinander von Einzelthemen zu sein schien. Nach dem größtem gemeinsamen Teiler (ggT) und dem kleinsten gemeinsamen Vielfachen (kgV) kam die Prozentrechnung mit den Mischungsaufgaben, dann der Stufenwinkelsatz, die Winkelhalbierenden eines Dreiecks, die sich in einem Punkt schneiden, sollten folgen. Und so ging es scheinbar endlos weiter. Es ist gut möglich, dass ich zu einem frühen Zeitpunkt aufgab, aber das ist nur eine Vermutung.

An meinem zwölften Geburtstag bekam ich einen Fotoapparat geschenkt, einen ganz einfachen der Marke Agfa, eine Agfa Box, zum Preis von neun Mark neunzig. Die »Arme-Leute-Kamera« von Agfa gab es schon seit Beginn der 1930er Jahre (zu Anfang, glaube ich, noch ohne Linse, also eine *camera obscura* im Kleinformat), verschiedene Hersteller bauten solche Einstiegsmodelle. Mein Fotoapparat war ein quaderförmiger Blechkasten, eben eine *box*, mit einer fest eingebauten Linse, einem Schieber für die Wahl zwischen zwei Blendenöffnungen und einem simplen fest eingestellten Verschluss. Gutes Wetter, keine schnell bewegten Objekte, die mindestens zwei Meter entfernt sein sollten, das waren Voraussetzungen für passable Fotos der Größe sechs mal neun Zentimeter. Acht Bilder passten auf einen Film, der aus der Sicht eines armen Schluckers teuer war und die Kontaktabzüge waren auch nicht billig, ich überlegte mir stets dreimal, ob ich ein Foto machen sollte oder nicht. Aber mein Interesse am Fotografieren war geweckt, es gab auch einen Klassenkameraden, er hieß Wilhelm, mit dem ich von nun an fachsimpelte, wir ließen uns Kataloge von Photo-Porst schicken, wussten bald, dass einfache Kameras einen Vario- bessere einen Prontor-SVS-Verschluss hatten und sehr gute über einen Synchro-Compur-Verschluss verfügten und dass die Leica IIIf, für uns das Maß aller Dinge, mit einem Schlitzverschluss ausgerüstet war. Nicht nur die Bezeichnungen kannten wir, wir wussten auch, für welche Eigenschaften sie standen. Noch wichtiger als gute Verschlüsse waren gute Objektive, billige Kameras waren mit Dreilinsern ausgerüstet, gute Standardobjektive mit fünf Zentimetern Brennweite — das Elmar von Leitz, Tessar von Zeiss, Xenar von Schneider Kreuznach — waren vierlinsig und konnten auch lichtstärker hergestellt werden, Nachkriegsobjektive waren fast immer durch eine Linsenbeschichtung entspiegelt, wodurch Reflexionen vermieden wurden. Das Angebot an Kameras mit dem Filmformat sechs mal neun war noch groß, der Trend ging aber schon eindeutig zu den Kleinbildkameras, bei denen das Papierbild nicht im Kontaktverfahren in gleicher Größe wie das Negativ hergestellt wurde, hier war das endgültige Bild eine Vergrößerung des kleinen Negativbildes, was das Fotografieren noch teurer machte. Schnell wurde mir klar, dass ich »unbedingt« eine Kleinbildkamera »brauchte«, doch wie sollte ich an das erforderliche Geld kommen? Außer eisernem Sparen fiel mir dazu nichts ein, aber ich hatte schon den Plan, eine Agfa Silette zu kaufen, die seit kurzem auf dem Markt war und die wie eine »richtige« Kleinbildkamera aussah. Sie kostete achtundneunzig Mark, viel Geld, aber noch im Bereich des Möglichen.

Seitdem ich es geschafft hatte, mein erstes funktionierendes Detektorradio zu basteln, ließ mich das Thema nicht mehr los. In der Stadtbücherei fand ich einige Bücher aus den 1920er Jahren — damals war das ja erst dreißig Jahre her —, die sich mit den Anfängen des Radios beschäftigten. Die »große Zeit« des Detektors lag da zwar auch schon hinter ihm, trotzdem nahm der Urahn des Radios in den Büchern noch einigen Platz ein. Es gab Vorschläge für recht kompliziert aussehende Geräte, die für mich wenig interessant waren, weil ich für ihren Nachbau ziemlich viel Geld gebraucht hätte. Ich lernte aber, das A und O für guten Detektorempfang sei eine ordentliche Hochantenne, auf jeden Fall müsse es eine Außenantenne sein, die sich aber aus einer Mietwohnung heraus nicht so einfach ohne Genehmigung des Vermieters errichten ließ, für mich als Kind schon gar nicht.

Die der Straße zugewandte Außenwand unseres Hauses war mit wildem Wein bewachsen, das konnte ich für meine Zwecke ausnutzen. Neben dem obersten Hausflurfenster befestigte ich draußen einen isolierten Kupferdraht und führte ihn, versteckt zwischen den Verästelungen und Blättern, zu unserem Schlafzimmerfenster, von dort weiter zu meinem Bett. Und tatsächlich, ich hörte sowohl den NWDR als auch den BFN wesentlich lauter als vorher. Das ging einige Tage gut, bis sich Frau Schmitz bei meiner Mutter beschwerte.

Frau Schmitz war eine nicht mehr ganz junge Hebamme, die zusammen mit ihrem Mann zwei Zimmer bewohnte, und zwar in der Wohnung, in der ursprünglich Frau Lichtenfeld und ihr Mann allein gelebt hatten. Herr Lichtenfeld, der zwischenzeitlich gestorben war, hatte wegen Unterschlagung im Gefängnis gesessen, weshalb Frau Lichtenfeld von den Hausbewohnern möglichst gemieden wurde, was sie, im Gegenzug, recht unleidlich gemacht hatte. Wie bei allen doppelt belegten Wohnungen, die am Hauseingang ja nur einen Klingelknopf hatten, musste man auch hier einmal klingeln für die Hauptwohnung und zweimal für die andere. Nun haben es ungeborene Babys an sich, dass sie oft darauf bestehen, mitten in der Nacht das Licht der Welt zu erblicken, obwohl es dann dunkel ist. Auch Frau Schmitz wurde nachts aus dem Bett geklingelt, was Frau Lichtenfeld erbost hatte, weil sie dann ebenfalls jedes Mal durch die Klingel geweckt worden war. Herr Schmitz hatte daraufhin eine kleine Glocke in der Wohnung angebracht, die mittels eines langen Drahtes zum Bimmeln gebracht wurde, der neben dem Hauseingang in einen Handgriff aus Porzellan mündete, der ehedem das Ende der Kette einer Klospülung geziert hatte. Der Draht und meine Antenne waren einander ins Gehege gekommen, deshalb hatte sich Frau Schmitz bei meiner Mutter beschwert. Das Problem ließ sich leicht beseitigen.

Die Radioliteratur aus der Stadtbücherei behandelte hauptsächlich den Aufbau von Empfangsgeräten mit Elektronenröhren, Radioröhren pflegte man damals zu sagen. Schon die Sprache verstand ich wegen der mir unbekannten Fachausdrücke nicht, den Inhalt noch weniger. Trotzdem gab ich das Lesen nicht vollständig auf, vielleicht hatte ich die Vorstellung, durch wiederholtes Lesen eines Tages doch hinter die Geheimnisse zu kommen. Immerhin hatte ich gelernt, dass Radios anfangs nicht einfach an eine Steckdose angeschlossen worden waren, sondern dass man zwei Batterien für den Betrieb gebraucht hatte. Eine zur Bereitstellung der Heizspannung von vier Volt für die Röhren, die zweite lieferte die Anodenspannung von mindestens fünfzig Volt. Für die niedrige Spannung nahm man zwei in Reihe geschaltete Bleiakkus, die Bereitstellung der Anodenspannung hatte eine Spezialbatterie erforderlich gemacht. Das waren keine großartigen neuen Erkenntnisse, ich wusste auch nur, dass zwei verschiedene Spannungen nötig waren, aber nicht, warum. Trotzdem, in der Rückschau waren es Elemente eigenständigen Lernens.

Meine Streifzüge in die Anfänge der Elektronik hatte ich bisher allein unternommen, ich kannte keinen, der sich auch dafür interessierte. Das änderte sich nun. Ein Junge war in meine Klasse gekommen, dessen Vater eine neue Stellung in Bochum angenommen hatte. Nach kurzer Zeit stellte sich heraus, dass dieser Junge, mit Vornamen hieß er Klaus, auch mit einem selbst gebastelten Detektor Radio hörte. Natürlich tauschten wir sofort unsere Erfahrungen aus. Klaus besaß ein Heftchen über Detektoren aus der Reihe »Radio Praktiker Bücherei«, die der Franzis Verlag in München herausgab, der Autor hieß Herbert G. Mende. Auf den letzten Seiten beschrieb Mende zusätzlich ein ganz neues Bauelement, den Transistor, der 1947 erfunden worden war. Dieses Büchlein lieh ich mir von Klaus des Öfteren aus, für den Transistor interessierte ich mich allerdings nicht, da er mir nicht wichtig erschien. Hätte ich recht gehabt, sähe unser Leben heute anders aus.

Mein Pultnachbar war ein Junge, der auch neu in unsere Klasse gekommen war. Irgendwann erwähnte er beiläufig, er sei Mitglied im ND und auf meine Frage, was das sei, erklärte er mir, ND stehe für Neudeutschland, das sei ein Jugendverband katholischer Schüler an höheren Schulen. Er ermunterte mich, auch dem ND beizutreten und da ich seit der Auflösung unserer Jungschargruppe ohne Bindung an eine Jugendgruppe war, machte ich einen Versuch. Doch schon während der ersten Gruppenstunde kamen mir Zweifel, ob ich mich in diesem Kreis wohlfühlen würde. Unsere Gruppe wurde von einem Schüler aus einer höheren Klasse unserer Schule geleitet, die Gruppenstunden fanden am Küchentisch seiner Mutter statt, weil kein anderer Versammlungsort zur Verfügung stand. Ich erinnere mich, dass seine Mutter eine sehr nette Frau war, die uns Kuchen und Getränke auf den Tisch stellte, doch eine Gruppe in einem derartigen Umfeld entsprach in keiner Weise meinen Vorstellungen und Erwartungen.

Auf dem Nachhauseweg traf ich Rudi, ich sah ihn zum ersten Mal nach seinem »Untertauchen«. Als er hörte, ich käme von einer ND–Gruppenstunde, meinte er, das sei doch nichts für mich. Dann berichtete er, in der Meinolphuspfarrei sei gerade eine Pfadfindergruppe gegründet worden, in die würde ich besser passen und außerdem, fügte er klug hinzu, wenn eine neue Institution ins Leben gerufen würde, sei es gut, zu den Pionieren zu gehören.

Der Wiederaufbau der Stadt schritt weiter fort, das Stadtbild veränderte sich kontinuierlich. In der ersten Zeit nach meiner Übersiedlung von Kleinenberg nach Bochum hatte ich Veränderungen mit großem Interesse wahrgenommen, inzwischen waren sie zur Normalität geworden und fielen mir allenfalls noch auf, wenn ein Projekt abgeschlossen war, wenn beispielsweise anstelle eines Trümmerhaufens »plötzlich« ein neues Haus am Rand eines Gehwegs stand.

Den ersten Neubau in unserer unmittelbaren Nachbarschaft hatte ich allerdings tagtäglich mitverfolgt. Vor Baubeginn waren natürlich die Überbleibsel der ursprünglichen Bebauung beseitigt worden. Vom ebenfalls zerstörten linken Nachbarhaus war das Treppenhaus als Ruine stehen geblieben, ein Gebilde aus Stahlträgern und Beton, das vorsichtshalber auch vor Baubeginn des neuen Hauses abgerissen wurde, da es jederzeit unkontrolliert hätte einstürzen und dabei Schaden anrichten können. An einem Stahlträger im unteren Bereich der Ruine wurde ein Stahlseil befestigt, auf der gegenüber liegenden Straßenseite hatte ein Arbeiter ein zweites Stahlseil um den Stamm einer Platane gewunden. Beide Seilenden wurden über ein einfaches Zugwerkzeug mit Ratschenhebel miteinander verbunden. Durch anschließendes Bewegen des Ratschenhebels begann sich das Stahlseil zu straffen, ich war gespannt, ob die Ruine oder die Platane umkippen würde: Das Treppenhaus sackte in sich zusammen. Das um die Platane geschlungene Stahlseil hinterließ tiefe Einschnitte rings um den Stamm, die mit der Zeit vernarbten. Wenn ich ab und zu an dieser

Platane vorbeifahre, werfe ich jedes Mal einen Blick auf die Narbenringe. Nach fast siebzig Jahren sind sie in die Höhe gewachsen und wulstiger geworden, doch weder Bomben noch die seinerzeitige brutale Behandlung konnten die Platane umbringen, sie steht heute noch und sieht nicht so aus, als wolle sie in naher Zukunft eingehen oder umfallen. Aber vielleicht schafft ja eine Bürokratie, was Krieg und rücksichtslose Behandlung nicht vermochten.

Im Laufe des Schuljahrs schrumpfte unsere Klasse weiter, fast alle, die durch »Sitzenbleiben« dazu gekommen waren, verschwanden wieder. Mein Banknachbar, der montags immer von den Wildwestfilmen erzählte, die er am Wochenende im Kino gesehen hatte, gehörte auch zu dieser Gruppe. Später wurde er Schauspieler und als Krimikomissar in Fersehserien einer größeren Zuschauergemeinde bekannt.

Nicht nur die rege Bautätigkeit an Gebäuden und Straßen hatte seit meiner Ankunft im Jahr 1948 das Straßenbild stark verändert, auch was sich auf den Straßen tat, war nicht mehr dasselbe und trug dadurch zu einem beträchtlich gewandelten Stadtbild bei. Anders ausgedrückt, das Mobilitätsverhalten der Menschen hatte sich weiterentwickelt und ließ dadurch die Straßen anders erscheinen.

Als ich nach Bochum kam, waren noch diejenigen glücklich gewesen, die überhaupt ein — meist schwarzes — Fahrrad besaßen, die nächste Stufe des Glücks bestand darin, dass man sich ein neues, farbig glänzendes, kaufen konnte, wenig später vielleicht sogar eins mit einer Dreigang-Kettenschaltung von Fichtel und Sachs. Damit man sich bei der Fortbewegung vom Trampeln befreien konnte, sparte man auf ein Motorrad, eine biedere 98er Miele, eine schnittige 125er Tornax, eine solide 250er BMW mit Viertaktmotor und Kardanantrieb. Wer ein eleganteres Motorrad als wichtig ansah, auf dem man weniger schmutzig wurde und das auch die eigenen Chancen bei der Damenwelt erhöhte, der erstand etwas später eine »Vespa«, einen Motorroller.

Beim Sinnieren über die Vergeblichkeit des Bemühens, wahre Vollkommenheit zu erreichen, lässt Goethe seinen Faust die Worte »So tauml' ich von Begierde zu Genuss, / Und im Genuss verschmacht' ich nach Begierde« sagen. Der Wunsch nach einem Auto lässt sich auch damit begründen, dass man bei Regenwetter nicht nass werden will. Luxusautos, von denen sicher mancher träumte, waren Mercedes 170 V, BMW 501, Opel Kapitän. In der Realität reichte das Geld in der Regel aber nur für den Lloyd 300 oder allenfalls für einen VW Käfer. Leukoplastbomber nannten wir Kinder den Lloyd 300 wegen seiner Karosserie aus Sperrholz, die mit Kunstleder beklebt war, das eine gewisse Ähnlichkeit mit dem damals üblichen Heftpflaster »Leukoplast« hatte. Wenig später kamen noch der Messerschmitt Kabinenroller und die BMW Isetta in der »Automobil-Unterschicht« hinzu. Die Isetta hatte nur eine Tür, und zwar vorn, die man zum Ein- und Aussteigen schräg nach oben klappte, samt Armaturen und Lenkrad. Adventauto nannten wir dieses überhaupt nicht nach »Auto« aussehende Kuriosum in Anspielung auf das Adventslied »Macht hoch die Tür…«. Noch abenteuerlicher sah der Kabinenroller des ehemaligen Flugzeugherstellers Messerschmitt aus, in dem zwei Menschen hintereinander unter einer aufklappbaren Plexiglashaube sitzen konnten, wir nannten das Gefährt »Schneewittchensarg«. Mag beispielsweise der Lloyd 300 (der Zweitaktmotor mit zwei Zylindern hatte einen Hubraum von zusammen 300 ccm) aus heutiger Sicht geradezu lächerlich wirken, man musste für ihn trotzdem hart sparen, denn er kostete rund dreitausend D-Mark. Leute wie wir, die für drei Personen etwas über hundert Mark im Monat zur Verfügung hatten, kamen nicht einmal auf die Idee, an ein eigenes Auto zu denken. Von unseren Lehrern besaßen lange nur zwei ein Auto, in beiden Fällen aus der Zeit vor dem Krieg. Unser Kunstlehrer »Otto« Rasch — sein Vorname war Herbert — kam mit einem Fiat 500 »Topolino« zur Schule, Wilhelm Hameyer, unser Religionslehrer, besaß einen zweisitzigen DKW mit kunstlederbespannter Sperrholzkarosserie. Die übrigen Lehrer besaßen

»Kleppermäntel«[20] zum Schutz gegen Regen.

Eine wichtige Entwicklungsstufe im Zuge der zunehmenden Motorisierung habe ich ausgespart, den Schritt vom Fahrrad zum Fahrrad mit Hilfsmotor, unsere Nachbarn in den Niederlanden prägten dafür das niedliche Wort Bromfiets (Brummfahrrad). Es war nicht nur eine billigere Alternative zum Motorrad, wegen der Hubraumbegrenzung auf fünfzig Kubikzentimeter benötigte man auch keinen Führerschein. Außerdem musste man den knatternden Motor nicht ständig benutzen, er ließ sich an Steigungen zuschalten und wieder abschalten, sobald er nicht mehr benötigt wurde. Inzwischen feiert das Fahrrad mit Hilfsmotor wieder fröhliche Urständ, der stinkende Zweitakter wurde durch einen Elektromotor ersetzt und das spießige »Fahrrad mit Hilfsmotor« durch wohlklingende Designer-Bezeichnungen.

Die nach dem Krieg neu hergestellten Autos waren anfangs die Modelle, die es vor dem Krieg schon gegeben hatte, während des Krieges wird es auf diesem Gebiet kaum fertigungsreife Neuentwicklungen gegeben haben — die gesamte Industrie war auf kriegswichtige Güter ausgerichtet gewesen. Was bei neu produzierten Autos überwiegend noch »auf dem alten Stand« und für mich als Kind erkennbar war, will ich kurz auflisten. Der Fahrgastraum ähnelte einem quaderförmigen Kasten, der Motorraum davor war mit seitlich hochklappbaren Blechen verkleidet, die vorderen, weit ausladenden Kotflügel waren nicht in den Motorraum integriert. Die Seitentüren waren an den Hinterkanten angeschlagen, was den Einstieg etwas leichter machte, aber gefährlich war, wenn sich eine Tür während der Fahrt unbeabsichtigt öffnete. Außenleuchten waren gewöhnlich auch nicht in die Karosserie integriert. Als Fahrtrichtungsanzeiger dienten elektromechanische »Winker«, die mittels eines Drehknopfs mit Zeiger vor dem Abbiegen ausgeklappt und anschließend wieder in die Ruhelage zurückgeführt wurden. Ein beheizter Innenraum war — namentlich in den unteren Preisklassen — kein selbstverständlicher Standard.

---

[20] von der Firma Klepper hergestellte dunkelgraue, wasserdichte Mäntel

Synchronisierte Getriebe waren ebenso wenig selbstverständlich, man musste »Zwischengas« beim Schalten auf einen niedrigeren Gang geben und »doppelt kuppeln« beim Hochschalten. Wer das konnte, war stolz darauf und bitter enttäuscht, als die Synchronisation serienmäßiger Standard wurde. Schlauchlose Reifen gab es noch nicht, jedes Auto konnte aber mit einer Kurbel gestartet werden, falls Batterie oder Anlasser streikten. Selbst simple Vorrichtungen, wie Scheibenwaschanlagen oder Sonnenblenden kannte man nicht, geschweige denn Scheibenwischer mit mehreren Geschwindigkeiten und Intervallsteuerung oder gar eine Servolenkung.

Das erste Auto in »Pontonform«, an das ich mich erinnere, war ein Borgward Hansa 1500, ich sah ihn zum ersten Mal um 1950. Neben der neuen Karosserieform fielen mir die »Blinker« anstelle von »Winkern« sofort auf.

In der zweiten Hälfte des Schuljahrs mussten wir der Schule unsere Entscheidung mitteilen, ob wir nach der nächsten Versetzung in die neusprachliche oder in die mathematisch–naturwissenschaftliche Klasse aufgenommen werden wollten. Ich entschied mich für den neusprachlichen Zweig der Schule, würde Französisch als weitere Fremdsprache lernen. Es war keine Entscheidung aufgrund einer Nützlichkeitsüberlegung, ich fand es schön, Kenntnisse in drei Fremdsprachen zu bekommen. Die Wahl habe ich nie bereut, bedauert habe ich, dass in unserem Zweig das Fach Philosophie nicht auf dem Stundenplan stand, weil Französisch das noch verfügbare Stundenvolumen vollends ausschöpfte.

Gegen Ende des Jahres zog ein Vater, der mit Tochter und Sohn zwei Jahre im gleichen Haus gewohnt hatte, in eine andere Stadt. Mit dem Sohn, der auch in meine Schule gegangen war, hatte ich kaum Kontakt gehabt. Kurz vor seinem Umzug fragte er mich, ob ich seinen Latein–Nachhilfeschüler übernehmen wolle. Seine Frage erschreckte mich im ersten Moment, da ich mir für diese Aufgabe eigentlich noch zu jung vorkam, nach kurzem Überlegen sagte ich aber zu. An den Namen des Jungen, der von da ab jede Woche zu mir kam, erinnere ich mich nicht, wohl aber daran, dass wir fast gleichaltrig waren. Auch sein Vater war nicht aus dem Krieg zurückgekehrt. Anders als meine Nachhilfeschüler in späteren Jahren brauchte er keine Nachhilfe im engeren Sinn, vielmehr war ich sein Lateinlehrer. Ursprünglich war er von der Volksschule zur Mittelschule übergewechselt, hatte nach einem Jahr aber einen Wechsel zum Gymnasium vorgenommen, Hintergründe kannte ich nicht. Da er in der Mittelschule kein Latein gelernt hatte, musste er das nachholen. Seine Mutter hatte mit der Goethe-Schule, die er jetzt besuchte, vereinbaren können, dass während des Anfangsjahrs seine — natürlich schlechten — Lateinarbeitsnoten noch nicht gewertet werden sollten. Meine Aufgabe bestand also darin, ihn von »fünf« mindestens nach »vier« zu bringen. Für meine Tätigkeit bekam ich zwei Mark pro Stunde. Deklinieren von Substantiven, Konjugieren von Verben, Grammatikregeln, die Satzkonstruktionen mit *accusativus cum infinitivo (aci), participium coniunctum, ablativus absolutus* und Übersetzen in beide Richtungen standen auf dem Plan. Merkregeln, wie *unus, solus, totus, ullus, uter, alter, neuter, nullus, alius* erfordern alle *ius* in dem zweiten Falle, doch im Dativ enden sie stets mit einem langen *i* musste er aufsagen können. Vokabeln lernte er zu Hause. Die Zahl der Fehler in seinen Lateinarbeiten nahm kontinuierlich ab, innerhalb des von der Schule festgelegten Zeitrahmens kam er auf »ausreichend« und ich verlor meine Einnahmequelle.

Aus meinem Großen Wilhelm Busch Album kannte ich die Zeile »Eins, zwei, drei im Sauseschritt eilt die Zeit — wir eilen mit.« Die Unterstufe des Gymnasiums war beendet, ich war Untertertianer. In einem neuen Klassenverband, die Klassenstärke war fast gleich geblieben. Mein »Detektor-Kollege« Klaus war allerdings verschwunden, was mich nicht überraschte.

Die neue Fremdsprache ließ sich enttäuschend an. Als der Französischlehrer erstmalig die Klasse betrat, hatte ich kein angenehmes Gefühl. Ich sah diesen Lehrer zum ersten Mal aus der Nähe, meine evangelischen Klassenkameraden hatten ihn bisher als

Religionslehrer gehabt. Sein Gesicht gefiel mir nicht, es war für mich das Gesicht eines überheblichen Menschen, dem nicht an guter zwischenmenschlicher Beziehung gelegen war. Im Ersten Weltkrieg hatte er eine schwere Kopfverletzung erlitten, dort, wo man ihm eine Silberplatte eingesetzt hatte, war eine ziemlich großflächige Vertiefung sichtbar.

Seinen Anfangsunterricht fand ich allerdings gut, zuerst ging es um die korrekte Aussprache, ihm war wichtig, dass sich zu Beginn keine Fehler einschlichen, die später nur mühsam korrigiert werden könnten. Die Akzente, die mir vorher immer Respekt eingeflößt hatten, stellten sich als harmlos heraus. Ich lernte, dass ein *accent circonflexe* bei Wörtern lateinischen Ursprungs meistens dort steht, wo ein *s* des lateinischen Worts im Französischen nicht mehr auftaucht, also wie im Wortpaar *fenestra* → *fenêtre*.

Seine spätere Methodik war, freundlich ausgedrückt, seit längerem nicht mehr zeitgemäß. Grob gesprochen, lernten wir Französisch, wie wir in unserem Anfangsunterricht Latein gelernt hatten, übersetzten fast nur deutsche Sätze ins Französische. Merkregeln, wie »nach *quoique, bien que, pour que, afin que, sans que, avant que* steht das Verb immer im *subjonctif*« und »die Verben *aller, venir, arriver, rester, demeurer, partir, entrer, sortir, naître, mourir, décéder, accourir, monter, descendre* und ihre intransitiven Composita werden im *passé composé* mit dem Hilfsverb *être* verbunden« mussten stets und ständig beachtet werden. Das war keine Grundlage für Gespräche. Nach meiner Schulzeit habe ich die Regeln zwar nicht vergessen, habe mich aber nie mehr um sie gekümmert. Ich erschrecke ja auch nicht, wenn jemand »i bin do gsesse« sagt.

In seinem Verhalten uns gegenüber war er abstoßend unsympathisch, schrie uns ständig an, es gab keine Französischstunde, in der er uns nicht mindestens ein Mal als »Hornochsen« bezeichnet hätte.

Als neuen Lateinlehrer bekamen wir Eugen Janotta und behielten ihn bis zum Abitur. Für mich war er einer meiner besten Lehrer. Wenn ich das aber nach meiner Schulzeit in Gegenwart ehemaliger Schüler sagte, die ihn gekannt hatten, erntete ich stets ungläubiges Unverständnis. Wofür ich im Gegenzug großes Verständnis hatte.

Als Janotta unser Lateinlehrer wurde, hatten wir die Grundlagen der Sprache gelernt und begannen mit dem Übersetzen und Besprechen lateinischer Literatur. Den Anfang bildete Caesars *De bello Gallico* (Über den gallischen Krieg), ich glaube, das war die Standard-Anfangslektüre. Die Unterrichtsstunden liefen nach einem einfachen Schema ab. Janotta schlug in seinem Textexemplar die Seite auf, die er in der betreffenden Stunde zu behandeln gedachte, nahm das Büchlein in die linke Hand, Kreide in die rechte und begann den Text zu überfliegen, ging dabei langsam vor der Wandtafel hin und her und schrieb die Wörter an die Tafel, von denen er annahm, dass wir sie nicht kannten. Wer wollte, konnte sie auch aufschreiben, ich bevorzugte, mir die Wörter zu merken. Wenn die Liste der potentiell unbekannten Wörter seiner Meinung nach vollständig war, begann er mit der Nennung der deutschen Bedeutung und gab zusätzliche Erklärungen, ich will das an einem Beispiel verdeutlichen, das mir in Erinnerung ist.

Irgendwann tauchte der Satz *dies post pugnam Cannensem Romanis dies nefastus erat* — der Tag nach der Schlacht bei *Cannae* (wo Hannibal im Jahr 216 v. Chr. die Römer vernichtend schlug, um die fünfzigtausend römische Soldaten fielen) war für die Römer ein Unheilstag (Übersetzung von *dies nefastus*). Über die Schlacht musste uns Janotta nichts erzählen, den zweiten Punischen Krieg hatten wir eingehend in Geschichte behandelt, aber was es mit einem Unheilstag auf sich hatte und wie das Adjektiv *nefastus* entstanden war, das wollte er uns nicht vorenthalten. Unheilstage waren im römischen Kalender gekennzeichnet, an ihnen durften bestimmte Rechtsgeschäfte nicht getätigt werden. Das Wort *dies* (Tag) war natürlich allen geläufig, vielleicht hat er aber darauf hingewiesen, dass das Wort als Maskulinum oder Femininum verwendet wird, natürlich nicht willkürlich. Interessant war *nefastus*. Die Vorsilbe *ne* hat verneinende Wirkung, *fastus* ist von *fas* (göttliches Recht) abgeleitet, was wiederum von *fari* kommt, einem — untergegangenen — Deponens (Verb mit passiver Form und aktiver Bedeutung) mit der deutschen Übersetzung sprechen. Janotta wusste aber noch mehr: *infans* (nicht sprechend) hatte die Bedeutung Kind, infantil kennen wir, das französische Wort *enfant* für Kind hat in dem Wort seinen Ursprung, über die Infanten, die Kinder spanischer und portugiesischer Herrscher, entstand die Bezeichnung Infanterie, die Armee einer der Infantinnen trug die Bezeichnung Infantaria.

Durch Janotta lernte ich nicht nur das für mich neue Wort Etymologie, er begeisterte mich gleichzeitig für diesen Zweig der Sprachwissenschaft, der mich seitdem in meinem Sprachalltag begleitet. Jedes neue Wort, besonders eins aus einer fremden Sprache, klopfe ich gleich auf seine Herkunft ab. Als ich lernte, dass Frankreich auf Chinesisch *faguo*[21] heißt, und dass das chinesische Zeichen für die erste Silbe *fa* als eigenständiges Wort die Bedeutung Gesetz hat, wurde ich sofort an *fas* — göttliches Recht — erinnert. Wer weiß?

Janotta besaß ein erstaunliches Hintergrundwissen, auch dafür ein Beispiel. Die deutsche Übersetzung des Wortes *extemplo* lautet *sofort*. Bezüglich der Herkunft des lateinischen Wortes könnte man raten, es käme von *ex templo* — aus dem Tempel, und so ist es auch. Aber was hat das deutsche Wort sofort mit Tempel zu tun? Unter *templum* verstand man ursprünglich, so mein Lateinlehrer, einen abgegrenzten Bereich für die Abhaltung religiöser Riten. Weiter muss man wissen, dass die Römer im Vorfeld einer Schlacht versuchten, etwas über ihren Ausgang in Erfahrung zu bringen. Wir würden heute dafür eine Glaskugel oder Kaffeesatz nehmen, die Römer liebten es komplizierter. Sie befragten Seher (in Westfalen heißen sie Spökenkieker), einen *auspex* oder einen *haruspex*, ersterer guckte sich den Vogelflug (das Wort *auspex* kommt von *avis* und *spicere*) an, der zweite vorzugsweise die

---

[21] in Pinyin, der Umschreibung chinesischer Zeichen mit lateinischen Buchstaben. Die diakritischen Zeichen für die Töne sind weggelassen.

Eingeweide toter Tiere. Waren die Auspizien günstig, brach man sofort — ehe die Götter es sich anders überlegten — aus dem Ort der religiösen Handlung auf.

Caesars Buch über seinen Krieg in Gallien haben wir nicht vollständig übersetzt, brauchten aber für den von uns behandelten Teil sehr lange. Danach lasen wir *De coniuratione Catilinae* von Sallust, »*Quo usque tandem abutere, Catilina, patientia nostra?*«, der berühmte Satz aus Ciceros Rede hatte sich auch mir eingebrannt. Werke von Vergil, Cicero, Tacitus, Livius schlossen sich an. Gewundert habe ich mich damals, dass wir zwei Werke des Kirchenvaters Augustinus von Hippo gelesen haben, die *Confessiones* (Bekenntnisse) und *De civitate Dei* (Über den Gottesstaat). Vielleicht war Janotta ein religiöser Mensch? Die Autoren hatten nicht nur unterschiedliche Schreibstile, an die wir uns gewöhnen mussten, sie stammten teilweise auch aus sehr unterschiedlichen Epochen. Cicero war 106 v. Chr. geboren, Augustinus kam 354 n. Chr. zur Welt. In den 460 Jahren, die zwischen beiden Autoren lagen, hatte sich die Sprache natürlich verändert. Cicero stammte zudem aus dem »Kernland« der lateinischen Sprache, Augustinus kam aus der Provinz in Nordafrika. Von dem Mailänder Bischof Ambrosius, der in der römischen Provinzstadt Treveris (Trier) geboren wurde, sagte man, er habe gutes Griechisch in schlechtes Latein übersetzt. Ob dem augustinischen »Provinzlatein« ein ähnlicher Makel anhaftete? Für uns Schüler stellten Abweichungen vom Standardlatein eine zusätzliche Schwierigkeit beim Übersetzen der ohnehin nicht einfachen Sprache dar, nicht aber für unseren Lehrer.

Janotta war kein Sympathieträger, schon seine äußere Erscheinung stempelte ihn als Sonderling ab, sein schlurfender Gang, seine nuschelnde, undeutliche Sprache verstärkten den Eindruck. Er versuchte auch gar nicht, sympathisch zu erscheinen, selten habe ich den Anflug eines Lächelns auf seinem Gesicht gesehen. Charakterlich fand ich ihn in Ordnung, er war korrekt, Ungerechtigkeit oder Bösartigkeit gegenüber Schülern habe ich nie festgestellt. Für die Schule war er gleichwohl wenig geeignet, auch ihm machte seine Tätigkeit als Lehrer ganz offensichtlich keine Freude. Es kann gut sein, dass die Schule das Letzte war, woran er in jungen Jahren gedacht hatte, dass er aber durch den Krieg und die Umstände nach Kriegsende in den von ihm wenig geliebten Lehrerberuf gedrängt worden war. Bei seiner Pensionierung, mehrere Jahre nach meinem Abitur, soll er nur »endlich« gesagt haben. Sein Spitzname bei den Schülern war »Schlabbes«.

Eine erfreuliche Neubesetzung gab es im Fach Englisch, in dem uns von nun an eine nicht mehr ganz junge Lehrerin nach der eklatanten Fehlbesetzung in Quarta endlich einen Unterricht in der Qualität erteilte, die der Wichtigkeit der Sprache angemessen war. Sie hieß Stevens mit Nachnamen, hatte ein sommersprossiges Gesicht und trug mit Vorliebe geblümte Kleider sowie breitkrempige Hüte. Wir redeten sie mit Miss Stevens an, ich hielt sie für eine Engländerin, obwohl ihr Deutsch perfekt war. Sie war es, die uns richtiges Sprechen beibrachte, nicht nur das für zahlreiche Deutsche schwierige *th* wurde ins Visier genommen. Bevor sie es im Unterricht als ein Problem für die Aussprache englischer Sätze behandelte, war es mir (natürlich) nicht aufgefallen, dass wir im Deutschen Vokale bei Wort- oder Silbenanfängen mit einem Stoßlaut sprechen, man könnte auch Knacklaut sagen, stød heißt das Phänomen bei den Dänen, die es in ihren Sätzen noch mehr knacken lassen als wir. Entsprechende Anlaute würden im Englischen viel weicher als im Deutschen gesprochen.

Der Unterricht lief bei ihr auf Englisch ab, regelmäßig diktierte sie uns Beipielsätze, etwa *have you ever been to England* und *when were you in England* als Merksätze zur Verwendung der unterschiedlichen Tempora. Es war gut, dass sich der Unterricht in Quarta auf das Lernen von Vokabeln und auf Übersetzungen beschränkt hatte, so waren wir hinsichtlich des Sprechens gleich auf die richtige Schiene gesetzt worden. Dazu will ich eine kurze Geschichte erzählen, auch wenn sie nicht frei von Eigenlob ist.

Nach dem Abendessen in einem Fischrestaurant fuhren meine Frau und ich vor ein paar Jahren von der kleinen Hafenstadt Brixham in der Grafschaft Devon zurück zu unserem Hotel in Paignton. Unterwegs tankte ich, ging anschließend zum Bezahlen in den Kassenraum. Weil ich das schwere Kleingeld in meiner Hosentasche loswerden wollte, legte ich es auf die Theke und bat den Kassierer, den richtigen Betrag zu nehmen, da ich nicht gut mit den englischen Münzen vertraut sei. Er tat das und erkundigte sich, woher ich käme, was ich ihm natürlich nicht vorenthielt, meine Antwort kommentierte er lakonisch mit »amazing«. Jetzt wollte ich wissen, was an meinem Herkunftsland so erstaunlich sei, worauf er »*you speak English without any accent*« erwiderte. Dieses Lob hätte ich ohne die Jahrzehnte zurückliegenden Bemühungen von Miss Stevens nicht bekommen. Hand drauf.

Anstelle von Biologie stand jetzt Physik auf dem Stundenplan, Bergmann hieß unser Physiklehrer. Ich war ihm schon einige Male bei Hans Georgs Eltern begegnet, da er und Hans Georgs Vater Mitglieder im Vinzenz-Verein waren. Das war wohl der Grund, dass er mich in der ersten Unterrichtsstunde zu seinem Gehilfen machte, der in Zukunft vor den Physikstunden die Versuche aufbauen und nachher alles wieder ordentlich in den Schrank einräumen sollte. Dann erklärte er uns, üblicherweise würde für die erste Einführung ein anderes Gebiet der Physik gewählt, er aber wolle mit der Optik beginnen. Ich glaube nicht, dass das eine gute Idee war. Die Experimente wurden mehrheitlich unter Verwendung einer optischen Bank durchgeführt und waren eindrucksvoll. Doch die anschließenden theoretischen Erklärungen der Phänomene, bei denen von immer komplizierter werdenden Strahlengängen ausgegangen wurde, überforderte uns alle. Zum Beispiel, wenn bei einem Experiment mit einer bikonvexen Linse die Gegenstandsweite kleiner als die Brennweite war. Wir wussten nicht einmal, warum wir die Strahlengänge so zeichneten, wie wir es taten, Bergmann hatte uns nur gesagt, man mache das so. Hätte er mit der Mechanik begonnen, hätten wir an unsere alltäglichen Erfahrungen anknüpfen können, so dass meine Klassenkameraden die Experimente dann vielleicht auch verstanden hätten. Ich profitierte nämlich vom Aufbauen der Versuche, da ich die (guten) Anleitungen der Firma Phywe vor dem Aufbau eingehend studierte.

Allerdings muss ich im Nachhinein ausdrücklich loben, dass jede Physikstunde mit einem von Phywe gut ausgedachten Experiment begann, denn es ist informativer, wenn man einen Vorgang während des realen Ablaufs sehen kann, als wenn er einem nur mit Worten beschrieben wird. Für Kinder ist das noch wichtiger als für Erwachsene. Mich hatte zum Beispiel dieses Experiment ungemein beeindruckt: Unter einer fast luftleer gepumpten Glasglocke wurden eine kleine Daunenfeder und ein Stück Blei gleichzeitig fallen gelassen und beide kamen gleichzeitig am Boden an.

Bergmann war auch unser neuer Mathelehrer. Leider war er es, der uns in die »neue« Mathematik einführen musste. Anstatt mit 1, 2, 3 rechneten wir nun mit a, b, c. Ich tat mich schwer damit und die Noten in meinen Klassenarbeiten waren danach. Bis ein befreundeter Schüler aus einer höheren Klasse noch einmal die eigentlich einfachen Gesetze mit mir durchsprach, ich hatte beispielsweise gedacht, ab^n sei dasselbe wie $(ab)^n$. Nach dem kleinen »Privatissimum« hatte ich keine Probleme mehr.

Das für die gesamte Schule bedeutsamste Ereignis dieses Jahres war der Umzug in das Gebäude der Schiller-Schule an der Königsallee, aus den zahlreichen Veränderungen und Verbesserungen, die sich daraus ergaben, will ich eine herausgreifen, die mich damals besonders beeindruckte.

Die Klassenräume meiner bisherigen Schulen waren stets ähnlich möbliert gewesen: Bankreihen mit fest verbundenen Pulten für uns Schüler, davor ein Podest mit einem Lehrerpult. Oben stand der Lehrer und blickte auf uns Schüler herab, die Rollenverteilung war somit von vornherein festgelegt: Ich hier oben, ihr da unten.

Als ich das erste Mal unseren neuen Klassenraum betrat, war mir, als käme ich in eine andere (Schul-)Welt. Tische für jeweils zwei Schüler waren U-förmig mit der Öffnung zur Tafel angeordnet, Stühle standen hinter den Tischen, locker, nicht mehr in Reih' und Glied. Vor der Tafel hatte der Lehrer seinen Tisch und seinen Stuhl. Das Mobiliar sah freundlich aus, es bestand aus grün lackiertem Stahlrohr und hellem, mit Klarlack überzogenem Holz. Schüler und Lehrer auf gleicher Augenhöhe. Meine Wahrnehmung war natürlich nicht seriell, wie es hier die Schriftform nun mal mit sich bringt, sondern ein einziger Gesamteindruck. Und dieser Gesamteindruck erzeugte in mir das Gefühl, jetzt werde eine neue Ära beginnen. Ich glaube, dieses Gefühl war nicht ganz falsch, auch wenn eine gewisse Verklärung wegen der großen zeitlichen Distanz wohl unvermeidlich ist.

Etwa um diese Zeit war es, dass für meine Mutter dadurch eine finanzielle Erleichterung eintrat, dass für mich kein Schulgeld mehr bezahlt werden musste. Ich hatte ebenfalls für Einsparungen gesorgt, indem ich meiner Mutter schon seit langem nur die Schulbücher nannte, die aus meiner Sicht unbedingt gekauft werden mussten. Ziemlich früh hatte ich nämlich festgestellt, dass viele von den Lehrern zu Beginn eines Schuljahrs genannten Bücher hinterher kaum oder gar nicht verwendet wurden.

Zufällig erfuhr ich, dass ein Junge aus der Untersekunda meiner Schule Mitglied bei den neu gegründeten Pfadfindern in meiner Pfarrei war. Er hieß Rainer Lobbe und natürlich nahm ich umgehend Kontakt zu ihm auf. Rainer war nicht nur Mitglied, er leitete auch eine Gruppe und freute sich, in mir jemand gefunden zu haben, den er gleich in seine Gruppe aufnehmen konnte.

Beim nächsten Heimabend im kleinen Raum des Jugendheims lernte ich die fünf oder sechs bisherigen Mitglieder der Gruppe kennen. Einer war mir vom Sehen bekannt, er hieß Walter, war in einer Klasse über mir. Die anderen hatten die Volksschule beendet und arbeiteten schon als Lehrlinge, alle waren etwas älter als ich. Ich erfuhr, dass sie gerade dabei waren, sich auf die Pfadfinderprüfung vorzubereiten. Erst nach bestandener Prüfung würden wir offiziell zu Pfadfindern ernannt, würden ein grünes Hemd mit blauem Halstuch und einen Pfadfinderhut wie Rainer tragen dürfen.

Die Jungschargruppe war eine isolierte, in sich abgeschlossene Einheit gewesen, wie ich bald merkte, war meine neue Pfadfindergruppe Bestandteil einer gut organisierten, letztlich sogar internationalen, Struktur. Eine straffe Gliederung hatte sicherlich von Anfang an bestanden, schließlich war der Gründer der Pfadfinderbewegung, Robert Baden–Powell (später 1. Baron Baden-Powell of Gilwell), englischer Offizier gewesen. Im Zweiten Burenkrieg hatte er gute Erfahrungen beim Einsatz von Jungen als Meldegängern gemacht, nach seiner Pensionierung war das der Anstoß zur Gründung eines Jugendbundes gewesen.

Ich war jetzt Mitglied der Sippe Adler, deren Sippenführer Rainer war, wir waren Teil des Stammes Meinolphus, der von einem Stammesfeldmeister geleitet wurde. Die Ebenen darüber waren der Gau Ruhrland und die Landespfadfinderschaft Paderborn, deren Leiter Gau– bzw. Landesfeldmeister hießen. Mit den Bezeichnungen konnte ich mich nicht recht anfreunden, besonders »Gau« störte mich, während des Krieges hatten die Erwachsenen häufig vom »Warthegau« gesprochen. Dass Bochum während der Zeit des Nationalsozialismus Gauhauptstadt gewesen war, wusste ich damals noch nicht.

Zum Prüfungsstoff gehörten Pfadfinderregeln, praktische Fertigkeiten und — sie schienen besonders wichtig zu sein — wir mussten acht bestimmte Seemannsknoten knüpfen können, drei von ihnen wende ich noch immer an. Nach der Prüfung waren wir Pfadfinder 3. Grades, gewissermaßen das Fußvolk, die Infanterie. Unsere Uniformen mussten wir selbst kaufen, das grüne Hemd kostete sieben Mark, der Hut vierzehn Mark fünfzig. Dazu kamen noch ein blaues Halstuch mit geflochtenem Lederknoten sowie ein Stoffabzeichen mit einer stilisierten Schwertlilie zum Aufnähen auf die linke Brusttasche, es kostete zwei Mark. Der Quartalsbeitrag betrug eine Mark achtzig.

Dank Miss Stevens hatten sich meine Englischkenntnisse gut weiterentwickelt, so dass ich immer häufiger den englischen Soldatensender einschaltete, der sich mit »you are tuned to BFN, the British Forces Network in Germany« meldete. Es gab speziell für Soldaten produzierte Sendungen, viele Sendungen wurden aber einfach von BBC London übernommen, bei denen es am Anfang immer den Hinweis »may we remind you that all time–checks given by the announcers are one hour behind local time« gab, damit sich die Soldaten in Deutschland nicht um eine Stunde verspäteten.

Der Soldatensender brachte mehr Musik als der Nordwestdeutsche Rundfunk, insbesondere — das war mir wichtig — mehr Jazz und Jazz–Verwandtes. Auch die Schlager waren interessanter, wobei der Begriff damals nicht die gleiche Bedeutung wie heute hatte. Ein Vorteil der zumeist amerikanischen Schlager bestand auch darin, dass ich wegen meiner — trotz aller Fortschritte — doch noch ziemlich begrenzten Englischkenntnisse die Liedtexte kaum vollständig verstand, was sie oft weniger peinlich machte. Ich hörte zum Beispiel gern »Sixteen Tons«, ein sozialkritisches Lied zur Arbeit von Bergleuten, habe aber nur noch den Refrain im Gedächtnis

> *You loaded sixteen tons, what do you get?*
> *Another day older and deeper in dept.*
> *Saint Peter, don't you call me, 'cause I can't go:*
> *I owe my soul to the company store.*

Amerikanische Schlager im Original sendete der NWDR kaum, stattdessen die deutsche Variante — nicht mit Übersetzung verwechseln! —, die oft zum Weglaufen war, wie bei dem bescheuerten Text in diesem Fall (auch wieder aus dem Gedächtnis)

> *Sie hieß Mary Ann und war sein Schiff.*
> *Er hielt ihr die Treue, was keiner begriff.*
> *Die Mary Ann sank am dreizehnten Mai*
> *bei einem Orkan vor der Hudson Bay.*

Hötzenbei sang der Sänger, damit sich's reimte.
The Naughty Lady of Shady Lane, Blacksmith Blues, Blue Tango,

Istanbul not Constantinople, *Vaya con Dios*, *Hernando's Hideaway*, *Last Train to San Fernando* gehörten in dieser Zeit zu den Schlagern, die ich gern hörte.

Täglich um die Mittagszeit gab es im BFN die Sendung *Music While You Work*, sie schien auf Hausfrauen zugeschnitten zu sein. Und dann die nie enden wollende Fortsetzungsgeschichte *The Scarlet Pimpernel*, die immer mit dem Vorspann *They seek him here, they seek him there, those Frenchies seek him everywhere. Is he in heaven or is he in hell? That damned, elusive Pimpernel* begann.

Am 6. Februar 1952 bestieg Elisabeth II. nach dem Tod ihres Vaters den Thron, ihre Krönung fand am 2. Juni 1953 in Westminster Abbey statt. Das Ereignis nahm breiten Raum in den Sendungen des BFN ein. Anlässlich der Krönung gab es einen Schlager, den ich mehrere Wochen lang im Radio hörte, der Refrain lautete

> *The Queen of Tonga*
> *crossed the ocean from faraway.*
> *The Queen of Tonga*
> *came to Britain for Coronation Day.*

Die Königin des kleinen südpazifischen Inselstaats, die auch in deutschen Illustrierten gefeiert wurde, war bei der Krönung zu einem »Publikumsliebling« avanciert, nicht zuletzt wegen ihrer farbenprächtigen Kleidung.

Eines Tages erzählte mir ein Klassenkamerad, er habe eine englische Brieffreundin, Joyce, deren Freundin einen deutschen Brieffreund suche. Ob ich Lust hätte, ich hatte. Und so begann mein Briefwechsel mit Valerie, die ich aber Val nannte, weil sie Valerie nicht so toll fand. Die Familie wohnte in der Nähe von Preston, den Ortsnamen habe ich vergessen. Für mich war das Briefschreiben in dieser frühen Phase des Englischlernens jedes Mal eine ziemliche Quälerei, was Val meinen Briefen sicherlich angesehen hat. Das Lesen ihrer Briefe war kein Problem für mich, manchmal erfuhr ich sogar Interessantes, auf die späte Aufhebung der Lebensmittelrationierung in England nach dem Zweiten Weltkrieg habe ich bereits hingewiesen. Als ich ihr schrieb, dass ich in drei Jahren eine Lehre in einem Eisenwarengeschäft machen werde, schrieb sie zurück, ihr Vater betreibe auch einen *hardware store*. Glücklicherweise verließ ich nach drei Jahren die Schule doch nicht, aber da war unser Briefwechsel schon eingeschlafen.

Durch Zufall kam ich in Kontakt zu einem Radiobastler in der Obertertia, der ein Jahr älter war als ich, die »Detektorphase« hatte er schon hinter sich gelassen und beschäftigte sich bereits mit Elektronenröhren. Nicht nur im Alter war er mir voraus, sein Vater hatte einen gut florierenden Gartenbaubetrieb, weshalb bei ihm zu Hause Geld nicht so knapp war wie bei uns. Später erfuhr ich, seine Mutter sei bei dem schlimmsten Luftangriff auf Bochum am 4. November 1944 ums Leben gekommen. Sie hatte in einem Bunker Zuflucht gesucht, der gleichzeitig von zwei Bomben seitlich getroffen worden war.

Hans hieß mein neuer Bastelkumpan, für eine Weile wurde er mein Lehrer, da er in Physik die Elektrizitätslehre bereits kennengelernt hatte und mit dem Ohmschen Gesetz umgehen konnte. Schon bald hatte auch ich mein erstes Radio mit einer Röhre gebaut, wobei ich eine neue Verdrahtungstechnik angewendet hatte, da ich inzwischen im Besitz eines elektrischen Lötkolbens für fünf Mark war. Die Komplexität der selbst gebauten Geräte nahm zu, immer mehr Einzelteile wurden benötigt. Nicht nur die Anzahl der Bauteile wurde größer, auch das Spektrum unterschiedlicher Bauelemente vergrößerte sich. Für fabrikneues Material fehlte mir das Geld, ich deckte meinen Bedarf, indem ich in Radiogeschäften nach alten Radios zum »Ausschlachten« fragte, die manchmal für zwei Mark zu bekommen waren. Derartiges aus der Not geborenes »Recycling« war in den Nachkriegsjahren gang und gäbe.

Im Spätsommer ging ich zum ersten Mal mit meiner Pfadfindergruppe »auf Fahrt«, Ziel war die (damals noch existierende) Jugendherberge in Bürenbruch, knapp vierzig Kilometer von Bochum entfernt, zwischen Iserlohn und Schwerte gelegen. Ich besaß noch immer kein eigenes Fahrrad, das einzige, das ich mir leihen konnte, war das eines Verwandten, alt und schwergängig — das Fahrrad.

An einem Samstagnachmittag fuhren wir spät los, da einige ja bereits arbeiteten, mussten wir deren Feierabend abwarten. Wir waren kaum aus dem Bochumer Stadtgebiet heraus, als ich schon erste Schwierigkeiten mit dem Radfahren bekam. Noch nie war ich eine längere Strecke gefahren, das miserable Rad tat ein Übriges, am liebsten wäre ich wieder umgekehrt, schämte mich bis auf die Knochen, weil ich so ein Versager war. Eine Zeitlang fuhren wir entlang der Ruhr, wo es wegen der ebenen Strecke ganz leidlich ging, doch auf dem letzten Stück war ich wegen der ganz erheblichen Steigungen auf die Hilfe anderer angewiesen. Zum Glück ging es teilweise so steil bergauf, dass alle absteigen mussten. Wegen der Peinlichkeit meines Versagens habe ich möglicherweise Einzelheiten der Fahrt komplett verdrängt, am Sonntagabend kam ich jedenfalls irgendwie wieder zu Hause an.

Jetzt musste unbedingt ein Fahrrad her, da aber immer noch keine Aussicht auf ein neues bestand, beschloss ich, selbst eins zu bauen, möglichst aus alten Teilen. Einen alten Rahmen mit Tretlager und Tretkurbel hatte ich ziemlich bald, eine Gabel, ein Vorder- und ein Hinterrad sowie ein Lenker ließen sich auch finden. Die beiden Räder waren deformiert und verrostet, deshalb nahm ich sie auseinander und behielt nur Rücktrittnabe und Vorderradnabe. Meine Oma konnte ich überreden, mir die noch fehlenden Teile zu kaufen: Felgen, Reifen, Schläuche, Speichen, Schutzbleche, Sattel, Kette, Handbremse, Beleuchtung und einen neuen Lenker, obwohl ich schon einen alten hatte. Inzwischen waren nämlich aus zwei Teilen bestehende sogenannte Vorbaulenker auf den Markt gekommen und wenn das Fahrrad am Ende auch ziemlich schäbig aussehen würde, ein kleines bisschen Luxus sollte es wenigstens aufweisen.

Der Zusammenbau gestaltete sich schwieriger als gedacht, was hauptsächlich daran lag, dass mein Werkzeug nur aus einer Kombizange und einem Schraubenzieher bestand. Völlig unterschätzt hatte ich den Zusammenbau von Felgen, Speichen und Naben zu Rädern, denn das Muster, nach dem die Speichen in die Löcher von Naben und Felgen gesteckt werden mussten, war sehr kompliziert. Vor dem Haus war zu meinem Glück ein Fahrrad abgestellt, zu dem ich ständig rannte, um zu gucken, was ich wieder falsch gemacht hatte. Endlich war das erste Rad korrekt zusammengebaut, für das zweite brauchte ich nur einen Bruchteil der Zeit. Der letzte Akt bestand darin, den »Höhenschlag« und die »Acht« der Räder durch fortwährendes Herumschrauben an den Speichennippeln zu beseitigen.

Es dauerte nicht lange, bis ich so gut Rad fahren konnte wie die anderen. Das Fahrrad brachte natürlich auch Vorteile bei meinen Hilfsdiensten für das Geschäft.

Zu unseren Heimabenden brachte Rainer immer seine Gitarre mit und durch seine Gitarrenbegleitung machte das Singen nicht nur mehr Freude, unsere Lieder klangen auch viel »runder«. Während ich ihm beim Spielen zusah, fiel mir irgendwann auf, dass er für die Begleitung eines Liedes immer höchstens drei verschiedene Fingersätze der linken Hand verwendete. Darauf angesprochen bestätigte er meine Beobachtung, wusste darüber hinaus aber nichts zu sagen und als ich ihn fragte, woher er wisse, welchen der Fingersätze er an einer bestimmten Stelle wählen müsse, war seine Antwort, er mache das nach Gehör, das lerne man mit der Zeit. Anfangs mochte ich das gar nicht glauben, doch es schien ja zu stimmen. Er war auch bereit, mir das beizubringen, was er selbst konnte, auch bei der Beschaffung einer eigenen Gitarre war er mir behilflich, nach kurzer Zeit konnte ich für fünfzehn Mark eine alte kaufen, die aber gut klang. Der Preis war für mich kein Problem, denn inzwischen gab ich Nachhilfe in Latein und Mathe, zwei Mark bekam ich für die Latein- und fünf für die Mathestunde.

Wir fingen mit der vorzeichenlosen — also ohne ♯ oder ♭ — Tonart *C-Dur* an, wofür ich die Akkorde *C*, *F*, *G*^{7} brauchte, später lernte ich im Musikunterricht, der Ton *C* sei in diesem Fall die Tonika, *F* die Subdominante, *G* die Dominante und der Akkord *G*⁷ heiße Dominantseptakkord. Rainer zeigte mir, welchen Finger ich wo auf das Griffbrett setzen musste, von da ab war ich auf mich allein gestellt.

Es dauerte eine Weile, bis ich die Fingerkuppen der linken Hand ohne Zuhilfenahme der rechten Hand überhaupt dahin setzen konnte, wohin sie gehörten. Die Saiten mussten fest an den richtigen Stellen auf das Griffbrett gepresst werden, damit die Töne weder dumpf noch scheppernd klangen, was dazu führte, dass die Fingerkuppen in der Anfangszeit entsetzlich weh taten.

Die ganze Prozedur musste für *G–Dur*, *D–Dur*, *A–Dur*, *F–Dur*, *a–moll*, *d–moll*, *e–moll* wiederholt werden, bis ich halbwegs für die musikalischen Wechselfälle gewappnet war. Selbstverständlich brachte auch ich meine Gitarre zu den Heimabenden mit, wodurch unsere Gesangseinlagen noch mehr Volumen erhielten.

Der Religionsunterricht fand für evangelische und katholische Schüler getrennt statt. In jeder Jahrgangsstufe gab es eine a– und eine b–Klasse, begonnen hatten wir ja mit jeweils vierundfünfzig Schülern in Sexta a und Sexta b, obwohl die Schülerzahlen von Jahr zu Jahr überschaubarer wurden, blieb es bei zwei Parallelklassen. Ab Untertertia bildeten die a–Klassen den neusprachlichen und die b–Klassen den mathematisch–naturwissenschaftlichen Zweig. Für den Religionsunterricht wurden die Parallelklassen in zwei nach Konfessionen getrennte Klassen aufgeteilt, die ungefähr gleich groß waren.

Der katholische Religionsunterricht, der mich betraf, wurde von Studienrat Wilhelm Hameyer erteilt, der gleichzeitig Seelsorger in einer Kirchengemeinde war. Diese Konstruktion war mir nicht unbekannt, in meiner Messdienerzeit hatten sonntags für die fünf Messen vier Geistliche zur Verfügung gestanden, Pfarrer Wiehoff, Vikar Schlüter, Studienrat Frenz und Studienrat Hoischen. Die beiden — nicht katholischen — Schwestern meines Vaters kannten Studienrat Frenz aus ihrer Schulzeit an der Schiller–

Schule, wo er bei den Schülerinnen »die ewig lächelnde Helene« geheißen hatte, sehr treffend, wie ich fand.

Bevor er als Lehrer an unsere Schule kam, war Hameyer Direktor eines bischöflichen Instituts gewesen, dessen Arbeitsgebiet die katholische Soziallehre war. Seine Ausbildung zum Priester hatte er am »Germanicum« in Rom erhalten, einem Priesterseminar das kurz nach der Reformation von Ignatius von Loyola gegründet wurde.

Ich erinnere mich nicht, ob er schon in Sexta unser Religionslehrer war, weiß aber genau, dass ich ihn in Quinta fragte, was es denn eigentlich mit dem Fest »Beschneidung des Herrn« auf sich habe, worauf er antwortete, das sei eine unappetitliche Angelegenheit, mit der wir uns zu gegebener Zeit beschäftigen würden. Wenig später hatte ich ihn gefragt, ob Katholiken die Bibel lesen dürften, was er natürlich bejahte, allerdings mit verständnislosem Gesichtsausdruck.

Schuld an meiner Frage war ein evangelischer Mitschüler gewesen. Nach den Reli-Stunden erzählten die evangelischen Klassenkameraden nämlich oft, wie sich ihr Religionslehrer, der später unser gemeinsamer Französischlehrer wurde, aufgeführt hatte. Anders als wir schienen sie sich anfangs ausschließlich mit dem Alten Testament zu beschäftigen, mussten furchtbar viel auswendig lernen, welcher Prophet was gemacht hatte, wer mit wem und wie verwandt gewesen war. Überhaupt schienen sie aufgrund des Unterrichts davon überzeugt zu sein, evangelisch sei viel besser als katholisch, im Übrigen sei der Papst ein schlimmer Mensch und außerdem dürften Katholiken nicht mal die Bibel lesen. Ich glaubte nicht, dass ihre Weisheit von ihrem Religionslehrer stammte, vorsichtshalber hatte ich aber meinen Lehrer gefragt.

Unser Religionsunterricht verlief anders, als sich das Nicht-Katholiken vielfach vorstellten, weder beteten wir dauernd, noch sangen wir fromme Lieder, das »Fromme« spielte kaum eine Rolle, das hätte auch nicht der Sinn eines Fachs an einer öffentlichen Schule sein können. Mit dem Alten Testament haben wir uns nie befasst, irgendwann war aber das Neue dran, wir mussten die von Henne und Rösch herausgegebene Ausgabe kaufen, wegen des Imprimaturs. Zu meiner Verwunderung beschäftigten wir uns aber nicht mit einem Evangelium, sondern behandelten ausschließlich die Apostelgeschichte. Damals nahm ich das einfach so hin, vielleicht erschien Hameyer die Quellenlage sicherer als bei den Evangelien? Als wir über Gottesbeweise sprachen, hatte ich den Eindruck, er fasse die ganze Materie »mit spitzen Fingern« an, glaubte er überhaupt an den Christengott? Falls ja, wieso war dann für ihn ein Beweis erforderlich?

Die Ergebnisse des Konzils von Nicäa im Jahr 325 spielten in unserem Unterricht eine wichtige Rolle. Da war der Konflikt zwischen den Anhängern des Arius und denen des Athanasius, unter dem Grummeln vieler Bischöfe trug Athanasius mit seiner Meinung, dass »der Sohn eines Wesens mit dem Vater« sei, den Sieg davon, in meinen Augen eine folgenschwere Fehlentscheidung. Kaiser Konstantin I., Veranstalter des Konzils, soll mit seiner Autorität nachgeholfen haben. Das Datum des Osterfests wurde verbindlich festgelegt, leider mit dem Fehler, dass der Frühlingsanfang auf ein festes Datum — den 21. März (nach dem julianischen Kalender) — gelegt wurde, wodurch Ostern immer weiter in den Sommer wanderte, was dann durch die gregorianische Kalenderreform wieder ausgebügelt wurde. Das Glaubensbekenntnis als Basis für alle Gläubigen wurde beschlossen, aus politischen Gründen war Konstantin I. an einer »Einheitskirche« interessiert.

Die Beschreibung Gottes als *ens a se* (etwa: Das aus sich selbst heraus Seiende) durch die Scholastiker war eine Formulierung, mit der ich mich anfreunden konnte.

Über die katholische Soziallehre haben wir am meisten geredet, die Enzyklika »Rerum Novarum« von Papst Leo XIII. war ein Thema, ganz besonders aber war Oswald von Nell-Breuning für Hameyer die maßgebende Person auf diesem Gebiet, hier kam die frühere Tätigkeit unseres Religionslehrers offensichtlich wieder zum Vorschein.

Den Namen Martin Heidegger hörte ich im Religionsunterricht zum ersten Mal, seinen Satz vom »Geworfensein des Menschen in die Welt« zitierte Hameyer mehrfach, er gefiel mir. An eine Erwähnung Jean Paul Sartres, der mit seinem Existentialismus den damaligen Zeitgeist prägte, kann ich mich allerdings nicht erinnern.

Als wir das Stuttgarter Schuldbekenntnis von 1945 des Rats der Evangelischen Kirche in Deutschland besprachen, fand ich es toll, dass man sich so früh nach Kriegsende zur deutschen Schuld bekannt hatte, wunderte mich aber über den Passus *wir klagen uns an, dass wir nicht mutiger bekannt, nicht treuer gebetet, nicht fröhlicher geglaubt und nicht brennender geliebt haben.* Angesichts der Ungeheuerlichkeit der deutschen Verbrechen erschien mir diese Aufzählung sehr dünn. Erst vor wenigen Jahren las ich, dass es der ökumenische Rat der Kirchen gewesen war, der vor einer Wiederaufnahme der Evangelischen Kirche in Deutschland in diese Gemeinschaft ein Schuldbekenntnis gefordert hatte.

Häufig warnte uns Hameyer vor Anthropomorphismen, wir sollten Gott keine menschlichen Eigenschaften zuschreiben, ihn nicht vermenschlichen. Ich habe mich nie getraut, ihm zu sagen, dass es nach meiner Auffassung in christlich–religiösen Texten nur so von Anthropomorphismen wimmele. Der Satz *Denn Gott hat die Welt so sehr geliebt, dass er seinen einzigen Sohn hingab...* besaß für mich nur dann einen Inhalt, wenn ich »geliebt« und »Sohn« so verstand, als wäre Gott ein Mensch.

Den Satz *Nichts anderes sagt der Gemeinplatz: »Alles Denken ist anthropomorph«* im *Mythos des Sisyphos* (Albert Camus) habe ich so interpretiert: Anthropomorphismen kann man nur entgehen, wenn man sein Denken (zumindest temporär) ausschaltet.

In den *Gesprächen* (*Lún Yǔ*) in der Übersetzung von Richard Wilhelm las ich vor Jahren *Fan Tschï fragte, was Weisheit sei. Der Meister sprach: »Seiner Pflicht gegen die Menschen sich weihen, Dämonen und Götter ehren und ihnen fern bleiben, das mag man Weisheit nennen«.* Mit »Meister« ist Kǒng Zǐ gemeint, den wir unter dem (von Jesuiten) latinisierten Namen Konfuzius kennen. Als ich *Götter ehren und ihnen fern bleiben* las, war mein erster Gedanke: »Großartiges Bonmot!«. Der zweite Gedanke war, Kǒng könne Folgendes gemeint haben: »Irgendwas muss den *big bang* verursacht haben, nennen wir es *Götter*, ehren es und belassen es dabei. Zügeln wir lieber unsere menschliche Neugier und gehen nicht zu nah heran! Bestenfalls wird das, was wir genauer erkennen wollen, immer verschwommener, wie bei einer Figur von Giacometti. Schlimmstenfalls passiert uns Ähnliches wie Adam und Eva oder gar wie Ikarus. Vermeiden wir das also lieber, dann brauchen wir uns auch nicht mit dem Problem des Anthropomorphismus herumzuschlagen.«

Unverhofft kam ich zu einer Aufbesserung meiner Kassenlage. In unserer Nachbarschaft wohnte ein Anstreicher — wir unterschieden zwischen Malern und Anstreichern —, der hin und wieder bei uns nach Feierabend Wände neu tapezierte, Decken, Türen und Fußböden mit frischer Farbe versah. An einem Abend, als er in unserem Wohnzimmer mal wieder auf der Leiter stand, fragte er mich, ob ich etwas Geld verdienen wolle — dumme Frage. Er führe gerade mit einigen Kollegen die Innenarbeiten in vier Häusern einer Neubausiedlung aus und ich könne sie dabei unterstützen, die von mir auszuführende Arbeit sei nicht schwer. Für jedes Haus würden mir seine Kollegen und er sechs Mark bezahlen, insgesamt also vierundzwanzig Mark für vier Tage Arbeit. Soviel Geld hatte ich noch nie auf einmal verdient.

Die Fußböden der vier Häuser bestanden aus festgenagelten Nut–und–Feder Brettern, die Nagelköpfe waren vom Schreiner ein paar Millimeter tief versenkt worden, wodurch über den Köpfen sichtbare Löcher in den Fußbodenbrettern verblieben waren. Meine Aufgabe war es, diese Löcher mit Kitt zu verschließen, damit die Fußböden nach dem Anstrich schön glatt aussehen würden. Mit Kitt, genauer Leinölkitt, wurden damals in erster Linie Fensterscheiben in die Rahmen dicht eingeklebt, sie wurden eingekittet, aber Kitt war auch für das Ausbessern kleinerer Löcher geeignet.

Einer der Anstreicher wies mich in meine Arbeit ein. Aus einem großen Kittklumpen brach ich ein Stück heraus, formte es zu einer tennisballgroßen Kugel, die ich auf ein Loch im Fußbodenbrett drückte, nahm dann einen Spachtel und schabte die Kugel so ab, dass der Kitt im Senkloch bündig mit der Fußbodenoberfläche abschloss. Knieschoner aus Moosgummi schützten meine Knie, doch durch den Leinölgestank war mir während des ganzen Tages speiübel und abends schleppte ich mich mit lahmem Kreuz nach Hause. Es war kein leicht verdientes Geld.

Nach den Osterferien 1953, wir waren jetzt Obertertianer, bekamen wir Ernst Wilhelm Otterbach als Klassenlehrer. Wir kannten ihn und er kannte uns. »Louis, ich glaube, das ist der Beginn einer wunderbaren Freundschaft.« sagt Nachtclubbesitzer Rick Blaine kurz vor dem Abspann von *Casablanca* zu Polizeichef Capitaine Louis Renault. So ähnlich würde ich auch den Augenblick beschreiben, in dem Otterbach in seiner neuen Funktion unsere Klasse betrat. Doch der Reihe nach.

Am Ende seines Referendariats hatte seine letzte Lehrprobe vor unserer Klasse stattgefunden. William Wordsworths Gedicht *I wandered lonely as a cloud*, von dem mir der Schlussvers *And then my heart with pleasure fills / And dances with the daffodils* noch in den Ohren zu klingen scheint, war das Thema gewesen. Angehender Lehrer und Klasse hatten ein wunderbares Zusammenspiel geliefert, was dann auch in der Benotung des »Prüflings« seinen Niederschlag fand.

Englisch und Geschichte waren die Fächer, in denen er uns unterrichtete, zwei Jahre später löste er unseren Französischlehrer ab, den ich drei Jahre lang ertragen musste. Otterbach schien auch Spanisch zu können, doch das Fach war nicht Bestandteil des Curriculums.

In anderem Zusammenhang habe ich ja schon gebeichtet, dass mir das Fach Geschichte in meiner Schulzeit herzlich zuwider war, dass ich aber gleichwohl meine Ohren in dieser Zeit nicht verschlossen hatte. Als ich 1987 vor meiner ersten Chinareise überlegte, was ich denn wohl über dieses Land wisse, fielen mir nur wenige Stichworte ein, darunter auch der *Friede von Shimonoseki*, von dem ich wusste, dass wir ihn bei Otterbach behandelt hatten, meine damalige Vermutung, es sei der Friedensschluss nach dem russisch-japanischen Krieg von 1904 bis 1905 gewesen, war aber falsch. Später, als ich etwas tiefer in die chinesische Geschichte eintauchte, lernte ich, das Friedensabkommen in der Hafenstadt im Süden Japans nach dem von China verlorenen Krieg 1894 bis 1895 läutete den Verlust der Eigenständigkeit Koreas ein, der fünfzig Jahre dauern sollte, und besiegelte die Abtretung der chinesischen Insel Taiwan an Japan, die auch erst nach fünfzig Jahren gemäß der Kairoer Erklärung zwischen den USA, Großbritannien und China (die von Japan geraubten chinesischen Gebiete Mandschurei, Taiwan, die Pescadores müssen an die Republik China zurückfallen, Korea soll wieder frei und unabhängig werden) rückgängig gemacht wurde.

Und diesen *Frieden von Shimonoseki* hatten wir in Otterbachs Geschichtsunterricht behandelt? Unglaublich! Er konnte ja nicht vom Himmel gefallen sein, hatten wir vielleicht sogar die *Meiji-Restauration* von 1868 behandelt, die für den Anfang der Modernisierung Japans steht, auch für die militärische?

Otterbach stammte aus dem Siegerland, bei ihm als Geschichtslehrer war es deshalb am ehesten entschuldbar, dass er uns nicht verraten hat, wer der Namensgeber »Ostermann« der Straße gewesen war, an der die Rückfront unserer Schule lag. Heinrich Johann Friedrich Ostermann war 1687 in Bochum geboren, floh wegen eines Duells nach Holland, trat 1704 in russische Dienste. Unter Zar Peter dem Großen (»Zar und Zimmermann«) spielte er eine herausragende Rolle im russischen Staatsdienst. Er war Unterhändler bei der Beendigung des Großen Nordischen Kriegs zwischen Schweden und Russland, wurde zum Freiherrn und Geheimrat, später zum Reichsvizekanzler ernannt. Zarin Elisabeth ließ ihn nach ihrer Thronbesteigung verhaften, er wurde zum Tode verurteilt, kurz vor seiner Hinrichtung stattdessen jedoch auf Lebenszeit nach Sibirien verbannt, wo er starb.

Nationalsozialismus und Zweiter Weltkrieg wurden nicht ausgespart, allerdings sind mir nur wenige Bruchstücke im Gedächtnis geblieben. Ein sehr faktengestützter Unterricht kann es wohl nicht gewesen sein, denn das Kriegsende lag erst ein paar Jahre zurück, welche Unterrichtsmaterialien konnten ihm zur Verfügung gestanden haben? Er hatte auf jeden Fall *Statist auf diplomatischer Bühne 1923–1945* von Paul Schmidt (von 1935 – 1945 Chefdolmetscher Hitlers) gelesen, wie ich später feststellte, als ich das 1949 erschienene Buch las. Eine selbst für mich als Nichthistoriker fragwürdige Quelle, aber »man muss mit den Rudern rudern, die man hat«. Nicht einmal die bereits erwähnten Bücher »Aufstieg und Fall des Dritten Reiches« von William L. Shirer und das dtv-Taschenbuch »Das Urteil von Nürnberg 1946« waren zu meiner Schulzeit erschienen.

Otterbachs Unterricht über die Zeit des Nationalsozialismus basierte stark auf *oral history*, auch wenn das Wort zu der Zeit noch nicht in Umlauf war. Das kam seiner Natur und unseren Wünschen entgegen: Er erzählte gern und wir hörten gern zu.

Die Cluniazensische Reform, eine von der Abtei Cluny um das Jahr 1000 ausgehende Klosterreform, spielte in unserem Unterricht eine wichtige Rolle und ich habe mich lange gefragt, warum das wohl so war, möglicherweise als Beginn der Kette Cluny, William of Ockham, John Wyclif, Jan Hus, Martin Luther?

Unser Klassenlehrer erzählte nicht nur gern, er sang auch gern. Besonders später, als wir bei ihm Französisch hatten, haben wir viel während des Unterrichts gesungen, bei geöffneter Tür des Klassenzimmers, damit alle etwas davon hatten. Vor rund zwanzig Jahren fuhr ich spät abends nach einer Hochzeitsfeier mit dem Auto von Aschaffenburg in Richtung Norden heim. In der Gegend von Gießen setzte Müdigkeit ein und als ich später einen Parkplatz ansteuern wollte, fand ich nur stockfinstere, leere Rastplätze vor. Ich fuhr weiter und hielt mich durch Singen französischer Lieder wach, mein Vorrat reichte fast bis Hagen.

Während eines Urlaubs im bretonischen Saint Jacut de la Mer saßen meine Frau und ich vor Jahren abends mit den Vermietern unseres Ferienhauses bei einem Glas Wein zusammen. Pierre Vigne war Mitglied des örtlichen Männergesangvereins, es gab auch eine Gitarre, also begannen wir irgendwann, französische Lieder zu singen. Bei *Boire un petit coup c'est agréable* sang ich eine Strophe, die Pierre und seine Frau nicht kannten:

> *J'aime le patron et la patronne,*
> *j'aime le patron quand il est rond.*
> *J'aime encore mieux les cuisses de la bonne,*
> *j'aime le patron et la patronne,*
> *j'aime le patron quand il est rond.*
> *Un petit coup, tralalala …*

Mit ungläubigem Gesicht[22] fragte mich Pierre, ob ich das wirklich in der Schule gelernt hätte.

In Englisch stand nun Literatur im Vordergrund, Miss Stevens hatte zum Glück für ordentliche Grundlagen gesorgt. Vermutlich ist meine Erinnerung lückenhaft, auf jeden Fall lasen wir *The Importance of Being Earnest* von Oscar Wilde, *The Scarlet Letter* von Nathaniel Hawthorne, *Saint Joan* von George Bernhard Shaw, *Macbeth* von Shakespeare, *The Bridge of San Luis Rey* von Thornton Wilder.

Kann man mit einem derart »literaturlastigen« Englischunterricht auf die Anforderungen des Berufslebens vorbereiten? Als ich meine Doktorarbeit *On the Theory of Pseudo N–Path Filters and their Realization* schrieb, floss der Text nicht so leicht aus der Feder wie in meiner Muttersprache, Probleme ergaben sich jedoch nicht. Veröffentlichungen in amerikanischen Fachzeitschriften, Vorträge auf internationalen Kongressen, bei mir war »Literaturenglisch« eine hervorragende Basis.

---

[22] wegen der Zeile *J'aime encore mieux les cuisses de la bonne* — noch mehr liebe ich die Schenkel des Hausmädchens

Unabhängig vom Fach — in dieser Zeit also Englisch oder Geschichte — passierte es manchmal unerwartet, dass Otterbach ausrastete, hatten wir eben noch miteinander gelacht, konnte sich im nächsten Augenblick ein Donnerwetter über uns entladen. Wir haben nie darüber gesprochen, daher weiß ich nicht, wie meine Klassenkameraden solche (seltenen) Explosionen empfanden, ich war anfangs sehr erschrocken und eingeschüchtert, wusste aber bald, dass ich nur meinen Kopf etwas einziehen und warten musste, bis sich das Gewitter verzogen hatte, Otterbach war nicht nachtragend.

Er drückte sich gern spöttisch–locker–ironisch aus, ohne verletzend zu sein. Einmal im Monat stand »Schulgottesdienst« auf dem Stundenplan, in der Meinolphuskirche für die katholischen Schüler, in der Melanchthonkirche für die evangelischen. Seine Ankündigung lautete jedes Mal »am Montag ist Schulgottesdienst, für die Rechtgläubigen in St. Meinolphus und für die Häretiker in St. Melanchthon«, er war, soviel ich weiß, ein überzeugter Protestant, zu meinem Religionslehrer Hameyer hatte er ein sehr gutes Verhältnis.

Anfang Mai 1953 fand in Bochum ein Ostpreußentreffen statt. Als Versammlungsorte dienten leere Hallen des Bochumer Vereins, der damals noch nicht Bestandteil des Krupp-Konzerns war, es ist gut möglich, dass die Werkshalle, aus der später die Jahrhunderthalle hervorging, in die damalige Großveranstaltung eingebunden war. Wie viele Menschen zu dem Treffen gekommen waren, weiß ich nicht, jedenfalls waren sehr, sehr viele gebürtige Ostpreußen auf dem Gelände. Es herrschte ein buntes Treiben, bunt deshalb, weil fast alle traditionelle Trachten trugen, zudem war strahlendes Wetter, wodurch die farbenfrohe Kleidung, besonders die der Frauen, eindrucksvoll zur Geltung kam. Wir Pfadfinder — ich nehme an, alle Bochumer Gruppen waren angesprochen worden — besorgten den Ordnungsdienst, durch unsere Uniform waren wir gut als diejenigen erkennbar, an die man sich wenden konnte.

Unsere Grundaufgabe war es, den zu verschiedenen Landsmannschaften gehörenden Menschen erste Orientierung zu geben und sie nach einem vorgegebenen Zeitplan zu bestimmten Veranstaltungen zu führen. Ein Transparent mit der Aufschrift »Allenstein« half mir, meine aus dem Ort Allenstein und Umgebung stammenden Schäflein zu sammeln, um sie gebündelt (eins von Otterbachs Lieblingswörtern) zum nächsten Versammlungsort zu bringen.

Ein (makabrer) Witz, den ich von »meinen Leuten« hörte, ist mir in Erinnerung geblieben. Treffen sich zwei Allensteiner auf der Bochumer Veranstaltung nach langer Zeit zum ersten Mal wieder, einer ist mit dem Fahrrad von Allenstein gekommen. Fragt ihn der andere: »Hast du keinen ›Plattfuß‹ während der Fahrt gehabt?« »Nein, ich musste nicht einmal meine Luftpumpe benutzen.« Da stürzt der Fragesteller zum Fahrrad, hält seine Nase ganz nah an das Ventil des Vorderrads, schraubt es auf und sagt mit verklärtem Gesicht »Heimatluft«.

Seit meinem zwölften Geburtstag, an dem ich eine Agfa Box geschenkt bekam, hatte mich der Gedanke, rasch eine Agfa Silette zu kaufen, nicht losgelassen. Alle »Einnahmen« aus Nachhilfestunden, Geschenken, kleinen Dienstleistungen hatte ich zweckgebunden zurückgelegt. Zu den Dienstleistungen zählten natürlich auch das Anbringen von Deckenlampen, das Ersetzen kaputter Stecker, aber auch die Beförderung von Kohlen in den Keller. Die auf einer Zeche Beschäftigten erhielten sogenannte Deputatkohle, eine zusätzlich zum Einkommen vom Arbeitgeber »Zeche« gewährte geldwerte Sachleistung in Form von Kohle. Onkel Werner, der Mann meiner Patentante, arbeitete als Bauingenieur auf der Zeche Constantin, Schacht 6/7. Er bekam jährlich zwanzig Zentner Deputatkohle, geliefert wurde sie mit einem Lastwagen, vor der Haustür wurden die Kohlen auf den Gehweg gekippt, das war das übliche Verfahren. Ich schaufelte dann die Kohlen in Eimer, trug sie anschließend in den Keller und bekam dafür fünfzehn Mark von meiner Tante. So hätte es nach der Theorie ablaufen sollen, in der Realität spielte sich die Geschichte etwas anders ab. Onkel Werner gab dem Lastwagenfahrer zehn Mark, damit er nur die Hälfte vor seiner Haustür ablud, dann ein Stückchen weiterfuhr und die andere Hälfte vor unserer Tür abkippte. Ich bekam also die fünfzehn Mark für das Schleppen von zehn Zentnern Kohle.

Als ich genügend Geld beisammen hatte, ging ich zu Foto Hamer, um mir die ins Auge gefasste Kamera zu kaufen. Herrn Hamer kannte ich durch meine Oma, die Familien waren lange Jahre hindurch fast Nachbarn gewesen, er hörte sich meinen Wunsch an, machte dann aber einen anderen Vorschlag. In Kürze werde die Kodak Retina Ia durch den Typ Ib ersetzt, deshalb gebe es die Retina Ia jetzt billiger und diese Kamera sei sehr viel besser als die Agfa Silette, er nahm ein Exemplar aus dem Regal und legte es auf den Verkaufstisch. Ich hatte den Photo–Porst–Katalog wieder und wieder vorwärts und rückwärts studiert, kannte die Eigenschaften der Kamera, sie aber jetzt *in natura* vor mir zu sehen, das war schon aufregend. Allerdings — trotz der Preisreduktion kostete das »gute Stück« immer noch hundertsiebzig Mark, doch ich hatte Blut geleckt. Es gelang mir, den im Augenblick fehlenden Betrag innerhalb der Familie zu leihen und kaufte die Retina, was ich nie bereut habe. Den Kredit konnte ich sogar schneller als geplant zurückzahlen.

Meine Oma hatte es geschafft, das zerstörte Geschäftshaus neu aufzubauen, im Erdgeschoss war das Ladenlokal mit großem finanziellen Aufwand, für den Kredite aufgenommen werden mussten, hergerichtet worden. Wäre allen, die sich für den Wiederaufbau ihrer Geschäfte in dieser Gegend hoch verschuldeten, bekannt gewesen, dass der Hauptbahnhof wenig später an eine andere Stelle des Stadtgebiets verlegt und ihr Straßenabschnitt zu einer »toten Ecke« gemacht würde, sie hätten diesen Schritt wohl kaum vollzogen. Meine Mutter hatte inzwischen das Geschäft von ihrer Schwiegermutter übernommen und damit einen beträchtlichen Schuldenberg.

Im Herbst konnte das Schauspielhaus Bochum endlich das Provisorium im Stadtparkrestaurant gegen eine wunderbare eigene Spielstätte eintauschen. An das alte Stadttheater, das ich nur von Bildern kannte, erinnerte nichts mehr, ich war von dem Gebäude und dem neu gestalteten Umfeld begeistert. Noch begeisterter war ich, als ich bald darauf zum ersten Mal das Innere sah, alles so wunderbar modern.

Das Wort »modern« klang damals in meinen Ohren ungeheuer positiv, doch ich vermute, es bezeichnete für mich nicht primär die Abkehr vom Überkommenen. Angenommen, ich hätte damals die Kirche von Ronchamp nach den Plänen von Le Corbusier, die allerdings erst 1955 fertig wurde, zu Gesicht bekommen, hätte sie mich begeistert, weil sie ein neues — modernes — Denken symbolisierte? Ich glaube, »modern« hatte für mich eine viel simplere Bedeutung. Alt bedeutete, dass die Zeit nicht spurlos an den von Menschen geschaffenen Objekten vorübergegangen war, vielfach waren die Spuren nur notdürftig ausgebessert worden, im zerbombten Nachkriegs-Bochum waren überdies vom Alten großenteils nur noch Spuren vorhanden gewesen. Und auf dem vom Krieg verschonten Alten hatten jahrzehntelange Emissionen der Großindustrie ihre unschönen Rückstände hinterlassen.

Modern — das bedeutete neu aussehend, nicht geflickt, hergestellt mit hochentwickelten Maschinen und Verfahren, ohne abgestoßene Ecken, sauber und ordentlich.

Meine Mutter hatte ein Abonnement — Vormiete sagten wir — für die erste Spielzeit geschenkt bekommen, scheute sich aber, ins Theater zu gehen, vielleicht weil sie Angst hatte, mit ihrer einfachen Garderobe aufzufallen? So kam es, dass ich als Vierzehnjähriger die Aufführungen der ersten Spielzeit gesehen habe. Anfangs fühlte auch ich mich ungemütlich unter den durchweg gut gekleideten Erwachsenen, sie schienen mich aber gar nicht zur Kenntnis zu nehmen und so verlor sich mein Gefühl, an diesem Ort deplatziert zu sein.

Als erstes Stück sah ich *Der trojanische Krieg findet nicht statt* von Jean Giraudoux. Als sich der Vorhang öffnete, war ich geradezu überwältigt. Auf der in meinen Augen riesigen hell erleuchteten Bühne stand vorn ein mit einem Geländer versehenes hohes Podium, das mich an einen Boxring erinnerte, es war gewissermaßen eine Bühne auf der Bühne, auf der sich einige Schauspieler zu streiten schienen. Als Hans Messemer, der sich später Hannes Messemer nannte, auf das Podium sprang und sie mit schneidender Stimme attackierte, verstummten sie.

Oberflächlich verstand ich das Stück schon, Homers Geschichte vom trojanischen Krieg war mir ja nicht fremd, die wichtigsten Figuren auf griechischer und trojanischer Seite waren mir bekannt. Ich merkte auch, dass es nicht darum ging, die Ilias noch mal neu zu erzählen, doch welche Botschaft der Autor, verpackt in die alte Geschichte, aussenden wollte — das blieb mir verborgen. Ich hätte mich vorbereiten müssen, doch wie? Es wäre schön gewesen, jemand hätte mich damals an die Hand genommen. Stattdessen musste ich mir eine wütende Schimpfkanonade meines Französischlehrers über die »Sauereien« in dem Stück anhören, dass ich es gesehen hatte, behielt ich wohlweislich für mich.

Für die meisten Theaterstücke war ich noch zu jung und hätte es im Theater eine freiwillige Selbstkontrolle FSK wie im Kino gegeben, hätte ich manche Aufführung nicht sehen können, das war mir damals schon klar. Stücke hin, Stücke her, ich genoss auch die Theaterwelt, die Theateratmosphäre, es gefiel mir, wie auf der Bühne gesprochen wurde, wie sich die Schauspieler bewegten, die Bühnenbilder, das ganze Drum und Dran. Als das Abonnement ausgelaufen war, kaufte ich Theaterkarten von dem Geld, das ich mit Nachhilfestunden verdiente.

Hans Messemer, Hanns Ernst Jäger, Manfred Heidmann hießen meine Favoriten unter den männlichen Schauspielern, Rosel Schäfer und Eva Katharina Schultz waren die Schauspielerinnen, die ich besonders gern sah. Daneben sind mir die Namen Ursula von Reibnitz (mit der rauen Stimme), Rolf Boysen, Peter Probst, Hans Schlosze, Holger Kepich (Rüpel und Rabauke) in Erinnerung geblieben.

Die Aufführungen unter dem Intendanten Hans Schalla habe ich als die eindrucksvollsten in Erinnerung, mit der Aufführung des Dramas »Der Teufel und der liebe Gott« von Jean Paul Sartre bei den Internationalen Theaterfestspielen (Paris 1956) errang das Bochumer Schauspielhaus den Ruf einer international bedeutenden Bühne.

Als ich 1972 auf dem Weg von Monterey nach San Francisco mit dem Auto über den *Camino Real* fuhr, erinnerte ich mich an Bruchstücke aus Tennessee Williams gleichnamigen Drama, das ich in einer Aufführung des Bochumer Schauspielhauses gesehen hatte.

Neben den von Pfadfindergruppen gemeinsam durchgeführten Fahrten trafen wir uns manchmal über die Gruppen hinweg spontan und unorganisiert, um etwas zu unternehmen, häufig an Wochenenden, was sich damals im Wesentlichen auf den Sonntag beschränkte, da samstags gearbeitet werden musste (das »Wirtschaftswunder« heißt nur so, in Wirklichkeit war es natürlich kein Wunder).

Eine solche Unternehmung war eine Fahrt nach Detmold während der Osterfeiertage 1954, die sich Manfred ausgedacht hatte. Außer Norbert und mir vom Pfadfinderstamm St. Meinolphus waren noch zwei Klassenkameraden Manfreds, Helmut und Ulrich, mit von der Partie, sie waren drei Klassen über mir und in Gedanken schon stark mit dem Abitur beschäftigt. Am Karfreitag fuhren wir los, Manfreds Vater hatte geschäftlich in Detmold zu tun, wir konnten im (einachsigen) Anhänger mitfahren, was damals auch schon verboten war. Während der Fahrt wurde mir durch das Schaukeln des Anhängers furchtbar übel, ich kotzte mir meine Kleidung voll und saß für den Rest der Fahrt nur noch notdürftig bekleidet im luftigen Anhänger.

Wir übernachteten in der Jugendherberge, die schön gelegen war und sich in gutem Zustand befand, um unser Essen, das meistens aus Butterbroten bestand, kümmerten wir uns selbst. Nachdem wir unsere Sachen in der Jugendherberge abgelegt hatten, machten wir uns zu einem Rundgang durch die Altstadt auf, eine Vorkriegsidylle ohne Ruinen und Häuserlücken. Das war ich nicht gewohnt, der Zweite Weltkrieg war ja erst neun Jahre vorbei und trotz des rasanten Wiederaufbaus gab es in Bochum noch allenthalben unübersehbare Spuren des Bombenkriegs. Es folgte eine Besichtigung des fürstlichen Schlosses.

An einem der Tage sollte ich auch endlich das Hermannsdenkmal zu sehen bekommen! Viele hatten schon Schulausflüge zum »Hermann« gemacht, berichteten begeistert von den gigantischen Ausmaßen, nur ich — so schien es mir — hatte es immer durch widrige Umstände verpasst, den Wallfahrtsort des Germanentums kennenzulernen (dass die Varusschlacht ziemlich weit entfernt von diesem Ort stattgefunden hatte, war noch nicht bekannt). Wir sangen manchmal *Als die Römer frech geworden…*

Ich wäre auch gern durch die Dören-Schlucht gegangen, wo — so hatte ich es im Heimatkunde-Unterricht der nicht sehr weit entfernten Volksschule Kleinenberg gelernt — die tapferen Germanen dicke Felsbrocken auf die Häupter der ahnungslos durchreitenden römischen Soldaten geschmissen hatten, aber darauf musste ich verzichten. Die Umgebung des Hermannsdenkmals war ziemlich öde, die Besatzung hatte vor nicht allzu langer Zeit den Kahlschlag der Gegend besorgt.

Norbert und ich hatten unsere Fahrräder im Anhänger mitgenommen, am Ostermontag machten wir uns auf den Nachhauseweg, die drei anderen wollten noch ein paar Tage bleiben.

Am Morgen des Ostersonntags hatte ich mich nicht besonders gut gefühlt, hatte dem aber keine besondere Bedeutung beigemessen, zumal im Laufe des Tages wieder eine Besserung eintrat, auch als wir mit den Rädern von Detmold losfuhren, fühlte ich mich gesund. Auf den ersten Steigungen im Teutoburger Wald merkte ich, dass mit mir etwas nicht stimmte. Schlimm wurde es an einer langen Steigung — ich glaube, die Stelle hieß Gauseköte —, dort musste ich mein Rad sogar schieben. Von Kilometer zu Kilometer fiel mir das Radfahren schwerer, so dass Norbert in Paderborn empfahl, ich solle allein mit dem Zug nach Hause fahren, was natürlich gegen meine Ehre ging, also fuhren wir weiter. In Salzkotten war ich dann mit meinen Kräften gänzlich am Ende und ich musste mit dem Zug weiterfahren. In Dortmund wurde ich wach, hier war Endstation. Aus irgendwelchen Gründen entschloss ich mich, die letzten fünfundzwanzig Kilometer nach Bochum wieder auf dem Fahrrad zurückzulegen, trotz des strömenden Regens. Ich fuhr über den Ruhrschnellweg, heute A40, den man damals mit dem Fahrrad benutzen durfte. Eigentlich fehlten mir die Kräfte. Doch in meiner Pfadfinderzeit hatte ich gelernt — hatte es lernen müssen —, durchzuhalten, eine ganz wichtige Erfahrung für mich, und so kam ich offensichtlich irgendwann zu Hause an.

Am darauffolgenden Sonntag wurde ich wach, mein ältester Vetter und seine Freundin standen neben meinem Bett. Ich erfuhr, dass ich eine schwere Lungenentzündung hatte, als Folge der dünnen Bekleidung im zugigen Anhänger auf der Fahrt nach Detmold.

Wie in vielen Städten Westdeutschlands gab es auch in Bochum ein Amerika-Haus, die Niederlassung einer US-Agentur, die den Deutschen die Sieger- und Besatzungsmacht USA näher bringen und Anleitungen zur Demokratisierung geben sollte. Die Basis des Informationsangebots bildeten Bibliothek, Ausstellungen und spezielle Veranstaltungen. Mein erster Besuch des Amerika-Hauses galt einer Ausstellung, in deren Mittelpunkt der Experimentiertisch Otto Hahns stand, auf dem der originale Aufbau zu dem Experiment zu sehen war, mit dem er 1938 den Nachweis der Kernspaltung des Urans erbracht hatte. Ich war überrascht: Der Tisch sah aus wie ein alter, ramponierter Küchentisch und die Elektronenröhren des Versuchsaufbaus glichen denen aus den Anfängen des Radios. Und diese Utensilien waren wesentlicher Bestandteil der Arbeiten gewesen, für die Hahn im Jahr 1945 den Chemie-Nobelpreis des Jahres 1944 erhalten hatte!

Ein paar Schritte vom Amerika-Haus entfernt gab es an einem Verbindungsweg zwischen zwei Straßen die Buchhandlung Bremkens, einen winzigen, aber beliebten Laden, der von Frau Bremkens geführt wurde, die ununterbrochen aufgeregt redete und mit schlafwandlerischer Sicherheit einen gesuchten Buchtitel aus der Mitte eines hohen Bücherstapels zog.

Hin und wieder hatte ich in der Vergangenheit ein Schulbuch bei Frau Bremkens gekauft, dieses Mal suchte ich ihren Buchladen wegen eines Fachbuchs auf. Seit dem Bau meines ersten Röhren-Radios hatte ich mich weiter mit Elektronenröhren beschäftigt, die wenigen Bücher der Stadtbücherei aus diesem Bereich hatten sich als wenig hilfreich erwiesen, doch durch sie war ich auf Heinrich Barkhausen gestoßen, den Autor eines Standardwerks über Elektronenröhren und wegen dieses Buches war ich nun bei Frau Bremkens, die sofort wusste, dass es nicht vorrätig war. Aber sie habe ein Buch, das mich vielleicht interessieren würde, mit diesen Worten griff sie ins Regal und drückte mir »Der Kurzwellen-Amateur« in die Hand. Schon beim ersten Durchblättern sah ich, dass ich mit dem Buch weiterkommen würde, bezahlte neun Mark achtzig und machte mich guter Dinge auf den Heimweg. Barkhausens Buch wäre im Übrigen zu diesem Zeitpunkt so falsch gewesen, wie es falscher nicht hätte sein können.

Hans und ich waren seit der ersten Begegnung in engem Kontakt geblieben, unser Interesse an der Radiobastelei war bis zu diesem Zeitpunkt auf den Mittelwellen-Rundfunk gerichtet gewesen, der nach dem Krieg für Deutschland wichtig gewordene Ultrakurzwellenbereich lag für uns (noch) außer Reichweite.

Durch das neue Buch erfuhren wir, dass es eine Kurzwellen-Welt gab, in der sich Amateure aus aller Welt tummelten. Sie beschränkten sich nicht auf das Abhören von Rundfunkstationen, sie durften nach dem Erwerb entsprechender Lizenzen auch eigene Sender mit niedriger Leistung betreiben und so mit anderen Amateuren weltweit in Kontakt treten. Heute sind wir daran gewöhnt, dass fast jeder in seinen vier Wänden Sender (mit sehr geringer Sendeleistung) und Empfänger betreibt, beispielsweise in Telefonen, Handys, Wireless Local Area Networks (WLAN) oder bei Bluetooth-Verbindungen. In der Zeit, über die ich hier berichte, verfügten vergleichsweise wenige Einrichtungen über Sendestationen, etwa Geheimdienste, Botschaften, Polizei, Schiffe. Kein Wunder, dass Hans und ich von der Welt der Kurzwellen-Amateure fasziniert waren.

Der Autor des Buchs, das mir Frau Bremkens empfohlen hatte, hieß Karl Schultheiss. Er beschränkte sich nicht auf eine Zusammenstellung von Bauanleitungen, bei ihm fanden wir für uns verständliche Erklärungen der Funktionsweise der Baugruppen einer Sende- und Empfangsanlage, natürlich las sich das Buch nicht wie ein Roman, wir mussten uns schon »durcharbeiten«, wurden dabei ständig klüger, wie es eben bei jedem Lernprozess der Fall sein sollte.

An manchen Sonntagnachmittagen ging meine Mutter mit meinem Bruder und mir durch ein an einen Park grenzendes unbebautes Gebiet spazieren, das teilweise aus Weide- und Ackerland, teilweise aus Brachland mit ein paar Tümpeln bestand, in denen Rohrkolben wuchsen. Ich mochte Spaziergänge nicht, mag sie immer noch nicht, doch wer hätte meine Mutter begleiten sollen, sie hatte ja nur ihre beiden Kinder. Unter der Woche, im Alltagstrubel, kam sie kaum dazu, an den in Russland unter der Erde liegenden Ehemann zu denken, doch während der Muße der Sonntagnachmittage wurde sie sich des Verlusts wohl besonders schmerzlich bewusst.

An einem Samstagnachmittag saßen Christian und ich an einem der Tümpel und versuchten Stockbrot zu backen oder sollte man rösten sagen? Christian, auch Pfadfinder, war ein paar Jahre älter als ich und hatte möglicherweise seine Bäckerlehre schon beendet. Niemand nannte ihn bei seinem Vornamen, unter uns Pfadfindern hieß er Kaschmir. Er stammte aus dem oberschlesischen Oppeln, war angenehm zurückhaltend, ich glaube, er ist später in einen Mönchsorden eingetreten. Während wir die Brotspieße über dem Feuerchen drehten, kam er auf seinen Plan zu sprechen, im darauffolgenden Jahr eine längere Radtour durch

Holland zu machen. Ich war überrascht und gleichzeitig begeistert. Im Laufe der Zeit hatte ich zahlreiche Pfadfinder kennengelernt, Sankt-Georgs-Pfadfinder aus anderen Orten, Christliche Pfadfinder (das evangelische Pendant zu uns), Mitglieder des Bundes Deutscher Pfadfinder. Ihren Erzählungen von Fahrten in andere Länder hatte ich stets mit Neid zugehört, weil bei uns — zu meinem Bedauern — nicht einmal über Auslandsfahrten geredet wurde. Mein Eindruck war, erst wenn wir alle deutschen Dörfer mit mehr als fünfzig Einwohnern besucht hätten, könnten wir vielleicht auch über andere Länder nachdenken. Christian hatte ich bislang für einen Anhänger dieser Kirchturms-Ideologie gehalten und nun entpuppte er sich als Tabubrecher. Mich hatte Christian als ersten in seinen frevelhaften Anschlag auf die ehrwürdige Biederkeit eingeweiht, vielleicht weil wir (zusammen mit Norbert) vor ein paar Monaten zur Priesterweihe unseres Freundes Winfried nach Paderborn getrampt waren. Ich sagte unter der Bedingung zu, dass meine Mutter keine Einwände haben würde.

Zusammen mit Wolfgang, einem besonders aktiven Pfadfinder, hatte ich den Entschluss gefasst, ein monatliches Mitteilungsblättchen ins Leben zu rufen, neben unseren kleinen Neuigkeiten und Vorankündigungen sollte in jeder Ausgabe ein neues Lied mit Noten abgedruckt werden, damit vielleicht auch mal neue Lieder an den Heimabenden gesungen würden. Der redaktionelle Teil machte natürlich Arbeit, die größte Schwierigkeit bereitete jedoch die technische Herstellung, uns stand nur ein winziger Geldbetrag zur Verfügung. Für die Druckvorlagen verwendeten wir Wachsmatrizen, die mit einer Schreibmaschine ohne Farbband beschriftet wurden, gedruckt wurde mit einer primitiven Vorrichtung, die sonst vom Pfarrer und den Vikaren benutzt wurde.

Als ich einmal unserem geistlichen Betreuer — Vikar Paul Jakobi — die Apparatur in sein Arbeitszimmer zurückbrachte, fragte er, welche Pläne ich für meine berufliche Zukunft habe. Meine Antwort, ich würde mit dem Einjährigen von der Schule abgehen und eine kaufmännische Lehre beginnen, gefiel ihm offensichtlich gar nicht und er fragte weiter, warum ich denn kein Abitur machen wolle, um anschließend zu studieren. Eine richtige Antwort hatte ich nicht parat, aber da ich ja etwas sagen musste, gab ich altklug zurück, ich wolle doch nicht das akademische Proletariat vergrößern. Das hätte ich nicht sagen dürfen, er wurde unglaublich wütend und schimpfte, dass mir angst und bange wurde.

Auf dem Nachhauseweg dachte ich über seine Worte nach und fand, dass er recht hatte und als ich meiner Mutter von dem »Gespräch« berichtete, war sie mit meinem Wunsch, dass ich vorsorglich doch gern Abitur machen wolle, sofort einverstanden.

Von der Übernahme des Geschäfts hatte sich meine Mutter eine Verbesserung unserer finanziellen Situation erhofft, die Hoffnung erfüllte sich nicht. Vielmehr ergaben sich unerwartet neue Probleme durch Onkel Bernds Wechsel zu einem Großhändler, bei dem er als Außendienstmitarbeiter mehr verdienen konnte. Als ehemaliger Wehrmachtsoffizier war er nach dem Krieg froh gewesen, dass ihm seine Tante, meine Oma, eine Gelegenheit zum Neuanfang als Zivilist gegeben hatte, doch die Zeiten hatten sich geändert.

Spätestens zu diesem Zeitpunkt hätte meine Mutter jemand gebraucht, der ihr geraten hätte, das — von Anfang an — unrentable Geschäft aufzugeben und als Angestellte zu arbeiten, was — ebenfalls von Anfang an — eine bessere Lösung gewesen wäre. Doch niemand half ihr, sich aus ihrer prekären Lage zu befreien und so nahm die Misere weiter ihren Lauf. Neben anderem fehlten meiner Mutter die Voraussetzungen für die erfolgreiche Führung eines Einzelhandelsgeschäfts, doch wie sich hinterher herausstellte, waren nach wenigen Jahren alle vergleichbaren Geschäfte von der Bildfläche verschwunden, bessere Voraussetzungen hätten den Niedergang allenfalls verzögern können.

Jetzt war das Geschäft also nur noch ein Eine-Frau-Unternehmen, was zur Folge hatte, dass ich noch mehr als bisher mithelfen musste. Alle Reparaturarbeiten, die bisher Onkel Bernd ausgeführt hatte, blieben jetzt an mir hängen. Zusätzlich musste ich viel Zeit im Geschäft verbringen, damit die wenigen Kunden wegen zu langer Wartezeiten nicht auch noch wegliefen. Ich hasste diese Tätigkeit. Gegenüber arroganten, unangenehmen, unsympathischen Menschen, die es zur Genüge gab, entgegen dem eigenen Gefühl freundlich sein zu müssen, damit sie etwas Geld im Laden ließen, das man für den Lebensunterhalt brauchte — das war zum Kotzen.

In Wochen mit Vormittagsunterricht ging ich nach der Schule meistens direkt ins Geschäft, damit meine Mutter eine Mittagspause machen konnte — von der sie sehr oft erst gegen Geschäftsschluss zurückkam. Ich nahm an, sie hielt es nicht in der Umgebung aus, in der sie ständig ihre prekäre Situation vor Augen hatte, gesprochen habe ich darüber nie mit ihr, ich habe mich auch nie beklagt.

Im Sommer 1998 gehörte ich einer Delegation des Landes Nordrhein-Westfalen an, die in Nanjing an Feierlichkeiten zum zwanzigjährigen Bestehen der Kooperation mit der Provinz Jiangsu teilnahm. An einem »freien Abend« unterhielt ich mich mit einem Kollegen aus unserer Delegation, auch über private Dinge. Wir waren fast gleichaltrig, sein Vater war in den letzten Kriegstagen bei der Ausführung eines militärischen Auftrags ums Leben gekommen. Er war, wie ich, der ältere von zwei Söhnen, dem nach dem Tod des Vaters Aufgaben und Verantwortung zugefallen waren, die ihn sehr bedrückt hatten. Das beschäftigte ihn noch immer, nach mehr als fünfzig Jahren.

Es geschah zum ersten Mal, dass ich mit jemand über solche Erlebnisse sprach. Wir mussten gar nicht über Details reden, über die man nicht gern mit jemand spricht, den man nur flüchtig kennt, wir wussten stets aus eigenem Erleben, »was gemeint war«. Seine Feststellung »ich musste zu früh zu große Verantwortung übernehmen« berührte mich besonders, sie fasste alles in einem Satz zusammen, derart klar und schonungslos formuliert hatte ich meine eigene frühe Situation bis zu diesem Zeitpunkt nicht gesehen.

Natürlich hatte es für mich keine Verantwortung im juristischen Sinn gegeben, gegeben hatte es überhaupt keine Verantwortung, ich hatte mich »nur« immer verantwortlich gefühlt, und das wog schwerer als eine formale Verantwortlichkeit, denn die »Verantwortung aus Pflichtgefühl« kannte keine Begrenzung.

Anders ausgedrückt, wir mussten erwachsen sein, bevor wir erwachsen waren, und das galt für viele in unserer Generation. Beileibe nicht für alle, das Leben ist nämlich ungerecht, aber dies ist schon wieder ein Anthropomorphismus.

Als mein Kollege auf die zu frühe Übernahme von Verantwortung in seiner Kindheit zu sprechen kam, fühlte ich mich an den Augenblick erinnert, als ich mein erstes Arbeitszeugnis in Händen hielt, das mir beim Verlassen des Unternehmens überreicht wurde, in das ich nach meinem Studium eingetreten war. Mit dem Zeugnis war ich sehr zufrieden gewesen, nur der abschließende Satz »Besonders hervorzuheben ist seine Bereitschaft, Verantwortung zu übernehmen« hatte für Irritation gesorgt. Beim ersten Durchlesen hatte ich den Satz ganz naiv als eine positive Bewertung empfunden, erst beim zweiten Lesen hatte er mich irritiert. Wieso hatte man den Satz überhaupt geschrieben? Es war doch eine Selbstverständlichkeit, dachte ich, dass von den knapp dreieinhalbtausend Absolventen universitärer Studiengänge des Jahres 1964 jeder prinzipiell bereit sein würde, Verantwortung im Beruf zu übernehmen. In fachlicher Hinsicht allemal, darauf war nach meinem Gefühl das Studium doch ausgerichtet gewesen, aber darüber hinaus auch in Leitungsfunktionen, in die wir aufgrund unserer besonderen fachlichen Fähigkeiten hineinwachsen würden. Verbarg sich hinter der formal positiven Bewertung in Wirklichkeit eine Warnung vor Selbstüberschätzung oder übersteigertem Geltungsbedürfnis, in einem Arbeitszeugnis durfte ja hinsichtlich negativer Aussagen nicht »Klartext geredet« werden. Im Laufe der Zeit erkannte ich dann, dass der Wunsch, Chef zu sein, gar nicht so verbreitet war, wie ich in den ersten Berufsjahren gedacht hatte. Möglicherweise war die Bereitschaft bei denen größer, die schon früh an die Übernahme von Verantwortung gewöhnt wurden.

Tante Ruth war mit meinen beiden Cousinen in das wieder aufgebaute Haus gezogen, ihre Wohnung lag über dem Geschäft. Wenn sich die Gelegenheit ergab, ging ich gern zu ihr, um mich mit ihr zu unterhalten, sie war die Einzige in meiner gesamten Verwandtschaft, die sich mit intellektuellen Themen beschäftigte. Ich kann mir nicht vorstellen, dass sie eine besonders gute Schülerin war, ihre Begeisterung für Literatur, Lyrik insbesondere, und für das Theater war sicherlich anders geweckt worden.

Ihre Eltern hatten — vermutlich erst, nachdem sie zu Wohlstand gekommen waren — ein gastfreies Haus geführt. Anfangs könnte das auch teilweise religiös begründet gewesen sein, Tante Ruths Onkel war Baptistenprediger, ihre Eltern hatten sicherlich die Bibel in der Sonntagsschule fleißig gelernt und so könnte der Satz »Gastfrei zu sein, vergesst nicht, denn dadurch haben einige ohne ihr Wissen Engel beherbergt« aus dem Hebräerbrief eine Rolle gespielt haben. Die Einladungen zum sonntäglichen Mittagessen konnten leicht ausgesprochen werden, ein Dienstmädchen erledigte die Arbeit. Aus Erzählungen weiß ich, dass die Tischgespräche manchmal beachtliches Niveau haben konnten, noch in den 1970er Jahren berichteten mir zwei sehr betagte Männer von Besuchen bei meinen Großeltern, wo man bis tief in die Nächte hinein über Gott und die Welt philosophiert habe, die Namen Jakob Burckhardt und Jakob Böhme wurden erwähnt. Meine Tante war somit von klein auf in einer Umgebung zu Hause gewesen, die ihren späteren Neigungen förderlich war.

Die ernsthafte Beschäftigung mit Literatur und literaturnahen Themen wird mit ihrer Ausbildung zur Schauspielerin an der Bochumer Schauspielschule und der Essener Folkwangschule begonnen haben, die sie aber nach ihrer Heirat nicht fortsetzte. Ihr Mann entstammte einer Bäckerfamilie im pommerschen Stargard, er hatte sein Studium in den Fächern Germanistik, Geschichte und Philosophie abgeschlossen, seine Anstellung als Studienrat in Stralsund war auch schon erfolgt. Doch bevor er als Lehrer tätig werden konnte, wurde er zum Militärdienst eingezogen und 1942 setzten Partisanen seinem Leben ein Ende.

Bei meiner Tante lagen ständig Bücher auf dem Tisch, in Erinnerung geblieben sind mir Norman Mailers *Die Nackten und die Toten*, *Der Ekel* und *Die Fliegen* von Jean Paul Sartre, *Mensch und Unmensch* von Eugen Roth, John Steinbecks *Tortilla Flat*, *Das andere Geschlecht* von Simone de Beauvoir. Roth und Steinbeck las ich auch, die anderen Bücher gehörten (noch) nicht zu meiner Welt. Im Herbst 1972 nahm ich an einer Tagung in Pacific Grove auf den Asilomar Conference Grounds direkt an der Pazifikküste teil. In Erinnerung an meine Lektüre von *Tortilla Flat* unternahm ich an einem Nachmittag eine Wanderung nach Monterey, meine amerikanischen Kollegen erklärten mich hinterher für verrückt. Natürlich war meine Tante bestens mit Schiller, Goethe, Novalis, Kleist, Hölderlin…, vertraut, über viele Jahre war aber Gottfried Benn ihr Lyrik–Favorit.

Und so kam ich durch meine Tante mit Denkanstößen und Themen in Berührung, die in meinem übrigen familiären Umfeld eher Kopfschütteln hervorgerufen hätten.

Obgleich meine Mutter und ihre Schwägerin so verschieden waren wie zwei Frauen es nur sein können, sie kamen beide ohne ihre durch den Krieg umgekommenen Ehemänner mit dem täglichen Leben nur äußerst schwer bis gar nicht zurecht. Trotzdem haben sie dafür gesorgt, dass ihre Kinder die besten Lebenschancen hatten.

Mit der Versetzung in die Obersekunda, die erste Klasse der aus drei Klassen bestehenden Oberstufe, begann 1955 nach den Osterferien eine neue »Schulqualität«.

Hier sollte ich vielleicht erklären, warum ich noch immer die alten Klassenbezeichnungen wähle, obschon seit Jahrzehnten die Klassen, unabhängig von der Schulform, von eins bis dreizehn — mit dem rund zehn Jahre dauernden Intermezzo »eins bis zwölf« — durchnummeriert sind. Mein Festhalten an den alten Bezeichnungen hat keinerlei ideologischen Hintergrund. Wenn ich das Wort »Obersekunda« denke, erscheint sofort ein ganzer Schulkosmos mit tausend Einzelheiten vor mir. Natürlich bin ich in der Lage, Obersekunda in Klasse 11 zu übersetzen, aber wenn ich an diese Klasse denke, kommt nur die leere Menge zum Vorschein, denn in Klasse 11 bin ich nie gewesen.

Auch sollte ich noch eine Erläuterung zu den lateinisch basierten Klassennamen anfügen, da sie alles andere als selbsterklärend sind. Die erste Klasse war die Sexta, aber selbst ein des Lateinischen Unkundiger erkennt, dass die Wörter Sexta und eins sprachlich nichts miteinander zu tun haben können.

Das Gymnasium war ursprünglich sechsklassig, die Klassen wurden von oben nach unten mit den lateinischen Ordnungszahlen Prima, Secunda, Tertia, Quarta, Quinta, Sexta (wer ein bisschen von Musik versteht, wird »aha« sagen) belegt. Irgendwann reichten sechs Jahre nicht mehr, um den zunehmenden Lehrstoff zu vermitteln und die Gymnasialzeit wurde um drei Jahre verlängert. Ich nehme an, der zusätzliche Lehrstoff wurde »oben drauf gepackt«, weshalb Prima, Secunda und Tertia jeweils in »Ober-« und »Unter-« aufgespalten wurden.

Nun zu den Veränderungen, die mit der Versetzung nach Obersekunda einhergingen. Die Klasse war weiter geschrumpft. Einige Mitschüler waren sitzen geblieben, ein paar hatten sich mit dem »Einjährigen« zufriedengegeben oder zufriedengeben müssen, weil sie es nur *cum acho et kracho* bis hierher geschafft hatten. Solche (küchen-)lateinischen Verballhornungen, wie die hier von »mit Ach und Krach« waren bei uns beliebt, etwas *ex aermulo* schütteln ist ein weiteres Beispiel. Auch *clamheimlich* gehört in den Bereich solcher pseudolateinischer Wortschöpfungen, in diesem Fall handelt es sich um eine Tautologie, denn *clam* ist das lateinische Wort für heimlich. Wenige Jahre später entstand durch Volksetymologie daraus klammheimlich. Dass feuchte Heimlichkeit keinen Sinn ergibt, wird allenfalls eine verschwindende Minderheit stören. Das volksetymologisch entstellte Wort las ich zum ersten Mal 1977 in einem Pamphlet, das die feige Ermordung des Generalbundesanwalts Bubacks als »Abschuss Bubacks« bezeichnete, über die der Autor eine klammheimliche Freude empfand.

Einige Mitschüler schafften noch den Übergang in die Oberstufe, mussten dann aber bald aufgeben. Aus unserer Vorgängerklasse erbten wir fünf Schüler, von denen einer später das Abitur bestand.

Die meisten Mitschüler waren jetzt siebzehn, einer war schon fast zwanzig Jahre alt, ich gehörte zu drei Sechzehnjährigen. Wir waren alle keine Kinder mehr, hatten bis hierher überdurchschnittliche Leistungsfähigkeit gezeigt, die Ansprüche an uns konnten entsprechend angepasst werden.

Ich nehme an, dass auch unsere Lehrer, soweit möglich, entsprechend ausgewählt wurden. Die für mich bedeutsamste Veränderung gab es im Fach Mathematik, der »Direx«, Oberstudiendirektor Hugo Gamm, wurde unser neuer Mathematiklehrer. Einige nahmen das erschrocken zur Kenntnis, denn er galt als strenger, korrekt–kantiger Mann mit ehernen Prinzipien, bisweilen mit einem Hang zur Kauzigkeit. Er legte Wert auf ordentliche Kleidung, trug nur zweireihige Anzüge. Wie ich später nachgerechnet habe, war er zu diesem Zeitpunkt dreiundfünfzig Jahre alt.

An die erste Mathematikstunde mit ihm als Lehrer erinnere ich mich gut. Um sich ein Bild von unserem Kenntnisstand zu machen, stellte er Fragen zu verschiedenen Gebieten, jeder von uns »kam dran«. Wer denn unsere Mathematiklehrer in der Mittelstufe gewesen seien, wollte er danach wissen.

In Untertertia war es Bergmann gewesen, wie ich später erfuhr, hatte nicht nur ich Probleme mit ihm gehabt. Danach hatte uns eine Lehrerin unterrichtet, die schon seit mehreren Jahren in Pension gewesen war. Während ihrer Zeit hatten wir in immer neuen Variationen aus Wurstpfeilen — das war ihr Ausdruck, den wir nicht kannten, heute würde man Schaschlikspieße sagen — und Knetgummikügelchen irgendwelche Gebilde gebastelt, in meinem späteren Grundstudium an der RWTH Aachen kam mir der Gedanke, dass wir uns wahrscheinlich mit darstellender Geometrie beschäftigt hatten. Ein Diplom-Ingenieur der Fachrichtung Flugzeugtechnik, der wegen des Verbots einer deutschen Flugzeugindustrie durch die Siegermächte des Zweiten Weltkriegs keine Anstellung finden konnte, hatte uns in Untersekunda unterrichtet. In meinen Augen eine Katastrophe, ich weiß nicht einmal mehr, welche Gebiete in der Zeit behandelt wurden. Hugo kannte natürlich seine Pappenheimer, sagte allerdings nichts, sein Gesicht drückte aber Unzufriedenheit aus. Dann kam seine niederschmetternde Analyse, dass wir keine Ahnung von dem Stoff hätten, den wir in der Mittelstufe hätten lernen sollen. Aus der Tatsache, dass keiner von uns etwas wusste, hatte er wohl geschlossen, dass dies nicht in erster Linie an uns liegen konnte.

Während er uns zuhörte, hatte er auch schon eine Lösung für das Problem gefunden. In seinem Unterricht müsse er auf zahlreichen Ergebnissen der Mittelstufenmathematik aufbauen. Da sie uns fehlten, müssten sie nachgeholt werden, wofür aber in den regulären Mathestunden kein Platz sei, den brauche er für die Behandlung des aktuellen Stoffs. Er schlug vor, in den Wochen mit Nachmittagsunterricht nach der sechsten Stunde noch eine Stunde bis sieben Uhr in der Schule zu bleiben, in der er uns dann auf den Stand bringen würde, auf dem wir eigentlich sein sollten. Diesen Zusatzunterricht würde er so lange durchführen, wie es ihm notwendig erscheine. Und so geschah es. Wie lange genau, weiß ich nicht mehr, aber es dauerte ziemlich lange.

Hugo war Junggeselle, der auf eine Familie keine Rücksicht nehmen musste, trotzdem erscheint mir sein damaliges persönliches Engagement bis heute unglaublich.

Das Fach Mathematik bekam nun für mich einen neuen Stellenwert, ich erwartete nicht mehr mit Ungeduld das Ende einer Mathematikstunde, für das Wort Spaß habe ich in diesem Zusammenhang allerdings keine Verwendung. Jede Schulstunde war bestens vorbereitet — in seinem Kopf, er kam ohne irgendwelche Unterlagen oder Hilfsmittel in die Klasse. Der Umgangston war kameradschaftlich–freundlich, ohne in das in späteren Jahren modisch werdende Anbiedern abzugleiten, Direx blieb Direx, unter uns hieß er allerdings schlicht Hugo.

Mit Beginn der Oberstufe redeten uns die meisten Lehrer mit »Sie« an, auch wenn sie uns schon über mehrere Jahre unterrichtet hatten. Hugo, für den wir anfangs unbekannte Schüler waren, duzte uns und kannte nach kürzester Zeit alle Vornamen. Dazu möchte ich eine kleine Episode schildern. Zu Hugos Charakter gehörte, dass er die personifizierte Pünktlichkeit war, vielen Schülern, ich gehörte dazu, ging diese Tugend ab, so dass pädagogische Hilfestellung nicht schaden konnte.

Das Gebäude der Schiller–Schule hat seit meiner Schulzeit manche Veränderung erfahren, aber die große Freitreppe und die beiden Nebeneingänge vom Schulhof sind immer noch vorhanden. Die Benutzung des Haupteingangs war der Lehrerschaft vorbehalten, wir, die *plebs misera*, mussten die Nebeneingänge benutzen. In unregelmäßigen Abständen wartete Hugo morgens ab acht Uhr an der Fensterbank oberhalb des vorderen Nebeneingangs, um die Zuspätkommer aufzuschreiben. Die mussten dann eine Woche lang um zehn vor acht bei seiner Sekretärin vorstellig werden.

Einmal geriet auch ich in die »Radarfalle«. Hugo sah mich mit ernstem Gesicht an und fragte: »Wie heißt du?« Ob die absurde Frage Teil der pädagogischen Lektion war oder ob er sie aus Ordnungsüberlegungen heraus gestellt hatte, konnte ich nicht ergründen.

Ordnung musste nämlich sein. Im Laufe eines Schuljahres fanden — wie anderswo auch — immer irgendwelche Feiern in der Aula statt. Wenn das Schulorchester den letzten Satz beendet hatte, durften wir aber nicht einfach aufstehen, sondern mussten warten, bis Hugo vor das Auditorium getreten war und den immer gleichen Satz »Die Feierstunde ist beendet« verkündet hatte.

Mitteilungen des Schulleiters wurden von der Sekretärin in die nächstgelegene Klasse gegeben, dort von dem gerade unterrichtenden Lehrer verlesen, abgezeichnet und dann von einem Jungen in die nächste Klasse gebracht, und so weiter. Hugos Formulierungen waren häufig recht hölzern, manchmal mehr als das. In einem Winter gab es einen Umlauf folgenden Inhalts: *Auf dem Schulgelände ist das Werfen mit zusammengepresstem Schnee — sogenannten Schneebällen — verboten.*

Hätte ich ihn nicht im Unterricht als äußerst angenehmen Menschen kennengelernt, wäre mein Urteil über ihn wohl das gleiche wie das der meisten Schüler gewesen: Ein pflichtbewusster steifer Beamter. Übrigens war er im Lehrerkollegium wegen seiner Gerechtigkeit geschätzt, das erfuhr ich aber erst nach der Schulzeit.

Mathematik und Sport, für die beiden Fächer schlug sein Herz. Daneben war ihm die altgriechische Sprache wichtig, Gelegenheiten gab es reichlich, um das deutlich werden zu lassen. Einmal ging es um *nomos*, das griechische Wort für Gesetz, Hugo fragte uns, ob uns Wörter einfielen, in denen dieses Wort als Bestandteil enthalten sei. Ich nannte das Wort Nomogramm. »Quatsch«, sagte er, »das heißt Monogramm«. Ich sagte, dass ich wohl wisse, was ein Monogramm sei und versuchte ihn davon zu überzeugen, dass es Nomogramme auch gebe. Vergebens.

In der nächsten Mathematikstunde kam er sofort zu mir, entschuldigte sich, das Wort Quatsch sei ihm leider herausgerutscht, im Übrigen habe ich recht gehabt, Nomogramme gebe es tatsächlich. Woher ich denn den Begriff kenne? Ich erklärte ihm, dass ich mich mit Radiotechnik beschäftige, manchmal gebe es da mathematische Fragestellungen, die sich unter Verwendung von Nomogrammen näherungsweise grafisch lösen ließen. Den Taschenrechner konnte man damals nicht einmal erahnen und mit dem Rechenschieber konnte ich noch nicht umgehen.

Hugo war weiter in meiner Achtung gestiegen: Ein Oberstudiendirektor, der ohne Wenn und Aber zu einem Schüler sagte »Du hast recht gehabt, ich hatte mich geirrt«!

Zu seinen ehernen Grundsätzen im Fach Mathematik gehörte, dass jeder von uns in der Lage sein musste, eine quadratische Gleichung mit der sogenannten p-q-Formel auch im Schlaf zu lösen.

Natürlich hatten wir die Formel nicht platt auswendig gelernt, sondern zunächst schön brav den Weg über die quadratische Ergänzung genommen, wie er schon in meinem ältesten Mathe-Lehrbuch von 1759 beschrieben war, und hatten daraus die Abkürzung entwickelt. Wer in einer Klassenarbeit einen Fehler beim Lösen einer quadratischen Gleichung machte, musste — unabhängig von der Klassenarbeitsnote — in einer Woche mit »Morgenschicht« an einem Nachmittag in Hugos Dienstzimmer antanzen und eine nicht geringe Menge quadratischer Gleichungen lösen.

Davon blieb auch ich nicht verschont, aber den Nachmittag habe ich als ganz vergnüglich in Erinnerung. Er diktierte mir mein Aufgabenpensum, ich begann mit dem Lösen der Aufgaben, zwischendurch plauderten wir ganz locker miteinander. Bei einer Lösung musste die Quadratwurzel aus einer sehr krummen Zahl gezogen werden, mein Vorschlag, die Wurzel einfach stehenzulassen, fand nicht seinen Beifall. Als ich mir eine Logarithmentafel von ihm ausborgen wollte, runzelte er die Stirn und bemerkte vorwurfsvoll, ich hätte doch einen Algorithmus zum näherungsweisen Ziehen von Quadratwurzeln gelernt. Ich erinnerte mich nur noch dunkel, er war dann so nett, mir auf die Sprünge zu helfen. Als ich wenige Jahre später mein Studium der Elektrotechnik begann, wunderte ich mich, dass viele meiner Kommilitonen bei der Lösung quadratischer Gleichungen mit der quadratischen Ergänzung begannen.

Einmal machte er im Unterricht eine Bemerkung, die mir nicht zu seinem korrekten Verhalten zu passen schien, in welchem Zusammenhang sie fiel, weiß ich nicht mehr. Es ging um die Wahl der Schüler in Untertertia: Neusprachlicher Zweig oder mathematisch-naturwissenschaftlicher Zweig. Als Schulleiter habe er die Erfahrung gemacht, dass die besseren Schüler mehrheitlich immer den neusprachlichen Zweig wählten.

In meinem Studium spielte die Mathematik eine omnipräsente Rolle, auch in meinem Berufsleben. Ohne Hugo hätte ich bestimmt größere Schwierigkeiten gehabt.

Als wir uns in Oberprima mit Zahlenfolgen und Reihen beschäftigten, konnte ich mir für letztere sehr gut Anwendungsmöglichkeiten vorstellen. Aber Folgen reeller Zahlen erschienen mir damals als nette Spielerei, was sollte man damit praktisch anfangen können? Rund zehn Jahre später entstand der Begriff »Digitale Signalverarbeitung«, für den sich in den Anfängen nur »a limited number of specialists« interessierte, ich gehörte dazu. Heute kommt fast jeder — meist ohne es zu wissen — mit der digitalen Verarbeitung von Sprach-, Musik- und Bildsignalen in Berührung. Für mich hat sich, exemplarisch, Senecas Spruch »*non scholae, sed vitae discimus*« (nicht für die Schule, sondern für das Leben lernen wir) bewahrheitet.

Wesentliche Veränderungen gab es ebenfalls im Fach Physik, Studienrat Karl Kuhlmann bekamen wir als neuen Fachlehrer, unter Schülern galt er als der beste Physiklehrer unserer Schule, was sich auch bei uns bewahrheitete. Darüber hinaus erschien das Fach selbst in neuem Gewand. In der Mittelstufe hatten wir physikalische Phänomene durch Experimente anschaulich kennengelernt, hin und wieder durch einfache Berechnungen ergänzt, jetzt begann eine Physikstunde gleichfalls mit einem Experiment, aber mit dem Ziel, eine Gesetzmäßigkeit herauszuarbeiten, die in eine mathematische Formel gegossen werden konnte. Dabei ergab sich immer wieder das Problem, dass der Mathematikunterricht hinter den Bedürfnissen der Physik zurückblieb, ein von Personen unabhängiges Problem.

Ich würde auch sagen, dass unser Physikunterricht »auf der Höhe der Zeit« war. Als wir uns mit Kernphysik beschäftigten, amüsierte mich, dass Kuhlmann häufig stolz darauf hinwies, er habe sich das Wissen selbst erarbeitet, während seines Studiums habe er noch nichts über diesen Bereich der Physik gehört. Damals beeindruckte mich das nicht so sehr, weil ich der Meinung war, durch ein Universitätsstudium müssten Studierende nach einem erfolgreichen Abschluss des Studiums in der Lage sein, die Fortschritte des eigenen Fachs aufzunehmen und zu »verinnerlichen«. Das war wohl ein sehr hoher Anspruch meinerseits. Dass wir die Heisenbergsche Unschärferelation behandelt haben, nötigt mir (noch) nachträglichen Respekt ab. Durch ein Experiment zur Beugung des Lichts kamen wir auf das Thema Wellentheorie versus Korpuskulartheorie, was damals noch kein »alter Hut« war.

Wir hatten schon einen guten Physiklehrer, wegen seines Zynismus — ich war nie betroffen — mochte ich ihn aber nicht.

Durch das Buch von Schultheiss wussten Hans und ich, dass es den Deutschen Amateur Radio Club (DARC), einen Zusammenschluss deutscher Funkamateure, gab und wir konnten auch in Erfahrung bringen, dass sich die Mitlieder des Bochumer Ortsvereins in einer Gastwirtschaft im Ortsteil Hofstede trafen. Also gingen wir zum nächsten Clubabend und ließen uns als Mitglieder eintragen. Die Funkamateure waren ein bunt gemischtes Völkchen, entstammten unterschiedlichen sozialen Schichten, übten grundverschiedene Berufe aus, es gab Ärzte, Industriearbeiter, Lehrer, Verwaltungsangestellte, usw. Unter einem Aspekt war die Gruppe allerdings homogen, sie bestand ausschließlich aus männlichen Mitgliedern.

Schon nach kurzer Zeit merkte ich, dass es hinsichtlich der Interessenschwerpunkte zwei Kategorien gab. Für die einen stand die Technik im Vordergrund, die anderen begeisterten sich hauptsächlich für die Kommunikation mit anderen Funkamateuren. Die »Fraktion der Technikbesessenen« ließ sich noch einmal unterteilen in diejenigen, die alle Geräte selbst bauten und in jene, die ihre Funkausrüstung kauften. Auch bei den Amateuren, denen die Möglichkeit, weltweit mit anderen Menschen in Verbindung treten zu können, besonders am Herzen lag, gab es zwei Glaubensrichtungen: Die Anhänger der Morsetaste und die Mikrofonfreunde.

Die Telegrafie ist älter als die Telefonie, man könnte auch sagen, digital kam vor analog, und als Außenstehender wundert man sich vielleicht, dass es die Jünger des Telegrafie–Ahnherrn Samuel B. Morse immer noch gab, wo doch »quasseln« ungleich einfacher war (und ist) als sechzig Morsezeichen pro Minute mit einer Handtaste zu erzeugen. Auf technische Vorzüge der Telegrafie will ich nicht eingehen.

Von Anfang an war die telegrafische Nachrichtenübermittlung eine umständliche und langsame Angelegenheit, um diesen Nachteil abzumildern, bürgerte sich schon früh ein, häufig auftretende »Informationselemente« durch Kürzel zu ersetzen, hier einige Kostproben (in Klammern stehen Hinweise auf die Entstehung): *om – Funkamateuranrede (old man), yl – junge Frau (young lady), xyl – Ehefrau, cq – allgemeiner Aufruf (seekyou), rx – Empfänger (receiver), tx – Sender (transmitter), QSO – Funkverbindung, QSL – Bestätigung einer Verbindung, QTH – Standort, ar – Ende der Nachricht, 73 – viele Grüße, hi – lachen.* Da diese Kürzel international verwendet wurden, konnte man mit aller Welt ein einfaches »QSO fahren«, ohne eine Fremdsprache zu beherrschen. Mit geschliffener Sprache hatte das natürlich nichts zu tun, aber es ging in diesen Fällen nur darum, am Ende beweisen zu können, dass man mit einem *om* von den Fidschi-Inseln Kontakt hatte, was einem dieser *om* durch Zusendung einer QSL-Karte bestätigte.

Mein eigenes Interesse galt der Technik. Bald hatte ich meinen ersten funktionsfähigen Kurzwellenempfänger gebaut und hörte zu, wie sich andere Amateure unterhielten. Es gab mehrere für Funkamateure reservierte (schmale) Frequenzbänder, für den Funkverkehr in Deutschland und den Nachbarländern war das 80-Meter-Band (3.5 MHz – 3.8 MHz) das wichtigste. Bei der Prüfung zum Erwerb einer Sendelizenz musste man unter anderem mindestens sechzig Morsezeichen in der Minute (mit der Taste) geben und »lesen« können, ich hatte mehrere Anläufe zum Erlernen dieser Fähigkeit genommen, bin aber nie bis zum Ziel gekommen. Es fehlte wohl der Druck, denn QSOs erschienen mir wenig interessant.

Eine Zeitlang ging ich regelmäßig zu den Clubabenden, auch wenn ich mich dort ziemlich langweilte, nur einmal erlebte ich eine große Überraschung, als ein Mann in die Runde trat, der mit *om* Schultheiss angeredet wurde. Ja, es war tatsächlich der von mir bewunderte Karl Schultheiss, er war Bochumer, Physiklehrer an der Goethe-Schule.

Christian hatte außer mir noch zwei Pfadfinder, Josef und Hubert, für die Hollandfahrt begeistern können. Wir trafen uns am Samstagnachmittag des 30. Juli 1955 an der Meinolphuskirche, als Tagesziel hatten wir uns Emmerich vorgenommen. Dort gab es einen Pfadfinder, mit dem ich seit einiger Zeit in Briefkontakt gewesen war, da er plante, eine Funkamateur-Gruppe von interessierten Pfadfindern zu gründen. Wir hatten ein Treffen bei seinen Eltern verabredet. Etwas verspätet trafen wir dort ein, die Eltern luden uns zum Abendessen ein, danach schlugen wir unsere Zelte am Rheinufer auf und verbrachten dort eine ruhige Nacht. Wir hatten zwei Zwei-Mann-Zelte aus amerikanischen Armeebeständen mitgenommen, der Zelttyp war bei uns sehr beliebt, weil er wenig kostete und obendrein praktisch war. Ein Zelt bestand aus zwei Bahnen, die vor dem Zeltaufbau zusammengeknöpft wurden — einen Zeltboden gab es nicht, man hatte engen Kontakt zu Mutter Erde.

Weiter ging es in Richtung Holland, uns war ein bisschen mulmig zumute. Keiner von uns hatte bisher einen Grenzübertritt mitgemacht, wir wussten also nicht, wie er ablaufen würde, hofften natürlich, dass unsere Reisepässe, die man damals für die Einreise nach Holland brauchte, in Ordnung waren. Würde man eine Gruppe von Halbwüchsigen ungehindert einreisen lassen? Der Zweite Weltkrieg war gerade mal zehn Jahre vorbei und Deutsche wurden in jenen Tagen nicht eben gern in Holland gesehen.

Die deutsch-niederländische Grenze erreichten wir in Elten, wer sich etwas in der Gegend auskennt, wird sich vielleicht verwundert die Augen reiben, aber Elten lag nach dem Krieg auf holländischem Territorium, wie weitere deutsche Orte an der Selfkant, die erst später nach Verhandlungen mit den Niederlanden wieder deutsch wurden. Der Grenzübertritt verlief völlig undramatisch: Stempel von der Koninklijke Marechaussee in unsere Pässe, sonst nichts, wir waren in Holland.

Als Erstes versahen wir uns mit Proviant, kauften Brot, Butter, die viel billiger als in Deutschland war, eine große Kugel Edamer Käse und *pindakaas*, so heißt Erdnussbutter auf Holländisch. Dann taten wir noch etwas Verrücktes. Als wir zufällig vor dem Schaufenster eines Tabakladens standen, beschlossen wir, Pfeifen und Tabak zu kaufen, auf der sympathisch altmodisch aussehenden Packung stand in kunstvoll verschnörkelten Lettern »Old Shag«. Kurz hinter Elten machten wir erst einmal am Straßenrand Rast, aßen Brot mit Butter und Käse — das sollte für einige Zeit unsere Hauptnahrung sein —, zündeten unsere Pfeifen an und freuten uns, dass es bislang so gut geklappt hatte.

Unser nächster Zielort war Amsterdam, den wir an diesem Tag aber nicht mehr erreichen konnten. Gegen Abend begannen wir, nach einem Platz zum Zelten Ausschau zu halten, ohne Erfolg, das Problem lösten wir in der Weise, dass sich jeder von uns abseits einer Straße zuerst in eine Decke, dann in eine Zeltbahn wickelte und anschließend einfach ins Gras legte. Da es nicht regnete, schliefen wir gut. Dieses preiswerte Verfahren wiederholten wir, wann immer es möglich war.

Die Planung unserer Hollandfahrt hatte darin bestanden, dass wir einige Orte festgelegt hatten, die wir besuchen wollten, alles Übrige würde sich schon während der Fahrt ergeben. Besondere Ansprüche hatten wir nicht, wir waren glücklich und zufrieden, dass wir frei und ungebunden herumfahren konnten, dass wir — wenn auch verspätet — viel erlebten, was wir schon als kleine Kinder hätten erleben können, wenn Adolf Hitler und seine Partei die Welt nicht in den Zweiten Weltkrieg und in unvorstellbares Unglück gestürzt hätten.

Nach zwei Wochen machten wir uns auf den Rückweg. Natürlich hätten wir gern Mitbringsel gekauft, um sie stolz mit nach Hause zu nehmen, doch dafür reichte unser Geld nicht mehr. Ich selbst hatte 70 DM (rund 35 Euro — das klingt nach noch weniger) mitgenommen, die anderen hatten wohl auch nicht mehr Geld für die Fahrt zusammenkratzen können. Aber für Kaffee, der damals in Deutschland sehr viel teurer als in Holland war, reichte unser restliches Geld noch. Jeder kaufte ein Pfund, das war die Menge, die man monatlich unverzollt nach Deutschland einführen durfte. Dafür bekamen wir auf deutscher Seite einen kleinen Tagesstempel in unsere Pässe.

Nach unserer Rückkehr wurden wir von den anderen Pfadfindern stürmisch begrüßt, mussten ausführlich von der fremden Welt da draußen erzählen. Einige von denen, die »das Sagen« hatten, nörgelten allerdings an uns herum, weil wir uns Pfadfinder-Abzeichen der holländischen Verkenners an unsere Hemden geheftet hatten. Die alte Leier. Mir wurde klar, das Ende unserer Hollandfahrt, die wir vier als ein großartiges, gemeinsames Erlebnis empfunden hatten, läutete das Ende meiner Pfadfinderzeit ein.

»Ein jegliches hat seine Zeit, und alles Vorhaben unter dem Himmel hat seine Stunde.« Es begann wieder ein neuer Lebensabschnitt, nicht wegen des Endes meiner Pfadfinderzeit, aber daran gut ablesbar.

Wie ging es weiter?

Gemäß den Vorgaben der Fakultät für Elektrotechnik an der Rheinisch Westfälischen Technischen Hochschule Aachen absolvierte ich nach dem Abitur ein sechsmonatiges Praktikum. In der Maschinenfabrik Eickhoff, einem Unternehmen, das Bergbaumaschinen herstellte. Für mein anschließendes Studium war das vergeudete Zeit, meine handwerklichen Fähigkeiten profitierten davon.

Durch meine frühe Beschäftigung mit der Radiotechnik hatte sich im Laufe der Jahre bei mir die Absicht verfestigt, Hochfrequenztechnik zu studieren. Als es dann so weit war, erfuhr ich, die Hochfrequenztechnik sei ein Teilgebiet der Elektrotechnik, also schrieb ich mich für dieses Fach ein. Einen festen Plan hatte ich ja nicht. Ich war der erste in meiner Familie, väter- wie mütterlicherseits, der Abitur gemacht hatte und ein Universitätsstudium beginnen wollte. Vorbilder gab es nicht, jemand aus der Familie um Rat zu fragen hatte ich mir schon früh abgewöhnt, weil ich auf meine Fragen so gut wie nie eine mich zufrieden stellende Antwort erhalten hatte.

Nicht wenige meiner Kommilitonen — ich kann mich an gerade mal zwei Kommilitoninnen erinnern — waren, wie ich, »durch's Basteln« zur Elektrotechnik gekommen und waren nun bitter enttäuscht. Mathematik, Mechanik, Maschinenelemente, darstellende Geometrie, Volkswirtschaftslehre, Experimentalphysik, technisches Zeichnen hießen die Fächer am Anfang. Erst im dritten Semester wurde es ein wenig elektrisch. Zur Frustration kam bei Vielen sehr bald die Erkenntnis, dass sie den Anforderungen des Studiums nicht gewachsen waren. Meine Schule war eine gute Basis gewesen und dass ich in Untertertia nicht den mathematisch-naturwissenschaftlichen, sondern den neusprachlichen Zweig gewählt hatte, erwies sich auch nicht als nachteilig.

In dieser Zeit bekam das Lesen für mich einen neuen Stellenwert. Es war kein zielgerichtetes Lesen, gemeinsam war den Büchern nur, dass sie nicht in direktem Zusammenhang mit meinem Studium standen. Im Deutschunterricht der Oberstufe hatten wir uns ein ganzes Jahr mit Alt- und Mittelhochdeutsch beschäftigt, was ich sehr geschätzt hatte. Jetzt kaufte ich *Die Edda*, eine Sammlung ursprünglich in altisländischer Sprache verfasster skandinavischer Götter- und Heldensagen, las den *Simplicius Simplicissimus*. Mit *Dostojewski* beschäftigte ich mich über längere Zeit, ich verschlang *Exodus*, einen »Reißer mit Tiefgang«[23].

Im bereits erwähnten zweibändigen Werk *Aufstieg und Fall des Dritten Reiches* von William L. Shirer kam ich zum ersten Mal mit der Geschichte einer Zeit in Berührung, in die teilweise meine eigene Lebenszeit fiel. Diesem Umstand könnte ich mein »plötzliches« Interesse an historischen Ereignissen und Zusammenhängen verdanken. *Der Sowjetmensch* von Klaus Mehnert war das näch-

---
[23]Der Spiegel 1959

ste zeitgeschichtliche Buch, durch das ich auch einen veränderten Blick auf die Menschen in der Sowjetunion bekam. Wenig später wurde Mehnert Professor für Politische Wissenschaften an der RWTH Aachen, sein Politikseminar für Hörer aller Fakultäten besuchte ich über mehrere Semester.

Nach erfolgreich beendetem Studium wurde ich Mitarbeiter einer damals angesehenen Firma für nachrichtentechnische Messgeräte in Eningen unter Achalm, in der mir ziemlich bald die Leitung einer Entwicklungsgruppe übertragen wurde. Einmal in der Woche ging ich abends in die Volkshochschule Reutlingen und lernte Russisch, aus Freude am Lernen einer neuen Fremdsprache. Unser hervorragender Lehrer war hauptberuflich Studienrat in Tübingen, als Soldat war er in sowjetische Kriegsgefangenschaft geraten und hatte die Zeit genutzt, um Russisch zu lernen, hatte später über Farben in der russischen Literatur promoviert.

Meine Zeit als Entwicklungsingenieur betrachtete ich als »erweitertes Praktikum«, in dem ich im Studium erworbenes Wissen anwenden konnte. Teilweise veraltetes Wissen. Nach meinem Vordiplom hatte ich eine zweisemestrige Pflichtvorlesung über Elektronenröhren gehört, dazu noch eine Spezialvorlesung über Laufzeitröhren für den Einsatz im Gigahertz–Bereich. Elektronenröhren spielten aber bei der Neuentwicklung von Messgeräten schon keine Rolle mehr, wir setzten nur noch Siliziumtransistoren in Planartechnologie ein. Zwar hätte ich in meinem Studiengang eine Wahlvorlesung über Transistoren hören können, doch die war auf die Herstellung der Bauelemente fokussiert gewesen, weshalb ich sie nicht gewählt hatte.

Anfangs war die Arbeit in einem Industrieunternehmen für mich natürlich eine neue, teilweise sogar etwas aufregende Erfahrung gewesen, »…und jedem Anfang wohnt ein Zauber inne…«, so hatte Hermann Hesse gedichtet. Allerdings, wie nicht anders zu erwarten, stellte ich mir nach einiger Zeit die Frage, wie es weitergehen könne. Ich wusste nur, dass ich eine Veränderung suchte, hatte aber keine klare Vorstellung, wie sie aussehen sollte. Deshalb beschloss ich, nach einer Promotionsmöglichkeit Ausschau zu halten, durch eine Promotion würde sich mein mögliches Betätigungsfeld erweitern lassen und während der Arbeit an einer Dissertation würde ich mir weitere Gedanken über meine berufliche Zukunft machen können.

Die Umsetzung meines Plans war mühsam, auf etwas verschlungenen Wegen wurde ich Wissenschaftlicher Assistent von Professor Fettweis an seinem neu gegründeten Lehrstuhl für Nachrichtentechnik an der neu gegründeten Ruhr-Universität Bochum. Was hatte doch gleich Rudi seinerzeit gesagt? »Wenn eine neue Institution ins Leben gerufen wird, ist es gut, zu den Pionieren zu gehören.«

Am Anfang war das *Nichts*: Keine Räume, keine Möbel, keine Labors, keine Messgeräte, keine elektronischen Bauelemente, keine Bücher, keine komplett aufgebauten Praktikumsversuche, keine ausgearbeiteten Übungsaufgaben, keine… Wegen meiner Industrieerfahrung wies mir mein neuer Chef die Aufgabe zu, ein Beschaffungsprogramm für alle Geräte und Materialien zu erstellen und mich anschließend um seine Umsetzung zu kümmern. Einige hunderttausend Mark standen zur Verfügung, den genauen Betrag weiß ich nicht mehr, er lag wohl in der Nähe von einer Million. Kataloge und andere Informationsmaterialien wurden beschafft. Nicht enden wollende Gespräche und Verhandlungen mit Vertriebsleuten mussten durchgestanden werden.

Nach etwa einem Jahr konnte ich konzentriert mit dem beginnen, weswegen ich eigentlich hergekommen war und nach einem weiteren Jahr stand der »Rohbau« für meine Dissertation, die Messreihen konnten beginnen. Noch ein Jahr später konnte ich meinem Doktorvater die erste Fassung meiner Arbeit zur Durchsicht übergeben. Bis zu meiner mündlichen Doktorprüfung gingen dann noch ein paar Monate ins Land.

Parallel zu meiner Doktorarbeit hatte ich mich mit dem sich neu entwickelnden Gebiet der digitalen Signalverarbeitung beschäftigt. Nach meiner Promotion nahm ich Kontakt zu Firmen auf, von denen ich wusste, dass in ihnen auch auf diesem Gebiet gearbeitet wurde. Praktische Anwendungen waren aber zu diesem Zeitpunkt nicht in Sichtweite, die verfügbare »Elektronik« war längst noch nicht schnell genug.

Am Ende landete ich allerdings nicht — wie ursprünglich von mir geplant — in einem Industrieunternehmen, sondern blieb zunächst in veränderter Position am selben Lehrstuhl, mein Chef hatte mir ein entsprechendes Angebot gemacht. Gegen den damals herrschenden Zeitgeist, der in dem populären Slogan »unter den Talaren der Muff von tausend Jahren« zum Ausdruck kam, wollte ich mich habilitieren, um anschließend eine Professorenstelle zu finden. Fünf Jahre hatte ich mir als Limit für die Erreichung meines Planziels gesetzt, mein Vorhaben konnte ich auch »fristgerecht« abschließen. Im Alter von sechsunddreißig Jahren wurde ich zum ersten Mal zum Professor ernannt. Ein Jahr später erhielt ich vom nordrhein-westfälischen Wissenschaftsminister einen Ruf auf eine Stelle als ordentlicher Professor, aus persönlichen Gründen schlug ich diese Berufung aber aus. Den nächsten Ruf nahm ich an und so wurde ich mit neununddreißig Jahren zum Ordinarius ernannt. Als einer der letzten in Deutschland, denn ab dem 1. Januar 1980 gab es für Neuberufungen die besonders attraktive Stellung des ordentlichen Professors nicht mehr.

Meine Kindheit begann in einer Zeit, als die Welt schon lange nicht mehr in Ordnung war — falls es den Zustand jemals gegeben haben sollte —, mein familiärer Mikrokosmos bot anfangs trotzdem gute Voraussetzungen für ein Leben in geordneten, ruhigen und gesicherten Bahnen. Politisch wache Zeitgenossinnen und -genossen in Deutschland werden in jenen Tagen zwar schon viel Verstörendes und Beängstigendes gespürt haben, doch was dann vier Monate später tatsächlich seinen Lauf nahm, konnte sich wohl kaum einer ausmalen.

Natürlich ist mein Erleben der Kindheit während des Kriegs und in der Nachkriegszeit ein spezielles, eben *mein* Erleben, für viele aus meiner Generation wird die Zeit schlimmer gewesen sein, als Kriegshalbwaise gehörte ich auch keiner kleinen Minderheit an. Von den rund fünf Millionen deutschen Soldaten, die durch den Zweiten Weltkrieg ihr Leben verloren, waren zwar nicht alle Ehemänner und Väter, die Witwen und Waisen hinterließen, doch die Zahl der Hinterbliebenen war gewaltig. Und jede durch den Krieg zerrissene Familie musste — abgesehen von einer schmalen Versorgungsrente — allein mit ihrer Gegenwarts- und Zukunftsbewältigung fertig werden.

Meine Mutter ermöglichte mir den Besuch eines Gymnasiums bis zum Abitur, was für sie das Hintanstellen eigener Wünsche und Bedürfnisse bedeutete. Sie tat es, um meinen Lebensweg zu ebnen, eine nicht allgemein verbreitete Einstellung. Wie oft habe ich von Vätern den Satz »ich war nich aufe Schule, dann brauch' ›der‹ auch nich aufe Schule gehen« gehört! Später pflegten solche Väter zu sagen, man habe das Schulgeld nicht bezahlen können.

Einige Lehrer hatten nachhaltigen Einfluss auf meine Entwicklung, darüber hinaus öffnete mir die Schule erst die Augen für Bereiche der Welt und des Lebens, die mir ohne die Schule möglicherweise verborgen oder verschlossen geblieben wären.

Auch Vikar Paul Jacobi verdient Erwähnung — er stellte früh die Weiche in Richtung Abitur, an einem Abend, an dem ich ihm eigentlich nur ein Vervielfältigungsgerät zurückbringen wollte.

* * *

Zu Beginn habe ich Kierkegaard zitiert, das menschliche Leben lasse sich nur aus der Rückschau verstehen. Lohnte es sich für mich (auch) unter diesem Aspekt, ein Buch zu schreiben, das ganz wesentlich aus dem besteht, was doch immer schon in meinem Kopf gespeichert war? »Das, was aus Bestandteilen so zusammengesetzt ist, dass es ein einheitliches Ganzes bildet — nicht nach Art eines Haufens, sondern wie eine Silbe —, das ist offenbar mehr als bloß die Summe seiner Bestandteile. Eine Silbe ist nicht die Summe ihrer Laute: *ba* ist nicht dasselbe wie *b* plus *a* und Fleisch nicht dasselbe wie Feuer plus Erde«. Das Aristoteles-Zitat kennen wir auch komprimiert als »Das Ganze ist mehr als die Summe seiner Teile.« Für mich hat es sich erneut bestätigt.